刘长卿唐诗集评

吴宏富·编著

中国书籍出版社
China Book Press

图书在版编目（CIP）数据

剡字唐诗集评 / 吴宏富编著 . -- 北京：中国书籍出版社，2024.7. -- ISBN 978-7-5068-9955-0

Ⅰ . I207.2

中国国家版本馆 CIP 数据核字第 2024AJ0293 号

剡字唐诗集评

吴宏富　编著

责任编辑	王　淼
责任印制	孙马飞　马　芝
装帧设计	四川悟阅文化传播有限公司
出版发行	中国书籍出版社
地　　址	北京市丰台区三路居路 97 号（邮编：100073）
电　　话	（010）52257143（总编室）（010）52257140（发行部）
电子邮箱	eo@chinabp.com.cn
经　　销	全国新华书店
印　　刷	三河市华东印刷有限公司
开　　本	710 毫米 ×1000 毫米　1/16
字　　数	475 千字
印　　张	30
版　　次	2024 年 7 月第 1 版
印　　次	2024 年 7 月第 1 次印刷
书　　号	ISBN 978-7-5068-9955-0
定　　价	98.00 元

版权所有　翻印必究

《刻字唐诗集评》编辑委员会

主　　任：王以南　　陆惠良
副 主 任：周仲良　　金佳妮　　马华祥　　王国勇　　金苗兴　　姚岳宝
　　　　　董　铭　　楼　宇　　刘　健　　王鹏程　　余绍火　　敬鸿彬
委　　员：（以姓氏笔画为序）
　　　　　丁飞英　　马新明　　王培鑫　　支巧玲　　叶向红　　叶　棋
　　　　　叶　锦　　张　丽　　陈亚军　　金　达　　单孝波　　施伟江
　　　　　姚泰峰　　姚海锋　　钱赞樱　　徐成安　　高　翔　　董正荣
　　　　　喻家华
特邀主编：陆惠良　　周仲良
本书作者：吴宏富
特别鸣谢单位
　　　　　浙江中益机械有限公司
　　　　　浙江高翔工贸有限公司
　　　　　浙江万能弹簧机械有限公司
　　　　　浙江丰利粉碎设备有限公司
　　　　　浙江天成印染针织有限公司
　　　　　浙江盛达机器人科技有限公司
　　　　　浙江天盛机械有限公司
　　　　　浙东机电有限公司
　　　　　浙江威力锻压机械有限公司
　　　　　浙江博仑高精机械有限公司
　　　　　浙江宏佳精工机械有限公司
　　　　　温州王十朋研究会
　　　　　四川城市职业学院
　　　　　浙江工业职业技术学院
　　　　　成都绍兴商会
　　　　　成都嵊州商会
　　　　　当代化工杂志社

张宗祥（1882—1965）《剡山如黛图》

款识：剡山如黛剡溪清，昔日曾为画里行。欲向画中寻往迹，白头相对不胜情。

序一

涓流积至沧溟水，拳石崇成泰华岑
——《剡字唐诗集评》读后感言

陈百刚

宏富先生惠寄大作《剡字唐诗集评》，随即拜读了前言及部分篇章，很好，惊喜，由衷地感佩！先生矢志弘扬地域历史文化，近年来孜孜不倦地编撰多种著作，总计达数百万言，文献留存价值无量。诚如其在"内容提要"所言：本书所筛选"剡"字唐诗系"精华荟萃"。除简明注释外，还选取了各名家点评；同时进行多版本互校，择善而从，不同用字保存在备注中，因而说"本书继承了古代优秀文化遗产，弘扬了民族文化，挖掘了地域文化，具有较高的史料价值、学术价值和校雠参考价值"，我认为作者有"自知之明的中肯"！

编撰著作是做学问的主要方式，过程漫长，十分艰辛，且无法预测后果与反响。先生的工作是一切学术工作尤其是文史工作的正道。作文要有材料做根据，材料要经鉴别考证、分析论证后做结论。资料要一点点发掘积累，问题要一个个解决。正如宋代陆九渊《鹅湖和教授兄韵》诗中所谓"涓流积至沧溟水，拳石崇成泰华岑"也！沧溟，大海。拳石，拳头大小的石头。崇，积聚。泰华，指泰山和华山。岑，高山。这个句典的意思是：涓涓的细流汇聚在一起，就会形成大海；拳头大小的石头，只要累积起来，就能够成为像泰山和华山那样高的大山。不可否认，当下不少地域性的文史工作偏离了这一正规传统，是很可忧虑的，而吴宏富先生的工作有纠偏示范作用！

本书编撰中，征引参考书多达三百余种，作者将前人有关研究成果排列比较，鉴定筛选，要言不烦地用于自己的著作，虽和独立创作有区别，却是一切学术工作离不了的课程。汇集前人成果而现大成，必能出新见解、新成果，是真功夫！

林世堂老师开创了用诗歌研究地域文化的局面，率先写成《新昌诗话》《剡溪诗话》等，而吴宏富先生不愧是林师的入室弟子，在老师基础上接力长征薪火传承，而且与时俱进有所开拓。林先生研究的是一个地域各个时代的诗歌，吴先生专就唐诗展开研究，更切实地发掘出更丰富的剡地文化，实在是林先生工作的踵事增华。林老师地下有知亦当欣慰！

　　本书长达三万余言的前言提炼了全书的主要观点，浓缩了全书的精华，相当于概述或概论。是一部地域性唐代诗歌史，有无可替代的价值。有必要大力推介一下这篇前言，扩大影响，让更多关心"唐诗之路"的读者受益。

　　当下"唐诗之路"已成为一个颇有亮色的文化品牌，引起有关地方政府和旅游行业的关注，这应该是好事。然而，过去"唐诗之路"这一概念的界定和内涵并不十分明确，本书的前言则很好地阐述了这个问题。不但对唐代四个时期的"剡"字唐诗作了总体介绍，并统计出各时期代表性诗人姓名和诗章篇名。初唐（618—712）2人2首，盛唐（713—766）13人27首，中唐（767—835）33人70首，晚唐（836—907）27人51首（含残句），合计约75人150首（含一残句）。这就是"剡"字唐诗之精华所在。前言中还分析了各期诗人群体特点、流派、诗风及时代变迁，进而剖析"唐诗之路"的前因后果。我认为，此文提供的"唐诗之路"的信息相对完备可靠，较坊间多如牛毛的同类文字更胜一筹，应该单独发表。

　　伟大的诗人及其名篇，往往誉称"诗史"，中外古今概莫能外。本人预测，从唐诗中开掘地方文史资料将成为新课题。陈寅恪先生引导在前，做出榜样。

　　宏富先生的工作做得符合传统规矩又认真，是十分难能可贵的。一个地方的文化软实力要靠有档次有品位的作品来体现。一部像样的通史、地志必须要有长期历史文化资料积累和各个方面研究成果汇集的过程，而这一过程又必须要有一支文人队伍心无旁骛地长期努力才有效果。没有这个过程，急功近利急就章式编修史志不会有传世之作。吴宏富先生的工作是值得赞扬的！

【序者简介】

　　陈百刚，新昌县文化名家。1937年生，浙江新昌人。1960年毕业于华东师范大学历史系。历任教师、新昌县副县长、县人大常委会副主任、县政协文史委主任、浙江省第八届人大代表、新昌县佛教协会会长、省方志学会理事等职。从政期间，注重地方史志资料的发掘、整理和编写工作，先后主编了1994年版《新昌县志》、2001年版《大佛寺志》等。

序二

唐诗之路上熠熠生辉的璧玉

唐樟荣

前几天，宏富兄寄来厚厚一册书稿，让我先睹为快，是《剡字唐诗集评》。据他自己说，这是在整理他的恩师林世堂先生《剡溪诗话（汇编本）》过程中受到启迪而做的副产品，也是继承林老师的遗志所从事的工作。当然林先生的《剡溪诗话》所涉范围更广，从魏晋六朝到清末民初，历时千年，以咏剡为题材的诗歌，都有涉及，且多引自历代笔记诗话材料，举重若轻，涉笔成趣，加上自己的观点，娓娓道来，让读者如沐春风。这是林先生执教之余的学术积累，也是他成为名师的源头活水，当然更是他热爱剡中，倾情乡土的独树一帜的学术散文成果。而宏富兄所关注的是唐诗中的"剡"字诗主题，时代更集中，诗作更纯粹，也更多名人名作，更是唐诗之路文化内涵的集中体现。虽然如今打造浙东唐诗之路已列入浙江省政府工程之一，将作为文化旅游业开发的重要载体，各项学术研究也将全面启动，但宏富兄的工作还是富有不可替代的功劳，至少它汇入了这个大合唱，为唐诗咏剡做了梳理整合集成，具有资料性、学术研究性和唐诗普及性等多项功能，值得关注和庆贺。

此书特点，就选诗而言，凡唐人咏剡名篇，几乎全部网罗，大抵以时代为经，名人为纬，收罗初唐、盛唐、中唐、晚唐几个时期，贯穿唐代诗歌史的全过程；从作者而言，更有宋之问、孟浩然、高适、李白、杜甫、白居易、刘长卿、刘禹锡、皎然、秦系、戴叔伦、朱放、罗隐、许浑、方干、温庭筠、齐己、贯休等，凡唐诗之不同风格的代表人物，网罗无遗。可见剡中（今新昌县、嵊州市）作为唐诗之路的精华地段和核心区域，名家荟萃，名作俱在，名不虚传。

从其集评而言，分为作者小传、与剡关系、出处、转载、注释、存异、赏析、汇评多项，收集资料比较完整，有集大成之功，这是本书的最大特色，这于学术研究和唐诗解读普及宣传，功在当下，利在长远。

书中还附录与剡中有关地名和典故，虽未尽完善，但首创之功，也值得赞赏。循此而行，也可编纂成唐诗中的剡中辞典，以进一步深化唐诗之路研究内涵。

学术无止境，也是并行不悖的，人人都有开掘新领域的权利。吴宏富先生此作，当可补充继承林世堂先生《剡溪诗话》未竟之业，也可使唐诗之路研究别开生面。因粗略读之，书此以为致敬致贺。

南宋高似孙《剡录》序言有云："山阴兰亭禊，剡雪舟，一时清风，万古冰雪。"剡溪是中古文化史上的著名河流，虽一湾细流而已，但是永远有说不尽的话题，它将永远在文化史上闪耀光芒，而唐诗正是其中的璧玉。

【序者简介】

唐樟荣，1961年生，浙江嵊州人。1983年7月浙江大学（原杭州大学）历史系毕业，先后任《新昌报》（后改称《今日新昌》）副总编、县司法局副局长、县史志办主任等职，业余从事地方史研究，已出版散文集《雨窗集》（华艺出版社），地方史著作《新昌诗话》（光明日报出版社）、《新昌史话》（民族出版社）等。

编写凡例

1. 剡（shàn）中，指唐时越州剡县一带，即今浙江省新昌县、嵊州市。凡属涉及剡中风物、人文典故的"剡"字唐诗，以及后人鉴赏这些"剡"字唐诗的评论文章等，一并搜集入编。本书只选诗，不选词。

2. 因"剡"为多音多义字，属以下两种情形的诗歌，本书不予收录：(1) 剡发音为 yǎn，意即"①尖，锐利：曾枝剡棘。②削，刮：剡木为楫"之类，如皮日休《奉和添酒中六咏·酒船》："剡桂复剡兰，陶陶任行乐。"吕温《岳阳怀古》："方知剡剡利，可接鬼神游。"韩愈《陪杜侍御游湘西两寺独宿有题一首因献杨常侍》："大厦栋方隆，巨川楫行剡。"(2) 叠字，如剡剡，意即"发光的样子"。如杜甫《行官张望补稻畦水归》："芊芊炯翠羽，剡剡生银汉。"

3. 本书收录唐代75位诗人的带"剡"字诗150首（含一残句）。选诗的底本为清康熙年间扬州诗局刻本《全唐诗》、陈贻焮主编《增订注释全唐诗》(近五万首) 和陈尚君辑校《全唐诗外编》(四千三百余首)，个别"剡"字诗（主要是《全唐诗》佚诗）出自北宋《会稽掇英总集》、南宋《剡录》、明成化《新昌县志》、清康熙《新昌县志》、清康熙《嵊县志》、民国《嵊县志》、1994年版《新昌县志》等地方史志。有些长诗，只有部分内容涉及咏剡，采用节录的办法，只选注咏剡的有关诗句。后人考证《全唐诗》确认为误收的，不录，如赵湘为北宋前期人，宋太宗淳化中登进士第，故其所作《剡中唐郎中所居》诗不录。本书综合依据多种资料，重新编写作者小传，突出其诗坛成就和风格，择善而从；并依据前贤考证资料，厘清其与剡关系，简述诗人居剡、隐剡、游剡、吟剡经历。

4. 本书诗人分初唐、盛唐、中唐、晚唐四个时期排列。原则上以生年先后为序。生年无考者，参以卒年；卒年无考者，以登第年为准；以上各项均无考者，列在最后。个别归属从众随俗划分。同一作者的作品，原则上按作诗年份先后排序；无考者，以《全唐诗》卷数为序。

5. 各栏目资料博采众长，荟萃各家精华。按条目需要，或一家，或多家糅合，所以无法一一标明来源。部分内容列出参考书名和页码，读者可查原书深入研究。每本书的版本信息列在"主要征引书目"中。"注释"引文中的史志类书只标注"朝代和书名"，古籍类书，不标注"朝代和编著者"。"汇评"中的引用诗句出处，均按通用格式"朝代·作者《诗题》"标注，作者前未注朝代者为当代人。

6. "注释"博采诗人年谱、专集校笺以及唐诗选本而成，强化新昌县、嵊州市的文史与地理信息。按作诗时间、题解、词语解释等方面，内容视情况而定，各有侧重，并非面面俱到。诗中习见的各类名称和典故，如浙东、浙中、会稽、镜湖、若耶溪、剡溪、剡县、剡中、剡山、剡茗、剡纸以及雪夜访戴、刘阮遇仙、买山而隐等，文中点到为止，不加注，另有特指除外，统一参阅附录1收录的对应条目。

7. "存异"以《全唐诗》为准对校出的作者、诗题、字、句异同，个别"注释"条目的另类说法等，一一列出，以供读者辨正。

8. "赏析"栏目大致包括如下内容：作品背景、内容解析、艺术特色、后世影响等。

9. "汇评"择优选辑与"剡"字唐诗相关的历代名家诗评，以供参考。

10. 本书涉及历史纪年，一般用旧纪年，括注公元纪年。括注内的公元纪年，一般省略"公元、年"字。

11. 对征引的诗文，一一查找文献进行校对，对其中的失误，进行订正。采纳多数版本采用的字词句及其相关的考证结论，不同处在文中以"〔校〕原作某"下标列出，方便辨正。引文中用〈〉为衍字，原诗缺字用"□"表示。文中异体字、冷僻字，直接改成常用字。

12. 原诗中的"沃州"统一为"沃洲"，在诗注中标出。引文中的"公里""里"，不作换算；"嵊县"即今嵊州市。为保留原貌，不作改变。

内容提要

唐时剡县，即今新昌县、嵊州市，是"浙东唐诗之路"的精华地和核心区。本书的特色在于所收录的每首诗都带有"剡"字，正如《剡录》所言"诗中有及剡者采焉"，是一部真正的剡字诗合集。从一个"剡"字入手，观照出唐代诗人恋上诗路的剡缘、剡情、剡韵，弥补了剡中地域文化研究领域的一方空白。

本书荟萃李白、杜甫、白居易等75位唐代诗坛杰出人物创作的150首（含一残句）"剡"字唐诗。连类而及的诗作340余首，作为选诗的补充。诸多名家名作呈现出唐代剡溪流域的风物和人文。对所选的"剡"字唐诗，除有简明的注释外，还选取了多位名家的点评，务求贴切精当。对同题诗的字句，进行多版本互校，列出的不同处，不仅有助于读者辨正，深度阅读，品鉴唐诗韵味，而且有益于各类志书整理再版时进行校勘。此外，还对剡中、剡县、剡溪首入唐诗进行了考析，并汇总了《剡录》等历代县志的唐诗题录。该书不仅继承了古代优秀的文化遗产，而且弘扬了民族文化，挖掘了地域文化，具有较强的地方文献史料价值、学术价值和校雠参考价值。

前言

剡中，指唐时越州剡县一带，即今浙江省新昌县、嵊州市，以剡溪闻名，会稽、四明、天台三大浙东名山在此盘结，西北边以会稽山为界，东北边与四明山接壤，南缘为天台山麓，处处佳山秀水，这里"山高岸束，斐绿叠丹，摇舟听鸟，杳小清绝。每奏一音，则千峦嗜答"[1]。可谓有声有色，风景如画，诗意盎然，情趣绝佳。《剡录·卷二·山水志》引《会稽郡记》云："会稽境特多名山水，潭壑镜澈，清流泻注，惟剡溪有之……是溪也，朱放谓之剡江，诗曰：'月上沃洲山上，人归剡县溪边。'李端谓之戴家溪，诗曰：'戴家溪北住，雪后去相寻。'方干谓之戴湾，诗曰：'戴湾冲濑片帆风，高枕微吟到剡中。'"[2]

最主要的是剡中具有深厚的文化积淀，自古是佛家圣境，道教福地和名士游憩之处。东晋王羲之、许询等十八名士，支遁、竺潜等十八高僧游止于此。在这片神奇的沃土，有任公子钓巨鳌的神奇寓言，有王子猷雪夜访戴逵的千古佳话，有刘阮遇仙的美妙传说，有支遁买山而隐沃洲的雅闻，也有谢灵运穿木屐登天姥山的壮兴，更有三世造佛的励志故事。唐代诗人在剡中寻寻觅觅，为的就是追慕魏晋遗风与汉前文化，乃至史前传说。

峻峭的山，清澈的水，这秀色不可名的景致，怎能不吸引唐代诗

---

[1] （明）王思任《剡溪》：（明）王思任著，李鸣注评《王思任小品全集详注》，北京：北京联合出版公司，2018年版，第90页。

[2] （宋）高似孙著，王群栗点校《高似孙集》（上册），杭州：浙江古籍出版社，2017年版，第56页。

人络绎不绝,前来剡中探寻其中的情趣!

"唐诗中,剡溪已被称为'日夜入东溟'(方干《和剡县陈明府登县楼》)的仙溪,入剡一游,竟成为人们最向往的风流雅事"。①"唐代诗人入剡成风也可说是六朝高僧名士隐剡的流风余韵。诗人入剡游览的背景,动机虽各有不同,但其共性也很清楚。从时代精神说,唐代有博大宽容的文化气象,知识分子以'仗剑去国,辞亲远游'为人生乐事;从地域特点说,华夏山川以东南为秀,东南又以会稽郡剡县为奇;剡又为六朝佛宗道源,人文渊薮。山川与人物相得益彰,这对唐代诗人产生强大的感召力。所以唐代诗人入剡的共同意向就是:追慕前贤高情,流连剡中山水"。②

剡中是"浙东唐诗之路"的精华地段和核心区域。

"'浙东唐诗之路'是1991年由新昌学者竺岳兵经过考察酝酿提出,自钱塘江经绍兴,而后经上虞曹娥江至剡溪、嵊州、新昌,直至台州天台以及温州等地的诗意之路,在唐代至少有450余位诗人留下了1500余首诗,其中李白《梦游天姥吟留别》是浙东唐诗之路上的主题歌。1993年8月,中国唐代文学学会正式行文定名。从此'浙东唐诗之路'成为中国文学史上的一个专用名词,成为继丝绸之路、茶马古道之后又一条文化古道。今新昌县的天姥山就是李白梦游和登临之地,为浙东唐诗之路上最为著名的文化地标,誉称'一座天姥山,半部全唐诗'"。③

《全唐诗》收录作者2200余人,据竺岳兵先生统计,其中有461位诗人(名单见本书附录6)悠游了"浙东唐诗之路",占其总数的百分之二十一;《唐才子传》收才子278人,其中173人,占其总数的百

---

① 吕洪年《唐诗之路》:竺岳兵主编《唐诗之路综论》,北京:中国文史出版社,2003年版,第95—96页。按,东:原作"沧"。
② 陈百刚《从"仙源之路"到"唐诗之旅"》:《新昌史志》,2018年第2期,第33页。
③ 徐跃龙、孙艺秋《共建大花园,共享美生活——新昌倾力建设天姥山国家风景名胜区,积极打造浙东唐诗之路精华地》:《浙江日报》,2018年10月25日,第12版。

分之六十二，他们的咏诗与剡中相关。①

单就新昌而言，"陈新宇先生等编辑刊印了《新昌唐诗三百首》，收诗380多首，均直接或间接与新昌山水风物相关，作者130多人，时间跨度与唐王朝相始终。唐代最著名的四大诗人李白、杜甫、元稹、白居易均有大量与新昌相关的诗文传世。初步研究获知：刘长卿、朱放、方干、吴融、秦系、灵澈、皎然等曾住过新昌。他们直接描绘了剡地景色，如沃洲的清幽，天姥的高远，石城的石壁金相、稀世楼台；或赞誉藤、桂、茶、术等土贡方物；或敬慕曾入剡隐居游弋的前贤名流人物，如王羲之、许询、二戴、支公、谢灵运、刘阮等。李白的《梦游天姥吟留别》、杜甫的《壮游》、孟浩然的《腊月八日于剡县石城寺礼拜》、白居易的《沃洲山禅院记》等诗文都直接描写新昌，成为千古流传的名篇佳作，也是新昌历史文脉中的精华"②。

唐代诗坛上的杰出人物几乎都有涉及剡地的诗篇传世。他们一经入剡，便无不对这里的自然景观和人文景观感怀投笔，留下令今人"耳熟能详"的诗作，成就了一条飘逸着翰墨清香的山水人文长廊，形成了任何地方都不可替代的文化积淀。

入剡的诗人们留下了多少首咏剡诗？没有查到相关数据。经本书初步统计，至少有80位诗人作有150首（含一残句）的"剡"字唐诗，数量亦蔚为大观。这80位诗人中，有29位诗人之诗见之于《唐诗三百首》③，有51位诗人之诗见之于《唐诗鉴赏辞典》④，可见他们都是真正的名家。唐朝，仰慕剡地山水、求贤访古、涵吸剡溪文化思想之风盛行。当时从水路乘舟是入剡的主要交通方式，也比较方便，很多文人贤士访越，其目的多为访剡。在这80位作有"剡"字唐诗的诗人中，有76位曾入越访剡（名单见本书附录6），难怪其咏剡诗作写

---

① 竺岳兵主编《唐诗之路综论》，北京：中国文史出版社，2003年版，第6页。
② 新昌县规划局、新昌县政协文史组编写《新昌县历史文脉要说及史迹调查》，2003年编印，第7页。
③ 《唐诗三百首》：（清）孙洙选编，李星、李淼译评，长春：吉林文史出版社，2014年版。
④ 《唐诗鉴赏辞典》：萧涤非等著，上海：上海辞书出版社，1983年版（2004.12重印）。

得如此细致入微,色彩夺目,神韵悠长。在唐代,剡溪名气很大,剡中、剡县因剡溪闻名,在唐诗中出现得也相当频繁。据本书统计,"剡溪"出现58次,"剡中"出现25次,"剡县"出现10次,这充分彰显了"剡"在唐代诗人心目中占有的崇高地位。唐代三大诗人"诗仙"李白、"诗圣"杜甫、"诗王"白居易,与剡中山水更是情深意密。李白四入浙江,三入剡中,是剡中山水的知音,即使身在他处,凡遇有佳山水,总以剡中风光作比拟,将剡溪风物作为天下美景的代名词和参照物;仅他一人就作有12首诗"剡"字诗,为"剡"字唐诗数量之冠。他不仅首次将"剡溪"写入唐诗,"虽然剡溪兴,不异山阴时"(《秋山寄卫尉张卿及王征君》),还留下了著名的"湖月照我影,送我至剡溪"(《梦游天姥吟留别》)的千古绝唱,世代传诵。

杜甫年轻时曾裘马轻狂,入剡有年,晚年作自传体《壮游》诗,忆及剡中,仍心驰神往:"剡溪蕴秀异,欲罢不能忘。归帆拂天姥,中岁贡旧乡。""剡溪蕴秀异",简单的五个字,却是对剡溪一带人文景观和自然风貌最好的概括。今天,我们不妨把这句诗看作形象鲜明的导游图,沿着诗人的足迹,来看看历史画卷中的剡溪风貌。

白居易于太和六年(832)为剡东撰《沃洲山禅院记》:"东南山水,越为首,剡为面,沃洲、天姥为眉目",更是盛赞剡中山水的经典。

"唐代诗人游吴越,最向往和醉心的地方确是剡中"[1],对此种情形,曾数次到剡中进行实地考察的中国唐代文学学会副会长、中国李白研究会会长、国家古籍整理出版规划小组成员、南京师范大学教授郁贤皓在其撰写的《唐代诗人与剡中风光》一文中道出了原委:

在唐代诗人的心目中,东南部的山水是中国最优美的风景,而东南的美景以越为首,在越中的山水中尤以剡中为最。白居易的《沃洲山禅院记》开头一段话就是这样说的:"东南山水,越为首,剡为面,沃洲、天姥为眉目。"必须说明的是,唐诗中经常提到的越中,多指浙东地区,因为唐代前期越州设都督府,后期设浙东观察使,它管辖越、明、婺、台、温、括(处)、衢七州。而当时的越州,在天宝前辖会

---

[1] 郁贤皓《唐代诗人与剡中风光》:中国唐代文学学会等主编《唐代文学研究(第六辑)》,桂林:广西师范大学出版社,1996年版,第713页。

稽、山阴、诸暨、余姚、剡、永兴（萧山）六县。贞元中析会稽置上虞县，五代时割台分剡置新昌县，如今，会稽、山阴两县已改为绍兴县，剡县则变成嵊县（现已为嵊州市）和新昌县。所谓"剡中"，主要指以剡县为中心的剡溪诸上源。从白居易的文中可知，剡中最优美的胜景是沃洲、天姥。沃洲指沃洲山和沃洲（湖），天姥即指天姥山。眉目是面部最动人传神之处，以眉目形容沃洲、天姥，可见这是最受唐代诗人喜爱的美景。自从五代时割台分剡以后，沃洲、天姥都在今浙江新昌县境内东南部。①

有唐一代289年，从各时期诗人入浙行踪及所留诗作看，自钱塘江西陵古渡始，经浙东运河、过绍兴古镜湖、曹娥江至剡溪，再溯源至石梁而登天台山，全长约250公里，这就是"浙东唐诗之路"，而剡中剡溪则是它的中心点，所以，"浙东唐诗之路"的发现者、首倡者竺岳兵称之为"剡溪——唐诗之路"，是言之有理的。

剡溪作为贯穿浙东唐诗之路的"黄金水道"，成为文人墨客寻幽访古、山水朝圣之地。

在这里要特别提醒读者的是，剡溪古与绍兴鉴湖并称为越中胜景。唐诗中往往把剡溪、剡江与剡县、剡中乃至越地、会稽的名山胜景连在一起。因此，"浙东唐诗之路"的发现者、首倡者竺岳兵先生强调指出："今人常以今天的地理地名，去理解古诗，如称剡溪位于曹娥江上游者即是。其实这是大谬。按：今之曹娥江，唐诗称剡溪，或剡川、剡江，唐诗中并无'曹娥江'之名可证。"②唐诗研究专家郁贤皓教授也指出："唐诗中的剡溪，包括曹娥江。今天的曹娥江古代也被称为剡溪。在古代，从剡溪的源头到崿浦，曰剡溪，崿浦以北，再汇诸水而成剡川。"③

唐代诗人作诗有一个明显的特征，即喜欢以局部指代整体。因剡

---

① 郁贤皓《唐代诗人与剡中风光》：中国唐代文学学会等主编《唐代文学研究（第六辑）》，桂林：广西师范大学出版社，1996年版，第713页。
② 竺岳兵主编《唐诗之路唐诗总集》，北京：中国文史出版社，2003年版，第415页。
③ 郁贤皓撰《唐诗之路唐代诗人行迹考·序》：竺岳兵著《唐诗之路唐代诗人行迹考》，北京：中国文史出版社，2004年版，第5页。

溪在唐时闻名天下，剡溪在剡县，故常以"剡"代指越州（越中）。在李白的诗里，剡中是一个明秀宁静的人间仙境，因此他常以剡中剡溪代指越州越中，乃至浙东，这些都可以看出李白对越中山水的倾心。如李白《秋下荆门》诗。这首诗是李白开元十三年（725）第一次离开荆门，告别巴山蜀水时所作。其时李白还没有到过剡中，但是从前辈诗人如谢灵运的作品中，对东南山水已经有了鲜明的印象。李白"入剡中"，是若干年以后的事。荆门在楚（今湖北省宜都市西北的长江南岸），李白向往越中的好山好水，反映到诗里成了"剡中"。这从一个侧面说明"剡中"在李白心目中是天下美景的代名词。剡中风光给李白留下了美好而深刻印象，在他的诗中经常提到。李白写到其他地方的风景，总要拿剡中风景与之相比，如李白《秋浦歌》诗之六："山川如剡县。"将安徽池州秋浦风景之美比作剡县，便可看出剡县山川之美，在诗人心目中，就是一种典范。李白《经乱后将避地剡中留赠崔宣城》诗是写回忆、想象中的剡中。当然李白这样想象的时候，其范围可能不限于剡中，而是扩大至整个浙东一带。

丘为《送阎校书之越》："南入剡中路，草云应转微。"剡中，此处指代越州。此二句意为，南下去越州的路上，荒草连云的景象渐渐变得少了。

刘长卿《送行军张司马罢使回》诗："春风吴苑绿，古木剡山深。""吴苑"，即吴地的水边。"剡山"，即剡溪两岸之山，泛指越地。诗人由送别之地（长洲）的草绿，想象到越地古木之深。

孟郊《送淡公》诗十二首之二："镜浪洗手绿，剡花入心春。"镜，即鉴湖。剡花，此处借指越地之花。这是孟郊在洛阳送友人淡然的入越中诗。明明想象人在镜湖边，用镜湖水洗手，眼里看到的应该是镜湖边的花，写到诗中却成了"剡花"，借指越地之花。孟郊虽然身在洛阳，但仍然时刻挂念着越中，想念着越中的故友。

李嘉祐《送严维归越州》诗："春日偏相忆，裁书寄剡中。"剡中，此处代称越州。

章八元《归桐庐旧居寄严长史》诗："或在醉中逢夜雪，怀贤应向剡川游。"剡川，即剡溪，在越州剡县。此处代指严维家乡越州。

李昌邺《和三乡诗》："不应更学文君去，泣向残花归剡溪。"会昌二年（842），李昌邺过三乡驿，见若耶溪女子所题自伤身世之诗，乃有和诗题壁。剡溪与若耶溪同在越州,借指若耶溪或越地。

贯休以隐士身份出现在越州镜湖。每遇佳景,总是用剡中风光作比拟。如《泊秋江》诗:"岸如洞庭山似剡。"《送僧归剡山》诗:"远逃为乱处,寺与石城连。木落归山路,人初刈剡田。"说明他在剡中盘桓了一段时间。

更有甚者,如元稹《送王十一郎游剡中》诗,整首诗可以说与剡溪不沾边,但诗题却是"剡中",以剡中代指越州。

上述这些以局部指代整体的"剡"字唐诗,打上了"剡"烙印,与"剡"有着千丝万缕的联系。这从侧面说明一个问题:剡溪风光已成为天下美景的代名词,在唐代诗人的心目中"剡"字占有极其重要的位置。

赏析吟剡诗作,从了解唐朝背景入手很有必要。

一、唐朝背景与吟剡诗说

1.初唐背景与吟剡诗说

(1)初唐背景

初唐指高祖武德元年(618)至玄宗先天元年(712)时期,约一百年。

初唐诗歌是唐代诗歌走向兴盛的准备阶段。初唐前期诗歌受南朝齐梁诗风的影响较大。贞观时期聚集在唐太宗周围的宫廷诗人虞世南、李百药等,他们的创作日趋宫廷化、贵族化,多是奉和应制之作,琢磨技巧,雕饰辞藻,齐梁积习犹存。以上官仪为代表的"上官体",成为当时宫廷诗人创作的典范。初唐后期诗歌虽没有完全摆脱齐梁诗风的影响,但出现了新的转机。"四杰"的创作开创了不同于宫廷诗人的新诗风,在内容题材、审美追求和风格上都发生了关键性的转变。"文章四友"(崔融、李峤、苏味道、杜审言)和"沈宋"(沈佺期、宋之问)虽也都是宫廷诗人,但对律诗的定型和成熟做出了贡献。陈子昂在理论上和实践上都是转变唐代诗风的重要人物,他力反齐梁诗风,主张恢复汉魏风骨和风雅兴寄传统,并且实践了这个主张。总而言之,初唐诗歌显示了过渡和创新的特点。"初唐时期出现的文学名家有:四杰王勃、杨炯、卢照邻、骆宾王和稍后的陈子昂。他们位卑志高,官微才大，上承汉魏风骨，自觉批判齐梁以来浮艳的文风，使唐诗开始由宫廷台阁走向社会现实，由香浓软艳的靡靡之音变为清新健康的歌唱。同时代的宋之问和沈佺期在诗歌的形式上也做了大胆的探索，他们共同为唐诗的发展铺平了道路。此外，存诗仅二首的张若虚，以长篇歌行《春江花月夜》，融诗情画意和人生哲理于一体，'孤篇横绝，竟为大家'"。①

（2）咏剡诗说

唐代最早把剡中引入诗歌领域的是初唐诗人宋之问，他是将"剡中"首次写入唐诗的第一人。宋之问是初唐宫廷诗人，与沈佺期并称"沈宋"，以五言律诗见长。

"景龙三年（709）冬，宋之问被贬为越州长史，他在遍游越州名胜古迹后，在《宿云门寺》一诗中说：'再来期春暮，当造林端穷。庶几踪谢客，开山投剡中。'他还想沿着谢灵运的足迹，到剡中游览。据《新唐书·宋之问传》，他确曾'穷历剡溪山，置酒赋诗，流布京师，人人传讽'，可惜这些诗现在都已失传"。②

向往剡溪，在当时京城人们的心目中已经是一种很普遍的现象，就连武则天时期深锁皇宫里的一个宫女也写过一首《离别难》，其中就有"剡川今已远，魂梦暗相亲"的诗句。此句引东晋王徽之雪夜访戴入诗，借"剡川"来暗指丈夫囚禁处。剡川不是囚禁人的地方，这样说，当也是一种掩饰。对被囚禁的丈夫，永不能相见，只有在梦里相亲了。据竺岳兵先生考证："《四明丛书·四明诗干》云武后宫人为'剡川士人妻，配入掖廷'。按其《离别难》诗，知其离剡，时在春天。"③

经编者查考，初唐现存的"剡"字诗只有两首，一首为宋之问的《宿云门寺》，另一首为武后宫人《离别难》。诗虽少，却也说明剡溪风

---

① 王振军、俞阅主编《中国古代文学精品导读》，北京：中国广播电视出版社，2016年版，第93页。

② 郁贤皓《唐代诗人与剡中风光》：中国唐代文学学会等主编《唐代文学研究（第六辑）》，桂林：广西师范大学出版社，1996年版，第713—714页。

③ 竺岳兵著《唐诗之路唐代诗人行迹考》，北京：中国文史出版社，2004年版，第198页。

光已"小荷才露尖尖角",名声显现了。

2.盛唐背景与吟剡诗说

（1）盛唐背景

盛唐指玄宗开元元年（713）至代宗永泰元年（765）年期间,约五十年。

盛唐是唐代诗歌的极度繁荣时期。"这一时期出现了山水田园和边塞两大诗歌流派。以王维、孟浩然、储光羲、常建、祖咏、裴迪等人为代表的山水田园诗派,他们上承陶渊明、谢灵运而别开生面,其中孟浩然的诗歌冲淡旷远,王维的诗'诗中有画,画中有诗';以高适、岑参、王昌龄、王之涣、李颀、崔颢等人为代表的边塞诗人,诗风慷慨悲壮,昂扬奋发,洋溢盛唐时代精神。唐代诗坛最璀璨的明星无疑是李白与杜甫组成的'双子星座',两人的诗歌分别代表了唐诗浪漫主义和现实主义的高峰。李白的诗歌豪放飘逸,瑰丽奇特,无愧'诗仙'美誉。杜甫诗歌众体兼备、沉郁顿挫,后人尊为'诗圣'。他的诗歌创作抒发了伤时悯乱、忧国忧民之心,记录了唐王朝由盛转衰过程中一系列重大事件,史称其诗为'诗史'"。[1]

（2）吟剡诗说

游浙东名山必到剡中。剡中风景,以其秀美,使人一见不得不动心。凡到过剡中者,无不流连其间而情思绵绵。盛唐是唐朝最繁荣的时期,诗人们都怀着欢愉的心情,沿着谢灵运游览的路线,到浙东寻幽览古。

盛唐时期来了13位诗人,留下了27首"剡"字诗。唐诗中多借剡溪起兴,表达访友或对雪思友的情怀。

山水田园诗派的代表人物孟浩然来了。孟浩然崇佛好道,常流连于剡县、台州一带。

开元十八年（730）秋天,他溯剡溪、经沃洲登华顶,在沃洲写有《宿立公房》:"能令许玄度,吟卧不知还。"孟浩然以东晋名士许询（字玄度）自比,说自己在沃洲留恋不能去。开元十九年（731）十二

---

[1] 王振军、俞阅主编《中国古代文学精品导读》,北京:中国广播电视出版社,2016年版,第93—94页。

月八日佛成道之日礼拜了石城寺大佛，写下了《腊月八日于剡县石城寺礼拜》一诗，成为将"剡县"写入唐诗的第一人。这是唐诗中最详细描写石城寺的一首诗，全诗气象庄严肃穆，充满了诗人对江南第一大佛的礼敬之情。此外，尚作有《冬至后过吴张二子檀溪别业》诗，用王子猷雪夜访戴典故称赞友人的别业。

"边塞派"诗人自然不甘人后，其代表人物高适、李颀、崔颢为剡中青山绿水、林公谢客所吸引，相继踏歌而来，留下吟剡诗篇。高适有《崔司录宅燕大理李卿》诗："饮醉欲言归剡溪，门前驷马光照衣。"李颀有《送山阴姚丞携妓之任兼寄苏少府》诗："落日花边剡溪水，晴烟竹里会稽峰。"崔颢有《舟行入剡》诗："鸣棹下东阳，回舟入剡乡。"

唐代三大诗人，此时来了两位（李白和杜甫）。李白三入剡中，连作12首"剡"字诗，摘得"剡"字唐诗桂冠。"'此行不为鲈鱼鲙，自爱名山入剡中'（《秋下荆门》），李白的这个愿望，早在唐开元十三年（725）春三月出川遇司马承祯于江陵就产生了。开元末年，他似曾在剡县一带娶刘氏，不久诀别，移家东鲁。天宝四载（745），他写下《梦游天姥吟留别》，把自己不愿事权贵而喜访名山的心迹向众人表白"。[1]

"湖月照我影，送我至剡溪"。不仅唱响了剡溪品牌，还将天姥山推上了文化高度，使天姥山声名大振，永载史册。杜甫同样精彩，"剡溪蕴秀异"，简单的五个字，却是对剡溪一带人文景观和自然风貌最好的概括。

大诗人"李白在开元十二年（724）出蜀后，其主要旅游目标就是剡中。他在《秋下荆门》诗中说：'此行不为鲈鱼鲙，自爱名山入剡中。'《别储邕之剡中》诗云：'借问剡中道，东南指越乡。舟从广陵去，水入会稽长。竹色溪下绿，荷花镜里香。辞君向天姥，拂石卧秋霜。'这是李白在开元十四年（726）盛夏从广陵（今江苏扬州）出发往剡中途中所作。从诗中可以看出，他当时准备在剡中天姥山'拂石卧秋霜'，作长期隐居。他乘舟泛江南运河到杭州，渡浙江，游会稽，又溯曹娥江抵剡县（今嵊州市、新昌县），继续溯流东南行，经沃洲（湖），

---

[1] 徐跃龙主编《新昌茶经》，北京：中国农业科学技术出版社，2019年版，第293页。

眺天姥山，到石桥，观石梁飞瀑，在天台山北麓上华顶峰，又下山至南麓国清寺。这就是李白自己说的'东涉溟海'的游历。而杜甫及其他诗人到剡中多走这条旅游线。而李白在开元末和天宝六载（747）两次游浙东，基本上也是走这条路线。剡中风光给李白留下美好的深刻印象，在他的诗中经常提到。如《秋浦歌》其六：'山川如剡县。'《与南陵常赞府游五松山》：'五松何清幽，胜境（校）原作景美沃洲。'以剡县山川和沃洲胜景比拟秋浦和五松山之美。《东鲁门泛舟二首》：'轻舟泛月寻溪转，疑是山阴雪后来。''若教月下乘舟去，何啻风流到剡溪。'以王徽之雪夜从山阴到剡中访戴逵比拟东鲁门的雪夜风光。用剡中风光作为美的标准，以比拟其他地方胜景，说明李白对剡中美景时时萦绕心头，念念不忘。甚至他梦中也在游剡中名山：'天姥连天向天横，势拔五岳掩赤城。天台四万八千丈，对此欲倒东南倾。我欲因之梦吴越，一夜飞度镜湖月。湖月照我影，送我至剡溪。谢公宿处今尚在，渌水荡漾清猿啼。脚著谢公屐，身登青云梯。'他在梦中仍沿着谢灵运当年游览的足迹登上剡中名山天姥山，并对天姥山作了极为瑰奇烟迷的描绘，表明剡中风光对李白具有何等巨大的魅力！"[1]

是谁首次将"剡溪"写入唐诗？据目前所知是李白《秋山寄卫尉张卿及王征君》诗："虽然剡溪兴，不异山阴时。"此诗作于开元二十一年（733），在长安求仕不成而准备离开长安时作。尚望有心人做进一步的考证。

李白"剡"字唐诗的一个明显特点是多次引"子猷访戴"典故入诗，且没有一次正面取其造门不前而返的情节。现将李白"剡"字唐诗用典内容取向分类列举如下：

①不涉及怀人访友，仅取山阴夜雪和乘舟剡溪的景物环境与兴致。如《东鲁门泛舟二首》诗："轻舟泛月寻溪转，疑是山阴雪后来""若教月下乘舟去，何啻风流到剡溪"。诗中使用雪夜访戴典故，却与思友之情无涉，只是写景而已，表明泛舟东鲁门的景物环境与情致意趣。意谓此次泛舟的风流潇洒远远超过当年王子猷雪夜访戴，意境更深入一层，更具风致韵味。《经乱后将避地剡中留赠崔宣城》诗："忽思剡溪

---

[1] 郁贤皓《唐代诗人与剡中风光》：中国唐代文学学会等主编《唐代文学研究（第六辑）》，桂林：广西师范大学出版社，1996年版，第714—715页。

去，水石远清妙。"此二句意为，忽然动念要到剡溪去游，那儿水清石妙景色空远，切合"子猷访戴"典逸兴的特征。

②取由剡溪景物所激发的怀念友人的情感。如《秋山寄卫尉张卿及王征君》诗："虽然剡溪兴，不异山阴时。"剡溪兴，即"剡溪乘兴"的省作，指隐居逸游造访故友的兴致。这里借"剡溪兴"自述访友的强烈愿望，表明彼此相交之深。《淮海对雪赠傅霭》诗："兴从剡溪起，思绕梁园发。"这里借典取由剡溪景物所激发的怀念友人的情感。写因大雪而想起剡溪，想起雪中访友。这是暗用王子猷雪夜访戴的故事……看到雪，就想到剡溪，这是以访戴故事为契机的。这里的"剡溪"，已不再是一个简单的地名，会使读者产生许多联想。

③触景生情，怀人访友。主客双方不是不见、未见，而是已经见面或欲求一见。如《叙旧赠江阳宰陆调》诗："多酤新丰醁，满载剡溪船。"此处是触景生情，怀人访友。王子猷是"夜大雪，眠觉，开室命酌酒"，是独自饮酒之后，忽然想到戴安道，"乘小船就之"，而李白则装了满船的酒，去和好友共醉。"剡溪船"在这里已起着新的作用。《寻阳送弟昌峒鄱阳司马作》诗："寻阳非剡水，忽见子猷船。"此处用子猷访戴事，表现族弟乘船来访，叙述兄弟情，展现作者与族弟深厚的情感与分别两地的相思之愁。

④隐含典故。如《秋下荆门》中"自爱名山入剡中"一句，似乎隐隐含有"重走子猷访戴路"之意，这是隔代文人常有的神交冥会，灵魂在那一刻如此轻灵，雪泥鸿爪间，古心与今意的无声知遇，凡夫俗子岂能梦见？

李白的"剡"字唐诗另外尚有一个显著特点，即"李白诗歌中大凡吟咏越地，较多的是在越地以外的地方通过回忆或憧憬的形式而表现的，回顾曾经漫游越地的生活或者表明想去越地的心愿。按照常理，诗人在某地赞赏该地是理所当然的。但李白出蜀后凡言及蜀的作品并未将蜀作为审美对象，而仅仅是作为怀乡的对象。而李白却将越地的山水作为理想化的审美标准。即使他在诗中并没有直接说因何产生美感，但从其风景描写很容易想象出李白对水之清澈、透明感，剡溪谷的青绿有强烈的共鸣。李白为了表达对所在地区的山水、自然之美的赞扬，多采用'胜于……'、'好于……'、'美于'的比较形式，而他用于比较的正是越地的山水。这无疑与李白的审美意识相关。李白喜欢表现造型奇特、规模宏大的事物，擅长幻想式、浪漫式的风景描写，在知觉感受方面，他喜好清澈的事物、有透明感的事物、闪光的事物。色彩方面喜欢用白色、青色、绿色。所以当他在诗中表现自己的审美意识时就很自然地引证到越地的山水了"。

大诗人"杜甫在开元二十年（732）左右也曾漫游到剡中，直到晚年他还叨念着剡中的风光，他在《壮游》诗中回忆说：'剡溪蕴秀异，欲罢不能忘。归帆拂天姥，中岁贡旧乡'，表明他曾对剡中胜境流连忘返。他当年乘舟泛沃洲，曾眺望天姥山，因为要赶'贡旧乡'，未能畅游天姥，直到晚年还引以为憾。而他所谓的'归帆拂天姥'，也正说明他是从天台山北麓经沃洲〈湖〉时遥望天姥山的"。[①]

"寤寐如觏，我思剡溪"。诗人萧颖士一边无限怀念江南迷人的景色进入梦境，一边"延首剡溪近，咏言怀数君"。

丘为送友"南入剡中路"，另辟蹊径，登新昌鼓山，寻踪"书圣"王羲之晚年归隐剡东托迹炼丹之处。

数拾得最为潇洒，他走"天姥峡关岭，通同次海津"，领略剡中景色。

丁仙芝则显优雅，住进"剡溪馆闻笛"，享受剡县山空溪静之美。

"茶圣"陆羽乘着淡淡的月色，随着曹娥江的潮水溯流而上剡溪，寒潮、青猿、叫断、空见、年年等，寄托着他对谢灵运等隐居剡中高士的无尽思念。《赴剡溪暮发曹江》（一作《会稽东小山》）诗："月色寒潮入剡溪，青猿叫断绿林西。昔人已逐东流去，空见年年江草齐。"首句剡溪寒潮初涨，并笼罩于月色中，其境一如王子猷雪夜访戴故事。陆羽性倜傥，颇欣赏王子猷此种自由舒展之人生态度，因而对其逐东流逝去，怀有无限怅惘之情。

画家梁锽"小含吴剡县，轻带楚扬州"，将剡中风光画入扇中。

书法家张怀瓘则强调须用"剡纸易墨"，方能写出一手好字。

（3）剡地物产

盛唐诗人不仅热衷剡中风光，还对剡地特产也特别欣赏。一种物产，在诗中得到记载流传，其史料价值不言而喻。

[①] 郁贤皓《唐代诗人与剡中风光》：中国唐代文学学会等主编《唐代文学研究（第六辑）》，桂林：广西师范大学出版社，1996年版，第715页。

①鲈鱼。李白《秋下荆门》诗:"此行不为鲈鱼鲙,自爱名山入剡中。"项斯《寄剡溪友》诗:"夜来忽觉秋风急,应有鲈鱼触钓丝。"李顾《送山阴姚丞携妓之任兼寄苏少府》:"加餐共爱鲈鱼肥,醒酒仍怜甘蔗熟。"清乾隆《嵊县志》卷二《地理物产》:"鲈,剡溪有之。"

②灵草。梁锽《省试方士进恒春草》诗:"东吴有灵草,生彼剡溪傍。"灵草即恒春草。古人认为灵芝是仙草,服之可以长生,故将恒春草比作灵芝,称灵划。生长在剡溪旁的恒春草曾被作为仙草流传朝野。此草色若莓苔,香如荷花,于是有方士采之献于君王。民国《新昌县志·卷四·植物》载:"恒春草,万历《绍兴府志》乡人名为千年润。《嵊志》一名万年青。"炎继明编著《中国古典诗歌与中医药文化》第324页则载:"恒春,神话传说中的一种长青仙树。"方士之恒春草,本用以成仙;诗则以之比喻沾承主上恩露,得以高中。唐人往往以登仙比登第。

③橘。崔颢《舟行入剡》诗:"山梅犹作雨,溪橘未知霜。"此诗不但提供了诗人入越路线,而且提供了唐代越地产橘的消息。据竺可桢《中国近五千年来气候的变迁》一文研究,唐宋时期平均气温较现在高出1~2摄氏度,因此越地种橘极为普遍,唐人诗作中亦屡屡提及。如李顾《送山阴姚丞携妓之任兼寄苏少府》诗:"夜篝眠橘洲,春衫傍枫屿。"

④剡石。剡石,泛指古剡溪流域之石。李白游剡溪、赞剡石,自然也不可避免地诗吟剡石。从本书收录的李白"剡"字诗中,咏石诗句就有不少。如《别储邕之剡》诗:"辞君向天姥,拂石卧秋霜。"诗人就是诗人,一旦认定去剡中,就急着打听道儿,并且还浮想翩翩,遥觐天姥,甚至于轻拂"剡石",作番亲近,在上面睡上一觉。《东鲁门泛舟二首》诗:"日落沙明天倒开,波摇石动水萦回""水作青龙盘石堤,桃花夹岸鲁门西"。两首诗两个"石"字,化墨不多,立意很深,情景与意境十分融洽。《梦留天姥吟留别》诗中有二句是围绕"剡石"展开的:"千岩万转路不定,迷花倚石忽已暝……洞天石扉,訇然中开。"诗中之"石"出了水,没有了首次描绘的那样温柔可亲、迷离怡人,层峦叠嶂间看起来多少有点突兀和怨愁。《寻阳送弟昌峒鄱阳司马作》诗中也有"松门拂中道,石镜回清光"句。在李白所有吟剡诗石中,"石"字出现最多的是《送王屋山人魏万还王屋》诗,共有五次

提及"剡石",即"涛卷海门石,云横天际山""石梁横青天,侧足履半月""缙云川谷难,石门最可观""咆哮七十滩,水石相喷薄""相逢乐无限,水石日在眼"。五个"石"字,各有千秋,就如王羲之在《兰亭集序》中关于"之"的写法,运行别致,无可挑剔,另有韵味。当然,要说对"剡石"的点睛之笔,则在李白《经乱后将避地剡中留赠崔宣城》一诗中,那句"忽思剡溪去,水石远清妙",让人叹为观止。幽远、清朗、美妙,"剡石"的味道仿佛那袅袅青烟,回旋而上,晨邊薄雾启迪人无限遐想。

3.中唐背景与吟剡诗说

(1)中唐背景

中唐自代宗大历元年(766)到文宗太和九年(835)约七十年。

中唐是唐代诗歌的继续繁荣时期。

"安史之乱以后,中国历史进入中唐时期。此时诗歌创作又形成了一个新的高潮。这一时期作家众多,流派林立。刘长卿、韦应物的山水诗,承接王维、孟浩然田园诗风;卢纶、李益的边塞诗,为高适、岑参边塞诗派的余绪。以白居易、元稹为首的现实主义诗人,倡导了一场新乐府运动,元白二人,主张诗歌反映现实生活,关注民生,体现出知识分子强烈的社会责任感。白居易除了现实主义的新乐府作品之外,《长恨歌》《琵琶行》两首长篇叙事诗,更是广为流传,载誉诗坛。这一时期,和元白诗派齐名而诗风独特的是'韩(愈)孟(郊)诗派'。韩孟诗派以才学为本,以议论见长,作诗力避平俗而求生硬奇险,开了宋诗的风气。此外,虽不入他们流派,风格独具的诗人还有柳宗元、刘禹锡、贾岛和李贺。李贺以其奇谲怪诞的诗风独树一帜"。[①]

(2)吟剡诗说

中唐时期,入剡诗人特别多,来了33位(其中皎然《春日会韩武康章后亭联句》诗中的三位成员,没有计入"剡"字诗创作诗人总数。按《全唐诗》列于皎然名下),形成了诗人群体相互唱和的诗风,留下

---

① 王振军、俞阅主编《中国古代文学精品导读》,北京:中国广播电视出版社,2016年版,第94页。

了 70 首"剡"字诗，是四个时期中阵容最大、"剡"字诗最多的一个阶段。

中唐三杰（白居易、刘禹锡、韦应物）来了。

中唐之际，大诗人白居易曾为杭州刺史，元稹、李绅先后为越州刺史、浙东观察使，他们都曾畅游剡中。白居易除写有《沃洲山禅院记》外，还作有三首"剡"字诗。《泛春池》诗："白萍湘渚曲，绿筱剡溪口。"写诗人泛舟春池之上，整个人沉浸在大自然的美景之中，竟然忘记自己身在何处，可谓物我两忘。《赠江州李十使君员外十二韵》诗："经过剡溪雪，寻觅武陵春。"此诗作于长庆二年（822），诗人时年51岁，值其长安至杭州赴任杭州刺史途中。据诗可知白居易到过剡中。与白居易齐名，并称"元白"的元稹，除写有《重修桐柏观记》外，尚作有一首《送王十一郎游剡中》诗。元稹为白寂然筹划建设沃洲山禅院，并亲自赴剡东沃洲山选址，传为佳话。他还将刘阮遇仙典故引入诗中，作有《刘阮妻二首》诗。韦处厚更是于深秋月夜"船撑鉴湖月，路指沃洲云"（《祇剡》），由镜湖溯剡溪。此外，与元稹、白居易和王建倡导新乐府运动，并称"元白张王"的张籍，于长庆三年（823）春游浙东，作有《送越客》诗："春云剡溪口，残月镜湖西。"《剡溪逢茅山道士》诗："茅山近别剡溪逢，玉节青旄十二重。"

山水诗代表刘长卿与剡中关系颇密，现存《刘随州集》中，提到现在新昌境内山水的，就有十处之多，在唐代诗人中名列前茅。他曾两度到过浙江，对浙江一带风土人情、山水景物有所了解。贞元四年（783）到吴越，此后他没有回到北方家乡，生命最后五年，一直住在新昌石城山下的碧涧别墅，隐居于此。诸名诗友，慕名而来。与刘长卿诗酒唱和，极一时之盛，形成了以刘长卿为中心的"碧涧诗群"，留下了大量高质量的诗篇。单就"剡"字诗而言就有6首，即《送行军张司马罢使回》诗："春风吴苑绿，古木剡山深。"《和袁郎中破贼后军行过剡中山水谨上太尉》诗："剡路除荆棘，王师罢鼓鼙。"《送荀八过山阴旧县兼寄剡中诸官》诗："剡溪多隐吏，君去道相思。"《贾侍郎自会稽使回篇什盈卷兼蒙见寄一首与余有挂冠之期因书数事率成十韵》诗："鸟道通闽岭，山光落剡溪。"《赠微上人》诗："禅师来往翠微间，万里千峰在剡山。"《题曲阿三昧王佛殿前孤石》诗："氤氲岘首夕，苍翠剡中秋。"此外，尚作有7首吟沃洲诗，真可谓诗必言沃洲。据陈新宇《刘长卿与碧涧别墅》考："新昌县石城山北麓临城有挂榜岩，县志称'下临碧涧'，以唐代大诗人刘长卿曾在此筑碧涧别墅而得名。碧涧白云今在大佛寺景区范围之内，应该说是浙东诗路上一件值得关注的事。"[1]

继二王三曹四杰七贤之后，中国文化史上又迎来了"大历十才子"，其中五位才子作有"剡"字诗。"大历十才子"之冠钱起，长于写景，与刘长卿齐名，又与同为"大历十才子"的郎士元并称"钱郎"。钱起留有两首"剡"字诗。如《送褚大落第东归》诗："剡中风月久相忆，池上旧游应再得。酒熟宁孤芳杜春，诗成不枉青山色。"诗句透着陶渊明田园诗般或者高士隐居的境界。这境界是那么静谧、美好，足以抚平在这个尘世所受到的任何创伤。在"大历十才子"中，韩翃的创作成就最大，高仲武《中兴间气集》云："韩员外诗，匠意近于史，兴致繁富，一篇一咏，朝士珍之。"他留有两首"剡"字诗。如《和高平朱参军思归作》诗："刺船频向剡中回，捧被曾过越人宿。"诗为思归之作，明亮而轻快，在愉快的回忆中伴有一丝淡淡的遗憾。"大历十才子"李端，晚年虽辞官归隐湖南衡山，仍不忘剡溪王子猷的任性潇洒："戴家溪北住，雪后去相寻。"(《云阳观寄袁稠》)"兴来空忆戴，不似剡溪时。"(《冬夜寄韩弇》)"大历十才子"崔峒，安史之乱时避地江南，曾游浙东，作有《润州送师弟自江夏往台州》诗："剡溪木未落，羡尔过天台。"

宝应元年（762），台州发生袁晁起义，李光弼派袁傪率军镇压，剡中山水受到一定的破坏。刘长卿、李嘉祐、皇甫冉都有《和袁郎中破贼后经剡中山水》诗。刘长卿诗称"剡路除荆棘，王师罢鼓鼙"，李嘉祐诗说"破竹清闽岭，看花入剡溪"，皇甫冉诗谓"旌旗回剡岭，士马濯耶溪"，都是歌颂袁傪平定袁晁起义的胜利。皇甫冉曾两次游浙东。第一次在天宝十五载（756）进士及第前，游览了"天姥峰""剡中""谢公宅"等名胜地；第二次是在罢无锡尉后，从至德二载（757）到广德元年（763），达七八年以上，留下了6首"剡"字诗。其中有"不见关山去，何时到剡中"(《送王绪剡中》)，足见"剡中"在诗人心

---

[1] 陈新宇撰《刘长卿与碧涧别墅》：《新昌政协简讯》，1999年6月4日，第7版。

中的位置是何等的重要。李嘉祐和刘长卿同年入台越，李嘉祐于上元二年（761）任台州刺史，其间与刘长卿交往密切。难怪李嘉祐也把剡中视为他的居住地。李嘉祐经过剡中，对剡溪一带风物一定留有印象，写有3首涉及剡中的诗篇，如《送严维归越州》诗："春日偏相忆，裁书寄剡中。"《送越州辛法曹之任》诗："缘塘剡溪路，映竹五湖村。"

大历年间，秦系、朱放隐于剡中，僧灵澈、灵一等也常到沃洲、天姥。秦系"家于剡山，向盈一纪"，作有《剡中有献》诗，称赞剡地"更乞大贤容小隐，益看愚谷有光辉"。朱放则写有《剡溪舟行》诗："月在沃洲山上，人归剡县溪边。漠漠黄花覆水，时时白鹭惊船。"剡中景色仍很优美。

中唐诗人多以东晋高风入题，其事不必在剡，唯其风流，为人仰慕向往而已。如长于写景、为"大历十才子"之冠的钱起，留下了两首"剡"字诗，一是《送褚大落第东归》诗："他日东流一乘兴，知君为我扫荆扉。"乘兴，用王子猷雪夜访戴事。二是《山斋读书寄时校书杜叟》诗："忆戴差过剡，游仙惯入壶。"忆戴，用雪夜访戴典，谓思念故人。这里用忆戴表现对友人的思念。因只限于思念而未过访，故云"差过剡"。诗人戴叔伦更是多次将"子猷访戴"典故引入诗中，直接以戴安道自比，切己姓氏，对乃祖的仰慕和崇拜溢于言表。《早行寄朱山人放》诗："心知剡溪路，聊且寄前期。"剡溪路，即东晋王子猷雪夜访好友戴安道的路。《剡溪舟行》（一作《泛舟》）诗："飘飘信流去，误过子猷溪。"子猷溪，指剡溪。借指友人隐居处。此处暗寓其访戴故事。《新年第二夜答处上人宿玉芝观见寄》诗："可爱剡溪僧，独寻陶景舍。"暗用王子猷雪夜访戴典，谓处上人像王子猷那样乘兴而游，不过访的不是戴舍，却是陶舍。《答崔法曹赋四雪》诗："已别剡溪逢雪去，雪山修道与师同。"剡溪逢雪，这里以戴安道比拟崔法曹，谓楚僧访崔未遇。以东晋名士王子猷雪夜访戴安道故事，赞扬崔法曹之品性高洁，并比喻他们的关系，流风余韵，绵延不绝。《奉酬秦征君系春日抚州西亭野望兼寄徐少府》诗："那能有余兴，不作剡溪寻。"剡溪寻，这里借以自述希望二友来访的心情。作有多首及剡诗的李端，有两首诗用了"子猷访戴"典故，一首是《云阳观寄袁稠》诗："戴家溪北住，雪后去相寻。"戴家溪，剡溪的别称。东晋王子猷雪夜访戴于此，故剡溪又名"戴溪"。另一首是《冬夜寄韩弇》诗："兴来空忆戴，不似剡溪时。"忆戴,指想念朋友。这里用忆戴切冬夜思友。少从会稽严维学诗,号称"章才子"的章八元有《归桐庐旧居寄严长史》诗:"或在醉中逢夜雪,怀贤应向剡川游。"此处自述有访友之念,谓因思友而乘船寻访。写有许多向往浙东和游浙东回忆诗的杨巨源有两首诗用到这一典故。一是《送定法师归蜀法师即红楼院供奉广宣上人兄弟》诗:"空性碧云无处所,约公曾许剡溪游。"意仿王子猷游剡溪。二是《奉酬端公春雪见寄》诗:"兴逸何妨寻剡客,唱高还肯寄巴人。"剡客,指东晋戴安道,后泛指隐士。源自"子猷访戴"典故。借用东晋王子猷雪夜泛舟访戴逮至门未入而返的故事,喻端公对自己的纯真友情。大诗人白居易曾三次游览浙东,到过剡中,作有《泛春池》诗云:"白萍湘渚曲,绿筱剡溪口。"并作《沃洲山禅院记》,提出"东南山水,越为首,剡为面,沃洲、天姥为眉目"[①]这一盛赞剡中山水美景的经典。他也有一首用到"子猷访戴"的诗,即《赠江州李十使君员外十二韵》:"经过剡溪雪,寻觅武陵春。"剡溪雪,谓造访故友路中的景致。任杭州刺史的姚合在罢职后曾游越州会稽,且在越中有家,曾寓居浙东,作有多首及剡诗。他在《咏雪》诗中也引"子猷访戴"典入诗:"其那知音不相见,剡溪乘兴为君来。"剡溪乘兴,此处用以咏雪。

"刘阮遇仙""买山而隐"典故也频频入诗。如张籍《送越客》诗:"谢家曾住处,烟洞入应迷。"暗用刘晨、阮肇天台山采药遇仙的典故,借以赞美会稽山清水秀、美丽迷人。烟洞,形容从剡溪口入嵊崾狭谷的地形特征。借指桃源仙女洞府。白居易《赠薛涛》诗:"若似剡中容易到,春风犹隔武陵溪。"以刘阮遇仙故事寄语友人要珍惜爱情。此二句意为,像仙女追求刘晨而隔着剡中路一样,元薛之间也隔着一道"武陵溪"。李冶《送阎二十六赴剡县》诗:"妾梦经吴苑,君行到剡溪。归来重相访,莫学阮郎迷。"剡溪在剡县,是曹娥江上游。阮郎即汉时剡县人阮肇,他与刘晨入天台山,遇二仙女迷不知返。阎君恰好是去剡县,这典故用得贴切。又如薛涛《酬吴随君》诗:"支公别墅接花肩,买得前山总未经。入户剡溪云水满,高斋咫尺蹑青冥。""买得"句用"买山而隐"典故。此诗意为,这座幽静的前山别墅和花园相连,

---

[①] (唐)白居易著,丁如明、聂世美校点《白居易全集》,上海:上海古籍出版社,1999年版,第947页。

从你买来后我一次也未来观瞻。进门就看到云横水斜好像是剡溪美景，高高的斋舍，简直就是直插入青天。

以《枫桥夜泊》诗闻名的张继，登上剡县法台寺灌顶坛赋有一诗，在密教文学史上具有相当特殊的地位，它不但是教外作家第一首较完整地展示三密特点的灌顶诗，也是最具密教物色的药师赞。

严维作为浙东诗坛盟主，以鲍防为依托，聚集了数十位诗人进行集体创作，其中作有多首浙东诗，如《剡中赠张卿侍御》诗："逶迤天乐下，照耀剡溪间。"把剡中沃洲山比为王谢活动中心地之一的乌衣巷。其弟子章八元登第前曾在越中，作有多首及剡诗。如《归桐庐旧居寄严长史》诗："或在醉中逢夜雪，怀贤应向剡川游。"《天台道中示同行》诗："八重岩崿叠晴空，九色烟霞绕洞宫。仙道多因迷路得，莫将心事问樵翁。"诗吟刘阮遇仙。其朋友李嘉祐则作有《送严维归越州》诗："春日偏相忆，裁书寄剡中。"《送越州辛法曹之任》诗："缘塘剡溪路，映竹五湖村。"在严维任秘书郎后入越的武元衡，作有多首及剡诗。如《送严绅游兰溪》诗："剡岭穷边海，君游别岭西。"《送寇侍御司马之明州》诗："地穷沧海阔，云入剡山长。"

以"苦吟"闻名的贾岛、孟郊都留下了"剡"字诗。如贾岛有《忆吴处士》诗："何当折松叶，拂石剡溪阴。"诗人忆念吴处士，写长安秋雨之夜饯别，及入闽越国之悬想。其舟行途径乃由剡溪溯流而上，即"拂石剡溪阴"。诗写思友之情。《题长江》诗："若任迁人去，西溪与剡通。"此二句意为，若任迁人离去，自长江西浮而东，则可通剡溪也。贾岛任长江主簿时由京师遭贬到此，诗自言其主簿长江时的感受。

"剡花""越花"在中唐诗人笔下也成为一景。如杨凌有《剡溪看花》诗："花落千回舞，莺声百啭歌。"李嘉祐《和袁郎中破贼后经剡县山水上太尉》诗："破竹清闽岭，看花入剡溪。"孟郊《送淡公》诗十二首之二："镜浪洗手绿，剡花入心春。"施肩吾《晚春送王秀才游剡川》诗："越山花去剡藤新，才子风光不厌春。"

"这一时期，顾况、耿㳘等诗人都曾游剡中。顾况曾隐居剡中多年，今存有《从剡溪到赤城》等诗。耿㳘《登沃洲山》诗则云：'沃洲初望海，携手尽时髦。小暑开鹏翼，新翼长鹭涛，月如芳草远，身比夕阳高。羊祜伤风景，谁云异我曹。'写得非常生动感人，说明中唐时期的诗人们对剡中山水依然十分迷恋。"①

诗人写杭州等外地风景，也要拉剡溪风物做比较。如薛逢《送刘郎中牧杭州》诗："楼下潮回沧海浪，枕边云起剡溪山。"诗中描述杭州的地理位置，风土人情，以及大自然的清明秀丽，包括钱塘潮涌，剡溪云舞和吴水越俗。场面阔大、鲜活，富有生机，立体感和跳跃性很强。如崔子向《送惟详律师自越之义兴》诗："阳羡诸峰顶，何曾异剡山。"以"剡山"比阳羡（今江苏宜兴）诸山。

（3）剡地物产

中唐诗人不仅如初盛唐诗人那样称颂剡中的秀丽风光，也仍然对剡中的特产如剡茗、剡纸、剡桂等加以赞扬和推广。

①剡茗。剡茗，指剡县产的茶。剡县有着得天独厚的自然环境，剡溪流贯县境，四山环抱，山峦起伏，云雾缭绕，雨量充沛，气候适宜。优越的自然条件和生态环境是孕育出优异茶叶品种的理想地区。古代"越州茶"为全国之冠，而"越州茶"主要产地当是剡县，唐时誉为"剡茶"或"剡溪茗"。《剡录·卷十》载："会稽茶，以日铸名天下……然则世之烹日铸者，多剡茶也。剡清流碧湍，与山脉络，茶胡不奇！山中巨井，清甘深洁，宜茶。剡茶声，唐已著。"当时茶品有瀑岭仙茶、五龙茶、真如茶、紫岩茶、鹿苑茶等多种。

"唐三高僧"之一的皎然，自称为南朝宋谢灵运十世孙，对剡溪亲如故乡，感情深笃。其所作《哭觉上人》诗题下自注曰："时绊剡中。"说明他一度居留剡中。在此期间，他用剡茶载道，推广道；用剡道赋剡茶。另外，皎然著有《茶诀》，开启了大唐茶道——中国茶道。"一首诗三碗茶"——《饮茶歌诮崔石使君》成就了剡溪茶道的源头。尤其钟爱剡茗，不仅爱如琼浆，推介更是不遗余力。他热衷于茶道文化，由他开启并主导的"传花饮茗"，引入文士雅集的诗歌联唱，堪与王羲之兰亭流觞媲美，在茶道文化史上留下了光辉的一页。皎然祖籍剡县，是"茶圣"陆羽的笃友。他追慕先祖谢灵运，在剡买山幽居（《山居示灵澈上人》）。皎然情钟剡茗，常作为礼品赠送友人，赞美自然不遗余力。"剡茗情来亦好斟，空门一别肯沾襟"（《送许丞还洛阳》），描

---

① 郁贤皓《唐代诗人与剡中风光》：中国唐代文学学会等主编《唐代文学研究（第六辑）》，桂林：广西师范大学出版社，1996年版，第717页。

写僧人生活的清高：他们远离红尘闹市，寄身于山林之中，云游四方，与山光水色、清风白云相伴，所以也不用寻常俗物招待客人，只要一杯"剡茗"足矣！"聊持剡山茗，以代宜城醑。"(《送李丞使宣州》) 将剡茗与宣城美酒并称。在唐代，宣城酒列入名酒之列。特别是其所作《饮茶歌诮崔石使君》诗，盛赞剡溪茶清郁隽永的香气，甘露琼浆般的滋味，并生动地描绘了一饮、再饮、三饮的感受。对饮茶可以提神醒脑，去除俗虑，真是写得形象生动，令人神往。

刘长卿"春风吴苑绿，古木剡山深"(《送行军张司马罢使回》)、"嵯峨天姥峰，翠色春更碧"(《曾东游以诗寄之》)、"故林嗟满岁，春草忆佳期"(《送荀八过山阴旧县兼寄剡中诸官》) 等描写，隐含着对剡茶的回忆。

②剡纸。剡纸是唐代越州剡县出产的一种纸。顾况的《剡纸歌》诗是记录剡纸的重要资料。它记录了越中特产剡纸生产情况和趣闻逸事。对藤纸竭力赞美，将原料来源、制作技术、用途和赞赏之情，描写得淋漓尽致。"剡溪剡纸生剡藤，喷水捣后为蕉叶。欲写金人金口经，寄与山阴山里僧。"表达了诗人对剡藤纸的赞美以及用以写经赠送僧友的心愿。这里是说以剡藤纸供缮写佛经。唐代对于写经很郑重其事，选择纸张也很讲究。而写经选用剡藤纸，是可看出纸质优良。剡藤纸不仅可以写经，而且取其厚白的作为包装纸用，缝成纸袋，装置炙过的茶叶，使其不泄香气。所有这些，可见浙地造纸行业的发达。

此外，刘禹锡也有"符彩添隃墨，波澜起剡藤"(《牛相公见示新什谨依本韵次用以抒下情》) 等诗句盛赞剡纸。

③剡桂、剡石。唐武宗时为相、有"万古良相"之称的李德裕为浙西观察使时，酷爱天姥红桂和剡溪水石，在洛阳建平泉别墅时，曾慕名亲临剡东追搜奇石异木，并留诗为记，作有《春暮思平泉杂咏二十首·双碧潭》诗咏剡溪，还有《春暮思平泉杂咏二十首·红桂树》《比闻龙门敬善寺有红桂树独秀伊川尝于江南诸山访之莫致陈侍御知予所好因访剡溪樵客偶得数株移植郊园众芳色沮乃知敬善所有是蜀道茵一作茵草徒得嘉名因赋是诗兼赠陈侍御金陵作》两诗赞天姥山的红桂树和剡石。

④禹余粮。"宛委山里禹余粮，石中黄子黄金屑。"(顾况《剡纸歌》) 宝庆《会稽续志·鸟兽草木》载："禹余粮，会稽及嵊县了溪有

之。《博物志》曰：'禹治水，弃余食于江，为禹余粮。'"新昌《东岬志略》载："东岬山多圆石，曰禹余粮，大小不侔，石内含砂如馅，随人意劈开，呼麻类麻，呼菽类菽，传大禹治水时余粮所化，医方收为药石。"

4.晚唐背景与吟剡诗说

（1）晚唐背景

晚唐自文宗开成元年（836）至唐灭亡（907），约七十年。

"晚唐是唐代诗歌的变异时期。随着李唐王朝走向没落，诗歌气格染上了浓厚的衰亡感伤色彩。成就最高的诗人是杜牧和李商隐，世称'小李杜'。陆龟蒙、皮日休继承了新乐府运动的传统，但多具闲适淡泊的情调。此外，温庭筠、杜荀鹤、韦庄等都有一定的成就。"[1]

（2）吟剡诗说

晚唐入剡的诗人有27位，留下51首"剡"字诗（包括1残句）。

虽然中晚唐之际北方藩镇间战乱频仍，尤其是晚唐以后，农民起义波及剡中，导致这条旅游热线渐趋冷落，以至湮没无闻，于是来剡中旅游的诗人显著减少。但比较而言，剡中还是比较安定平静，山川景色优美动人，所以仍有不少诗人怀着对剡中风景的歆羡而来旅游，并留下不少"剡"字诗佳作。

大中年间，许浑曾从天台来到剡中旅游，今存《早发天台山中岩寺度关岭次天姥岑》诗云："来往天台天姥间，欲求真诀驻衰颜。星河半落岩前寺，云雾初开岭上关。丹壑树多风浩浩，碧溪苔浅水潺潺。可知刘阮逢人处，行尽深山又是山。"天台山既是佛教天台宗发祥地，又是道教传说刘阮遇仙处，天姥山亦是道教福地，许浑往来天台、天姥，竟是为了求道教真诀保长生。这位有"许浑千首湿"之评的诗人写诗多用"水"字，名副其实，与剡中结下情缘。他三次入浙东，作有7首"剡"字诗，如《广陵送剡县薛明府赴任》诗："车马楚城壕，清歌送浊醪。"《泛五云溪》诗："更就千村宿，溪桥与剡通。"此外，尚有多首咏石城诗。如《酬和杜侍御》诗："因过石城先访戴，欲朝金阙

---

[1] 王振军、俞阅主编《中国古代文学精品导读》，北京：中国广播电视出版社，2016年版，第94页。

暂依刘。"《越中》诗:"石城花暖鹧鸪飞,征客春帆秋不归。"

在元稹长庆三年至大和三年(823—829)为越州刺史时,赵嘏入浙东观察使元稹的幕府。一个秋天,赵嘏有事过新昌,他从剡城出发时写了一首《发剡中》诗:"南岩气爽横邽郭,天姥云晴拂寺楼。"晴朗的秋日,天高气爽,告别了昨夜住宿的嵊州官舍,他骑着马儿,傍着剡溪,从南岩走向天姥,结果天晚了路还长呢,便在石城寺住了下来。赵嘏首次游剡,时值深秋,又当傍晚,因迫于使命,第二天不得不离开,因此赋诗《早发剡中石城寺》诗以记石城的山水风光和人文胜迹,从多个角度较为全面地反映了剡地的人文、历史及自然风貌。在佛教圣地能"暂息劳生",甚感欣慰,而天明离去则倍感惆怅。这是唐诗中孟浩然之外又一首写石城寺的诗,非常可贵。此外尚有《送张又新除温州》诗:"地与剡川分水石,境将蓬岛共烟霞。"《淮信贺滕迈台州》诗:"舟移清镜禹祠北,路转翠屏天姥东。"

与赵嘏同为会昌四年(844)同榜进士的项斯、马戴,都作有"剡"字诗。如项斯古书谓临海郡人,其实是临海郡乐安县(今仙居县)人。因为临海郡置前,属会稽郡,故项斯有时自称为"越人",作有《寄剡溪友》诗:"山晚迥寻萧寺宿,雪寒谁与戴家期。""雪寒"句:用子猷雪夜访戴典故。戴家,指戴逵宅。马戴中年游浙东。他游踪极广,曾东游江浙,约在三十岁前到浙东,作有《寄剡中友人》诗:"沃洲僧几访,天姥客谁过。"《赠禅僧》诗:"弟子人天遍,童年在沃洲。"诗中对天姥、沃洲景色写得很生动,从而可知马戴当游过剡中,并在那里有过朋友。他对剡中及沃洲、天姥历史风物名人掌故十分熟悉。

诗人薛能也曾游剡,时任京兆尹,乾符(874—879)初调任徐州感化军节度使,作有《送浙东王大夫》《水帘吟》等诗。其中《送浙东王大夫》述及浙东地理风俗、名产,还写到裘甫起义以后浙东的兵灾情况,这对当时浙江经历战争后的社会状况描绘颇为详细,可作为唐代浙江历史资料的补充。

又如唐文学家王棨,作有《省题诗二十一首·山明松雪》诗:"披衣凝望久,无限剡溪情。"诗人李昌邺见若耶溪女子所题自伤身世之诗,乃《和三乡诗》题壁:"不应更学文君去,泣向残花归剡溪。"

诸葛觉为越州僧时,曾至剡中访友,对剡溪风光印象深刻,吟出"思牵吴岫起,吟索剡云开"的诗句。南唐宰相,也是当时著名诗人的李建勋，则作有《怀赠操禅师》诗："秋来得音信，又在剡山东。"

更有诗人直接隐于新昌。如新昌吴氏始祖吴融，原籍山阴，唐龙纪元年（889）进士，曾任户部侍郎等职，解职后居山阴，后游剡东（今新昌境），卜居叠石（今小将、结溪一带）、新昌小石佛。其子分居刘门坞。吴融作有多首及剡诗。除《山居喜友人相访》诗外，尚有《寄贯休上人》诗："见拟沃洲寻旧约，且教丹顶许为邻。"这里用"沃洲"喻指贯休上人栖隐之地，暗将贯休上人比作晋代高僧支遁。

晚唐诗僧栖白曾栖隐于今新昌县东南部之沃洲，其《怀竺法深》诗末二句"共是忘机者，何当卧沃洲"可证。竺法深又名竺道潜，为东晋高僧，居岬山水帘飞瀑右侧，故栖白诗云："何当卧沃洲。"从《寄独孤处士》诗"剡山""太白""雪中禅"等词语可知，诗人常往来剡中。

唐诗僧无可，到过浙东，他可能是从汉水入长江、渡钱江入浙东，在镜湖、剡中一带盘桓了一段时间。他主要住在剡中沃洲，由沃洲上石桥，再上华顶，然后到佛陇、赤城，且留下了《寄华州马戴》《送人罢举东游》等不少诗作，追忆浙东之行。无可尚有《寄题庐山二林寺》诗："名齐松岭峻，气比沃洲浓。"

因仰慕支遁向往剡东，唐末兵乱，"唐三高僧"之一的诗僧齐己，由江西道林来剡中隐居。据竺岳兵著《唐诗之路唐代诗人行迹考》，齐己与浙东、沃洲之情结是非常深的。齐己七岁（871年）后十年间在浙东，时处"黄巢起义"时期来到剡中，寻访支遁高僧、戴安道、王之猷等名士的行踪。诗人常以"沃洲主""沃洲客"自称，说明在沃洲的时间不会比在江西道林寺短。齐己除作有7首"剡"字诗外，还另作有多首咏新昌沃洲、南岩、刘门山、东岬山、支遁的诗，应是为新昌留下历史文化最多的名人之一。如（作于新昌沃洲的）《道林寓居》诗："即问沃洲开士僻，爱禽怜骏意何如。"《喜彬上人见访》诗："高吟欲继沃洲师，千里相寻问课虚。"《七十作》诗："沃洲匡阜客，几劫不迷人。"《谢西川可准上人远寄诗集》诗："匡社经行外，沃洲禅宴余。"《荆门勉怀寄道林寺诸友》诗："珍重匡庐沃洲主，拂衣抛却好林泉。"《寄湘中诸友》诗："沃洲高卧心何僻，匡社长禅兴亦孤。"《山寺喜道者至》诗："知住南岩久，冥心坐绿苔。"《谢道友挂杖》诗："剪自南岩瀑布边，寒光七尺乳珠连。"《寄武陵道友》诗："阮肇迷仙处，禅门接紫霞。"《题中人上乘》诗："欠鹤同支遁，多诗似惠休。"《寄仰山光味长者》诗："大仰禅栖处，杉松到顶阴。"《留题仰山大师塔院》诗："岚光叠杳冥，晓翠湿窗明。"《题郑郎中谷仰山居》诗："王维爱甚难抛画，支遁怜多不惜钱。"《宜春江上寄仰山长老二首》诗："水隔孤城城隔山，水边时望忆师闲。"《高僧传》中称岬山为仰山。从这些诗作可知，他隐处沃洲之久。

"唐三高僧"之一的贯休，长期隐于浙东，诗人吴融在《寄贯休上人》诗中提到剡中沃洲："见拟沃洲寻旧约，且教丹顶许为邻。"而贯休自己则在《送僧归剡山》诗中说："远眺为乱处，寺与石城连。木落归山路，人初割剡田。……"提到了石城寺，但已是一片萧瑟景象，从一个侧面反映出唐末剡中在战乱中的衰颓情况。贯休把支遁仰为绳准，以至于人们把他当作是支的转世僧（《到蜀》诗："谩期王谢来相访，不是支公出世才。"）他多次约人寻踪支公，共游沃洲、石城。如《秋居寄王相公三首》诗之三："只应王与谢，时有沃洲期。"《题简禅师院》诗："机忘室亦空，静与沃洲同。"《送道士归天台》诗："径侵银地滑，瀑到石城闻。"《桐江闲居作十二首》诗之三："何妨似支遁，骑马入青冥。"《喜不思上人来》诗："沃洲那不住，一别许多时。"《题淮南惠照寺律师院》诗："仪冠凝寒玉，端居似沃洲。"《蜀王入大慈寺听讲》诗："只缘支遁谈经妙，所以许询都讲来。"《送薛侍郎贬峡州司马》诗："因人好寄新诗好，不独江东有沃洲。"《感怀寄卢给事二首》诗之一："好更因人寄消息，沃洲归去已蹉跎。"《山居诗二十四首》诗之二十四："支公放鹤情相似，范泰论交趣不同。"这些诗作说明他在沃洲、石城结识了很多友人。

深受吴融欣赏的晚唐诗人李洞，诗多师法贾岛，以奇峭、琢字炼句见长。时人但诮其僻涩，而不能贵其奇峭，唯吴融称之。李洞游浙东约在年轻时，作有《送友罢举赴边职》诗："出剡篇章入洛文，无人细读叹俱焚。"诗句谓这位友人带着文章从剡县来东京赶考，可惜落第了。李洞曾欲弃官与栖白归隐浙东，终老沃洲、石桥，惜未实现。李洞诗可能作于随吴融游历剡东遁山时。李洞尚有咏天姥、沃洲、兴善寺的诗。如《赠宋校书》诗："长言买天姥，高卧谢人群。"《赠入内供奉僧》诗："内殿谈经惬帝怀，沃洲归隐计全乖。"《赠兴善彻公上人》诗："师资怀剑外，徒步管街东。"

罗隐与剡中有缘。从裘甫起义（859—860）失败到王沨任越州刺史（867—870）期间，罗隐在浙东，历时十年左右。罗隐足迹遍及浙东，南达苍岭，东至邓鄑县，在镜湖、稽山、禹祠、兰渚等地写有诗文，今嵊州市的金庭、逵溪，今新昌县的大佛寺、沃洲以及天台县的石桥、华顶，都是他多次流连忘返之地。1994年版《新昌县志》第五章《传说轶闻》载有《罗隐"圣旨口"》一文。罗隐也到过嵊州市。清道光《嵊县志·卷一·山川》载："罗隐山在县东五十里游谢乡。唐罗隐常往来于此。"据《新昌文史·第7辑·新昌大佛寺》："世传罗隐出语成谶。名其为'罗隐秀才'。罗隐在新昌一带所留传说颇多。"如石城的回音壁，一名罗隐的秀才岩。据说罗隐游览到此，岩石坍下，罗隐被闭石窟中，呼之可听到回声云。清代新昌人俞潗鉴《沃洲散人漫吟·沃城竹枝词》中"半途儿童快先上，欲到前呼罗秀才"[①]即指其地。不过20世纪70年代在其旁采石后，今天已听不到回声了。罗隐作有三首"剡"字诗，《送裴饶归会稽》诗："金庭路指剡川隈，珍重良朋自此来。"《寄剡县主簿》诗："金庭养真地，珠篆勾稽官。"《赵能卿话剡之胜景》诗："会稽诗客赵能卿，往岁相逢话石城。"

与李商隐齐名，时号"温李"的温庭筠，幼年就在浙东。温庭筠足迹遍浙东，一路空谷幽泉，荒寺老僧，无不入其诗囊。温庭筠有咏及剡地诗多首，如《宿一公精舍》诗："茶炉天姥客，棋席剡溪僧。"《秘书省有贺监知章草题诗笔力遒健风尚高远拂尘寻玩因有此作》诗："剡溪渔客贺知章，任达怜才爱酒狂。"

唐代才子，诗名卓著，有状元之称的方干，隐居地在东镜湖之小岛寒山，寒山又名"方干岛"；同时，在剡溪上游、今新昌江畔也有他的"东溪别业"。从华顶回镜湖时，又在新昌江一带逗留，有《赠东溪贫道》诗为证，回途中到今嵊州，有《将归湖上留别陈宰》诗记述。方干作有四首"剡"字诗，即《送剡县陈永秩满归越》《和剡县陈明府登县楼》《路入剡中作》《游岳林寺》。此外尚有咏沃洲诗《赠江南僧》："忘机室亦空，禅与沃洲同。"

与方干为诗友的李群玉两游浙东。第一次约在25岁。第二次约在

[①] （清）俞潗鉴撰《沃洲散人漫吟》卷二，浙江图书馆馆藏民国十九年（1930）铅印本。

大中八年（854）以后，年约40岁。这次在浙东的时间较长，借秋天之机，以越州州治为中心，遍游剡中名胜。作有"剡"字诗《腊夜雪霁月彩交光开阁临轩竟睡不得命家仆吹笙数曲独引一壶奉寄江陵副使杜中丞》："怀哉梁苑客，思作剡溪游。"

与方干友善的周贺也作有《京口赠崔固》诗："别君还寂寞，不似剡中年。"

世称"皮陆"之一的陆龟蒙，随父在浙东生活多年，曾至天台山，写有很多浙东诗，对"浙东唐诗之路"的形成起了殊为重要的作用。特别是他与皮日休唱和的《四明九题》，使四明山声名大振。陆龟蒙作有多首及剡诗。如《奉和袭美二游诗·任诗》："谒来任公子，摆落名利役……秋笼支遁鹤，夜榻戴颙客……即此自怡神，何劳谢公展。"

《送宣武从事越中按狱》诗："客鸿吴岛尽，残雪剡汀消。"《寒夜同袭美访北禅院寂上人》诗："月楼风殿静沉沉，披拂霜华访道林。"《山僧二首》诗之二："一夏不离苍岛上，秋来频话石城南。"

晚唐诗人也喜爱将"子猷访戴"引典入诗。如以"山雨欲来风满楼"之句闻名的许浑三次入浙东，游览过天姥山，留下题为《早发天台中岩寺度关岭次天姥岑》的诗，在作有的7首"剡"字诗中有5首用到了"子猷访戴"典。一是《再游越中伤朱庆馀协律好直上人》诗："王氏船犹在，萧家寺已空。"王氏船，用王子猷雪夜访戴故事，泛指访友之船，此借指朱庆馀访好直之船。二是《和毕员外雪中见寄》诗："相思不相访，烟月剡溪深。"这里活用王子猷雪夜访戴逸事，借以映衬毕员外雪中思念自己的情怀，含有怪罪毕氏未来访问之意。三是《泛舟寻郁林寺道玄上人遇雨而返因寄》诗："入夜花如雪，回舟忆剡溪。"作者泛舟访道玄上人，遇雨而返，这里以王子猷访戴及门而返比拟自己的出访。四是《对雪》诗："剡溪一醉十年事，忽忆棹回天未明。"作者对雪而回忆往事。这里以"剡溪棹回"喻指十年前自己的雪夜访友之举。忆棹，借指忆戴，用王子猷雪夜访戴逸典故。五是《宣城赠萧兵曹》诗："舟寒剡溪雪，衣破洛城尘。"剡溪雪，用王子猷雪夜访戴逸。此外，诗人项斯有《寄剡溪友》诗："山晚迴寻萧寺宿，雪寒谁与戴家期。""雪寒"句，用王子猷雪夜访戴逸典故。戴家，指戴逸家，故剡溪又名"戴溪"。曾住过剡中石城寺（今新昌大佛寺）的赵嘏作有《送剡客》诗："扁舟几处逢溪雪，长笛何人怨柳花。""扁舟"句，暗用王子猷雪夜访戴逵事。遍游剡中名胜的李群玉作有《腊夜雪霁月彩交光开阁临轩竟睡不得命家仆吹笙数曲独引一壶奉寄江陵副使杜中丞》诗："怀哉梁苑客，思作剡溪游。"剡溪游，这里暗以王子猷自比，表示对杜中丞的思念，引雪夜故事，亦与题目相扣。隐居镜湖，在剡溪上游、今新昌江畔也有"东溪别业"的方干，作有《路入剡中作》诗："戴湾冲濑片帆通，高枕微吟到剡中。"此二句意为，跨过河湾，冲过急流，孤舟一路畅行，我在船上无忧无虑地高卧，轻声地吟着诗，一会儿就到了剡县。戴湾即剡溪。冲濑，即言水流湍激。作者乘着小舟，由剡溪来到剡中，这也是唐朝诗人习惯所走的路线吧！与剡中有缘的罗隐作有两首诗，一为，《赵能卿话剡之胜景》（一作《往年进士赵能卿尝话金庭胜事见示叙》）："两火一刀罹乱后，会须乘兴雪中行。"一为《送裴饶归会稽》诗："笑杀山阴雪中客，等闲乘兴又须回。"都用"乘兴"代指王子猷雪夜访戴逵典。后诗二句是说罗隐趁着有兴致，裘甫乱平之际，送裴饶回金庭。他笑王子猷到门不入，有希望与裴饶保持联系，互通信息之意。新昌吴氏始祖吴融作有《山居喜友人相访》诗："高于剡溪雪，一棹到门回。"剡溪雪，谓造访故友路中的景致。这里活用"访戴"典，借以衬托对友人雨中来访的喜悦心情。此二句意为，你比晋时王子猷雪夜乘着一只小船泛剡溪、去访戴逵之情还要云高情重，因为王子猷到了戴家门前，便兴尽而返。而你是与我相见、谈笑、对饮，并留宿的呀！因仰慕支遁向往剡东，唐末兵乱，由江西道林来剡中隐居的"唐三高僧"之一齐己，作有7首"剡"字诗，其中《荆渚病中因思匡庐遂成三百字寄梁先辈》诗："依刘未是咏，访戴宁忘诸。"依刘，亦称依刘表。三国时王粲曾依荆州刘表。后因以代指投靠权贵。这里以"依刘"为喻，表示无意依投幕府。访戴，即王子猷雪夜访戴典故。此二句意为，己既断绝投靠权贵之念，亦无访友之心。曾游剡中的李咸用作有《雪十二韵》诗："吟阑余兴逸，还忆剡溪船。"用王子猷雪夜访戴典故。剡溪船，指隐居逸游，造访故友。曾栖隐于今浙江新昌东南部之沃洲的栖白，作有《寄独孤处士》诗："何期归太白，伴我雪中禅。"雪中禅，用王子猷雪夜访戴事。此句意为，不知什么时候，可乘兴去剡县看看那些僧人朋友。曾游历剡中的徐夤作有两首"剡"字诗，其中《夜》诗："剡川雪满子猷去，汉殿月生王母来。""剡川"句，用王子猷雪夜访戴事，此谓访友乘兴而往。

（3）剡地物产与风俗

晚唐诗人与前各期诗人一样，对剡地特产与风俗加以赞扬推广，为后人留下了珍贵的史料。

①剡茗与围棋。唐朝饮茶风尚盛行，方外人士的生活中饮茶、弈棋已成为一种雅趣。隋唐时期，大批文人墨客入剡览胜，剡县围棋开始与外界交流，温庭筠的"茶炉天姥客，棋席剡溪僧"（《宿一公精舍》）咏棋诗句，记述了围棋在当时剡县民间的流行情况。

②剡纸。皮日休《二游诗·徐诗》："宣毫利若风，剡纸光与月。""宣毫""剡纸"并称，其应用及声名，不可谓不广大。

薛能《送浙东王大夫》诗："越毫逐厚俸，剡硾得佳名。"剡硾，原注"纸名"。谓用木椎捣制，坚滑光白不凝笔，又名曰硾笺。经煮硾或涂蜡的纸为熟纸。书写时不会走墨晕染。《唐书·百官志一》："秘书省，有熟纸匠十人。"此处泛指剡纸。硾，谓捶捣剡藤造纸。《剡录·卷七·纸·剡硾》载："'越毫逐厚俸，剡硾得佳名。'注曰：'近相传，以捣熟纸名硾。《鸡林志》曰：'高丽纸治之紧滑不凝笔，光白可爱，号白硾纸。'"可见剡硾纸为剡藤纸中的精品。

齐己作有三首与剡纸相关的诗，可见其对剡纸的喜爱程度。如《荆渚病中因思匡庐遂成三百字寄梁先辈》诗："新题忆剡硾，旧约怀匡庐。"《谢人自钟陵寄纸笔》诗："霜雪剪栽新剡硾，锋铓管束本宣毫。"《寄敬亭清越》诗："鼎尝天柱茗，诗硾剡溪笺。"剡溪笺，用剡纸做的笺。

陈端《以剡笺赠陈待诏》诗："云母光笼玉杵温，得来原自剡溪濆。"陈端以剡笺赠人，又以天姥、金庭之自然景色形容剡笺之光洁，此剡笺当是陈端从剡地带去的。

崔道融《谢朱常侍寄贶蜀茶剡纸二首》诗之二："百幅轻明雪未融，薛家凡纸漫深红。"蜀茶指四川的蒙顶茶，是唐代很名贵的茶叶。剡纸产于剡县之纸，唐时颇负盛名。诗中的剡纸，可能是书写用的，与蜀茶同为礼物，都是人们的喜爱之物。

剡纸由于白、韧，除用于书写外，还可用来包茶、制帐、制被，用途广泛。

如用来做纸帐的，有李观象的《纸帐诗》："清悬四面剡溪霜，高卧梅花月半床。"剡溪霜，代指剡纸。徐夤的《纸帐》诗："几笑文园四壁空,避寒深入剡藤中。"此二句意为:任凭别人去挂织锦罗帐吧,怎么抵得上这纸帐温暖避风呢。

③剡石。与剡纸、剡茗齐名的剡石,除盛唐李白、中唐李德裕酷爱外,晚唐诗人赵嘏、许棠也十分喜爱。曾投宿剡中石城寺的赵嘏,怎么能不写剡石呢?他对剡石情有独钟,在所作的四首"剡"字诗中,首首不离"剡石"。《送剡客》诗:"门掩右军余水石,路横诸谢旧烟霞。"水石,犹泉石,借指王羲之别墅里的清丽胜景。《发剡中》诗:"南岩气爽横郛郭,天姥云晴拂宇楼。"更是将南岩山、天姥山列为剡中两端景色。《早发剡中石城寺》诗:"吟辞宿处烟霞去,心负秋来水石闲。"抒发对石城寺山水泉石的无限眷恋之情。水石,指流水与水中之石。《送张又新除温州》诗:"地与剡川分水石,境将蓬岛共烟霞。"分水石,谓永嘉水石之胜可与剡溪剡石媲美。许棠则在《送省玄上人归江东》诗中写道:"安禅思剡石,留偈别都人。"剡石成为客居长安的剡僧思归的寄托。

二、"剡"字唐诗精华荟萃

剡溪,在唐代是一个响当当的名字。在这条温润的溪水上有多少唐代的文人墨客为之倾倒。剡中、剡县因剡溪闻名,在唐诗中出现的也相当频繁。以下为唐诗中有关剡溪、剡中、剡县及其相关"剡"字诗的集锦。

1.唐诗中出现的58次"剡溪"诗

诗句	诗题	作者
—	《剡溪馆闻笛》	丁仙芝
那能有余兴,不作剡溪寻。	《奉酬秦征君系春日无州西亭野望兼寄徐少府》	韦应物
披衣凝望久,无限剡溪情。	《山明松雪》	王棨
白萍湘渚曲,绿筱剡溪口。	《泛春池》	白居易
经过剡溪雪,寻觅武陵春。	《赠江州李十使君员外十二韵》	白居易
剡溪多隐吏,君去道相思。	《送荀八过山阴旧县兼寄剡中诸官》	刘长卿

续表

诗句	诗题	作者
鸟道通闽岭,山光落剡溪。	《贾侍郎自会稽使回篇什盈卷兼蒙见寄一首与余有挂冠之期因书数事率成十韵》	刘长卿
心系征帆上,随君到剡溪。	《成都送严十五之江东》	戎昱
—	《剡溪行却寄新别者》	朱放
相思不相访,烟月剡溪深。	《和毕员外雪中见寄》	许浑
入夜花如雪,回舟忆剡溪。	《泛舟寻郁林寺道玄上人遇雨而返因寄》	许浑
剡溪一醉十年事,忽忆棹回天未明。	《对雪》	许浑
舟寒剡溪雪,衣破洛城尘。	《宣城赠萧兵曹》	许浑
无处清阴似剡溪,火云奇崛倚空齐。	《江上夏日》	齐己
犹有幽深不相似,剡溪乘棹入耶溪。	《渚宫西城池上居》	齐己
冥心坐满蒲团稳,梦到天台过剡溪。	《默坐》	齐己
兴从剡溪起,思绕梁园发。	《淮海对雪赠傅霭》	李白
多酤新丰醁,满载剡溪船。	《叙旧赠江阳宰陆调》	李白
会稽风月好,却绕剡溪回。	《赠王判官时余归隐居庐山屏风叠》	李白
忽思剡溪去,水石远清妙。	《经乱后将避地剡中留赠崔宣城》	李白
虽然剡溪兴,不异山阴时。	《秋山寄卫尉张卿及王征君》	李白
湖月照我影,送我至剡溪。	《梦游天姥吟留别》	李白
若教月下乘舟去,何啻风流到剡溪。	《东鲁门泛舟二首》其二	李白
落日花边剡溪水,晴烟竹里会稽峰。	《送山阴姚丞携妓之任兼寄苏少府》	李颀
缘塘剡溪路,映竹五湖村。	《送越州辛法曹之任》	李嘉祐
破竹清闽岭,看花入剡溪。	《和袁郎中破贼后经剡县山水上太尉》	李嘉祐
兴来空忆戴,不似剡溪时。	《冬夜寄韩弇》	李端
—	《比闻龙门敬善寺有红桂树独秀伊川尝于江南诸山访之莫致陈侍御知予所好因访剡溪樵客偶得数株移植郊园众芳色沮乃知敬善所有是蜀道菌一作菌草徒得嘉名因赋是诗兼赠陈侍御金陵作》	李德裕
怀哉梁苑客,思作剡溪游。	《腊夜雪霁月彩交光开阁临轩竟睡不得命家仆吹笙数曲独引一壶奉寄江陵副使杜中丞》	李群玉

续表

诗句	诗题	作者
吟阑余兴逸,还忆剡溪船。	《雪十二韵》	李咸用
不应更学文君去,泣向残花归剡溪。	《和三乡诗》	李昌邺
妾梦经吴苑,君行到剡溪。	《送阎二十六赴剡县》	李冶
剡溪蕴秀异,欲罢不能忘。	《壮游》	杜甫
高于剡溪雪,一棹到门回。	《山居喜友人相访》	吴融
月色寒潮入剡溪,青猿叫断绿林西。	《赴剡溪暮发曹江》（一作《会稽东小山》）	陆羽
逶迤天乐下,照耀剡溪间。	《剡中赠张卿侍御》	严维
—	《剡溪看花》	杨凌
空性碧云无处所,约公曾许剡溪游。	《送定法师归蜀法师即红楼院供奉广宣上人兄弟》	杨巨源
春云剡溪口,残月镜湖西。	《送越客》	张籍
茅山近别剡溪逢,玉节青旄十二重。	《剡溪逢茅山道士》	张籍
其那知音不相见,剡溪乘兴为君。	《咏雪》	姚合
—	《寄剡溪友》	项斯
故林又斩新,剡源溪上人。	《诗（故林又斩新）》	拾得
饮醉欲言归剡溪,门前驷马光照衣。	《崔司录宅燕大理李卿》	高适
—	《从剡溪至赤城》	顾况
何当折松叶,拂石剡溪阴。	《忆吴处士》	贾岛
剡溪木未落,羡尔过天台。	《润州送师弟自江夏往台州》	崔峒
寤寐如觌,我思剡溪。	《江有枫一篇十章》	萧颖士
延首剡溪近,咏言怀数君。	《越江秋曙》	萧颖士
东吴有灵草,生彼剡溪傍。	《省试方士进恒春草》	梁锽
茶炉天姥客,棋席剡溪僧。	《宿一公精舍》	温庭筠
剡溪渔客贺知章,任达怜才爱酒狂。	《秘书省有贺监知章草题诗笔力遒健风尚高远拂尘寻玩因有此作》	温庭筠
楼下潮回沧海浪,枕边云起剡溪山。	《送刘郎中牧杭州》	薛逢
入户剡溪云水满,高斋咫尺蹑青冥。	《酬吴随君》	薛涛
心知剡溪路,聊且寄前期。	《早行寄朱山人放》	戴叔伦
可爱剡溪僧,独寻陶景舍。	《新年第二夜答处上人宿玉芝观见寄》	戴叔伦
已别剡溪逢雪去,雪山修道与师同。	《答崔法曹赋四雪》	戴叔伦
—	《剡溪舟行》	戴叔伦

2.唐诗中出现的9首"剡溪别称"诗

诗句	诗题	作者
地与剡川分水石,境将蓬岛共烟霞。	《送张又新除温州》	赵嘏
剡川雪满子猷去,汉殿月生王母来。	《夜》	徐夤
或在醉中逢夜雪,怀贤应向剡川游。	《归桐庐旧居寄严长史》	章八元
金庭路指剡川隈,珍重良朋自此来。	《送裴饶归会稽》	罗隐
剡川今已远,魂梦暗相亲。	《离别难》	武后宫人
寻阳非剡水,忽见子猷船。	《寻阳送弟昌峒鄱阳司马作》	李白
客鸿吴岛尽,残雪剡汀消。	《送宣武从事越中按狱》	陆龟蒙
清剡与严湍,潺湲皆可忆。	《春暮思平泉杂咏二十首·双碧潭》	李德裕
戴家溪北住,雪后去相寻。	《云阳观寄袁稠》	李端

说明:以上"剡溪"诗和"剡溪别称"诗,总计达67首。

3.唐诗中出现的25次"剡中"诗

诗句	诗题	作者
故人今在剡,秋草意如何。	《寄剡中友人》	马戴
别君还寂寞,不似剡中年。	《京口赠崔固》	周贺
戴湾冲濑片帆通,高枕微吟到剡中。	《路入剡中作》	方干
—	《送王十一郎游剡中》	元稹
若似剡中容易到,春风犹隔武陵溪。	《赠薛涛见张为主客图》	白居易
南入剡中路,草云应转微。	《送阎校书之越》	丘为
剡路除荆棘,王师罢鼓鼙。	《和袁郎中破贼后军行过剡中山水谨上太尉》	刘长卿
氛氲岘首夕,苍翠剡中秋。	《题曲阿三昧王佛殿前孤石》	刘长卿
剡中若问连州事,唯有千山画不如。	《送曹璩归越中旧隐诗》	刘禹锡
处处多遗韵,何曾入剡中。	《再游越中伤朱庆馀协律好直上人》	许浑
日月坐销江上寺,清凉魂断剡中山。	《夏日寓居寄友人》	齐己
庶几踪谢客,开山投剡中。	《宿云门寺》	宋之问
借问剡中道,东南指越乡。	《别储邕之剡中》	李白
此行不为鲈鱼鲙,自爱名山入剡中。	《秋下荆门》	李白
春日偏相忆,裁书寄剡中。	《送严维归越州》	李嘉祐
不见关山去,何时到剡中。	《送王绪剡中》	皇甫冉

续表

诗句	诗题	作者
气凄湖上雨，月净剡中夕。	《曾东游以诗寄之》	皇甫冉
—	《送王翁信还剡中旧居》	皇甫冉
—	《早发剡中石城寺》	赵嘏
剡中风月久相忆，池上旧游应再得。	《送褚大落第东归》	钱起
—	《剡中有献》	秦系
山居不买剡中山，湖上千峰处处闲。	《题湖上草堂》	皎然
—	《哭觉上人时绊剡中》	皎然
数处乘流望，依稀似剡中。	《若邪春兴》	皎然
刺船频向剡中回，捧被曾过越人宿。	《和高平朱参军思归作》	韩翃

4.唐诗中出现的10次"剡县"诗

诗句	诗题	作者
—	《送剡县陈永秩满归越》	方干
—	《和剡县陈明府登县楼》	方干
月在沃洲山上，人归剡县溪边。	《剡山溪舟行》	朱放
—	《广陵送剡县薛明府赴任》	许浑
山川如剡县，风日似长沙。	《秋浦歌十七首》其六	李白
关心小剡县，傍眼见扬州。	《巴西驿亭观江涨呈窦使君二首》其一	杜甫
—	《剡县法台寺灌顶坛诗》	张继
—	《寄剡县主簿》	罗隐
—	《腊月八日于剡县石城寺礼拜》	孟浩然
小含吴剡县，轻带楚扬州。	《崔驸马宅咏画山水扇》	梁锽

5.其他相关的吟剡主题诗

类别	诗句	诗题	作者
剡东	投闲犹自喜，古刹剡东寻。	《游岳林寺》	方干
	便寄柴桑隐，何劳访剡东。	《春日会韩武康章后亭联句》	皎然
	觉来还在剡东峰，乡心缭绕愁夜钟。	《述梦》	皎然

043

续表

类别	诗句	诗题	作者
剡山剡岭剡路	春风吴苑绿，古木剡山深。	《送行军张司马罢使回》	刘长卿
	禅师来往翠微间，万里千峰在剡山。	《赠微上人》	刘长卿
	秋来得音信，又在剡山东。	《怀赠操禅师》	李建勋
	地穷沧海阔，云入剡山长。	《送寇侍御司马之明州》	武元衡
	何时甘露偈，一寄剡山东。	《寄庐山大愿和尚》	贯休
	扁舟浙水上，轻策剡山前。	《寄独孤处士》	栖白
	阳羡诸峰顶，何曾异剡山。	《送惟详律师自越之义兴》	崔子向
	早晚花会中，经行剡山月。	《送至洪沙弥游越》	皎然
	—	《发剡山》	赵嘏
	岸如洞庭山似剡，船漾清溪凉胜簟。	《泊秋江》	贯休
	剡岭穷边海，君游别岭西。	《送严绅游兰溪》	武元衡
	旌旗回剡岭，士马濯耶溪。	《和袁郎中破贼后经剡中山水》	皇甫冉
	剡路逢禅侣，多应问我曹。	《送禀上人游越》	皎然
剡石	安禅思剡石，留偈别都人。	《送省玄上人归江东》	许棠
剡茗	剡茗情来亦好斟，空门一别肯沾襟。	《送许丞还洛阳》	皎然
	聊持剡山茗，以代宜城醑。	《送李丞使宣州》	皎然
	越人遗我剡溪茗，采得金牙爨金鼎。	《饮茶歌诮崔石使君》	皎然
剡纸剡藤剡砑	宣毫利若风，剡纸光与月。	《二游诗·徐诗》	皮日休
	符彩添险墨，波澜起剡藤。	《牛相公见示新什谨依本韵次用以抒下情》	刘禹锡
	越山花去剡藤新，才子风光不厌春。	《晚春送王秀才游剡川》	施肩吾
	新题忆剡砑，旧约怀匡庐。	《荆渚病中因思匡庐遂成三百字寄梁先辈》	齐己
	越台随厚俸，剡砑得尤名。	《送浙东王大夫》	薛能
	鼎尝天柱茗，诗砑剡溪笺。	《寄敬亭清越》	齐己
	霜雪剪裁新剡砑，锋铓管束本宣毫。	《谢人自钟陵寄纸笔》	齐己
	清悬四面剡溪霜，高卧梅花月半床。	《纸帐诗》	李观象
	几笑文园四壁空，避寒深入剡藤中。	《纸帐》	徐寅

续表

类别	诗句	诗题	作者
剡纸 剡藤 剡硾	—	《以剡笺赠陈待诏》	陈端
	剡纸易墨,心圆管直。	《玉堂禁红·书诀》	张怀瓘
	剡溪剡纸生剡藤,喷水捣后为蕉叶。	《剡纸歌》	顾况
	—	《谢朱常侍寄贶蜀茶剡纸二首》	崔道融
剡田	木落归山路,人初刈剡田。	《送僧归剡山》	贯休
剡云	思牵吴岫起,吟索剡云开。	《句》	诸葛觉
	春期越草秀,晴忆剡云浓。	《送丘秀才游越》	皎然
剡花	镜浪洗手绿,剡花入心春。	《送淡公》(十二首·其二)	孟郊
剡客	兴逸何妨寻剡客,唱高还肯寄巴人。	《奉酬端公春雪见寄》	杨巨源
	—	《送剡客》	薛逢
其他	—	《秖剡》	韦处厚
	此中久延伫,入剡寻王许。	《送王屋山人魏万还王屋》	李白
	若问前程事,孤云入剡遥。	《润州南郭留别》	皇甫冉
	鸣桹下东阳,回舟入剡乡。	《舟行入剡》	崔颢
	更就千村宿,溪桥与剡通。	《泛五云溪》	许浑
	若任迁人去,西溪与剡通。	《题长江》	贾岛
	出剡篇章入洛文,无人细读叹俱焚。	《送友罢举赴边职》	李洞
	忆戴差过剡,游仙惯入壶。	《山斋读书寄时校书杜叟》	钱起

三、"剡"字唐诗蕴含的各种美

剡溪在吴越破茧,从魏晋款款走来,在唐朝风度翩翩……一路上它给予中国文人的精神力量是不可小视的。剡溪两岸的独特地貌和自然风光使其钟灵毓秀的特质散发得淋漓尽致。从唐诗中可以看到剡溪是一条充满深古美、典雅美、清秀美、凄怆美、禅意美、仙意美的文化之溪。

1. 剡溪的深古美

剡溪对文人的吸引,很大程度上是由于这里的历史文化比较深厚,而这里的地理风貌也保存比较原始,"春风吴苑绿,古木剡山深"(刘

045

长卿《送行军张司马罢使回》），可见这里是"古木"丛生。剡溪在远古时期为一片汪洋大海，随着时光的变迁，大海已经不再，但是海迹留了下来，唐诗中也有很多提到了海迹，如："农归沧海畔，围解赤城西。"（刘长卿《和袁郎中破贼后军行过剡中山水谨上太尉》）"访旧山阴县，扁舟到海涯。"（刘长卿《送荀八过山阴旧县兼寄剡中诸官》）"云山海上出，人物镜中来。"（李白《赠王判官时余归隐居庐山屏风叠》）"半壁见海日，空中闻天鸡。"（李白《梦游天姥吟留别》）"海岸耕残雪，溪沙钓夕阳。"（皇甫冉《送王翁信还剡中旧居》）"地穷沧海阔，云入剡山长。"（武元衡《送寇侍御司马之明州》）"坐爱青草上，意含沧海滨。渺渺独见水，悠悠不问人。"（孟郊《送淡公》〔十二首之二〕）等等。剡溪的深古还体现在这里有很多古来神话故事的"摇床"，这在唐诗中也有提到，其中有大禹治水、刘阮遇仙的故事。还有很多文人的典故，如：子猷访戴、谢公开路等等。魏晋风度直接影响了唐代诗人对剡溪地区的向往，很多唐代文人访越游剡的目的仅为一睹这魏晋遗风。

2. 剡溪的典雅美

剡溪地区由于其独特的地理气候条件，为竹、松等提供了沃壤。在唐代，竹在剡溪是随处可见的。"落日花边剡溪水，晴烟竹里会稽峰。"（李颀《送山阴姚丞携妓之任兼寄苏少府》）。泛舟于剡溪，翠竹夹岸，落花流水，晴烟朦胧，远峰迷离，似游仙境，致趣横生。"竹柏禅庭古，楼台世界稀。"（孟浩然《腊月八日于剡县石城寺礼拜》）而"竹色溪下绿，荷花镜里香"（李白《别储邕之剡中》）写出翠竹粉菡，色香袭人。"缘塘剡溪路，映竹五湖村。"（李嘉祐《送越州辛法曹之任》）人居住在翠竹环绕的地方，格调甚高。"破竹清闽岭，看花入剡溪。"（李嘉祐《和袁郎中破贼后经剡县山水上太尉》）一路水程，竹语花侵。"不见关山去，何时到剡中。已闻成竹木，更道长儿童"（皇甫冉《送王绪剡中》），似乎竹已经成了剡中的标志。"水鹤沙边立，山鼯竹里啼。"（张籍《送越客》）"竹户半开钟未绝，松枝静霁鹤初还。"（赵嘏《早发剡中石城寺》）"松竹宜禅客，山泉入谢公。"（皎然《春日会韩武康章后亭联句》）如此等等，都是剡溪两岸多竹的例证。而竹子历来就是中国文人文雅且坚韧的一种精神象征。宋代苏东坡曾说："宁可食无肉，不可居无竹。"（《于潜僧绿筠轩》）想想唐代诗人之所以对竹如此关注，对剡溪如此向往，多少也是一种追求雅致和贞坚的表现吧！而松也是中国文人追崇的一种刚毅的精神。唐代诗人对剡溪松的涉及也颇多。"经年松雪在，永日世情稀。"（丘为《送阎校书之越》）"五峰转月色，百里行松声。"（李白《送王屋山人魏万还王屋》）"松雪千山暮，林泉一水通。"（李嘉祐《送严维归越州》）"竹户半开钟未绝，松枝静霁鹤初还。"（赵嘏《早发剡中石城寺》）"何当折松叶，拂石剡溪阴。"（贾岛《忆吴处士》）"松下石桥路，雨中山殿灯。"（温庭筠《宿一公精舍》）"松竹宜禅客，山泉入谢公。"（皎然《春日会韩武康章后亭联句》）"借问松禅客，日轮何处暾。"（拾得《诗》）松以其精致的枝身展现着一种刚柔与典雅并存的精神面貌。听松声，悟松禅，是文人的雅趣。

3.剡溪的清秀美

剡溪的清秀之美体现在深草闲石，泉涓瀑泻，鸟语花香，莺歌蝶舞。"乡心缘绿草，野思看青枫。"（李嘉祐《送严维归越州》）"忽思剡溪去，水石远清妙。"（李白《经乱后将避地剡中留赠崔宣城》）。"吟辞宿处烟霞去，心负秋来水石闲。"（赵嘏《早发剡中石城寺》）绿色是一种惬意柔和的颜色，剡溪的青草也给诗人们带来了一份舒畅，加上妙石素水的映绕，更觉闲暇无比。剡溪的水或急或缓，泉瀑异形，"清剡与严湍，潺湲皆可忆。"（李德裕《春暮思平泉杂咏二十首·双碧潭》）。"湖边好花照，山口细泉飞。"（丘为《送阎校书之越》）"松雪千山暮，林泉一水通。"（李嘉祐《送严维归越州》）"松竹宜禅客，山泉入谢公。"（皎然《春日会韩武康章后亭联句》）如此等等都是剡溪水刚柔秀壮的体现。至于花鸟虫蝶则更为剡溪增添了一抹生机。"花里莺啼白日高，春楼把酒送车螯。"（韩翃《和高平朱参军思归作》）"花落千回舞，莺声百啭歌。"（杨凌《剡溪看花》）。这些生灵在这方自由的领地里自娱自乐，清新淡雅，别有一番"秀色可餐"的风情。

4.剡溪的凄怆美

美学中所提到的悲情美是美的一种至高境界。古猿哀号、乱峰迥兀、沧波千里、水峦缠婉、冷月浓云等都体现着一种凄凉悲情之美。"猿近天上啼，人移月棹边。"（李白《经乱后将避地剡中留赠崔宣城》）

"谢公宿处今尚在,渌水荡漾清猿啼。"(李白《梦游天姥吟留别》)"月色寒潮入剡溪,青猿叫断绿林西。"(陆羽《赴剡溪暮发曹江》)"棹移滩鸟没,钟断岭猿啼。"(许浑《泛舟寻郁林寺道玄上人遇雨而返因寄》)"暮帆千里思,秋夜一猿啼。"(刘长卿《贾侍郎自会稽使回篇什盈卷兼蒙见寄一首与余有挂冠之期因书数事率成十韵》)古猿一啼,悲情肆泻,怆然之情,溢于言表。"晚景千峰乱,晴江一鸟迟。"(刘长卿《送荀八过山阴旧县兼寄剡中诸官》)这两句诗犹如一幅淡墨山水画,而一鸟的孤情,他人又怎能体会?当人无法看到前路时,不禁会产生迷茫与苍凉,所以诗人面对千里沧波,心中凄情油然而生。因此也有了"地穷沧海阔,云入剡山长"(武元衡《送寇侍御司马之明州》)的感慨,"坐爱青草上,意含沧海滨。渺渺独见水,悠悠不问人"(孟郊《送淡公》〔十二首之二〕)的迷惘。"青山行不尽,绿水去何长"(崔颢《舟行入剡》)则写出了诗人面对缠绵不断的青山,曲曲流长的绿水,离愁别意泛滥无已。这种凄美也可以归结到唐代意识形态中对魏晋遗风隐士文化的继承。剡溪是无数唐代隐士独标清格的自由乐土,而远离家乡的愁苦与寂寥又时时渗入这些人的意识深处。还有很多仕途坎坷、被贬的清僚,他们虽然表面忘情于山水但是内心深处的抑郁之情不可能消淡。"猿近天上啼,人移月棹边。"(李白《经乱后将避地剡中留赠崔宣城》)"月华若雪夜,见此令人思。"(李白《秋山寄卫尉张卿及王征君》)"秀色不可名,清辉满江城。人游月边去,舟在空中行。……五峰转月色,百里行松声。"(李白《送王屋山人魏万还王屋》)"气凄湖上雨,月净剡中夕。"(皇甫冉《曾东游以诗寄之》)"月色寒潮入剡溪,青猿叫断绿林西。"(陆羽《赴剡溪暮发曹江》)"唯有白云心,为向东山月。"(朱放《剡溪行却寄新别者》)"月在沃洲山上,人归剡县溪边。"(朱放《剡山溪舟行》)"春云剡溪口,残月镜湖西。"(张籍《送越客》)"相思不相访,烟月剡溪深。"(许浑《和毕员外雪中见寄》)"孤舟行一月,万水与千岑。"(贾岛《忆吴处士》)"夜舸谁相逐,空江月自逢。"(皎然《送丘秀才游越》) 不管是冷月、空月、净月还是残月,情由景生,无处不渗透着一种寂寞和凄清之感。

5. 剡溪的禅意美

竺岳兵在《剡溪——唐诗之路》中说,剡溪作为唐诗之路,很大程度上是和当时佛教和道教的繁荣有关，而佛教和道教都追求一种淡然玄虚的风格和内涵，这里的山，这里的水，正是合了佛教道教的口味。很多写剡中剡溪的唐诗都写到了剡溪两岸的寺庙，许浑的《泛五云溪》诗写到了"佛庙千岩里，人家一岛中"，许棠的《送省玄上人归江东》诗中写到了"安禅思剡石，留偈别都人"，赵嘏的《发剡山》诗写到了"南岩气爽横郛郭，天姥云晴拂宇楼"，如此等等，从这些诗中可以看到唐代的剡溪寺庙之多。这让人有点分不清到底是山水渗透着禅意，还是禅意丰富了山水。宋之问的《宿云门寺》诗写道："云门若邪里，泛鹢路才通。夤缘绿筱岸，遂得青莲宫。天香众壑满，夜梵前山空。漾漾潭际月，飗飗杉上风。兹焉多嘉遁，数子今莫同。凤归慨处士，鹿化闻仙公。樵路郑州北，举井阿岩东。永夜岂云寐，曙华忽葱茏。谷鸟哢尚涩，源桃惊未红。再来期春暮，当造林端穷。庶几踪谢客，开山投剡中。"云门寺坐落于绍兴城南十五公里的平水镇秦望山麓脚下一个狭长山谷里，是一座历史悠久的千年古刹。它三面青山环抱，环境宁静优雅、气候宜人、依山傍水、林泉秀美，是一处清幽脱俗的佛门胜境。一草一木一花一鸟之间，禅意十足。坐落于新昌大佛寺的"江南第一大佛"创建于东晋永和初年，至今已有一千六百多年的历史。据《高僧传》记载，公元345年，高僧昙光为领略浙东的奇山异水，尤其受当时杰出的高僧竺道潜和支遁归隐浙东的影响，慕名来到石城山。昙光栖于石室，草建"隐岳寺"，这才有了新昌大佛寺的开始。大佛寺周围众山环抱，岩崖壁立、峡谷曲折深邃、状如石城。寺在其中，藏而不露。刘长卿《赠微上人》（一说为灵一《赠灵澈禅师》）中的"禅师来往翠微间，万里千峰到剡山。何时共到天台里，身与浮云处处闲"，就是写禅师在苍翠的千峰万山之间来往，与世隔绝，悠闲自得。这里的山水让佛教的文化少了一点香火味，而代之以对自然的悟性，给人一种清幽、淡然、闲适的感觉。孟浩然《腊月八日于剡县石城寺礼拜》"竹柏禅庭古，楼台世界稀"，写出了寺边上竹柏之幽幽，楼台之稀罕，透露着大佛寺的古风古韵。

唐代诗人常用"支遁""支公"指称摆脱世俗名缰利锁、追求高远精神境界的人。薛涛《酬吴随君》诗："支公别墅接花扃，买得前山总未经。入户剡溪云水满，高斋咫尺蹑青冥"，将友人的居所比作支公的别墅，借支公来赞誉友人具有旷世放达的高洁情怀。

6. 剡溪的仙意美

从汉时开始逐步发展起来的中国本土宗教——道教，在会稽到天台山这一地区设立道场，吸收信徒。到前唐时期，这里已经成为江南道教的重要地区，洞天福地特别密集。

据宋真宗时张君房编辑的一部大型道教类书《云笈七签》卷二七载，道教有天地宫府图，叙洞天福地之所。新昌境内的沃洲山就是道教的第十五洞天，天姥山为道教第十六福地。唐诗中对道教有很多涉及。"凤归慨处士，鹿化闻仙公。"（宋之问《宿云门寺》）"茅山近别剡溪逢，玉节青旄十二重。自说年年上天去，罗浮最近海边峰。"（张籍《赠道士》）"迹为烧丹隐，家缘嗜酒贫。经过剡溪雪，寻觅武陵春。"（白居易《赠江州李十使君员外十二韵》）"峨眉山势接云霓，欲逐刘郎北路迷。若似剡中容易到，春风犹隔武陵溪。"（白居易《赠薛涛见张为主客图》）"越山花去剡藤新，才子风光不厌春。第一莫寻溪上路，可怜仙女爱迷人。"（施肩吾《晚春送王秀才游剡川》）"寻仙在仙骨，不用废牛刀。"（许浑《广陵送剡县薛明府赴任》）"两重江外片帆斜，数里林塘绕一家。门掩右军馀水石，路横诸谢旧烟霞。扁舟几处逢溪雪，长笛何人怨柳花。若到天台洞阳观，葛洪丹井在云涯。"（赵嘏《送剡客》）"沃洲僧几访，天姥客谁过。"（马戴《寄剡中友人》）"他日抛尘土，因君拟炼丹。"（罗隐《寄剡县主簿》）"归来重相访，莫学阮郎迷。"（李冶《送阎二十六赴剡县》）"越人遗我剡溪茗，采得金牙爨金鼎。素瓷雪色缥沫香，何似诸仙琼蕊浆。……孰知茶道全尔真，唯有丹丘得如此。"（皎然《饮茶歌诮崔石使君》）刘阮遇仙的传说，文人道士寻丹炼药的仙事，久久为后人传唱，唐人对于剡溪的青睐多少也是爱其仙道体现。

剡中的美包含着一种自然，一种逍遥，一种古朴，一种凄迷，一种虚化，一种蕴藉。这些美与唐人的文化意识形态极度契合，因此一处山水，一段风月，就这么静静地凝固于唐诗之中，它默默地阐释着剡溪的千年风韵，也等待着我们真切地感知与彻骨地膜拜。

目录 CONTENTS

初唐

002 宋之问（一首）
　　002　宿云门寺

007 武后宫人（一首）
　　007　离别难

盛唐

010 孟浩然（一首）
　　011　腊月八日于剡县石城寺礼拜

015 李颀（一首）
　　015　送山阴姚丞携妓之任兼寄苏少府_{一作韩翃诗}（节录）

017 丘为（一首）
　　017　送阎校书之越

019 高适（一首）
　　019　崔司录宅燕大理李卿

021 　李白（十二首）
　　023 　秋下荆门
　　025 　别储邕之剡中
　　027 　秋山寄卫尉张卿及王征君
　　029 　叙旧赠江阳宰陆调（节录）
　　031 　梦游天姥吟留别
　　037 　东鲁门泛舟二首（其二）
　　040 　淮海对雪赠傅霭
　　042 　秋浦歌十七首（其六）
　　044 　送王屋山人魏万还王屋（节录）
　　046 　经乱后将避地剡中留赠崔宣城（节录）
　　049 　赠王判官时余归隐居庐山屏风叠（节录）
　　051 　寻阳送弟昌峒鄱阳司马作（节录）

053 　崔颢（一首）
　　053 　舟行入剡

056 　杜甫（二首）
　　057 　壮游（节录）
　　060 　巴西驿亭观江涨呈窦使君二首（其一）

062 　萧颖士（二首）
　　062 　江有枫一篇十章（其八）（节录）
　　063 　越江秋曙

065 　丁仙芝（一首）
　　065 　剡溪馆闻笛

067 　陆羽（一首）
　　067 　赴剡溪暮发曹江

071 　张怀瓘（一首）
　　071 　玉堂禁经·书诀

073 　梁锽（二首）
　　073 　省试方士进恒春草
　　075 　崔驸马宅咏画山水扇

077 **拾得（一首）**
　　077　诗

中唐

080 **刘长卿（六首）**
　　081　送行军张司马罢使回
　　083　和袁郎中破贼后军行过剡中山水谨上太尉_{即李光弼}
　　085　送荀八过山阴旧县兼寄剡中诸官
　　087　贾侍郎自会稽使回篇什盈卷兼蒙见寄一首与余有挂冠之期因书数事率成十韵
　　089　赠微上人
　　090　题曲阿三昧王佛殿前孤石

093 **皇甫冉（五首）**
　　093　润州南郭留别_{一作郎士元诗}
　　094　送王绪剡中
　　096　曾东游以诗寄之（节录）
　　097　送王翁信还剡中旧居
　　098　和袁郎中破贼后经剡中山水

100 **皎然（十一首）**
　　101　春日会韩武康章后亭联句
　　103　送许丞还洛阳
　　104　题湖上草堂
　　105　送李丞使宣州
　　106　送至洪沙弥游越
　　107　送丘秀才游越
　　108　送禀上人游越
　　109　哭觉上人_{时绊剡中}
　　110　述梦

003

111　若邪春兴
　　112　饮茶歌诮崔石使君

116　钱起（二首）
　　116　送褚大落第东归
　　118　山斋读书寄时校书杜叟

121　秦系（一首）
　　121　剡中有献

125　顾况（二首）
　　125　剡纸歌
　　127　从剡溪至赤城

130　戴叔伦（五首）
　　130　早行寄朱山人放
　　132　新年第二夜答处上人宿玉芝观见寄
　　133　答崔法曹赋四雪
　　134　剡溪舟行
　　136　奉酬秦征君系春日抚州西亭野望兼寄徐少府—作韦应物诗

138　李端（二首）
　　138　云阳观寄袁稠
　　140　冬夜寄韩弇

141　章八元（一首）
　　141　归桐庐旧居寄严长史—作朱放诗

143　戎昱（一首）
　　143　成都送严十五之江东

145　孟郊（一首）
　　145　送淡公（十二首·其二）

147　李嘉祐（三首）
　　147　送严维归越州
　　149　送越州辛法曹之任

150 和袁郎中破贼后经剡县山水上太尉

153 张继（一首）
153 剡县法台寺灌顶坛诗

156 严维（一首）
156 剡中赠张卿侍御

159 杨凌（一首）
159 剡溪看花

161 崔峒（一首）
161 润州送师弟自江夏往台州

163 韩翃（一首）
163 和高平朱参军思归作

165 杨巨源（二首）
165 送定法师归蜀法师即红楼院供奉广宣上人兄弟
167 奉酬端公春雪见寄

169 武元衡（二首）
169 送严绅游兰溪
170 送寇侍御司马之明州

172 张籍（二首）
172 送越客
174 剡溪逢茅山道士

175 李冶（一首）
175 送阎二十六赴剡县

177 朱放（二首）
177 剡溪行却寄新别者
178 剡溪舟行

181 崔子向（一首）
181 送惟详律师自越之义兴

005

183 薛涛（一首）
　　183　酬吴随君

185 白居易（三首）
　　186　泛春池（节录）
　　187　赠江州李十使君员外十二韵（节录）
　　188　赠薛涛 见张为《主客图》

190 刘禹锡（二首）
　　191　送曹璩归越中旧隐诗
　　193　牛相公见示新什谨依本韵次用以抒下情（节录）

194 韦处厚（一首）
　　194　秖 疑当作"抵" 刾（其一）

196 元稹（一首）
　　196　送王十一郎游剡中

199 贾岛（二首）
　　199　忆吴处士
　　200　题长江

202 施肩吾（一首）
　　202　晚春送王秀才游剡川

204 姚合（一首）
　　204　咏雪

206 李德裕（二首）
　　207　比闻龙门敬善寺有红桂树独秀伊川尝于江南诸山访之莫致陈侍御知予所好因访剡溪樵客偶得数株移植郊园众芳色沮乃知敬善所有是蜀道蘭草徒得嘉名因赋是诗兼赠陈侍御 金陵作
　　209　春暮思平泉杂咏二十首 自此并淮南作·双碧潭

210 薛逢（一首）
　　210　送刘郎中牧杭州

006

晚唐

214 许浑（七首）
　　214　再游越中伤朱庆馀协律好直上人
　　215　和毕员外雪中见寄
　　216　广陵送剡县薛明府赴任
　　217　泛舟寻郁林寺道玄上人遇雨而返因寄
　　218　对雪
　　219　泛五云溪
　　220　宣城赠萧兵曹 一作杜牧诗

223 温庭筠（二首）
　　223　宿一公精舍
　　226　秘书省有贺监知章草题诗笔力遒健风尚高远拂
　　　　　尘寻玩因有此作

230 项斯（一首）
　　230　寄剡溪友

232 马戴（一首）
　　232　寄剡中友人

234 赵嘏（四首）
　　234　送剡客 一作薛逢诗
　　236　发剡中 武德中置嵊州
　　239　早发剡中石城寺
　　242　送张又新除温州

243 李群玉（一首）
　　243　腊夜雪霁月彩交光开阁临轩竟睡不得命家仆吹
　　　　　笙数曲独引一壶奉寄江陵副使杜中丞

007

245 方干（四首）
  245 送剡县陈永秩满归越
  246 和剡县陈明府登县楼
  248 路入剡中作
  250 游岳林寺

252 陆龟蒙（一首）
  252 送宣武从事越中按狱

254 薛能（一首）
  254 送浙东王大夫

260 许棠（一首）
  260 送省玄上人归江东

262 罗隐（三首）
  263 送裴饶归会稽
  264 寄剡县主簿
  266 赵能卿话剡之胜景

270 皮日休（一首）
  270 二游诗·徐诗（节录）

272 吴融（一首）
  273 山居喜友人相访

275 崔道融（一首）
  275 谢朱常侍寄贶蜀茶剡纸二首（其二）

277 齐己（七首）
  277 荆渚病中因思匡庐遂成三百字寄梁先辈（节录）
  278 寄敬亭清越
  279 夏日寓居寄友人
  280 江上夏日
  280 渚宫西城池上居
  282 谢人自钟陵寄纸笔
  282 默坐

284 **李洞（一首）**
　　284　送友罢举赴边职

286 **李昌邺（一首）**
　　286　和三乡诗

288 **李观象（一首）**
　　288　纸帐诗

290 **李咸用（一首）**
　　290　雪十二韵（节录）

292 **王棨（一首）**
　　292　省题诗二十一首·山明松雪

294 **陈端（一首）**
　　294　以剡笺赠陈待诏

296 **周贺（一首）**
　　296　京口赠崔固 一作无可诗

298 **栖白（一首）**
　　298　寄独孤处士

300 **贯休（三首）**
　　300　泊秋江
　　301　送僧归剡山
　　302　寄庐山大愿和尚

303 **诸葛觉（一残句）**
　　303　残句

305 **李建勋（一首）**
　　305　怀赠操禅师

307 **徐夤（二首）**
　　307　纸帐
　　308　夜

附录

312　1.诗中相关专用名词及典故
　　312　一、名胜古迹
　　335　二、名士高僧
　　341　三、人文典故
　　343　四、历史事件

346　2."剡"字唐诗诗人简况及作品数量统计

352　3.《剡录》等历代县志唐诗题录

372　4."剡"字入诗溯源
　　372　一、殷仲文
　　374　二、谢灵运

380　5."剡中""剡县""剡溪"首入唐诗考析
　　381　一、初唐宋之问是将"剡中"引入诗歌领域的第一人
　　383　二、盛唐孟浩然是将"剡县"写入唐诗的第一人
　　386　三、盛唐李白是将"剡溪"写入唐诗的第一人

388　6.悠游"浙东唐诗之路"的唐代诗人名单

391　主要征引书目

407　后记

初唐

宋之问（一首）

宋之问（656？—712）：一名少连，字延清，《旧唐书》谓虢州弘农（今河南灵宝）人，《新唐书》则谓汾州西河（今山西汾阳）人，上元二年（675）进士，官至考功员外郎，中宗时选为修文馆学士。又因受贿贬越州长史。睿宗时曾被流放至钦州（今广东钦州附近），后赐死。其诗格律精细，对仗工整，文辞华美，对唐代律诗的形成有较大的影响。他是武后时的宫廷诗人，诗与沈佺期齐名，并称"沈宋"。时号"方外十友"之一。《全唐诗》存诗三卷。

古越经云门，翻越会稽山，入剡中，是一条陆路古道。景龙三年秋至景龙四年（709—710），宋之问为越州长史。在越州前后生活不到两年，但多次前往剡中游历，作有《宿云门寺》诗："庶几踪谢客，开山投剡中。"成为唐代诗人中首次将"剡中"写入唐诗的第一人。此外，他尚有咏沃洲、支公、司马承祯的诗。如《见南山夕阳召监师不至》："徒郁仲举思，讵回道林辙。"《寄天台司马道士》："不寄西山药，何由东海期。"《湖中别鉴上人》："愿与道林近，在意逍遥篇。自有灵佳寺，何用沃洲禅。"《送司马道士游天台》："蓬莱阙下长相忆，桐柏山头去不归。"

宿云门寺[1]

云门若邪里，泛鹢路才通。[2]
禽缘绿筱岸，遂得青莲宫。[3]
天香众壑满，夜梵前山空。[4]
漾漾潭际月，飗飗杉上风。[5]

兹焉多嘉遁，数子今莫同。〔6〕
凤归慨处士，鹿化闻仙公。〔7〕
樵路郑州北，举井阿岩东。〔8〕
永夜岂云寐，曙华忽葱茏。〔9〕
谷鸟啭尚涩，源桃惊未红。〔10〕
再来期春暮，当造林端穷。〔11〕
庶几踪谢客，开山投刿中。〔12〕

【出处】

《全唐诗》卷五一。

【注释】

〔1〕此诗当作于景龙四年（710）春越州长史任上。云门寺：在浙江绍兴南云门山（又名东门）上，晋安帝时建，梁代处士何胤、唐代名僧智永等都在寺里栖隐过。《方舆胜览·卷六·绍兴府》："云门寺，在会稽南三十一里，今名雍熙，为州之伟观。昔王子敬居此，有五色祥云，诏建寺，号云门。"此寺是唐代有名的隐居之地。

〔2〕若邪：即若耶溪。泛鹢：划船。鹢，古书上说的一种似鹭的水鸟。此指船头画着鹢的龙舟。《淮南子》曰："龙舟鹢首。"高诱注："鹢，大鸟也，画其像著船首。"

〔3〕夤缘：因依；顺着。绿筱：翠绿的小竹子。南朝宋·谢灵运《过始宁墅诗》诗："白云抱幽石，绿筱媚清涟。"青莲宫：指佛寺，此指云门寺。

〔4〕天香：祭天专用之檀香。梵：佛经原用梵文写成，故凡与佛教有关的事物，皆称梵。

〔5〕飔飔：风吹的样子。《校编全唐诗》："《文苑英华》作飘飘。"

〔6〕嘉遁：著名的隐逸。越州剡中一带自汉魏以来一直为神仙之所窟宅，名士之所逃隐。《晋书》："会稽有佳山水，名士多居之。孙绰、李充、许询、支遁等皆以文义冠世，并筑室东土，与王羲之同好。"数子：即孙、李、许、支诸人。

〔7〕处士：疑指谢敷，字庆绪，会稽人，累征不起。时月犯少微星，占者以隐士当死。吴人或忧戴逵，俄而敷死，故会稽人士嘲吴人云："吴中高士，便是求死不得死。"见《晋书·谢敷传》。"鹿化"句：会稽县东南有若耶山，昔葛玄（号仙公）学道于此。玄既仙去，所

隐白桐化为白鹿，三足两头。见《太平寰宇记》卷九六、《万历会稽县志》卷二。仙公，仙人，仙翁。闻，《校编全唐诗》："《文苑英华》作间。"

〔8〕"樵路"二句：用东汉会稽太守郑弘采薪遇仙而得如意风故事。樵路，即樵风泾，在旧会稽县（今绍兴）东南。陆游《剑南诗稿·卷二十·泛湖上云门》诗中自注："樵风泾，在若耶溪、镜湖之间。"南宋嘉泰《会稽志》："会稽县：樵风泾，在县东南二十五里。旧经云：'汉郑弘少时采薪，得一遗箭，顷之，有人觅箭，问弘何所欲？弘识其神人也，答曰：尝患若邪溪载薪为难，愿朝南风，暮北风。后果然。世号樵风。……泾，去声。'齐祖之《铸浦》诗云：'扫拂渔蓬出泾来。'自注：越人谓水道为泾。"《云门志略》卷一："自双溪而上，历樵风泾，皆云门境也。"州北，指越州城之北。《万历会稽县志》卷二："何公井，在云门山西，梁何胤居处也。"宋之问诗："樵泾谢村北，学井何岩东。"可知学井即何公井也。何胤，齐梁间著名学者，曾隐居会稽云门寺。《南齐书》《梁书》《南史》皆有传。举，一作"学"。

〔9〕永夜：长夜。曙华：曙光。葱茏：形容日光和煦明丽。

〔10〕源桃：桃花源中的桃花。

〔11〕期：期待，等待。林端穷：用陶渊明《桃花源记》典，《桃花源记》云：武陵人"缘溪行，忘路之远近，忽逢桃花林，夹岸数百步，中无杂树，芳草鲜美，落英缤纷。渔人甚异之，欲穷其林，林尽水源，便得一山，山有小口，仿佛若有光，便舍船从口入"。

〔12〕"庶几"二句：南朝宋·谢灵运《登临海峤初发强中作与从弟惠连可见羊何共和之》诗中有"暝投剡中宿"之句。灵运小名客儿，故称谢客。

【存异】

诗句与《剡录》卷六互校，有10处异同，特制表列出，便于比较：

序号	《全唐诗》		《剡录》（四库本）	《剡录》（高似孙集）
	诗句	比较处		
1	云门若邪里	若邪	耶溪	耶溪
2	泛鹢路才通	鹢	鹢	舟

续表

序号	《全唐诗》 诗句	《全唐诗》 比较处	《剡录》（四库本）	《剡录》（高似孙集）
3	夤缘绿筱岸	筱	篠	篠
4	遂得青莲宫	得	到	到
5	夜梵前山空	前	群	群
6	飕飗杉上风	飕飗	飕飗	飕飕
7	鹿化闻仙公	公	翁	翁
8	樵路郑州北	路郑州	径谢村	径谢村
9	举井阿岩东	举	学	学
10	曙华忽葱茏	曙华、葱茏	晓景、朦胧	晓景、朦胧

注：本表仅指《增订注释全唐诗》，文渊阁《四库全书·剡录》，《高似孙集·剡录》三本书之间的同诗比较。

【赏析】

"庶几踪谢客，开山投剡中"，泛指古剡县的地域。谢灵运一名客儿，这里说的是谢灵运自始宁南山伐木开道至临海，开通了天姥山道的故事。说明作者是一心想沿着谢灵运的足迹游遍浙东，其时是那样地优游娴雅，满足了他对自然山水的精神需求。追随着谢灵运的足迹，后代无数文人墨客为浙东山水之胜所吸引，谢灵运也成为每一个好游之士心中的偶像；大凡他游赏过的地方，后人在进行诗文或游记创作时总是不由自主地追慕其流风余韵。宋之问又有"讵回道林辙"（《见南山夕阳召监师不至》），说明他如期游冶了新昌沃洲。

"唐代诗人游吴越，最向往和醉心的地方确是剡中，初唐诗人宋之问，景龙三年（709）冬被贬为越州长史，他在遍游越州名胜古迹后，在《宿云门寺》一诗中说：'再来期春暮，当造林端穷。庶几踪谢客，开山投剡中。'他还想沿着谢灵运的足迹，到剡中游览。据《新唐书·宋之问传》，他确曾'穷历剡溪山，置酒赋诗，流布京师，人人传讽'，可惜这些诗现在都已失传。"[1]

"诗中写云门寺在若耶溪环绕的地方，要乘船才能到达，然后攀缘

---

[1] 郁贤皓《唐代诗人与剡中风光》：中国唐代文学学会等主编《唐代文学研究（第六辑）》，桂林：广西师范大学出版社，1996年，第713—714页。

着嫩绿的小竹上行，来到青莲宫。夜静人去之后，群山众壑仍缭绕着祭神的香烟，自己独对空山梵香礼拜；潭上的月色映照着漾漾的水波，风吹杉林，发出飕飕的声音。投身在这古寺之中，不免有遗世登仙之感，尚未入眠天已破晓，曙光照着青翠的草木，山谷中鸟儿的叫声尚不像盛春那样流啭圆润，水边的桃花也尚未开放。因此打算晚春还要再来。那时一定要走到山林的尽头，赏遍这里的美景。而且'我'非常思慕那率先进入剡中的大诗人谢灵运，打算追踪他的足迹去游览剡中。诗中的谢客即中国山水诗派的开山祖师谢灵运，南朝宋人，他的诗曾得益于剡溪风景，曾游弋剡中并于古始宁县（城址在今嵊州市三界镇一带）建立别墅，即著名的始宁别墅，今为剡中一名胜。他曾游剡溪天姥山（今浙江省新昌县县境东南部），有'暝投剡中宿，明登天姥岑。高高入云霓，还期那可寻'之句。宋之问的山水诗受到谢灵运的影响，他要追踪谢的足迹，去剡中游赏山水、乘兴赋诗的心愿跃然纸上。"①

【汇评】

元·方回《瀛奎律髓》：宋之问，唐律诗之祖，诗不尝不佳，……字字细密。

清·丁仪《诗学渊源》：之问诗文情并茂，虽取法齐梁，而古调犹未尽泯，自杜审言下逮蒋挺辈，并入近体，唯杂曲作齐梁耳。

---

① 刘振娅《对宋之问研究的几点质疑》：《广西教育学院学报》，2000年，第2期，第60—61页。

武后宫人（一首）

武后宫人（生卒年不详）：姓氏不详。武后时士人妻。夫陷狱，自身发配入内廷做宫女，乃作诗寄其哀情。《全唐诗》存此诗。

宫人生平里籍皆未见正史，从《全唐诗·题解》中及诗歌内容里仅可推测，其一，因诗中有"剡川今已远"句，则其里籍盖距剡川（剡县）不远。据《四明丛书·四明诗干》云：武后宫人为"剡川士人妻，配入掖廷"，可相佐证。其二，其大约活动于武后临朝称制至建周称帝前后，即683年至690年前后。

离别难[1]

此别难重陈，花深复恋人[2]。
来时梅覆雪，去日柳含春[3]。
物候催行客，归途淑气新[4]。
剡川今已远，魂梦暗相亲[5]。

【出处】

《全唐诗》卷二七题作《杂曲歌辞·离别难》，《全唐诗》卷七九七题作《离别难》。

【注释】

〔1〕原题下注："武后朝，有士人陷冤狱，妻配掖庭，善吹觱篥，乃撰《离别难》曲以寄情焉。初名《大郎神》，盖取良人第行也。既畏人知，遂三易其名，曰《悲切子》，终号《怨回鹘》。"《乐府杂录》亦云："天后朝，有士人陷冤狱，籍没家族，其妻配入掖庭，本初善吹觱篥，乃撰此曲以寄哀情。始名《大郎神》，盖取良人第行也。既畏人

知,遂三易其名,亦名《悲切子》,终号《怨回鹘》。"

〔2〕重陈:再叙说。深:一作"飞"。恋:依恋,眷恋。《古诗观止·唐五代词观止》第108页作"变"。此二句意为,那天离别时,春天竟如此美好,而你我却要凄惨地劳燕分飞,从此再难相会。

〔3〕"来时"二句:意为飞花飘扬缤纷,沾在衣上,似依依不舍;柳枝垂条摇曳,拂在脸上,似悠悠含情。

〔4〕物候:动植物生长过程及其活动规律对气候的反映称"物候"。此处与"梅覆雪"相应。淑气:美好宜人的天气,多指春天,此句与"柳含春"相应。此二句意为,如今家乡已远,人在天涯,怎样才能宽慰我对你的思念?只有在梦中,你我才能暗暗地相亲相依。

〔5〕剡川:剡溪的别称。此处代指故乡剡县。此二句意为,待晚上我也来做一个蝴蝶梦,与心中的你比翼双飞,永不分离。

【赏析】

一位剡中佳丽,自身发配入武后宫中,思念恋人,倾吐乡愁。

首句点明题旨,接着写景紧扣离情,渲染气氛。尾联写远离后对亲人的思念。悠悠离情,魂绕梦牵,情调异常深沉,尤显生离的悲痛。

【汇评】

明·钟惺《名媛诗归》:此仍作古诗看,一作律诗便薄弱矣!此从格调上求之。

盛唐

孟浩然（一首）

孟浩然（689—740）：盛唐山水田园诗派的代表人物。本名浩，字浩然，号孟山人，襄州襄阳（今属湖北）人，世称孟襄阳或孟山人。他的前半生主要居家侍亲读书，以诗自适。40岁时游京师，应进士不第，返襄阳。在长安时，与张九龄、王维等交笃。其诗清淡雅致，长于写景，最擅长五言古诗，其田园诗写得质朴真淳，富有生活气息；山水诗写得气象雄浑、境界广阔，开盛唐山水田园诗派之先，对当时和后世的影响很大。与王维齐名，世称"王孟"。与王维、韦应物、柳宗元皆陶之一体，称"王孟韦柳"。唐·卢延让《吊孟浩然》诗云："高据襄阳播盛名，问人人道是诗星。"后因指孟浩然为"诗星"。著有《孟浩然集》。《全唐诗》存诗二卷。

唐朝诗人较早到剡中山水游历的是孟浩然。据专家考证，孟浩然一生曾三游越中，留下"何处青山是越中？"（《渡浙江问舟中人》）的诗句。首次在开元十三年（725）春至十五年（727）五月，始发地为襄阳；第二次为开元十九年（731）秋，此即著名的"自洛之越"；第三次系开元二十三年（735）春，因赴山阴少府崔国辅之约而至。民国《新昌县志·卷十四·寓贤》："孟浩然自洛之越，留越中有两年余。腊月八日有至剡县石城寺礼拜一诗，是必至此岁月淹久者。"他是唐代诗人中将"剡县"写入唐诗的第一人。据竺岳兵著《唐诗之路唐代诗人行迹考》，孟浩然从开元十七年（729）八月至开元二十年（732）的春天，在浙东有两年半的时间。来浙东的目的是隐居，在浙东的行踪是从越州治所南溯剡溪过天台到乐城、再从乐城返回越州的路线。孟浩然在剡中游历，留诗甚多，有不少及剡诗。如《晚春题远上人南亭》诗："给园支遁隐，虚寂养身和。"《同王九题就师山房》诗："晚憩支公室,故人逢右军。"《宴荣二山池》诗:"枥嘶支遁马,池养右军鹅。"

腊月八日于剡县石城寺礼拜[1]

石壁开金像,香山倚铁围[2]。
下生弥勒见,回向一心归[3]。
竹柏禅庭古,楼台世界稀[4]。
夕岚增气色,余照发光辉[5]。
讲席邀谈柄,泉堂施浴衣[6]。
愿承功德水,从此濯尘机[7]。

【出处】

《全唐诗》卷一六〇。

【注释】

〔1〕此诗《会稽掇英总集》卷九题作《题宝相寺》。宝相寺,即今新昌大佛寺。本诗当作于开元十九年(731)十二月八日佛成道之日礼拜石城寺大佛时。腊月:周代于岁终祭众神,曰腊。汉行腊祭于十二月,故后世称旧历十二月为腊月。剡县石城寺:今新昌大佛寺。礼拜:顶礼膜拜,致敬的意思。

〔2〕"石壁"句:石城寺的弥勒佛像,开凿在石壁上。开,开凿,展现,展示。金像,金制的佛像。此指新昌大佛寺的弥勒石窟造像——江南第一大佛。香山:佛教传说认为它是赡部洲最高中心。旧说指昆仑山,似拟指葱岭(帕米尔高原)为当。铁围:指铁围山,梵语曰柘迦罗。据《法苑珠林·三界会名》所云,佛教称四大部洲中心为须弥山,下有大海,其边八山,其外有咸海,绕咸海者为铁围山。倚:一作"绕"。此句意为铁轮围绕着须弥山,传说弥勒菩萨阿难等曾在铁围山编集大乘佛经。

〔3〕下生:降生凡世。弥勒:弥勒菩萨,姓弥勒,名阿逸多,生南天竺婆罗门家,后来继绍佛位。此句是指佛经弥勒自兜率天下生阎浮成佛一事。见《弥勒下生经》。回向:佛教名词,把自己所修功德施往某处之意。分回向众生、回向佛果等多种,此指回向佛果。

〔4〕竹柏:一作"松竹"。"楼台"句:石城寺建有大雄宝殿三层楼阁,壮丽辉煌。刘勰《剡县石城寺弥勒石像碑铭》:"信命世之壮观,

旷代之鸿作也。"禅庭，禅院，参禅的地方。世界，佛教语，犹世间、宇宙。

〔5〕夕岚：暮霭。岚，山霭。光辉：《会稽掇英总集》卷九作"寒辉"。

〔6〕讲席：犹法筵，僧人布道之处。谈柄：晋人清谈，每执麈尾，僧人讲法，或持如意（玉、木、竹制)，故有"谈柄"之名。此指谈禅。谈柄，《会稽掇英总集》卷九作"谭柄"。泉堂：浴堂，洁身之所。礼拜之前，须斋戒沐浴。

〔7〕功德水：佛经称须弥山下大海中有八功德水。《称赞净土经》："何者为八功德水，一者澄净，二者清冷，三者甘美，四者轻软，五者润泽，六者安和，七者饮时除饥渴等无量过患，八者饮已定能长养诸根、四大增益。"尘机：凡俗之机缘。灌：《校编全唐诗》："宋本作灌。"

【存异】

诗句：（1）"石壁开金像"中的"像"，民国《新昌县志·卷十六·古迹》作"相"。

（2）"竹柏禅庭古"中的"庭"，民国《新昌县志·卷十六·古迹》作"亭"。

（3）"夕岚增气色"中的"增"，民国《新昌县志·卷十六·古迹》作"争"。

（4）"讲席邀谈柄"中的"柄"，清康熙《新昌县志·卷十八·山川艺文》、民国《新昌县志》卷十六《古迹》作"衲"。

（5）"泉堂施浴衣"中的"泉"，明万历《新昌县志·卷三·山川志》、清康熙《新昌县志·卷十八·山川艺文》、民国《新昌县志·卷十六·古迹》作"禅"。"浴"，清康熙《新昌县志·卷十八·山川艺文》作"客"。

（6）"愿承功德水"中的"承"，民国《新昌县志·卷十六·古迹》作"成"。

【赏析】

孟浩然一生隐居襄州襄阳（今属湖北），但在开元年间（713—741）也曾专程赴浙东游览。开元十九年（731），42岁的孟浩然为排遣进士落第的失意苦闷，离开洛阳，漫游江淮、吴越、湘、赣等地，淹留越中两年余，游览剡中山水，留下不少诗篇。同年年底，孟浩然由剡溪顺流赴越州，就在这次行程中，他来到剡中石城，并于十二月八日佛成道之日礼拜了石城寺大佛，写下了《腊月八日于剡县石城寺礼拜》一诗。

此诗主要描写了石城寺幽寂的环境，以及石城寺礼拜浴佛的盛况。石城寺在唐代是很有名气的。早在南朝齐梁之际，就已经开凿弥勒佛像了。晋时高僧昙光也曾在此栖迹潜修。后高僧支道林圆寂后，也安葬于石城山上，可见是块景物嘉美的风水宝地。石城寺环境优美，"秀环名川，龙刹交峙；霞朝雾夕，鸿钟合响。由兹仁寿之域，遂入庄严之境，当天下之甲者久矣。会稽新昌县南明山宝相寺者，剡溪在东，石城夹右，宝势中起，琼峦四合。因其地之绝世，遂得人之非常"（钱惟演《宋天圣五年重修宝相寺碑铭》）。青竹古柏，楼台参差，晚栋霭雾，夕照清晖，使这座禅院更是古朴幽深，肃穆庄严。诗中描述的浴佛盛典，犹如当年弥勒降生，令人向往，想要借助八德功水，洗濯自己身上的尘襟，洗涤自己的俗心，引导自己入禅，共沾清芳。

北大中文系教授、著名文学史家、诗人陈贻焮先生在其选注的《孟浩然诗选》一书中称："这是一首礼佛诗。先写石城寺的地理环境。'下生弥勒见，回向一心归'，运用弥勒佛下生人间、造福众生的典实，称扬石城寺僧人崇高的修为，表达诗人对佛祖的敬仰之情。继写石城寺的清幽雅致的环境，竹柏、楼台、禅院，夕岚落日映衬之下，更显古雅清净。最后写礼佛浴佛，表现诗人礼佛的虔诚之心和超脱世俗的愿望。诗歌风格中正平和，充满庄严肃穆的气象。"郁贤皓先生亦在《唐代诗人与剡中风光》一文云："孟浩然是畅游了整个越中的，越州、剡中、天台、永嘉，都留下了他的诗篇。他在剡中游览石城寺（即今新昌大佛寺），写下了《腊月八日于剡县石城寺礼拜》一诗，这是唐诗中最详细描写石城寺的一首诗。全诗气象庄严肃穆，充满了诗人对这江南第一大佛的礼敬之情。"

江南第一大佛（吕立春摄）

李颀（一首）

李颀（690—751）：郡望赵郡（今河北赵县），居颍阳（今河南登封）颍水支流东川旁，后人因称李东川。开元二十三年（735）进士，任新乡县尉，后人因称李新乡。由于久未迁升，就辞官归隐于嵩阳之东川别业。擅长七言歌行，其诗内容和体裁都很广泛，尤以边塞诗著称。风格秀丽而雄浑，慷慨悲凉，与王维、高适、王昌龄等人皆有唱和，诗名颇盛。著有《李颀诗集》。《全唐诗》存诗三卷。

李颀在越州与朱放交游，而朱放于安史之乱时避乱越中，知李颀在越中。李颀写有多首与浙东剡中相关的诗。如《采莲》："越溪女，越溪莲。"《送山阴姚丞携妓之任兼寄苏少府》："落日花边剡溪水，晴烟竹里会稽峰。"以及《宋少府东溪泛舟》："登岸还入舟，水禽惊笑语。"东溪在剡溪上游，即今新昌江。据诗李颀当曾至浙东剡中。

送山阴姚丞携妓之任兼寄苏少府——作韩翃诗[1]（节录）

山阴政简甚从容，到罢惟求物外踪[2]。
落日花边剡溪水，晴烟竹里会稽峰[3]。
才子风流苏伯玉，同官晓暮应相逐[4]。
加餐共爱鲈鱼肥，醒酒仍怜甘蔗熟[5]。
知君练思本清新，季子如今得为邻[6]。
他日知寻始宁墅，题诗早晚寄西人[7]。

【出处】

《全唐诗》卷一三三作李颀诗，《全唐诗》卷二四三作韩翃诗。

【注释】

〔1〕此诗韩翃集诗题"苏少府"上多"山阴"二字。《文苑英华》卷三一四收作李颀诗。山阴：唐越州山阴县，在今浙江绍兴。姚丞：生平不详。丞，县令佐吏。苏少府：指诗中所说的苏伯玉。少府，县尉别称。此诗可能作于洛阳。

〔2〕"山阴"二句：意为冀姚丞心闲为政。政简，治政简明。这是赞美官员治理有方的话。从容，舒缓，不急迫。物外踪，超脱世俗之外的行踪。物外，尘俗之外。《鸡肋集》卷三三晁补之《书鲁直题高求父扬清亭诗后》："陶渊明泊然物外，故其语言多物外意。"

〔3〕"落日"二句：意为写山阴美景及雅事。会稽峰，会稽山的主峰在唐会稽县（今浙江绍兴）南，与诸暨、嵊州交界处，茂林修竹，风景秀丽。

〔4〕苏伯玉：晋太康时人，出使在蜀，久不归。其妻居长安，思之，作《盘中诗》以寄。见徐陵《玉台新咏》。此以风流才子比姚丞。同官：同僚。丞与少府皆县令佐吏，故云。相逐：指往来应酬。

〔5〕"加餐"二句：意言关爱。怜，喜欢，爱。

〔6〕"知君"二句：意赞姚丞与苏少府。君，指姚丞。练思，熟思，精思，指作诗而言。"练"，韩翃集作"炼"。季子，苏秦，字季子。战国时东周洛阳人，游说之士。见《史记·苏秦列传》。此处借指苏少府。得为，韩集作"德有"。《论语·里仁》："德不孤，必有邻。"为邻，县丞、县尉并为县令之辅佐，故云。

〔7〕"他日"二句：意冀诗文往还。知，韩集作"如"。西人，《诗经·小雅·大东》："西人之子，粲粲衣服。"《毛氏传》："西人，京师人也。"此李颀自谓。

【赏析】

"落日花边剡溪水，晴烟竹里会稽峰"列入《全唐诗佳句类典》，成为咏"山川"佳句。

【汇评】

明·陆时雍《唐诗镜》：李颀七律，诗格清炼，复流利可诵，是摩诘以下第一人。

清·王闿运手批《唐诗选》卷七：选词至妍，古气仍在。

丘为（一首）

丘为（694—789？）：苏州嘉兴（今浙江嘉兴）人。天宝二年（743）进士，累官至太子右庶子，事继母至孝，寿至九十六。诗以五言为长，多写田园风物，格调清幽淡逸，常与刘长卿、王维唱和。代表诗作有《寻西山隐者不遇》《泛若耶溪》等。《全唐诗》存诗十三首。

丘为在天宝二年（743）中进士前，与妻儿曾隐居越州若耶溪畔桑园门一带，曾送友入剡中。

送阎校书之越[1]

南入剡中路，草云应转微[2]。
湖边好花照，山口细泉飞[3]。
此地饶古迹，世人多忘归[4]。
经年松雪在，永日世情稀[5]。
芸阁应相望，芳时不可违[6]。

【出处】

《全唐诗》卷一二九。

【注释】

〔1〕阎校书：何人不详。校书，指秘书省校书郎。

〔2〕剡中：此处指代越州。草云：草上之云气，泛指风景。微：少，无。此二句意为，南下去越州剡中的路上，荒草连云的景象渐渐变得少了。

〔3〕花照：映照。泉飞：飞流而下。此二句意为，湖边美丽的鲜花映照在清澈的水里，山口有一道道细小的泉水飞溅。

〔4〕饶：众，众多。此二句意为，这个地方保留了很多古人的遗迹，让世间的人经常流连忘返。

〔5〕经年：指经历过冬天。松雪：松上积雪。永日：长久。本句以世上长久的友情少来说自己与友人的友情深。此二句意为，松树上的雪经过了一个冬天，第二年的春天依然还在，长久以来的世俗风气却慢慢找不到了。

〔6〕芸阁：指芸香阁，秘书省的别称，亦指藏书之所。芳时：良辰，意指友人相聚的美好时刻。违：离开。指离开剡中。本句希友人早归。此二句意为，一路行来，秘书省已经可以遥遥望见，（因为是送掌校理典籍的官员〔校书〕，所以去到的地方是芸阁，是他们的办公地点，意为阁校书快要到达他的目的地了）虽然是忙工作，这样美好的花开时节千万不要辜负啊。

【赏析】

此诗是送别诗，叮嘱友人江南风景虽美，须早日归返。先极言江南景美，再作不可久留之转折，以突出友情之可贵，构思奇妙。

"南入剡中路，草云应转微。湖边好花照，山口细泉飞"。剡溪之花，极为唐人所重。

【汇评】

清·王夫之《唐诗评选》：前八句一气清安，结用寻常应酬语，乃而风韵。

高适（一首）

高适（700？—765）：盛唐边塞诗派的代表人物。字达夫，渤海蓨县（今河北景县）人。早年游长安求仕未果，天宝八载（749），约50岁的高适中举有道科，授封丘尉。后辞官客游河西，为陇右节度使哥舒翰书记。历任淮南、西川节度使，终散骑常侍。进封渤海县侯。世称"高常侍"。卒赠礼部尚书，谥"忠"。工诗，古今体兼长，边塞诗尤为著名。感情真挚爽朗，语文质朴凝练，风格慷慨激昂，豪放悲壮。与岑参齐名，世称"高岑"。与岑参、王维和孟浩然合称"高岑王孟"。另和岑参、王维和李颀合称"高岑王李"。明人辑有《高常侍集》。所作意气骏爽，笔力浑厚。《全唐诗》存诗四卷。

高适游浙东的时间，大约在开元七年至十八年（719—730）间。高适50岁留意诗篇创作，更显忆游浙东诗的珍贵。他作有及剡诗《崔司录宅燕大理李卿》："饮醉欲言归剡溪，门前驷马光照衣。"此外，引"买山之隐"典入诗，如《淇上酬薛三据兼寄郭少府微》："不然买山田，一身与耕凿。"

崔司录宅燕大理李卿[1]

多雨殊未已，秋云更沉沉。
洛阳故人初解印，山东小吏来相寻[2]。
上卿才大名不朽，早朝至尊暮求友[3]。
豁达常推海内贤，殷勤但酌樽中酒。
饮醉欲言归剡溪，门前驷马光照衣[4]。
路旁观者徒唧唧，我公不以为是非[5]。

【出处】

《全唐诗》卷二一三。

【注释】

〔1〕作诗时间有两说。①周勋初著《高适年谱》载，此诗当作于天宝十一载（752）夏末秋初在封丘任职期间。②孙钦善《高适集校注》："据诗中自称'山东小吏'，知此诗作于任封丘尉期间，时在天宝八载（749）或九载秋。"司录：指崔司录，与崔录事当为一人。录事即录事参军事，司录即司录参军事。州郡属官称录事，京尹属官称司录。崔氏时为东京河南尹属官，故称司录。燕：同"宴"。大理：指大理寺，主管刑狱的朝廷官署。其正长官曰卿，从三品。

〔2〕洛阳故人：指崔司录。解印：罢官。山东小吏：作者自称。山东，太行山以东地区。高适当时任封丘尉，故自称山东小吏。

〔3〕上卿：泛指朝廷大臣。此指大理寺李卿。

〔4〕归剡溪：使用"戴逵破琴"典故。东晋名士戴逵字安道，不愿趋奉权门，太宰召其鼓琴，逵破琴拒之，见《晋书·卷九十四·隐逸传·戴逵传》。后遂以"戴逵破琴"赞扬人志行高洁，不屈于权势。因戴逵隐剡县，遂以"归剡溪"喻指归隐山林。驷马：指显贵者所乘的驾四匹马的高车。表示地位显赫。

〔5〕唧唧：小声议论。

【汇评】

五代后晋·刘昫等撰《旧唐书·高适传》：天宝中，海内事干进者注意文词。适年过五十，始留意诗什，数年之间，体格渐变，以气质自高。每吟一篇已，为好事者称诵。

明·陆时雍《诗镜总论》：七言古，盛于开元以后，高适当属名手。调响气佚，颇得纵横；勾角廉折，立见涯涘。以是知李、杜之气局深矣。高达夫调响而急。

李白（十二首）

　　李白（701—762）：唐代三大诗人之一，字太白，号青莲居士，人称"李谪仙"。祖籍陇西成纪（今甘肃天水），生于中亚碎叶城（今吉尔吉斯斯坦托克马克），少年于巴蜀绵州昌隆（今四川江油）。开元十三年（725）仗剑出蜀，漫游江汉、吴越，南至潇湘，北涉汝海，酒隐安陆，蹉跎十年。后又寓家东鲁，与孔巢父、韩准等人结"竹溪六逸"。天宝元年（742）由东鲁南陵奉诏入京，以布衣入翰林，待诏宫中，世称"李翰林"。结识贺知章等人，结为"饮中八仙"，纵情诗酒，笑傲公侯。天宝三载（744），自请还山，与杜甫、高适相遇，登吹台，游梁宋，客居梁园。天宝五载（746），又东游金陵吴越，盘桓皖南，寄情于山水之间。天宝十一载（752），曾北上幽燕，探虎穴，见安禄山有野心并深得朝廷宠信，曾痛哭于黄金台之上，并作诗讽之。天宝十四载（755）末，安史之乱起，他南奔吴楚，隐于庐山。出于收复中原、为国平叛的爱国热情，他应永王李璘所邀，入永王水军幕府。永王败后，他以"从璘附逆"的罪名，被"长流夜郎"。遇赦后，流浪于江湘一带，晚年依族人李阳冰，宝应元年（762）客死于宣州当涂。李白是伟大的浪漫主义诗人，诗想象丰富奇特，风格雄浑奔放，色彩绚丽，语言清新自然，被誉为"诗仙"。与杜甫齐名，号称"李杜"。与杜甫、韩愈、柳宗元倡导古文运动，故有"李杜韩柳"之称。新、旧《唐书》有传。现存诗一千余首，有《李太白集》传世。《全唐诗》存诗二十五卷。以《全唐诗》所录存数量言，李白位居全唐诗人第三。

　　在唐朝最著名的几位诗人中，李白不但比孟浩然、杜甫等人来剡更早，而且次数之多，也是他们不可企及的。可以说，新昌是李白的第二故乡。开元十三年（725）春到天宝十五载（756）春，李白先后

五次入剡[1]，其中入剡较明晰的有三次，有两种说法。（一）竺岳兵《李白四入浙江、三入剡中、二上天台、一上四明》[2]："李白第一次来浙东，在开元十四年（726）'东涉溟海'时。与剡县尉窦公衡交友。李白第二次入剡中，是在天宝六载（747），即李白47岁时。著名的《梦游天姥吟留别》就作于临行前。李白第三次来浙东是在天宝十二载（753）秋。其路线是由东鲁经梁园、曹南到宣城，再由宣城经杭州到会稽。"（二）陈新宇《李白三次入剡中》[3]："第一次是初出蜀这年初冬，为游乐而来，时在开元十三年（725）；第二次是'赐金放还'后两年的仲秋，为遣愁，遁世而来，时当天宝六载（747）；第三次是避安史之乱南奔，夏季入剡，秋隐庐山屏风叠，冬入永王军。时为天宝十五载（756）。"两种说法，虽在时间上稍有出入，却都证实李白曾三入剡中，对剡中山水，甚为仰慕，及至晚年，尚有终老剡中之意。

古剡县中的剡溪，尤其是剡溪源头之上的天姥山、沃洲山，是诗仙久久难以释怀的所在。李白作有《秋下荆门》《别储邕之剡中》《秋山寄卫尉张卿及王征君》《东鲁门泛舟二首》《叙旧赠江阳宰陆调》《梦游天姥吟留别》《秋浦歌十七首（其六）》《送王屋山人魏万还王屋》《淮海对雪赠傅霭》《经乱后将避地剡中留赠崔宣城》《赠王判官时余归隐居庐山屏风叠》《寻阳送弟昌峒鄱阳司马作》等12首"剡"字诗。特别是《梦游天姥吟留别》一诗，表达了他向往这座东南名山、厌弃蝇营狗苟的官场生活的强烈愿望，也使天姥山染上了神秘高蹈、超凡脱俗的色彩，成为东南第一文化名山。李白尚作有《上清宝鼎诗二首》其二："归来问天老（姥），妙义不可量。"《与南陵常赞府游五松山》诗："五松何

---

[1] 李白五入剡中的说法来源：（一）王伯奇《李白与剡中》考证："李白一生五入剡中。"文见《中国李白研究》（1998—1999年）——《李白与天姥国际会议论文集》第248—254页。（二）吕洪年《浙东的"唐诗之路"》一文也指出李白"出蜀远游，五到剡中"。文见《今日浙江》，2003年第3—4期，第83页。

[2] 《李白四入浙江、三入剡中、二上天台、一上四明》，见竺岳兵编著《浙东唐诗之路》，香港：中国文化艺术出版社，2008年版，第96—101页。

[3] 陈新宇《李白三次入剡中》：见《新昌文史资料荟萃》（1984—2003年），香港：中国文化艺术出版社，2013年版，第197页。

清幽,胜境美沃洲。"《巳上人茅斋》诗:"空忝许询辈,难酬支遁词。"《北山独酌寄韦六》诗:"巢父将许由,未闻买山隐。"

秋下荆门[1]

霜落荆门江树空,布帆无恙挂秋风[2]。
此行不为鲈鱼鲙,自爱名山入剡中[3]。

【出处】
《全唐诗》卷一八一。

【注释】

〔1〕此诗作于开元十三年(725),李白出蜀后向吴越途中。诗题《敦煌残卷本唐诗选》作《初下荆门》可证。《校编全唐诗》:"题,唐写本作《初下荆门》,《唐诗别裁》作《舟下荆门》。"荆门:荆门山,在今湖北宜都长江边,号为楚之西塞。

〔2〕"霜落"句:谓荆门一带树叶经霜后凋零一空。江树空,长在江边的树,叶子经霜落尽。空,这里指树上的叶子全落了,形容树枝光秃秃的样子。江,《校编全唐诗》:"《唐诗别裁》作'烟'。""布帆"句:谓旅途顺利。布帆无恙,东晋画家顾恺之在荆州刺史殷仲堪幕为参军,因假还家。殷仲堪把布帆借给他使用,路遇大风,他写信告诉殷仲堪说:"行人安稳,布帆无恙。"见《晋书·顾恺之传》。这里借用顾恺之的典故,表示旅途平安。此二句意为,秋来霜下,岸边的树叶已凋落,江岸已变得空荡荡了,江面也显得开阔了。秋风正好,万里送行舟,天助人愿,一帆风顺。

〔3〕鲈鱼鲙:西晋吴人张翰,在洛阳做官时,见秋风起而想到家乡菰菜羹、鲈鱼脍的美味,就辞官归乡。《世说新语·识鉴》第10条载:"张季鹰(即张翰)辟齐王东曹掾,在洛,见秋风起,因思吴中菰菜羹、鲈鱼鲙,曰:'人生贵得适意尔,何能羁宦数千里以要名爵!'遂命驾便归。俄而齐王败,时人皆谓为见机。"《世说新语·任诞》第20条载:"张季鹰(即张翰)纵任不拘,时人号为'江东步兵'。或谓之曰:'卿乃可纵适一时,独不为身后名邪?'答曰:'使我有身后名,不如即时一杯酒!'"后因以"鲈鱼鲙"为思乡赋归之典。鲙,同"脍",切细的鱼肉。清乾隆《嵊县志·卷二·地理物产》:"鲈,剡溪

有之。"爱：喜欢。剡中在越州剡县，荆门在楚，李白向往越中的好山好水，反映到诗里成了"剡中"。这从一个侧面说明"剡中"在李白心目中是天下美景的代名词。此二句意为，离家去国，可不是像晋人张翰那样为了美味的鲈鱼，而是去饱览那慕名已久的越州剡中的秀丽风光。

【赏析】

这首诗是开元十三年（725）秋天，李白25岁第一次离开荆门出蜀远游时所作，表达了对剡中的仰慕。李白想循着谢灵运的旧径上天姥山，找寻"谢公宿处"，"脚著谢公屐，身登青云梯""且放白鹿青崖间，须行即骑访名山"。诗中借景抒情，妙用典故，信手拈来，不着痕迹，抒发了秋日出游的愉悦心情，全诗充满了对剡中山水风光的思慕和锦绣前程的憧憬。"此行不为鲈鱼鲙，自爱名山入剡中"。诗人反用张翰的典故，说明此行的目的不是为莼羹鲈脍，不是为口腹享受，他一定要到剡中去，为的是那里的名山秀水。吴地鲈鱼极为有名，作者因而活用此典表达了对祖国锦绣山河的热爱。孔夫子说过：即使是很小的村子里也会有贤人出现。诗人寻访名山，游览之余更是希望能与隐居山林的高人隐士坐席谈经，开怀畅饮一番。这番豪兴在不经意的用典中，表露无遗。诗人化用此典恰到好处地表达了自己意欲饱览祖国山河而不惜远走他乡的豪情及心志。诗中虽曰"不为"却无半分否定之意，反而令人有惺惺相惜之感。"自爱名山入剡中"一句，似乎隐隐含有"重走子猷访戴路"之意，这是隔代文人常有的神交冥会，灵魂在那一刻如此轻灵，雪泥鸿爪间，古心与今意的无声知遇，凡夫俗子岂能梦见？

【汇评】

明·凌云《唐诗绝句类选》：蒋仲舒曰："挂"字最得趣。徐子扩曰：闲适。

明·李攀龙《唐诗训解》：霜落则木叶俱尽，故云"空"。于此时而挂帆来游，岂欲以鲈自高耶？所以入剡中者，爱此名山耳。

清·黄生《唐诗摘钞》：用事之法，贵有变化，不宜即事用事。如"行人安稳，布帆无恙"，本言济险之状，而诗中无济险意，偶用四字，成笔趣而已，是谓借用古事（"不为鲈鱼"句下）。翻案用事。

清·李锳《诗法易简录》：首句写荆门，用"霜落""树空"等字，已为次句"秋风"通气。次句写舟下,趁便嵌入"挂秋风"字,暗引起第三句"鲈鱼鲙"意来。第三句即以"此行"承住上二句,以"不为鲈鱼鲙"五字翻用张翰事,以生出第四句来,托兴名山,用意微婉。

日本学者近藤元粹《李太白诗醇》:严沧浪曰:后半自清胜,然"思鲈鱼"是晋人偏趣,翻作"爱山"是唐人,便痴。翼云云:"霜落"则叶空矣,先写秋意。次句以题中"下"字义承。"此行"便紧接上文作转,以"张翰见秋风起,思吴中莼鲈"事开一笔。剡县隶会稽,多佳山水,"自"字合上"不为"二字。

别储邕之剡中[1]

借问剡中道,东南指越乡[2]。
舟从广陵去,水入会稽长[3]。
竹色溪下绿,荷花镜里香[4]。
辞君向天姥,拂石卧秋霜[5]。

【出处】

《全唐诗》卷一七四。

【注释】

〔1〕此诗作于李白自广陵(今江苏扬州)往会稽(今浙江绍兴)时。当是李白出蜀后初入会稽之作,时在开元十四年(726)秋。储邕:李白友人。李白另有《送储邕之武昌》诗,可参看。

〔2〕借问:请问,打听。古诗中常见的假设性问语。一般用于上句,下句即作者自答。晋·陶渊明《悲从弟仲德》诗:"借问为谁悲,怀人在九冥。"越乡:指越地,今浙江绍兴一带。此二句意为,若是问来剡县的路,都指向东南方的越地。

〔3〕"舟从"二句:意为乘船从广陵南下,长长的水路一直通向会稽境内。这是从运河渡长江、钱塘江到达越州的路线。唐代诗人从北方到会稽山、天台山大多选择走此路,李白只是其中之一。

〔4〕"荷花"句:镜湖(今鉴湖)中的荷花开得正艳。镜里,寓指波平如镜的鉴湖。镜,指水面。一则阳光照射,水面闪闪发光;二则水面清澈见底,所以比喻为镜子。此二句意为,这一路两岸的竹林倒映在清澈的溪水里,显得分外苍翠,荷花在明镜般的水上,散发着缕

缕清香。

〔5〕天姥：指天姥山，此处代指剡中。"拂石"句：谓在霜秋季节拂拭山石高卧云林。此指隐居。秋霜，即琨玉秋霜，比喻坚贞劲烈的品质。典出《后汉书·孔融传论》："懔懔焉，皓皓焉，其与琨玉秋霜比质可也。"懔懔，严正的样子。皓皓，洁白的样子。琨玉，美玉。此二句意为，今天我要和你（储邕）告别，前往附近的天姥山，用长袖拂去大石上的灰尘，我将高卧在那秋日的霜露上（开始闲适自在的云游生涯）。

【存异】

诗句：(1)"借问剡中道"，《剡录·卷二·山水志》作"试问剡溪道"。

(2)"借问剡中道"中的"剡中"，清康熙《嵊县志·卷二·山川志》、清乾隆《嵊县志·卷十五·艺文地理》、民国《嵊县志·卷二十八·艺文志·诗》作"剡溪"。

【赏析】

古时陆行则车马，水行则舟楫。唐代诗人们来到江南，大多是坐船走水路。李白在此诗中说："舟从广陵去，水入会稽长。"即从淮甸的扬州经运河南下，渡钱塘江，从西兴（今浙江萧山）进入浙东，再沿剡溪溯流而上，登上天台的石梁。这条线路就是现在所称的"浙东唐诗之路"。

开元十四年（726）的夏天，诗人由广陵赴会稽，向友人告别。诗中描写了舟行中沿途所见的景色。首联"借问剡中道，东南指越乡"，李白一踏上江浙大地，即被越乡秀水所吸引。剡中景色的美丽，诗中着墨虽不多，但已有明白的提示。从问路开始写起，一问一指中，表现了诗人对剡中的向往之情，一"问"一"指"两个举动，令人想到行者和送者将要分手时的情状，增强形象感。颔联继续叙述出发地和目的地，并交代从水路行走，为下联写两岸和水中景物做铺垫。郁贤皓主编《李白大辞典》评："诗为五律而声调略有不谐，正是太白本色。'竹色溪下绿，荷花镜里香'一联，对仗工稳，状景传神。"颈联写水乡特色剡中景物。"竹色溪下绿，荷花镜里香"。意为青竹滴翠，把剡溪映成绿色；红荷吐芳，使湖水溢出馨香。竹绿溪底，荷香湖中，山高水长，在李白的诗里，剡中是一个明秀宁静的人间仙境。剡溪翠竹也成为诗中的一景。尾联点明对目的地的向往，与首句相呼应。诗人怀想剡中的水清、竹绿、荷香，并表示要长隐于此。全诗以剡中开篇，以天姥收结。诗人游历剡中，极为满足，安史之乱时，才有避地于此之想。这些都可以看出李白对越中山水的倾心。全诗都在写剡中之景语，竟无一句写及对方之情语者。情不够，景来凑。对交情不深的朋友，多是这样。这是李白应酬诗的特点之一。

【汇评】

清·黄生《唐诗评三种》：首联点剡中，次联写"之"字。三联写剡中；结收"别"字，仍绾"剡中"。

秋山寄卫尉张卿及王征君[1]

何以折相赠，白花青桂枝[2]。
月华若夜雪，见此令人思[3]。
虽然剡溪兴，不异山阴时[4]。
明发怀二子，空吟招隐诗[5]。

【出处】

《全唐诗》卷一七二。

【注释】

〔1〕此诗作于开元二十一年（733），李白在长安求仕不成而准备离开长安时。秋山：指李白秋天在长安时所居住的终南山，玉真别馆所在之地。卫尉张卿：右相张说次子张垍，尚宁亲公主，拜驸马都尉，为玉真侄婿。一说尚玉真公主张𢖫①。卫尉，即卫尉寺，唐代之官署，掌器械文物；其长官称卿。征君：敬称未任官职之人。

〔2〕"何以"二句：意为折什么来寄赠你俩呢？用那白白的花朵与青青的桂枝。

〔3〕"月华"二句：南朝梁·沈约《应王中丞思远咏月》诗："月华临静夜，夜静灭氛埃。"此二句意为，月光普照如夜降大雪，见此情景令人倍思友人。

---

① 见王辉斌《〈李白丛考〉商榷研究综述》，《襄樊学院学报》，2010年，第1期，第65页。

〔4〕剡溪兴：指"剡溪乘兴"的省作，指隐居逸游造访故友的兴致。这里借"剡溪兴"自述访友的强烈愿望。山阴：指山阴县，治所在今浙江绍兴。此二句意为，虽未见到你俩，但我在剡溪的情兴，与在山阴时并无两样。

〔5〕明发：犹凌晨。《诗·小雅·小宛》："明发不寐，有怀二人。"朱熹注："明发，谓将旦而光明开发也。"招隐诗：左思、陆机等人之《招隐诗》，皆源于汉淮南王刘安《招隐士赋》。赋中悯屈原被放，故招怀之，而意在延揽天下士人。此处则以招隐之作，暗喻朝廷求士之诏。所谓"空吟"云云，刺其流为空文也。此二句意为，通宵达旦怀念两位，但现在我不能像东晋王徽之那样吟着左思的《招隐诗》月夜访戴逵了。换句话说是明晨出发此刻更加怀念你俩，空自吟咏《招隐诗》。

【存异】

1. 诗题：清康熙《嵊县志·卷二·山川志》作"秋寄张卫卿王征君"；清道光《嵊县志·卷十三·艺文·山川》作"秋山寄张卿及王征君"。

2. 诗句：(1)"何以折相赠"中的"折"，清康熙《嵊县志·卷二·山川志》作"秋"。

(2)"月华若夜雪"中的"若"，清康熙《嵊县志·卷二·山川志》作"数"。

(3)"虽然剡溪兴"中的"兴"，清康熙《嵊县志·卷二·山川志》作"典"。

【赏析】

据专家考证，李白三至五次到过剡中，不只是梦游，而是亲历其境。"虽然"二句用的是东晋王子猷雪夜访戴逵的典故，表明彼此相交之深；同时说明李白对剡溪的秀色很感兴趣。虽用访戴事，然亦别有用意。意谓："我"虽然有王子猷剡溪之兴，在夜雪中开室酌酒，咏左思《招隐诗》，忽忆戴安道，即便乘舟访之；但"我"也像王子猷一样，终于不前而返，因"我""本乘兴而来，兴尽而返，何必见戴？"其他俱是虚应故事，要害只在"何必见戴"一语，意即在别去时不欲见张卿也。李白用事多自出心裁，不独此诗为然。这里仍然用王子猷访戴的故事，取由剡溪景物所激发的怀念友人的情感。但王子猷访戴是在雪夜，现在明月皎洁，本来和"剡溪兴"是对不上号的，诗人发挥想象，创造出"月华若夜雪"这样的句子，以此为中介，自然和"剡溪兴"挂上了钩。这不是单纯的技巧问题，而是剡溪及与之相应的故事，确实给诗人留下深刻的印象。此诗的"剡溪兴"也是由皎洁的月光而引起。其中既包含着对友人的思念，也包含着对光明境界的热烈向往。剡中就是这样一个光明的境界。看来，不论走到哪里，诗人一旦想起剡中，心中便一派光明；一旦置身于皎洁的境界，便想起了剡中。

郁贤皓主编《李白大辞典》载："此诗作于开元年间（713—741）李白一入长安之时。卫尉张卿乃张垍，尚玄宗女宁亲公主，驸马都尉。王征君事迹不详。此诗乃离终南山时寄给张垍、王征君的，由于张垍并没有荐引李白，因而诗中语气尽管很婉转，但言外却不无怨懑之意。"

安旗主编《新版李白全集编年注释》载："卫尉张卿即张垍。（李）白前此求荐未遂，且备受冷遇，故在别云时不欲见张，且寄此诗以讽。王征君名字不详。"

叙旧赠江阳宰陆调[1]（节录）

江北荷花开，江南杨梅熟[2]。
正好饮酒时，怀贤在心目[3]。
挂席拾海月，乘风下长川[4]。
多酤新丰醁，满载剡溪船[5]。
中途不遇人，直到尔门前[6]。
大笑同一醉，取乐平生年[7]。

【出处】

《全唐诗》卷一六九。

【注释】

〔1〕此诗作于开元二十九年（741）李白游江阳时。江阳：唐县名，在今江苏扬州市。宰：县令。陆调：李白友人，字牧臣，广德二年（764）官袁州别驾。见李华《张镐遗德颂》。叙旧：所叙为开元十九年（731）事。

〔2〕"江北"二句：意为长江北岸荷花正开，长江南岸杨梅熟了。

〔3〕"正好"二句：意为正是喝酒的好时候，我的心中思念你这个贤才。

〔4〕挂席：扬帆。南朝宋·谢灵运《游赤石进帆海诗》："扬帆采石华，挂席拾海月。"李善注："《临海志》曰：'……海月大如镜，白色。'扬帆、挂席，其义一也。""乘风"句：曹植《洛神赋》："浮长川而忘反。"长川，指长江。

〔5〕酤：买酒。新丰醁：谓美酒。新丰，地名，一在长安（今陕西西安），一在丹徒（今江苏镇江，亦产美酒。陆游《入蜀记》："六月十六日，早发云阳，过夹冈，过新丰。小憩。李白诗云：'南国新丰酒，东山小妓歌。'又唐人云：'再入新丰市，犹闻旧酒香。'皆谓此，非长安之新丰也。"醁，美酒。剡溪船：谓访贤的船。用王子猷访戴逵的典故。这里借以自述急于过江访友的心情。

〔6〕"中途"二句：意为半路上一个人也不拜访，一直划到你的门前。

〔7〕"大笑"二句：意为纵声大笑中一同喝得烂醉，饮酒求乐度过此生。

【存异】

1. 诗题：《剡录·卷六·诗》作"赠陆调"。

2. 诗句："挂席拾海月，乘风下长川"，《剡录》卷六《诗》作"挂席候海色，当邑下长川"。

【赏析】

新丰酒是一种传统的白醪酒，据赵岐《三辅旧事》记载："太上皇（汉高祖之父）不乐关中，思慕乡里，高祖徙丰沛屠儿沽酒煮饼商人，立为新丰。"于是新丰酒成为朝中宫廷宴享、庆功喜寿、迎来送往的专用酒。新丰酒自汉朝以来誉满天下。诗仙李白饮了新丰酒称赞不已，要"多酤新丰醁，满载剡溪船"，带到浙江去痛饮一番。"王子猷剡溪访戴的典故，在李白诗中出现18次之多，各处用意不尽相同。"[1]此处是触景生情，怀人访友。王子猷是"夜大雪，眠觉，开室命酌酒"，是独自饮酒之后，忽然想到戴安道，"乘小船就之"，而李白则装了满船的酒，去和好友共醉。"剡溪船"在这里已起着新的作用。

《全唐诗大辞典》评："此诗首叙陆氏出身门第之高，为吴郡大族；

---

[1] 余恕诚《李白笔下的"剡溪访戴"——兼谈盛唐诗人对于魏晋风度的接受》：《今日嵊州》，2013年3月20日。

次叙在洛阳时自己被斗鸡徒围困时,为陆调所救;后叙陆调为江阳宰吏治清肃的政绩,及热情招待诗人的欢乐场面。"① 从本书所节录的诗句看,诗人用欢快调子写怀贤邀醉的心情。挂席乘风,满载美酒。到门前不是不进不见,而是大笑同醉,取乐平生。其乐观,热情,喜欢聚会,与王子猷雪夜访戴,未曾见面,孤舟独身而返,显然不同。

梦游天姥吟留别[1]

海客谈瀛洲,烟涛微茫信难求[2]。
越人语天姥,云霞明灭或可睹[3]。
天姥连天向天横,势拔五岳掩赤城[4]。
天台四万八千丈,对此欲倒东南倾[5]。
我欲因之梦吴越,一夜飞度镜湖月[6]。
湖月照我影,送我至剡溪[7]。
谢公宿处今尚在,渌水荡漾清猿啼[8]。
脚著谢公屐,身登青云梯[9]。
半壁见海日,空中闻天鸡[10]。
千岩万转路不定,迷花倚石忽已暝[11]。
熊咆龙吟殷岩泉,栗深林兮惊层巅[12]。
云青青兮欲雨,水澹澹兮生烟[13]。
列缺霹雳,丘峦崩摧[14]。
洞天石扇,訇然中开[15]。
青冥浩荡不见底,日月照耀金银台[16]。
霓为衣兮风为马,云之君兮纷纷而来下[17]。
虎鼓瑟兮鸾回车,仙之人兮列如麻[18]。
忽魂悸以魄动,怳惊起而长嗟[19]。
惟觉时之枕席,失向来之烟霞[20]。
世间行乐亦如此,古来万事东流水[21]。
别君去兮何时还?
且放白鹿青崖间,须行即骑访名山[22]。

---

① 张忠纲主编《全唐诗大辞典》,北京:语文出版社,2000年版,第337页。

安能摧眉折腰事权贵，使我不得开心颜[23]。

【出处】

《全唐诗》卷一七四。

【注释】

〔1〕天姥（mǔ）：指天姥山，在越州剡县南八十里（今新昌县境东南部，县东五十里）。传说登山的人能听到仙人天姥唱歌的声音，山因此而得名。吟：诗体名称的一种。留别：留诗作别。

〔2〕海客：往来于海上的人。瀛洲：传说中的东海仙山。微茫：景象模糊不清。信：确实、实在。这二句意为，往来海上的人们谈起瀛洲时，都说它在烟雾波涛之中渺渺茫茫，实在难以寻访。

〔3〕越人：指浙江一带的人。此指谢灵运。见竺岳兵《〈梦游天姥吟留别〉诗旨新解》。语天姥：《会稽掇英总集》卷四作"道天姥"。"云霞"句：指天姥山在云霞中时隐时现。霞，原作"霓"，据王琦本改。《剡录》作"霓"。明灭，时明时暗，指云霞因天气阴晴不同而发生的变化。

〔4〕向天横：遮住天空。横：遮蔽。"势拔"句：山势高过五岳，遮掩了赤城。拔，超越，高出。五岳，中国的五大名山，指东岳泰山、西岳华山、南岳衡山、北岳恒山和中岳嵩山。掩，盖过，压过。赤城，山名，在今浙江天台北，为天台山的南门。《十道山川考》："赤城，山在县北六里，天台之南门也。"《会稽记》："赤城，山名，色皆赤，状如云霞。"

〔5〕天台：指天台山，在今新昌县境天姥山东南。四万：人民教育出版社2000年版全日制普通高级中学教科书《语文》第三册作"一万"。"四（一）万八千丈"，是一种夸张的说法，并非实数。此指天姥山。"对此"句：对着（天姥）这座山，（天台山）就好像要拜倒在它的东南面一样。意思是天台山和天姥山相比，就显得低了。倾，偏斜、倒下。

〔6〕"我欲"句：意谓白日思游天姥，入夜则开始了梦游吴越。因，由，凭借，依据。之，指越人关于天姥山的传说。吴越，指越。古代因吴越两国相邻，故连类而及，为偏义复词。镜湖：指鉴湖，在今浙江绍兴。

〔7〕剡溪：曹娥江上游诸水，古通称剡溪。详见附录1"剡溪"条。

〔8〕谢公：指谢灵运，南朝宋诗人，陈郡阳夏（今河南太康），曾

任永嘉太守,后移居会稽始宁县。游览天姥山时曾在剡中住宿,留诗《登临海峤初发强中作与从弟惠连见羊何共和之》中有"暝投剡中宿,明登天姥岑"句。谢公宿处,在今新昌县城人民中路和横街交会处。明成化《新昌县志》卷八载:"康乐坊,在县东三百余步,今名忠信坊。昔灵运尝寓于此,时人重之,为建此坊。郡志云新昌之康乐盖古迹尤著。"渌:清澈。清:凄清。

〔9〕著:同"着",穿。谢公屐:指南朝宋谢灵运特制的登山木屐。《南史·谢灵运传》:"寻山陟岭,必造幽峻,岩嶂数十重,莫不备尽登蹑。常着木屐,上山则去其前齿,下山则去其后齿。"青云梯:指山路高峻陡峭,如登攀青天的梯子。

〔10〕"半壁"句:在半山腰看到从海上升起的太阳。半壁,半山腰,因山势陡峭如壁,故称"半壁"。海日,从海面上升起的太阳。天鸡:古代传说,东南有桃都山,山上有大树叫"桃都",树上栖有天鸡。每当太阳初升照到树上,天鸡就会鸣叫,天下的鸡也都跟着它叫起来。见《述异记》卷下。

〔11〕"迷花"句:迷恋着花,依倚着石,不觉天色很快就暗了下来。"转""倚石":《会稽掇英总集》卷四作"壑""失石"。暝,天黑。忽已暝,天门将开前的景象,与下几句天门开,神仙出迎相连接。此二句意为,山峦重叠,峰回路转,路径变化不定;迷恋奇花,欣赏怪石,倏忽间天色变暗。

〔12〕殷岩泉:声音震响于山岩泉水之间。殷,震动;震动声,形容声音宏大。层巅:重叠的山峰。此二句意为,熊咆龙吟,震荡着山岩和泉水;林深峰叠,令人惊惧战栗。

〔13〕澹澹(dàn):水波荡漾的样子。

〔14〕列缺:闪电。霹雳:巨雷。丘峦:山峰。此二句意为,电闪雷鸣,山峰倾塌。

〔15〕洞天:道教称神仙居住的地方为"洞天",意谓洞中别有天地。石扇:即石门。扇,《剡录·卷六·诗》作"扉"。訇(hōng)然:形容声音很大。

〔16〕青冥:天空。浩荡:广阔壮大的样子。金银台:指仙宫楼台。晋·郭璞《游仙诗》:"神仙排云出,但见金银台。"

〔17〕霓为衣:《会稽掇英总集》卷四作"霓为裳"。霓,虹。云之

君：天上的神仙。

〔18〕鼓：弹奏。鸾：传说中凤凰一类的鸟。回车：拉车。列如麻：极言其众。

〔19〕魂悸：心神动荡。悸，心惊。怳：同"恍"，心神不定的样子。嗟：叹息。

〔20〕觉：醒。向来：刚才，此指梦境。烟霞：指梦中所见的奇象。

〔21〕世间：世上。此：指虚幻的梦境。亦如此：同梦境一样。东流水：喻世间万事一去而不复返。此二句意为，人世间的欢乐也像梦幻一样，古往今来，一切事情都像东流之水，一去不返。

〔22〕白鹿：传说中的神兽，为神仙之坐骑。须：待。

〔23〕安能：岂能，哪能。权贵：指有权势的封建大官僚。摧眉折腰：低眉弯腰。事：侍奉。开心颜：心情愉快，笑逐颜开。

【存异】

1. 诗题：《全唐诗》一作"别东鲁诸公"。"河岳英灵集"作"梦游天姥山别东鲁诸公"。

2. 诗句：(1)"我欲因之梦吴越"中的"欲"，民国《新昌县志·卷十六·古迹》作"亦"。

(2)"一夜飞度镜湖月"中的"度"，清同治《嵊县志·卷二十四·文翰志·诗》作"渡"。

(3)"渌水荡漾清猿啼"中的"清"，《剡录·卷四·古奇迹·谢公宿处》作"青"；"渌"，《剡录·卷四·古奇迹》作"绿"；民国《新昌县志·卷十六·古迹》作"錄（录）"，误。

(4)"熊咆龙吟殷岩泉"中的"殷岩泉"，《剡录·卷十·草木禽鱼诂下·禽·熊》作"豕中蛰"。

(5)"水澹澹兮生烟"中的"澹澹"，清同治《嵊县志·卷二十四·文翰志·诗》作"淡淡"。

(6)"丘峦崩摧"中的"摧"，民国《新昌县志·卷十六·古迹》作"催"，误。

(7)"安能摧眉折腰事权贵"中的"摧"，《剡录·卷六·诗》作"攒"。

【赏析】

这是一首记梦诗，也是游仙诗，不仅是李白的代表作之一，也是中国文学史上著名的篇章。此诗一千二百多年来传诵不衰，而新昌的天姥山，也因此诗闻名遐迩。"李白对这座道家第十六福地神奇景色的描写，反映了唐人对于这座名山的向往和推崇。"杭州大学教授陈桥驿在1994年版《新昌县志》序二中如是评价。

此诗写梦游仙府名山，着意奇特，构思精密，意境雄伟。感慨深沉激烈，变化惝恍莫测于虚无缥缈的描述中，寄寓着生活现实。全诗以梦游名山仙境的浪漫主义手法，抒写了诗人对光明天地和神仙世界的热烈向往；表现了追求美好理想、渴慕自由生活、鄙弃黑暗尘世、蔑视权臣豪贵的凛然傲志。在诗歌语言上，这首诗具有朴素自然、圆活奇畅、华美明丽而绝无雕饰的特色。

"我欲因之梦吴越，一夜飞度镜湖月。湖月照我影，送我至剡溪"。诗人梦见自己在湖光月色的照耀下，一夜间飞过绍兴大都市的镜湖，又飞到剡溪。他看到：谢公投宿过的地方如今还在，那里渌水荡漾，清猿啼叫，景色十分幽雅。"谢公"，指的是南朝宋诗人谢灵运。谢灵运喜欢游山，以写山水诗著称，浙江的名山他差不多都到过。谢灵运在登天姥山的时候，曾经在剡溪这个地方住宿过，留下了"暝投剡中宿，明登天姥岑"(《登临海峤初发强中作与从弟惠连见羊何共和之》)的诗句。从例句可以看出，李白观月之细，可见一斑。他那支神采飞扬的诗笔，变化莫测，千姿百态。在他的笔下，有明月、秋月、海月、溪月、边月，更有湖月："湖月照我影，送我至剡溪"，美丽的镜湖如明镜，在月光照耀之下，熠熠生辉，足见诗人观察之细腻。人在空中飞，看到照在湖中的身影，这是古代版的航拍，多么浪漫。剡溪碧波荡漾，蜿蜒曲折，美不胜收。"湖月"句唱吟出剡溪的田园美景，把农耕时代浙江的山水田园之美描绘得淋漓尽致，令今人畅想流连。邹志方在《浙东唐诗之路》一书中鉴赏本诗："此诗虽写梦游之境，将神话传说与天姥美景糅合一起，属浪漫想象，但由于诗人早在开元十四年（726）已畅游天姥，因此，梦游之路线大体清晰，天姥美景之超现实描写仍然带有现实的影子。雄浑、高大、壮丽、奇特，令人神往。"[1]

新昌的天姥山，因李白《梦游天姥吟留别》而声名大振，永载史册。前已说过，据专家考证李白曾三至五次游历剡中，较为清晰的有

---

[1] 邹志方著《浙东唐诗之路》，杭州：浙江古籍出版社，2019年版，第350页。

三次。开元十三年（725），李白25岁，"仗剑去国，辞亲远游"（《上安州裴长史书》），春三月自三峡东下，经荆门山（今湖北宜都）至江陵（今湖北江陵），与玄宗胞妹玉真公主老师天台山高道司马承祯相遇。见李白谈吐不凡，神采飘逸，遂赞李白"有仙风道骨，可与神游八极之表"。李白以大鹏自喻，作《大鹏遇希有鸟赋》。此行游襄汉（襄指襄水，汉指汉水，在今湖北襄阳）、登庐山，至金陵（今江苏南京）后，来到广陵（今江苏扬州）。开元十四年（726）夏秋之际，李白"别储邕之剡中"，此行为李白首登天姥。据詹锳《李白诗文系年》李白离开长安的第三年即天宝五载（746），李白46岁，重游吴越，再登天姥。与好友元丹丘相约在会稽相会。李白于天宝五载（746）准备离开东鲁南下吴越，与东鲁诸朋友告别时写下了《梦游天姥吟留别》诗。全诗雄奇豪放，瑰丽飘逸，是诗人继承屈原《离骚》《九歌》风格的一首浪漫主义的优秀诗作，天姥山，自此名垂天下。其后李白又于天宝十二载（753）重游吴越，三登天姥，作《越中秋怀》《送王屋山人魏万还王屋》等。

嵊州文史学者金向银先生在审阅本书书稿时提出全诗可分"梦因、梦飞、梦谢、梦游、梦仙、梦醒、梦叹"七个部分，见解独到，很有新意，现录如下：

分类	诗句起讫
梦因	海客谈瀛洲，烟涛微茫信难求。越人语天姥，云霞明灭或可睹。天姥连天向天横，势拔五岳掩赤城。天台四万八千丈，对此欲倒东南倾。
梦飞	我欲因之梦吴越，一夜飞度镜湖月。
梦谢	湖月照我影，送我至剡溪。谢公宿处今尚在，渌水荡漾清猿啼。
梦游	脚著谢公屐，身登青云梯。半壁见海日，空中闻天鸡。千岩万转路不定，迷花倚石忽已暝。熊咆龙吟殷岩泉，栗深林兮惊层巅。云青青兮欲雨，水澹澹兮生烟。
梦仙	列缺霹雳，丘峦崩摧。洞天石扇，訇然中开。青冥浩荡不见底，日月照耀金银台。霓为衣兮风为马，云之君兮纷纷而来下。虎鼓瑟兮鸾回车，仙之人兮列如麻。
梦醒	忽魂悸以魄动，恍惊起而长嗟。惟觉时之枕席，失向来之烟霞。
梦叹	世间行乐亦如此，古来万事东流水。别君去兮何时还？且放白鹿青崖间，须行即骑访名山。安能摧眉折腰事权贵，使我不得开心颜。

【汇评】

宋·严羽《沧浪诗话》：子美不能为太白之飘逸，太白不能为子美之沉郁。太白《梦游天姥吟》《远别离》等，子美不能道。

元·范梈《木天禁语》：梦吴越以下，梦之源也，以次诸节，梦之波澜也。其间显而晦，晦而显，至"失向来之烟霞"，梦极而与人接矣，非太白之胸次、笔力，亦不能发此。"枕席""烟霞"二句最有力。结语平衍，亦文势当如此。

明·高棅《批点唐诗正声》：《梦游天姥吟》胸次皆烟霞云石，无分毫尘浊，别是一副言语，故特为难到。

清·方东树《昭昧詹言》卷十二：陪起令人迷。"我欲"以下正叙梦，愈唱愈高，愈出愈奇，"失向"句收住。"世间"二句入作意，因梦游推开，见世事该成虚幻也，不如此则作诗之旨无归宿。

清·延君寿《老生常谈》：《梦游天姥吟留别》诗，奇离惝恍，似无门径可寻。细玩之，起首入梦不突，后幅出梦不竭，极恣肆幻化之中，又极经营惨淡之苦。若只貌其格句字面，则失之远矣。一起淡淡引入，至"我欲因之梦吴越"句，乘势即入，使笔如风。……"千岩万转"二句，用仄韵一束，以下至"仙之人兮"句，转韵不转气，全以笔力驱驾，遂成鞭山倒海之能。读去似未曾转韵者，有真气行乎其间也。……出梦时用"忽魂悸以魄动"四句，……若不再足以"世间行乐"二句，非但喝题不醒，抑亦尚欠圆满。"且放白鹿"二句，一纵一收，用笔灵妙不测。后来惟东坡解此法，他人多昧昧耳。

东鲁门泛舟二首（其二）[1]

水作青龙盘石堤，桃花夹岸鲁门西[2]。
若教月下乘舟去，何啻风流到剡溪[3]。

【出处】

《全唐诗》卷一七九。

【注释】

[1] 此诗作于天宝六载（747），时作者寓居东鲁，临行吴越前。从诗题来看，诗写泛舟之事。东鲁门：一作"鲁东门"。《明一统志》："东鲁门在兖州府（今山东曲阜、兖州一带）城东。"泗水在城东流过。

〔2〕"水作"二句：意为河水像青龙一样绕着石堤，流向桃花夹岸的东鲁门西边。青龙，形容碧绿的流水。盘，环绕。

〔3〕教：使。何啻（chì）：何异。啻，仅仅。风流：潇洒风雅的气派，这里指高雅的行为。剡溪：王子猷"雪夜访戴"即经过此水。这里用王子猷乘舟访戴事，表现东鲁门泛舟时的感受，不涉及怀人访友，仅取山阴夜雪和乘舟剡溪的景物环境与兴致。此二句意为，东鲁门月下泛舟的雅兴，又何止是王子猷雪夜访戴所能比拟的。换句话说就是，若让王子猷月夜乘船访友，就不只是到戴安道的住地剡溪，而是游得更远。谓月夜泛舟出游比雪夜泛舟更有兴味。

【存异】

诗句："水作青龙盘石堤"，《剡录》卷六《诗》作"水激龙盘犯石堤"。

【赏析】

《东鲁门泛舟二首》是作者寓居东鲁时的作品。时李白常与鲁中名士孔巢父等往还，饮酒酣歌，人称他们为"竹溪六逸"。此诗就记录着诗人当年的一段生活。

这两首诗描写的是天宝六载（747）一个风和日丽的春天，诗人在东鲁门泛舟的景象和情趣，抒发诗人览泗水石堤的感受。

诗其一：诗人坐在船上，望着微波荡石，溪水萦回，竟然产生了一种幻觉：分不清是波摇石动，还是水在流淌。这是一种多么令人心旷神怡的境界。诗人在兖州城（今山东曲阜）东郊月下泛舟赏月，信手拈来一个与剡溪相关的著名故事，予以形容，却似当年"雪夜访戴"。一、二句写月下泛舟所见。三、四句谓月下乘兴泛舟，犹如王徽之雪后夜访戴逵，尽兴而游，心旷神怡，物我两忘。前三句均写景叙事，结句议论抒情。此诗对后世影响很大，好评如潮。写景入妙和典故的活用，是李白七绝的特长之一，也是此诗艺术上取得成功的主要原因。

诗其二：这首诗描绘了兖州城东郊月下泛舟的优美景色。月光映射水面，铺上一层粼粼的银光，船儿好像泛着月光而行，舟中人陶然心醉。寻溪转，雪后来，乘舟去，到剡溪，诗人逞情游赏的豪兴，却似当年"雪夜访戴"。前两句写景，后两句抒情。"水作青龙盘石堤"，用青龙比喻流水，既形象地写出了水流的曲折婉转，又赋予无生命物象以生气，使诗中景物充满生机。"桃花夹岸鲁门西"，不仅点明了泛舟的季节和地点，更重要的是展示了两岸桃花掩映的美丽景象。"若教月下乘舟去，何啻风流到剡溪"二句也是运用了"王子猷雪夜访戴"的典故，这里不涉及怀人访友，仅取山阴夜晚的景致和乘舟剡溪的兴致，表明泛舟东鲁门的景物环境与情致意趣。意谓此次泛舟的风流潇洒远远超过当年王子猷雪夜访戴，意境更深入一层，更具风致韵味。此诗的用典之妙，在于自如，在于信手拈来，因而用之，借其一端，发挥出无尽的诗意。典故的活用，原是李白七绝的特长之一。此诗在艺术上的成功与此是分不开的，不特因为写景入妙。

"何啻风流到剡溪"句，以"王子猷雪夜访戴"的光景为比，说明剡溪山水倾倒了这位伟大的诗人。

与《淮海对雪赠傅霭》不同，在本诗中，李白使用"子猷访戴"典故，却与思友之情无涉，只是写景而已。这里明白写"月下"，不用什么比喻了，但仍和下句扣得很紧：只要人物风流，雪夜月夜，是无关紧要的。也不是写雪景，而是写月光。诗人月下荡舟，清兴勃发，由眼前的一片玉鉴琼田联想到自山阴至剡中的一片洁白。

李白一生爱月，他爱月的明亮和光洁；李白向往仙界，他向往仙界的自由和宁静。这种长期形成的心理一旦受到特定的客观条件的触发，便立刻激发起诗人奇特的想象："若教月下乘舟去，何啻风流到剡溪。""若教""何啻"对举，一假设，一反诘，形成轻灵而斩截的语感。诗人意谓：如果能在这样的月夜美景中乘舟仙去，一探大自然的奥秘，那么令人愉悦的程度将绝不止于雪夜至剡溪访戴的风流韵事。全诗以此作结，飘逸高远，不仅大有"飘飘乎如遗世独立，羽化而登仙"（宋·苏轼《前赤壁赋》）的意味，而且深刻揭示了诗人热爱自然，追求美好境界的心理。

李白独爱"月"，月亮激发了他的创作灵感，李白的很多诗句都与月亮有关。看来这位诗人真的与月亮有着不解之缘。李白笔下的月亮，还常常有水为伴。"轻舟泛月寻溪转，疑是山阴雪后来""若教月下乘舟去，何啻风流到剡溪"。水和月交相辉映，李白也圣洁如月，在月光之下泛舟前行，闲适的心情浸融在水月一色之中。

【汇评】

唐·皎然《诗式》：开首二句言泛舟时景，一句平直叙起，一句

从容承之。三句婉转变化，始见工夫。四句顺流而下，绝无障碍；"疑是"二字活着，言泛舟之兴，同于王子猷也。［品］清婉。

明·凌云《唐诗绝句类选》：此诗缀景之妙，如画中神品，气韵生动，窅然入微。

清·黄生《增订唐诗摘钞》：前二句写景，极着意，后便写得流利，此章法也。

清·黄叔灿《唐诗笺注》："日落沙明"二句，写景奇绝。少陵造句常有此，而此二句毕竟是李非杜，有飞动凌云之致也。下二句日落泛月，寻溪而转，清境迥绝，故疑似王子猷之山阴雪后来也。诗真飘然不群。

日本学者近藤元粹《李太白诗醇》：翼云云：日光落下，照沙而明，有似乎天在下者，故曰"倒开"。巧致已开晚唐人之境。谢云：缀景之妙，窈然入玄。

淮海对雪赠傅霭[1]

朔雪落吴天，从风渡溟渤[2]。
海树成阳春，江沙浩明月[3]。
兴从剡溪起，思绕梁园发[4]。
寄君郯中歌，曲罢心断绝[5]。

【出处】

《全唐诗》卷一六八。

【注释】

〔1〕此诗一作《淮南对雪赠孟浩然》。据裴斐主编《李白诗歌赏析集·李白年谱简编》，此诗作于天宝六载（747），李白离开在山东兖州的家，来越途经梁园时。而武承权《李白疑案新论》："《淮南对雪赠傅霭》，这是天宝十二载（753）冬天李白由剡中到广陵而作。诗文中'朔雪落吴天'，'兴从剡溪起，思绕梁园发'，与诗题相符，是赠傅霭无疑。而该诗题一作《淮南对雪赠孟浩然》，这与诗内容全不相符。因为李白与孟浩然相聚，主要在'酒隐安陆'的十年之中，即开元中期，当时李白夫人是许氏，不是梁园的宗氏。又孟浩然是开元二十八年（740）卒，此诗是天宝十二载（753）冬天写的，时间相差十几年，

故此副题亦是明显错误。正题是正确的。"①淮海：《尚书·禹贡》："淮海惟扬州。"泛指古淮水下游近海一带，约在今江苏中北部。傅霭：为李白友人，时在梁园，生平不详。

〔2〕朔雪：北方的雪。朱金城等《李白集校注》："吴，两宋本注云，一作潮。"溟渤：指东越。李白在淮南初寒时节，顺风南下越中。此二句意为，朔方的大雪，伴随着北风，远渡东越，在吴中降落。

〔3〕"海树"二句：意为雪花着树，如同阳春花开；江少蒙雪，使明月更加明亮。成阳春，指树上着雪，似花盛开。朱金城等《李白集校注》："树，两宋本注云，一作木。"《全唐诗》一本此下有"飘飘四荒外，想象千花发。瑶草生阶墀，玉尘散庭阙"四句。

〔4〕"兴从"句：用王子猷雪夜访戴事。这里借典表现对雪思友。梁园：指梁苑，亦称兔园，在今河南商丘东南，一说在今河南开封东南。汉梁孝王东苑，方三百余里，宫室相连属，供游赏驰猎。司马相如、枚乘、邹相等均为座上客。事见《史记·卷五八·梁孝王世家》。谢惠连有《雪赋》，写梁孝王于梁园置酒赏雪事。此二句意为，我真好想像王子猷雪夜访戴一样，从剡溪出发，到梁园去找你。

〔5〕郢中歌：谓《阳春》《白雪》。借指此首"对雪"之作。郢中，指郢都，楚国都城，在今湖北江陵北纪南城。《全唐诗》一本此四句作"剡溪兴空在，郢路歌未歇。寄君梁父吟，曲尽心断绝"。此二句意为，寄君一首郢中之曲，歌此曲时，我都要肠断心碎了。

【存异】

1. 诗题：（1）《剡录·卷四·古奇迹》作"雪诗"。

（2）《剡录·卷六·诗》作"淮海对雪"。

2. 诗句："思绕梁园发"中的"园"，《剡录·卷六·诗》作"山"。

【赏析】

天宝六载（747），李白47岁。春在淮南，夏由广陵至会稽。秋游金陵，尝与崔宗之月夜乘舟采石达金陵，着宫锦袍坐舟中，旁若无人。（据裴斐主编《李白诗歌赏析集·李白年谱简编》第405页）因大雪而想起剡溪，想起雪中访友而赋本诗。

---

① 武承权著《李白疑案新论》，西安：陕西人民出版社，2002年版，第31—32页。

王子猷雪夜访戴的故事，在李白诗中出现18次之多，大多用来表现与朋友情感的深厚。值得注意的是在使用这个典故时往往同时写出一片光明境界，如本诗写因大雪而想起剡溪，想起雪中访友。诗句"海树成阳春，江沙浩明月"，尤其将雪景写得光辉灿烂。"兴从"句用王子猷雪夜访戴事，取由剡溪景物所激发的怀念友人的情感。"思绕"句谓李白思念梁园友人，此指傅霭。从诗的内容看，疑此诗当作于李白初从长安归来至奉诏入京之前，时李白虽有消极颓废思想，但他对前途还充满信心，追求功业的思想仍很强烈。所以其时所作《梁园吟》诗云："东山高卧时起来，欲济苍生未应晚。"又作《梁甫吟》诗云："张公两龙剑，神物合有时，风云感会起屠钓，大人峴屼当安之。"李白此诗云"思绕梁园发"，说明它与上二诗一样，正反映了初从长安归来后的情绪。

新昌学者林世堂先生评价此诗："'兴从剡溪起，思绕梁园发'二句，并没有写到具体的景物，但由于题目中有'对雪'字样，读者自然会想到雪夜访戴的故事。以古人之兴，带出自己的兴，想象也很别致。李白诗提到剡中的很多，作用又各有不同。如本诗中的'兴从剡溪起，思绕梁园发'，这是暗用王子猷雪夜访戴的故事……看到雪，就想到剡溪，这是以访戴故事为契机的。这里的'剡溪'，已不再是一个简单的地名，会使读者引起许多联想。"①

【汇评】

朱金城等《李白集校注·卷九·古近体诗》云：一本傅霭作孟浩然，似非，《文苑英华》题下亦无此注。集中赠孟浩然诗，词意深挚，而此诗似无甚交情者，自当是别一人。至詹氏以诗有梁园二字谓似当作于客梁园之后，但唐人往往以梁园与剡溪作为对雪之典故，与客梁园恐不相涉。

秋浦歌十七首（其六）[1]

愁作秋浦客，强看秋浦花[2]。

---

① 林世堂著、吴宏富汇编《剡溪诗话（汇编本）》，北京：现代出版社，2018年版，第37—39页。

山川如剡县，风日似长沙[3]。

【出处】

《全唐诗》卷一六七。

【注释】

〔1〕此诗作于天宝十三载（754），李白被逐出京、与魏万别后复游宣城、南陵、秋浦等地之时。秋浦：县名，唐置，以秋浦水得名，即今安徽池州市贵池县，唐时为池州州治所在。

〔2〕"愁作"二句：意为愁作秋浦之客，强看秋浦之花。强，勉强。

〔3〕"山川"二句：《世说新语·言语》："顾长康（顾恺之）从会稽还，人问山川之美，顾云：'千岩竞秀，万壑争流，草木蒙笼其上，若云兴霞蔚。'"风日，犹风物、风光、景物。长沙，唐县名，在今湖南长沙市。《明一统志》："秋浦在池州府城西南八十余里，阔三十里，四时景物，宛如潇湘、洞庭。"潇湘和洞庭，唐时属潭州管辖。唐潭州治所在今湖南长沙市。此二句意为，秋浦的山川就如剡县一样优美，而其风光却像长沙一带的潇湘之景。

【赏析】

此诗开篇"愁作秋浦客，强看秋浦花"二句，虽然秋浦风光与早年所游越州剡县相似，但心情已如远贬长沙的洛阳才子贾谊，连观赏秋色也要强打精神。与杜甫"感时花溅泪，恨别鸟惊心"（《春望》）的感受相似，可见情绪是比较低落的。故而作"客"为"愁"，看"花"曰"强"；也因此，诗人强欲从愁苦中振起。"山川如剡县，风日似长沙"，只言山川风物，却暗寄怀抱，剡溪可联想贺知章之退居鉴湖剡川一曲，长沙可联想贾谊之贬为长沙王太傅。贺老之退，太白失去支持者，故不久即"放还"，其迁谪意有甚于贾太傅，此乃"愁"之根源也。

【汇评】

宋·刘克庄《后村诗话》：《秋浦》十五首云："秋浦长似秋，萧条使人愁……"

又云："山川如剡县，风日似长沙。"又云："两鬓入秋浦，一朝飒已衰。猿声催白发，长短尽成丝。"虽五古，然多佳句。

明·唐汝询《唐诗解》卷二一：青莲之客秋浦，放逐使然，故有"愁作""强看"之处，因言此地山川非无剡中之胜，但风日有似乎长沙

耳。不言怀抱而言风日，正见诗人托兴深微处。

郁贤皓选注《李白选集》第371页：此首以秋浦的山川、风景之美比拟越州剡县和长沙潇湘。只因为自己是"愁"客，所以只能算是勉强看花。

送王屋山人魏万还王屋[1]（节录）

遥闻会稽美，且度耶溪水[2]。
万壑与千岩，峥嵘镜湖里[3]。
秀色不可名，清辉满江城[4]。
人游月边去，舟在空中行[5]。
此中久延伫，入剡寻王许[6]。

【出处】

《全唐诗》卷一七五。

【注释】

〔1〕此诗作于天宝十三载（754）五月，魏万千里寻访李白来江东，相遇于金陵，同游广陵时，李白所写的赠别之作。魏万当时亦有《金陵酬翰林谪仙子》诗。王屋：山名，在山西阳城、垣曲两县间。一说在河南阳城县南。《仙经》载：王屋山有仙宫洞天。王屋山人：魏万的别名。魏万，后改名炎，又改名颢，博州摄城（今山东聊城市东北）人。初隐王屋山，自号王屋山人。天宝十三载（754）见李白于广陵，乃同游金陵。白尽出诗文，命为集，作诗送之归，称其"爱文好古"，"尔后必著大名于天下"。又与李颀友善，颀有《送魏万之京》诗。上元元年（760）进士及第。翌年整理战乱后幸存的李白部分诗文，编成《李翰林集》二卷，为作序。后官终兼御史中丞。今存诗四首。

〔2〕会稽：指会稽山。耶溪：指若耶溪。且渡：一作"一弄"。

〔3〕"万壑"二句：意为千岩万壑倒映在镜湖里。东晋大画家顾恺之亦有诗赞美会稽风景："千岩竞秀，万壑争流。"万壑、千岩，形容山峰跌宕。峥嵘：高峻挺拔。

〔4〕不可名：难以形容。清辉：清凉的月光。江城：指会稽。

〔5〕"人游"二句：意为月光天色倒映在清澄的湖水中，夜渡镜湖，

月影湖中，伴舟而行，人似在空中。与《梦游天姥吟留别》"一夜飞度镜湖月。湖月照我影"相映成趣。

〔6〕此中：这里面。延伫：本指较长时间站立，此指较长时间地停留。剡：指剡县。王许：王指王羲之，许指许询，两人都是东晋名人，好游名山大川。许询后迁剡之金庭，筑知己墅与王羲之为邻，卒葬于剡。此借指隐居剡中的高士。《嵊县志（修订本）》第二章《人物表》："晋永和年间，（许询）由萧山徙居来剡，终于剡山。"《晋书·王羲之传》："羲之既去官，与东土人士尽山水之游，弋钓为娱。又与道士许询共修服食，采药石，不远千里，遍游东中诸郡，穷诸名山，泛沧海。"

【存异】

诗句："且度耶溪水"中的"且"，《剡录·卷六·诗》作"一"。

【赏析】

李白《送王屋山人魏万还王屋》诗序云："王屋山人魏万，云自嵩、宋沿吴相访，数千里不遇，乘兴游台越，经永嘉，观谢公石门，后于广陵相见。美其爱文好古，浪迹方外，因述其行而赠是诗。"（一作"见王屋山人魏万，云自嵩历兖。游梁入吴，计程三千里，相访不遇。因下江东，寻诸名山，往复百越，后于广陵一面，遂乘兴共过金陵。此公爱奇好古，独出物表，因述其行李，遂有此作"。）

《世说新语·栖逸》："许掾（许询曾征为司徒掾，故称）好游山水，而体便登陟。时人云：'许非徒有胜情，实有济胜之具。'"李白正是在浏览《世说新语》等典籍时，倾心于王子猷、许询等寄情山水，然后才由人及地，向往剡中的。

本诗是李白创作的一首山水长诗，尽述唐时浙东名胜风物。犹如一轴山水长卷，将浙江主要景点都写到了，又如一幅历史人物画卷，将越中主要的古人古事都写到了，而且如数家珍，倾注了诗人无限深情。这等于是李白四次游越的一个总结，集中反映了李白是多么钟情于此。

"该诗通过对魏万一生遭遇的描述，表达作者对他不幸命运的惋惜和悲愤之情。此诗虽然写魏万千里寻访李白，一路经历的吴越山水的壮丽，其实倒是李白自己一生登山临水的真切感受，因此可以当作一

篇山水游记来读"。①

【汇评】

清·乾隆《唐宋诗醇》卷六：就彼所述，铺叙成文，因其曲折，纬以佳句，大有帆随湘转，水到渠成之致。

经乱后将避地剡中留赠崔宣城[1]（节录）

忽思剡溪去，水石远清妙[2]。
雪尽天地明，风开湖山貌[3]。
闷为洛生咏，醉发吴越调[4]。
赤霞动金光，日足森海峤[5]。
独散万古意，闲垂一溪钓[6]。
猿近天上啼，人移月边棹[7]。
无以墨绶苦，来求丹砂要[8]。
华发长折腰，将贻陶公诮[9]。

【出处】

《全唐诗》卷一七一。

【注释】

〔1〕此诗作于天宝十五载（756）春。乱：安史之乱。安禄山攻陷洛阳，中原横溃。李白自安徽当涂返安徽宣城，欲避地越州剡中，以诗留赠姓崔的宣城县令。崔宣城：指宣城县令崔钦。见李白《赵公西候新亭颂》诗。

〔2〕水石：犹泉石。多借指清丽胜景。此句是描述剡溪的清澈，意在表明诗人仰慕东南山水和剡溪水石。此二句意为，忽然动念要到剡溪去游，那儿水清石妙景色空远。

〔3〕"雪尽"二句：意为白昼时分天地明亮如同雪色相映，清风徐来湖光山色妍容尽展。雪尽，谓春日雪皆融化，春天来了。

---

① 吕来好编著《古代送别诗词三百首》，北京：中国国际广播出版社，2014年版，第81页。

〔4〕闷：原作"闳"①。洛生咏：《世说新语·轻诋》："人问顾长康：'何以不作洛生咏？'答曰：'何至作老婢声？'"南朝梁刘孝标注："洛下书生咏，音重浊，故云老婢声。"洛生咏，即"拥鼻吟"。洛阳书生一种带鼻音的吟咏法，音色浊重，东晋名士谢安擅长如此吟诗。《晋书·谢安传》载："安本能为洛下书生咏，有鼻疾，故其音浊，名流爱其咏而弗能及，或手掩鼻以效之。"后以"拥鼻吟"指用雅音曼声吟咏。喻指学人吟咏或泛指吟咏、诵读。此处李白借用"洛生咏"这一典故，自述烦闷时吟诗来排遣胸中郁闷。吴越调：指吴越一带的曲调。此二句意为，烦闷之时，掩上门，学学洛生吟咏诗，酒醉之后漫唱吴越歌曲。

〔5〕日足：从云隙中射出的日光。森：使动用法，使……显得茂盛。海峤：海边的高山。峤，山尖而高。此二句意为，清晨时分朝霞发出金光，傍晚时刻太阳垂落海边，高山一片森然。

〔6〕"独散"二句：意为我独自一人消散万古的忧愁，闲来垂钓小溪之旁。

〔7〕"猿近"二句：意为猿在高山啼，故云近天；月亮倒映水中，故云移月边之棹。即猿在近处又似在天上啼叫，摇桨划船似平驰向月边。

〔8〕墨绶：系在印环上的黑色丝带。汉制县令铜印墨绶。崔宣城为县令，故云。丹砂要：丹砂要诀。道家烧丹炼药，以求长生的方术。此二句意为，别再以官职印绶来苦累自身，去追求炉火炼丹的要诀吧！

〔9〕华发：花白的头发。长折腰，用陶渊明折腰辞官故事。《晋书·隐逸传》：陶潜为彭泽令，郡遣督邮至，县吏白应束带见之，潜叹曰："吾不能为五斗米折腰，拳拳事乡里小人邪。"即日解印绶去职，赋《归去来》以遂其志。贻：赠送。这里表示遭受。诮：讥笑。此二句意为，如此华发还为区区五斗米折腰，将要被陶渊明笑话的啊！

【存异】

1. 诗题：(1)《剡录·卷六·诗》、清乾隆《嵊县志·卷十五·艺

---

① 据孙建军等主编《〈全唐诗〉选注》，北京：线装书局，2002年版，第1406页校改。

文地理》、清道光《嵊县志·卷十三·艺文·山川》、清同治《嵊县志·卷二十四·文翰志·诗》、民国《嵊县志·卷二十八·艺文志·诗》作"将避地剡中赠崔宣城"。

(2)《剡录·卷十·草木禽鱼诂下·果·朱砂》《剡录·卷十·草木禽鱼诂下·果·朱砂》作"剡中诗"。

2. 诗句：(1)《剡录·卷一·新学》中的"剡水石清妙"，应是"忽思剡溪去，水石远清妙"的缩句，但与原诗字句相去甚远；《剡录·卷六·诗》，"清"作"青"。

(2)"风开湖山貌"中的"风"，清康熙《嵊县志·卷第二·山川志》作"天"。

(3)诗句"闵为洛生咏"中的"闵"，《剡录·卷一·新学》和《剡录·卷六·诗》、清道光《嵊县志》卷十三《艺文·山川》、清同治《嵊县志·卷二十四·文翰志·诗》、民国《嵊县志·卷二十八·艺文志·诗》作"闷"。

(4)"日足森海峤"中的"森"，清道光《嵊县志》卷十三《艺文·山川》作"生"。

(5)"来求丹砂要"中的"要"，清乾隆《嵊县志》卷十五《艺文地理》作"妙"。

(6)"将贻陶公诮"中的"诮"，《剡录》卷六《诗》作"谓"。

【赏析】

此诗前部分写安史之乱带给天下的灾难，次写乱世中自己无能为力及与崔令的友谊，最后写剡中的美景，劝崔令与自己一起隐居学道。

"忽思剡溪去，水石远清妙。雪尽天地明，风开湖山貌"。这里用王子猷乘舟访戴事，不涉及怀人访友，仅取山阴夜雪和乘舟剡溪的景物环境与兴致。

"闵为洛生咏"，借用"洛生咏"典故，自述烦闷时吟诗来排遣胸中郁闷。"闵"：关闭、深闭。《说文解字·门部》："闵，闭门也。"一个"闵"字，凸显李白在烦闷时也不忘书生形象，掩上门，在室内暗暗学习东晋名士的吟诗腔调，不让外人看到自己虽有心报国，却无路申怀，面对天下大乱无能为力的模样。惜多数版本之书将"闵"错为"闷"，淹没了李白的这一优雅动作。

诗人以"忽思"一句转入对行将前往的剡中风光的描述。水石清妙，雪明天地，风开湖山，一派风光旖旎的江南景色，读来令人神往。诗人想象避地剡中将垂钓溪岸、移舟月边的隐居生活，才显得既闲适而又迫不得已，这里也隐含了前面所说的"藏"字。李白在这里巧妙地运用了为人熟知的陶渊明因不愿为五斗米而折腰辞官的典故，把自己经乱后将避地剡中留赠崔宣城的话含蓄道出，言意均至，颇见深情。剡溪的水乡风光，在李白心中是清净澄明，纯洁无瑕的。它的平淡与静泊使得李白的心灵在这里获得了和谐与安宁。此诗描写剡溪水石的"清妙"有味，这是出自李白的"醉发吴越调"。

此诗是写回忆、想象中的剡中。当然李白这样想象的时候，其范围可能不限于剡中，而是扩大至整个浙东一带。

郁贤皓指出："此诗当是至德元载（756）李白拟往剡中避难离宣城时作。剡中，今浙江嵊县（州）、新昌县一带。崔宣城即宣城县令崔钦。此诗前部分写安史之乱给天下造成的巨大灾难：王城荡覆，四海白骨相吊，官兵如雪山崩溃，难挽颓势。中间部分写自己在乱世无能为力，只好避地隐居，受到崔钦盛情款待。后部分写剡中美景诱人，劝崔钦与自己一起去隐居学道。"①

【汇评】

日本学者近藤元粹《李太白诗醇》：严云：一派空明，置身其中，可使形神俱化也（"雪尽"二句下）。结得冷绝。谢叠山曰：梁虞骞诗："落晖散长足，细雨织斜文。"太白亦用其字，然其惊人泣鬼，则刘勰所谓自铸伟辞，前无古人者乎！

赠王判官时余归隐居庐山屏风叠[1]（节录）

中年不相见，蹭蹬游吴越[2]。
何处我思君，天台绿萝月[3]。
会稽风月好，却绕剡溪回[4]。
云山海上出，人物镜中来[5]。
一度浙江北，十年醉楚台[6]。

---

① 郁贤皓主编《李白大辞典》，桂林：广西教育出版社，1995年版，第83页。

【出处】

《全唐诗》卷一七〇。

【注释】

〔1〕此诗作于天宝十五载即至德元载（756）秋，当时安史叛军已占领了洛阳以北广大地区，诗人避难剡中回来后，在庐山隐居时所写。判官：唐代对官署内负责判理文案官员的通称。王判官，李白友人，其人不详。屏风叠：又名九叠屏，在江西庐山三叠泉之东北。自五老峰以下，九叠如屏，故名。

〔2〕中年：指前之分别与今之相见中间的岁月。蹭蹬（cèng dèng）：失意潦倒。吴越：指今江苏南部、浙江绍兴一带。此二句意为，自从上次在黄鹤楼分别之后很长一段时间没能再相见，失意的我独自一人在吴越漫游。

〔3〕天台：指天台山，在剡县东南。绿萝：指女萝、松萝，皆地衣类植物，常用来描写仙境。此二句意为，我在什么地方思念你呢？是天台山的月光照耀着绿萝之地。

〔4〕"会稽"二句：在唐代，由于越山植被好，镜湖尚未淤积，水与曹娥江连接，舟能由镜湖沿曹娥江而上，直至剡溪。也就是说，由会稽入剡县，绕剡溪回，渡镜湖、浙江（今钱塘江）回楚地。赏了会稽的风月，可以绕剡溪回来的。

〔5〕"人物"句：南朝陈·释惠标《咏水》诗之一："舟如空里泛，人似镜中行。"镜中，指镜湖。此形容水清如镜。此二句意为，云山仿佛是从海上生出来的，水清如镜，人行走在水边，就像是从镜子中走来的。

〔6〕浙江：指钱塘江。楚台：古代楚国的地域。此处泛指江汉一带。十年：形容时间很长，不是确数。此二句意为，自从北渡浙江以后，十年的时间都在楚王的宫殿楼台上饮酒吟诗，沉醉不已。

【存异】

诗题：《剡录·卷六·诗》作"赠王判官"。

【赏析】

这是一首旅游地名诗。李白第四次游越是在天宝十五载（756）暮春，诗人56岁时，由宣城前往越中游览，初秋离越，后隐居于庐山屏风叠，还写了此诗，诗中对越乡怀着极留恋的心情。诗中这段描写，显然有向王判官夸耀的意思。就此更可看出李白对于越乡剡中的浓郁情结。当时李白从吴越归来，隐居于庐山。往前推十年，正是天宝五载（746）左右，中年李白正追随贺知章的足迹，徘徊在会稽、剡溪、天台等浙东地区。南朝梁·刘孝标注南朝宋·刘义庆《世说新语》时，引《会稽郡记》曰："会稽境特多名山水，峰崿隆峻，吐纳云雾，松栝枫柏，擢干疏条，潭壑镜彻，清流泻注。王子敬见之曰：'山水之美，使人应接不暇。'"

本篇历叙与王判官聚散行迹，并因世乱而归隐庐山屏风叠。其所以退也，非所谓"社稷苍生曾不系其心膂"（宋·罗大经《鹤林玉露》），乃报国无门也。这一别就是多年。青年惜别，至中年仍未能相见。自己虽曾于天宝元年（742），得道士吴筠举荐，应召赴京，但至天宝二年（744），便为谗言所中，而赐金还山。自己于是再次放浪江湖，漫游吴越。这里用了一个"蹭蹬"，蹭蹬者，失意潦倒也，反映出诗人政治上失意之后的悲愤心情。当诗人政治上失意之时，只有美好的大自然能给诗人以心灵的慰藉。那天台山上翠绿的藤萝，剡溪水面清朗的风月，海上变幻的云山，水中清澈的倒影，无不令人心旷神怡，乐而忘返。然而置身于山水风月之间，有一件事诗人始终未能忘却，那就是"思君"，时时思念自己的朋友王判官。"会稽风月好，却绕剡溪回"。这是以前山水诗人谢灵运所遨游歌咏过的地方，自然景色是很美丽的，引起了诗人很高的兴致。意趣出自《世说新语》，而简约隽永，亦如《世说新语》之语，可见太白文章，于魏晋风格，亦多继承。"云山海上出，人物镜中来。一度浙江北，十年醉楚台"。把云霞明灭的东越胜境，与朝云暮雨的楚地山河相提并论，足以引起读者的遐思。

【汇评】

旧题严羽评点《李太白诗集》卷一〇：评"何处"二句：人境俱不夺。

寻阳送弟昌峄鄱阳司马作[1]（节录）

桑落洲渚连，沧江无云烟[2]。
寻阳非剡水，忽见子猷船[3]。

【出处】

《全唐诗》卷一七七。

【注释】

〔1〕此诗为上元元年（760）李白流放夜郎遇赦后复返寻阳所作。寻阳：郡名，即江州，属江南道，今江西九江市。一说在今湖北黄梅县西南。鄱阳：唐郡名，即饶州，治所在今江西鄱阳县。

〔2〕桑落洲：在今江西九江市东北长江中。见《增订注释全唐诗》卷一六六。一说在安徽省宿松县西南一百九十余里。昔江水泛涨，流一桑于此，因名。江水始自鄂陵，分派为九，于此合流，谓之九江口。此洲与江州寻阳县分中流为界①。此二句意为，桑落洲与江渚相连，江水清清不起波澜。

〔3〕剡水：指剡溪。子猷船：谓朋友出访。此处用子猷访戴事，表现族弟乘船来访。此二句意为，这寻阳江水虽然不是剡溪，却忽然使我想起了王子猷雪夜访戴的故事。

【赏析】

此诗为李白送别其族弟李昌峒往江西鄱阳县就任饶州司马之作。诗人身处寻阳却联想到远在剡溪的王子猷雪夜乘舟由山阴至剡寻访戴逵，乘兴而来，尽兴而返的故事。借"子猷访戴"典故，表现族弟乘船来访，叙述兄弟情，展现作者与族弟深厚的情感与分别两地的相思之愁。因为诗人所在晴空一片的月夜与王子猷访友之雪夜同为一个清洁圣明的世界，所以他们不合流俗的超拔情致便也相契融合了。空间阻隔，兄弟别离，只留下无穷的相思之愁。

---

① 胡迎建主编《鄱阳湖历代诗词集注评》，南昌：江西人民出版社，2015年版，第16页。

崔颢(一首)

崔颢(704？—754)：汴州(今河南开封)人，一说山阴(今浙江绍兴)人。开元十一年(723)进士。曾任太仆寺丞。足迹遍及吴越荆鄂，天宝初曾在河东军幕任职。官终司勋员外郎，世称"崔世勋"。其诗名重当时，早期诗多写闺情，流于纤艳。后历边塞，诗风变为雄浑奔放。其《黄鹤楼》诗，相传为李白所倾服。与王维并称"才名之士"。著有《崔颢诗集》。《全唐诗》存诗一卷。

崔颢入浙东约有两次。第一次是在十八九岁时，第二次是在开元年间(713—741)，崔颢曾游江南，对越中美景印象极好，写下不少诗篇。如《舟行入剡》诗是作者追怀剡中山水和林公支遁和谢灵运的事迹。(按：东阳与剡中之间，隔着一座山，其间必须弃舟翻山，然后再登舟入剡，故疑他在东阳卸任太守时专程入剡的)。崔颢开元十一年(723)进士及第。知其任东阳太守和入剡，当在登科之后，与上次入越的间隔时间不长。

舟行入剡[1]

鸣桹下东阳，回舟入剡乡[2]。
青山行不尽，绿水去何长。
地气秋仍湿，江风晚渐凉[3]。
山梅犹作雨，溪橘未知霜。
谢客文逾盛，林公未可忘[4]。
多惭越中好，流恨阅时芳[5]。

【出处】

《全唐诗》卷一三〇。

【注释】

〔1〕此诗作于开元年间（713—741）东阳太守卸任后专程入剡时。剡：指剡县。

〔2〕鸣棹：以摇橹声代指乘船、行船。棹为划船工具，代指船。东阳：郡名，唐天宝时改婺州（今浙江金华）为东阳郡。辖区相当于今金华江、衢州江流域各县地。剡乡：剡溪流经地区，即剡县。

〔3〕渐：邹志方点校《会稽掇英总集》卷四注："《全唐诗》作'渐'，误。"指出应作"暂"。

〔4〕谢客：南朝宋·谢灵运十五岁以前寄养于杜家，故小名"客儿"，世称"谢客"。因他是著名山水诗人，所以"谢客""谢客谣"便成为称美诗才的代称。谢灵运任永嘉太守时，"肆意遨游，遍历诸县，所至辄为诗咏，以致其意焉。"（《宋书·谢灵运传》）其始宁墅地近剡溪。文：指谢灵运的诗文。逾：通"愈"，更加。此句意为谢灵运的诗文因游览剡溪的风景而做得愈加美好。林公：指东晋名僧支遁（314—366），字道林，世称林公。曾与谢安、王羲之等名流交游谈玄，在剡溪一带游览。

〔5〕"多惭"二句：意为越中的许多好风景，可惜因错过好时光而未曾很好地游览。越中，此指剡溪一带风景区。流恨，遗憾。阅，观览，经历。时芳，当时的美景。"流恨阅"句谓只能遗憾地赏观一时之芳华而不能如谢灵运、支道林常在剡中。

【存异】

1. 诗题：《剡录·卷十·草木禽鱼诂下·果·梅》《剡录·卷十·草木禽鱼诂下·果·橘》作《入剡诗》。

2. 诗句："林公未可忘"中的"忘"，清同治《嵊县志·卷二十四·文翰志·诗》、民国《嵊县志·卷二十八·艺文志·诗》作"望"。

【赏析】

此诗是作者追忆剡中山水和林公支遁、谢灵运的事迹，记述了诗人访问剡中时满怀喜悦的心情，说明诗人对剡中的山水是何等依恋！

开头二句，说明剡乡之游是紧承东阳之游的，也就是说崔颢是从

金华江上游进入剡中的。三四句，不是对某一景点的刻画，而是从宏观的角度，对目接的景物经过综合，作一概括的描写。因此，邹志方著《浙东唐诗之路》鉴赏云："诗人从东阳鸣棹而来，经曹娥江，上入剡乡。青山不尽，绿水何长，真是美不胜收。其湿润清凉，富庶繁荣，在北人眼里，犹觉新奇。于是，人杰地灵之念顿生，又不由得想起悠游于此、流连忘返之谢灵运、支道林等人。此诗当与《入若耶溪》对读。彼篇以描写为主，此篇以铺叙见长；彼篇主要诉诸视觉，此篇还诉诸感觉和联想。当然，其欣然陶醉之情是一致的。此诗不但提供了诗人入越路线，而且提供了唐代越地产橘的消息。"[1]

---

[1] 邹志方著《浙东唐诗之路》，杭州：浙江古籍出版社，2019年版，第271页。

杜甫（二首）

杜甫（712—770）：唐代三大诗人之一，字子美，号少陵野老，祖籍襄阳（今湖北襄樊），自曾祖时迁居巩县（今河南巩义）。杜审言之孙。自幼好学，知识渊博，颇有政治抱负。开元后期，举进士不第，20岁后漫游三晋、吴越、齐赵一带。天宝三载（744）在洛阳与李白相识，同游梁、宋、齐鲁。天宝五载（746），困居长安（今陕西西安）将近十年，直到天宝十四载（755）才获得右卫率府胄曹参军。安史之乱后，官左拾遗，故世称"杜拾遗"。又弃官入蜀，筑草堂于成都浣花溪上，世称浣花草堂。一度在剑南节度使严武幕中任参谋、检校工部员外郎，故世称"杜工部"。其诗紧密结合时事，思想深厚，境界广阔，人称"诗圣"，他的诗也被称为"诗史"。以《全唐诗》所录存数量言，杜甫位居全唐诗人第二。与李白齐名，号称"李杜"。与韦应物二人诗歌皆本色天然，故称"韦杜"。与卢象合称"卢杜"。与李白、韩愈、柳宗元倡导古文运动，故有"李杜韩柳"之称。著有《杜工部集》。《全唐诗》存诗十九卷。

杜甫游越的时间，在开元十九年（731）到开元二十三年（735），前后历时四年之久。其晚年有再游吴越之意。与其他唐朝诗人不同的是，杜甫在新昌几乎很少留下遗迹，这是十分可惜的。今天我们只能从他晚年的回忆录性质的诗篇中得到些许信息，不过，正是杜甫这种几十年后仍对剡中山水念念不忘的情形，使我们更能看出新昌在他心目中的重要地位和特殊性。正如其《壮游》诗所云："剡溪蕴秀异，欲罢不能忘。归帆拂天姥，中岁贡旧乡。"从诗中不难看出，杜甫对于剡溪山水人文留下的印象是历久不衰、难以磨灭的。此外，尚作有咏天姥、支公、许询、朱放诗。如《奉先刘少府新画山水障歌》诗："悄然坐我天姥下,耳边已似闻清猿。"《大云寺赞公房四首》诗之二:"道林才不世,惠远德过人。"《过南邻朱山人水亭》诗:"相近竹参差,相过人不知。幽花欹满树,小水细通池。归客村非远,残樽席更移。看君多道气,从此数追随。"《巳上人茅斋》诗:"空忝许询辈,难酬支遁词。"

壮游[1]（节录）

枕戈忆勾践,渡浙想秦皇[2]。
蒸鱼闻匕首,除道哂要章[3]。
越女天下白,鉴湖五月凉[4]。
剡溪蕴秀异,欲罢不能忘[5]。
归帆拂天姥,中岁贡旧乡[6]。
气劘屈贾垒,目短曹刘墙[7]。

【出处】
《全唐诗》卷二二二。

【注释】
〔1〕据曾祥波著《杜诗考释》:"这首诗应该作于上元二年（761）晚秋,杜甫当时待在离成都不远的山中。"壮游:往昔之游,何其壮也。壮,兼有豪壮与壮阔的意味,诗乃统说生平游历胜处,非止叙壮年经游之迹。

〔2〕"枕戈"二句:意为这里追忆昔日吴越之游,谓曾经历秦始皇南游的路线。枕戈,枕戈待旦。勾践,春秋时越王。越被吴所灭,勾践曾卧薪尝胆,终于灭吴兴越。见《史记·越王勾践世家》。此借指越王勾践卧薪尝胆,志报吴仇之事。秦皇,秦始皇,曾于秦始皇三十七年（前210）浮江下至钱唐,渡浙江,上会稽山,祭大禹,望于南海而立刻石。见《史记·秦始皇本纪》。"渡浙"句,指诗人自己渡浙江南游天台山时所想。

〔3〕"蒸鱼"句:用吴王阖闾篡夺王位故事。公子光要谋杀吴王僚,设酒宴,使专诸把匕首藏在蒸鱼腹内,乘进食时,"以匕首刺王僚,王僚立死"。公子光遂自立为王,是为阖闾。见《史记·刺客列传》。"除道"句:用汉会稽人朱买臣发迹故事。汉代会稽郡吴县（今苏州吴中

区,《浙江人物志》作今嘉兴市区）人朱买臣,贫贱时受人轻视,妻子也改嫁而去。后来他做了会稽太守,故意穿着旧衣服回来,官吏们发现他腰间的太守印章,大惊,立即"发民除道"迎接。朱买臣看到原妻与其丈夫在修路,便把他们带回官舍,原妻羞愧而自杀。见《汉书·朱买臣传》。杜甫认为朱买臣的这种行径非常势利庸俗,浅薄可笑,所以说"晒要章"。除道,即修路。要,通"腰"。章,印绶。

〔4〕越女:越地之美女。因西施出越国,故使越女之美声闻天下。鉴湖:即镜湖。唐代称镜湖,到宋朝才因为避宋太祖赵匡胤祖父赵敬之讳而改称鉴湖,故此"鉴湖"乃后人因避讳而改。此句写越州山川秀丽,五月之鉴湖给人以清凉之感。

〔5〕"剡溪"句:剡溪在曹娥江上游剡县境内,山水秀丽,素为文人墨客上天台山的重要路径,杜甫就曾溯剡溪上天姥山。据陈贻焮《杜甫评传》考证,杜甫青年时的吴越之行曾登天台山。

〔6〕归帆:乘船北归。天姥:指天姥山,在今新昌县境东南部,县东五十里。南宋嘉泰《会稽志·卷九·山》"新昌县·天姥山"条载:"杜少陵《壮游》云:'剡溪蕴秀异,欲罢不能忘。归帆拂天姥,中岁贡旧乡。'时少陵将辞剡西入长安也。或云,自剡至天姥山八十里,归帆拂之,非也。诗人之辞,要当以意逆志,大概言此山之高而已。""中岁"句:开元二十三年(735),杜甫24岁,由原籍推荐到洛阳参加进士考试,结果没有及第。杜甫家居河南,由州县推荐,故称"贡旧乡"。中岁,一般指40岁左右,其时诗人24岁。贡,贡举,参加科举考试。旧乡,此处指洛阳。

〔7〕剧:迫近。屈贾:屈原、贾谊。垒:营垒。目:一作"日"。此二句自谓文章的气势可匹敌屈原、贾谊,俯视曹植、刘桢。

【存异】

诗句:(1)《剡录·卷二·山水志》引杜甫诗:"剡溪蕴秀异,天姥引归帆。"正确应是"剡溪蕴秀异,欲罢不能忘。归帆拂天姥,中岁贡旧乡"。后一句"天姥引归帆"有误,不是杜甫的原诗。

(2)"鉴湖五月凉"中的"鉴湖",《剡录·卷六·诗》作"镜湖"。

(3)"中岁贡旧乡"中的"贡",清乾隆《嵊县志·卷十五·艺文地理》、民国《新昌县志·卷十六·古迹》作"还"。

【赏析】

吕开洋先生指出："唐人爱出游，即使是隐士也多爱到处跑，当和尚也多是云游僧，当道士的以养生为业，就更不要说了。唐代文人就更爱出游，并且叫'壮游'，怀抱壮志而出游，成为一种时尚。究其原因，从客观上说，唐代特别是安史之乱以前，经济繁荣、国家富强、社会安定，便于出游；从主观上说，唐代文人处在政治比较开明的时代，都想进京参加科举考试，以求及第登科，或者到地方官府和军队去找出路，求得一官半职，以施展自己的抱负，这就需要到处奔波，广交朋友，因此出游是少不了的。"[1]

吕洪年先生亦云："杜甫在开元十九年（731）至二十三年（735）间也曾漫游吴越。他后来在《壮（校）原作北游》诗中回忆说：'枕戈忆勾践，渡浙想秦皇。……越女天下白，鉴湖五月凉。剡溪蕴秀异，欲罢不能忘。归帆拂天姥，中岁贡旧乡。'他赞美越女，描写鉴湖、剡溪，都充满感情，尤其是'归帆拂天姥'一句，前人都不得其解，其实，这说明杜甫从天台山回程是舟行过沃洲〈湖〉，遥望天姥山，正和李白一样，看到的是'云霞明灭或可睹'，舟帆一拂而过，故云'归帆拂天姥'。"[2]

此诗是诗人对青年时代漫游吴越的追述。"剡溪蕴秀异"，简单的五个字，却是对剡溪一带人文景观和自然风貌最好的概括。"蕴秀异"既指山水，亦指人文。东晋时，黄门侍郎王珣（字元琳）谓之"神明景"，"山中宰相"南朝梁·陶弘景称"欲界仙都"。尤其是"秀异"二字画龙点睛，点出了剡溪山川风物之美。开元十九年（731），20岁的杜甫前往吴越游历。在会稽游览了越王勾践和秦皇东巡的遗迹，领略了越地的风情，在鉴湖边感受了夏日难得的凉爽，又乘船南行，来到东晋王徽之雪夜访戴逵曾停棹过的剡溪。三十多年后，当55岁的杜甫流寓夔州（今重庆奉节），在写作自传体长诗《壮游》回顾吴越之游时，仍是念念不忘，可看出诗人对浙江风物的深刻印象。更惊奇的是，

---

[1] 王开洋著《唐诗百科：唐人的风流时尚》，太原：三晋出版社，2015年版，第215页。
[2] 吕洪年《浙东的"唐诗之路"》：《今日浙江》，2003年，第3—4期，第83页。

杜甫与李白二人"所见略同",诗歌风格也惊人地相似。我们都知道李白诗风是飘逸潇洒,而杜甫是沉郁顿挫,但在越地的地理空间里,在越地的独特风情里,他们竟然趋向了一致。

【汇评】

宋·黄彻《䂬溪诗话》:书史蓄胸中,而气味入于冠裾;山川历眼前,而英灵助于文字。太史公南游北涉,信非徒然。观老杜《壮游》云"东下姑苏台,……西归到咸阳"。其豪气逸韵,可以想见。

明·王嗣奭《杜臆》卷八:此诗乃公自为传,其行径大都与李白相似,然李一味豪放,而杜却豪中有细。

清·刘凤诰《杜诗话》:少陵《壮游》诗乃晚年自作小传,"往者十四五"段,叙少年之游;"东下姑苏台"一段,叙吴越之游;"中岁贡旧乡"一段,叙齐赵之游;"西归到咸阳"一段,叙长安之游;"河朔风尘起"一段,叙奔凤翔及扈从还京事;"老病客殊方"一段,叙贬官后久客巴蜀之故。通首悲凉慷慨,荆卿歌耶?雍门琴耶?高渐离之筑耶?

巴西驿亭观江涨呈窦使君二首(其一)[1]

转惊波作怒,即恐岸随流[2]。
赖有杯中物,还同海上鸥[3]。
关心小剡县,傍眼见扬州[4]。
为接情人饮,朝来减半愁[5]。

【出处】

《全唐诗》卷二三四。

【注释】

〔1〕据谢思炜《杜甫集校注》:"此诗当是广德元年(763)春,自梓州送辛员外暂至绵州时作。"巴西:唐县名,绵州治所,在今四川绵阳市东北。窦使君:绵州刺史窦某。

〔2〕"转惊"二句:意为水涨涛涌而心惊,怕江岸也要随水一起被冲走了。波作怒,指波涛越来越大。怒,一作"恶"。

〔3〕"赖有"二句:意为好在还有杯中酒,喝后便似海上之鸥,随波起伏,岸会不会被冲走就不管它了。杯中物,指酒。海上鸥,《列

子·黄帝》："海上之人有好沤鸟者，每旦之海上，从沤鸟游，沤鸟之至者百数而不止。其父曰：'吾闻沤鸟皆从汝游，汝取来，吾玩之。'明日之海上，沤鸟舞而不下也。"沤，通"鸥"。

〔4〕关心：犹言留意。剡县：此指王徽之雪夜访戴处。傍眼：眼前。傍，犹侧也。此两句谓此地江涨之景俨然可比剡县、扬州。扬州，指扬州广陵郡，即今江苏扬州市。

〔5〕接：会合。情人：感情深厚的友人。此指窦使君。半：一作"片"。

【赏析】

杜甫青年时代曾游吴越，以后也时常回忆。在四川绵阳送客见江水高涨，因此想到东游。"关心小剡县，傍眼见扬州"是写酒醉江边被大水漂走东下如海上鸥之假想，上句从"关心"说，下句从"傍眼见"说，两边相合，谓平日所关心的风景美好的剡县、扬州，都可侧眼而见到矣。

杜甫在诗中运用地名方面表现出高超的艺术且丰富多彩，如例句中"剡县""扬州"就是在正文中以对应形式，且对仗方式出现的。

【汇评】

元·方回《瀛奎律髓》：大抵老杜集，成都时诗胜似关辅时，夔州时诗胜似成都时，而湖南时诗又胜似夔州时，一节高一节，愈老愈剥落也。

清·张谦宜《茧斋诗谈》：五言排律，当以少陵为法，有层次，有转接，有渡脉，有闪落收缴，又妙在一气。

萧颖士（二首）

萧颖士（717—759）：字茂挺，郡望南兰陵（今江苏常州），颖川汝阴（今安徽阜阳）人。10岁以文章知名。开元二十三年（735）进士，对策第一。教学濮阳时，人称"萧夫子"。官秘书正字、扬州功曹参军。宰相李林甫恶其不附己，数罢去。安史之乱中曾助源洧守汝南（今河南上蔡）。在文学上，倡导改革之风，提倡恢复古文，是唐代古文运动的先驱，是与李华齐名的古文家，时称"萧李"。著有《萧茂挺文集》。《全唐诗》存诗一卷。

《唐五代文学编年史·初盛唐卷》云："天宝十载（751）八月，萧颖士罢广陵参军后，漂泊吴越，曾游剡中，有诗。"《江有枫一篇十章并序》是萧颖士罢官后漂泊越中时作，《序》开头云："《江有枫》，陆、郑二友吴会旧游，且疾谗也。"从"旧游"两字可知此前他曾游越。此诗并序，当在其遭李林甫谗陷免官，第二次游浙东时作。其《越江秋曙》诗亦当作于此时。

江有枫一篇十章（其八）[1]（节录）

我思震泽，菱芡幂幂，寤寐如觌[2]。
我思剡溪，杉筱蓁蓁，寤寐无迷[3]。

【出处】
《全唐诗》卷一五四。
【注释】
〔1〕天宝十三载（754）冬，萧颖士辞去河南府参军事之职，此诗即辞官后所作。见陈铁民《萧颖士系年考证》（载《文史》第三七辑）。

〔2〕震泽：指今江苏、浙江交界的太湖。菱芡：菱角和芡实。幂幂：覆布周密。形容菱芡生长茂盛的样子。寤寐如觌：谓无论醒或梦都如见着一般，指思念之切。寤寐，日夜。寤，醒时。寐，睡时。觌（dí），见。

〔3〕我思剡溪：用王子猷访戴典，这里借典委婉表达对吴地友人的思念。筱：小竹子。萋萋：草木茂盛。

【赏析】

此诗为古体，很少见，三句两联，每联以"我思"起句，"寤寐"收尾，描绘太湖和剡溪一湖一溪的不同景观。诗人无限怀念江南迷人的景色，决定仿效古之贤者，放情山水。作者在对自然美景进行描绘的同时，加入了自己的主观感受和孤愤而不得志的情怀，表现了对自然美景的赞赏，对自由的向往和对理想的追求。

【汇评】

清·贺裳《载酒园诗话又编》：人有一时负重名，既久而声暂歇者，唐之萧茂挺，宋之梅圣俞是也。诗文具在，不知当时何以倾动蛮貊如此！萧尝谓"屈、宋雄壮而不能经，贾生近理，枚马瑰丽而不近风雅"。然其《江有枫》《菊荣》《凉雨》《有竹》诸篇，岂遂真《风》《雅》乎？于《三百篇》虽具孙叔之衣冠，尚无优孟之抵掌。

越江秋曙〔1〕

扁舟东路远，晓月下江濆〔2〕。
潋滟信潮上，苍茫孤屿分〔3〕。
林声寒动叶，水气曙连云〔4〕。
暾日浪中出，榜歌天际闻〔5〕。
伯鸾常去国，安道惜离群〔6〕。
延首剡溪近，咏言怀数君〔7〕。

【出处】

《全唐诗》卷一五四。

【注释】

〔1〕此诗作于天宝十载（751）八月，客居吴越期间。越江：因浙江古代为越国。指钱塘、曹娥二水。唐人游剡，喜乘潮而上。唐《元和郡县图志·卷二六·越州剡县》："（剡）溪出（剡）县西南，北流入上虞为江。"即今龙会地螺青亭旧双溪交会处至嵊浦（俗称剡溪口）一

段。秋曙：秋天的早晨。

〔2〕扁舟：小船。东路：东部地区。江濆：江岸。此二句意为，扁舟向东远行扬起风帆，清晨月儿西沉没入江岸。

〔3〕潋滟：形容水波荡漾。信潮：按时上涨的潮水，因它守时，故称信潮。苍茫：《会稽掇英总集》卷五作"葱蒙"。孤屿：指江中落星石。南宋嘉泰《会稽志·卷十一·石》"会稽县"条载："落星石在曹娥江。高七八尺，每江潮到，石辄不没，旧传云：星陨而结石也。"此二句意为，波荡漾潮水奔涌上涨，江上孤岛耸峙夜色无边。

〔4〕"林声"二句：意为寒风袭来林叶沙沙作响，曙光初现水汽云气相连。

〔5〕曒日：初升的太阳。榜歌：船夫唱的歌。古人称船桨为榜，船工为榜子。此二句意为，旭日从江浪中缓缓升起，粗犷的船歌声传到天边。

〔6〕伯鸾：东汉越地高士梁鸿的字。梁鸿贫苦好学，然不图仕进。与妻孟光相敬有礼，隐居避患，初入霸陵山中，以耕织为业；又易姓名居齐鲁间；复至吴，依大家皋伯通，为人赁舂。见《后汉书·梁鸿传》。后因以"伯鸾"借指高人隐士。这里引其事，表达作者愿引为同调。去国：离京、离职。安道：指晋人戴逵，字安道。作者泛舟越江，念及古越地高士。这里引戴逵事，有引为同调之意。此二句意为，古代梁鸿、戴逵等多位高士埋名隐遁，我何必为离群索居嗟叹。

〔7〕延首：伸颈远望。咏言：曼声长吟。数君：指适越之梁鸿和晋宋两朝隐居于剡溪之戴逵、阮裕、孔淳之等人。此二句意为，翘首远望的剡溪已经越来越近，吟此诗寄托对友人的怀念。

【赏析】

游历越中风光，追怀剡中高士。此诗描写了越江秋天晨景和越地风光，表示对梁鸿、戴逵的怀念，寄托自己山林之志。写景入微，抒情含蓄，格调凝重，语言简古。尤其是五、六句"林声寒动叶，水气曙连云"，写江南水乡秋晓景色：上句是风吹叶动的动景，声传寒意；下句是水气连云，迷蒙一片的静景。动静交映，晓景如画。

【汇评】

清·王阮亭《唐贤三昧集笺注》：秋光接眼（"水气"句下）。

清·潘德舆《批唐贤三昧集》：萧颖士以笃行闻，此诗亦有端劲之气。

丁仙芝（一首）

丁仙芝（生卒不详）：一作丁先芝，字元祯，润州曲阿（今江苏丹阳）人。初，举进士不第，与储光羲同为太学诸生。开元十三年（725）进士，官余杭尉。以能诗闻于时。著有《丁余杭集》二卷，已佚。《全唐诗》存诗十四首。

丁仙芝大约在余杭尉期间游越，写有《剡溪馆闻笛》诗，诗题已表明其曾至剡中，夜宿剡溪馆。

剡溪馆闻笛[1]

夜久闻羌笛，寥寥虚客堂[2]。
山空响不散，溪静曲宜长[3]。
草木生边气，城池泛夕凉[4]。
虚然异风出，仿佛宿平阳[5]。

【出处】

《全唐诗》卷一一四。

【注释】

〔1〕此诗作于天宝三载（744）春。剡溪馆：唐朝越州剡县在剡溪边设的接待馆，在今嵊州南门。馆为设于驿道接待公私客旅的馆舍。《浙江通史·隋唐五代卷·馆驿》："剡县剡溪馆为当时著名的馆驿。"2007年版《绍兴市交通志·第一编·道路交通·驿站》亦载："唐朝乾元元年（758）改会稽郡为越州。当时的驿站有……剡县设剡溪馆……"

〔2〕夜久：夜深。羌笛：居住在甘肃一带的少数民族使用的乐器。

寥寥：寂寞。虚：空虚。

〔3〕"山空"二句：写声音颇得"蝉噪林逾静，鸟鸣山更幽"（南北朝·王籍《入若耶溪》）之意境。

〔4〕边气：边境的气象。泛：一作"逗"。此二句写笛曲的演奏效果。

〔5〕虚然：无边无形的样子。平阳：汉景帝女阳信长公主初嫁平阳侯曹氏，因又称平阳公主（简称平阳主），她曾于府第置美人、讴者，汉武帝刘彻（即公主之弟）从中选中卫子夫，立为皇后。后世以平阳喻指公主贵戚府第，并常用于咏盛置歌舞的贵戚府第。这里以"平阳"馆比拟剡溪馆。

【存异】

1. 诗题：清道光《嵊县志·卷十三·艺文·山川》、清同治《嵊县志·卷二十四·文翰志·诗》、民国《嵊县志·卷二十八·艺文志·诗》作"剡溪闻笛"。

2. 诗句：（1）"寥寥虚客堂"中的"虚"，清康熙《嵊县志·卷二·山川志》、清道光《嵊县志·卷十三·艺文》、清同治《嵊县志·卷二十四·文翰志·诗》、民国《嵊县志·卷二十八·艺文志·诗》作"应"。

（2）"城池泛夕凉"中的"泛"，清康熙《嵊县志·卷二·山川志》、清同治《嵊县志·卷二十四·文翰志·诗》作"逗"。

【赏析】

天宝三载（744）春天，丁仙芝与储光羲等结伴来浙东游历，下榻在剡县城边的剡溪馆。"诗人下榻剡溪馆，不时思及所见剡溪美景，毫无就寝之意。这时，突然传来声声羌羌笛——这北方异域之音，便将所见美景呈现境界，而且带回到往昔生活中去……全诗将听觉化为视觉和触觉形象，构想新奇，笔意清空。'山空响不散，溪静曲宜长'二句，揭出剡乡山空溪静之特点，读来情味深长"。[①]

【汇评】

宋·陈应行《吟窗杂录》引殷瑶语评仙芝诗：婉丽清新，迥出凡俗，恨其文多质少。

---

① 邹志方著《浙东唐诗之路》，杭州：浙江古籍出版社，2019年版，第270页。

陆羽（一首）

陆羽（733—804）：一名疾，字鸿渐、季疵，号竟陵子、桑苎翁、东冈子，又号"茶山御史"，复州竟陵（今湖北天门）人。一生嗜茶，精于茶道，上元初年（760），隐居江南各地，撰《茶经》三卷，成为世界上第一部茶叶著作，被誉为"茶仙"，尊为"茶圣"，祀为"茶神"。性诙谐，能诗，与女诗人李季兰、诗僧皎然颇友好。《全唐诗》存诗二首。

陆羽在浙东的时间，在宝应元年至大历五年（762—770）间，时为浙东观察使薛兼训从事。在越期间，陆羽曾多次深入剡县考茶，在《茶经》中记述了"餮茗获报"、剡纸等涉及茶事的传说和名物。与著名诗僧皎然及诗人李季兰等诗文唱和，日夕漫游越中剡溪山水间，在剡东也多有诗文遗迹，其《赴剡溪暮发曹江》诗，堪称剡中诗文中的翘楚。

赴剡溪暮发曹江[1]

月色寒潮入剡溪，青猿叫断绿林西[2]。
昔人已逐东流去，空见年年江草齐[3]。

【出处】

清道光《嵊县志·卷十三·艺文·山川》。

【注释】

〔1〕此诗作于大历五年（770）陆羽赴越州访职方员外郎鲍防时。鲍防（722—790），字子慎，襄州襄阳（今湖北襄阳）人。天宝十二载（753）进士。大历初为浙东观察使薛兼训从事、检校殿中侍御史、尚

书员外郎，大历五年（770）入朝为职方员外郎。曹江：指曹娥江。会稽，今浙江绍兴。小东山，在今绍兴上虞区，曹娥江边。小舜江，在绍兴东南90里，上虞南28里。会稽东小江即今曹娥江。在唐代，由于越山植被好，镜湖（今鉴湖）尚未淤积，水与曹娥江连接，舟能由镜湖沿曹娥江而上，直至剡溪。

〔2〕月色：月光。寒潮：清冷的流水。剡溪：此处代指剡县。青猿：灰猿。叫断：指尽情地叫，说明山上无人。"青猿"句：南朝宋·谢灵运有《从斤竹涧越岭溪行》诗："猿鸣诚知曙，谷幽光未显。"意即早晨猿催灵运起床游玩。又有《石门新营所住四面高山回溪石濑茂林修竹》诗："俯濯石下潭，仰看条上猿。"在潭中洗澡时有猿在树枝上陪他玩，而今昔人（谢灵运）已付流水，只落得青猿枉鸣，江山空存……陆羽与皎然交，灵运乃皎然十世祖，剡溪有始宁墅、谢公山。谢诗"猿鸣诚知曙"，他已西去，故有"青猿叫断绿林西"之句，与"昔人已逐东流去"相连接。绿林西，有书注"此处指小舜江上游王化、平水一带。暗示诗人是顺小舜江下行，然后转道剡溪的"。对此，嵊州市文史学者金向银先生在校阅书稿时指出："小舜江不通航，也不与剡溪会（在上虞上浦汇入曹娥江），诗人是从曹娥江入剡溪，不是从小舜江出曹娥江。"

〔3〕"昔人"句：首句剡溪寒潮初涨，并笼罩于月色中，其境一如王徽之雪夜访戴故事。陆羽性偶傥，颇欣赏王徽之此种自由舒展之人生态度，因而对其逐东流逝去，怀有无限怅惘之情。昔人，指以往的名人。此处指谢灵运。小江驿与东山隔曹娥江相望。已逐，已经随着。空见，凭空见及。江草，剡溪边的野草。齐，平。

【存异】

1. 诗题：（1）《全唐诗》题作《会稽东小山》，但清道光《嵊县志》卷十三《艺文·山川》、清同治《嵊县志·卷二十四·文翰志·诗》、民国《嵊县志·卷二十八·艺文志·诗》作"赴剡溪暮发娥江"，本书从后者。（见附书影）

（2）《唐诗之路唐诗选注》第130页作"小舜江"。

2. 诗句："青猿叫断绿林西"中的"青"，清道光《嵊县志·卷十三·艺文·山川》、清同治《嵊县志·卷二十四·文翰志·诗》作"清"。

【赏析】

　　至德元载（756），陆羽至吴兴，与皎然结"缁素（黑和白）忘年交"，皎然曾和他有游剡之期，见之于大历七年（773）他作的《奉和颜使君真卿与陆处士羽登妙喜寺三癸亭》诗："徒想嵊顶期，于今没遗记。"陆羽于大历五年（770）曾到越州访职方员外郎鲍防，随后来剡溪考察茶事，途径剡溪口，赋作本诗。这是一首怀古诗，诗句清绝，意境清远，其大意是：清冷的月色下，剡溪裹着寒意缓缓地流着，在西边的树林里不时传来几声猿猴的嚎叫声；古人已经随着流水逝去不可再寻，留下的只是年年疯长的碧绿江草而已，徒让人空增惆怅。

　　早在唐朝，剡县（今嵊州市、新昌县）已是浙东著名的产茶大县。《剡录》卷十载："剡茶声，唐已著。"陆羽《茶经》上说："浙东，以越州上，明州、婺州次，台州下"。这位被称为"茶圣"的陆羽曾临会稽考察茶事和工夫茶，并监制过茶叶，当然会到以"剡溪茗"出名的剡县去做一番调查考察工作。从诗中得知，他是在一个夜里，沿曹娥江即剡溪乘舟而上溯剡县的。月光如水，青猿哀鸣，加上怀念古人，这样便自然地引起陆羽一些伤感情绪，从而有"空见年年江草齐"之叹。诗中的月色、寒潮、剡溪、青猿、叫断、昔人、东流、空见、年年、江草等词意，无一不充满着凄凉、孤寂、哀婉、怀旧、怅惘之情。诗歌结句一个"空"字，把作者伤感、惆怅的情绪推向了极致。

【汇评】

　　元·辛文房《唐才子传》：（羽）工古调歌诗，兴极闲致。

嵊縣志 卷十三藝文

花落千迴舞鷟聲百轉歌遶同異方樂不奈客愁多

成都送嚴十五之江東　　戎昱

江東萬里外別後幾悽悽峽路花應發津亭柳正齊酒

傾遲日暮川闊遠天低心繫征帆上隨君到剡溪

赴剡溪暮發峨江　　陸羽

月色寒潮入剡溪清猿叫斷綠林西昔人已逐東流去

空見年年江草齊

清道光《嵊县志·卷十三·艺文·山川》书影

张怀瓘（一首）

张怀瓘（生卒年不详）：海陵（今江苏泰州）人。任鄂州司马。开元中任翰林院供奉。工书，以书法评论名世。开元十二年（724）作《书断》，天宝十三载（754）作《书估》，乾元元年（758）作《书议》，上元元年（760）作《二王书议》。另撰《玉堂禁经》《评书药石论》等。存诗二首。（《全唐诗》无张怀瓘诗，据窦蒙《述书赋注》及《全唐文》卷四三二、上海书画出版社《历代书法论文选》所选各文考定。）

历代书家无不重视纸张性能的选择。张怀瓘《书诀》强调须用剡纸易墨，方能写出好字。张怀瓘《书断》载："卫夫人名铄，字茂漪，廷尉展之女弟，恒之从女，汝阴太守李矩之妻也。隶书尤善，规矩钟公。云：碎玉壶之冰，烂瑶台之月，宛然芳树，穆若清风。右军少常师之。永和五年（349）卒，年七十八，子克（充）为中书郎，亦工书。"著名女书法家卫夫人是王羲之的书法老师，晚年曾住剡并葬于剡。详参金向银、金午江著《王羲之金庭岁月》第138页《独秀山·卫夫人石碑·王羲之读书处》。

玉堂禁经·书诀[1]

剡纸易墨，心圆管直[2]。
浆深色浓，万毫齐力。
先临告誓，次写黄庭[3]。
骨丰肉润，入妙通灵。
努如直槊，勒若横钉[4]。
虚专妥帖，殴斗峥嵘。

开张凤翼，耸擢芝英。
粗不为重，细不为轻。
纤微向背，毫发死生。
工之未尽，已擅时名。

【出处】

《全唐诗补编·续拾》卷十三，中册，第 856—857 页。

【注释】

〔1〕此诗《全唐诗》失收。

〔2〕剡纸：浙江剡县所产的藤纸。易墨：河北易水所产的墨。两者皆为当时名物。

〔3〕告誓：永和十一年（355）三月九日，王羲之称疾辞去会稽内史回金庭祭祀父母亡灵，在灵前作《自誓文》："谨以今月吉辰，肆筵设席，稽颡归诚，告誓先灵。"（《全晋文》卷二六）黄庭：指《黄庭经》，王羲之书，小楷，一百行。

〔4〕槊：长矛，古代的一种兵器。

【赏析】

本诗是《玉堂禁经》中的最后一章《书诀》，指作书时非但主毫要丝丝得力，而且要调动副毫的作用，使笔毛一无扭结地聚结运动，这样写出的点画才力量弥满，圆健得势。

本诗大意如下：剡溪之纸，易水之墨，笔心圆笔管直。墨汁深、色泽浓，万毫落纸均齐着力。先临摹《告誓》，再摹写《黄庭》。骨肉丰满雄劲婉媚，达于妙境，通于神灵。竖画像长方的直槊一样劲挺，横勒如横钉一样有力。像舒展的凤的双翼一样妍美，像高耸突出的灵芝一样艳丽，粗的笔画不是将笔毫重压在纸上，（而是下按先提），细的笔画不是笔毫轻飘而过，（而是有提又有按）。行笔有纤微的向背，即使毫发那样小也都关系着字的优劣和成败。（只要）功夫到了家，（则）可以享有当时的名誉和声望。

梁锽（二首）

梁锽（生卒年不详）：倜傥不羁，落魄半生，年四十尚无禄位。天宝初，曾官执戟（宫廷侍卫官），又尝从军掌书记，与主帅不和，拂衣归。有诗名，擅五言律诗。其《咏木老人》诗，唐明皇晚年退居西内常吟咏之以遣愁。与李颀、钱起、岑参交厚。《全唐诗》存诗十五首。

据陆伟然、范震威著《唐代应试诗注释》："梁锽，明皇时人。"《唐书·方技传》："按太湖、吴地舒元舆悲剡藤文，序云：'剡溪古藤甚多。恒春草想即常春藤，方士想即姜抚也。'"梁锽《省试方士进恒春草》诗："东吴有灵草，生彼剡溪傍。"《剡录》亦收录此诗。此外，尚有《崔驸马宅咏画山水扇》诗："小含吴剡县，轻带楚扬州。"

省试方士进恒春草[1]

东吴有灵草，生彼剡溪傍[2]。
既乱莓苔色，仍连菡萏香[3]。
掇之称远士，持以奉明王[4]。
北阙颜弥驻，南山寿更长[5]。
金膏徒骋妙，石髓莫矜良[6]。
倘使沾涓滴，还游不死方[7]。

【出处】

《全唐诗》卷二〇二。

【注释】

〔1〕此诗《文苑英华》卷一八八入"省试"类，应为试律诗。作年不详。省试：唐时由尚书省举行的科举考试。又称礼部试，后称会

试。方士：方术之士。古代自称能访仙炼丹以求长生不老之人。恒春草：民国《新昌县志·卷四·植物》载："恒春草，万历《绍兴府志》乡人名为千年润。《嵊志》一名万年青。"炎继明编著《中国古典诗歌与中医药文化》载："恒春，神话传说中的一种长青仙树。"晋代王嘉《拾遗记·方丈山》："台左右种恒春之树，叶如莲花，芬芳如桂，花随四时之色。昭王之末，仙人贡焉，列国咸贺。王曰：'寡人得恒春矣，何忧太清不至。'太清，仙境也。"

〔2〕东吴：指吴地。因其地处我国东部，故称。灵草：指恒春草。古人认为灵芝是仙草，服之可以长生，故将恒春比作灵芝称灵草。此二句意为，东吴地方有一种灵草，生长在那剡溪旁。

〔3〕莓苔：青苔。这里指苔藓。菡萏：荷花的别称。此二句意为，这种草与苔藓颜色相像，还有荷花之香。

〔4〕掇：摘取、采摘。远士：远方来人。指隐居不仕或修炼者。此句中指方士。奉：两手捧着。引申为进献，送上。明王：圣明的君主。此二句意为，采摘之人可称高士，拿来献给圣明君王。

〔5〕北阙：古代宫殿北面的门楼，是大臣等候朝见或上书奏事之地。后用为宫禁或朝廷的别称。此处代指君王。颜弥驻：永远保留青春的容颜。弥，长，久。南山：终南山。属秦岭山脉，在今陕西西安市南。此指寿比南山。此二句意为，君王服用后容颜常驻，寿命比南山更长。

〔6〕金膏：道教传说中的仙药。南朝宋·谢灵运《入彭蠡湖口作》诗："金膏灭明光，水碧缀流温。"吕向注："金膏，仙药也。"徒：白白地。骋妙：发挥神妙功用。石髓：洞中钟乳。道家传说，吃了"石髓"可以长生不老。后因视石髓为神仙所食，并用作服食成仙的典故。也用以借指友朋间的交往馈赠。这里借"石髓"为衬托，称赞方士所进恒春草之神妙。矜良：自夸好。此二句意为，方士所进贡的芳香型草药——恒春草，妙超金膏，美逾石髓。

〔7〕涓滴：点滴的水。喻微少。不死方：指不死乡。长生不老的境界，即仙境。此二句意为，如果能够沾上一点，就能游长生不老乡。

【存异】

1. 诗题：（1）《剡录·卷十·草木禽鱼话下·草·恒春草》作"进恒春草诗"。

(2)清道光《嵊县志·卷十三·艺文·物产》作"迎春草"。

2.诗句：(1)清同治《嵊县志·卷二十四·文翰志·诗》题下注："《剡录》删去中四句。"

(2)"生彼剡溪傍"中的"傍"，清同治《嵊县志·卷二十四·文翰志·诗》作"旁"。

【赏析】

唐朝时，生长在剡溪旁的恒春草曾被作为仙草流传朝野。

此诗就方士进长生草事进行议论。首联破恒春草，言明其生于吴地剡溪畔。此草色若苔藓，香如荷花，乃是一种灵草。于是有方士采之献于君王。"明王"乃是赞美之辞。而三、四、五联专写此草妙处，说高人隐士采掇此草，可以与他们的身份气质相称，即《离骚》所说"扈江离与辟芷兮，纫秋兰以为佩"之意。而贤明之君王服用后能青春永驻、寿比南山，即使传言中可以延年益寿的金膏、石髓也比不过它。尾联言：如果自己有幸沾润点滴，亦将优游于不老之乡。方士之恒春草，本用以成仙；诗则以之比喻沾承主上恩露，得以高中。唐人往往以登仙比登第。故此诗虽以干求意作结，但不露痕迹。全诗结构严谨，层次分明。①

【汇评】

清·叶忱《唐诗应试备体》：(二联)写出恒春香色。

清·纪昀《唐人试律说》：方士进药，事殊非体，措词当有斟酌。前四句但赋"恒春草"，后六句但赋草之功用，"进"字惟五、六句一点，更不照应，识力绝高。

清·臧岳《应试唐诗类释》：首韵，破"恒春草"；次韵，承写草之色香；三韵，剔"方士进"意；四韵，刻画恒春；五韵，衬写灵草；末韵，以干求意作结。

崔驸马宅咏画山水扇[1]

画扇出秦楼，谁家赠列侯[2]。
小含吴剡县，轻带楚扬州[3]。

---

① 据彭国忠编《唐代试律诗》(黄山书社2006年版第20页)相关内容编写。

掩作山云暮，摇成陇树秋[4]。

坐来传与客，汉水又回流[5]。

【出处】

《全唐诗》卷二〇二。

【注释】

〔1〕崔驸马：指崔惠童。尚明皇晋国公主。驸马，官名，汉置驸马都尉，魏晋以后尚公主必拜此官，遂称皇帝女婿为驸马。

〔2〕秦楼：指凤台、凤楼。后借指驸马府。借用秦穆公为女儿和驸马筑台故事。列侯：指权贵高官。秦制爵分二级，彻侯位最高。汉承秦制，为避汉武帝刘彻讳改彻侯为通侯，或称列侯。此处尊称崔驸马。

〔3〕"小含"二句：意为小小的山水扇面却含有吴地剡县一带东南风景之美，山水扇面还微微带着楚地扬州景物之优。扬州，春秋时属楚地，唐时治所在今江苏扬州市。

〔4〕掩：罩住。此言画扇之上云山笼罩着一层苍茫的暮色。陇：陇地，指今甘肃东南部一带，是高寒地带。此言摇动画扇，好似陇地之树生起一阵秋风。

〔5〕汉水：指汉江，长江最大支流。此言扇子挥动，扇面山水浮动，好像汉水真能回流似的。

【赏析】

这是一首五律，颔、颈两联对仗自然工整，而且"小含""轻带"与"摇成"都能点出山水扇的特点，写作技巧，颇为可取。

首联泛言画扇的名贵，画扇主人身份的高贵；颔联概述画扇所画乃吴楚一带山水，颈、尾联始具体描绘画面形象。与一般题画诗相比较，它不是单纯地对画面形象作静止的表现，也不同于通常的那种"画赏真相似"，而是巧妙地把握住画扇收合、摇动，以及在座中传递过程中给人的不同感受，于动中观察描摹画面形象，传达画面形象的生动逼真感，因而显得独具特色。

拾得（一首）

拾得（生卒年不详）：字里不详，约于玄宗至代宗间在世。相传天台山和尚封干行脚至赤城，听见路旁有小孩哭声，遂收养而取名"拾得"，并带至国清寺为僧，从事厨房杂役工作。与寒山交游，好吟诗唱偈，两人合称"寒山拾得"。其诗多类佛家偈语，浅近通俗，宣扬出世思想，后人辑其诗附于《寒山子诗集》中。《全唐诗》存诗一卷。

拾得与寒山同时，为国清寺苦行僧。后世并称二人诗体为寒山拾得体。作有诗咏剡与天姥。

诗

故林又斩新，剡源溪上人[1]。
天姥峡关岭，通同次海津[2]。
湾深曲岛间，淼淼水云云[3]。
借问松禅客，日轮何处暾[4]。

【出处】

《全唐诗》卷八〇七。

【注释】

〔1〕斩新：同"崭新"，全新，簇新。剡源：剡溪的源头。其源有四，一即发源于天台山华顶，今名新昌江。剡源溪上人，作者自指。

〔2〕天姥：即天姥山，其东北与沃洲山对峙。峡：二山之间的河谷。关岭：位于新昌县与天台县接壤处。是新昌儒岙三岭"会墅岭、黑风岭、关岭"中的一岭。明万历《新昌县志·卷三·山川志》："在十七都，县东七十里，与天台接界。"民国《新昌县志·卷二·山川》：

"关岭在县东七十里，与天台接境。唐时置关戍守，岭由是得名。"《新昌县地名志》第 561 页："关岭在新昌县儒岙镇境内，距县城南约 39 公里，海拔 448.6 米。"通同：联通。次海津：紧邻海边。次，靠近，挨着。津，谓岸。此处指靠近可以观东海日出的天台主峰华顶。此二句意为，天姥山的山谷从关岭来，一起流入海边。

〔3〕曲岛：幽深的岛屿。淼淼：水大貌。云云：同"沄沄"，水流汹涌的样子。

〔4〕松禅客：钱学烈《寒山子诗校注》作"嵩禅客"，泛指禅僧。日轮：太阳。佛教以日轮形观主尊之佛形，以月轮形观自心之形。见《菩提心义》。暾：太阳初升的样子。此指主尊之佛形示现。《景德传灯录》卷十："僧问：如何是嵩山境？师曰：日从东出，月向西颓。"此二句意为，何处可观东海日出？站在天台山主峰华顶拜经台可观东海日出。

【赏析】

此诗大意是：正是林中发出新叶的时候，天姥山的峡谷锁住山岭，与大海相连通。幽深小岛之间，水面辽阔水势汹涌。天台山是太阳升起的地方。由此可以看到，拾得对于新昌天姥山一带地理特征和方位气象都很了解，诗也在朴素中显露出宏大高远的气势，也算不可多得。首联写作者站在剡溪源头山林间看风景：经过冬天的树林，在春天来临之际，故叶换新，一派生机勃发的景象，是一种天地间的大美。颔联既写出天姥与关岭间的地理特征，也写出它们的地理位置。因为天台山是被国清寺创始人智者大师看作海边之高山的，故有"通同次海津"之说。颈联接着又说到海上与名山间的气象万千之势，有苍茫雄浑之气概。尾联以问作结，海上升起的日轮即朝阳从何处照来光芒？诗是小诗，而胸罗山川日月，不可以小诗视之。

【汇评】

清·王舟瑶《跋寒山子诗集》：（寒山诗）云……拾得诗云："少年学书剑，叱驭到荆州。闻伐匈奴尽，娑婆无处游。归来翠岩下，席草枕清流。"则二人固挟文武材，有意世用，不得志而逃于禅也。其诗近偈语为多。

中唐

刘长卿（六首）

　　刘长卿（709—789？）：字文房，宣州（今安徽宣城）人，一说河间（今河北河间）人，一说彭城人。开元二十一（733）进士。历任长洲县尉、海盐令，被贬为南巴尉。广德年间为监察御史，大历年间做过转运使判官、知淮西等职，官终随州刺史，世称"刘随州"。肃宗、代宗年间以诗名，为大历诗风的主要代表。多写仕途失意之感，并及时代之离乱。状写自然之作，能情景交融，兴在象外。擅长五言诗，他的五言诗作占全部诗作的十分之七八，人称其为"五言长城"。与钱起齐名，时称"钱刘"。与李嘉祐、钱起、郎士元齐名，合称"钱郎刘李"。著有《刘随州诗集》。《全唐诗》存诗五卷。

　　刘长卿与剡中关系颇密，现存《刘随州集》中，提到现在新昌境内山水的，就有十处之多，在唐代诗人中名列前茅。诗人曾两度到过浙江，对浙江一带风土人情、山水景物有所了解。他避难入越，初隐于沃洲山之东隐空和尚故居，有《过隐空和尚故居》《送灵澈上人还越中》诗可证。上元二年（761）至大历二年（767）则隐居于新昌县城内石城山挂榜岩下的碧涧别墅。明万历《新昌县志·卷三·山川志》载："挂榜岩，在学宫右，南明山之支陇也。苍源壁立数十丈，下临碧涧，如挂榜形，又名苍岩。"诸名诗友，慕名而来。与刘长卿诗酒唱和，极一时之盛，形成了以刘长卿为中心的"碧涧诗群"，是上元、永泰年间（760—766）形成的浙东诗人群体的首领，留下了大量高质量的诗篇。他作有7首咏沃洲诗，可谓言必称沃洲。如《送方外上人》："莫买沃洲山，时人已知处。"《初到碧涧招明契上》："沃洲能共隐，不用道林钱。"《秋夜肃公房喜普门上人自阳羡山至》："早晚来香积，何人住沃洲。"《过隐空和尚故居》："自从飞锡去，人到沃洲稀。"《寄灵一上人初还云门》：" 方同沃洲去，不作武陵迷。"《赠普门上人》："支公身欲老，长在沃洲多。"《送灵澈上人还越中》："禅客无心杖锡还，沃洲深处草堂闲。"此外，尚有《碧涧别墅喜皇甫侍御相访》诗："不为怜同病，何人到白云。"《晚春题远上人南亭》诗："给园支遁隐，虚寂养身和。"陈新宇先生指出："新昌县石城山北麓临城有挂榜岩，县志称'下临碧涧'，以唐代大诗人刘长卿曾在此筑碧涧别墅而得名。碧涧白云今在大佛寺景区范围之内，应该说是浙东诗路上一件值得关注的事。"①

送行军张司马罢使回[1]

时危身赴敌，事往任浮沉[2]。
末路三江去，当时百战心[3]。
春风吴苑绿，古木剡山深[4]。
千里沧波上，孤舟不可寻[5]。

【出处】

《全唐诗》卷一四八。

【注释】

〔1〕此诗一作《送张彪司直归越中》，一作《送张继司直适越》。据储仲君撰《刘长卿诗编年笺注》："诗作于时平后，而长卿在吴，当在广德元年（763）至大历元年（766）间。"清·乔亿编、雷恩海笺注《大历诗略笺释辑评》亦载："广德元年（763）正月，史朝义部田承嗣降、李怀仙降，史朝义自缢死，河北平。四月，李光弼俘袁晁，浙东平。七月，改元广德。诗当作于本年或其后。"行军司马：节度使属官，掌军旅之事。

〔2〕浮沉：比喻升降、盛衰、得失。

〔3〕末路：临老之谓。一作"万里"。三江：《国语·越语上》韦昭注以吴江、钱塘江、浦阳江为三江。当时：一作"孤城"。

〔4〕春：《全明诗话》作"东"。吴苑：指苏州长洲苑，吴王之苑。苑，《刘随州诗集》卷三作"草"。剡山：指剡溪两岸之山，泛指越地。

---

① 陈新宇《刘长卿与碧涧别墅》，《新昌政协简讯》，1999年6月4日，第7版。

山，《全明诗话》作"溪"。

〔5〕"千里沧渡上"一作"明日沧洲路"。舟：《刘随州诗集》卷三作"云"。

【存异】

1. 诗题：《剡录·卷六·诗》、清同治《嵊县志·卷二十四·文翰志·诗》作"送张司马罢使适越"。清同治《嵊县志·卷二十四·文翰志·诗》作"送张继司直适越"。

2. 诗句：（1）"当时百战心"中的"当时"，清同治《嵊县志·卷二十四·文翰志·诗》一作"孤舟"。

（2）"千里沧波上，孤舟不可寻"一联，清同治《嵊县志·卷二十四·文翰志·诗》作"明日沧州路，归云不可寻"。

【赏析】

此诗描述诗人送友罢使回归越中时，回忆其当年于危急之时挺身而出、奋勇杀敌的壮举，叹其今日回归，故友难再相逢，惜别之情充溢全诗。作者把惜别之情与伤乱之感有机地结合起来，感情既真挚深厚，又含蓄婉转，耐人寻味。全诗属对工整，造语精切，从清新圆畅的风格中透露出有别于盛唐的艺术风貌。故明代文学批评家胡应麟特别称赞"春风吴苑绿，古木剡山深"二句，认为"色相清空、中唐独步"（《诗薮·内编》）。此时刘长卿还没有到吴越，诗是凭想象写成的。"古木剡山深"之所以成为名句，因为短短五个字中，包含了两层意思，内涵比较丰富。古木，山上茂密的森林，映在湛蓝的剡溪水中，山显得更高，水显得更深，山水则显得更美。"古木"是凭视觉直接看到的景象，而"剡山深"则是由眼前景物所引起的感觉，合起来看就是一幅具有立体感的图画。如果改为"剡山古木深"，只有山、林，没有水，只有一层意思，就平淡了。[①]

【汇评】

明·胡应麟《诗薮》：（大历）妙境往往有不减盛唐者。"春风吴苑绿，古木剡山深"……色相清空，中唐独步。

清·乔亿著、雷恩海笺注《大历诗略笺释辑评》：三、四自佳，而

[①] 据陈顺智著《诗学散论》第236页；林世堂著、吴宏富汇编《新昌诗话（增订本）》第119页相关内容综合编写。

高仲武亟称后半，余以为"春风""古木""明月""归云"并用，终犯平头。

清·王寿昌《小清华园诗谈》卷下：以句求韵而尚妥适者……刘随州之"春风吴苑绿，古木剡山深"……是也。

和袁郎中破贼后军行过剡中山水谨上太尉 即李光弼[1]

剡路除荆棘，王师罢鼓鼙[2]。
农归沧海畔，围解赤城西[3]。
赦罪春阳发，收兵太白低[4]。
远峰来马首，横笛入猿啼[5]。
兰渚催新幄，桃源识故蹊[6]。
已闻开阁待，谁许卧东溪[7]。

【出处】

《全唐诗》卷一四八。

【注释】

〔1〕袁郎中：指袁傪。宝应元年（762），浙东袁晁起事。宝应二年（763）四月，李光弼部袁傪破袁晁之众于越州。剡中山水：越州剡县境内有天姥、沃洲、桐柏、太白等山，又有剡溪，历来为游览胜地。此诗作于宝应二年（763）四月。与李嘉祐诗当于同时所作。

〔2〕"剡路"二句：言在剡县一路征战，荡平了寇乱，官军收兵回营。剡路，指谢灵运开辟的古道——台越驿道。南朝宋·谢灵运于424—429 年，率众数百自始宁伐木开径，越天姥山，至临海、永嘉，开通越州至台州古道，故又称"谢公道"。荆棘，比喻纷乱、险阻。此喻袁晁之乱。王师，指李光弼统率的唐王朝政府军。鼓鼙，代称征战。

〔3〕"围解"句：天台一带的起义军已基本被消灭。赤城，山名。

〔4〕"赦罪"句：《国史补》卷上云："袁傪之破袁晁，擒其伪公卿数十人，州县大具桎梏，谓必生致阙下。傪曰：'此恶百姓，何足烦人！'乃各遣笞臀而释之。"太白，即太白山。太白山在剡西。此借喻战场地点。详参本书附录1"袁晁起义"条。一说太白，星名，主兵。《史记·天官书》："（太白）当出不出，未当入而入，天下偃兵；兵在外，入。"见《刘长卿诗编年笺注》第268页。

〔5〕"远峰"句：《瀛奎律髓》："纪批：'远峰'一联亦好。此首亦不应入'边塞'。"

〔6〕"兰渚"二句：意为起义被镇压后，百姓又回归到正常的生活中。兰渚，渚名。在浙江省绍兴市西南。《明一统志》谓，兰渚在绍兴府南二十五里，即晋王羲之曲水赋诗处。《兰亭集序》所谓"清流激湍，映带左右"，至今犹然。新幄，唐·卢照邻《芳树》诗："结翠成新幄。"幄，帷幄。桃源，新昌县有桃源乡（今属南明街道）刘门山，相传为刘晨、阮肇入山采药遇仙之处。袁傪原唱当有归隐之说，故云。此借指武陵桃花源。这里以桃花源比拟剡中山水胜地。故蹊，旧识之路。

〔7〕开阁：指纳贤待客。见《汉书·公孙弘传》。阁，泛指中枢重要部门。此谓李光弼。东溪：指今新昌江，剡溪上源。此指隐居的地方。明万历《新昌县志·卷三·山川志》载："东溪，在县一里。其源自天台石桥瀑水，北经石笋，出青坛沃洲。别一源，出南洲，北经小将，与青坛合流，下羽林，至虎队岭析小派，南流为碌灌三溪等畈田，其正派流过光鼓潭而西为三溪，合流入嵊县。"民国《新昌县志·卷十六·古迹》载："东溪源出天台山西北流入嵊县（《明史地理志》）。"

【存异】

诗题：清道光《嵊县志·卷十三·艺文·山川》、清同治《嵊县志·卷二十四·文翰志·诗·诗题中无"谨"字。

【赏析】

此诗首联开门见山，清代乔亿《大历诗略》卷一认为李嘉祐、皇甫冉同题之作皆不及。刘长卿生活在唐王朝由盛转衰的时代，安史之乱后的社会状况及民生疾苦，在他的诗中有所反映，但为数不多。又因他遭逸被谪，胸萦不平之意，所以在他的诗中也不乏愤激之词。但作为他诗歌的主要内容，是游宦无成的孤寂之感，以及流连于自然景物中的闲适退隐的心情；表露的是封建士大夫的思想情调。尤其是他以"剡路除荆棘，王师罢鼓鼙"这样的诗句，来歌颂李光弼镇压袁晁领导的农民起义，更鲜明地反映了他的地主阶级的政治立场。

【汇评】

清·乔亿《大历诗略》：开门见山，李丛一、皇甫茂政发端皆不及。

送荀八过山阴旧县兼寄剡中诸官[1]

访旧山阴县，扁舟到海涯[2]。
故林嗟满岁，春草忆佳期[3]。
晚景千峰乱，晴江一鸟迟。
桂香留客处，枫暗泊舟时[4]。
旧石曹娥篆，空山夏禹祠[5]。
剡溪多隐吏，君去道相思[6]。

【出处】

《全唐诗》卷一四九。

【注释】

〔1〕储仲君撰《刘长卿诗编年笺注》："京洛诗，当作于大历二、三年（767、768）间。"山阴：越州属县，在今浙江绍兴。县：一作"任"。

〔2〕访旧：重游旧地。扁舟：小舟。海涯：越州古代濒临东海，所谓"会稽半侵海，涛白禹祠溪"（唐·贾岛《送朱兵曹回越》）即当时写照。

〔3〕故林：指故居、故乡。满岁：指秩满，任职期满。春草：南朝宋诗人谢灵运喜爱其族弟谢惠连，说因为梦见惠连，才得佳句"池塘生春草"（《登池上楼》）。后用以咏名篇佳句或兄弟情谊。也用来形容春景。佳期：欢会之期。指谢灵运永嘉太守任期一年辞而归，与惠连交游。

〔4〕枫暗：枫叶长得葱郁茂盛之意。

〔5〕旧石：指曹娥碑。碑在越州上虞县（今绍兴市上虞区）。这里借曹娥碑事，以切荀氏山阴（会稽）之行。夏禹祠：夏禹庙在越州会稽县。庙侧有石船长一丈，相传乃夏禹所乘。见《太平寰宇记》卷九六。

〔6〕隐吏：指身虽从宦而存心淡泊，唐人谓为隐吏。《广博物志》卷五："剡中多名山，可以避灾也。故汉、晋以来，多隐逸之士。"道相思：此指转达诗人对剡中诸官的相思之情。

【存异】

1. 诗题：（1）《剡录·卷一·县纪年》《剡录·卷九·草木禽鱼诂

上·桂》作"寄剡中诸官诗"。

（2）清道光《嵊县志·卷十三·艺文》、清同治《嵊县志·卷二十四·文翰志·诗》、民国《嵊县志·卷二十八·艺文志·诗》作"送荀八过山阴寄剡中诸官"。

2. 诗句：（1）"扁舟到海涯"中的"海涯"，清乾隆《嵊县志·卷十八·艺文官师》作"岸崖"。

（2）"枫暗泊舟时"中的"枫"，清同治《嵊县志》卷二十四《文翰志·诗》、民国《嵊县志·卷二十八·艺文志·诗》作"风"。

（3）"剡溪多隐吏"中的"剡溪"，清同治《嵊县志·卷二十四·文翰志·诗》、民国《嵊县志·卷二十八·艺文志·诗》作"剡中"。

【赏析】

为什么会有如此多的"隐吏"钟情剡溪？这要归结于这片灵异土地得天独厚的地理位置与文化积淀。这里会稽、四明、天台三座名山逶迤其间，居中一条剡溪是三山的自然分野，汇入剡溪的无数清流，一路泠泠作响，出自万壑千山。《晋书·王羲之传》："会稽佳山水，名士多居之。"非常之景栖非常之人，这里曾经发生过多少的文人雅会，如东晋十八高僧和十八高士曾在剡中聚会，王羲之等41人曾在兰亭修禊曲水流觞。又有多少诗人为了追寻先贤来到这里，有多少诗篇写出梦中寻隐此地的寄托？

"晚景千峰乱，晴江一鸟迟"入选《全唐诗佳句类典》，成为咏"晚"佳句。

刘长卿与剡中关系密切，留下诗文甚多，唯此诗从时间跨度、地域跨度、风景跨度、古迹跨度，范围甚广，似都能容纳其中，同时作者的心情、趣味，及其失落、惆怅，读来都有特别美感，这需要各人以自己的阅历和文化素养去体验。诗中一路写来，把越中名胜囊括殆尽。前二联是引子，中间二联即把自山阴到剡溪的风光名胜写尽，最后归结于"剡溪多隐吏，君去道相思"。从诗作题目中可知其于剡中隐吏相识相知甚多，无限情谊，今以诗作代问他们好。这是一条飘满古文化和历史名人遗迹之路，风光亦是佳胜，非别处可比。诗中隐含着王子猷访戴的路线，只是它写的是白天而已。唐樟荣在《行吟唐诗之路》中指出："本文选录此诗，目的是从中可以知道，唐诗之路是一条诗路，并不能以限于县域范围内就事论事，割裂历史事实，分而治之，否则不能反映历史原貌。新昌当时尚未分剡县而单独存在，这也许是应该予以充分留意的。"

【汇评】

俞陛云《诗境浅说》：盛唐之诗人怀古，多沉雄之作。至随州而秀雅生姿，殆风会所趋耶！

贾侍郎自会稽使回篇什盈卷兼蒙见寄一首与余有挂冠之期因书数事率成十韵[1]

江上逢星使，南来自会稽[2]。
惊年一叶落，按俗五花嘶[3]。
上国悲芜梗，中原动鼓鼙[4]。
报恩看铁剑，衔命出金闺[5]。
风物催归绪，云峰发咏题[6]。
天长百越外，潮上小江西[7]。
鸟道通闽岭，山光落剡溪[8]。
暮帆千里思，秋夜一猿啼。
柏树荣新垄，桃源忆故蹊[9]。
若能为休去，行复草萋萋[10]。

【出处】

《全唐诗》卷一四九。

【注释】

〔1〕侍郎：一作"侍御"。按诗意，作侍御是。

〔2〕星使：使臣星，指朝廷使臣。见《艺文类聚》卷一引《李郃传》。这里以"星使"代指贾侍郎。

〔3〕惊年：指天宝年间安史之乱。按俗：巡行风俗之谓。五花：五花马。

〔4〕上国：指中原。芜梗：荒芜梗阻。此指因战乱荒无人烟。鼓鼙：大鼓和小鼓。古代军中用来发号进攻。此指战乱。

〔5〕报恩：报答恩惠。李陵《答苏武书》："故欲如前书之言，报恩于国主也。"衔命：奉命。金闺：称朝廷。

〔6〕风物：风景和物品。喻指大气候。云峰：高耸入云的山峰。

咏题：作诗并题写，指诗兴。

〔7〕天长：指天长寺。《唐会要》卷五十："至（天宝）七年八月十五日，敕两京及诸郡所有千秋观、寺，宜改'天长'名。"由此可见，天长寺在各地应不止一座。百越：是对居住在中国南方的古代越人各族的总称。战国时称百越。越族分布很广，主要在今江苏、浙江、江西、福建、广东、广西地区和越南。也作"百粤"。小江：在越州，有东、西小江之分。

〔8〕鸟道：在今浙江新昌儒岙会墅岭，会墅岭左有圳塍，是剡溪源头之一，下接惆怅溪。即谢灵运从始宁南山伐木开径到临海开辟的"谢公古道"。闽岭：福建一带。

〔9〕柏树：汉代御史府中植柏树，后称御史台为"柏台"。见《汉书·朱博传》。桃源：指桃花源，为晋人陶渊明虚构的一个与世隔绝的乐土。此指新昌桃源刘门山"刘阮遇仙处"。这里借以自述归隐山林的愿望。作者从会稽、剡溪再到天台山，连成一片。蹊：小路。"桃源"句意为，回想起桃源那熟悉的曲径通幽处，真是令人心醉神迷。

〔10〕"若能"句：一作"若为能去此"。萋萋：草茂盛的样子。唐·崔颢《黄鹤楼》诗："晴川历历汉阳树，芳草萋萋鹦鹉洲。"鹦鹉洲，长江中一小洲。东汉末年，曾作过《鹦鹉赋》的祢衡被黄祖杀于此洲，因此得名。

【存异】

1. 诗题：《剡录·卷六·诗》作"贾侍御自会稽使回"。

2. 诗句：（1）"柏树荣新垄"中的"树""垄"，《剡录·卷六·诗》作"署""宠"。

（2）"若能为休去"中的"能为休"，《剡录·卷六·诗》作"为能亟"。

【赏析】

当国家危难之际，积极入世的参与精神同爱国主义献身精神相结合，呈现出舍身报国的威武雄壮场面。"报恩看铁剑，衔命出金闱"，十分典型地反映了这种情形。展现了唐人的行为和精神风貌，对唐代社会产生了深远的影响，亦显现出该时代历史独特的魅力。

诗人写闽山，往往将其与优美的剡溪相提并论，意在表明两者都是闽越之地的胜景，揄扬之意不言而喻。"鸟道通闽岭，山光落剡溪"。

诗中以剡溪和闽岭相对,意谓闽地山川之美完全能和已经富庶的吴越之地相颉颃。

"鸟道通闽岭,山光落剡溪。暮帆千里思,秋夜一猿啼"。唐诗里的新昌江是如此美丽。会墅岭也是唐诗之路的干线,这便是谢灵运开辟的"谢公古道"——台越驿道。

【汇评】

清·牟愿相《小澥草堂杂论诗》:刘文房五言长律,博厚深醇,不减少陵;求杜得刘,不为失求。

赠微上人[1]

禅师来往翠微间,万里千峰在剡山[2]。
何时共到天台里,身与浮云处处闲[3]。

【出处】

《全唐诗》卷一五〇作刘长卿诗,《全唐诗》卷八〇九作灵一诗。

【注释】

[1] 此诗灵一集题作《赠灵澈禅师》。微上人:僧少微。大历十年(775)自京师赴天台国清寺,途经常州,独孤及作有《送少微上人之天台国清寺序》。上人,意为在人之上。一般指持戒严格又精于义学的僧人。日本也用来特指隐居山林的僧人。中世纪以后,日本朝廷曾用来作为教授高僧的名位。

[2] 师:灵一集作"门"。禅门,佛门。翠微:谓山色。《潜确类书》:"凡山远望则翠,近之则翠渐微,故山色曰翠微,亦曰山腰。"此代称山。在:灵一集作"到",注云"一作见"。剡山:剡中之山。此处指新昌沃洲山。此二句意为,禅师来来往往于烟霞翠微间,过千峰行万里来到剡山(沃洲山)。

[3] 天台:指天台山,佛教天台宗的发源地。天台山有佛宗道源、仙山佛国之称。浮云:闲适的象征。此二句意为,什么时候能一起云游天台山,让身影与浮云相伴处处安闲。

【存异】

1. 作者:灵一卒于宝应元年(762),时灵澈年仅17岁。编者按:刘长卿集中亦载此诗,题为《题微上人》,盖微、澈两字形近而误。对

此，《校编全唐诗》有考证："本篇又见《全唐诗》卷一五〇刘长卿集，题为《赠微上人》。《文苑英华》卷二二〇、《唐僧弘秀集》卷二均作灵一诗。然灵一卒时，灵澈尚为童子，无由交游。本篇应为刘长卿赠少微诗。"

2. 诗题：清道光《嵊县志·卷十四·艺文·仙释》作"赠释源澄"。

3. 诗句：(1) "万里千峰在剡山"中的"里"，清道光《嵊县志·卷十四·艺文·仙释》作"壑"。

(2) "何时共到天台里"中的"共到""里"，清道光《嵊县志·卷十四·艺文·仙释》作"同入""路"。

【赏析】

安史之乱起后不久，刘长卿避难来浙东，隐于剡中。诗人超然物外，往来于山水之间，居处在这万里千峰的剡山之中。盼望着与朋友们相邀去游天台山，共享行云般的悠闲自在。他遍游浙东，在剡中的足迹，又是最多的，并形成了一个以他和李嘉祐为中心的诗人群体。

此诗主要表现禅僧山居修行的优游自适，禅师们千里万里穿踏山林，来往于翠微间，已到达修禅圣地剡山（沃洲山），但还要不断游方修道，又相约再去天台山，以便能到更超脱尘世的云雾深处修道，对这样的游方奔忙，禅僧们乐此不疲，欣然而为，其优游自适之心境可以想见。

【汇评】

清·屈复《唐诗成法》：唐七律，随州词藻清洁，抑扬反复，有味外之味，最耐人吟诵。但结句多弱，又多同，昔人谓才小，未必，但法律不精严耳。

题曲阿三昧王佛殿前孤石[1]

孤石自何处，对之疑旧游[2]。
氛氲岘首夕，苍翠剡中秋[3]。
迥出群峰当殿前，雪山灵鹫惭贞坚[4]。
一片孤云长不去，莓苔古色空苍然[5]。

【出处】

《全唐诗》卷一五一。

【注释】

〔1〕据储仲君撰《刘长卿诗编年笺注》：此诗"作于天宝十五载（756）春，寓居润州（今江苏镇江）时"。曲阿：指丹阳，润州属县，即今江苏丹阳县。三昧王：指不动如来，亦称东方阿閦如来。《大智度论》卷五："善心一处住不动，是名三昧。"又佛为法王，故曰"三昧王"。

〔2〕疑：一作"如"。

〔3〕氤氲：山霭弥漫的样子。岘首：岘山在襄州襄阳县（今湖北襄阳），亦称岘首山。晋代羊祜尝与从事等共登岘山，流连风景。见《晋书》本传。

〔4〕雪山：《后汉书·班超传》注："西域有白山，通岁有雪，亦名雪山。"灵鹫：古印度山名，梵名耆崛，释迦牟尼讲《法华经》《无量寿经》于此。

〔5〕莓苔：青苔。

【存异】

1. 诗题：（1）《剡录·卷六·诗》作"孤石"。

（2）清道光《嵊县志·卷十三·艺文·山川》、清同治《嵊县志·卷二十四·文翰志·诗》作"葛岘山孤石"。编者按：清康熙《嵊县志·卷二·山川志》："孤石，在葛岘山。"清道光《嵊县志·卷一·山川》载："葛岘山在县西北二十里游谢乡，上有孤石，高僧竺法崇居焉。"本诗是刘长卿避难曲阿（今江苏丹阳）期间所作，故不可能分身到嵊州。诗人见孤石，想起了"旧游剡中"葛岘山时的情景，也是有可能的。但把诗题改为"葛岘山孤石"是篡题了，不妥。

2. 诗句：（1）"孤石自何处，对之疑旧游"中的"自""疑"，清道光《嵊县志·卷十三·艺文·山川》、清同治《嵊县志·卷二十四·文翰志·诗》作"在""如"。

（2）"氤氲岘首夕"中的"氤氲"，《剡录·卷六·诗》、清道光《嵊县志·卷十三·艺文·山川》、清同治《嵊县志·卷二十四·文翰志·诗》作"氲氤"。

（3）"苍翠剡中秋"中的"苍"，清同治《嵊县志·卷二十四·文翰

志·诗》作"青"。

（4）"迥出群峰当殿前"中的"群"，清道光《嵊县志·卷十三·艺文·山川》作"奇"。

（5）"一片孤云长不去"中的"孤云"，清道光《嵊县志·卷十三·艺文·山川》、清同治《嵊县志·卷二十四·文翰志·诗》作"夏云"。

【赏析】

天宝十四载（755）安史之乱爆发。此诗作于刘长卿避难曲阿期间。避难之"客"的身份使刘长卿常怀孤独之感，于是见三昧王佛殿前一孤石，心生感慨。诗中刘长卿将孤石视为旧游同道，孤石抛弃了群峰独自来到殿前，正如刘长卿孤独漂泊此地的经历。地上孤石相应，天上孤云相伴，正是刘长卿此时孤寂心态的写照。

这首诗表面上写孤石，实际上也有以孤石自喻之意。如"雪山灵鹫惭贞坚"句，以佛教中印度灵鹫山比孤石，特提"贞坚"，其以石喻人之意是很明显的。

【汇评】

明·许学夷《诗源辩体》：五、七言律，刘体尽流畅，语半清空，而句意多相类。

皇甫冉（五首）

皇甫冉（718—771）：字茂政，润州丹阳（今江苏丹阳）人。祖籍安定（今甘肃泾川）。天宝十五载（756）举进士第一，授无锡尉。大历初，累迁右补阙，奉使江表，卒于家。作诗巧于文字，发调新奇，远出情外。五、七律风格清新，尤为时重。与弟皇甫曾合称"二皇甫"。著有《皇甫冉诗集》。《全唐诗》存诗二卷。

皇甫冉是刘长卿的好友，曾多次到刘长卿的碧涧山庄（在新昌石城山麓）做客。据竺岳兵著《唐诗之路唐代诗人行迹考》：皇甫冉曾二次游浙东。第一次在天宝十五载（756）进士及第前，游览了"天姥峰""剡中""谢公宅"等名胜地；第二次是在罢无锡尉后，从至德二载到广德元年（757—763），达七八年以上。《送王绪剡中》诗作于第二次游浙东时。"不见关山去，何时到剡中"足见"剡中"在诗人心中的位置是何等的重要。此外，皇甫冉尚作有《赠普门上人》诗："支公身欲老，长在沃洲多。"《题昭上人房》诗："沃洲传教后，百衲老空林。"这些诗句都表明他对剡中，尤其是沃洲有非常深厚的感情。

润州南郭留别[1] ——作郎士元诗

萦回枫叶岸，留滞木兰桡[2]。
吴岫新经雨，江天正落潮[3]。
故人劳见爱，行客自无憀[4]。
若问前程事，孤云入剡遥[5]。

【出处】

《全唐诗》卷二四八作郎士元诗，《全唐诗》卷二四九作皇甫冉诗。

【注释】

〔1〕一作郎士元诗，题为《朱方南郭留别皇甫冉》。

据佟培基《全唐诗重出误收考》："按皇甫冉居润州丹阳，此诗当为其作，见《文苑英华》二八七、铁琴铜剑楼藏明本《唐皇甫冉诗集》三。"

〔2〕萦回：盘旋；回饶。留滞：停留。木兰桡：用木兰制成的桨或船。此二句意为，枫叶岸边，江水回流，木兰舟上，旅人滞留。

〔3〕吴岫：指吴地的山峰。此二句意为，雨后吴地的山峦新翠，江天正在潮落。

〔4〕故人：旧交，老朋友。劳：有劳。谦辞。见爱：敬辞，犹抬爱，被别人看重。行客：过客；旅客。此作者自指。无憀：闲而郁闷的心情。憀，悲恨的情绪。一作"聊"。此二句意为，多谢故人抬爱，此去自然无愁。

〔5〕前程：前面的路程。若：皇甫冉集作"君"。入剡遥：去远方的剡县。此二句意为，若要问我的前程之事，我将如孤云一样远远飞到剡溪一游。

【存异】

诗句："萦回枫叶岸"中的"枫叶"，《剡录·卷六·诗》作"南北"。

【汇评】

宋·范晞文《对床夜语》：李、杜之后，五言当学刘长卿、郎士元，下此则十才子。

宋·王谠《唐语林》：郎士元诗句清绝，轻薄好为剧语。

送王绪剡中 [1]

不见关山去，何时到剡中 [2]。
已闻成竹木，更道长儿童 [3]。
篱落云常聚，村墟水自通 [4]。
朝朝忆玄度，非是对清风 [5]。

【出处】

《全唐诗》卷二四九。

【注释】

〔1〕此诗一作《送王公还剡中别业》。王绪：事迹不详。明万历《绍兴府志》卷十载："剡王公别业，唐皇甫冉《送王绪还剡中别业》。"民国《新昌县志·卷十六·古迹》："王绪宅在县西澄潭村。弘（校）原作宏治《嵊县志》'唐王绪居剡，一曰王公别业'。"1991年版《新昌县文化志》第137页亦载："王绪宅，在县西澄潭村。一名王公别业。"

〔2〕关山：关隘与山峰。比喻路途遥远或行路的困难。《乐府诗集·木兰诗》："万里赴戎机，关山度若飞。"

〔3〕竹：一作"树"。

〔4〕篱落：村庄篱落。村墟：村庄、村落。或指村中的市集。墟，一作"塘"。

〔5〕玄度：《世说新语·言语》："清风朗月，辄思玄度。"玄度即许询，东晋文学家。有文采，尚清谈，与名僧支道林为方外交。后以"玄度"称有文采的人，亦指与僧侣交往的文士。这里反用许询事，以玄度喻指王绪，谓相别后，不待清风，而朝朝相忆。非：一作"尝"。

【存异】

1. 诗题：清同治《嵊县志·卷二十四·文翰志·诗》、民国《嵊县志·卷二十八·艺文志·诗》作"送王绪还剡中"。

2. 诗句：（1）"不见关山去"，清康熙《嵊县志·卷三·景迹志》、清乾隆《嵊县志·卷十五·艺文地理》作"不见开山者"。

（2）"已闻成竹木"中的"闻、竹"，清康熙《嵊县志·卷三·景迹志》、清乾隆《嵊县志·卷十五·艺文地理》作"知、树"。

（3）"村墟水自通"中的"墟"，清康熙《嵊县志·卷三·景迹志》、清乾隆《嵊县志·卷十五·艺文地理》作"塘"。

（4）"朝朝忆玄度"中的"忆玄度"，《剡录·卷六·诗》作"隐去渡"；"玄度"，清乾隆《嵊县志·卷十五·艺文地理》、清道光《嵊县志·卷十四·艺文·隐逸》、清同治《嵊县志》卷二十四《文翰志·诗》、民国《嵊县志·卷二十八·艺文志·诗》作"元度"，避讳而改。

【汇评】

清·乔亿《大历诗略》：补阙诗五言之善者，犹夷绰约，有何仲言之音韵，特歌行体弱耳。律诗当与李从一（李嘉祐）比肩，精警或不足，而闲淡过之矣。

曾东游以诗寄之[1]（节录）

嵯峨天姥峰，翠色春更碧[2]。
气凄湖上雨，月净剡中夕[3]。
钓艇或相逢，江蓠又堪摘[4]。
迢迢始宁墅，芜没谢公宅[5]。

【出处】

《全唐诗》卷二四九。

【注释】

〔1〕曾：作者之弟皇甫曾（？—785），字孝常，天宝十二载（753）进士。

〔2〕嵯峨：山势高峻的样子。天姥峰：即天姥山。

〔3〕湖上：谓镜湖。凄：《校编全唐诗》："《唐诗品汇》作栖。"

〔4〕钓艇：钓鱼船。江蓠：香草名。又名蘼芜。

〔5〕迢迢：形容遥远。始宁墅、谢公宅：南朝宋诗人谢灵运的别墅。此处比拟江南山水或贵族园林。芜没：谓淹没于荒草间。

【赏析】

这是一首送别诗，是一首长诗中节选的与剡中名胜天姥有关诗句进而成篇。前面未节录的诗句中说到"正是扬帆时，偏逢江上客"。接着写到剡中胜景及其名人。"嵯峨天姥峰，翠色春更碧。气凄湖上雨，月净剡中夕"。写天姥之峰峦高耸，翠色如黛如碧，是春夏之景象。他是到过天姥、沃洲一带的，诗人笔下的南国情调与盛唐人笔下的北地风光和北方气质形成了鲜明对照。"气凄湖上雨，月净剡中夕"。正是沃洲景象的写照。雨天是一片烟雨朦胧，月夜则是空明澄碧。沃洲夜月也是很令人向往的招牌景色，常为唐代诗人形之笔墨间。"迢迢始宁墅，芜没谢公宅"。证明作者曾东游剡中。谢灵运的别墅称为"始宁墅""谢宅""谢家"，用来比拟江南山水或贵族园林。这里以谢灵运的始宁墅为标志，询问其东游情景。

【汇评】

清·乔亿《大历诗略》卷五：离情笃挚。起结固非友朋可概用中所述东南数千里江山名胜，并见游子所经，无非我心相逐也。蝉联而下，不涉铺叙，良难至于音韵犹在齐梁间也。

送王翁信还剡中旧居[1]

海岸耕残雪,溪沙钓夕阳[2]。
客中何所有,春草渐看长[3]。

【出处】

《全唐诗》卷二五〇。

【注释】

〔1〕诗题,《校编全唐诗》:"《万首唐人绝句》作《送人还剡中旧居》。"王翁信:事迹不详。剡中旧居:明万历《绍兴府志·卷十·古迹志二·居》:"嵊王翁信旧居。唐皇甫冉《送王翁信还剡中旧居》(诗略)。"《剡录·卷四·古奇迹》载:"王公别业:王公,当是前诗王翁信也。"

〔2〕"海岸"二句:意为残雪中耕作,夕阳里垂钓。

〔3〕客:一作"家"。唐·戴叔伦《送王翁信及第归江东旧隐》诗:"南行无俗侣,秋雁与寒云。野趣自多惬,名香日总闻。吴山中路断,浙水半江分。此地登临惯,含情一送君。"

【存异】

1. 诗题:清康熙《嵊县志·卷三·景迹志》作"送还旧居";清道光《嵊县志·卷十四·艺文·古迹》作"送王信翁还旧居"。

2. 诗句:"客中何所有"中的"客",清康熙《嵊县志·卷三·景迹志》、清乾隆《嵊县志·卷十五·艺文地理》、清道光《嵊县志·卷十四·艺文·古迹》、清同治《嵊县志》卷二十四《文翰志·诗》作"家"。

【汇评】

清·吴烶《唐诗直解》:耕钓,田家之事。耕残雪,杖藜步雪也。钓夕阳,晚尚持钓也。借二事以见其趣。海岸、溪边,正写旧居尽堪行乐处。末二句正见"春草年年绿,王孙归不归",句浅而寓意良深为妙。

清·黄生《唐诗摘抄》:彼此相形,归山之乐自见。

周本淳《唐人绝句类选》:全诗写贫士家风而语不寒伧,想其人胸怀亦高士之流。

和袁郎中破贼后经剡中山水[1]

武库分帷幄，儒衣事鼓鼙[2]。
兵连越徼外，寇尽海门西[3]。
节比全疏勒，功当雪会稽[4]。
旌旗回剡岭，士马濯耶溪[5]。
受律梅初发，班师草未齐[6]。
行看佩金印，岂得访丹梯[7]。

【出处】

《全唐诗》卷二五〇。

【注释】

〔1〕此诗作于宝应二年（763）四月，袁傪破袁晁之众于浙东时。见《旧唐书·代宗纪》。袁晁被擒处在今浙江新昌与天台两县交界的关岭村。唐政府军为讨伐袁晁农民起义军，垒石筑寨，名叫"石垒寨"。《嘉定赤城志·卷三十九·遗迹》载："石垒寨，在天台县北五十里关岭山。垒石为之，侧有李相公庙，盖唐广德元年王师讨袁晁处。今遗迹尚存，父老皆能言之。"关岭，处于新昌、天台两县的边界。而今，一座书有"虎狼关"的路坊耸立在岭上。

〔2〕武库：晋人杜预任度支尚书，时人称为杜武库，谓其无所不有；晋·裴頠弘雅有远识，博学稽古，被人称作武库。见《晋书·杜预传》《裴頠传》。后因用称赞人博学多才。这里以杜预比拟袁郎中。分帷幄：分兵。指李光弼分兵浙东讨袁晁事。时李光弼为河南副元帅，袁为其行军司马。帷幄，军中的帐幕。代称韬略谋划之所。儒衣：指儒生，读书人。此指袁傪登天宝十二载（753）进士第。鼓鼙：军鼓。代指军战。

〔3〕越徼：指浙江绍兴境外。徼，境域之处。"兵连"二句意为，唐军与袁晁军战于台州、越州一带，故云"兵连越徼外"。最终唐军将敌歼灭于剡中海门之西，故云"寇尽海门西"。此联述战事规模及战斗经过。以下说胜利后班师后台州。海门，在剡中南岩山，即今新昌南岩山。明万历《新昌县志·卷三·山川志》载："南岩山在五六都，县西十五里。世传大禹治水，东注积沙成岩，是为海门。"详见本书附录1"袁晁起义"和"南岩"条。

〔4〕节：旌节，使臣用以示信之物。全疏勒：《后汉书·耿恭传》载，耿恭为戊己校尉，领兵据疏勒城。在匈奴重兵围困下，耿恭坚守孤城，不受诱降，凿山为井，煮弩为粮，杀敌数百，全节而还。后因以"全疏勒"喻指忠勇守节，战功卓著。这里暗以耿恭比拟袁郎中的战功。疏勒：西域古城。雪会稽：春秋时吴王攻灭越国，越王勾践困守会稽，勾践时刻告诫自己勿"忘会稽之耻"，后二十年，越终灭吴，以报会稽之耻。见《史记·越王勾践世家》。后因以"雪会稽"指平定国内叛乱或击退外族侵略。这里以"雪会稽"之耻比拟袁郎中镇压农民起义之功。

〔5〕剡岭：剡中之山岭。此处指新昌关岭、冷水坑岭和会墅岭一带。濯：洗。一作"跃"。耶溪：指若耶溪。耶：一作"灵"。

〔6〕受律：接受命令。班师：胜利回师。草未齐：袁傪于宝应二年（763）四月破袁晁于浙东，故云"草未齐"。

〔7〕金印：指金印紫绶之略称，印，官印，绶是系于印柄上的丝带。象征做高官。金，一作"侯"。访丹梯：谓寻仙之道。丹梯，红色台阶。喻寻仙之路。

【存异】

诗题：（1）《剡录·卷六·诗》、清道光《嵊县志·卷十三·艺文·山川》、清同治《嵊县志·卷二十四·文翰志·诗》作"和袁郎中破贼后过剡中山水"。

（2）《剡录·卷十·草木禽鱼诂下·果·梅》作"寄袁郎中经剡诗"。

【赏析】

此诗直接涉及袁晁起义这一对唐代历史产生重大影响的事件，具有独立存在的价值。诗人通过细微深婉的心灵展现来审视社会现实，在一定程度上反映了安史之乱后田园荒芜、民生凋敝等状况，为后人留下一幅幅社会生活的画面。

【汇评】

清·乔亿、雷恩海笺注《大历诗略笺释辑评》卷五：起亦与李同法，五、六美袁，"受律"一联，谓凯旋之速也，意度闲逸最佳。

皎然（十一首）

皎然（720—796？）：俗姓谢，字清昼，晚年以字行，又称昼公，湖州长城（今浙江湖州长兴）人，郡望陈郡阳夏（今河南太康）。自称为南朝宋谢灵运十世孙，实为东晋太傅谢安的十三世孙。主要活动于大历、贞元时（766—205）。在剡有山居（《山居示灵澈上人》）、湖州有东溪草堂。与颜真卿、灵澈、陆羽、韦应物、李阳冰、顾况等相互唱和，时号"江东名僧"。与诗僧齐己、贯休并称为"唐三高僧"。天宝九载（750）前在杭州灵隐寺受戒出家，至德（756—758）后定居湖州杼山妙喜寺。皎然性放逸，为诗不缚于常律，多送别赠答、山水游赏之作，语言简淡，格调闲放，对元和诗风有一定影响。著有《昼上人集》《杼山集》《诗式》《诗议》。《全唐诗》存诗七卷。

据竺岳兵著《唐诗之路唐代诗人行迹考》：关于皎然在浙东的足迹，主要是在越州的镜湖、法华寺、云门寺、若耶溪，剡中的剡溪、嵊顶谢公山、沃洲、桃源观、水帘洞和天台的石桥、佛陇、华顶、国清寺等地。其曾久居剡中，情系沃洲，以至离剡后常对沃洲魂牵梦萦。皎然在越中期间，还可能有过诗歌会。寓居剡中时，与陆羽、李季兰品茗和诗，因品饮剡溪茗首倡"茶道"。

皎然一生定居吴兴（今浙江湖州），却对剡溪亲如故乡，感情深笃，是唐朝游剡次数最多、吟咏最频的一位诗人。尤其独钟剡茗，不仅爱如琼浆，推介更是不遗余力。他热衷于茶道文化，由他开启并主导的"传花饮茗"，引入文士雅集的诗歌联唱，堪与王羲之兰亭流觞媲美，在茶道文化史上留下了光辉的一页。皎然祖籍剡县，是"茶圣"陆羽的笃友。他追慕先祖谢灵运，在剡买山幽居（《山居示灵澈上人》）。据考，建中四年（783）春，秦系到湖州访皎然，两人同住同游，和众多友人频相酬唱。至秋季，两人应李萼招赴衢州，与诸友同游烂柯山。至初冬，皎然随秦系归剡，其时，作《题秦系山人丽句亭》诗。

吴兴至剡有官道，车马行舟，半旬路程，皎然常来常往，不可一一数计。"剡路逢禅侣，多应问我曹"（《送禀上人游越》）。皎然对剡溪山水轻舟熟路，自以为可当导游，加之他个性浪漫，常向友人推介，促使更多的人前来剡溪游憩。从他的诗歌中，能看到他在剡中的游踪，如"觉来还在剡东峰"（《述梦》）、"春期越草秀，晴忆剡云浓"（《送丘秀才游越》）、"山居不买剡中山"（《题湖上草堂》）、"经行剡山月"（《送至洪沙弥游越》）、"依稀似剡中"（《若邪春兴》）等等，还有《哭觉上人》诗自注曰："时绊剡中"等在剡之作。诗中行迹，以剡北谢灵运故居和剡南沃州佛教圣地最多。皎然对促进剡溪文化交流，繁荣剡溪唐诗之路作出重要贡献。

除作有本书注析的十一首"剡"字诗外，尚有多首吟支公、秦系和沃洲的诗，说明皎然多次想隐沃洲。如《答裴济从事》："何异王内史，来招道林师。"《题秦系山人丽句亭》："独将诗教领诸生，但看青山不爱名。满院竹声堪愈疾，乱床花片足忘情。"《送杨校书还济源》："禅子还无事，辞君买沃洲。"《赋得竹如意送详师赴讲（青字）》："谁期沃州讲，持此别东亭。"而《支公诗》："支公养马复养鹤，率性无机多脱略。天生支公与凡异，凡情不到支公地。"则是对当时诗友雅集沃洲，进行集体创作活动的描述。

春日会韩武康章后亭联句[1]

后园堪寄赏，日日对春风。
客位繁荫下，公墙细柳中。

皎然

坐看青嶂远，心与白云同。

韩章

林暗花烟入，池深远水通。

杨秦卿

井桃新长蕊，栏药未成丛。

仲文

松竹宜禅客，山泉入谢公[2]。

皎然

砌香翻芍药，檐静倚梧桐。

韩章

外虑宜帘卷，忘情与道空。

杨秦卿

楚僧招惠远，蜀客挹扬雄[3]。

仲文

便寄柴桑隐，何劳访剡东[4]。

皎然

【出处】

《全唐诗》卷七九四。

【注释】

〔1〕据贾晋华著《皎然年谱》：此诗作于"大历六年（771），52岁，是年，皎然频往武康，与韩章、顾况、杨秦卿等联唱"。武康，湖州属县。韩章，京兆长安（今陕西西安）人。韩休孙。大历年间任湖州武康令，与皎然、顾况等联唱。历任司勋郎中、兵部侍郎、工部尚书，以太子少保致仕。《全唐诗》存其所预联句3首。杨秦卿，大历五年（770）至七年在湖州武康，曾与皎然、韩章等人联唱。余事不详。《全唐诗》存其所预联句诗1首。仲文，因失姓，无考。

〔2〕入：化入。谢公：谢灵运。善山水诗。此谓山水宜入诗。

〔3〕惠远：指慧远。东晋名僧。俗姓贾，初师事道安，太元九年（384）入庐山，居东林寺。在山三十余年，净土宗推为初祖。此喻皎然。挹：通"揖"。扬雄：字子云，西汉蜀郡成都人。著名辞赋家。此同姓相切，喻杨秦卿。

〔4〕柴桑：东晋陶渊明故里为栗里原，或称柴桑里，陶渊明弃官后隐居于此。剡东：剡溪，用王子猷雪夜访戴安道事。此指谢灵运始宁墅所在地。

【赏析】

金向银先生指出："皎然，长城人（今湖州长兴），东晋太傅谢安的十三世孙，至南朝陈，其七始祖谢夷吾为长城令，遂定居县西谢墅。他一生以诗为性之所适，最崇拜谢氏家族中山水诗鼻祖谢灵运，虽然灵运是谢安大哥谢奕的曾孙，但一直以谢灵运十世孙称，就在他请湖州刺史于頔撰的《昼上人文集序》中，也称'康乐十世孙'（灵运袭封康乐县公、县侯，世称谢康乐）。和友人诗歌联唱时，友人唱'宗系传〔校〕原作谢康乐'，他对'继祖忝声同'（《冬日建安寺西院喜昼公自吴兴至联句一首》），友人唱'松竹宜禅客，山泉入谢公'，他和以'便寄柴桑隐，何劳访剡东'。（《春日会韩武康章后亭联句》。诗中，柴桑，陶渊明居。剡东，谢灵运居。）按宗族习惯，皎然称自己为'谢灵运十世孙'并不为过，史家也不去计较是嫡孙还是族孙。"[①]

从联句可知，成员推崇的是诗意化的隐士幽人生活和闲适心情，文人茶友们仰慕的是纵情山水的谢灵运，神往的是兰亭会。他们陶醉于悠闲自适的闲居生活，表现的是平和、萧散的心境和超然高蹈的共同生活情趣。

送许丞还洛阳[1]

剡茗情来亦好斟，空门一别肯沾襟[2]。
悲风不动罢瑶轸，忘却洛阳归客心[3]。

【出处】

《全唐诗》卷八一五。

【注释】

〔1〕许丞：皎然友人。洛阳：我国古都之一，在今河南省西部。唐时以此为陪都。

〔2〕剡茗：指剡县产的茶。因剡溪流贯县境，故所产茶叶称"剡

---

① 金向银《皎然与剡茗》，《中国茶叶》，2014年，第8期，第37页。

溪茶",品质优异,被唐代诗人誉为"芳液甘华"。唐时剡县产茶以日铸茶、平水茶相称。据传,唐时"越人"送的"剡溪茗"是茶饼,还不是珠茶。"空门"句:《莲社高贤传·慧持法师》:"隆安三年,辞兄入蜀。远留之曰:'人生爱聚,汝独乐离。'师曰:'滞情爱聚者,本不欲出家。今既割欲求道,止以西方为期耳'。即怅然而别。"沾襟,浸湿衣襟。多指伤心落泪。

〔3〕罢瑶轸:谓停止奏乐。瑶轸:玉制的琴轸。借指华美的琴。轸,琴瑟等乐器上调弦的木轴。归客:旅居外地返回家的人。

【赏析】

剡县剡山是越州重要的茶产地之一。从本诗可见在唐时,剡茶已很有名。《剡录·卷十·草木禽鱼诂下》载:"剡茶声,唐已著。"皎然情钟剡茗,常作为礼品赠送友人,赞美自然不遗余力。"剡茗情来亦好斟,空门一别肯沾襟",描写僧人生活的清高:他们远离红尘闹市,寄身于山林之中,云游四方,与山光水色、清风白云相伴,所以也不用寻常俗物招待客人,只要一怀"剡茗"足矣!

题湖上草堂〔1〕

山居不买剡中山,湖上千峰处处闲〔2〕。
芳草白云留我住,世人何事得相关〔3〕。

【出处】

《全唐诗》卷八一五。

【注释】

〔1〕湖上草堂:明万历《绍兴府志》载:"在镜湖上。"

〔2〕买剡中山:指买岬山。岬山在剡县(今新昌沃洲山)。详参附录1"买山而隐"条。

〔3〕白云:指隐居之地。

【存异】

诗句:"山居不买剡中山",清道光《嵊县志·卷十四·艺文·古迹》作"山居不厌剡中山";清同治《嵊县志·卷二十四·文翰志·诗》作"幽居不厌剡中山"。

【赏析】

此诗是描写镜湖（今鉴湖）上的湖上草堂，运用了与剡地相关的"买山而隐"的典故。皎然的不少诗作充满了佛教出世思想，本诗就表现了山居安闲宁静超尘脱俗的境界。白云满山满湖，碧水青山，尤其湖上千峰倒映，给人一种悠然忘归的感觉。常居山修禅的皎然在山中寻得禅机，自娱禅趣。"山居不买剡中山，湖上千峰处处闲"表现了幽静清雅的圣境，只要悟性深，不论何处，都会对周围的山、水、湖、月等外境自然融为一体，回归到人生时的"本来面目"，山即是僧，僧即是山，山即是心，心即是山中万物，达到山水自然之景与神者空诸色相而悟得自性佛性的融合统一。皎然的诗将禅理和诗趣结合起来，诗的水平就与众不同，诗味更浓了一些。用自然流畅的语句，写超然脱俗的心情，读来诗味盎然。

送李丞使宣州[1]

结驷何翩翩，落叶暗寒渚[2]。
梦里春谷泉，愁中洞庭雨[3]。
聊持剡山茗，以代宜城醑[4]。

【出处】

《全唐诗》卷八一八。

【注释】

〔1〕宣州：州治在今安徽宣城，唐时为宣歙观察使治所。

〔2〕结驷：四马并驾的车。寒渚：寒天水中的小块陆地。

〔3〕春谷：汉县名，故城在唐宣州南陵县西一百五十里。见《元和郡县图志》卷二八。洞庭：指太湖中洞庭山。

〔4〕剡山茗：指唐之越州剡县出产的茶。宜城：襄州属县名，今属湖北。醑：美酒。宜城产美酒。张华《轻薄篇》："苍梧竹叶清，宜城九酝醳。"宜，《校编全唐诗》："丛刊本作宣，是。"在唐代，宣城酒亦当列入名酒之列。

【赏析】

皎然多次想隐居剡中，在《哭觉上人》诗题下自注曰："时绊剡中。"说明他一度居留剡中。在此期间，他用剡茶载道，推广道；用剡

道赋剡茶。另外，皎然著有《茶诀》，开启了大唐茶道——中国茶道。"一首诗三碗茶"——《饮茶歌》成就了剡溪茶道的源头。

送至洪沙弥游越[1]

知尔学无生，不应伤此别[2]。
相逢宿我寺，独往游灵越[3]。
早晚花会中，经行剡山月[4]。

【出处】

《全唐诗》卷八一八。

【注释】

〔1〕洪沙弥：皎然友人。沙弥，佛教称出家男子初受十戒者。

〔2〕无生：指佛学，即无生之学。

〔3〕灵越：指浙东一带。孙绰《游天台山赋》："荫牛宿以曜峰，托灵越以正基。"

〔4〕花会：指"传花饮茗"，皎然倡导并举行的一种集体活动形式。经行：于一定之地旋绕往来。剡山：泛指剡县诸山。

【赏析】

皎然不仅开启了禅宗茶道，还在与友人诗歌联唱时创造了一种传花饮茗的活动形式，当时在湖州文人集会时非常盛行。他还想把传花饮茗传到剡溪，《送至洪沙弥游越》诗记述了这一情景。所谓"花会"，就是文人们聚集在一起，一边饮茶，一边诗歌联唱，有人弹琴助兴，有人煮茗传壶，是一种类似于曲水流觞的聚会形式。聚会时吟诗，一般预出题目，吟唱的方式有两种：一种是一人作一首诗；一种是一首诗一人作一句，依次轮流作完称为联唱。方法是花瓷茶壶传到谁的座位上，就轮到他饮茗作句，作毕当众吟唱，众人拍手欢呼助兴，然后传给下一位，如此通宵达旦，名曰传花饮茗，或曰泛花、花会。皎然是传花饮茗的主导者和核心人物，尤其是颜真卿为湖州刺史后，于大历八年（773）夏六月，邀集三十多位名士修撰《韵海镜源（校）原作语》，形成了一个五十多人参加的诗歌联唱集团，或三五人，或一二十人，联唱不绝。查《全唐诗》，这个联唱集团今存联句诗52首，有参加数首的，有参加一二十首的，唯皎然参加了50首，只有两首没有其名，可说每会必到，堪称联唱集团的魁首。在湖州联唱集团中，论年龄，以他为长，论诗歌，以他为师，论文坛，以他为尊，他是无可与之比肩的领袖。[1]

玄觉从六祖得无生之意故大行此道于东南。皎然也特别重视此说，如云"知尔学无生，不应伤此别"。皎然作为诗僧，一生总在禅与诗之间徘徊。后经人劝说，深入林峰，"早晚花会中，经行剡山月"专修禅道，以禅诗自娱。最终，皎然内外兼精，诸家皆备，不负一代伟才之论。

送丘秀才游越[1]

山情与诗思，烂漫欲何从[2]。
夜舸谁相逐，空江月自逢[3]。
春期越草秀，晴忆剡云浓[4]。
便拟将轻锡，携居入乱峰[5]。

【出处】

《全唐诗》卷八一九。

【注释】

〔1〕丘秀才：皎然友人。趁剡溪两岸采摘新茶的好时节，皎然送友人游剡，欣赏剡溪春天的景色。

〔2〕山情：为山中景物所引起的情趣。诗思：作诗的思路、情致。烂漫：光彩焕发的样子。

〔3〕舸：大船。《扬子·方言》第九："南楚江湘，凡船大者谓之舸。"亦指轻舟、小船。此处指船。

〔4〕越草秀：剡人把采摘下来的茶叶叫青草，"越草秀"指采茶时节。剡云：剡县之云。借指剡溪春天的景色。

〔5〕将：持。锡：锡杖。乱峰：《广博物志》卷五："剡中多名山。"此处戏称"乱峰"。

【赏析】

剡溪邻近浙江东南沿海，每当春天来临，海洋性季风频频浸入剡山，晴天的清晨，大雾弥漫，山岚奔腾，待到傍午，雾散放晴，青山

---

[1] 据金向银《皎然与剡茗》：《中国茶叶》，2014年，第8期，第40页。

碧绿如洗，草木青翠欲滴，遍地山花烂漫，使人"山情"和"诗思"勃发，便将"轻锡"剡中，"携居"群山。这就是皎然对"春期越草秀，晴忆剡云浓"的期盼。

皎然是释子，又是诗人，援佛理入诗学本不足奇。事实上，佛理与诗学在某些问题上自有相通之处。比如，在佛家禅宗义理中，外在客观存在的物境未必是真实的，而因心所造之境也未必就是虚妄的。从某种意义上说，后者更具有真实性。"山情与诗思，烂漫欲何从"。皎然在诗思诗情产生问题上的看法，基本上与传统的物感心动说相接近。区别只在于：他所说的引发诗心的"物"，大多是指超于世俗的清净之境。这是由他的释子身份所决定的。

"夜舸谁相逐，空江月自逢"。据诗句可知唐代越地舟船是最主要的交通工具，具有史料价值。

送禀上人游越[1]

云泉谁不赏，独见尔情高[2]。
投石轻龙窟，临流笑鹭涛[3]。
折荷为片席，洒水净方袍[4]。
剡路逢禅侣，多应问我曹[5]。

【出处】

《全唐诗》卷八一九。

【注释】

〔1〕禀上人：作者友人。

〔2〕云泉：白云清泉。借指胜景。唐·白居易《偶吟》诗之一："犹残少许云泉兴，一岁龙门数度游。"此二句意为，白云清泉这种胜景，谁不会欣赏呢，独独就看到你的兴致特别高。

〔3〕龙窟：龙居住的洞穴称龙窟，多在深渊中。鹭涛：枚乘《七发》："衍溢漂疾，波涌而涛起，其始起也，洪淋淋焉，若白鹭之下翔。"后因以"鹭涛"指波涛。此二句意为，扔块石头去戏着试探龙宫的深浅，到了河流边，看到波涛就能开心地笑。

〔4〕片席：一张座席。言其狭小。方袍：僧人所穿之袈裟。因平摊为方形，故称方袍。此二句是说，折片荷叶，就能当作坐的小席子，会往

僧衣上泼水来洗干净尘埃（从中可以看到上人的一片质朴的赤子之心）。

〔5〕刹路：刹中的路。禅侣：僧侣。多应：大概，多半是。我曹：我辈。此二句意为，剡县的路上遇到其他僧侣，多半都会问起我们（关于你的事）。

【存异】

1. 诗题：清道光《嵊县志·卷十三·艺文·山川》、民国《嵊县志·卷二十八·艺文志·诗》作"送僧之剡溪"。

2. 诗句：（1）"投石轻龙窟"中的"石"，清康熙《嵊县志·卷二·山川志》、清乾隆《嵊县志·卷十五·艺文地理》、清道光《嵊县志·卷十三·艺文·山川》、清同治《嵊县志·卷二十四·文翰志·诗》、民国《嵊县志》卷二十八《艺文志·诗》作"宿"。

（2）"临流笑鹭涛"中的"流"，清康熙《嵊县志·卷二·山川志》作"浲"。浲，大水。

（3）"折荷为片席"中的"折"，清康熙《嵊县志·卷二·山川志》作"秋"。

（4）"洒水净方袍"中的"净"，清康熙《嵊县志·卷二·山川志》、清乾隆《嵊县志》卷十五《艺文地理》作"静"。

（5）"刹路逢禅侣"中的"禅"，清康熙《嵊县志·卷二·山川志》作"僧"。

（6）"多应问我曹"中的"问"，民国《嵊县志·卷二十八·艺文志·诗》作"向"。

【赏析】

此诗引申出剡溪山水灵秀，滋养出人文之灵气十足，质朴本真的天趣于斯可见一斑。童心天趣是艺术灵魂最重要的养分，所以剡溪自古多出诗人、书画家，历史上艺术领域有独到天分的大家纷至沓来，到此隐居，可见不是没有原因的。

禅僧皎然对荷叶拥有深刻的情感。"折荷为片席，洒水净方袍。刹路逢禅侣，多应问我曹"描绘出折荷为席，随遇而安的空灵心境。

哭觉上人 时绊剡中

忆君南适越，不作买山期[1]。

昨得耶溪信，翻为逝水悲[2]。
神交如可见，生尽杳难思[3]。
白日东林下，空怀步影时[4]。

【出处】

《全唐诗》卷八二〇。

【注释】

〔1〕买山：指"买山而隐"的典故。

〔2〕耶溪：指若耶溪。逝水：一去不返的流水。这里以"逝水"比喻觉上人亡故。

〔3〕神交：谓心意投合。

〔4〕东林：庐山寺名，此泛指僧寺。东，《校编全唐诗》："《文苑英华》作朱，误。"

【赏析】

《哭觉上人》诗题下自注："时绊剡中"，说明皎然久居剡中。

述梦

梦中归见西陵雪，渺渺茫茫行路绝。[1]
觉来还在剡东峰，乡心缭绕愁夜钟。[2]
寺北禅冈犹记得，梦归长见山重重。[3]

【出处】

《全唐诗》卷八二〇。

【注释】

〔1〕西陵：在今浙江萧山西，有西陵湖、西陵城、西陵渡。见《大明一统志》卷四五。渺渺茫茫：模糊；不清楚。

〔2〕剡东峰：指今浙江嵊州市北15公里的车骑山（谢灵运祖谢玄，卒谥车骑将军，因居此而命名），始宁墅的所在地，属嵊山之北峰，在剡溪东，古始宁县治（今嵊州市三界镇）南5公里，谢灵运《山居赋》近界自注"县南入九里"即是。乡心：心怀故乡之情。皎然作为谢灵运的十世孙，虽然已隔十代，依旧把它当作故乡，其情可嘉。

〔3〕寺北禅冈：实为冈北禅寺，因平仄而易，实指龙宫寺，在车骑山北，去嵊浦一里，唐·李绅《龙宫寺碑》曰："在剡之界灵芝乡嵊

亭里。"因嵊山下有亭而得名。今始宁墅虽遗迹无存，但尚有谢灵运《山居赋》、郦道元《水经注》可考，陶弘景、李白、张籍、白居易、方干等诗文皆有明论，尤皎然诗中的"嵊顶谢公山"更为确指。一说寺指宝积寺。时车骑山有宝积寺，常居此。民国《嵊县志·卷八·祠祀志·寺院》载："宝积寺，去县三十里游谢乡十八都。后唐长兴四年（933）建，号兴德院。"山重重：山峦重叠。形容山重水复疑无路。

【赏析】

唐人好漫游，而僧侣亦常云游各地。但有的僧人会将某山某寺流连于心，难以忘怀。皎然此诗说明他对越中以及越中之行有着深刻的记忆，以至魂牵梦萦。

皎然与剡地灵澈上人有深交。爱剡、恋剡心情，诗中常有表露。如"觉来还在剡东峰，乡心缭绕愁夜钟"（《述梦》），即是寄托了无限深情。

若邪春兴

春生若邪水，雨后漫流通[1]。
芳草行无尽，清源去不穷[2]。
野烟迷极浦，斜日起微风[3]。
数处乘流望，依稀似剡中[4]。

【出处】

《全唐诗》卷八二〇。

【注释】

〔1〕若邪：指若耶，若耶溪。邪：一作"溪"。漫流通：言雨后春水上涨，溪涧处处可通。

〔2〕清：一作"春"。

〔3〕极浦：远处渡口。

〔4〕剡中：剡溪流经的地方。此处指剡县。

【赏析】

山水诗是唐代诗歌创作的主流之一，诗人们拥抱大自然，热情歌颂大好河山，并通过自己的丰富修养使之呈出多种特点：雄浑激越、自然清新、衰飒冷寂。本诗属于最后一种。雨后春水漫流，应是令人欣喜的，但诗中呈现的却是一种冷寂的色调。这是因为皎然把自己的身世遭

际融入了景物描写之中，对客观山水产生了移情作用。皎然多与官宦名士僧侣酬唱。诗中山水，清淡幽静，契了悟之机，多隐逸之趣。他的诗歌大致如此。他在《诗式·齐梁诗》中病大历诗人"窃占青山白云，春风芳草，以为己有"。而他自己也未能免俗。本诗即属此列。

邹志方先生云："皎然是在剡中生活过一段时间的，而且先到剡中，然后到会稽、山阴。他的《哭觉上人》诗自注道：'时绊剡中。'他的《山居示灵澈上人》诗，说明剡中还有山居。他与秦系有不少唱酬之作，说明在剡中时间不可能很短。因此，对剡中感情颇深。离越后，尚时有提及。《送至洪沙弥游越》曰：'早晚花会中，经行剡山月。'《送丘秀才游越》曰：'春期越草秀，晴忆剡云浓。'《送禀上人游越》曰：'剡路逢禅侣，多应问我曹。'鉴于这样的认识，诗人饱览若耶春景后，提出'数处乘流望，依稀似剡中'，便可以理解了。因此诗人这样写，也正表现了对若耶溪感情的深厚。他的'春兴'，是在雨后。流是漫流，源是清源，沿溪芳草缭绕，远浦烟雾弥漫，斜阳普照，微风吹拂，一派明媚春光。若耶溪和剡溪，为越中两大名溪，东晋六朝以来，寻访者络绎不绝。"①

饮茶歌诮崔石使君[1]

越人遗我剡溪茗，采得金牙爨金鼎[2]。
素瓷雪色缥沫香，何似诸仙琼蕊浆[3]。
一饮涤昏寐，情来朗爽满天地[4]。
再饮清我神，忽如飞雨洒轻尘[5]。
三饮便得道，何须苦心破烦恼。
此物清高世莫知，世人饮酒多自欺[6]。
愁看毕卓瓮间夜，笑向陶潜篱下时[7]。
崔侯啜之意不已，狂歌一曲惊人耳[8]。
孰知茶道全尔真，唯有丹丘得如此[9]。

【出处】

《全唐诗》卷八二一。

---

① 邹志方著《浙东唐诗之路》，杭州：浙江古籍出版社，2019年版，第210页。

【注释】

〔1〕此诗作于宝应二年（763），皎然送郑容回浙东时。饮茶歌：指"茶道"，这一名词，据专家考证，为皎然最早提出。皎然另有《茶诀》一书，已佚，疑为禅宗茶道的创始人。崔石：生卒年里籍不详。据郁贤皓《唐刺史考》："崔石可能在贞元年间（785—804）任江南东道湖州刺史。"使君：州郡刺史。

〔2〕越人：越州人，今浙江绍兴人。遗（wèi）：赠予，送给。剡溪茗：剡县产的茶。金牙：新茶之嫩芽。指好茶。爨（cuàn）：原指烧火做饭，此指煮茶。金鼎：煮茶用具的美称。鼎，烹煮用的器物，三足两耳。此二句意为，收到"剡溪茶"，马上用"金鼎"来煮这些茶芽。

〔3〕素瓷：指白色的茶具。缥沫：淡青色的茶水。缥，青白色，淡清。何似：多么像。琼蕊浆：比喻茶水，极言其美。战国楚国·屈原《楚辞·招魂》："华酌既陈，有琼浆些。"

〔4〕涤：洗。指冲走。昏寐：昏睡。寐，睡。来：一作"思"。朗爽：开朗，爽快。一作"爽朗"。

〔5〕忽如：忽然像。

〔6〕多：一作"徒"。

〔7〕毕卓瓮间夜：《晋书·卷四十九·毕卓传》载：晋吏部郎毕卓，嗜酒，常饮酒废职。曾夜入邻舍瓮间偷酒被缚。被释后又与主人宴饮于瓮侧，致醉而去。陶潜：即陶渊明，晋代人，性亦嗜酒。

〔8〕崔侯：指崔石。啜：饮。已：停止。

〔9〕孰知：哪个知道。茶道：这里指饮茶的清心、全性、守真功能。本诗中有"茶道"两字，是中国历史上最早见到的。全真：保持自然本性。"唯有"句原注："丹丘：《天台记》云：'丹丘出大茗，服之羽化。'"丹丘，传说中神仙所居住的地方。此指丹丘子，仙人。《楚辞·远游》："仍羽人于丹丘兮，留不死之旧乡。"王逸注："丹丘：昼夜常明也。"原来是天台山茶，这首诗的首联就是从这个注中引申出来的。剡县的东南部属天台山脉，剡溪上游的几条支流都发源于天台山脉，昙济之居沃洲孟塘山也是天台山的支脉，是剡中传统的产茶区，故从皎然对剡茗的特殊情感来看，郑容送给他的很可能是剡茗。据贾晋华《皎然年谱》（1992年厦门大学出版社），郑容浙东人，宝应元年（762），台州袁晁举兵，避难湖州，投奔皎然。皎然《郑容全成蛟形木

机歌》注曰:"广德中,郑生避贼吴兴毗山,于稠人之中遇予,独见称赏。"可见此诗作于宝应二年(763),送郑容回浙东时。《茶经》完稿于乾元二年(759)至上元二年(761)间,刚面世不久,皎然便喝到了美如"琼蕊浆"的剡茗,有了"楚人《茶经》虚得名"(《饮茶歌送郑容》,意思是"良工不示人以朴",不可急功近利,浪得虚名)的憾叹。

【赏析】

此诗盛赞剡溪茶清郁隽永的香气,甘露琼浆般的滋味,并生动地描绘了一饮、再饮、三饮的感受。对饮茶可以提神醒脑,去除俗虑,写得形象生动,令人神往。皎然毕竟还是个佛家,佛门思想对他影响尤为深刻,故而又很讲究心和性的修养,这一点在本诗中表现得更为充分。"越人遗我剡溪茗,采得金牙爨金鼎"诗中提到,茶是越地朋友送的剡溪金芽,器是罕见的金鼎。接着,皎然对如此饮茶发出自己的感悟,并在诗尾特别提出"茶道",指出茶道可以保全人们纯真的天性,认为只有仙人丹丘子那样的修行者,才能真正领悟到茶道的真谛。本诗以灵活的比喻写出茶对于世人的醒酲之效,实际上也间接地表达了作为一个文人的终身理想,尤其是诗人诉诸毕卓、陶潜的隐世传奇,更明显呈现其自清自许的心迹。

这首古体诗共9联,体会全诗的内容可以划分为3节。一、二联为第一节,记叙剡县(即今新昌县、嵊州市)那边有人送来"剡溪茶",质地如何高档,用素瓷茶碗装起来喝,可以说是色香味俱佳,可以跟仙界的琼浆玉液媲美。第三、四、五联为第二节,歌咏喝茶所带来的神奇效果,可以涤昏、清神、得道,说得犹如天花坠地,立除烦恼,确实使我们看到皎然对饮茶的热衷与爱好。最后四联我们把它们并作第三节来看。第六联称颂茶的清高,而且与饮酒做了对比。第七联用了毕卓与陶潜的事典,毕卓和陶潜都是东晋时人,都嗜酒,这一联是对嗜酒者的批评。第八、九联点题,是针对崔使君而说的,叙说崔石喝了茶汤之后,如何地得意,如何地开心,竟至狂歌一曲,涤人心耳,由此诗人得出结论:谁知茶道保全了你的真气(或即元气),这只有仙人丹丘子能够办到。

金向银先生指出:若"茶道"两字果真始于皎然此诗,那么,茶道的产生和剡茗就有了缘分,因为皎然是邀崔石等一起饮"剡溪茗"而狂唱这首茶歌的。在名茶中,陆羽《茶经》以顾渚山紫笋为上,那时"剡茗"还未被世人所识，陆羽还没有到剡溪考察茶事。当皎然和崔石饮了越人送来的剡茗后，欣喜狂歌一曲，誉为琼浆。皎然把剡茗比作"琼浆"，这倒使我想起了《茶经》中的一个故事。《茶经》"七之事"，介绍三皇五帝以来的茶人茶事，其中晋朝人物有"剡县陈务妻"，事引刘敬叔《异苑》。又引《宋录》一则曰："新安王子鸾、豫章王子尚，诣昙济道人于八公山。道人设茶茗，子尚味之曰：'此甘露也，何言茶茗。'"（甘露，茶的赞称）昙济虽为八公山僧，但此事发生在剡县，《宋录》把地点、时间都记错了，《茶经》将错就错。据查志史，昙济确出自安徽寿县八公山东山寺，那是在南朝宋永初年间（420—422），年十三岁，从僧导学《成实》。按僧制，七年具足戒，正式度牒入僧籍后，昙济便离开了八公山，来到了剡县东南的沃洲孟塘山。这时，谢灵运归隐始宁墅，南朝宋元嘉八年（431），他的《山居赋》完稿，其"远南"节曰："昙济道人住孟山，名曰孟埭，芋薯之畷田。清溪秀竹，回开巨石，有趣之极。"孟埭在今新昌县城西孟家塘乡（2001年12月属城关镇，现属南明街道——编者注），时属剡县沃洲，为佛家圣地，说明这时昙济已经居剡，谢灵运一定面晤过他，才写得这般翔实。而这时，子尚兄弟俩的父亲孝武帝刘骏才两岁，子尚要再过二十年才出生呢。子尚生于元嘉二十八年（451），其弟子鸾生于孝建三年（456）。昙济在孟塘山住了三十多年，作《六家七宗论》（编者注：《新昌文史·第7辑·新昌大佛寺》第26页《谢灵运开道天姥，释昙济畷田孟山》作"一住孟山六七年，作般若《七宗论》"），因其中五家六宗的高僧曾居剡县沃洲。他自当匠师，据传在沃洲建了五处寺院。南朝宋大明末，孝武帝请至京师，住中兴寺。南朝宋大明五年（460），豫章王刘子尚十岁，任会稽太守，历五年，至泰始元年（466）与弟子鸾被赐死，年仅十六岁。从中可知，子尚诣昙济，是在昙济住剡县孟塘山期间，喝的当是剡茗。这个问题虽是本文的题外话，但涉及剡茗的历史和对《茶经》的校正。况且，豫章王刘子尚赞誉剡茗为"甘露"，皎然赞誉剡茗为"琼浆"，这是剡茶历史上的最高荣誉，也是剡茶"名于晋，盛于唐"的力证。①

---

① 金向银《皎然与剡茗》，《中国茶叶》，2014年，第8期，第39页。

钱起（二首）

钱起（722—780）：字仲文，吴兴（今浙江湖州）人。天宝十载（751）赐进士第一人，历任校书郎、蓝田县尉、司勋员外郎，官终考功郎中，人称"钱考功"。与王维交往甚密。其诗多为送别酬赠、流连光景、粉饰太平之作，与社会现实相距较远。然其诗具有较高的艺术水平，风格清空闲雅，流丽纤秀，格律严谨，对仗工整。尤长于写景，为"大历十才子"之冠。诗与郎士元齐名，时称"前有沈、宋，后有钱、郎"。与刘长卿，合称"钱刘"。另与李嘉祐、刘长卿、郎士元，合称"钱郎刘李"。著有《钱考功集》。《全唐诗》存诗四卷。

据竺岳兵著《唐诗之路唐代诗人行迹考》：钱起自开元二十六、二十七年（738、739）荆州之游以后，大约十余年的时间在浙东一带漫游，时年近40岁。诗人留下两首"剡"字诗。如《送褚大落第东归》诗："剡中风月久相忆，池上旧游应再得。"《山斋读书寄时校书杜叟》诗："忆戴差过剡，游仙惯入壶。"

送褚大落第东归[1]

离琴弹苦调，美人惨向隅[2]。
顷来荷策干明主，还复扁舟归五湖[3]。
汉家侧席明扬久，岂意遗贤在林薮[4]。
玉堂金马隔青云，墨客儒生皆白首[5]。
昨梦芳洲采白萍，归期且喜故园春[6]。
稚子只思陶令至，文君不厌马卿贫[7]。
剡中风月久相忆，池上旧游应再得[8]。

酒熟宁孤芳杜春，诗成不枉青山色[9]。
念此那能不羡归，长杨谏猎事皆违[10]。
他日东流一乘兴，知君为我扫荆扉[11]。

【出处】

《全唐诗》卷二三六。

【注释】

〔1〕据王定璋《钱起诗集校注》：此诗"当作为天宝晚期在长安秘阁校书时所作"。钱起在秘阁校书约在天宝十一、十二载（752、753）间。褚大：事迹不详。新昌县政协文史委编《新昌唐诗三百首》第88页诗后括注："太白山在剡西。"

〔2〕美人：指褚大。向隅：《说苑·贵德》："今有满堂饮酒者，有一人独索然向隅而泣，则一堂之人皆不乐矣。"

〔3〕扁舟：小舟。此指范蠡舟。《国语·越语》载：范蠡助越王勾践灭吴之后，"遂乘轻舟以浮于五湖，莫知其所终极"。《史记·货殖列传》作"乃乘扁舟，浮于江湖"。五湖：似指太湖。这里以归五湖喻指褚大落第后乘舟返家。

〔4〕侧席：不正坐，虚席以待。《后汉书·章帝纪》卷三："朕思迟直士，侧席异闻。"李贤注："侧席，谓不正坐，所以待贤良也。"后因以"汉家侧席"为帝王求贤的典故。明扬：选拔贤才。曹操《求贤令》："二三子其佐我明扬仄陋，唯才是举。"这里以章帝侧席事喻指君主重视求贤。遗贤：指弃置未用的贤才。林薮：山野间隐居的地方。

〔5〕玉堂金马：指翰林院，后用来指在朝为官。金马，指金马门，或称金门。扬雄《解嘲》有"历金门上玉堂"之语。这里用扬雄语，以"玉堂金马隔青云"喻指科举落第。

〔6〕"昨梦"句：柳恽《江南曲》："汀洲采白苹。"

〔7〕"稚子"句：以赋归去的陶渊明喻指落第归去的褚大。陶渊明《归去来兮辞》："僮仆欢迎，稚子候门。""文君"句：指西汉著名辞赋家司马相如在落魄时，曾在临邛卖酒，其妻卓文君当垆，相如亲自洗涤器具。见《史记·司马相如列传》。

〔8〕风月：清风明月。指眼前的闲适景色。剡中风月，指剡溪风光。

〔9〕酒熟：化用陶渊明《问来使》诗："归去来山中，山中酒应

熟"句意。孤：通"辜"，辜负。芳杜：指杜若，又名杜衡，一种香草。屈原《九歌·湘君》："采芳洲兮杜若。"

〔10〕长杨谏猎：用司马相如事。这里用"谏猎事违"自谓仕途失意。长杨，一作"上阳"。

〔11〕乘兴：用王子猷雪夜访戴事。荆扉：柴门。引申指简陋的居室。

【赏析】

本诗一方面谴责了圣代遗贤的现象，另一方面描绘了一幅美好的隐逸生活图景。"稚子只思陶令至，文君不厌马卿贫。剡中风月久相忆，池上旧游应再得。酒熟宁孤芳杜春，诗成不枉青山色。"阅读这些诗句，往往具有陶渊明田园诗般或者高士隐居的境界。这境界是那么静谧、美好，足以抚平在这个尘世所受到的任何创伤。

【汇评】

清·施端教《唐诗韵汇》：唐诗七律……钱仲文清新闲雅，风趣一变。

清·吴震方《说铃》：予谓中唐七言律诗……唯钱员外规模摩诘，差属秾丽。

山斋读书寄时校书杜叟〔1〕

日爱蘅茅下，闲观山海图〔2〕。
幽人自守朴，穷谷也名愚〔3〕。
倒岭和溪雨，新泉到户枢〔4〕。
丛兰齐稚子，蟠木老潜夫〔5〕。
忆戴差过剡，游仙惯入壶〔6〕。
濠梁时一访，庄叟亦吾徒〔7〕。

【出处】

《全唐诗》卷二三八。

【注释】

〔1〕据王定璋《钱起诗集校注》："杜叟即杜野人。此诗为钱起在蓝田尉任上所作。"傅璇琮《唐代诗人丛考·钱起考》："至德二载（757）十月，肃宗返京时钱起已在长安，则他受命为蓝田尉，很可能

是乾元元年（758）的事。"

〔2〕衡茅：衡门茅茨。茅茨，茅草盖的屋顶。亦指茅屋。相传尧舜为室，"堂高三尺，土阶三等，茅不剪，采椽不刮"。见《史记·太史公自序》。形容屋舍简陋。衡，原作"蘅"，按钱起诗《东皋早春寄郎四校书》"岁起归衡茅"，《赠汉阳隐者》"衡茅古林曲"，均作"衡茅"，据改。茅，一作"芳"。山海图：指《山海经》。陶渊明《读山海经十三首》诗之一："泛览周王传，流观山海图。"

〔3〕幽人：幽隐之人；隐士。指幽居之士。守朴：保持质朴的天性。谷名愚：指愚公谷，地名。位于山东省淄博市临淄区西。相传谷中老人因知狱讼不公，听任少年持去所买小马，旁邻以为愚，遂取谷名为愚公谷。这里以愚谷比拟自己的山斋。

〔4〕倒：倾斜。一作"隔"。户枢：门轴。亦谓门户。

〔5〕丛兰：丛生的兰草。比喻品德高尚的人。此处象征贤才。此句谓后代已长大成人。齐：一般高。稚子：幼儿；小孩子。蟠木：为屈曲之木，不成材。后常用来比喻人不成材。这里以蟠木比喻自己的老态。潜夫：潜藏不出的隐士。东汉王符秉性耿直，郁郁不得志，乃隐居著书《潜夫论》，评论时政得失。不欲显名，故曰潜夫。钱诗取意于此，以潜夫自喻为隐遁之士。

〔6〕忆戴：用雪夜访戴典，谓思念故人。这里用忆戴表现对友人的思念。因只限于思念而未过访，故云"差过剡"。入壶：相传费长房为市吏，有卖药老翁，悬壶于肆。市罢，辄跳入壶中。长房于楼上见之，知为仙人，因拜之为师，亦随其跳入壶中，乃见仙宫世界。见《后汉书·费长房传》。后因以"入壶"谓进入仙界。

〔7〕濠梁：咏逍遥闲适之游。《庄子·秋水》："庄子与惠子游于濠梁之上。庄子曰：'鲦鱼出游从容，是鱼之乐也。'惠子曰：'子非鱼，安知鱼之乐？'庄子曰：'子非我，安知我不知鱼之乐？'"这里用庄子观鱼典，表现自己山居生活别有乐趣。庄叟：庄子。

【存异】

1. 诗题：《剡录·卷六·诗》作"山斋读书寄校书"。

2. 诗句：（1）"倒岭和溪雨"中的"和"，《剡录·卷六·诗》作"知"。

（2）"丛兰齐稚子"中的"丛兰"，《剡录·卷六·诗》作"兰丛"。

（3）"忆戴差过剡"中的"差"，《剡录·卷六·诗》作"时"。

（4）"游仙惯入壶"中的"仙"，《剡录·卷六·诗》作"山"。

【汇评】

清·沈德潜《唐诗别裁》：仲文五言古仿佛右丞，而清秀弥甚。然右丞所以高出者，能冲和，能浑厚也。

秦系（一首）

秦系（725？—805？）：字公绪，号东海钓客，越州会稽（今浙江绍兴）人。居于若耶溪，少负诗名，但赴举不第，乃漫行吴越之间。从天宝十四载（755）避乱入剡至大历十四年（779）回耶溪旧居，秦系隐居剡中至少有24年。时与刘长卿、韦应物、袁高、钱起、耿湋、鲍防、顾况、苗发、戴叔伦、丘丹、朱放、皎然等诸名士诗人交游。大历五年（770）北都留守薛兼训爱其文，奏为右卫率府仓曹参军，系托疾固辞。后客居泉州南安，结庐九日山中，自号南安居士。穴石为研，注《老子》，弥年不出。后又东渡秣陵，卒。南安人思之，号其山为高士峰，建亭于上，名曰"丽句亭"。清乾隆《嵊县志·卷二·地理古迹》载："丽句亭，唐秦系居在剡中里。"《全唐诗》存诗一卷。

秦系作有多首及剡诗。除本书注析的《剡中有献》《晚秋拾遗朱放访山居》《山中赠张正则评事》三首外，尚有引"买山而隐"典入诗，如《宿云门上方》："松间倘许幽人住，不更将钱买沃洲。"《鲍防员外见寻因书情呈赠》："览镜已知身渐老，买山将作计偏长。"

剡中有献[1]

系家于剡山，向盈一纪[2]。大历五年（770），人或以文闻于邺守薛公[3]。无何，奏系右卫率府曹参军[4]。意所不欲，以疾辞免。因将命者[5]，辄献斯文。

  由来那敢议轻肥，散发行歌自采薇[6]。
  遁客未能忘野兴，辟书今遣脱荷衣[7]。
  家中匹妇空相笑，池上群鸥尽欲飞[8]。

更乞大贤容小隐,益看愚谷有光辉〔9〕。

【出处】

文渊阁《四库全书·会稽掇英总集》卷四。

【注释】

〔1〕浙江省地方志编纂委员会编著《宋元浙江方志集成》第14册第6386页收录有《剡中有献》诗。《全唐诗》卷二六题作《献薛仆射》。此诗作于大历五年（770）。薛仆射：指薛嵩，安史旧部，后反正，当时以检校尚书右仆射领湘卫洛邢等州节度使。保举秦系为右卫率府仓曹参军，秦系作本诗拒绝。

〔2〕向：将近。一纪：十二年为一纪。

〔3〕邺：邺郡，天宝元年（742）曾改相州（今河南安阳）为邺郡。守：留守。皇帝出巡时，以亲王或重臣镇守京师，称京城留守。其他行都、陪都亦常设或间设留守，多以地方长官兼任。

〔4〕右卫率府仓曹参军：官名。太子左右卫率府各设仓曹参军事一人，从八品下，掌簿书、公廨、财物、田园、食料等。见《唐六典》卷二八。

〔5〕因将命者：托付传达（薛嵩）命令的人。

〔6〕轻肥：《论语·雍也》："赤之适齐也，乘肥马，衣轻裘。"后遂以轻肥指轻车肥马，指官场生活。散发：发不束整，指解冠隐居。行歌：边走边唱，散野状。采薇：《史记·伯夷传》记载伯夷、叔齐反对武王伐纣。武王克殷，二人不食周粟，隐于首阳山，采薇而食，并作《采薇之歌》，及饥且死。后用以指隐居有节义。薇，羊齿类草本植物，嫩叶可食。

〔7〕逋客：指隐士，即晋人周颙。颙曾隐于北山，后应诏出为海盐县令。此典常用以指隐士或无官失意之人。此处为诗人自指。辟书：朝廷征召文书。遣：令，使。荷衣：《九歌·少司命》"荷衣兮蕙带"，后用来借指隐者之服，取荷出淤泥而不染之意，这里并非真是荷叶所制的衣服。

〔8〕匹妇：平民女子，此指妻子，暗用《列女传·陶答子妻》事，陶答子不安于贫，其妻用南山豹雾雨七日而不下食，以远害全身的寓言规劝他。鸥：鸥盟。以"鸥盟"谓与鸥鸟为友，比喻隐者生活。参见杜甫《巴西驿亭观江涨呈窦使君二首》（其一）诗注〔3〕。

〔9〕大贤：德高望重之贤者。愚谷：指愚公谷，地名，在山东淄博临淄西。后比喻隐居的地方。参见钱起《山斋读书寄时校书杜曳》诗注〔3〕。

【存异】

1. 诗序：清同治《嵊县志·卷二十四·文翰志·诗》的诗前小序为："系家于剡山，将盈一纪。大历五年，人以文闻于邺守薛公。无何，荐为右卫府曹参军。意不欲，以疾辞免。因将命者，辄献斯文。"与文渊阁《四库全书·会稽掇英总集》卷四相比，文字有异同，存此以便辨正。（见附书影）

2. 诗题：(1)《剡录·卷十·草木禽鱼诂下·禽·鸥》作"剡中诗"。

(2)清道光《嵊县志·卷十四·艺文·寓贤》、清同治《嵊县志·卷二十四·文翰志·诗》作"辞薛仆射"。

3. 诗句：(1)"逋客未能忘野兴"中的"野"，清道光《嵊县志·卷十四·艺文·寓贤》作"远"。

(2)"辟书今遣脱荷衣"中的"今"，清道光《嵊县志》卷十四《艺文·寓贤》作"翻"。

【赏析】

剡中是秦系的第二故乡。《剡录·卷三·先贤传》载："秦系，字公绪，越州会稽人，有诗名。天宝间，避地剡川，作丽句亭，郡守改其居，曰秦君里。"《剡录·卷四·古奇迹》又载："大历五年，邺守薛公仆射奏为右卫率府仓曹参军。系作诗辞之，自谓：'系家剡山，向盈一纪。'"《新唐书·隐逸传》："天宝末，避乱剡溪，北都留守薛兼训奏为右卫率府仓曹参军，不就。"诗中提到"采薇""逋客""荷衣"等词语，完全以一个隐者自居，末二句更明确表示敝屣尊荣，安于退隐的心态。

【汇评】

清·黄周星《唐诗快》卷十一：通首俱平平，只群鸥欲飞一句，匪夷所思，令人哑然欲笑。

清·金圣叹《贯华堂选批唐才子诗》：读之，一何闵闵然闵子汶上之音也！既是辟书为一时偶然之举，即逋客亦可作一时偶然之辞。看他绝和平，绝耿介，丰棱又不错，气质又不乖，真为天地间第一等人，

作此第一等诗也（首四句下）。看他高人下笔，不惜公然竟写出"光辉"二字，便知真正冰雪胸襟，了无下土尘滓。

　　清·赵臣瑗《山满楼笺注唐诗七言律》：玩次句七字，竟是自画一幅通客行乐图也，妙在首句，先将平日一片不忮不求心地和盘托出，见得我已忘世，世亦可以忘我矣。……浅人读之，必病其词之过卑，而不知闾闾气象正自洋溢于楮墨间也。

清同治《嵊县志·卷二十四·辞薛仆射》诗前小序书影

文渊阁《四库全书·会稽掇英总集》书影

顾况（二首）

顾况（727—815）：字逋翁，号华阳山人、悲翁，海盐横山（今浙江海宁）人。至德二载（757）进士。累官至著作佐郎、江西饶州司户参军。后隐居茅山，称"华阳真逸"。顾况懂音律，擅丹青，不修检操，尝自称狂生。长于歌诗，与刘长卿、韦应物、皎然等善。诗作着重内容，不以文词华丽求胜，对当时社会矛盾有所反映。在表现手法上，他不避俚俗，掺杂口语。其七绝清新自然，饶有意趣。著有《华阳真逸集》《顾华阳集》等。《全唐诗》存诗四卷。

顾况至少两次游浙东。第一次来浙东，年龄在30多岁，即广德元年（763）到临海任职。第二次在40多岁，即大历十年（775），顾况离开浙东，去江西。顾况在浙东前后大约有12年。顾况在《送张鸣谦适越序》一文中回忆自己早年的东南之游："余常适越，东至剡，南登天姥。"（《全唐文》卷五百二十九）可知他游览过剡中，登上过新昌的天姥山。他作有多首及剡诗。如《剡纸歌》诗："剡溪剡纸生剡藤，喷水捣后为蕉叶。"《从剡溪至赤城》诗："灵溪宿处接灵山，窈映高楼向月闲。"《寻桃花岭潘三姑台》诗："行到三姑学仙处，还如刘阮二郎迷。"此外，尚引"买山而隐"典入诗，如《送李山人还玉溪》："好鸟共鸣临水树，幽人独欠买山钱。"追寻葛仙的踪迹，"野人爱向山中宿，况在葛洪丹井西"（《山中》）。

剡纸歌[1]

云门路上山阴雪，中有玉人持玉节[2]。
宛委山里禹余粮，石中黄子黄金屑[3]。

剡溪剡纸生剡藤，喷水捣后为蕉叶[4]。
欲写金人金口经，寄与山阴山里僧[5]。
手把山中紫罗笔，思量点画龙蛇出[6]。
政是垂头搨翼时，不免向君求此物[7]。

【出处】

《全唐诗》卷二六五。

【注释】

〔1〕剡纸：唐代越州剡县出产的一种纸。顾况此诗是记录剡纸的又一重要资料。详见附录1"剡纸"条。

〔2〕云门：指云门山，越中名胜，在山阴县（今浙江绍兴）南，亦名东山。山有云门寺。山阴雪：用山阴王子猷雪夜访戴逵事。山阴，山北。玉人：仙人。玉节：仙杖。诗云"山阴山里僧"，玉人即指此。此二句喻白色之剡纸。

〔3〕宛委山：南宋嘉泰《会稽志·卷九·山》载："在（会稽）县东南一十五里。旧经云：山上有石匮，壁立千云，升者累梯而至。《十道志》：石匮山一名宛委，一名玉笥，有悬崖之险，亦名天柱山。"传说夏禹登此山而得金简玉字之书。见《吴越春秋·卷四·越王无余外传》。里：一作"裹"。禹余粮：药石名，色黄，可入药。详见附录1"禹余粮"条。黄子：矿物名。指黄石脂。《博物志》："石中黄子，黄石脂。"此指禹余粮。此二句喻黄色之剡纸。

〔4〕剡藤：原指剡溪当地生长的一种野藤，其皮可作为造纸原料，所制之纸称为剡纸。后来直称剡藤为纸名。《博物志》中载："剡溪古藤甚多，可造纸，故即名纸为剡藤。"蕉叶：古代有以芭蕉叶代纸作书者，这里借指纸。

〔5〕金人金口经：指佛经。金人，指佛。金口，喻佛语珍贵如金。

〔6〕紫罗笔：用紫色兔毛制成的笔，代称笔。龙蛇：形容草书笔势。

〔7〕政是：正是。政，通"正"。垂头搨翼：鸟低头垂翅，以谓沮丧、失意。此处形容落魄潦倒。"蹋"当作"搨"。陈琳《为袁绍檄豫州》："方畿之内，简练之臣，皆垂头搨翼，莫所凭恃。"君：指上文的"玉人"。此物：指剡纸。

【存异】

诗句：(1)"喷水捣后为蕉叶"，《剡录·卷七·纸·剡藤》、清同治《嵊县志·卷二十四·文翰志·诗》、民国《嵊县志·卷二十八·艺文志·诗》作"喷水捣为蕉叶棱"。

(2)"欲写金人金口经"中的"经"，《剡录·卷七·纸·剡藤》、清同治《嵊县志·卷二十四·文翰志·诗》、民国《嵊县志·卷二十八·艺文志·诗》作"偈"。

(3)"政是垂头搨翼时"中的"政""搨"，《剡录·卷七·纸·剡藤》、清道光《嵊县志·卷十三·艺文·物产》、清同治《嵊县志·卷二十四·文翰志·诗》、民国《嵊县志·卷二十八·艺文志·诗》作"正""塌"。编者按：古代"正"通"政"。但"搨""塌"是两个字，不通用。

【赏析】

此诗记录了越中特产剡纸生产情况和趣闻逸事。对藤纸竭力赞美，将原料来源、制作技术、用途和赞赏之情，描写得淋漓尽致。全篇正面着墨不多，节奏快，跳跃度大，而爱纸之情，洋溢于字里行间。"剡溪剡纸生剡藤"，为点题之句，给人印象深刻。

"剡溪剡纸生剡藤，喷水捣后为蕉叶。欲写金人金口经，寄与山阴山里僧。"表达了诗人对剡藤纸的赞美以及用以写经赠送僧友的心愿。这里是说以剡藤纸供缮写佛经。唐代对于写经很郑重其事，选择纸张也很讲究。而写经选用剡藤纸，可见其纸质优良。剡藤纸不仅可以写经，而且取其厚白的作为包装纸用，缝成纸袋，装置炙过的茶叶，使其不泄香气。所有这些，足可看出浙地造纸行业的发达。

【汇评】

宋·严羽《沧浪诗话》：顾况诗多在元、白之上，稍有盛唐风骨处。

从剡溪至赤城[1]

灵溪宿处接灵山，窈映高楼向月闲[2]。
夜半鹤声残梦里，犹疑琴曲洞房间[3]。

【出处】

《全唐诗》卷二六七。

【注释】

〔1〕此诗当在越中时作。赤城：指赤城山，在剡县东南，向被道书定为天台山的南门。

〔2〕灵溪：桐柏山之灵溪。此处指剡溪。唐时设有灵溪馆（即福圣馆，天台山内瀑布岩下）接待四方来客。灵山：仙山。此处指赤城山，在天台山南门，因山土红赤而名。窈映：渺远的样子。窈，幽远、深远。此二句意为，从剡溪出发去赤城山的路上，在有灵气的剡溪边住宿，这边紧挨着有灵气的赤城山，水中幽静地映照出高楼在月光下悠闲矗立的样子。

〔3〕残梦里：指残梦中。琴曲：泛指七弦琴所秦的乐曲，俗称"古琴典"。洞房：深邃的内室。此指仙人所居之地，宛如身在仙境。此二句意为，山深水长的环境下，半夜里梦境扑朔迷离，依稀听到有鹤鸣叫的声音，又像是有古琴曲在幽深的小房间里回荡。

【赏析】

此诗是诗人赴台州任职时所作的纪行诗，真实地记录了其从剡溪到达台州天台山的经过和感受。赤城位于越中剡溪去台州临海的途中，说明他是由剡溪过始丰溪而到临海的。也就是说诗人是先乘船到剡溪，然后再到赤城山，走的是陆路。

剡溪、赤城山在唐时均已是名胜之地，引得诸多诗人前来游历，形成一条"唐诗之路"，并为后人留下不少诗篇。顾况初为韩州节度使判官。出任临海新亭监时，路经天台山，游览过桐柏，并在灵山之麓宿了一晚，写了这首《从剡溪至赤城》诗。此地正是浙南沿海沟通浙中的古道之旁，从诗中所给的信息看，顾况住的馆舍大概在灵溪院或其近邻之地，有高楼，有雅室，有琴声，还能听到鹤鸣，说明这里绝非"三家村"（指偏僻的小乡村），而是经济繁华之地，还有较浓的文明气息。

三、四句"夜半鹤声残梦里，犹疑琴曲洞房间"，尤其值得慢慢品味：夜深人静，在美妙的梦境里神思驰骋，朦胧中似乎听到仙鹤的鸣叫声，醒来还怀疑这悦耳的声音是洞房里新娘弹奏的琴声。形象地描绘了主人公夜半梦境初醒时的朦胧意识。把梦境与现实联系起来，既是一种神奇的想象，又是现实中确有的现象。

读这样道骨仙风的好诗，应该坐在西湖边的茶馆，面对清风徐来水波不兴的湖面，读完之后躺在藤椅上做个好梦，在梦里体验"夜半鹤声残梦里"的意境。①

---

① 据赵子廉著《桐柏仙域志》第60页，关滢等主编《唐诗宋词分类描写辞典》第752页，李晓润著《无诗不成唐》第212页等相关内容综合编写。

戴叔伦（五首）

戴叔伦（732—789）：又名融，字叔伦、幼公、次公，润州金坛（今江苏金坛）人。少从萧颖士学，有才名。贞元十六年（800）进士。任抚州刺史、容州刺史、御史中丞等职，官至容管经略使，政绩卓著，后人称为"戴容州"。晚年辞官为道士。其诗作多表现隐逸生活和闲适情调；语言皆平易畅达，描写细腻委婉，感情充沛连绵。他与刘禹锡、孟郊、朱放、钱起、皇甫冉、郎士元、秦系等人皆有唱和。明人辑有《戴叔伦集》。《全唐诗》存诗二卷。

戴叔伦第一次入浙东，在宝应二年（763）前后。建中元年（780）五月以后戴叔伦以监察御史里行出为东阳令时，似曾第二次入越。"子猷访戴"在戴叔伦诗中多次出现，他亦直接以戴安道自比，切己姓氏，对乃祖的仰慕和崇拜溢于言表。此外，还引"买山之隐"典入诗，如《题招隐寺》诗："宋时有井如今在，却种胡麻不买山。"

早行寄朱山人放 [1]

山晓旅人去，天高秋气悲 [2]。
明河川上没，芳草露中衰 [3]。
此别又千里，少年能几时 [4]。
心知剡溪路，聊且寄前期 [5]。

【出处】

《全唐诗》卷二七三。

【注释】

〔1〕此诗《才调集》卷四作《秋日行》，《文苑英华》卷一五八

作《秋夜早行》。戴文进《戴叔伦诗文集笺注》："此诗作于大历元年（766）秋季，是作者离开剡溪后寄给朱放的。"朱山人放：指朱放，隐居剡溪多年。详见本书朱放小传。山人，指山居者。一般是对未仕之人、隐居之人的尊称。

〔2〕晓：天明。旅人：羁旅的人。气：《唐诗纪事》卷二九作"风"。

〔3〕明河：指银河。此指地面上的河流。川：平野。衰：一作"滋"。

〔4〕千：一作"万"。

〔5〕心知：一作"青冥"。剡溪路：指晋王徽之雪夜访好友戴逵的路。聊且寄前：一作"心与谢公"。此二句意为，剡溪胜景令我向往，期望不久能在那里聚会，以慰相思。

【存异】

1. 诗题：《剡录·卷六·诗》、清道光《嵊县志·卷十四·艺文·寓贤》、清同治《嵊县志·卷二十四·文翰志·诗》、民国《嵊县志·卷二十八·艺文志·诗》一作"寄朱山人放"。

2. 诗句：(1)"明河川上没"中的"川"，清道光《嵊县志·卷十四·艺文·寓贤》、清同治《嵊县志·卷二十四·文翰志·诗》、民国《嵊县志·卷二十八·艺文志·诗》作"天"。

(2)"此别又千里"中的"别""千"，清乾隆《嵊县志·卷十五·艺文地理》作"去、万"。

【赏析】

此诗是戴叔伦于大历元年（766）秋季离开剡溪后寄给朱放的。一、二句，写离别，本是伤情，何况秋天，何况早晨。三、四句，写深秋早晨送客时所见野外景色：银河隐云，露沾芳草。渲染了送别气氛，流露了悲秋情绪。上句写远景，是仰视。下句写近景，是俯视。"明河"由"明"而"没"，"芳草"从"芳"到"衰"，朴素自然而又生动贴切地暗示出事物由盛到衰的变化，增加了悲秋的气氛，突出了诗人凄凉的心情。五、六句，写两人别后之落寞心情，此千里，相会无期，而少年情怀不可复得矣。七、八句，以"心知剡溪路，聊且寄前期"作结，是一种留恋，一种相思，一种慰藉吧。剡溪留给他的将是绵绵无期的思念，非仅其风光如画而已。

【汇评】

（明）谢榛《四溟诗话》卷三：晚唐人多用虚字，若……戴叔伦"此别又万里，少年能几时"，……此皆一句一意，虽瘦而健，虽粗而雅。

（明）邢昉《唐风定》卷十四：二诗（按指本篇和《别董校书》）神韵如一。

（清）纪昀《瀛奎律髓刊误》卷十四：一气浑成，此为高格。此种诗，何字是眼？末二句一作"青冥剡溪路，心与谢公期"，较更浑成。

（清）黄周星《唐诗快》卷九：（"此别"二句）澹怆。

（清）黄生《唐诗摘抄》卷一：前写早行，后叙寄朱意。迫于行役，不能相访，姑以前期寄之。

（清）乔亿《大历诗略》卷六：大历五言皆纡而不迫，幼公后出，气调为小变。顾情来之作有不自知其然者，亦佳构也。

（清）彭端淑《白鹤堂诗话》卷中：戴叔伦在当时不以诗名，而高仲武亦仅称其"廊宇经山一作兵火，公田没海潮"之句，如"明河川上没，芳草露中衰"，置之前人，可无愧色。至宫词云："春风鸾镜愁中影，明月羊车梦里东"，亦自工雅。

新年第二夜答处上人宿玉芝观见寄[1]

阳春已三日，会友闻昨夜[2]。
可爱剡溪僧，独寻陶景舍[3]。

【出处】

《全唐诗》卷二七四。

【注释】

〔1〕玉芝观：在洪州（今江西南昌）。唐权德舆有《萧侍御喜陆太祝自信州移居洪州玉芝观诗序》。

〔2〕"会友"句：闻昨夜与友人聚会。

〔3〕剡溪僧：晋僧支遁居剡中。此借指处上人。陶景舍：谓道士所居。陶景即陶弘景的略语。陶弘景（452—536），字通明，南朝齐梁时丹阳秣陵（今江苏江宁）人，自幼好道，一度为齐诸王侍读，后隐居句曲山学道术，更又筑楼舍与世隔绝，自号"华阳隐居"……时

谓山中宰相。著有《真诰》等道教经籍。后常借以咏隐士，也用以表示求仙访道。这里以陶景舍喻指玉芝观。南宋嘉泰《会稽志·卷十五·神仙》载有"陶弘景"条介绍，并指出："今会稽陶宴岭有先生遗迹，岭由此得名。又上虞县钓台上，夏侯曾先《地志》言，先生尝乘槎钓于山潭中。"

【赏析】

此诗后两句暗用王子猷雪夜访戴典，谓处上人像王子猷那样乘兴而游，不过访的不是戴舍，却是陶舍。陶舍即题中的"玉芝观"。

【汇评】

元·辛文房《唐才子传》卷五：（叔伦）赋性温雅，善举止，能清谈，无贤不肖，相接尽心。工诗……诗兴悠远，每作惊人。

答崔法曹赋四雪[1]

楚僧蹋雪来招隐，先访高人积雪中[2]。
已别剡溪逢雪去，雪山修道与师同[3]。

【出处】

《全唐诗》卷二七四。

【注释】

〔1〕此诗作诗时间有两说。①蒋寅《戴叔论诗集校注》："应作于贞元二年（786）冬，诗人隐居于南昌近郊山中。玩诗意，楚僧冒雪欲访叔伦，先至崔载华处。时叔伦已离南昌返山中隐居，故未能与楚僧晤面。崔法曹赋四雪诗，将此事告知叔伦。诗以四'雪'字嵌各句中，乃游戏体，叔伦亦效其体答之。"②戴文进《戴叔伦诗文集笺注》："作者与崔法曹相交于出仕前，崔可能是饶州人，作者托居东湖后即相交。崔先于作者出仕。所以本诗才有可能有'法曹'的称谓。本诗与七绝《别崔法曹》是先后同期之作，应是作者未仕前约大历元年（766）、二年间作。"崔法曹：指崔载华，字茂实，行九，大历末官法曹。法曹，掌刑狱的官名。四雪：指诗中四句各含有一"雪"字。

〔2〕楚僧：疑即方外。招隐：此谓招人隐居。晋·左思、陆机皆有《招隐诗》。此暗用王子猷夜月访戴逵故事。高人：指崔法曹，盖楚僧先造崔居。

〔3〕"已别"句：谓己已冒雪还山中隐居处，不在南昌。剡溪逢雪，用王子猷雪夜访戴逵事。这里以戴逵比拟崔法曹，谓楚僧访崔未遇。"雪山"句：谓自己正在山中与僧人一样修道。君，指楚僧。雪山修道，释迦牟尼曾于雪山修行，佛教谓之"雪山大士"，或曰"雪山童子"。见《艺文类聚》卷七六引《宋元嘉起居注》。此指崔法曹赋。修道，学习并实践宗教教义。

【赏析】

此诗以东晋名士王子猷雪夜访戴逵故事，比喻他们的关系，流风余韵，绵延不绝。前两句言楚僧冒雪欲访戴叔伦，而戴已他往，故于积雪之中先访高人崔法曹。后两句则云作者已别剡溪而去，唯雪山修道与师同。此师当指崔法曹。这是从另一角度，以雪夜访戴故事，赞扬崔法曹之品性高洁。这诗的最大特点，是四句诗中，每句有一雪字，故题曰《答崔法曹赋四雪》，这本来也是近乎游戏笔墨。其可贵之处，作者因雪，因访友，把东晋名士高风故事联系在一起，与剡中风流联系在一起，在举重若轻间，以四雪答之。也说明他与崔及楚僧之间关系甚密，心情也很愉悦。

剡溪舟行[1]

风软扁舟稳，行依绿水堤[2]。
孤尊秋露滴，短棹晚烟迷[3]。
夜静月初上，江空天欲低[4]。
飘飘信流去，误过子猷溪[5]。

【出处】

清康熙《嵊县志·卷二·山川志》。

【注释】

〔1〕此诗《全唐诗》卷二七三作《泛舟》。戴文进《戴叔伦诗文集笺注》：作者曾在大历元年（766）春自江西饶州东湖游浙江，有《崇德道中》《与友人过山寺》《题秦隐君丽句亭》《早行寄朱山人放》等诗。此诗乃自剡中秦系处南下剡溪访朱放后作。

〔2〕软：和缓。扁舟：小船。依：靠着；沿着。

〔3〕孤尊：一只酒杯。谓独自饮酒。尊，通"樽"，古代盛酒的器

具。滴：《全唐诗》作"滑"。短棹：指小船。

〔4〕欲：《全唐诗》作"更"。

〔5〕信流去：任船顺流漂去。子猷溪：指剡溪。这里用王子猷剡溪夜访事，谓自己月夜泛舟颇有佳趣。

【存异】

诗句："短棹晚烟迷"中的"晚"，清康熙《嵊县志·卷二·山川志》、清乾隆《嵊县志·卷十五·艺文地理》、清道光《嵊县志·卷十三·艺文·山川》、清同治《嵊县志·卷二十四·文翰志·诗》、民国·嵊县志·卷二十八《艺文志·诗》作"晓"。

清康熙《嵊县志·卷二·山川志》书影

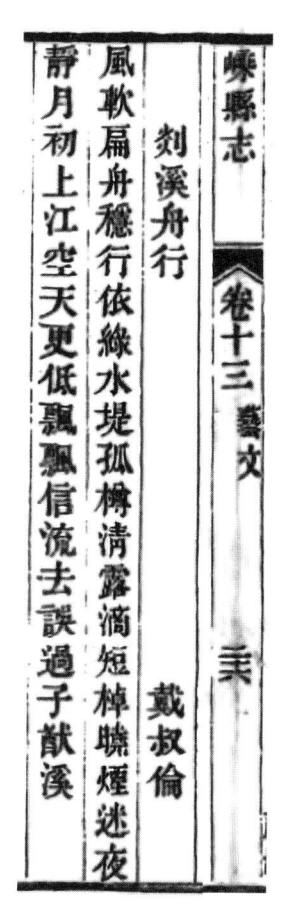

清道光《嵊县志·卷十三·艺文·山川》书影

奉酬秦征君系春日抚州西亭野望兼寄徐少府[1]——作韦应物诗

终日愧无政，与君聊散襟[2]。
城根山半腹，亭影水中心[3]。
朗咏竹窗静，野情花径深[4]。
那能有余兴，不作剡溪寻[5]。

【出处】

《全唐诗》卷一九〇。

【注释】

[1] 一作韦应物诗，题作《酬秦征君徐少府春日见寄》，诗见[2]—[5]。

据《全唐诗补编·续拾》卷十八考证："《全唐诗》卷一九〇收作韦应物诗，误。"诗题一作《奉酬秦征君系春日抚州西亭野望兼寄徐少府》。《校编全唐诗》校："本篇丛刊本、备要本、活字本、席本韦应物集均不载。《文苑英华》卷三一五作戴叔伦诗，题为《抚州西亭》；卷二三〇亦收录，漏署作者姓名，列于韦应物诗后，遂误作韦诗。戴叔伦曾守抚州，诗首句即云'终日愧无政'。故本篇应为戴叔伦诗。"秦征君：指秦系。征君，不就朝廷征聘之士称征士，敬称为征君。《新唐书》卷一九六："秦系，字公绪……天宝末，避乱剡溪，北都留守薛兼训奏为右卫率府仓曹参军，不就"，故称其为征君。徐少府：事迹不详。

[2]"终日"句：谓自己整天无事，与秦、徐二君聚集散心。无政：没有政绩。聊：暂且。散襟：敞开衣襟，指闲散地休息。

[3] 山半腹：半山腰。

[4] 朗咏：高声吟诵。唐时一种流行的诗文吟咏方式。此二句意为，聚集中高声朗读诗赋于竹窗内，散步于野外野花盛开之处。

[5] 那：奈何的合音。剡溪寻：这里用子猷访戴典，借以自述希望二友来访的心情。

【存异】

1. 作者：此诗见《剡录》卷六，又见《文苑英华》卷二三〇，次韦应物《陪王郎中寻孔征君》诗后，题为《酬秦征君徐少府春日见寄》。现经《大历诗人研究》（下编）（蒋寅著，中国社会科学院青年学者文库，中华书局1995年版）考证："集作《奉酬秦征君抚州西亭野望兼寄徐少府》下无署名。但实际上它是戴叔伦的作品，而绝非韦应物作。"戴叔伦在贞元年间（785—805）官抚州刺史，秦系约在贞元中曾游江西庐山，可能去抚州访了故友戴叔伦。

《增订注释全唐诗》卷二六四戴叔伦集在"新补"条作注说明："此诗各本均无，今据《文苑英华》补入。《文苑英华》卷二三〇韦应物《陪王郎中寻孔征君》一诗后列此诗，题下阙作者姓名，然《文苑英华目录》署名为戴叔伦作，可信。题原作《酬秦征君徐少府春日见寄》，据《文苑英华》注引本集改。清编《全唐诗》误入韦应物集，题作《酬秦征君徐少府春日见寄》。"

2. 诗题：清道光《嵊县志》卷十三《艺文·寓贤》、清同治《嵊县志》卷二十四《文翰志·诗》、民国《嵊县志》卷二十八《艺文志·诗》作"酬秦使君春日见集"。

3. 诗句：（1）"与君聊散襟"中的"散"，《剡录》卷六《诗》作"放"。

（2）"城根山半腹"中的"根"，民国《嵊县志》卷二十八《艺文志·诗》作"恨"。

【赏析】

诗人的山水园诗不是纯粹的山水田园诗，而是加进了仕宦感受的成分。仕宦与山水在诗人心目中的地位是矛盾统一体。既是"终日愧无政，与君聊散襟"，又是"那能有余兴，不作剡溪寻"。诗人的审美标准似乎是：身居魏阙，当反思山林；幽赏山林，当牵挂吏事。

李端（二首）

李端（743？—782？）："大历十才子"之一。字正己，赵州（今河北赵县）人。少居庐山，师事诗僧皎然。大历五年（770）进士，授秘书省校书郎，官终杭州司马。李端才思敏捷，工于诗作，又长于弈棋，与卢纶、吉中孚、韩翃、钱起、司空曙等唱和，晚年辞官归隐湖南衡山，自号衡岳幽人，作品多应酬之作，个别作品对社会有所反映，喜作律体，亦擅长七言诗行，于大历才子中罕见。其诗以写闺情最为清美，很有特色。《全唐诗》存诗三卷。

李端约于大历、建中年间，即公元780年前后任杭州司马时来浙东。李端作有多首剡诗。如《云阳观寄袁稠》："戴家溪北住，雪后去相寻。"《冬夜寄韩弇》："兴来空忆戴，不似剡溪时。"《送少微上人入蜀》："戴颙常执笔，不觉此身非。"《宿兴善寺后堂池》："草堂高树下，月向后池生。"《戏赠韩判官绅卿》："少寻道士居嵩岭，晚事高僧住沃洲……独怪子猷缘掌马，雪时不肯更乘舟。"《送睐上人游春》："独将支遁去，欲往戴颙家。"

云阳观寄袁稠[1]

花洞晚阴阴，仙坛隔杏林[2]。
漱泉春谷冷，捣药夜窗深[3]。
石上开仙酌，松间对玉琴[4]。
戴家溪北住，雪后去相寻[5]。

【出处】
《全唐诗》卷二八五。

【注释】

〔1〕此诗一作《元阳观寄元偶》。云阳观：一作"宿华阳洞"。袁稠：清道光《嵊县志·卷五·古迹》："袁稠故居一曰家林。按夏志（即明弘治《嵊志》），在剡溪。"编者按：元阳观在丹阳茅山小茅岭，见民国《茅山志辑要》。丹阳，汉曾名云阳，故元阳观亦称云阳观。茅山为道教十大洞天之一，称"金坛华阳之洞天"。见《云笈七签》卷二七。岑仲勉谓"元"为"袁"之误，"稠"为"偶"之讹，"称"为"偶"之讹（见《元和姓纂四校记》）。偁、偶皆为高宗时户部郎中袁异式之孙。偁官至工部员外郎。唐人卢纶有《送袁偶》诗。

〔2〕晚阴阴：一作"满沉沉"。杏林：中医学界的代称。故址在今江西省庐山市和安徽凤阳，典出三国时期闽籍道医董奉，见《神仙传》卷十。根据董奉的传说，人们用"杏林"称颂医生。此处的"杏"指杏坛，相传是孔子讲学之处，后泛指"讲学处""教育界"。

〔3〕春谷：春日的山谷。捣药：古代传说月中有白兔捣药。此指月夜。

〔4〕仙酌：仙酒。玉琴：玉饰的琴。亦为琴的美称。

〔5〕"戴家"二句：这里用王徽之事，致意袁氏，宣称将去访问。戴家溪，剡溪的别称。晋王子猷雪夜访戴于此，故剡溪又名"戴溪"。戴溪，清康熙《嵊县志》卷二《山川志》载："戴溪在县西三十里桃源乡，溯溪入，有戴逵故宅。"

【存异】

1.诗题：（1）《剡录·卷四·古奇迹·袁稠家林》作"寄稠诗"。

（2）清道光《嵊县志·卷十四·艺文·古迹》、清同治《嵊县志·卷二十四·文翰志·诗》、民国《嵊县志·卷二十八·艺文志·诗》作"云阳观寄怀袁稠"。

2.诗句："戴家溪北住"中的"住"，民国《嵊县志·卷二十八·艺文志·诗》作"往"。

【汇评】

明·许学夷《诗源辩体》卷二一：中唐李端（字正己）五言律，尚可继皇甫诸君。如"漱泉春谷冷，捣药夜窗深"等句，亦入晚唐。

清·黄叔灿《唐诗笺注》：李端写诗极清幽，而意味却少。

冬夜寄韩弇[1]

独坐知霜下，开门见木衰。
壮应随日去，老岂与人期[2]。
废井虫鸣早，阴阶菊发迟。
兴来空忆戴，不似剡溪时[3]。

【出处】

《全唐诗》卷二八五。

【注释】

〔1〕此诗一作《秋夜寄司空文明》。司空文明，即司空曙。韩弇：建中四年（783）进士，曾任浑瑊掌书记。韩，一作"韦"。

〔2〕"老岂"句：《论语·述而》："不知老之将至云尔。"期，约定。

〔3〕"兴来"二句：用王子猷雪夜访戴典故。忆戴，指想念朋友。这里用忆戴切冬夜思友。

【存异】

1. 诗题：《剡录·卷六·诗》作"冬日寄韦弇"。

2. 诗句：(1)"废井虫鸣早"中的"早"，《剡录·卷六·诗》作"苦"。

(2)"阴阶菊发迟"中的"菊"，《剡录·卷六·诗》作"树"。

【赏析】

在自然界中，树木的生长与人相似，树的枯黄与人的衰老更是表里均有深刻的相似之处。正因为如此，桓温"木犹如此，人何以堪"（《世说新语·言语》），才成为千古名言。大历诗人常取树木来映衬人的迟暮。……李端"独坐知霜下，开门见木衰。壮应随日去，老岂与人期"……是以木落代指季候变换，通过令人惊心的时节迁转，来对照人的年岁增长，传达出一种伤惜年华的感触。①

---

① 据蒋寅著《大历诗风》（上海古籍出版社1992年版第55页）第四章《主题的取向》。

章八元（一首）

章八元（743—829）：字虞贤，睦州桐庐（今属浙江）人。少时喜作诗，曾于邮亭（旅馆）偶题数句，得到诗人严维赏识，收为弟子，亲授诗格。数年间，诗赋精绝，人称"章才子"。大历六年（771）进士及第，辛亥科王淑榜进士第三人，任句容主簿，后升迁协律郎（掌校正乐律）。大历末、建中初居长安，与严维、清江过往唱酬。著有《章八元诗》，已佚。《全唐诗》存诗六首。

《浙江通志》卷一八二云章八元"少从会稽严维学诗。号章才子，尝于邮亭偶题数句，维大异之，遂亲指喻数年"由此知章八元登第前曾在越中。章八元作有多首及剡诗。如《归桐庐旧居寄严长史》："或在醉中逢夜雪，怀贤应向剡川游。"《天台道中示同行》："八重岩崿叠晴空，九色烟霞绕洞宫。仙道多因迷路得，莫将心事问樵翁。"诗吟刘阮遇仙。

归桐庐旧居寄严长史[1]——作朱放诗

昨辞夫子棹归舟，家在桐庐忆旧丘[2]。
三月暖时花竞发，两溪分处水争流[3]。
近闻江老传乡语，遥见家山减旅愁[4]。
或在醉中逢夜雪，怀贤应向剡川游[5]。

【出处】
《全唐诗》卷二八一。
【注释】
〔1〕桐庐：唐睦州属县，今属浙江。严长史：指严维。越州（今

浙江绍兴）人，当时任河南幕府，故称长史。此诗或作于章八元从严维求学期间，诗中称严维为"长史"。本篇一作朱放诗。按：朱放在桐庐无"旧居"，又不曾从严维学诗，当非朱放作。《文苑英华》卷二五四、《唐诗纪事》卷二六皆作章八元诗，可信。

〔2〕夫子：先生，指严维。章八元曾从严维学诗，故云。朱放集作"天子"，误，《文苑英华》《唐诗纪事》皆作"夫子"。棹：船桨，此用作动词，乘的意思。旧丘：旧居。借指故乡，老家。

〔3〕两溪分处：指富春江、分水江交汇处。

〔4〕江老：在江上来往的老乡。乡语：乡音，即故乡的方言，也指来自家乡的消息。旅愁：羁旅者的愁闷心情。"遥见"句意为，远远地看到家乡的山水，就令行旅在外的游子之情顿时消减。

〔5〕"或在"二句：用王子猷雪夜访戴逵典，自述有访友之念，谓因思友而乘船寻访。怀贤，指章八元想念他的先生严维。向剡川游，要进入剡川之地去交游。向，往。剡川，即剡溪，在越州剡县。此处代指严维家乡越州。

【存异】

1. 诗题：《剡录·卷六·诗》、清同治《嵊县志·卷二十四·文翰志·诗》作"寄严长史"。

2. 诗句："三月暖时花竞发"中的"月"，《剡录·卷六·诗》、清同治《嵊县志·卷二十四·文翰志·诗》作"径"。

【赏析】

此诗三、四句"三月暖时花竞发，两溪分处水争流"列入《全唐诗佳句类典》，成为咏"花"佳句。五、六句"近闻江老传乡语，遥见家山减旅愁"，《中华诗词曲对仗大辞典》评此联："七律颈联。近、遥，背体对。江、家，语、愁，工对。"

【汇评】

明·胡震亨《唐音癸签》：章八元学诗于严维，如"雪晴山脊见，沙浅浪痕交"，得山水状貌。

戎昱（一首）

戎昱（744—800？）：荆南（今湖北江陵）人。少举进士不第，漫游荆南、湘、黔间。至德元载（756）避难移居陇西。后中进士。大历元年（766）入荆南节度使卫伯玉幕下任从事。建中三年（782）任御史，后遭人陷害，贬为辰州刺史。贞元初年（785），改任浙江东道某州刺史。贞元七年（790），任虔州刺史，后移安南都护。贞元十四年（798）在湖南零陵，可能还担任过永州刺史。卒年不可确考。有诗名，诗多反映家国的动荡离乱，风格沉郁。一些状写山水之作，也颇出色。诗作语言清新质朴，境界苍凉豪迈，气势纵横。胡震亨谓戎昱与杜甫相接。著有《戎昱诗集》。《全唐诗》存诗一卷。

戎昱在"贞元元年（785），可能一度改任浙江东道州刺史，郡名不详"（据臧维熙注《戎昱诗注·前言》）。

成都送严十五之江东[1]

江东万里外，别后几凄凄[2]。
峡路花应发，津亭柳正齐[3]。
酒倾迟日暮，川阔远天低[4]。
心系征帆上，随君到剡溪[5]。

【出处】

《全唐诗》卷二七〇。

【注释】

〔1〕据王定璋《戎昱入蜀前后行踪及诗歌的系年》：此诗作于贞元五年（789）。成都：今四川成都。严十五：友人姓严，兄弟中排行第

十五者。江东：指长江下游。因为在安徽、江苏交界处，江水系南北流向，故言。

〔2〕凄凄：形容悲伤凄凉。

〔3〕峡路：指长江三峡的水路。津亭：渡口驿亭。正是行人送别处，这些地方均植柳，供游人折柳送别之用。

〔4〕"酒倾"二句：写友人江上行进时的景况。迟日：春日。《诗·豳风·七月》："春日迟迟。"

〔5〕征帆：远行的船。唐·元稹《送致用》诗："遥看逆浪愁翻雪，渐失征帆错认云。"

【存异】

1. 诗题：《剡录·卷六·诗》、清同治《嵊县志·卷二十四·文翰志·诗》作"送严十五之江东"。

2. 诗句："江东万里外"中的"东"，《剡录》卷六、清同治《嵊县志·卷二十四·文翰志·诗》作"都"。

【赏析】

这首诗大约是送友人到长江下游地区旅游，因末句有"随君到剡溪"的交代。首二句写分别之远，一成都一江东，怎能不让人有悲伤之感呢！中间四句，诗人想象一路上的风光及友人的景况，捕捉了四种具有特色的镜头入诗，构成了长江万里图。末二句表达诗人的思念之情，与首二句遥相照应，情感上缩短了万里之遥的距离。小诗写得雄浑含情，虽有淡淡哀愁，却被这长江万里图和"自爱名山入剡中"（唐·李白《秋下荆门》）的意趣所冲淡。①

【汇评】

宋·严羽《沧浪诗话·诗评》：戎昱在盛唐为最下，已滥觞晚唐矣。戎昱之诗，有绝似晚唐者。

清·刘云份《十三唐人诗》：戎昱诗在中唐，矫矫拔俗，……诸篇靡不深情远致，清丽芊眠。

---

① 引自马大品选注《历代赠别诗选》，北京：书目文献出版社，1991年版，第111—112页。

孟郊（一首）

孟郊（751—814）：字东野，湖州武康（今浙江德清）人。家境贫困，屡试不第。贞元十二年（796），46岁才中进士，曾任溧阳尉、协律郎。64岁时赴山南西道任官，途中暴病而卒。友人张籍等私谥为贞曜先生。他一生命运多舛，仕途不顺，但颇有诗名，又好苦吟，诗风高古险峭、瘦硬生新，故苏轼将其与贾岛并称，谓其"郊寒岛瘦"，简称"郊岛"。与韩愈、张籍、李翱、卢仝诸人亦多往来。现存诗歌四百余首，短篇的五言古诗居多，代表作有《游子吟》等。一生以作诗为命，好刻意苦吟，人称其为"诗奴"。与韩愈二人以诗文唱和，更相称誉，时号"孟诗韩笔"，并称"韩孟"。著有《孟东野诗集》。《全唐诗》存诗十卷。

孟郊来浙东，似在贞元十二年（796）及第之前。

送淡公（十二首·其二）[1]

坐爱青草上，意含沧海滨[2]。
渺渺独见水，悠悠不问人[3]。
镜浪洗手绿，剡花入心春[4]。
虽然防外触，无奈饶衣新[5]。
行当译文字，慰此吟殷勤[6]。

【出处】

《全唐诗》卷三七九。

【注释】

〔1〕淡公：指淡然（诸葛觉），唐时诗僧，越人，于元和七年

(812)从洛阳归越中,孟郊为之送别。淡公有禅风,情性冲融。据郝世峰《孟郊诗集笺注》:写这十二首诗的时间应在元和八年(813)五月钱徽知制诰之后,元和九年(814)八月孟郊赴郑余庆兴元之召之前。

〔2〕沧海:大海。以其一望无际、水深呈青苍色,故名。

〔3〕渺渺:辽阔而苍茫的样子。独:单一。悠悠:长久,遥远。不问人:不与人来往。问,问讯,看望。

〔4〕镜浪:镜湖之水。镜湖,即鉴湖。绿:此作动词,呈现绿色。剡花:剡溪边上的花。此处借指越地之花。

〔5〕防外触:防止心被外物触动,即佛教所谓"外无为"(眼不见色,耳不闻声等)。《楞严经》卷七:"因色有香,因香有触。"饶衣新:谓新鲜的景色太多了。衣新,比喻景色如新洗过的衣服那样鲜洁。唐·孟郊《石淙》诗之六:"为君洗故物,有色如新衣。"

〔6〕行当:正应。译文字:指翻译佛经。此指写诗。译,《方言》卷一三:"译,传也;译,见也。"殷勤:勤奋。

【存异】

诗题:清道光《嵊县志·卷十四·艺文·仙释》、民国《嵊县志·卷二十八·艺文志·诗》作"送谈公"。淡作"谈",误。

【赏析】

此诗述说了诗人与淡公的深厚交情。孟郊虽然身在洛阳,但仍然时刻挂念着越中,"坐爱青草上,意含沧海滨",想念着越中的故友;"渺渺独见水,悠悠不问人",他甚至想象着到越中;"行当译文字,慰此吟殷勤",当淡公至越中,传来的新诗令孟郊赞赏不已。其中的忧思细细绵绵,作者用夸张的手法充分展示了这种情感。[1]

【汇评】

明·钟惺、明·谭元春《唐诗归》:钟云:俚调奇响,题是《送淡公》,尤奇。

---

[1] 据许智银《孟郊送别诗研究》:《西南民族大学学报(人文社科版)》,2004年,第8期,第217页。

李嘉祐（三首）

李嘉祐（？—782？）：字从一，赵州（今河北赵县）人。天宝七载（748）进士，授秘书省正字，曾奉使搜求图书，司空曙有《送李嘉祐正字括图书兼往扬州觐省》诗。后擢监察御史或殿中侍御史。至德中，贬鄱阳令，在任四年，量移江阴令。上元二年（761），迁台州刺史，翌年罢职。大历初入朝，历工部员外郎、司勋员外郎。大历六年（771）前后，出任袁州刺史。约卒于德宗时。与李白、刘长卿、钱起、皇甫曾和皎然相识。善为诗，绮丽婉靡。与钱起、郎士元、刘长卿齐名，合称"钱郎刘李"。《全唐诗》存诗二卷。

李嘉祐和刘长卿同年入台越，据《唐刺史考》卷一四四，李嘉祐于上元二年（761）任台州刺史，其间与刘长卿交往密切。难怪李嘉祐也把剡中视为他的居住地。李嘉祐经过剡中，对剡溪一带风物一定留有印象，写有多首及剡诗。如《送严维归越州》："春日偏相忆，裁书寄剡中。"《送越州辛法曹之任》："缘塘剡溪路，映竹五湖村。"《送王正字山寺读书》："欲究先儒教，还过支遁居。"《和袁郎中破贼后经剡县山水上太尉》："破竹清闽岭，看花入剡溪。"

送严维归越州[1]

艰难只用武，归向浙河东[2]。
松雪千山暮，林泉一水通[3]。
乡心缘绿草，野思看青枫[4]。
春日偏相忆，裁书寄剡中[5]。

【出处】

《全唐诗》卷二〇六。

【注释】

〔1〕严维：越州山阴（今浙江绍兴）人，详见本书严维小传。宝应二年（763）春，浙东平袁晁，严维归乡，诗当作于此年春日。越州：唐州名，治所在今浙江绍兴。

〔2〕"艰难"句：谓世道动荡不安，只因为干戈不息，殆指安史之乱事件。此指袁晁起义，详见附录1"袁晁起义"条。浙河：指浙江（钱塘江）。

〔3〕松雪：谓松上积雪。林泉：山林与泉石。指隐居之地。《北史·卷六四·韦孝宽传》："所居之宅，枕带林泉。"一水：指剡溪。

〔4〕"乡心"句：谓思乡之心无边无涯，犹如遍地之绿草。乡心，思念家乡的心情。野思：闲散自适的心思。

〔5〕春日：春天。偏：程度副词，很，最，特别。相忆：想思，想念。裁书：作书，写信。唐·孟浩然《人日登南阳驿门亭子怀汉川诸友》诗："未有南飞雁，裁书欲寄谁。"剡中：指剡县，隶属越州，故此处代称严维家乡越州。

【存异】

1. 诗题：清道光《嵊县志·卷十三·艺文·山川》作"送严维归越"。

2. 诗句："归向浙河东"中的"河"，《剡录·卷六·诗》、清同治《嵊县志·卷二十四·文翰志·诗》作"江"。

【赏析】

这是一首送别诗。因为一场战争，也即台州袁晁起义，让作者送严维归越州。首联以"艰难只用武，归向浙河东"起笔，直入送别主题。点明形势，暗寓当时浙东是比较平静的区域，为严维得到较好的归宿而高兴。颔联统写送别浙东山水之远景，点严维去地景物。颈联则为近景。严维乡心如绿草之绵延无尽，而作者思念好友之情，只有向青枫寄意了。尾联点明春日相忆，为裁书而寄此诗，表达友情。全诗看来只是平平叙述，没有什么警句，而深情即寄于平淡之中。

送越州辛法曹之任[1]

但能一官适，莫羡五侯尊[2]。
山色垂趋府，潮声自到门[3]。
缘塘剡溪路，映竹五湖村[4]。
王谢登临处，依依今尚存[5]。

【出处】

《全唐诗》卷二〇六。

【注释】

〔1〕法曹：指法曹参军事，为州郡长官之佐吏，掌刑法。见《唐六典》卷三〇。

〔2〕但能：只要能。一官：一官半职的省称。适：满足。五侯：《汉书·卷九十八·元后列传》："后五年，诸吏散骑安成侯崇薨，谥曰共侯。有遗腹子奉世嗣侯，太后甚哀之。明年，河平二年，上悉封舅谭为平阿侯，商成都侯，立红阳侯，根曲阳侯，逢时高平侯。五人同日封，故世谓之'五侯'。"

〔3〕垂：一作"同"。

〔4〕缘塘：沿着湖池。此指剡溪之路与湖池相连。五湖：泛指太湖及其附近的小湖。

〔5〕王谢登临处：指《剡录·卷四·古奇迹》载谢康乐石床、谢岩弹石、谢公宿处、王谢饮水等遗迹。王谢，即王羲之、谢安。东晋南朝的两大家族，皆居会稽郡，即唐之越州也，故常并称。后以王谢为高门世族的代称。此指晋人风流，多游越中山水。依依：依稀，隐约。

【存异】

诗题：（1）《剡录》卷六作"送越州辛法曹"。

（2）清康熙《嵊县志·卷三·景迹志》、清道光《嵊县志·卷十四·艺文·古迹》作"谢公宿处"。清康熙《嵊县志·卷三·景迹志》载："谢公宿处在康乐游谢二乡。"编者按：此处的"谢公宿处"，系指"谢灵运山居"——始宁墅，非李白《梦游天姥吟留别》中的"谢公宿处"。

【赏析】

可能是因为北方人的缘故，李嘉祐特别向往吴越的山水风光。虽不能常去游历，但对越中印象很深。有一次，他的一位朋友要来绍兴任职，李去送行，没有什么东西相赠，就写了这首送别诗，表达了李嘉祐对到剡中为官的向往。诗中既劝慰友人知足常乐，又介绍了越中美景。意思是你如果心里闷，或者想念我，可去这些地方转转。其中主要提到了剡溪和始宁、嵊浦一带是必经之所。

此诗创作特色明显，"用对句开头，似宽慰对方，也似为对方高兴。三、四句写居处时，山色潮声，自令送来眼前和耳中；一个'垂'字，一个'自'字，把景物写活了。五、六句写出村时，所见环境无比优美。结句'依依'，用东晋陶渊明《归田园居》诗'暧暧远人村，依依墟里烟'中的'依依'，隐约之意，给诗句罩上一层朦胧的色彩，和前面四句的明写、实写互相映衬。诗的本意在开头二句，后面六句，只是为'一官适'作注脚，构思布局，别开生面"。①

和袁郎中破贼后经剡县山水上太尉[1]

受律仙郎贵，长驱下会稽[2]。
鸣笳山月晓，摇旆野云低[3]。
翦寇人皆贺，回军马自嘶[4]。
地闲春草绿，城静夜乌啼[5]。
破竹清闽岭，看花入剡溪[6]。
元戎催献捷，莫道事攀跻[7]。

【出处】

《全唐诗》卷二〇七。

【注释】

〔1〕此诗作于宝应二年（763）四月。与刘长卿诗当于同时所作。袁郎中：指袁傪，陈郡（今河南淮阳）人。天宝十五载（756）进士。宝应元年（762），为河南副元帅李光弼行军司马、检校兵部郎中兼御

---

① 林世堂著、吴宏富汇编《剡溪诗话（汇编本）》，北京：现代出版社，2018年版，第49页。

史中丞。宝应二年（763）四月，统兵镇压浙东袁晁起义，进太子右庶子。永泰元年（765），在宣州、歙州一带镇压方清、陈庄起义。大历十二年至十四年（777—779）为兵部侍郎。破贼：指镇压袁晁农民起义军。太尉：官名。此处指李光弼，时为太尉兼侍中、河南副元帅。

〔2〕受律：受命出师。律，军律。仙郎：唐人对尚书省各部郎中、员外郎的惯称。袁傪为御史中丞，故称。下：攻克。会稽：今浙江绍兴。此处代指浙东一带，袁晁农民起义军曾占领浙东各州。"长驱"句言袁郎中指挥所部直扑会稽，一鼓荡贼寇。

〔3〕鸣笳：吹奏笳笛。古代贵官出行，前导鸣笳以启路。亦作进军之号。唐·王维《奉和圣制送不蒙都护兼鸿胪卿归安西应制》诗："鸣笳瀚海曲，按节阳关外。"笳，古代军队中发布命令的军号。摇旆：摇动旌旗。唐·刘长卿《瓜洲驿奉饯张侍御公拜膳部郎中却复宪台充贺兰大夫留后使之岭南时侍御先在淮南幕府》诗："三军摇旆出，百越画图观。"

〔4〕翦寇：指"破贼"。剪除（消灭）暴乱的贼寇，即平息了袁晁起义军。

〔5〕夜乌啼：谓夜静，以见平贼后的安泰。

〔6〕破竹：形容唐军扑灭贼寇的快捷，势如破竹。比喻节节胜利，所向无敌。清闽岭：使闽岭重归太平。清，清静。闽岭，泛指今福建、浙江之间的山地。袁晁起义军曾占有温州、衢州等地，皆与福州接壤。剡溪：此处指剡县山水。"看花"句，说明剡溪之花，极为诗人所重。

〔7〕元戎：主帅。指李光弼。攀跻：犹攀登。此处谓献诗元戎李光弼，乃祝捷而非夤缘攀附。

【存异】

1. 诗题：清道光《嵊县志·卷十三·艺文·山川》、清同治《嵊县志·卷二十四·文翰志·诗》作"和袁郎中破贼后过剡中山水"。

2. 诗句："回军马自嘶"中的"军"，清道光《嵊县志·卷十三·艺文·山川》、清同治《嵊县志·卷二十四·文翰志·诗》作"车"。

【赏析】

这是一首描写安史之乱后，剡县虽也遭战争之难但相对较为安定的景象的诗。新昌学者林世堂先生对此诗有鉴赏云："'鸣笳山月晓，摇旆野云低。翦寇人皆贺，回军马自嘶'四句，很有《诗经·小

雅·车攻》中'萧萧马鸣,悠悠斾旌'的情味,写的只是简单的典型场面,而气氛却很动人。又如'破竹清闽岭,看花入剡溪'二句,把不同时间、不同地点两个场面,集中在一联中,前者雄壮,后者悠闲,形成鲜明的对比,而两者的因果关系,又使诗句'象外有象',颇能于平淡处见功夫。"①

【汇评】

清·沈德潜《唐诗别裁集》卷一八:写景俱带定破贼后,下笔严谨。

---

① 林世堂著、吴宏富汇编《剡溪诗话(汇编本)》,北京:现代出版社,2018年版,第48—49页。

张继（一首）

张继（？—779？）：字懿孙，襄州（今湖北襄阳）人；一说南阳（今属河南）人。天宝十二载（753）进士。至德中与刘长卿同为御史，大历年间（766—779），以检校祠部员外郎，分掌财赋于洪州（今江西南昌）。大历末，卒于洪州。与皇甫冉、刘长卿交谊颇深。存诗40余首，主要是纪行游览、酬赠送别之作，多为五、七言律诗及七言绝句，语言明白自然，不尚雕琢，明秀自然。《枫桥夜泊》诗情致清远，为世人称道。著有《张祠部诗集》。《全唐诗》存诗一卷。

安史之乱起，张继流寓吴越。天宝十三载（754）至至德二载（757），张继在会稽太守于幼卿幕府供"司直"一职，在此期间曾游历剡县天台山。

剡县法台寺灌顶坛诗[1]

九灯传像法，七夜会龙华[2]。
月静金田广，幡摇银汉斜[3]。
香坛分地位，宝印辨根牙[4]。
试问因缘者，清溪无数沙[5]。

【出处】

《全唐诗补编·续拾》卷十六，中册，第892页（注引南宋高似孙《剡录·卷八·物外记·僧庐》）。

【注释】

〔1〕此诗《全唐诗》失收。法台寺：指惠安寺，原规模较大，有灌顶坛、增胜堂、上方轩。朱熹在上方轩题"溪上第一"。其旧址在城

隍庙西南200米，南邻应天塔。1949年后废，建为嵊县百货公司纺织品批发部。今新建于城隍庙西侧。《剡录·卷八·僧庐》云："惠安寺，在剡县清道光《嵊县志》作山之阳，旧曰般若台寺，又曰法华台寺。"灌顶坛：密教行仪中的坛场之一，专用于灌顶。《不空羂索神变真言经·卷三·灌顶真言》："于灌顶坛内，左手执瓶，右手按顶，加持七遍，即为灌顶结印发愿。"此处指密教之药师坛场。天宝十三载到至德二载（754—757），张继恰好在会稽太守于幼卿处做幕府，其间作有《会稽秋晚奉呈于太守》《会稽郡楼雪霁》《酬李书记校书越城秋夜见赠》，《剡县法台寺灌顶坛诗》亦应撰于此时。且诗题明言"灌顶坛"，则知其内容定与密教有关。灌顶，梵文意译。原为古印度国王即位的仪式中，国师以"四大海之水"灌于国王头顶，表示神速及统领四海之意。密宗在僧人任阿阇梨（教授师、导师）位时，仿此设坛举行灌顶仪式。

〔2〕九灯：灯在中国佛教禅宗史中寓意智慧，在《禅宗灯录》中有法眼宗道原的《景德传灯录》、临济宗李遵勖的《天圣广灯录》、云门宗正受的《嘉泰普灯录》五部，简称"五灯"。这里九是虚指，形容多。九灯形容智慧之博与广。像法：佛教语。正、像、末"三时"之一。谓佛去世久远，与"正法"相似的佛法。其时道化讹替，虽有教有行而无证果者。"像法"的时限说法不一。一般认为在佛去世五百年后的一千年之间。见《大集经》。南朝宋·谢灵运《山居赋》："析旷劫之微言，说像法之微旨。"七夜：水陆道场常以七天七夜为期。此处为灌顶坛，其中具支灌顶仪式，弟子须于灌顶七日前诚心礼拜忏悔，师亦于七日间持诵，然后设坛、供诸种香花果物，授以秘印，非有财力者不能为。龙华：亦作"龙花"。指龙华树。传说弥勒得道为佛时，坐于龙华树下，树高广四十里。因花枝如龙头，故名。唐·王勃《益州德阳县善寂寺碑》："翻宝宇之龙花，溥露低枝；荡真文于贝叶，天童润色。"王重民等编《敦煌变文集·丑女缘起》："供养佛僧消灭障，来生必定礼龙花。"此二句意为，在剡县法台寺（在今嵊州市）灌顶坛上，感受广博无穷的智慧传下"像法"，七天七夜仿佛相会于龙华树下聆听传道。

〔3〕金田：佛教指菩萨所居之地。亦为佛寺的别称。唐·宋之问《奉和九月九日登慈恩寺浮屠应制》诗："散花多宝塔，张乐布金田。"银汉：天河，银河。南朝宋·鲍照《夜听妓》诗："夜来坐几时，银汉倾露落。"此二句意为，静谧的月光下，寺院显得更加雄伟宏大，经幡在风中飘摇，接引着银河的星光向人间倾斜。

〔4〕宝印：佛教寺院中刻有"佛法僧宝"四个字的大印，叫作"三宝印"。三宝印的用处，是在"消灾、祈福、祝诞、度亡、庆典、法会"等"道场疏"上押捺用的。起源应是古时苦行僧独居深山罕迹处，因日夜精进震动魔宫苦行僧以山石为印刻上法号以备万一被魔附体后见自己法号能清醒，后来人们发现其印有很大加持力。故佛教多用于他处加持。根牙：牙通"芽"，比喻事物的萌芽和表现于外的迹象。此二句意为，礼敬神佛的香坛上每个人站在属于他的位置，宝印加持中可以分辨出一个人佛缘内在和外在的程度。

〔5〕因缘：佛教语。佛教谓使事物生起、变化和坏灭的主要条件为因，辅助条件为缘。《翻译名义集·释十二支》："前缘相生，因也；现相助成，缘也。""清溪"句、化自"恒河沙数"，佛教用语，出自《金刚经·无为福胜分第十一》："但诸恒河尚多无数，何况其沙……以七宝满尔所恒河沙数三千大千世界，以用布施。"人们用"恒河沙数"这一成语来形容数量极多，无法计算。恒河，南亚大河。此二句意为，试问世上有这样因缘的人有多少，回答是很多很多，像清溪里的沙子一样，数也数不清。

【存异】

1. 诗题：清乾隆《嵊县志·卷十五·艺文地理》、清道光《嵊县志·卷十四·艺文·古迹》作"灌顶坛"。

2. 诗句："宝印辨根牙"中的"牙"，清康熙《嵊县志·卷三·景迹志》、清乾隆《嵊县志·卷十五·艺文地理》、清道光《嵊县志·卷十四·艺文·古迹》作"芽"。

【赏析】

该诗在密教文学史上具有相当特殊的地位，它不但是教外作家第一首较完整地展示三密特点的灌顶诗，也是最具密教物色的药师赞。[1]

【汇评】

宋·叶梦得《石林诗话》卷中：继诗三十余篇，余家有之，往往多佳句。

清·丁仪《诗学渊源》卷八：继诗多弦外音，适意写心，不求工而自工者也。

---

[1] 李小荣《张继〈剡县法台寺灌顶坛诗〉之解读》：项楚主编《中国俗文化研究（第十二辑）》，成都：四川大学出版社，2016年版，第19—28页。

严维（一首）

严维（？—781？）：字正文，越州山阴（今浙江绍兴）人。初隐居桐庐。至德二载（757）进士，又擢辞藻宏丽科。以家贫亲老，不能远离，授诸暨尉，时已四十余岁。广德元年至大历五年间（763—770），充浙东节度府幕，为金吾卫长史。南宋嘉泰《会稽志·卷十四·人物》载："大历中，与郑概、裴冕、徐嶷、王纲等宴其园宅，联句赋诗，世传浙东唱和。维诗一卷，及剡隐居朱放、越僧灵澈诗集，皆秘藏府。"大历十二年（777）充河南节度府幕，兼领河南尉。官终秘书郎。与岑参、刘长卿、皇甫冉、皇甫曾、李嘉祐、钱起、耿湋、李端、鲍防、包佶、秦系、皎然、丘丹等诗人交游，工诗，在肃宗、代宗两朝诗名颇著。其诗多赠别酬唱之作，绝句情景相涵，曲折含蓄。灵澈与章八元曾向他学诗。《全唐诗》存诗一卷。

南宋嘉泰《会稽志·卷十三·古第宅》"严维宅"条载："严长史宅，大历中，郑概、裴冕等联句赋诗，与长史凡六人。长史名维，以诗著称，其自句云：'落木秦山近，衡门镜水通。'又皇甫冉《宿长史宅》诗亦云：'昔闻玄度宅，门对会稽峰。君住东湖上，清风继旧踪。'以诗考之，可想见其处也。"严维曾任诸暨尉，是浙东诗坛盟主，以鲍防为依托，聚集了数十位诗人进行集体创作，其中作有多首浙东诗，如《剡中赠张卿侍御》，从诗中可以看出，严维在浙东的足迹，主要在镜湖、剡中等地。

剡中赠张卿侍御[1]

辟疆年正少，公子贵初还[2]。

早列月卿位，新参柱史班[3]。
千夫驰驿道，驷马入家山[4]。
深巷乌衣盛，高门画戟闲[5]。
逶迤天乐下，照耀剡溪间[6]。
自贱游章句，空为衰草颜[7]。

【出处】

《全唐诗》卷二六三。

【注释】

〔1〕侍御：唐代殿中侍御史、监察御史皆称侍御。张侍御：事迹不详。

〔2〕辟疆：指张辟疆，张良之子。汉惠帝时，官侍中。惠帝崩，辟疆年方十五，为丞相王陵、陈平画策，请封诸吕以安吕太后。见《史记·吕太后本纪》。此以喻张卿。

〔3〕月卿：九卿别称。借用《尚书·洪范》以"月"喻卿之典。此指朝官。《尚书·洪范》："王省惟岁，卿士惟月，师尹惟日。"月卿，这里谓张氏早已跻于高位。柱史：指柱下史，周秦官名，相当于后世的侍御史。老子曾为周柱下史，故后世用作侍御史的美称。此句谓张卿新任侍御。

〔4〕驰驿：旧时官员入觐或奉差出京，由沿途地方官按驿供给其役夫与马匹廪给，称为"驰驿"。驷马：指驾一车之四马。也指显贵者所乘的驾四匹马的高车。表示地位显赫。

〔5〕深巷乌衣：乌衣巷。此谓张卿为高门望族。高门画戟：指显贵人家。唐制，三品以上官员门前立戟，见《唐会要》卷三二。

〔6〕逶迤：蜿蜒曲折。天乐：新昌城边有两山名天乐。一是城西南五里的磕山，旧名天乐山。另一是石城大石佛所在的仙髻岩，以造石弥勒像前"常闻弦管"，亦称"天乐"。

〔7〕游章：习章句之学，即学习儒家经书。衰草：干枯的草。

【存异】

诗句：（1）"早列月卿位"中的"月"，《剡录·卷六·诗》、清道光《嵊县志·卷十三·艺文》、清同治《嵊县志·卷二十四·文翰志·诗》、民国《嵊县志·卷二十八·艺文志·诗》作"名"。

（2）"自贱游章句"中的"贱"，《剡录·卷六·诗》作"赋"。

【赏析】

严维"深巷乌衣盛,高门画戟闲。逶迤天乐下,照耀剡溪间"。把剡中沃洲山比为王谢活动中心地之一的乌衣巷。

【汇评】

元·辛文房《唐才子传》:(严维)诗情雅重,挹魏晋之风,锻炼铿锵,庶少遗恨。一时名辈,孰非金兰!

杨凌（一首）

杨凌（？—790？）：字恭履，虢州弘农（今河南灵宝）人。徙居苏州（今属江苏）。善文辞，与兄杨凭、杨凝齐名，时号"三杨"。其才少以篇什著声，大历十一年（776）进士。曾任大理评事，官终侍御史。"三杨"中凌最能文，然早卒不得竟才。《全唐诗》存诗一卷。

杨凌于安史之乱时（755—763）移居苏州，到大历十一年（776）进士及第，其间约有二十年时间在江南。大约于大历初年游浙东剡中。

剡溪看花

花落千回舞，莺声百啭歌[1]。
还同异方乐，不奈客愁多[2]。

【出处】

《全唐诗》卷二九一。

【注释】

〔1〕莺声：黄莺的啼鸣声。此喻婉转悦耳的歌声。百啭：鸣声婉转多样。

〔2〕异方：不同的地方。乐：音乐。不奈：无奈、不禁。客愁：行旅怀乡的愁思。此二句化用《答苏武书》"异方之乐，只使人悲"意，即对着这异方之乐，"我"这个客子怎能承受得了由它所引发的愁思呢？

【赏析】

虽有良辰美景，却消不了诗人心中之愁。花落犹"千回舞"，黄莺为这种精神而唱起赞美诗。本是衰飒之事却写得生机勃发。首二句写

乐景，更衬托了诗人悲哀情绪之浓。正如邹志方所言："此诗借看花书感。前二句从落花莺声中写剡溪之美。千回舞，百啭歌，如此之乐，才引出愁情。以乐景写愁，极为深刻。"[1]

"乐景"不是古诗词中的常用词语，而是一种创作手法。它是指一种文学氛围，意思是"快乐的喜剧氛围、赏心悦目的情景"，与"哀景"对应。因人的内心活动不同，对相同的景物往往有着相反的感觉，诗人为了表达自己的心情，常常利用不同的感受，作为"手法"来创造哀与乐的氛围，以引起读者共鸣。

---

[1] 邹志方著《浙东唐诗之路》，杭州：浙江古籍出版社，2019年版，第275页。

崔峒（一首）

崔峒（生卒不详）："大历十才子"之一。大历元年（766）前后在世。博陵安平（今河北定州）人。大历二年（767）进士，曾官拾遗、集贤学士，终州刺史。有诗名，与严维、韦应物、戴叔伦、皇甫冉等有诗酬唱，以五律见长。诗意方雅，词彩炳然。著有《崔峒诗》。《全唐诗》存诗一卷。

安史之乱时，崔峒避地江南，作有《越中送王使君赴江华》诗，是他曾游浙东的力证。他来浙东时，戴叔伦有《送崔拾遗峒江淮访图书》诗。途经越州，访严维，严维作有《送崔峒使往睦州兼寄薛司户》诗。《唐才子传校笺》卷四云："峒任拾遗期间，曾至江东访图书。"他游浙东的时间，似在"江东访图书"时。

润州送师弟自江夏往台州[1]

远客乘流去，孤帆向夜开[2]。
春风江上使，前日汉阳来[3]。
别路犹千里，离心重一杯[4]。
剡溪木未落，羡尔过天台[5]。

【出处】

《全唐诗》卷二九四。

【注释】

〔1〕润州：唐县名，治所丹徒，在今江苏镇江。江夏：唐县名，属鄂州，治所在今湖北武汉武昌。台州：唐州名，治所在今浙江临海。

〔2〕远客：从远地来的客人。唐·刘长卿《酬李穆见寄》诗：

"欲扫柴门迎远客,青苔黄叶满贫家。"乘流:犹乘舟。孤帆:孤舟。唐·李白《黄鹤楼送孟浩然之广陵》诗:"孤帆远影碧空尽,惟见长江天际流。"

〔3〕汉阳:唐县名,属鄂州,治所在今湖北武汉汉阳。

〔4〕别路:离别的道路。离心:别离之情。

〔5〕木未落:指未入秋。木落,叶落。天台:指天台山。

【存异】

1. 诗题:《剡录·卷六·诗》作"送师弟往台州"。

2. 诗句:"前日汉阳来"中的"汉",《剡录·卷六·诗》作"濮阳"。

【赏析】

这是一首送人漫游诗,表达出一种精神解脱的审美享受,透过一份平淡,能让人感受到时代的脉搏。从诗中可以看出,这位师弟先由江夏顺江东下到达润州(今江苏镇江),再经南运河到达杭州,渡钱塘江进入越州,经剡溪,最后到达台州。诗人在诗中深情倾诉了自己对剡中、天台山风光的神往,为其师弟有这样好的行程而欣羡、赞叹,同时也为自己有向往之心而无得游之机而遗憾。

韩翃（一首）

韩翃（生卒年不详）："大历十才子"之一。字君平，郡望昌黎，籍贯南阳（今属河南）。天宝十三载（754）进士。建中元年（780），以诗受知德宗，除驾部郎中、知制诰，擢中书舍人卒。韩翃才名早著，诗篇流传宫禁，见重朝野。其诗词辞藻华丽，偶有佳作。"春城无处不飞花"出自韩翃的《寒食》一诗，最为著名。在大历十才子中，韩翃的创作成就最大，高仲武《中兴间气集》云："韩员外诗，匠意近于史，兴致繁富，一篇一咏，朝士珍之。"《全唐诗》存诗三卷。

永泰元年（765）七月到大历九年（774），《唐才子传》云韩翃此后"闲居十年"。韩翃游浙东当在此十年间。韩翃作的"剡"字诗。有《和高平朱参军思归作》："刺船频向剡中回，捧被曾过越人宿。"另有一首《送山阴姚丞携妓之任兼寄山阴苏少府》存疑，作李欣诗，此不录。

和高平朱参军思归作[1]

髯参军，髯参军[2]，
身为北州吏，心寄东山云[3]。
坐见萋萋芳草绿，遥思往日晴江曲[4]。
刺船频向剡中回，捧被曾过越人宿[5]。
花里莺啼白日高，春楼把酒送车螯[6]。
狂歌好爱陶彭泽，佳句唯称谢法曹[7]。
平生乐事多如此，忍为浮名隔千里。
一雁南飞动客心，思归何待秋风起[8]。

【出处】

《全唐诗》卷二四三。

【注释】

〔1〕高平：唐郡名，即泽州，治所在今山西晋城。朱：一作"米"。

〔2〕髯参军：《晋书·郗超传》载，郗超任桓温大司马参军，超有髯，府中号曰"髯参军"。诗以郗超喻指朱参军。

〔3〕东山：南宋嘉泰《会稽志》："晋宋诸贤居会稽、剡中，例称东山。……会稽、剡中、若耶、云门，皆可称东山也。"《晋书·谢安传》载，谢安早年曾辞官隐居会稽之东山，经朝廷屡次征聘，方从东山复出，官至司徒要职，成为东晋重臣。又，临安、金陵亦有东山，也曾是谢安的游憩之地。后因以"东山"为典，指隐居或游憩之地。

〔4〕坐：徒，空。萋萋芳草绿：指春草多。西汉·刘向《楚辞·招隐士》诗："王孙游兮不归，春草生兮萋萋。"

〔5〕刺船：撑船。

〔6〕车螯：蛤类，俗称昌蛾蜃，自古为海味珍品。

〔7〕陶彭泽：指东晋诗人陶渊明，曾官彭泽县令。谢法曹：南朝宋·谢惠连曾任法曹参军，人称谢法曹，有诗传世。一说谢庄，字希逸，曾做过始兴王潜后军法曹参军。后因用作称美诗才的典故，也用来比拟参军。此处以谢法曹为喻，谓朱参军雅爱诗歌。

〔8〕"一雁"句：这里用张翰思归的故事衬托朱参军思归。动，《校编全唐诗》："《唐诗品汇》作断。""思归"句：用张翰事，参李白《秋下荆门》诗注〔3〕。这里用张翰思归的故事衬托朱参军思归。何，《校编全唐诗》："《唐诗品汇》作可。"

【赏析】

这首诗为思归之作，但整首诗的情调是明亮而轻快的，毫无凄苦深痛之感，而只是在愉快的回忆中伴有一丝淡淡的遗憾。

晋诗人陶潜曾任彭泽县令，居官八十余日，因不愿为五斗米折腰即辞官归隐。后因用作咏县令的典故。"狂歌好爱陶彭泽，佳句唯称谢法曹。平生乐事多如此，忍为浮名隔千里"四句，即化用了这一典故，表现朱参军爱好自由的诗酒生涯。

【汇评】

明·许学夷《诗源辩体》：（韩）翃七言绝，后两句多偶对者，藻丽精工，是其特创，晚唐人决不能有也。

杨巨源（二首）

杨巨源（755—832？）：后改名巨济，字景山，河中（今山西永济）人，贞元五年（789）以第二名及进士第。由秘书郎擢太常博士、礼部员外郎，出为凤翔少尹。复召授国子司业。长庆四年（824），辞官退休，执政请以为河中少尹，食其禄终身。一生咏吟不辍，写诗刻苦，字句精工，长于七言律诗，元和、长庆间（806—824）颇负盛名。其诗讲究韵律，诗意蕴藉浑厚。与白居易、元稹、刘禹锡、王建、韩愈有交往。张为《诗人主客图》列其与无可为"清奇雅正主"李益下"入室十人"第七位。《全唐诗》存诗一卷。

杨巨源写有许多向往浙东和游浙东的回忆诗。如《送定法师归蜀法师即红楼院供奉广宣上人兄弟》："空性碧云无处所，约公曾许剡溪游。"这是他与定法师约定共游剡溪的诗句。另作有《奉酬端公春雪见寄》诗："兴逸何妨寻剡客，唱高还肯寄巴人。"《题清凉寺》诗："凭槛霏微松树烟，陶潜曾用道林钱。"

送定法师归蜀法师即红楼院供奉广宣上人兄弟[1]

凤城初日照红楼，禁寺公卿识惠休[2]。
诗引棣华沾一雨，经分贝叶向双流[3]。
孤猿学定前山夕，远雁伤离几地秋[4]。
空性碧云无处所，约公曾许剡溪游[5]。

【出处】

《全唐诗》卷三三三。

【注释】

〔1〕法师：指诗僧广宣兄弟。红楼院：在长安长乐坊大安国寺内。原为睿宗在藩旧宅，景云元年（710）立为寺。寺内的红楼，为睿宗在藩时舞榭。元和中，广宣上人住此院。见《唐两京城坊考》卷三。广宣上人为交州（今广东、广西一带）人贞元年间居蜀。红楼，此指寺院楼阁。寺院净土而有红楼，又别有一番庄严华妙的风味，它以无言的宣说在尘俗与修道之间作了连接。

〔2〕禁寺：皇家寺院。惠休：指南朝宋高僧惠休。俗姓汤，有诗才，与鲍照有诗文往来。人称"惠休上人"。见《宋书·徐湛之传》。后因以美称有文才的僧人。这里以汤惠休喻指广宣上人。

〔3〕棣华：《诗·小雅·常棣》："常棣之华，鄂不韡韡。凡今之人，莫如兄弟。"以棠梨树的华、萼相依比喻兄弟间的亲密关系。后因以棣华、棣萼喻兄弟友爱、和睦。定法师为广宣上人兄弟，这里以"棣华"点明其兄弟关系。一雨：喻恩泽。指其以诗应制，为供奉。贝叶：贝多罗树之叶，古代印度用贝叶写佛经。双流：指成都。左思《蜀都赋》："带二江之双流。"李冰修都江堰，在今四川成都都江堰西北，分岷江为两支（二江），分流经成城北面和南面，然后合而南流。

〔4〕定：指禅定，佛家语。谓坐禅时住心于一境，冥想妙理。

〔5〕约：邀请。剡溪游：用王子猷雪夜访戴典故。意仿王子猷游剡溪。

【存异】

诗题：《剡录·卷六·诗》作"送定法师"。

【汇评】

清·金圣叹《选批唐诗六百首》：（前解，指前四句）送定法师，却先写宣法师，相见一时，举朝公卿，倾倒宣公，非同聊尔。看其用"初日照"字，特以华严菩萨相推，即可知也。至写定公，则先之以诗，次之以经。先之以诗，为举朝公卿应机也；次之以经，为红楼供奉接座也。然亦仍用"引"字、"分"字，未尝暂置宣公也。（后解，指后四句）上解，只写定师是宣师兄弟，此解方写送归也。"碧云"，即江令所拟汤师诗句，言师自归蜀，我自游剡，空性无在无不在，日暮佳人，更无不来之叹也。

奉酬端公春雪见寄[1]

造化多情状物亲,剪花铺玉万重新[2]。
闲飘上路呈丰岁,狂舞中庭学醉春[3]。
兴逸何妨寻剡客,唱高还肯寄巴人[4]。
遥知独立芝兰阁,满眼清光压俗尘[5]。

【出处】

《全唐诗》卷三三三。

【注释】

〔1〕奉酬:以诗文相赠答。奉,表示尊敬的词。端公:唐代称侍御史为端公。确指何人不详。春雪见寄:《春雪》诗已寄来。见寄,寄给我。见,助词,用在动词前面,表示动作的对象是叙述自己。

〔2〕"造化"句:谓造物主多情为大地创造了美妙的雪景,而端公在《春雪》这首诗中对雪景的描写也非常逼真亲切。造化,造物主,也指大自然。剪花铺玉:春雪像剪成的花,铺洒的玉。用比喻的手法描写下雪。

〔3〕呈丰岁:下雪是丰年的吉兆,故说"呈丰岁"。醉春:醉酒。唐代写酒常用春字,酒名亦常用春字,因此以"春"指代酒。"狂舞"句以拟人的手法形容雪花飘舞的情态如同人喝醉酒一般。

〔4〕剡客:指东晋戴逵,后泛指隐士。源自"子猷访戴"典故。唱高:唱阳春白雪这样高雅的歌曲。巴人:下里巴人简称,原指楚国地方通俗歌曲。见宋玉《对楚王问》。此处诗人自喻。此二句是将对方的《春雪》诗暗切"阳春",用"巴人"转指粗鄙的人,用以自谦。

〔5〕芝兰阁:御史台,侍御史处理政务之所。此处代指端公。"满眼"句:称赞端公的《春雪》诗超凡脱俗。清光,指雪晶莹明亮。此二句诗人借用白雪的冰清玉洁之特性来暗喻端公敢于同邪恶做斗争的高洁品格。

【赏析】

这首诗将咏春雪与赞端公两者有机结合,写得很好。前四句既称赞端公寄来的《春雪》诗写得好,状物摹形自然亲切,又带酬和之意,进而吟咏春雪:"剪花铺玉万重新"。写雪花之整齐有致,如同仙人所剪之花,其色之洁白、洒落地上之均匀,如同铺开的玉。"闲飘""狂舞"

用得极当，前者着眼于远处、空中，后者落笔于近处、庭院，极写雪花点点，从空中飘落，形态有异，似安闲踱步，像醉汉歪斜。以上几句分明写出了春雪的独有特点，片片飞落，不急不猛，十分安闲，美趣自在。"兴逸"句既承上，又启下，唯雪景至美，才引得人们兴致勃勃，雅趣横生，寻友访故，进而称赞端公对自己的知心友待之情。后两句语意双关，表面上写雪花的晶莹明亮，洗尽人间灰尘，实则称赞端公力排众议，主持正义、不媚上的高洁之气。①

---

① 叶伯泉、赤叶选注《丽雪赋》，哈尔滨：北方文艺出版社，1987年版，第66—67页。

武元衡（二首）

武元衡（758—815）：字伯苍，河南府缑氏县（今河南偃师）人。武则天曾侄孙。少时天资聪颖，才华横溢。建中四年（783）参加科举考试，因诗赋文佳，金榜题名，位列进士榜首，累辟使府，官至门下侍郎、平章事。因力主削平藩镇，遭淮西节度使吴元济等忌恨，遂遭刺身亡。赠司徒，谥"忠愍"。"元衡工五言诗，好事者传之，往往被于管弦"。（《旧唐诗》）其诗藻思绮丽，琢句精妙，张为《诗人主客图》列其为"瑰奇美丽主"。著有《临淮集》《武元衡集》。《全唐诗》存诗二卷。

武元衡约在大历末年至建中初入浙东，在严维任秘书郎后入越。武元衡作有多首及剡诗。如《送严绅游兰溪》："剡岭穷边海，君游别岭西。"《送寇侍御司马之明州》："地穷沧海阔，云入剡山长。"《夏与熊王二秀才同宿僧院》："一听林公法，灵嘉愿寄身。"

送严绅游兰溪[1]

剡岭穷边海，君游别岭西[2]。
暮云秋水阔，寒雨夜猿啼。
地僻秦人少，山多越路迷[3]。
萧萧驱匹马，何处是兰溪[4]。

【出处】
《全唐诗》卷三一六。

【注释】
〔1〕严绅：严绶之兄，官至光禄少卿，见《元和姓纂》卷五。兰

溪：水名，在今浙江兰溪市境。兰溪早期隶属会稽郡。兰溪市与东阳毗陵，《元和郡县图志·卷二六·婺州》："兰溪，在县南七里，东北流入东阳江。"唐咸亨五年（674）析金华县西三河戍地始建为县，时为上县，属婺州。因县西兰阴山下有溪，崖岸多兰茝，故水名兰溪，县又以水名。

〔2〕剡岭：指剡中之山岭。此指新昌南岩附近，此地古时濒海。唐·李绅有《龙宫寺碑》诗为证："南岩海迹，高下犹存。"详见附录1"南岩"条。一说此处泛指越中之山。穷：动词，靠近，濒临。边海：指临海。

〔3〕秦人：关中人。越路：越州之路。

〔4〕萧萧：形容马嘶鸣声。

【赏析】

隋唐五代时期具有发达畅通的交通道路。马是这一时期的重要出行工具之一。隋唐私人骑马出行较少，到唐朝才逐渐普遍。在浙江，骑马出行也自唐朝开始逐渐普遍。唐诗中有许多骑马出行的诗句[1]。本诗"地僻秦人少，山多越路迷。萧萧驱匹马，何处是兰溪"即是其中的一例。

这是一首送别诗，诗人送他的朋友严绅去兰溪。兰溪早期属于会稽郡。此诗从剡岭写起，首句写作者与朋友分别。接着想象对方行程，沿途风景，境界阔大，尤带伤感。并说此地偏僻，"地僻秦人少"，是指世外桃源，人迹罕至；"山多越路迷"，指其在越地行走。最后是"萧萧驱匹马"，已经到了哪里了？从其路线而言，他应该是从临海到剡中再去越州的。

送寇侍御司马之明州[1]

斗酒上河梁，惊魂去越乡[2]。
地穷沧海阔，云入剡山长[3]。
莲唱蒲萄熟，人烟橘柚香[4]。

---

[1] 陈华文等著《浙江民俗史》，北京：中国社会出版社，2007年版，第183—184页。

兰亭应驻楫，今古共风光[5]。

【出处】
《全唐诗》卷三一六。

【注释】
〔1〕司马：州府之佐吏。侍御司马，即带侍御史或监察御史衔的司马。明州：治所在今浙江宁波。

〔2〕斗酒：携酒饯别之意。河梁：旧题《李少卿与苏武诗》之三："携手上河梁，游子暮何之。"这里以"河梁"喻指送别地，谓饯送友人。此二句意为，自己置斗酒为寇侍御送别。

〔3〕"地穷"二句：明州原为越州东偏之地，唐玄宗开元二十六年（738）方从越州分置，《旧唐书·地理志》："开元二十六年，于越州鄮县置明州。"剡山，此处指剡县诸山。

〔4〕莲唱：指采莲女所唱采莲歌。萄：一作"鱼"。蒲鱼即鳟鱼。橘柚香：这一记载说明明州在唐代已经有橘、青梄子等果树种植。浙东的明州是浙江重要的产柑橘地区。

〔5〕"兰亭"二句：诗咏送友人去明州。明州治所在今浙江宁波市。诗谓友人途经会稽，当与曾集会兰亭的古人共享其山水风光。兰亭，在越州山阴（今浙江绍兴西南兰渚山下）。相传越王勾践曾植兰于此，汉代又以此为驿亭，因得名。东晋王羲之等人曾于永和九年（353）三月三日在此宴集，羲之作《兰亭集序》。

【赏析】

自汉代以来陆续传入的西域果品葡萄，到了唐代，明州也有种植。从武元衡《送寇侍御司马之明州》诗"莲唱蒲萄熟，人烟橘柚香"可以看到明州种植橘柚的事实，同时可以看到明州有葡萄种植。

从会稽（今绍兴）去明州（今宁波），途经剡中（今新嵊），吟咏剡县诸山。首联以斗酒豪情分手上路，以惊魂而去越乡。接着写剡中风光，也是秋天季节，与另一位诗人崔颢自东阳到剡中诗差不多。最后是叫他在兰亭停舟，共赏此地风光。

张籍（二首）

张籍（766？—830？）：字文昌，吴郡（今江苏苏州）人。少时迁居和州乌江（今安徽和县）。贞元十五年（799）进士。历任太常寺太祝、水部员外郎、国子司业等职。世称"张水部""张司业"。张籍家境穷困，眼疾严重，任过太常寺太祝，绰号"穷瞎张太祝"。曾从学于韩愈，并与白居易相友善。擅长乐府，用口语白描记事述情，反映当时社会现实，语言凝练而平易自然，与当时的王建齐名，世称"张王"。并因孟郊与韩愈交厚，谊兼师友。与元稹、白居易和王建倡导新乐府运动，并称"元白张王"。此外与白居易、元稹、贾岛、姚合等亦多有赠答。张为《诗人主客图》列其与无可为"清奇雅正主"李益下"入室十人"第六位。著有《张司业集》。《全唐诗》存诗五卷。

张籍于长庆三年（823）春天游浙东，作有多首及剡诗。如《送越客》："春云剡溪口，残月镜湖西。"《寄灵一上人初归云门寺》："方同沃洲去，不作武陵迷。"《剡溪逢茅山道士》："茅山近别剡溪逢，玉节青旄十二重。"

送越客[1]

见说孤帆去，东南到会稽[2]。
春云剡溪口，残月镜湖西[3]。
水鹤沙边立，山鼯竹里啼[4]。
谢家曾住处，烟洞入应迷[5]。

【出处】
《全唐诗》卷三八四。

【注释】

〔1〕越：春秋时越国故地，今浙江一带。

〔2〕见说：犹闻说，听说。

〔3〕剡溪口：专有名称，即嵊浦，其上称剡溪，其下称曹娥江，至今亦然。残月：弯月。镜湖：指鉴湖，在今浙江绍兴会稽山北麓。

〔4〕沙：河边的沙滩。立：一作"宿"。山鼯：指鼯鼠，亦称大飞鼠。前、后肢之间有宽而多毛的飞膜，可在树木中飞行。

〔5〕谢家：指位于剡溪口的始宁墅。《剡录》卷三载："（谢灵运）父祖并葬始宁，有宅墅，修营旧业，傍山带江，尽幽居之美。""烟洞"句：看似承前句而写越地物色，实则暗用刘晨、阮肇天台山采药遇仙的典故，借以赞美会稽山清水秀、美丽迷人。烟洞，形容从剡溪口入嵊嵊狭谷的地形特征。借指桃源仙女洞府。应，一定。此二句意为，东晋谢安、谢玄家族曾在此居住，如果你进入烟雾弥漫的洞口，肯定会迷路。

【存异】

诗句："谢家曾住处"中的"住"，民国《嵊县志·卷二十八·艺文志·诗》作"往"。

【赏析】

"春云剡溪口，残月镜湖西"。众所周知，天姥山地处古剡县的东南部，位于今新昌县东五十里。镜湖即汉代会稽太守马臻修筑的大型水利工程——鉴湖。会稽东小江即今天的曹娥江。在唐代，由于越山植被好，鉴湖尚未淤积，水与曹娥江连接，舟能由鉴湖沿曹娥江而上，直至剡溪。

鹤在古代诗文中是常见的。与松树绘在一起的松鹤图，也是画家钟情的题材。鹤那飘飘然的形象，令人喜爱；而仙人乘鹤的故事，又衍化出"仙鹤"这一名词，给鹤涂上了一层神秘的色彩。据诗句"春云剡溪口，残月镜湖西。水鹤沙边立，山鼯竹里啼"可知，现在的新昌，曾是鹤的家乡。

《中华诗词曲对仗大辞典》评"春云剡溪口，残月镜湖西"一联："五律颔联。剡溪、镜湖，地名对。"

不过，在律诗的对仗中，需要避免的是同义词的对仗。"春云剡溪口，残月镜湖西"一联则犯了这个大忌。所以，宋·葛立方《韵语阳

秋》卷二评："如此之类，皆骈句也。"像这样的对仗，诗意重复局促，是应该注意避免的。

剡溪逢茅山道士[1]

茅山近别剡溪逢，玉节青旄十二重[2]。
自说年年上天去，罗浮最近海边峰[3]。

【出处】

《全唐诗》卷三八六。

【注释】

〔1〕此诗一作《赠道士》。茅山：又名句曲山。道教名山之一，《道藏·洞天记》列为"第一福地，第八洞天"，在今江苏西南部的句容市和金坛市交界处。相传西汉景帝时茅盈、茅固、茅衷三兄弟在此修道成仙，号"三茅真君"，因而改名三茅山，简称茅山。南朝梁陶弘景、唐代吴筠等曾于此修道。

〔2〕玉节青旄：指山人的旄节、仪仗。这里指道教的法器。青：黑色。旄：古代用牦牛尾装饰的旗子。旄，《校编全唐诗》："《万人唐诗绝句》作毛。"十二重：亦称十二城、十二楼，传说在昆仑山上，是神仙居住的地方。此处指十二副。重，此处作量词用。

〔3〕罗浮：指罗浮山，道教名山之一，称"第七洞天"。在广东东江北岸，坛城、博罗、河源等县间。主峰飞云顶在博罗县城西北。传说东晋葛洪晚年赴穗，止于此山著书、炼丹。

【存异】

诗句："自说年年上天去"中的"上天"，清同治《嵊县志·卷二十四·文翰志·诗》作"天上"。

【赏析】

诗人在剡遇到了茅山道士。这首诗描写了剡溪美丽的景色，表现了他对茅山道士的生活的向往。

李冶（一首）

李冶（？—784）：名或作"裕"，字季兰，以字行，乌程（今浙江湖州）人，后为女道士。美丽聪慧，五六岁即能吟诗。及长，专心翰墨，工格律，善弹琴。与陆羽、刘长卿、皎然、朱放交往。晚年被召入宫中，至兴元元年（784），因献诗叛将朱泚，被唐德宗扑杀。其诗以五言擅长，多赠人及遣怀之作。她与薛涛、鱼玄机、刘采春被人称为唐代四大女诗人。《全唐诗》存诗十九首（句）。

《唐才子传》卷二载："李季兰时往来剡中，与山人陆羽、上人皎然，意甚相得。皎然尝有诗《答李季兰》云：'天女来相试，将花欲染衣。禅心竟不起，还捧旧花归。'"

送阎二十六赴剡县[1]

流水阊门外，孤舟日复西[2]。
离情遍芳草，无处不萋萋[3]。
妾梦经吴苑，君行到剡溪[4]。
归来重相访，莫学阮郎迷[5]。

【出处】

《全唐诗》卷八〇五。

【注释】

〔1〕阎二十六：指李冶的情人阎士和，字伯均，广平（今河北鸡泽）人。刑部侍郎阎伯玙从父弟。家族中排行第二十六。曾受业萧颖士。大历中任江州判官。曾至湖州参加皎然等人联唱。

〔2〕阊门：今江苏苏州西门。《太平寰宇记》："吴城西门也，春申

君改为阊门。"日复西:一天一天地向西行去。此二句意为,姑苏(今苏州)城,阊门外,无情的流水悠悠东去。一叶扁舟,载你远行,天边落下一轮斜斜的残日。

〔3〕遍芳草:意为天涯到处有芳草,是在家女子对外出游男人的担心。萋萋:草茂盛的样子。此二句意为,我对你不舍的离别之情,就像那遍地的芳草,繁茂旺盛,无处不绿。表示女子意恐自己男人在外另觅新欢,令自己芳华迟暮的心境。同时表达了对情人出游早归的殷勤嘱托。又,萋萋,《校编全唐诗》:"《才调》作凄凄。"连上句意为,两人的离愁别恨感染了芳草,看起来也十分凄凉。意境完全不同。

〔4〕吴苑:吴王宫殿,在苏州,也是吴王夫差藏娇的地方,当年西施等美人就曾居住在这里。此指作者与阎相聚之地。此二句意为,梦中,我追赶你,经过了吴王的林苑,又紧随你的船到了剡溪。

〔5〕阮郎迷:像阮肇一样迷而不返。这里以"阮郎迷"为喻,要求阎氏莫忘旧情,归来重聚。阮肇,汉时剡县人,他与刘晨入天台山,遇二仙女迷不知返。阎君恰好是去剡县,这典故用得贴切。此二句意为,多么盼望你早些回来,那时再来看我啊,可千万别学阮肇入天台,遇仙而迷!

【存异】

诗句:"离情遍芳草"中的"离",清道光《嵊县志·卷十三·艺文·山川》作"雅"。

【赏析】

此诗是李冶送别情人阎伯均而作,写得情意缠绵,凄惶动人。诗中以绿遍天涯的芳草喻离情,以梦魂相随表相思,最后借助剡县流传的刘阮遇仙的典故劝诫情人莫学阮肇,遇仙不归,流露出隐隐的担忧之情。

【汇评】

宋·计有功《唐诗纪事》:刘长卿谓季兰为女中诗豪。

朱放（二首）

朱放（？—788？）：字长通，南阳（今属河南）人。初居临汉水，遭岁馑，隐于越州剡溪、镜湖，润州丹阳等地，结庐云卧，钓水樵山。与当时吴越名流如皇甫冉、皇甫曾、皎然、灵澈、刘长卿、顾况、严维、戴叔伦等酬唱交游。建中三年（782）李皋镇江西，召为节度参谋。贞元二年（786）举韬晦奇才科，拜右（一作左）拾遗，赴京而未就，复归，终于广陵（今江苏扬州）舟中。著有《朱放诗》。《全唐诗》存诗一卷。

朱放因避安史乱而移居越地，其隐居地在今嵊州市三界镇、崿浦之间。作有多首及剡诗。如《剡溪行却寄新别者》："唯有白云心，为向东山月。"《剡溪舟行》："月在沃洲山上，人归剡县溪边。"《送张山人》："便欲移家逐君去，唯愁未有买山钱。"《送著公归越》："莫学白道士，无人知去踪。"

剡溪行却寄新别者[1]

潺湲寒溪上，自此成离别[2]。
回首望归人，移舟逢暮雪。
频行识草树，渐老伤年发[3]。
唯有白云心，为向东山月[4]。

【出处】

《全唐诗》卷三一五。

【注释】

〔1〕此诗《唐才子传》作《别同志》，盖将入李皋幕时所作。新别

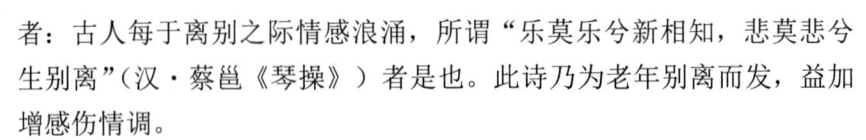

者：古人每于离别之际情感浪涌，所谓"乐莫乐兮新相知，悲莫悲兮生别离"（汉·蔡邕《琴操》）者是也。此诗乃为老年别离而发，益加增感伤情调。

〔2〕潺湲：水慢慢流动的样子。南朝宋·谢灵运《七里濑》诗："石浅水潺湲，日落山照曜。"

〔3〕频行：临行。年发：年龄与鬓发。年渐老则鬓发渐白，故亦用以指衰老。

〔4〕白云心：喻指隐逸的情趣。后以"白云"寓隐逸或隐居。东山：东晋谢安隐居处，参韩翃《和高平朱参军思归作》诗注〔3〕。此处代指朱放剡溪隐居之地。

【存异】

诗题：《剡录·卷六·诗》作"剡溪行"。

【赏析】

《唐才子传》卷五载：朱放"大历中，嗣曹王皋镇江西，辟为节度参谋"。亦即建中三年（782），李皋镇江西，召朱放为节度参谋。本诗作于此时。朱放对山林生活恋恋不舍，依依难别，而且颇有衰老难任之叹。不久，朱放因不喜欢公事繁忙，乘小船回山隐居。"唯有白云心，为向东山月"剖白了其心迹。他明知此去不适心意，终当归来，却依旧去了。可见他并非始终任情而行。朱放游心于山水之间，专情于丹砂之事，皇甫冉说他是"全将世事疏"（《卖药人处得南阳朱山人书》）。

【汇评】

唐·顾况《右拾遗吴郡朱君集序》：朱君能以烟霞风景，补缀藻绣，符于自然。山深月清，中有猿啸，复如新安江水，文鱼彩石，历历可数。其杳琼翛飒，若有人衣薜荔隐女萝，立意皆新，可创离声乐友之什，情思最切。

剡溪舟行[1]

月在沃洲山上，人归剡县溪边[2]。
漠漠黄花覆水，时时白鹭惊船[3]。

【出处】

《全唐诗》卷三一五。

【注释】

〔1〕此诗一作《剡山夜月六言》,一作《剡山夜月》。剡山,此处特指,今嵊州市的剡山。《剡录·卷一·官治志》:"县治据剡山之阳。"又据《剡录·卷二·山水志》:"剡山为越面,县治府宅其阳。"

〔2〕剡县:此指县治,当时剡县城南临剡溪处。归:是说朱放冶游沃洲以后,于秋月初升时分驾舟回归寓所。溪:一作"江"。此二句意为,夜月爬上了沃洲山头,游览了一天的人们才依依不舍回到溪边乘舟归去(剡县治所住地)。

〔3〕漠漠黄花:黄花密布。漠漠,密布、广布的样子。覆水:覆盖水面。白鹭惊船:白鹭鸟被行船惊起。此二句意为,潺潺流水,时而有白鹭掠过,惊扰了这静谧的时光。

【存异】

诗句:"人归剡县溪边"中的"溪",《剡录·卷六·诗》、清乾隆《嵊县志·卷十五·艺文地理》、清道光《嵊县志·卷十三·艺文·山川》、清同治《嵊县志·卷二十四·文翰志·诗》、民国《嵊县志·卷二十八·艺文志·诗》、民国《新昌县志·卷十四·寓贤》作"江"。编者以为"剡""溪"嵌入诗中更佳。

【赏析】

灵一有《送朱放》诗:"苦见人间世,思归洞里天。纵令山鸟语,不废野人眠。"朱放隐于越之剡溪,此诗前二句指此。又朱放有《灵门寺赠灵一上人》诗:"请住东林寺,弥年事远公。"亦堪为此诗前二句之注脚。清乾隆《嵊县志·卷二·地理古迹》载:"朱放山居在剡溪。"朱放隐剡地点,从"月在沃洲山上,人归剡县溪边"句看,"剡县"指县治,当时剡县城南临剡溪处。或许也在今嵊州市三界镇至仙岩镇一带住过,严维《赠送朱放》诗:"欲依天目住,新自始宁移。"三界镇为古始宁县县治。

剡溪因了秀美山水,也因了谢灵运,在唐代诗人心目中几近神圣,诗作不绝于笔。朱放在此诗即为例证。天地清朗,山水明丽,人也文明,变得恬静下来。白鹭翩然,不是人惊鸟,而是鸟惊船。写景状物,可以说是一幅美丽的山水风景画:月在山上,人在溪边,黄花覆水,白鹭惊船,真可谓是诗中有画,诗境如画。每句都构成一个独立的画面,而且是在静与动的交替之中展开,除了可以听到一两声白鹭的惊

鸣之外，笼罩在皓月之下的，则是一片静谧。诗人的心灵，似乎也在这清新幽美的环境中得到了净化。从这首诗可以看出，朱放对剡溪剡山感情是多么的深，月光下的山光水色是多么的幽静！意象的巧妙安排，彻底地将这首诗升华了。所谓的清雅高逸，闲情雅致，当是如此。

崔子向（一首）

崔子向（生卒不详）：名中，以字行，号中园子，金陵（今江苏南京）人。大历八年至十二年（773—777）间游湖州，与诗僧皎然等联唱。大历末又曾游常州，与皇甫曾等联唱。建中、贞元年间，历监察御史，终南海节度从事。崔子向有诗名、好佛。严维有《赠送崔子向》诗，称其"新诗踪谢守，内学似支郎"。《全唐诗》存诗三首，又联句五首，《全唐诗补编·续拾》补诗一首。

崔子向有《题越王台》《游云门》诗，越王台在今绍兴城内府山南麓；云门山在会稽县南三十里，山上有云门诗，由此可证他曾游越。从《送惟详律师自越之义兴》诗，以"剡山"比阳羡诸山，亦可佐证。

送惟详律师自越之义兴[1]

阳羡诸峰顶，何曾异剡山[2]。
雨晴人到寺，木落夜开关[3]。
缝衲纱灯亮，看心锡杖闲[4]。
西方知有社，未得与师还[5]。

【出处】

《全唐诗》卷三一四。

【注释】

〔1〕《校编全唐诗》："《文苑英华》《唐诗品汇》均作《送惟详律师自越归义兴》。"律师：佛教称精于戒律者。此指僧人。

〔2〕阳羡：指今江苏宜兴。秦汉时宜兴称阳羡，唐又称义兴。剡山：泛指越州剡县诸山。

〔3〕人：《校编全唐诗》："《文苑英华》《唐诗品汇》均作秋。"木落：叶落。

〔4〕亮：一作"晃"。锡杖：佛家语。僧人所持的手杖。杖头有锡环，振时作锡锡声。也称"禅杖""声杖""鸣杖"。

〔5〕西方有社：指西方社。晋代庐山东林寺高僧慧远，与僧俗十八贤结社念佛，因寺池有白莲，遂称白莲社，简称莲社。莲社修西方净土之教，又称西方社、西社。见《莲社高贤传·慧远法师》。后以莲社用作咏僧人或尊佛文士的典故。这里以"西方社"为喻，将惟详律师比作晋代高僧慧远。有社，《校编全唐诗》："《文苑英华》作社散。"

【存异】

1. 诗题：《剡录·卷六·诗》作"送惟律诗"。

2. 诗句："雨晴人到寺"中的"人到寺"，《剡录·卷六·诗》作"秋到后"。

薛涛（一首）

薛涛（770？—832）：字洪度，长安（今陕西西安）人。幼随父薛郧入蜀，通音律，辨慧工诗，有林下风致。贞元中，韦皋镇蜀，召涛侍酒赋诗，遂入乐籍。后出入幕府，历事十一镇。韦皋曾拟奏请朝廷授秘书省校书郎之衔，虽未获准，但人仍称其为"女校书"。与元稹、白居易、张籍、王建、刘禹锡、杜牧等交往唱酬。诗多写情，然间有讽喻之作，或温婉动人，或托意深远。曾居成都西郊浣花溪，着女冠服，好制深红色的松花小笺，人称"薛涛笺"。晚年居于碧鸡坊，建吟诗楼。她与李冶、鱼玄机、刘采春被人称为唐代四大女诗人。张为《诗人主客图》将其列为清奇雅正主：李益之后"升堂七人"之第七位。《全唐诗》存诗一卷。

因元稹在越州为官多年，故薛涛多用"剡溪""支公"等越中胜景名称、典故人物入诗，以寄托相思之情。

酬吴随君[1]

支公别墅接花扃，买得前山总未经[2]。
入户剡溪云水满，高斋咫尺蹑青冥[3]。

【出处】

《全唐诗》卷八〇三。

【注释】

〔1〕吴随君：有两种说法。①刘天文《薛涛诗四家注评说》言吴随君系"吴商浩，浙江剡溪（剡县）人"。按诗意，是。②董乡哲《薛涛诗歌意释》，"吴使君"为吴翥的父亲吴舜洛。此诗作于大和八年

(834）春。随，一作"使"。

〔2〕支公：东晋高僧支遁（314—366），详见附录1"支遁"条。后用来泛指高僧。这里喻指吴使君买别墅。别墅：指住宅外另置的园林游息处及其建筑物。花扃（jiōng）：花园门。"买得"句：用"买山而隐"典故。后以此典指归隐山林。此二句意为，这座幽静的前山别墅和花园相连，从你买来后我一次也未来观瞻。

〔3〕户：门。高斋：高雅的书斋。常作对他人屋舍的敬称。此用以喻指吴使君住宅。蹑：一作"接"。青冥：青色的天空，形容青苍幽远。屈原《楚辞·九章·悲回风》："据青冥而摅虹兮，遂儵忽而扪天。"这里指春天。此二句意为，进门就看到云横水斜好像是剡溪美景，高高的斋舍，简直就是直插入青天。

【赏析】

这首诗是赞美吴使君买的别墅，颇有意趣，给人一种活泼开朗的感觉，剡溪的云水似乎就要从窗户中流淌进来，想象奇俊。整首诗清新高远，境界开阔，读之使人神清气爽。

诗中所提的支公是东晋著名的隐士，历来得到文人的推崇。薛涛将友人的居所比作支公的别墅，是借支公来赞誉友人具有旷世放达的高洁情怀。通过这首诗，薛涛也告诫自己要保持内心的平静，不受世俗烦恼的困扰，保持对生命永恒的追求。

薛涛在诗中每以男性所推崇的高人隐士赞美诗友，也用以自喻。唐代诗人常用"支遁""支公"指称摆脱世俗名缰利锁、追求高远精神境界的人。薛涛此诗亦是以"支公"称美吴使君遁迹山林，像谢灵运钟情剡溪那样筑居于山溪之旁、山云缭绕之处，以"高斋咫尺蹑青冥"形容吴使君在无尘世喧嚣的"高斋"内涵养高远清虚之志。

【汇评】

谭邦和编著《媛诗九美（中国古代女诗人诗选）》：吴使君其将隐乎？如何尽道隐者故事和隐居风光。

白居易（三首）

白居易（772—846）：唐代三大诗人之一。字乐天，号香山居士、醉吟先生。太原（今属山西）人，一说陕西渭南人。贞元十六年（800）进士。曾任杭州、苏州刺史、太子少傅，后世因称"白傅"。官至翰林学士、左赞善大夫。会昌二年（842），以刑部尚书致仕。卒赠尚书左仆射，谥"文"，世称"白文公"。白居易与元稹齐名，世称"元白"。又与元稹、张籍和王建倡导新乐府运动，并称"元白张王"。与刘禹锡并称"刘白"。与元稹、刘禹锡齐名，合称"刘元白"。白居易吟诗成癖，如同着魔，自称"诗魔"；其诗歌题材广泛，形式多样，语言平易通俗，今留有作品三千多首，世称"诗王"，元稹编辑为《白氏长庆集》。《全唐诗》存诗三十九卷。以《全唐诗》所录存数量言，白居易位居全唐诗人第一。

诗人白居易与浙东关系密切，曾三次游览浙东。第一次约在建中四年（783）、兴元元年（784），即白居易13岁左右随父从安徽符离避乱越州，约有十年之久。这次，他到过当时的剡中，有《泛春池》诗云："白萍湘渚曲，绿筱剡溪口。"第二次为白居易在长庆二年至四年（822—824）任杭州刺史时。其时，元稹刚好在杭州边上的越州任刺史，元、白二人不但频频唱和，且感情甚笃，白居易当然要来越州一带游玩。这时有《题谢公东山障子》《仲夏斋居偶题八韵寄微之及崔湖州》等诗为证。第三次是寻祖而来，时间约在太和二年至四年（828—830）。浙东名山、剡溪两岸的沃洲山，相传有十八高僧和十八名士隐居和栖息，其中的白道猷是沃洲山的开山祖师，其后裔白居易曾来此寻祖，并对此地流连不已，作有《寄白头陀》诗。太和六年（832）夏，应头陀僧白寂然派遣的门徒、侄子常贽的请求，为沃洲山禅院作

记，欣然命笔，遂成《沃洲山禅院记》。以"有非常之境，然后有非常之人栖焉"为主线，首次提出"东南山水，越为首，剡为面，沃洲、天姥为眉目"，可谓十分形象生动，而定位又准确独到，令人赞叹。这一经典的比喻更成了历代后人表达对剡中山水无限盛赞之情而长引不衰的诗文。

此外，白居易尚有咏刘阮遇仙、支公、子猷访戴诗。如《和梦游春诗一百韵》诗："刘阮心渐忘，潘杨意方睦。"《对小潭寄远上人》诗："是义谁能答，明朝问道林。"《雪中酒熟欲携访吴监先寄此诗》："自然须访戴，不必待延枚。"

泛春池[1]（节录）

白萍湘渚曲，绿筱剡溪口[2]。
各在天一涯，信美非吾有[3]。

【出处】

《全唐诗》卷四三一。

【注释】

[1] 此诗宝历元年（825）作于洛阳。白居易买下杨凭旧履道里宅是在长庆四年（824）。《旧唐书·卷一六六·白居易传》记："居易罢杭州，归洛阳。于履道里得故散骑常侍杨凭宅，竹木池馆，有林泉之致。"（中华书局本，第4353页）宝历元年（825），他赋《泛春池》诗写到池台的由来："谁知始疏凿，几主相传受。杨家去云远，田氏将非久。天与爱水人，终焉落吾手。"诗中作者自注："此池始杨常侍开凿，中间田家为主，予今有之，蒲浦、桃岛皆池上所有。"可见池台几易其主。此年春，白居易葺新居。大和三年（829），他作《池上篇并序》详尽描述了履道里宅园的构成。

[2] 白萍：一种水中浮草。湘渚：湘江水边。南朝梁·柳恽《江南曲》诗："汀洲采白萍，日暖江南春。洞庭有归客，潇湘逢故人。""绿筱"句：语本南朝宋·谢灵运《过始宁墅诗》诗："白云抱幽石，绿筱媚清涟。"剡溪口，指谢灵运始宁墅。此句点明始宁墅在剡溪口。筱，小竹。剡溪两岸最多。

[3] "各在"句：表示双方相隔遥远。涯，边际。

【赏析】

此诗写诗人泛舟春池之上，整个人沉浸在大自然的美景之中，竟然忘记自己身在何处，可谓物我两忘。边仕边隐、追慕闲逸。明哲保身之志越发坚定。

赠江州李十使君员外十二韵[1]（节录）

我本江湖上，悠悠任运身[2]。
朝随采樵客，暮伴打鱼人[3]。
迹为烧丹隐，家缘嗜酒贫[4]。
经过剡溪雪，寻觅武陵春[5]。

【出处】

《全唐诗》卷四四三。

【注释】

[1]《校编全唐诗》："《文苑英华》作《赠江州李十使君员外》"。此诗作于长庆二年（822），时白居易51岁，自长安至杭州赴任杭州刺史途中。李十使君员外：指江州刺史李渤。诗人自注："元和末，余与李员外同日黜官，今又相次出为刺史。"

[2]江湖：指四方各地。悠悠：安闲暇适的样子。任：任意。运身：此指走动。

[3]采樵：砍柴。一作"卖药"。打：一作"钓"。

[4]烧丹：指葛洪（284—364）学炼丹术和道术。详见附录1"葛洪"条。嗜酒：酷爱喝酒。

[5]剡溪雪：晋王徽之曾于雪夜溯剡溪自山阴乘舟至剡访友人戴逵。详见附录1"子猷访戴"条。此谓造访故友路中的景致。武陵：郡名。治所在今湖南常德。武陵渔人入桃花源，见陶渊明《桃花源记》。

【存异】

作者：《剡录·卷六·诗》将"赠江州李十使君员外"诗列在"丁仙芝"名下是错误的。因为此诗系白居易作，属排校失误，漏标作者，从而接续上诗"丁仙芝"致误。

赠薛涛[1] 见张为《主客图》

峨眉山势接云霓，欲逐刘郎北路迷[2]。
若似剡中容易到，春风犹隔武陵溪[3]。

【出处】

《全唐诗》卷四六二。

【注释】

〔1〕薛涛：白居易友人，有诗唱和，事迹见本书薛涛小传。元稹有寄旧诗与薛涛，因成长句诗。

〔2〕"峨眉"句：这句是暗指薛涛。因为元稹《寄赠薛涛》诗中有"峨眉秀"句。云霓，云霞，暗喻薛涛修养之深。刘郎：指东汉刘晨。相传刘晨和阮肇入天台山采药，为仙女所邀，留半年，求归，抵家子孙已七世。白居易在诗中不说刘晨去逐仙女，反而说仙女逐刘郎。此二句意为，像高接云霓的峨眉山一样才华横溢的薛涛，追随元稹的希望，就像仙女不能再次追随刘晨一样渺茫。这里似以"欲逐刘朗"来暗示薛涛情迷元稹。

〔3〕"若似"句：指刘阮遇仙处。剡中，刘晨是浙江剡县人，而当时元稹正为浙东观察使。"春风"句：指陶渊明《桃花源记》处。武陵溪，相传刘晨、阮肇天台山采药，迷不得返，饥食桃果，寻水得大溪，溪边遇仙女。此溪即所谓"武陵溪"。这里用"武陵溪"代指无法到达的地方。此二句意为，像仙女追求刘晨而隔着剡中路一样，元薛之间也隔着一道"武陵溪"。

【赏析】

薛涛是位通晓诗文的女诗人，与元稹、白居易、刘禹锡三人有诗唱和。

白居易与薛涛不知是否谋过面，这首诗可能是通过元稹与之唱和的。诗中"峨眉"句就是引用元稹"峨眉秀"之意比喻薛涛的，"欲逐刘郎"是引用刘晨、阮肇入天台遇仙的故事，不说刘郎追逐仙女，却反过来说仙女追逐刘郎，实际上是暗示薛涛心属元稹之事。可见薛涛与元稹之间的感情纠葛，世人也不是不知的。下句中的"剡中"即剡县（今浙江嵊州市、新昌县），元稹此时正在浙江东任观察使，而薛涛在蜀西，从蜀西到浙东中间隔着湖南，武陵溪即桃花源，是幻想中的美好世界，桃花源是个追寻不到的地方，更何况天台山仙境呢？其含意大概是说薛涛距元稹之间的路途那么遥远，想聚到一起，实在是太难了。我们都知道，元稹与白居易的关系特别亲密，所以在给薛涛的诗中，其个人的感情是倾向挚友元稹的。

联系薛涛与当时诗人之唱和交往，薛涛与著名诗人元稹尤有感情，元稹离蜀后，薛涛仍以诗筒与元稹往返唱和。白居易在《赠薛涛》诗中将薛涛比喻为武陵溪之仙女，欲追求离蜀北去的"刘郎"。

刘禹锡（二首）

刘禹锡（772—842）：字梦得，嘉兴（今属浙江）人，一说彭城（今江苏徐州）人，祖籍洛阳，为匈奴族后裔。贞元九年（793）进士，又登博学鸿词科。贞元十一年（795）授太子校书。晚年加检校礼部尚书，兼太子宾客，世称"刘宾客""刘尚书"。刘禹锡诗才卓越，性情豪迈，意志坚强，白居易誉其为"诗豪"。与韦应物、白居易合称"三杰"，并与白居易合称"刘白"。与柳宗元交谊深厚，诗风相近，时称"刘柳"。与白居易、元稹齐名，合称"刘元白"。其诗题材广泛、内容丰富、精炼含蓄、韵味深长、富于哲理意味。他的《竹枝词》等作品，主动向民歌学习，朴素优美、清新自然，充满生活情趣。著有《刘梦得文集》。《全唐诗》存诗十二卷。以《全唐诗》所录存数量言，刘禹锡位居全唐诗人第四。

刘禹锡两游浙东。第一次在贞元三年（787），因其父刘绪时任润州（今江苏镇江）刺史、浙西观察使王纬幕僚，随父尝游浙东。第二次在大和五年至八年（831—834），刘禹锡任苏州刺史期间，似曾再度游浙东。

刘禹锡人不在浙东时，也经常追缅浙东，有咏及剡地的诗多首。如《牛相公见示新什谨依本韵次用以抒下情》："符彩添隃墨，波澜起剡藤。"《送曹璩归越中旧隐诗》："剡中若问连州事，唯有千山画不如。"《吐绶鸟词》："四明天姥神仙地，朱鸟星精钟异气。"《送僧仲剸东游兼寄呈灵澈上人》："一旦扬眉望沃洲，自言王谢许同游。"《敬酬澈一作微公见寄二首》："凄凉沃洲僧，憔悴柴桑宰。"《酬乐天闲卧见寄》："同年未同隐，缘欠买山钱。"并为白居易《沃洲山禅院记》书丹。从中可以看出他当年游剡中、上天台山的足迹。

送曹璩归越中旧隐诗[1]

行尽潇湘万里余，少逢知己忆吾庐[2]。
数间茅屋闲临水，一盏秋灯夜读书[3]。
地远何当随计吏，策成终自诣公车[4]。
剡中若问连州事，唯有千山画不如[5]。

【出处】

《全唐诗》卷三六一。

【注释】

〔1〕此诗作于元和十一年（816）秋，作者被贬至连州（今广东连平）任刺史五年中的第三年。曹璩：事迹不详。越中：指越州，今浙江绍兴。此诗前小引，略谓曹璩自称为人好名，到处拜访"诸侯"，求名不遂。因此，欲"依名山以扬其名"。作者对他说："在己不在名""名闻而老至，持是焉用？"遂留居连州攻读史书，未及一年，辞去归隐会稽，说："知求名之自矣！"作者写此诗为他送行。

〔2〕潇湘：湘江的别称。这里指湘江流域。忆吾庐：化用东晋·陶渊明《读山海经》诗："众鸟欣有托，吾亦爱吾庐。"此指思念自己的老家。此二句意为，我走过潇湘很多地方，很少能遇到知己一起回忆故乡。

〔3〕数间茅屋：极言简约冲淡。《宋书·裴松子传》："借官地二亩，起茅屋数间，妻子恒苦饥寒。"此二句意为，每天在靠水的几间茅屋前徘徊，秋夜里也只有一盏孤灯伴我读书。

〔4〕何当：何时。随计吏：《汉书·朱买臣传》："买臣随上计吏为卒，将重车至长安，诣阙上书，书久不报。"计吏，地方上运送物产往京师之吏。此句意为曹璩何时有机会上京扬名。"策成"句：意为学成自必会被征召。策，古代称应试者对答的文字为策，也指一种议论文体，内容主要是关于治世问题，对答对策。此处代指学问。诣，至。公车，官署名。《史记·东方朔列传》："朔初入长安，至公车上书，凡用三千奏牍。"这里指唐代的礼部。此两句意为，这里离京城遥远，难求功名，只要刻苦读书，学成后自然会被征召。

〔5〕剡中：指剡县，这里指曹璩归隐之处。连州：唐代州名，治

所即桂阳县，今广东连平县。此二句意为，亲友如果问起我在连州的情况，就说这里景色宜人，比画还美。

【赏析】

作者在连州时，曹璩自称山夫以投刺，表达望倚山以扬提名之意。作者告诉他"在己不在山"。后曹归隐会稽，乞词于刘，刘作此诗以鉴其志。此诗旨在劝说曹璩不要求虚名，鼓励他注重实学。连州后来有"画不如楼"，即从此诗末句得名。

首联将曹璩引为知己，颔联写简约冲淡之志趣，颈联勉其学有所成。"数间茅屋闲临水，一盏秋灯夜读书"。诗人送别归隐的友人，想象友人还乡后的情境：秋夜，在临水的茅屋中灯下读书，写出了一种清淡安然的生活情趣。表现作者淡泊名利的心境与读书自适的情怀，以及简约冲淡之志趣。具有坦荡胸襟与自适境界的诗人形象，隐于诗中。且用典精切，可谓入木三分，洵为唐诗名句。王安石曾用此为集句诗，可见影响之大。《中华诗词曲对仗大辞典》评曰："七律颔。数间、一盏，数量对。屋、灯，宫室对器物，邻对。"尾联以写景表达二人之友情。"剡中若问连州事，唯有千山画不如"。意即剡中诸君倘若询问连州怎样，唯有美丽的山色，画也不如。刘禹锡其时远贬连州，心情悲愤，而此中风景如画，亦足陶冶情操，故以此联作为二人别后之期望与思念。悲愤情以闲淡语出之，亦为刘诗的一大特色。诗中作者在劝说曹璩的同时，表达了自己读书自强，以期重返朝中的愿望，也盛赞了连州的山水。刘禹锡在谪居连州的岁月里，以平和的心态、从容的诗笔，还原了岭南的青山秀水，描绘了民情民俗画卷，并讴歌了少数民族的勤劳勇敢。连州人很自豪，修了座"画不如楼"来纪念他。

【汇评】

唐·张为《诗人主客图》：瑰奇美丽主：武元平衡，上入室一人：刘禹锡。

明·胡应麟《诗渊》：唐七言律，……梦得骨力豪劲，在中、晚间自为一格，又一变也。

牛相公见示新什谨依本韵次用以抒下情[1]（节录）

符彩添隃墨，波澜起剡藤[2]。
拣金光熠熠，累璧势层层[3]。
珠媚多藏贾，花撩欲定僧[4]。
封来真宝物，寄与愧交朋[5]。

【出处】
《全唐诗》卷三六二。

【注释】
〔1〕牛相公：指牛僧孺。开成二年（837）五月辛未，僧孺为东都留守，三年（838）九月迁左仆射。见《旧唐书·朱僧孺传》。此诗作于这一段时间内。

〔2〕符彩：珠玉的光彩。此处比喻诗文之美。隃墨：指隃糜产的墨。借指名墨。隃糜，地名，汉置隃糜县，因隃糜泽而名，属右扶风。其地产墨。汉制，尚书丞、郎月赐赤管大笔一双，隃糜墨一丸。剡藤：剡溪出产的古藤，可以造纸，负有盛名，后因称名纸为剡藤、剡纸。

〔3〕拣金：披沙拣金。《史通·直笔》："披沙拣金，时有获宝。"拣，选择。熠熠：闪光的样子。累璧：谓重叠的玉璧。编者按：高志忠《刘禹锡诗编年校注》卷一四："累璧作'累壁'。累壁：修筑军营壁垒，即今之修筑工事也。《史记》卷七三《白起王翦列传》：'赵军筑累壁而守之。'《蒋注》曰：'上句言牛诗技艺之精，下句言牛诗结构之严。'"

〔4〕多藏贾：聚积大量财货的商贾。欲定僧：交入定的僧人。

〔5〕封：封缄。交朋：朋友。交，《校编全唐校》："丛刊本作文。"

【存异】
诗句："符彩添隃墨"中的"符"，《剡录·卷七·纸·剡滕》作"精"。

【赏析】
"符采添隃墨，波澜起剡藤"说明当时的文人，喜欢平整光滑的剡溪纸，运用名贵的笔墨，书写美丽动人的诗文。

韦处厚（一首）

韦处厚（773—828）：原名淳，为避宪宗讳改名处厚，字德载，京兆万年（今陕西西安）人。元和元年（806）进士，累官至中书侍郎、同中书门下平章事，封灵昌郡公。历事宪宗、穆宗、敬宗、文宗四朝，一时推为贤相。卒赠"司空"。性嗜学，笃好典籍，藏校书至万卷，并且多手自校勘书籍，世称善本。诗多五绝，以写景见长。《全唐诗》存诗十二首。

韦处厚作有《秪剡》诗二首。据其一"秋渚""秋水""烟树老"等诗句，知韦处厚于深秋月夜由镜湖溯剡溪；其二"船撑鉴湖月，路指沃洲云"（《全唐诗补编·续拾》卷二十五）诗句，可知其目的地为沃洲。

秪（疑当作"抵"）剡（其一）[1]

秋渚涵容碧，秋水刷眼青[2]。
排头烟树老，扑面水风腥[3]。
上濑复下濑，长亭仍短亭[4]。
夜船明月好，客梦满流萤[5]。

【出处】

《全唐诗补编·续拾》卷二十五，中册，第1026页（注引《记纂渊海》卷九）。

【注释】

〔1〕此诗《全唐诗》失收。

〔2〕"秋渚"二句：意为秋天水中的沙洲仍被润泽得一片碧绿的样

子，秋天的水波入眼是深绿色的。涵，润泽。

〔3〕"排头"二句：意为当头的烟缭绕的树木显得苍老而有古意，扑面而来的溪风带着一点鱼腥味。排头，带头。

〔4〕"上濑"二句：意为急速的水流一波紧接着一波，五里一短亭，十里一长亭，一路连绵不断。濑，急速的水流。仍，延绵不断。长亭短亭，旧时城外大道旁，五里设短亭，十里设长亭，为行人休憩或送行饯别之所。

〔5〕"夜船"二句：意为夜里从船上看，明月当空，一切那么美好，连异乡游子的梦里都是飘忽不定的流萤（就像星光一样，美丽而梦幻）。

【存异】

作者：宋·孔延之《会稽掇英总集》卷四作《自诸暨抵剡四首》其三，作者为吴处厚。宋·王象之编著《舆地纪胜·卷十·绍兴府》作"吴处厚《抵剡》"。据杨倩描主编《宋代人物辞典》第868页："吴处厚，北宋邵武军（治今福建邵武）人，字伯固。能诗善诗。皇祐五年（1053）进士。"

元稹（一首）

元稹（779—831）：字微之，别字威明，鲜卑族后裔。河南府洛阳（今属河南）人。贞元九年（793）以明经擢第，又登才识兼茂明于体用科。历浙东观察使、尚书左丞、武昌军节度使。元稹为著名的传奇作家和诗人，其诗与白居易齐名，并称"元白"，风格亦相近，合称"元和体"。与刘禹锡、白居易齐名，合称"刘元白"。与李绅、李德裕齐名，号称"三俊"。与白居易、张籍和王建倡导新乐府运动，并称"元白张王"。张为《诗人主客图》列其为"入室三人"之一。《全唐诗》存诗二十八卷。

元稹其集与白居易同名《长庆集》，有涉及剡东诗文存世。元稹在越八年，为白寂然筹划建设沃洲山禅院，并亲自赴剡东沃洲山选址，传为佳话。《唐刺史考》卷一四二云："《旧书》本传：'乃出稹为同州刺史，……在郡二年，改授越州刺史兼御史大夫、浙东观察使。……凡在越八年。'"他将刘阮遇仙典故引入诗中，作有《刘阮妻二首》《送王十一郎游剡中》诗与剡地有关。他又是沃洲山禅院建成的促使者，事见白居易撰的《沃洲山禅院记》。太和二年（828），僧白寂然来到沃洲，"见道猷、支、竺遗迹泉石尽在，依依然如归故乡，恋不能去。时浙东廉使元相国闻之，始为卜筑"。元相国即元稹。

送王十一郎游剡中[1]

越州都在浙河湾，尘土消沉景象闲[2]。
百里油盆镜湖水，千峰钿朵会稽山[3]。
军城楼阁随高下，禹庙烟霞自往还[4]。

想得玉郎乘画舸,几回明月坠云间〔5〕。

【出处】

《全唐诗》卷四一三。

【注释】

〔1〕此诗《会稽掇英总集》卷一〇题作《行周》。据周相录撰《元稹年谱新编》,此诗约元和九年(814)作于江陵,送王行周游越、王师鲁赴湖南使幕时。从李绅和诗《遥知元九送王行周游越》可知,王十一即王行周,其时犹为布衣。

〔2〕越州:唐浙东观察使府所在,今浙江绍兴。浙河湾:指浙江下游的江流弯曲处,即富春江两岸一带。

〔3〕百里油盆:形容镜湖水之清澈明净。油盆,珍贵(水贵石油)。钿朵:用金银贝玉等做成的花朵状头饰。此处形容会稽山的美丽。会稽山:一名防山、茅山,又名苗山、栋山、覆釜山。在今浙江绍兴东南,相传大禹曾大会诸侯于此计功,故名。

〔4〕军城:唐代设兵戍守之城镇。禹庙:一作禹祠。在今浙江绍兴东南6公里、禹陵右侧,为了纪念夏禹而建。相传夏启与少康均曾立禹庙。烟霞:烟霭云霞,山中胜景。

〔5〕玉郎:对男子的美称。玉,《校编全唐诗》校:"玉,四库本作'王'。"明月:用以比王行周,喻其高洁。

【存异】

1. 诗题:民国《嵊县志·卷二十八·艺文志·诗》作"送王十一郎游剡"。

2. 诗句:(1)"千峰钿朵会稽山"中的"钿",民国《嵊县志·卷二十八·艺文志·诗》作"细"。

(2)"想得玉郎乘画舸"中的"玉",清同治《嵊县志·卷二十四·文翰志·诗》作"王"。

(3)"几回明月坠云间"中的"云",民国《嵊县志·卷二十八·艺文志·诗》作"人"。

【赏析】

大约元和九年(814),元稹在江陵送走了朋友王行周,赋诗《送王十一郎游剡中》记述。李绅酬和《遥知元九送王行周游越》诗:"江湖随月盈还宿,沙渚依潮断更连。伍相庙中多白浪,越王台畔少晴烟。

低头绿草羞枚乘,刺眼红花笑杜鹃。莫倚西施旧苔石,由来破国是神仙。"李绅诗和韵相酬,诗意相连,从元稹、李绅的诗篇可见王行周是元稹、李绅共同的朋友。

　　有人说整首诗与剡溪不沾边,但诗题却是"剡中",以剡中代借越州。这从反面说明一个问题,剡溪风光已成为天下美景的代名词,在唐代诗人的心目中"剡"字占有多么重要的位置。

贾岛（二首）

贾岛（779—843）：字阆仙，一作浪仙，范阳（今河北涿州）人。早年为僧，名无本。曾于京师骑驴吟诗，得"鸟宿池边树，僧敲月下门"之句，初欲作"推"字未决，引手作推敲势，不觉冲京兆尹韩愈道从，愈因教其为文。因还俗，举进士，久不第。文宗开成初，任遂州长江（今四川蓬溪）主簿，故人称"贾长江"。会昌初，以普州司仓参军迁司户，未及受命，卒，时年六十五。与孟郊、张籍等有诗唱和。其诗以清奇凄苦著名，大多写自然景物和闲居情致，诗风清淡朴素。苦吟成性，人称"诗囚"，与孟郊并称"郊岛"。与姚合齐名，号称"姚贾"。张为《诗人主客图》将其列为清奇雅正主：李益之后"升堂七人"之第四位。《全唐诗》存诗四卷。

贾岛年少时就已入浙东，到会稽、禹凿、舜祠、云门、若耶、剡溪、沃洲、天姥、石桥、华顶、赤城、国清、仙都等胜迹，可知其在浙东行迹之广。贾岛作有多首及剡诗。如《忆吴处士》："何当折松叶，拂石剡溪阴。"《题长江》："若任迁人去，西溪与剡通。"《送韩湘》："欲凭将一札，寄与沃洲人。"《夕思》："洞庭风落木，天姥月离云。"《早秋寄题天竺灵隐寺》："峰前峰后寺新秋，绝顶高窗见沃洲。"

忆吴处士[1]

半夜长安雨，灯前越客吟[2]。
孤舟行一月，万水与千岑[3]。
岛屿夏云起，汀洲芳草深[4]。
何当折松叶，拂石剡溪阴[5]。

【出处】

《全唐诗》卷五七二。

【注释】

〔1〕吴处士：李嘉言《长江集新校·贾岛交友考》谓吴处士即吴之问。作者友人，事迹不详。清康熙《嵊县志·卷三·景迹志》载："吴处士故居溪屿。"

〔2〕越客：作客他乡的越人。泛指异乡客居者。南朝宋·谢灵运《道路忆山中》诗："楚人心昔绝，越客肠今断。"

〔3〕孤舟：孤船。岑：小而高的山。

〔4〕汀洲：水中小洲。

〔5〕松叶：《唐人八家诗》作"秋叶"。阴：指河的南岸。

【存异】

诗句：(1)"半夜长安雨"中的"半夜"，清同治《嵊县志·卷二十四·文翰志·诗》作"夜半"。

(2)"灯前越客吟"中的"前"，清康熙《嵊县志·卷三·景迹志》、清乾隆《嵊县志·卷十五·艺文地理》、清道光《嵊县志·卷十四·艺文·隐逸》作"花"。

【赏析】

这是诗人忆念吴处士而写下的一首五律。作于吴处士离长安舟行一个月之后，写长安秋雨之夜饯别，及入闽越国之悬想。其舟行途径乃由剡溪溯流而上，即"拂石剡溪阴"。诗写思友之情。

题长江[1]

言心俱好静，廨署落晖空[2]。
归吏封宵钥，行蛇入古桐[3]。
长江频雨后，明月众星中[4]。
若任迁人去，西溪与剡通[5]。

【出处】

《全唐诗》卷五七二。

【注释】

〔1〕诗题一本有"厅"字。长江：唐代县名，在今四川遂宁北。

作者时为遂州长江主簿。

〔2〕言心：言论和思想。言，《校编全唐诗》："《瀛奎》作元。"廨署：指官署，旧时官员办公地方的通称。

〔3〕古桐：吴曾《能改斋漫录》："贾浪仙主长江簿，有《题长江》诗云：'归吏封宵钥，行蛇入古桐。'桐在县厅前。大观中县令胡同老恶其枯枿，砍去，其不好事如此。"

〔4〕长江：这里指涪江，长为江的状语。

〔5〕迁人：迁客。古称遭贬之人。诗人自指。贾岛任长江主簿是由京师遭贬到此。西溪：剡溪有四条支流，以长乐江为西溪，故有"剡通"之说。清同治《嵊县志·卷一·地理志·山川志》载："西溪在县西六十里长乐乡，源出东阳界里柏岭，经黄沙潭，北注入珠溪。珠溪在开元乡即剡溪上流。"溪，一作"浮"。此二句意为，若任迁人离去，自长江西浮而东，则可通剡溪也。

【赏析】

此诗自言其主簿长江时的感受。诗歌以空灵冷逸之笔，描绘了四川偏僻山县的冷峻萧索的环境。因颠沛困顿而心疲力乏，所以贾岛诗中笼罩着阴霾凛冽的峭硬情调。早年为僧的蒲团生涯，使他还俗后仍喜爱清静和孤寂，多写清寂之境而显幽冷奇峭。诗人爱以不美为美，从一些冷僻的题材中发掘诗意，如本诗写小县府署的庭院，以空庭落晖的无我之境显得超妙，幽冷奇峭。空屋的寂静和蛇悄无声息地穿梭，清幽之极。雨后的长江县，空气格外清新，众星拱拥明月，清澈晶莹。如此境界，当然与剡溪风光媲美。"归吏"和"长江"二联之景况描叙，不动声色，的确能状难写之景、含不尽之意。对景生悲，诗人怅惘莫名，此亦境生象外。环境的幽僻荒古，诗人的清寂孤苦，两者交相渗透，其味耐人咀嚼。

【汇评】

元·方回选评、李庆甲集评校点《瀛奎律髓汇评》：纪昀：三、四，十字连读，乃吏散之后，公庭阒寂，故蛇敢出行耳。此诗虽僻，而赖上句大方，遂不觉其鄙琐。

施肩吾（一首）

施肩吾（780—861）：字希圣，号东斋，入道后称栖真子、华阳真人，睦州分水（今浙江富阳）人。曾寓居吴兴（今浙江湖州）、常州武进（今属江苏）。少时曾隐四明山，元和十年（815）前后赴长安应举，元和十五年（820）进士及第。不待除授即离京东归。慕洪州（今江西南昌）西山为十二真君羽化之地，遂栖其山天宝洞，修炼终老。开成三年（838）有《灵响词序》，会昌、大中间或仍在世。与孟简、张籍、徐凝有交往。有诗名，为诗奇丽，多写隐居之趣、山村之景，也有少量冶游香艳之词。张为《诗人主客图》列其为广大教化主白居易及门之一。《全唐诗》存诗一卷。

施肩吾隐居浙东，大约在元和十五年（820）登科前，隐居于山阴、四明山等地。南宋嘉泰《会稽志·卷十三·古第宅》载："施肩吾宅，在山阴。唐真人施肩吾之故居也。"

晚春送王秀才游剡川[1]

越山花去剡藤新，才子风光不厌春[2]。
第一莫寻溪上路，可怜仙女爱迷人[3]。

【出处】

《全唐诗》卷四九四。

【注释】

〔1〕王秀才：诗人友人，事迹不详。剡川：指剡溪。

〔2〕越山：泛指钱塘江以南、绍兴市以北的山。这里古代属越国。剡藤：剡溪出产的藤可以造纸，最有名。舒元舆《吊剡溪古藤

文》:"剡溪上绵四五百里,多古藤。"详见附录1"剡纸"条。去:一作"老"。才子风光:指王秀才的韵致风采。厌:足也。

〔3〕莫寻:反意语。溪上路:沿溪而上。指刘阮入天台山之路径,即经刘门山,上天姥岭。剡溪有四源,其一源出于天台山。可怜:可爱。仙女爱迷人:用刘阮遇仙女典故。爱,容易。

【存异】

诗题:清同治《嵊县志·卷二十四·文翰志·诗》、民国《嵊县志·卷二十八·艺文志·诗》作"晚春送王秀才游剡"。

【赏析】

这是一首送别诗,不仅描绘了剡溪沿岸古藤新绿的景象,也联想到了古时剡县流传的关于刘阮遇仙的传说,虚实相生,写尽了剡藤在文人雅士眼里的别样风采,令人向往。

【汇评】

清·黄周星《唐诗快》:第二句,若除却"第一""可怜"四字,便是平常语。

姚合（一首）

姚合（782？—846？）：字大凝，陕州硖石（今河南省三门峡市陕州区）人。郡望吴兴（今浙江湖州）。宰相姚崇的曾侄孙。父姚闿为相州临河令，遂寄家河朔。元和十一年（816）进士，历武功主簿、杭州刺史。官终秘书监，谥曰"懿"，赠礼部尚书。世称"姚武功""姚秘监"。善学诸家之长而自成一体，号"武功体"。其诗多为五律，以描写自然景物及萧条的政治前景为主。诗风以幽折清峭见长，时有佳句，且与贾岛齐名，世称"姚贾"。与刘禹锡、李绅、张籍、王建等有往来唱酬。著有《姚少监诗集》。张为《诗人主客图》列其与周贺为"清奇雅正主"李益下"入室十人"第十位。《全唐诗》存诗七首。

姚合罢杭州刺史后曾游越州会稽，且在越中有家，曾寓居浙东。姚合作有多首及剡诗。如《咏雪》诗："其那知音不相见，剡溪乘兴为君来。"《寄嵩岳程光范》诗："只应访支遁，时得话诗篇。"

咏雪

愁云残腊下阳台，混却乾坤六出开[1]。
与月交光呈瑞色，共花争艳傍寒梅[2]。
飞随郢客歌声远，散逐宫娥舞袖回[3]。
其那知音不相见，剡溪乘兴为君来[4]。

【出处】
《全唐诗》卷四九八。

【注释】
〔1〕残腊：岁暮。腊，十二月。阳台：在四川巫山。乾坤：天地。

六出：指雪。雪花结晶，呈六角形，故名。

〔2〕瑞色：指吉祥的白色。此二句意为，积雪与月光交相辉映，形成了一片吉祥的白色，而它们却都依傍在寒梅的身旁，与其他的花儿争奇斗妍。

〔3〕郢（yǐng）客：指郢中客。指善歌的人。郢，古代中国楚国的都城，在今湖北江陵附近。宫娥：宫女。

〔4〕那：奈何。剡溪乘兴：指王徽之雪夜访戴典故。此处用以咏雪。

【赏析】

因雪梅同色，又同从寒中来，所以人们喜欢以梅花喻雪花。"愁云残腊下阳台，混却乾坤六出开。与月交光呈瑞色，共花争艳傍寒梅"。飞雪以其舞姿与洁白、广袤千里与晶莹剔透美绝人寰。尤其是三、四句，雪色与月色交相辉映，呈祥现瑞，依傍在怒放的寒梅之侧，与花争妍，梅雪交映，创造了清寒纯净的境界。

李德裕（二首）

　　李德裕（787—849）：字文饶，赵郡赞皇（今河北赵县）人。唐宰相李吉甫之子。少力学，善为文，以荫补秘书省校书郎，进中书舍人。历任翰林学士、浙西观察使等职，并在大和七年（833）和开成五年（840）两度为相。大和七年（833）进专封赞皇，武宗朝复为相，以平刘稹功，进太尉，封卫国公，大中三年（849）贬崖州（今海南琼山），故后人因称"李赞皇""李卫公"或"李崖州"。李商隐在为《会昌一品集》作序时将其誉为"万古良相"。近代梁启超甚至将他与管仲、商鞅、诸葛亮、王安石、张居正并列，称他是中国六大政治家之一。工诗文、书法，贬黜岭南时诗较有名。与李绅、元稹齐名，时称"三俊"。著有《李文饶文集》《会昌一品集》。《全唐诗》存诗一卷。

　　白居易任杭州刺史时，宰臣李德裕为浙西观察使，于长庆年间，尝访浙东诸山，入剡搜罗奇树怪石，有《春暮思平泉杂咏二十首·双碧潭》诗咏剡溪，还有《春暮思平泉杂咏二十首·红桂树》《比闻龙门敬善寺有红桂树独秀伊川尝于江南诸山访之莫致陈侍御知予所好因访剡溪樵客偶得数株移植郊园众芳色沮乃知敬善所有是蜀道菌一作茵草徒得嘉名因赋是诗兼赠陈侍御金陵作》两诗赞天姥山的红桂树，其行迹历历可寻。

比闻龙门敬善寺有红桂树独秀伊川尝于江南诸山访之莫致陈侍御知予所好因访剡溪樵客偶得数株移植郊园众芳色沮乃知敬善所有是蜀道蘭草徒得嘉名因赋是诗兼赠陈侍御 金陵作[1]

昔闻红桂枝，独秀龙门侧[2]。
越叟遗数株，周人未尝识[3]。
平生爱此树，攀玩无由得。
君子知我心，因之为羽翼。
岂烦嘉客誉，且就清阴息。
来自天姥岑，长疑翠岚色[4]。
芬芳世所绝，偃蹇枝渐直[5]。
琼叶润不凋，珠英粲如织[6]。
犹疑翡翠宿，想待鹓雏食[7]。
宁止暂淹留，终当更封植[8]。

【出处】
《全唐诗》卷四七五。

【注释】
〔1〕据傅璇琮《李德裕年谱》：此诗"当作于开成四年（839）或明年八月前，时李德裕在扬州任淮南节度使。题下注云：'金陵作'，误"。莫致：没得到。陈侍御：当是德裕淮南幕中僚属。色沮：指比不上。蘭：一作"茼"。茼草，多年生草木，全株具有强烈芳香。

〔2〕枝：一作"树"。李德裕《平泉山居草木记》云："己未岁，又得……剡溪之真红桂。"龙门：指诗题中提到的龙门敬善寺。

〔3〕越叟：越地老人。遗：赠送。周人：也称周旋人，指随从或门下清客，或谓周围的人。《宋书·袁粲传》："有周旋人，解望气。"未尝：不识。

〔4〕天姥岑：指天姥山。疑：一作"凝"。

〔5〕偃蹇：树盘曲的样子。汉·淮南小山《招隐士》诗："桂树丛生兮山之幽，偃蹇连蜷兮枝相缭。"

〔6〕琼叶：美好的树叶。珠英：珠一般的花。

〔7〕鹓雏：传说中与鸾凤同类的鸟，非梧桐不栖，非练实不食，非醴泉不饮。见《庄子·秋水》。雏，一作"鸾"。

〔8〕封植：栽培。

【存异】

1. 诗题：《剡录·卷九·草木禽鱼诂上》作"访剡溪樵客得红桂诗"。

2. 诗句：(1)"昔闻红桂枝"中的"桂"，《四库全书·剡录》卷九作"叶"。

(2)"平生爱此树"中的"此"，清乾隆《嵊县志·卷十五·艺文地理》作"桂"。

(3)"岂烦嘉客誉"中的"嘉"，清乾隆《嵊县志·卷十五·艺文地理》作"佳"。嘉与佳，通假字，可互用。

(4)"来自天姥岑"中的"岑"，《四库全书》作"峰"。

(5)"犹疑翡翠宿，想待鹓雏食"中的"疑、雏"，清乾隆《嵊县志·卷十五·艺文地理》作"拟、鸾"。

【赏析】

李德裕是唐代宗、会昌年间名相，为政六年，内制宦官，外复幽燕，定回鹘，平洋潞，有重大政治建树，曾被李商隐誉为"万古良相"。在唐朝那个诗的朝代，他同时又是一位诗人。本诗颇具特色，因为这不仅是李德裕的诗，而且它像一则日记，反映了他热爱生活的一个片段，记述了对剡中红桂的偏爱。

李德裕建的平泉山庄（李德裕别墅名），在河南洛阳南二十里，今伊川县北之梁村沟。《郡斋读书志》云："记其别墅奇花异草树石名品，仍以叹咏其美者诗二十余篇附于后。平泉即别墅地名。"对此，明万历《绍兴府志·卷十一·物产志》有记载："越中有红木犀谓之丹桂，《平泉草木记》：'木之奇者，剡溪之红桂。'后又云：'又得剡中之真红桂。'《宝庆续志》云：'意此桂在唐，惟龙门敬善寺及剡中有之。'"

天姥山与沃洲山，在唐时都以产优质桂花树闻名于世。唐代陈陶作有一首《双桂咏》诗，可相互参看。诗曰："青冥结根易倾倒，沃洲山中双树好。琉璃宫殿无斧声，石上萧萧伴僧老。"此诗写沃洲山中双桂。青冥即太空中，指月宫，与天上月宫桂树相比，沃洲双桂更加有幸，扎根在群山之中，不易倾倒，月宫中的桂花树还有人在斫伐，而它们却安然无恙地生长在岩石上,历经千百年而不衰老地伴随着寺僧。此诗语出新奇,寥寥数笔,将桂树傲然挺立于沃洲山间的姿态写得活泼生动。①

春暮思平泉杂咏二十首_{自此并淮南作}·双碧潭〔1〕

清剡与严湍,潺湲皆可忆〔2〕。
适来玩山水,无此秋潭色〔3〕。
莫辨幽兰丛,难分翠禽翼〔4〕。
迟迟洲渚步,临眺忘餐食〔5〕。

【出处】

《全唐诗》卷四七五。

【注释】

〔1〕双碧潭:平泉山庄故址在今龙门山南伊川县境内的梁村沟。长庆三年(823),李德裕任浙西观察使时,于洛阳龙门西南的平泉购置别业,经营园林。平泉以泉为胜,泉水萦回,引为九派,又作二潭,故名。

〔2〕清剡:谓剡溪之水清澈。此指双碧潭之清。严湍:指严子滩,在今浙江桐庐县城南富春山麓。东汉高士严子陵拒绝光武帝刘秀之召,拒封"谏议大夫"之官位,曾来此地隐居垂钓。剡溪与严子滩均为越中之佳山水。潺湲:水慢慢流动的样子。《后汉书·张衡传》:"乱弱水之潺湲兮。"皆可忆:说明作者此前曾在剡中,对双碧潭清澈之水,记忆犹新。

〔3〕"适来"二句:谓到淮南以来所游历之山水,没有平泉山庄双碧潭那样澄碧的水色。

〔4〕幽兰:生于幽谷的兰花。屈原《楚辞·离骚》:"时暧暧其将罢兮,结幽兰而延伫。"翠禽:翠鸟。

〔5〕迟迟:徐缓,舒缓。洲:水中可居者曰洲。渚:水中小洲。临眺:对水眺望。

---

① 据唐樟荣编著《新昌诗话》(光明日报出版社2017年版)第36页相关内容编写。

薛逢（一首）

薛逢（806？—?）：字陶臣，蒲州河东（今山西永济）人。会昌元年（841）进士，授校书郎，历万年尉、弘文馆历侍御史、尚书郎，出为巴州刺史。复斥蓬州，寻以太常少卿召还，历给事中，迁秘书监，卒。早有才名，善赋工诗。长歌学白居易，短章多警拔之作，唯一任才智而不细加推敲，有时不免失之浅俗。《全唐诗》存诗一卷。

薛逢作有《早发剡中》诗，知其曾游浙东。又有《送刘郎中牧杭州》诗："楼下潮回沧海浪，枕边云起剡溪山"，亦可佐证。

送刘郎中牧杭州[1]

一州横制浙江湾，台榭参差积翠间[2]。
楼下潮回沧海浪，枕边云起剡溪山[3]。
吴江水色连堤阔，越俗春声隔岸还[4]。
圣代牧人无远近，好将能事济清闲[5]。

【出处】

《全唐诗》卷五四八。

【注释】

〔1〕刘郎中：指刘彦，大中六年（852）为杭州刺史。见郁贤皓《唐刺史考·杭州》。郎中，尚书省六部各曹的长官。牧杭州：任杭州牧。牧，古以做官治民为"牧"。汉代以后州的军政长官曰牧。杭州，隋朝置，治所在余杭县，后移至钱塘，明清时为杭州府，今浙江省会。

〔2〕制：处。台榭：歌舞的楼台。台，高而平的建筑物。榭，建在高台上的敞屋。积翠：青绿色的丛山。此二句意为，江城坐落在浙

江的岸边，亭台阁榭在绿树间错落。

〔3〕"楼下"二句：楼下潮水上溯是大海的波浪，枕边飘来的是剡溪边山间的云朵。

〔4〕吴江：吴地河流，即吴淞江。越俗：越地习俗。舂（chōng）声：舂米的声音。此二句意为，吴地水阔溢满了堤岸，越地风俗美好，水边传来农人舂米的轻歌。

〔5〕圣代：政治清明的时代。牧人：官人。能事：所能之事，亦指乐于干的事。济清闲：打发清闲的时光。此二句意为，清明圣世为官地点没有远近，你在任所正好干些自己胜任的事情，过一过清静生活。

【赏析】

此诗以送友人赴杭任职之机，尽情赞颂杭州周围的湖光山色，中以民俗穿插其间，更觉生机盎然。诗中描述了杭州的地理位置、风土人情，以及大自然的清明秀丽，包括钱塘潮涌、剡溪云舞和吴水越俗。场面阔大、鲜活，富有生机，立体感和跳跃性很强。

"楼下潮回沧海浪，枕边云起剡溪山"。《中华诗词曲对仗大辞典》评曰："七律颔联。楼、枕，宫室对器物，邻对。浪、山，工对。"

【汇评】

清·钱牧斋，何义门评注《唐诗鼓吹评注》："首言杭当浙江之湾，其间台榭参差，高耸于云汉之上。而楼下潮回，乃海门之浪；枕前云起，在剡溪之山。且也吴江之水色，望去连堤；越俗之春声，遥来隔岸。此杭一州之景象也。然当今圣主，牧人不分远近，君须体圣主之心，好将经济之能事以济此世，为清闲之日可也，岂宜以一州自限哉？"

中唐

晚唐

许浑（七首）

许浑（800？—858？）：字用晦、仲晦，润州丹阳（今属江苏）人。太和六年（832）进士，曾任当涂、太平二处县令，官至睦、郢二州刺史。性爱林泉，淡于名利。作诗专攻律体，多登高怀古之作，句法圆稳，格律精纯，深得杜牧、韦庄等人推崇。诗格遒劲雄浑，直追初盛，应在樊川温李之上。其诗多用"水"字，故有"许浑千首湿"之评。《咸阳城东楼》诗中"山雨欲来风满楼"之句，较有名。张为《诗人主客图》列其为瑰奇美丽主"武元衡"之后"升堂四人"的第三位。著有《丁卯集》。《全唐诗》存诗十一卷。

许浑三次入浙东，留下了许多足迹和诗篇。曾游览过天姥山，留下题为《早发天台中岩寺度关岭次天姥岑》诗。此外，许浑除本书注析的7首"剡"字诗外，尚有多首咏石城诗。如《酬和杜侍御》："因过石城先访戴，欲朝金阙暂依刘。"《越中》："石城花暖鹧鸪飞，征客春帆秋不归。"

再游越中伤朱庆馀协律好直上人[1]

昔年湖上客，留访雪山翁[2]。
王氏船犹在，萧家寺已空[3]。
月高花有露，烟合水无风。
处处多遗韵，何曾入剡中[4]。

【出处】

《全唐诗》卷五二九。

【注释】

〔1〕此诗约作于会昌三年（843）或四年（844）。朱庆馀（797—?）：原作朱馀庆，据《全唐诗》校语改。唐诗人。名可久，以字行，越州（今浙江绍兴）人。宝历二年（826）进士，官秘书省校书郎，然而仕途并不顺利，曾客游边。与张籍、贾岛、姚合、无可、僧无可等交游唱酬，与白居易、王建、令狐楚、蒋防亦有交往。其诗长于七绝、五律，辞意清新，描写细致，内容则多写个人生活和刻画自然景物，为张籍所赏识。协律：一作"先辈"。好直上人：俗姓丁氏，会稽诸暨人，元和初受具于杭州天竺寺，为江左名僧。开成初至长安，居安国寺。开成四年（839）十月二十五日圆寂，享年五十六。见《宋高僧传》卷三十本传。

〔2〕湖上客：指朱庆馀。朱系越州人，故以"湖（指镜湖）上客"称之。留：《校编全唐诗》："席本作曾。"雪山翁：指好直。释迦牟尼曾在雪山修行，称雪山大士。

〔3〕王氏船：泛指访友之船。用王子猷雪夜访戴故事，借指朱庆馀访好直之船。萧家寺：《唐国史补》卷中："梁武帝造寺，令萧子云飞白大书'萧'字，至今一'萧'字存焉。"这里指好直在会稽所住之寺。

〔4〕遗韵：指前人留下的诗赋。曾：一作"情"。

【赏析】

据本诗可知许浑游越时，曾登天台山，与朱庆馀、好直上人过从相识。但时间一晃，距他元和初年第一次游越已有二十五六年了，山水依旧而人事全非，当年一同从游的朋友有的已成古人，追念所及，每黯然神伤，故作本诗以追怀亡友。

【汇评】

宋·范晞文《对床夜话》卷三：人知许浑七言，不知许五言亦自成一家。许五言如："月高花有露，烟合水无风。"措思削词皆可法。余则珠联玉映，尤未易遍述也。

和毕员外雪中见寄〔1〕

仙署淹清景，雪华松桂阴〔2〕。

夜凌瑶席宴，春寄玉京吟[3]。
烛晃垂罗幕，香寒重绣衾[4]。
相思不相访，烟月剡溪深[5]。

【出处】

《全唐诗》卷五三〇。

【注释】

〔1〕员外：员外郎。陶敏编撰《全唐诗人名考证》："毕员外，毕諴。《旧书》本传：'宣宗即位，……諴入为户部员外郎、分司东都，历驾部员外郎、仓部郎中。'毕諴乃大和六年（832）进士，许浑同年，见《登科记考》卷二一。"毕諴大中四年（850）二月充翰林学士，此诗当作于此前。据罗时进《丁卯集笺证》："此诗当作于大中二年或三年冬。"

〔2〕仙署：尚书省及所属六部官署的别称。《白孔六帖》："诸曹郎曰粉署，亦曰仙署。"此处是对毕员外府上的敬称。淹：久留。《校编全唐诗》："续古逸本、席本均作掩。"此句意为：贵府长期以来景物清雅。雪华：雪花。

〔3〕"夜凌"句：指设宴赏雪。凌宴，赴宴。瑶席，以玉饰席，此作席的美称。玉京：道家称天阙为玉京，这里代指帝都。

〔4〕罗幕：丝罗帐幕。衾：被子。

〔5〕"相思"二句：这里活用王徽之雪夜访戴逵事，借以映衬毕员外雪中思念自己的情怀，含有怪罪毕氏未来访问之意。烟月：指山水景物。

【汇评】

唐·韦庄《题许浑诗卷》诗：江南才子许浑诗，字字清新句句奇。

广陵送剡县薛明府赴任[1]

车马楚城壕，清歌送浊醪[2]。
露花羞别泪，烟草让归袍[3]。
鸟浴春塘暖，猿吟暮岭高。
寻仙在仙骨，不用废牛刀[4]。

【出处】

《全唐诗》卷五三一。

【注释】

〔1〕广陵：郡名，即江苏扬州。剡县：治所在今浙江嵊州。明府：唐人称县令为明府。

〔2〕楚城：指广陵，战国时属楚，故谓。壕：护城河。清歌：清亮的歌声。浊醪：浊酒。

〔3〕"烟草"句：魏晋·无名氏《古诗五首》诗之四："青袍似春草，长条随风舒。"县令为七品官，着青袍，故云。让，不如。

〔4〕牛刀：宰牛用的大刀。《论语·阳货》："夫子莞尔而笑曰：'割鸡焉用牛刀？'"比喻大材。唐·孟浩然《赠萧少府》诗："鸿渐升仪羽，牛刀列下班。"后因以牛刀作为咏县令的典故。这里以"牛刀"切县令（明府），意含称美。废：一作"发"。

【存异】

1. 诗题：《剡录·卷一·县纪年》作"送剡县薛明府"。

2. 诗句：（1）"烟草让归袍"中的"归"，清同治《嵊县志·卷二十四·文翰志·诗》作"征"。

（2）"寻仙在仙骨，不用废牛刀"中的"骨""废"，清乾隆《嵊县志·卷十八·艺文官师》作"署""费"。

泛舟寻郁林寺道玄上人遇雨而返因寄[1]

禅扉倚石梯，云湿雨凄凄[2]。
草色分松径，泉声咽稻畦[3]。
棹移滩鸟没，钟断岭猿啼[4]。
入夜花如雪，回舟忆剡溪[5]。

【出处】

《全唐诗》卷五三一。

【注释】

〔1〕此诗作于开成三年（838）自南海返归途中。

〔2〕禅扉：寺门。石梯：石级；石台阶。凄凄：形容寒凉。《阿房宫赋》："风雨凄凄。"

〔3〕松径：松间小路。咽：一作"溢"。稻畦：稻田。清·江绎《田家乐》诗："短篱矮屋（一作墙）板桥西，十亩桑阴接稻畦。"

〔4〕棹：船。

〔5〕"回舟"句：用王子猷雪夜访戴事。作者泛舟访道玄上人，遇雨而返，这里以王子猷访戴及门而返比拟自己的出访。

【汇评】

明·雷起剑评《丁卯集》卷下：写得幽淡。

对雪[1]

云度龙山暗倚城，先飞淅沥引轻盈[2]。
素娥冉冉拜瑶阙，皓鹤纷纷朝玉京[3]。
阴岭有风梅艳散，寒林无月桂华生[4]。
剡溪一醉十年事，忽忆棹回天未明[5]。

【出处】

《全唐诗》卷五三三。

【注释】

〔1〕此诗为许浑拜官长安时作。

〔2〕度龙山：《楚辞·大招》："魂乎无北！北有寒山，逴龙赩只。"王逸注："逴龙，山名也。"唐·李益《立春日宁州行营因赋朔风吹飞雪》诗："龙山不可望，千里一裘回。"倚城：指京城长安。倚，一作"绮"。先：罗时进《丁卯集笺证》校注："四库本作光。"淅沥：象声词，形容雪霰、风雨、落叶等声音。南朝宋·谢惠连《雪赋》："霰淅沥而先集，雪纷糅而遂多。"轻盈：形容雪花飘舞的状态，此亦代称雪。

〔3〕素娥：传说嫦娥窃药奔月，月色洁白，故称素娥。泛指月空的仙女。此处喻雪。冉冉：缓缓飘动的样子。瑶阙：仙宫。指宫廷、朝廷。借喻雪中宫阙。皓鹤：白鹤。借以喻雪。玉京：神仙所居。此指帝都。诗文中常用来咏仙境。这里用仙鹤朝仙阙形容漫天飞雪。

〔4〕阴岭：背阳的山岭，山的北侧。梅艳：梅花。桂华：月光，指雪光。此处"桂华"由月连类及之。南朝梁·刘孝绰《对雪诗》："桂花殊皎皎，柳絮亦霏霏。"生：罗时进《丁卯集笺证》作"清"。

〔5〕十年事：指十年前游越中事。作者对雪而回忆往事。这里以"剡溪棹回"喻指十年前自己的雪夜访友之举。忆棹：借指忆戴，用王子猷雪夜访戴逵典故。棹，船。

【汇评】

明·雷起剑评《丁卯集》卷上："阴岭有风梅艳散，寒林无月桂华清"，佳句。

泛五云溪[1]

此溪何处路，遥问白髯翁[2]。
佛庙千岩里，人家一岛中[3]。
鱼倾荷叶露，蝉噪柳林风[4]。
急濑鸣车轴，微波漾钓筒[5]。
石苔萦棹绿，山果拂舟红[6]。
更就千村宿，溪桥与剡通[7]。

【出处】

《全唐诗》卷五三七。

【注释】

〔1〕此诗为许浑元和七年（812）初游越中时作。五云溪：宋·王象之《舆地纪胜》："五云溪，即若耶溪也。唐徐浩改名。杜牧诗云：'一笑五云溪上舟。'"

〔2〕髯：两腮的胡子，亦泛指胡子。

〔3〕千岩：指深谷。

〔4〕蝉噪：蝉声喧聒。林：一作"枝"。

〔5〕"急濑"句：谓急流之声如车轴转动隆隆。濑，湍急的水流。微波：微小的波浪。钓筒：唐人创制的一种很省事的捕鱼方法。钓筒的制作不是很难，就是把比较粗大的竹子截成段，在竹子的一端开孔设机关，竹筒内装上香饵后放入河湖之中，鱼游进筒内吃饵，就再也无法退出来了。设钓筒的人只要定时去收取钓筒，把筒中的鱼倒出来就行了。这种捕鱼的方法省时省力，不用专人固定看守，只要定时收取即可。所以，是唐时最为普遍的捕鱼方法，并流传至后世。

〔6〕石苔：石上滋生的苔藓。萦：缭绕。棹：此指船。山果：山

地出产的果品。此二句意为，船身长满了绿色的苔藓，山上红色的果子仿佛映红了船只。

〔7〕村：一作"溪"。溪：一作"村"。剡：指剡溪。

【存异】

1. 诗题：《剡录·卷六·诗》作"云门五溪"。
2. 诗句：（1）"遥问白髯翁"中的"髯"，《剡录》卷六作"髭"。
（2）"蝉噪柳林风"中的"林"，《剡录》卷六作"条"。
（3）"更就千村宿"中的"千"，《剡录》卷六作"前"。

【赏析】

此诗第三联"鱼倾荷叶露，蝉噪柳林风"《中华诗词曲对仗大辞典》评曰："五排诗句。从卢纶'鱼沉荷叶露，鸟散竹林风'一联化出。偷势对之脱胎对。"

【汇评】

宋·魏庆之《诗人玉屑》卷四："石苔萦棹绿，山果拂舟红"列入《风骚句法·五色捧笔》。

清·许培荣《丁卯集笺注》卷一：此赋溪景之美。只首二句，俨然有天台桃源之象。

宣城赠萧兵曹[1] 一作杜牧诗

桂楫谪湘渚，三年波上春[2]。
舟寒剡溪雪，衣破洛城尘[3]。
客道耻摇尾，皇恩宽犯鳞[4]。
花时去国远，月夕上楼频[5]。
贪酒不辞病，佣书非为贫[6]。
行吟值渔父，坐隐对樵人[7]。
紫陌罢双辙，碧潭穷一纶[8]。
高歌更南去，烟水是通津[9]。

【出处】

《全唐诗》卷五三七作许浑诗，《全唐诗》卷五二六作杜牧诗。

【注释】

〔1〕此诗一作杜牧，实乃许浑诗，见吴在庆《杜牧论稿·杜牧疑

伪诗考辨》。据罗时进著《丁卯集笺证》："以许浑行迹考之，此诗当作于会昌三年（843）自监察御史外放任润州司马时。"

〔2〕桂楫：用桂木制作的船桨。代称舟船。谪：被贬。湘渚：湘江边的洲渚。此指湘中。

〔3〕剡溪雪：用王子猷雪夜访戴逵事。剡溪，杜牧诗作"句溪"。句溪，溪名，在宣城东五里。破：杜牧诗作"故"。洛城尘：形容人们追逐功名，风尘仆仆奔走京城。洛城，即洛阳。唐代都城长安，亦称洛阳为东都。

〔4〕客道：作客的规矩、方法。摇尾：摇尾乞怜。汉代司马迁在《报任安书》中以虎落陷阱，摇尾乞食来比喻自己受困的处境。后以"摇尾"比喻艰难处境。这里说羁旅困顿，但不愿乞怜。犯鳞：冒犯龙鳞。《韩非子·说难》："夫龙之为虫也，柔可狎而骑也。然其喉下有逆鳞径尺，若人有婴之者，则必杀人。人主亦有逆鳞，说者能无婴人主之逆鳞，则几矣。"后以"犯鳞"喻臣子冒死直谏。这里以犯鳞为喻，谓直谏冒犯得到了宽大的对待。

〔5〕月夕：月夜，明月之夜。

〔6〕贪：杜牧诗作"赊"。佣书：受雇为人抄书。《后汉·班超传》："家贫，常为宫佣书以供养。"班超后投笔从戎。此反言之，以示报主无门。

〔7〕渔父：指屈原。屈原曾任楚国的三闾大夫。后被放逐，行吟泽畔，形容憔悴，颜色枯槁。见《楚辞·渔父》。此指捕鱼的老人，渔翁。这里用《渔父》意，描述贬居生活。坐隐：下围棋。《世说新语·巧艺》："王中郎（坦之）以围棋是坐隐，支公（遁）以围棋为手谈。"

〔8〕紫陌：指帝都郊野的道路。唐·李白《南都行》诗："高楼对紫陌，甲第连青山。"纶：钓鱼丝。

〔9〕歌：杜牧诗作"秋"。烟水：雾霭迷蒙的水面。通津：四通八达之津渡。

【赏析】

表面上，诗是赠别诗。萧兵曹被贬，诗人为送行，赞美他敢犯龙颜、不摇尾乞怜的骨气，并祝他今后隐居的生活更为惬意。事实上，系作者自况。诗句"桂楫谪湘渚，三年波上春""客道耻摇尾，皇恩宽

犯鳞""紫陌罢双辙,碧潭穷一纶",皆是许浑自云身为监察官而触犯上怒,导致退居。诗言虽曾犯了龙鳞,总算皇恩浩荡,宽大对待。来此地三年,舟船度日,不过仍有许多乡思。细品"花时去国远,月夕上楼频"句,带有淡淡的乡愁,正如田景秀在《给爱一个说法》中所说"以前读'花时去国远,月夕上楼频',总觉言过其实,然而当远离故乡独处异地后,才真正理解了其中的苍凉"[①]。

【汇评】

明·雷起剑评《丁卯集》卷下:放而不怨。

---

① 田景秀著《给爱一个说法》,西安:太白文艺出版社,2014年版,第82页。

温庭筠（二首）

温庭筠（801？—866）：原名岐，一名庭云、廷筠，字飞卿，太原祁（今山西祁县）人。因得罪宰相令狐绹，累举不第，仅任方城尉、随县尉，终国子助教。工诗，其诗辞藻华丽，浓艳精致，内容多写闺情。与李商隐、段成式共以俪偶秾缛相夸，三人皆排行十六，号"三十六体"。其词艺术成就在晚唐诸词人之上，为"花间派"首要词人，对词的发展影响较大。在词史上，与韦庄齐名，并称"温韦"。与李商隐齐名，时号"温李"。温庭筠才思敏捷，每次入试，八叉手即成八韵，人称他为"温八叉"。著有《温飞卿诗集》《金奁集》。《全唐诗》存诗九卷。

温庭筠幼年就在浙东。温庭筠足迹遍浙东，一路空谷幽泉，荒寺老僧，无不入其诗囊。温庭筠有咏及剡地诗多首，如《宿一公精舍》："茶炉天姥客，棋席剡溪僧。"《秘书省有贺监知章草题诗笔力遒健风尚高远拂尘寻玩因有此作》："剡溪渔客贺知章，任达怜才爱酒狂。"《重游圭峰宗密禅师精庐》："戴颙今日称居士，支遁他年识领军。"《寄清凉寺僧》："石路无尘竹径开，昔年曾伴戴颙来。"《宿秦生山斋》："岁晚得支遁，夜寒逢戴颙。"此外，尚引"买山之隐"典入诗，如《春日访李十四处士》："谁言有策堪经世，自是无钱可买山。"

宿一公精舍[1]

夜阑黄叶寺，瓶锡两俱能[2]。
松下石桥路，雨中山殿灯[3]。
茶炉天姥客，棋席剡溪僧[4]。

还笑长门赋，高秋卧茂陵[5]。

【出处】

《全唐诗》卷五八三。

【注释】

〔1〕一公精舍：一公所在的寺院。一公，即越僧灵一。见本书灵一小传。精舍，僧道居住或讲道说法之所。灵一在越中与天台道士潘志清、南阳朱放、襄阳张继、安定皇甫冉皇甫曾兄弟、范阳张南史、吴郡陆迅、东海徐嶷、景陵陆鸿渐结为方外之友。诗人从石桥，五百罗汉道场至一公精舍。

〔2〕黄叶：黄落之叶，秋叶。瓶锡：僧家随身所携之瓶钵、锡杖。瓶，净瓶。僧人所用。锡，锡杖。

〔3〕"松下"二句：《校编全唐诗》："《文苑英华》注，一作'松下石桥雨，山中佛殿灯。'"石桥，在天台山上。见《昭明文选》孙绰《游天台山赋》李善注。雨，一作"山"。山，一作"佛"。

〔4〕"茶炉"二句：越中产茶的历史较早，唐朝是饮茶风气盛行的时代，当时茶叶被当作珍贵之物，供宫廷、官员及和尚饮用的茶往往制作精细，于此亦可见当时饮茶弈棋已成为方外人士生活中的一个组成部分。这恐怕是越中种茶和弈棋风气长盛不衰的一个原因。天姥，指天姥山，温庭筠自称天姥客。棋席，棋局。剡溪僧，指灵一。

〔5〕"还笑"二句：司马相如作《长门赋》使陈皇后复幸，但他自己最后还是退居林下，卧病茂陵。意为人世间的生死情仇都是短暂的，最终还是免不了黄泉路。高秋，秋高气爽的时节。南朝·沈约《休沐寄怀》诗："临池清溽暑，开幌望高秋。"卧，隐居。茂陵，西汉五陵之一，是西汉武帝刘彻的陵墓，规模最大的西汉帝王陵。所在地原属汉代槐里县茂乡，故称茂陵。位于今陕西兴平东北原上。《汉书·本传》："相如病危，家居茂陵。"

【存异】

1. 作者：诗中"一公"，一说为僧一行。清·曾益等笺注《温飞卿集外诗》卷九诗题注："方伎传：僧一行（673—727）姓张氏，先名遂，魏州昌乐（今河南南乐）人。初，一行方师至天台山国济寺，见一院古松十数，门有流水。一行立于门屏间，闻院僧于庭布算声，而谓其徒曰：'今日当有弟子自远求吾算法，到门岂无人导远也！'一行承其言而趋入，稽首请清，尽授其术焉。"

2. 诗句：(1)"夜阑黄叶寺"中的"阑"，《剡录·卷六·诗》、清道光《嵊县志·卷十四·艺文·仙释》作"闻"。

(2)"棋席剡溪僧"中的"席"，清道光《嵊县志·卷十四·艺文·仙释》作"局"。

【赏析】

温庭筠约于大中十一年（857）以后到越州，他的这首诗说的就是新昌茶事，"茶炉天姥客，棋席剡溪僧"。茶禅一味的僧侣和向往剡溪的诗人在这一带活动，茶道变得精致细腻。舍中有茶有棋，主客不时把臂谈禅，自然是暖意盈怀、思绪悠远。这样的情景，千载之下，仍令人心驰神往。（据徐跃龙主编《新昌茶经》第301页）

本诗中提到的天台山石桥、天姥经剡溪北上也是一条唐代诗人经行的路线。诗中"天姥客"指时在越中的天台山道士潘志清，"剡溪僧"指灵一，即一公。唐朝饮茶风气盛行，此诗可见当时方外（世外，即不涉及世事）人士的生活中饮茶、弈棋已成为一种雅趣。

温庭筠是围棋爱好者，有关围棋的诗词遗篇甚多，他游历甚广，常宿于山寺之内，与山僧对弈，本诗即为一例。他另作有一首《观棋》诗，可以相互参看。诗云："闲对楸枰倾一壶，黄华坪上几成卢。他时谒帝铜龙水，便赌宣城太守无。"（《全唐诗》卷五八三）

隋唐时期，大批文人墨客入剡览胜，剡县围棋开始与外界交流，温庭筠的"茶炉天姥客，棋席剡溪僧"咏棋诗句，记述了围棋在当时剡县民间的流行情况。茶也，棋也，道乎，禅乎，奥妙处，可供你细细品味，但此中真意，只可意会，不可言传也。温庭筠的诗词艺术有一个特点，即喜欢选择具有某种形象特征的景物并列在一起，不加或少加动词，等于不说明或不说清其间的关系，而足以表达作者所欲写的微妙意境，"茶炉天姥客，棋席剡溪僧"即是如此。

【汇评】

清·曾益等《温飞卿诗集笺注》：首二，宿寺。中四，景物。末二，抒怀。

秘书省有贺监知章草题诗笔力遒健风尚高远拂尘寻玩因有此作[1]

剡溪渔客贺知章，任达怜才爱酒狂[2]。
鸂鶒苇花随钓艇，蛤蜊菰菜梦横塘[3]。
几年凉月拘华省，一宿秋风忆故乡[4]。
荣路脱身终自得，福庭回首莫相忘[5]。
出笼鸾鹤归辽海，落笔龙蛇满坏墙[6]。
李白死来无醉客，可怜神彩吊残阳[7]。

【出处】

文渊阁《四库全书·剡录·卷十·草木禽鱼诂下·禽·鸂鶒》。

【注释】

〔1〕此诗《全唐诗》卷五七八有载。诗题《全唐诗》一作《过贺监旧宅》。有此：一作"此有"。贺监知章：指贺知章（659—744），字季真，越州永兴（今浙江萧山）人。证圣元年（695）进士。历官至太子宾客，兼秘书监。天宝三载（744），上疏请求还乡为道士，诏赐镜湖剡川一曲。归乡后不久即病逝，享年八十六。知章善草、隶书。

〔2〕剡溪：《全唐诗》作"越溪"。"任达"句：贺知章与张旭相善。旭善草书，好酒，醉后号呼狂走，索笔挥洒，若有神助，时人号为"张颠"。见《旧唐书·贺知章传》。怜才，爱惜人才。此二句意为，剡溪（越州）永兴的渔民贺知章，旷达爱才结交酒狂张旭。

〔3〕鸂鶒（xī chì）：亦作"鸂鶒"。水鸟名。形大于鸳鸯，而多紫色，好并游。俗称紫鸳鸯。菰：茭白。菜：《全唐诗》一作"叶"。梦横塘：谓思梦横塘。横塘，堤名，在江苏南京秦淮河口。吴大帝孙权自江口沿淮（今秦淮河）筑堤，谓之横塘。左思《吴都赋》："横塘查下，邑屋隆夸。"又为桥名，在江苏吴县西南，风景甚美。此二句意为，紫鸳鸯、芦花追逐钓鱼船，蛤蜊、茭白之梦与水塘。

〔4〕"几年"二句：开元年间，贺知章与张说于丽正殿书院同撰《六典》及《文纂》等，累年，书竟不就。华省，职能重要亲贵之官署。唐时多称尚书省为华省。贺知章尝官尚书省礼、工二部侍郎。天宝三载（744），贺知章因病恍惚，上疏请度为道士，求还乡里，玄宗许之。见《旧唐书》本传。此二句意为，几年秋月拘守清贵官署，一

夜的秋风使其回忆起故乡。

〔5〕"荣路"二句：化自唐·李隆基《送贺知章归四明》诗："遗荣期入道，辞老竟抽簪。"福庭，犹福地。古指神仙、有道者所居。此二句意为，仕途解脱终究自感舒适，福地回顾不要彼此相忘。

〔6〕笼：《全唐诗》一作"群"。归辽海：用丁令威化鹤归乡典故，以鹤喻人，借指贺知章此时早已仙逝。归，《全唐诗》一作"辞"。龙蛇：形容草书笔势。唐·李白《草书歌行》诗："怳怳如闻神鬼惊，时时只见龙蛇走。"此二句意为，如出笼的鸾鹤归于辽海，落笔飞转书法充满废墙。

〔7〕"李白"二句：用金龟换酒的典故。唐·李白《对酒忆贺监诗序》："太子宾客贺公，于长安紫极宫一见余，呼余为'谪仙人'，因解金龟，换酒为乐。"金龟，袋名，唐代官员的一种佩饰。解下金龟换美酒。形容为人豁达，恣情纵酒。神彩，即神采。精神和风采，表现出来的精神面貌。此处作者引为自喻，描述自己如"吊残阳"的生存状态。唐·冯待征《虞姬怨》诗："君王是日无神采，贱妾此时容貌改。"此二句意为，李白死了再无喝醉之人，可怜神采如悬挂的夕阳。

【存异】

首句"剡溪渔客贺知章"中的"剡"，经查考，《四库全书·剡录》卷十（见附书影）与《四库全书》收录的其他诸本皆有异，如《文苑英华》卷三百七、《御定全唐诗》卷五百七十八、《温庭筠诗集》卷第四等，均作"越"。

【赏析】

贺知章自号"四明狂客"，为人磊落不羁，自己好酒，他也喜欢如李白、张旭一类嗜酒的英才，并称"酒中八仙"。贺知章以辞章著名，书法善草、隶。其所作《孝经》卷行笔劲健，章法严密，气势相连，首尾相顾，给人以"结意优美"的感觉，体现了一个文学家的"逸兴"，展示了狂放不羁的性情。温庭筠赋本诗对他的草书作了高度评价，即如诗题中所写："秘书省有贺监知章草题诗，笔力遒健，风尚高远，拂尘寻玩，因有此作。"此诗读后不仅使我们享受了诗词之美，也享受了书法艺术之美。

"剡溪渔客贺知章，任达怜才爱酒狂。"所谓"任达怜才"，很明显，这是对那种不懂爱护人才、利用人才的封建官员的指责，亦是对

作者自身怀才不遇的深心的感慨。

此诗描写细腻："第一联,描写贺知章的籍贯、出身、性格与交游情形。第二联,与贺知章《答朝士》诗:'鈒镂银盘盛蛤蜊,镜湖莼菜乱如丝。乡曲近来佳此味,遮渠不道是吴儿',跨时空遥遥相和,表现出其思乡意象。第三联,描写其对仕途的感受,与对故乡的怀念之情。第四联追述其辞官归镜湖史事。第五联追悼贺知章的死及对其遗迹的评论。第六联,叙述了李白之死因及自身已衰年的叹息。其'神采'即自喻。如唐·冯待征《虞姬怨》诗:'君王是日无神采,贱妾此时容貌改。'从此诗不吝篇幅对贺知章不留恋仕途,寻求解脱以及对家乡的思意、思情到归乡行为的描写,间接表达了自己的归隐情绪。据诗中'莫相忘',若前四联是以张旭的口气代写,后二联在记述了李白的死因后,描述了自己如'吊残阳'的生存状态。联中'神采'作为对人面部的神气和光彩的形容,在此引以自喻。如果前者体现了贺知章与张旭之间的关系,尾联也相应强调了李白与自己的关系。众所周知,贺知章对李白有知遇之恩,成为忘年交,与之相应,李白对'温庭筠'也有知遇之恩也是忘年交。如此,通过李白把'温庭筠'与贺知章等巧妙地联系起来,成为三个忘年交传承的关系链。当然,对贺知章等的熟知可说是缘于李白之口,这正是'温庭筠'引以为傲之处以及尾联牵涉于李白的目的性所在。"[1]

---

[1] 董乡哲著《"温庭筠"诗集译意》,西安:三秦出版社,2010年版,第263页。

鸂鶒

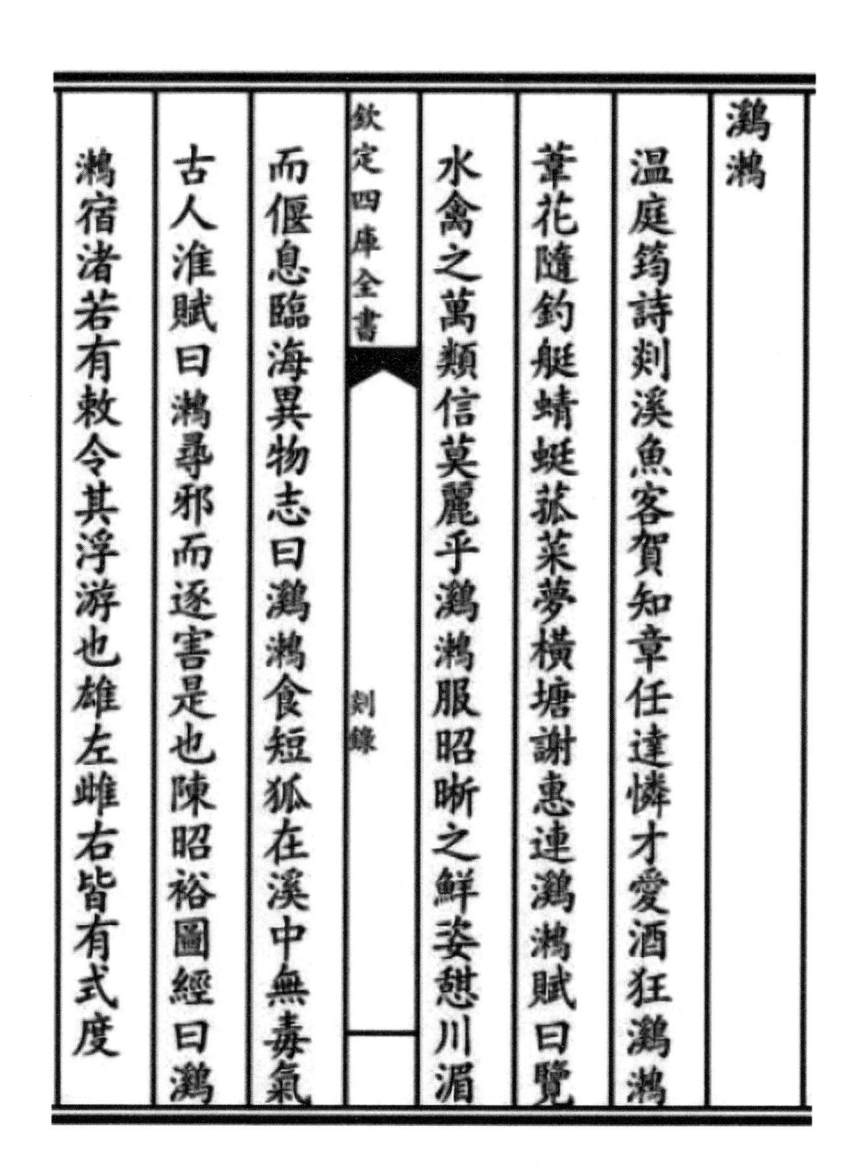

溫庭筠詩剡溪魚客賀知章任達憐才愛酒狂鸂鶒

葦花隨釣艇蜻蜓菰菜夢橫塘謝惠連鸂鶒賦曰覽

水禽之萬類信莫麗乎鸂鶒服昭晰之鮮姿憩川湄

而偃息臨海異物志曰鸂鶒食短狐在溪中無毒氣

古人淮賦曰鸂鶒尋邪而逐害是也陳昭裕圖經曰鸂

鶒宿渚若有敕令其浮游也雄左雌右皆有式度

文淵閣《四庫全書·剡錄》卷十書影

项斯（一首）

项斯（802？—847？）：字子迁，台州乐安（今浙江仙居）人，一说临海人。早年隐居杭州径山朝阳峰，结交僧禅，相与唱和，闲放安处，历30余年。后应举，会昌四年（844）进士，与马戴、赵嘏同榜。授丹徒（今属江苏）县尉，卒于任所。宝历、开成间（825—840）有诗名。初受知于水部员外郎、诗人张籍，又为国子祭酒杨敬之所赏识，杨赠诗有"平生不解藏人善，到处逢人说项斯"（《赠项斯》）之句，传为美谈。后来用"说项"指替人说好话或说情。其诗多为行游及寄赠友人之作，朴素自然，明白如话，清新、巧妙、奇特。张为《诗人主客图》将其列为清奇雅正主：李益之后"升堂七人"之第六位。明人辑有《项斯诗集》。《全唐书》存诗一卷。

项斯古书谓临海郡人，其实是临海郡乐安县（今仙居县）人。因为临海郡置前，属会稽郡，故项斯有时自称为"越人"。作有《寄石桥僧》《送越僧元瑞》等诗。

寄剡溪友[1]

歇马亭西酒一卮，半年间事亦堪悲[2]。
船横镜水人眠后，蓼暗松江雁下时[3]。
山晚迴寻萧寺宿，雪寒谁与戴家期[4]。
夜来忽觉秋风急，应有鲈鱼触钓丝[5]。

【出处】

《全唐诗补编·续拾》卷三十，中册，第1116页（注引南宋·高似孙《剡录·卷六·诗》）。

【注释】

〔1〕此诗《全唐诗》失收。诗题一作《寄剡中友诗》。剡溪友：项斯友人，事迹不详。

〔2〕歇马：下马休息。卮：古代盛酒的器皿。

〔3〕镜水：指绍兴镜湖（今鉴湖）之水。

〔4〕迥：远。萧寺：指佛寺。参许浑《再游越中伤朱庆馀协律好直上人》诗注〔3〕。"雪寒"句：用子猷雪夜访戴典故。戴家，指戴逵宅。清康熙《嵊县志·卷二·山川志》载："戴溪在县西三十里桃源乡溯溪入有戴逵故宅。"戴安道宅，南宋嘉泰《会稽志·卷十三·古第宅》载："戴公旧居剡中，郗超每闻欲高尚隐退者，辄为办百万资，并为造立居宇。在剡为戴起宅，甚精整。戴始往旧居，与所亲书曰：'近至剡，如官舍。'事见《世语新说》。"《剡录·卷四·古奇迹》："戴安道宅，在剡桃源乡，……乡有戴村，村多戴姓者。"对此，金向银先生校正，戴逵居剡山，旧属桃源坊。《剡录》桃源坊误桃源乡。①

〔5〕"夜来"二句：用张翰思归典故，参李白《秋下荆门》诗注〔3〕。钓丝，钓线。唐·杜甫《重过何氏五首》诗之三："翡翠鸣衣桁，蜻蜓立钓丝。"诗中桁即衣架。

【存异】

1. 诗题：《剡录·卷四·古奇迹》、《剡录·卷十·草木禽鱼诂下·鳞介·鲈》、清同治《嵊县志·卷二十四·文翰志·诗》作"寄剡中友"。

2. 诗句：(1)"半年间事亦堪悲"中的"堪"，民国《嵊县志·卷二十八·艺文志·诗》作"可"。

(2)"雪寒谁与戴家期"中的"雪"，清康熙《嵊县志·卷二·山川志》作"霜"。

【赏析】

项斯的诗篇中，值得一提的是有关佛道的诗作，意蕴深厚，颇具一格。有唐一代，道教风靡上下，佛学也相当兴盛，项斯曾多次踏足佛道寺观，结识高僧、道徒和隐逸处士。本诗即为记访友而留宿寺院而发，凝练警策，清妙奇绝，字清气远。

【汇评】

清·何焯《唐律偶评》：子迁诗最清婉。

---

①详见金向银《〈剡录〉校正十五题》一文，原载《今日嵊州》，2013年3月20日。

马戴（一首）

马戴（803？—879？）：字虞臣，海州东海（今江苏连云港）人，一说曲阳（今江苏东海）人。会昌四年（844）进士，和项斯、赵嘏同榜。官至太学博士。与贾岛、姚合、许棠是诗友。其诗以五律见长，或抒写怀才不遇之愤慨，或写旅愁，状风物，都能得优游沉着之长。宋·严羽《沧浪诗话》："马戴在晚唐诸人之上。"张为《诗人主客图》将其列为清奇雅正主：李益之后"升堂七人"之第二位。著有《会昌进士集》。《全唐诗》存诗二卷。

民国《新昌县志·卷十四·寓贤》："马戴《寄剡中友人诗》：'沃洲僧几访，天姥客谁过'，盖皆（另有孟浩然、赵嘏）未久居者。"马戴中年游浙东，游踪极广，曾东游江浙，约在三十岁前到浙东，作有《寄剡中友人》诗"沃洲僧几访，天姥客谁过"、《赠禅僧》诗"弟子人天遍，童年在沃洲"等记其行，从而可知马戴游过剡中，并在那里有过朋友。他对剡中及沃洲、天姥历史风物名人掌故十分熟悉。

寄剡中友人[1]

故人今在剡，秋草意如何[2]。
岭暮云霞杂，潮回岛屿多[3]。
沃洲僧几访，天姥客谁过[4]。
岁晚偏相忆，风生隔楚波[5]。

【出处】

《全唐诗》卷五五六。

【注释】

〔1〕剡中友人：马戴在剡县的朋友，事迹不详。

〔2〕故人：旧交，老朋友。非故乡之人的简称，而是唐人对友人的一种习惯称谓。剡：指诗题的剡中，即剡县。秋草：秋天的草木。《文选·古诗十九首·东城高且长》："回风动地起，秋草萋已绿。"

〔3〕"潮回"句：因海潮退去而使很岛屿露了出来。因为剡中新昌古代濒海。民国《新昌县志·卷一·城·明尚书吕光洵原记》载："……新昌盖剡之东境，梁开平间析其十三乡为县，以其创建也，因名新云县……县所治地濒海，西带剡江，内有崇冈峭壁绝壑丛林之险……"详见附录1"南岩"条。

〔4〕沃洲：有两解：①在新昌县东15公里，自桑园分派，石笋汇流，中壅沙潭，长里许者曰沃洲。丛生兰芷，相传白道猷曾卓锡于此。现没入沃洲湖底。②指沃洲山，山因洲而得名。道教经典《天地宫符图·洞天福地》列浙江沃洲为"七十二福地"之第十五福地。天姥：指今天姥山。道教经典《天地宫符图·洞天福地》列浙江天姥岑为"七十二福地"之第十六福地。

〔5〕岁晚：岁末、年终的时候。楚波：泛指楚地水泽。

【赏析】

此诗以三句疑问句式把沃洲、天姥人文荟萃之内涵和景象勾勒出来，空灵中包含丰富而深厚的文化意蕴，给人以联想。第一联是写秋天时节，作者怀念起在剡中的友人。第三联沃洲与天姥对举，诗人猜测友人是否会与人结伴游沃洲山和天姥山。沃洲山与天姥山相邻，唐代诗人写沃洲山往往就会联想到天姥山，原因是这两座山高人名士常游集。一、三联是说虽然相忆，但相隔遥远。"剡中友人"虽不知是谁，但诗中对天姥、沃洲景色写得很生动，想来马戴也曾游历剡中。诗中提"沃洲僧""天姥客"，是用帛道猷、谢灵运等历史人物来渲染诗的意境，同时用来烘托这位友人的身份。

马戴另作有一首《赠禅僧》诗，可相互参看。诗云："弟子人天遍，童年在沃洲。开禅山木长，浣衲海沙秋。振锡摇汀月，持瓶接瀑流。赤城何日上，鄙愿从师游。"

赵嘏（四首）

赵嘏（806—852）：字承祐，楚州山阳（今江苏淮阳）人，会昌四年（844），与项斯、马戴同榜进士，官渭南尉，世称"赵渭南"。以"长笛一声人倚楼"句被杜牧呼为"赵倚楼"。宣宗知其名，命宰相进其诗，而不悦其"徒知六国随斤斧，莫有群儒定是非"的题秦诗，由是事寝。终为卑官而不得意。诗工七律，诗风清圆流畅，格律工稳，与杜牧、许浑颇相近。著有《渭南集》。《全唐诗》编诗为二卷。

民国《新昌县志》卷十四《寓贤》："……留越中……是必至此岁月淹久者。赵嘏亦有自石城寺早发一诗。"元稹长庆三年至大和三年（823—829）为越州刺史，赵嘏入浙东观察使元稹的幕府，在此一带盘桓数年，当于此时游浙东，除赋有《发剡中武德中置嵊州》《早发剡中石城寺》等诗外，尚有吟天姥诗《淮信贺滕迈台州》诗："舟移清镜禹祠北，路转翠屏天姥东。"

送剡客[1] ——作薛逢诗

两重江外片帆斜，数里林塘绕一家[2]。
门掩右军余水石，路横诸谢旧烟霞[3]。
扁舟几处逢溪雪，长笛何人怨柳花[4]。
若到天台洞阳观，葛洪丹井在云涯[5]。

【出处】
《全唐诗》卷五四九作赵嘏诗，《全唐诗》卷五四八作薛逢诗。

【注释】
〔1〕此诗南宋彭叔夏曾据赵嘏集校，当为赵嘏作；非薛逢作。《校

编全唐诗》亦考："本篇又见《全唐诗》卷五四八薛逢集。《英华》卷二八一作赵嘏诗。赵嘏曾游越中，有《发剡中》等诗。本篇述剡中风物甚详，当为赵嘏诗。"剡客：指剡县的客人。

〔2〕两重江：指小舜江、曹娥江，均能以小木船通航上源剡溪，直达其上游抵达天台山。片帆：孤舟；一只船。塘：指堤岸、堤防。一家：指庄园人家或村舍。此二句意为，剡溪下游的江面上，有船只看似斜斜地驶来。长满树木的数里江堤护围着庄园人家。

〔3〕右军：王羲之，官至右军将军（一作右将军）、会稽内史，人称"王右军"，辞官后居剡县金庭。王羲之爱剡中山水，其庐墓亦在剡中。见《全唐文》卷七二九裴通《金庭观晋右军书楼墨池记》。晚年在剡中鼓山结庵、炼丹，置有田宅。水石：犹泉石，借指王羲之别墅里的清丽胜景。诸谢：谢安居上虞东山，谢玄、谢灵运祖孙居始宁县。烟霞：烟雾和云霞，也指谢氏居住地的"山水胜景"。此二句意为，谢安及后人的旧居地，景致依然，那条路还是从前面穿过。当年王子猷乘舟在剡溪的雪夜里曾探访过在剡的戴安道。

〔4〕"扁舟"句：暗用王子猷雪夜乘小船访戴安道事。扁舟，小船。"长笛"句：《唐音癸签·卷十四·笛曲》云："笛有雅笛、羌笛。唐所尚，殆羌笛也。……乃如《关山月》《折杨柳》《落梅花》，唐人咏吹笛者多用之。"怨，一作"思"。此二句意为，何人在吹着长笛，那悠悠之声似乎在思念岸边的柳花。

〔5〕若到：一作"到日"。天台：指天台山。由剡中再南即至天台山。洞阳观：天台山的道观。葛洪丹井：《晋书·葛洪传》未言葛洪居天台炼丹事。此或出自传说。葛洪，字稚川，好神仙导养之法，卒，人以为尸解得仙。《晋书》卷七二有传。详见附录1"葛洪"条。相传葛洪炼丹于天台山，见《天台山志》。井，段校本《洞南诗集》云："原注一作灶。"涯：一作"崖"。云涯，指在高远之处。丹井在云涯，《校编全唐诗》："《文苑英华》注，集作丹灶在云涯。"此二句意为，倘若你去天台山的洞阳观，葛洪丹井就在那里，你可以去造访一下。

【存异】

诗句：(1)"两重江外片帆斜"中的"外"，清康熙《嵊县志·卷二·山川志》、清乾隆《嵊县志·卷十五·艺文地理》作"水"。

(2)"扁舟几处逢溪雪"中的"处"，清康熙《嵊县志·卷二·山

川志》、清乾隆《嵊县志·卷十五·艺文志》、清道光《嵊县志·卷十三·艺文·山川》、清同治《嵊县志·卷二十四·文翰志·诗》作"度"。

【赏析】

赵嘏首次游剡，时值深秋，又当傍晚，因迫于使命，第二天不得不离开，因此赋诗《早发剡中石城寺》以记石城的山水风光和人文胜迹。后来常有怀想和追忆，他的《送剡客》诗，就体现了这种心迹。此诗写于剡溪边的（今新昌）大佛寺。诗中描绘了他所向往的葛洪丹井，还有王羲之、谢灵运等名人游历天台山的遗迹。尤其是处在云雾之中，天涯海角的丹井，确实神奇而令人向往。

此诗从多个角度较为全面地反映了剡地的人文、历史及自然风貌。从剡溪的入口处写起，最后写到剡溪的源头地天台山，诗路沿剡溪溯流而上。先写自然景观，后叙人文历史，范围涵盖了整个剡川大地，足见诗人对剡地的了解。全诗视野开阔，用典含蓄，诗人的遣词功力非同一般，诗歌的深厚意蕴，力透纸背。首联对剡溪流域大的范围描写。是写剡溪流域下游的自然风貌。接下去的三联，以人文、历史描写为主。"门掩右军余水石，路横诸谢旧烟霞。"书圣王羲之在剡中鼓山曾结庵、炼丹，也建有别墅。谢安在剡溪边也建有庄园，并且谢氏后人世居于此。"扁舟几处逢溪雪，长笛何人怨柳花"，暗用王子猷雪夜乘船造访戴安道的故事，也借用李白《春夜洛阳闻笛》诗："此夜曲中闻折柳，何人不起故园情"之意。尾联运用"葛洪炼丹井"的典故，表达了诗人对友人的祝愿。

【汇评】

明·钟惺、明·谭元春《唐诗归》：钟云：清远幽静，气完力浑。七言律至此，使人不敢复言朝代也。

发剡中[1] 武德中置嵊州

正怀何谢俯长流，更览余封识嵊州[2]。
树色老依官舍晚，溪声凉傍客长秋[3]。
南岩气爽横郭郭，天姥云晴拂宇楼[4]。
日暮不堪还上马，蓼花风起路悠悠[5]。

【出处】

《全唐诗》卷五四九作赵嘏诗,《全唐诗》卷五四八作薛逢诗。

【注释】

〔1〕此诗一作薛逢诗,题作《早发剡山》。《校编全唐诗》考:"本篇又见《全唐诗》卷五四八薛逢集,题为《早发剡山》,注:'一作赵嘏诗。'《文苑英华》卷二九四作赵嘏诗。赵集尚有《早发剡中石城寺》诗。本篇当为赵嘏诗。"

〔2〕何谢:有两说。①《增订注释全唐诗》卷五四一:"南朝诗人何逊、谢朓。"何逊(480—520),南朝梁诗人,字仲言,东海郯(今山东苍山)人。其诗善于写景,工于炼字,为杜甫所推许。见《梁书》卷四十九。谢朓(464—499),南朝齐杰出的山水诗人,字玄晖,陈郡阳夏(今河南)人。与"大谢"谢灵运同族,世称"小谢"。见《南齐书》卷四七。②谭优学《赵嘏诗注》:"疑指何长瑜、谢灵运。《宋书·谢灵运传》:'灵运既东还,与族弟惠连、东海何长瑜、颍川荀雍、泰山羊璿之,以文章赏会,共为山泽之游,时人谓之四友。'剡中正其游览处,故怀念之。"余封:谓剡中曾建置嵊州及剡城县。嵊州:指剡县,唐武德四年(621),以剡县立嵊州及剡城县,治所在今嵊州。武德八年(625)废嵊州及剡城县,复称剡县,仍属越州。此二句意为,正俯瞰着船下长长的剡溪水,想着何长瑜和谢灵运,又从考察剡中原曾设立嵊州和剡城县的事中,认识了嵊州。

〔3〕"树色"二句:意为苍老的树色渐渐隐匿在官员旅舍的夜幕中。溪水声凉了,伴随着的是旅行者的衣衫也换上了秋装。

〔4〕南岩:指南岩山,在新昌县西10公里。郭郭:外城。此处应是屏障的意思。把南岩山比作新昌县城的郭郭。此联中将南岩、天姥列为剡中两端景色。此二句意为,南岩山在天气明朗时,像一座横着的大屏障,天姥山云少的时候,云会轻轻擦过寺院的房子。

〔5〕蓼:蓼科中部分植物的泛称,草本,开淡红色或白色小花。此二句意为,天虽然晚了,可是面对美景,不忍心上马再出发,蓼花在风中飞舞,我前面的路还很远很漫长(流露出作者面对嵊州美景的无限不舍)。

【存异】

诗句:"溪声凉傍客长秋"中的"长",清康熙《嵊县志·卷

二·山川志》、清乾隆《嵊县志·卷十五·艺文志》、清同治《嵊县志·卷二十四·文翰志·诗》作"衣";"天姥云晴拂宇楼"中的"字",清康熙《嵊县志·卷二·山川志》、清乾隆·嵊县志·卷十五《艺文志》作"寺"。

【赏析】

在元稹长庆三年至大和三年(823—829)为越州刺史兼浙东观察使时,赵嘏入元稹的幕府。在此期间的一个秋天,赵嘏公干过新昌,他从剡城出发时写了这首《发剡中》诗。晴朗的秋日,天高气爽,告别了昨夜住宿的嵊州官舍,他骑着马儿,傍着剡溪,从南岩走向天姥,结果天晚了路还长呢,便在石城寺住了下来。"诗人第一次来到剡中,时值深秋,又当傍晚,因迫于使命,又不得不告别剡中。'正怀''更览''不堪',真是依依难舍。风起蓼花,长路悠悠,更将依恋之情,化作具体形象。剡中美景,可写者多,诗人选取依傍官舍之树色,凉意袭人之溪声,爽气横郭之南岩,晴云拂顶之天姥,突出了特色。"[①]

这是一首写从嵊州县城出发南游天姥山的诗。因北来从剡溪至天姥山的路径最方便,所以唐代诗人多走此路。赵嘏作有一首吟天姥山的诗《淮信贺滕迈台州》:"凋瘵民思太古风,上贤绥辑副宸衷。舟移清镜禹祠北,路转翠屏天姥东。旌旆影前横竹马,咏歌声里乐樵童。遥知到郡沧波晏,三岛离离一望中。"

文人雅士在越地的壮游、宦游、隐游和神游,以及出于其他原因如避乱寓居、考察等来越,为唐代越州文学的兴盛起到了积极的作用。诗人们为何独爱越地,钟情于剡溪呢?佳景殊胜固然是一因,但更重要的是这里有深厚的、不可替代的文化积淀,聚拢着许多为唐人所称道的名人先贤,彰显出当时文物衣冠萃集的盛况。"武德中置嵊州",足见"嵊州"历史悠久。

颔联"树色老依官舍晚,溪声凉傍客衣秋"《中华诗词曲对仗大辞典》评:"七律颔联。依、傍,动词对举,虚字对。官、客,舍、衣,宽对。"

[①] 邹志方著《浙东唐诗之路》,杭州:浙江古籍出版社,2019年版,第278页。

【汇评】

明·谭元春《唐诗归折衷》：敬夫云：情词缱绻，使人山水之念顿深。

早发剡中石城寺[1]

暂息劳生树色间，平明机虑又相关[2]。
吟辞宿处烟霞去，心负秋来水石闲[3]。
竹户半开钟未绝，松枝静霁鹤初还[4]。
明朝一倍堪惆怅，回首尘中见此山[5]。

【出处】

《全唐诗》卷五四九。

【注释】

〔1〕此诗作于赵嘏入元稹任越州刺史幕府期间。剡中石城寺：指今新昌大佛寺。

〔2〕暂息：暂时停息或减弱。劳生：出自《庄子·大宗师》："夫大块载我以形，劳我以生，佚我以老，息我以死。"后以"劳生"指辛苦劳累的生活。树色：一作"一日"。平明：平正明察；明白。机虑：即机心，为名利、生计费尽心机。一作"尘事"。谭优学《赵嘏诗注》："段校本《渭南集》作'世事'。"此二句意为，暂时抛开辛苦劳累的生活，来到这山林之中看景躲清闲，可清晨醒来想的又是尘寰的东西。

〔3〕吟：此作叹息解。烟霞：泛指山水、山林。去：一作"古"。水石：指流水与水中之石。此二句意为，叹息着告别这昨天住宿处（石城寺）的烟霞，准备离去，心中遗憾辜负了这秋水、山石的悠闲风景，有点怅然若失。

〔4〕竹户：竹编的门。此二句意为，竹子编的门半开半掩，寺院晨钟声隐隐约约在回荡，松枝在雨后苍翠而宁静，仙鹤刚刚飞回来停歇。

〔5〕明朝：清晨。堪：忍受。惆怅：因失望或失意而哀伤。回首：回想，回忆。此二句意为，（如此闲适的景致）更为清晨离去增加了一倍的惆怅，以后在尘世之中回忆，一定会经常出现这座山吧。

晚唐

【存异】

1. 诗题：(1) 清道光《嵊县志·卷十三·艺文·山川》作"早发剡中"。

(2) 清同治《嵊县志·卷二十四·文翰志·诗》、民国《嵊县志·卷二十八·艺文志·诗》作"早发剡中法堂寺当时法台寺"。

2. 诗句：(1)"平明机虑又相关"中的"机虑"，《剡录》卷八《物外记·僧庐》、清道光《嵊县志·卷十三·艺文·山川》、清同治《嵊县志·卷二十四·文翰志·诗》作"尘事"；"机"，民国《新昌县志·卷十六·古迹》作"几"。

(2)"心负秋来水石闲"中的"闲"，民国《新昌县志·卷十六·古迹》作"间"。

(3)"竹户半开钟未绝"中的"户"，《剡录·卷八·物外记·僧庐》作"色"。

(4)"松枝静霁鹤初还"中的"霁"，民国·新昌县志·卷十六《古迹》作"处"。

(5)"回首尘中见此山"中的"中"，民国·新昌县志·卷十六《古迹》空白，漏字。

【赏析】

赵嘏入元稹任越州刺史幕府期间的一个秋天，赵嘏公干到剡中。赵嘏对石城的树色、烟霞、水石非常留恋，次日清晨，离别时，心里怅怅的，于是赋诗《早发剡中石城诗》予以记述。

赵嘏诗大多清畅多彩，情景交融，前人称其诗"多兴味"。《早发剡中石城诗》就是具备这些特点的一首好诗。尤其是"吟辞宿处烟霞古，心负秋来水石闲"句，语意幽静而深远，耐人寻味，为传诵之佳句。故《全唐诗大辞典·唐诗名篇》评："诗抒写早发剡中的感怀，敷情写景，相得益彰。前二联写未去时之留恋，情真意浓。后二联则写将去时之惆怅，诗思绵渺，情缱绻。"[①]《唐代诗人与剡中风光》一文称这首的价值："在佛教胜地能'暂息劳生'，甚感欣慰，而平明离去则

---

① 张忠纲主编《全唐诗大辞典》，北京：语文出版社，2000年版，第360页。

倍感惆怅。这是唐诗中孟浩然之外又一首写石城寺的诗，非常可贵。"①

【汇评】

明·黄生《唐诗摘钞》：一、五、六是过去，二、三、四是现在。只宿寺一宵，便已具三世因果，大足唤醒忙人。

明·钟惺、明·谭元春《唐诗归》：钟云：清远幽静，气完力浑。七言律至此，使人不敢复言朝代也。钟云：上句之妙，在"烟霞去"三字；下句之妙，在"心负秋来"四字（"吟辞宿处"二句下）。钟云：三字得力，遂成妙结（末句下）。

明·周珽《唐诗选脉会通评林》：谭元春曰：五、六极静极幽。唐汝询曰："竹户"句写晓发景。恶劳喜闲，人之素心，谁无烟霞水石之趣也！暂息劳生，忽闻尘虑相搜，此心有负多矣，宁不倍添惆怅乎？因早发而摹山寺中情景，深致有不独句字之工者。

清·金圣叹《贯华堂选批唐才子诗》卷七："暂息劳生"，是言夜来一宿，却不自意信手所写乃有"树色间"之三字，便分明是昨日傍晚，途中翘首遥有所望，而更不谓入夜得宿乃幸正在其处也。一解是此三字最写得好，便与后解回首此山两相回合以成章法矣。至于三、四之"宿处烟霞"对以"秋来水石"，此则自明实有素尚，不是初逢好景也。五、六写"早发"也。试想"钟未绝"，是早也；而"竹户半开"，则不知何故又有更早于我者。"松初霁"，是早也；而鹤飞始还，则岂独无人方将又来此间者，真写尽红尘之外，白云当中，大有闲闲日月也。七、八回首此山与前回合，已知。

清·屈复《唐诗成法》："暂息"已吊动"平明"，"劳生"已吊动"机虑相关"。三，身虽辞去；四，心却不愿。"钟未绝"，发犹可缓；"鹤初还"，与人相背。七、八若悔不当暂息石城寺者，加一倍法。三、四当接以五、六，却用虚笔一间，有无限情味。

清·王尧衡《古唐诗合解》卷十一：前解写未时留连，后解写将去时惆怅。

----

① 郁贤皓《唐代诗人与剡中风光》：中国唐代文学学会等主编《唐代文学研究（第六辑）》，桂林：广西师范大学出版社，1996年版，第717页。

送张又新除温州[1]

东晋江山称永嘉，莫辞红旆向天涯[2]。
凝弦夜醉松亭月，歇马晓寻溪寺花[3]。
地与剡川分水石，境将蓬岛共烟霞[4]。
却愁明诏征非晚，不得秋来见海槎[5]。

【出处】

《全唐诗》卷五四九。

【注释】

〔1〕据谭优学《唐诗人行年考》："此诗作于文宗开成元年（836）"。张又新（795？—?）：唐诗人。字孔昭，深州陆泽（今河北深州）人。元和九年（814）进士。曾任温州刺史、江州刺史，终左司郎中。擅文辞，工七绝。与李汉、李贺、赵叚有往来。见《新唐书》本传。

〔2〕东晋：朝代名。317—420年，自元帝（司马睿）建武元年起到恭帝（司马德文）元熙二年止。建都建康（今江苏南京）。永嘉：郡名，即今浙江温州，有名秀山水。东晋明帝太宁元年（323），分临海郡置永嘉郡，改属之。永初三年（422），谢灵运任永嘉太守，恣意遨游，遍历诸县。见《宋书》本传。旆：古代旗末端状如燕尾的垂旒。

〔3〕松亭：古关名。故址在今河北宽城西南。地势险要，为战略要地。歇马：下马休息。

〔4〕剡川：指剡溪。详见附录1"剡溪"条。分水石：谓永嘉水石之胜可与剡川媲美。蓬岛：指蓬莱仙岛。《史记·秦始皇本纪》："齐人徐市等上书，言海中有三神山，名曰蓬莱、方丈、瀛洲，仙人居之。"共：一作"接"。

〔5〕明诏：圣明的诏书。秋来：一作"乘秋"。海槎：海中浮木。传说天河与海通，海边人于每年八月见有浮槎去来，乘之可至天上。见《博物志》卷一〇。

【存异】

诗题：《剡录·卷六·诗》作"送张文新除温州"。

李群玉（一首）

李群玉（808？—860？）：字文山，澧州（今湖南澧县）人。早年发奋读书，喜吟诗，善吹笙，工书法，与杜牧、姚合、方干、李频、周朴、段成式、卢肇等为诗友，有唱酬。赴举不第，于大中八年（854），诣阙上表，自进诗三百篇，甚得宣宗赏识。经裴休引荐，授弘文馆校书郎。早有诗名，善写羁旅之情，五言精拔，七言流丽，"诗笔妍丽，才力遒健"（《唐摭言》）。著有《李群玉集》。《全唐诗》存诗三卷。

李群玉游浙东有两次。第一次约在25岁左右。第二次约在大中八年（854）以后，年约40岁。这次在浙东的时间较长，借秋天之机，以越州州治为中心，遍游剡中名胜。

腊夜雪霁月彩交光开阁临轩竟睡不得命家仆吹笙数曲独引一壶奉寄江陵副使杜中丞〔1〕

月华临霁雪，皓彩射貂裘〔2〕。
桂酒寒无醉，银笙冻不流〔3〕。
怀哉梁苑客，思作剡溪游〔4〕。
竟夕吟琼树，川途恨阻修〔5〕。

【出处】

《全唐诗》卷五六九。

【注释】

〔1〕霁雪：一作"雪霁"。家：一作"童"。中丞：杜悰，大中十二年（858）闰二月以前为江陵少尹，见《全唐诗人名考证》。

〔2〕月华：月光。霁雪：雪止放晴。皓彩：皎洁的月光。貂裘：用貂皮制成的裘衣。

〔3〕桂酒：用玉桂浸制的美酒。泛指美酒。银笙：银字笙。

〔4〕怀哉：《四库全书》作"怀彼"。梁苑客：指文士。梁苑，汉梁孝王游赏之所，当时有名的文士司马相如、枚乘、邹阳等皆为梁孝王在梁苑的座上客。这里以"梁苑客"自指。剡溪游：此用王子猷雪夜去剡溪访戴安道的故事。这里暗以王子猷自比，表示对杜中丞的思念，引雪夜故事，亦与题目相扣。

〔5〕竟夕：整夜。琼树：原为仙树名，喻品格高洁的人。语本《晋书·王戎传》："王衍神姿高彻，如瑶林琼树。"此用其典，既以切"霁雪"，又以喻美好的人，即杜中丞。川途：道路；路途。恨：一作"限"。阻修：言道路既间阻，又遥远。

【赏析】

晚唐诗人李群玉善吹笙，《太平广记》卷二六五载："李群玉，澧州人。好吹笙，常使家童吹之；性喜食鹅。及授校书郎，即归故里。卢肇送诗云：'妙吹应谐一作谐凤，工书定得鹅。'"毛水清《唐代乐人考述》："诗人写此诗时，似乎正在广西桂林，在桂管使府内，所以才有'桂酒寒无醉'之句。他是到过桂林的，有另一诗《桂州经佳人故居》可证。这里的家仆，即是家童。"

【汇评】

唐·郑处约《李群玉守宏文馆校书郎敕》：李群玉放怀丘壑，吟咏性情。孤云无心，浮磬有韵。吐妍词于丽则，动清律于风骚。冥鸿不归，羽翰自逸，雾豹远踪，文采益奇。

方干（四首）

方干（809—888）：字雄飞，睦州青溪（今浙江淳安）人。唐代才子，诗名卓著，有状元之称，人呼"缺唇先生"。咸通中，一举进士不第，遂隐于会稽，渔于鉴湖，萧然山水间，以诗自放。咸通中，太守王龟知其亢直，荐之，以谏官召，不就而卒。门人相与私谥曰"玄（元）英先生"。曾学诗于徐凝，与喻凫、李频交往。咸通至光启间（860—888），以诗著称江南。多写羁旅之愁与闲适之意，诗风清润小巧，独具一格。张为《诗人主客图》将其列为清奇雅正主：李益之后"升堂七人"之首位。《全唐诗》存诗六卷。

方干隐居在东镜湖之小岛寒山（又名方干岛），同时，在剡溪上游、今新昌江畔也有他的"东溪别业"。从华顶回镜湖时，又在新昌江一带逗留，有《赠东溪贫道》诗为证，回途中到今嵊州，有《将归湖上留别陈宰》诗记述。方干作有多首及剡诗。除四首"剡"字诗《送剡县陈永秩满归越》《和剡县陈明府登县楼》《路入剡中作》《游岳林寺》之外，尚有咏沃洲诗《赠江南僧》："忘机室亦空，禅与沃洲同。"

送剡县陈永秩满归越[1]

俸禄三年后，程途一月间[2]。
舟中非客路，镜里是家山[3]。
密雪沾行袂，离杯变别颜[4]。
古人唯贺满，今挈解由还[5]。

【出处】
《全唐诗》卷六四九。

【注释】

〔1〕陈永：时任剡县县令，事迹不详。秩满：官员任职期满。越：指越州，治所在今浙江绍兴。

〔2〕俸禄：官吏每年或每月所受的财禄。此处指任期。程途：路程。

〔3〕非客路：谓将归乡。镜里：指镜湖，在今绍兴市东。家山：家乡。

〔4〕沾：浸湿。行袂：指出行人的衣衫。袂，袖口。离：一作"丛"。离杯，送别的宴会。宴会上要喝酒，此即以杯代称宴会。别颜：离别时的容颜，往往带有一种凄凉或哀伤的意味。

〔5〕古人：泛指前人，以区别于当世的人。挈：携带。解由：官吏赴任的证书。此言携持新的任官证书归乡。

【存异】

诗句："今挈解由还"中的"由"，清道光《嵊县志·卷十四·艺文·职官》作"犹"。

【赏析】

这是方干隐居会稽鉴湖时送别剡县县令陈永任满归越州的诗。与另一首《和剡县陈明府登县楼》诗结合来看，方干与他关系甚密。当时方干虽说隐居鉴湖和桐庐，但因为与剡县令陈永关系密切，也许大量时间活动于剡中，而且很可能经常深入剡东即今天新昌范围内，故而有《路入剡中作》之诗。而这首送别诗，可以看作他与剡中关系密切的一个记号。首联说，陈永三年县令任期已满，即将打理行装，赶赴归程。颔联则说，无论作者还是县令，都对这里美丽的山水极为熟悉和留恋。颈联又说到送行时节，正是大雪纷飞的时候，因饯别之酒，让他们感到伤怀。尾联以古人今人饯别心态的不同而结束全诗，有言尽而意无穷之慨。

和剡县陈明府登县楼[1]

郭里人家如掌上，檐前树木映窗棂[2]。
烟霞若接天台地，分野应侵婺女星[3]。
驿路古今通北阙，仙溪日夜入东溟[4]。
彩衣才子多吟啸，公退时时见画屏[5]。

【出处】

《全唐诗》卷六五一。

【注释】

〔1〕陈明府：陈永。明府，唐人称县令为明府。

〔2〕郭里：城里。掌上：极言爱抚。此句称谓陈明府爱民如子。檐前：此指县衙前。窗棂：窗格子。

〔3〕烟霞：烟雾和云霞，也指"山水胜景"。天台：指天台山。支遁《天台山铭序》曰："余览《内经山记》云：'剡县东南，有天台山。'"分野：古时将天上的星宿与地上州域互相对应，称为分野。《汉史》云："列国之分野，以牵牛、婺女为吴、越之分。"婺女：星名，即女宿。杭州上映二十八宿之一为婺女宿。剡县地近杭州，故云"应侵婺女星"。婺女宿为玄武北方第三宿，其星群组合状如箕，古时妇女常用簸箕颠簸五谷，去弃糟粕留取精华，故女宿主吉庆。

〔4〕驿路：设有驿站之官道。南宋嘉泰《会稽志·卷四·馆驿·嵊县》载："剡县有访戴驿，在县东南五十五步。戴溪亭，在县南二百十步。"宝庆《会稽续志·卷一·馆驿·嵊县》："访戴驿，在县之访戴坊。嘉定八年，令史安之重建于东门之外。"乾隆《绍兴府志·卷七·驿传》："访戴驿，嘉泰《志》'在县东五十五步'，久废。"北阙：泛指皇宫、朝廷。此处指代京城，因在越地之北，故称。仙溪：此指剡溪。东溟：东海。

〔5〕彩衣：《后汉书》注引《列女传》："老莱子孝，养二亲。行年七十，作婴儿自娱，着五彩斒斓衣裳，取浆上堂跌仆，因卧地为小儿啼，或弄雏鸟于亲侧。"此处喻陈明府奉亲于侧，指出其为本地人。吟啸：吟咏。《晋书·谢安传》："（安）尝与孙绰等泛海，风起浪涌，诸人并惧，安吟啸自若。"此处比陈明府为谢安。公退：办完公事后退堂。此指陈明府秩满卸任回家乡。画屏：此喻剡县美景。

【存异】

1.诗题：（1）《剡录·卷一·县纪年》作"和陈明府登县楼"。

（2）民国《嵊县志·卷二十八·艺文志·诗》作"和剡县陈明府登县"。

2.诗句："彩衣才子多吟啸"中的"彩"，《剡录·卷一·县纪年》作"绿"。

【赏析】

剡县县城背依剡山，南临剡溪，诗人登上县楼，郭里人家，檐前树木，映入眼帘。举目南望，烟霞连着天台山，县境接着婺州地。驿路自古通往京城，剡溪奔流入东海，诗人在欣赏美景之时，也描绘了剡县水陆的交通之便。"驿路古今通北阙，仙溪日夜入东溟"，将读者视线引向远处之时，激发起深爱剡中之情，也加深对剡县应有地位之认识。

路入剡中作

戴湾冲濑片帆通，高枕微吟到剡中[1]。
掠草并飞怜燕子，停桡独饮学渔翁[2]。
波涛漫撼长潭月，杨柳斜牵一岸风[3]。
便拟乘槎应去得，仙源直恐接星东[4]。

【出处】

《全唐诗》卷六五二。

【注释】

〔1〕戴湾：一作"截湾"（横穿水湾）。邹志方点校《会稽掇英总集》卷四指出："戴湾：《全唐诗》作'截湾'。误。"因王子猷曾访戴逵于剡溪，故剡溪又称戴溪，在今嵊州市西，今名长乐江。清康熙《嵊县志·卷二·山川志》载："戴溪在县西三十里桃源乡溯溪入有戴逵故宅。方干谓之戴湾，诗曰：'戴湾冲濑银帆通，高枕微吟到剡中。'"冲濑：冲过急流。濑，湍急之水。高枕：枕着高枕头。谓无忧无虑。微吟：小声吟咏。剡中：指剡县。此二句意为，跨过河湾，冲过急流，孤舟一路畅行，我在船上无忧无虑地高卧，轻声地吟着诗，一会儿就到了剡县。

〔2〕掠草并飞：描写燕子低飞掠过草间的情形。掠草，鹢子左翅上的复翎。怜：可爱。停桡：停舟。桡，桨。这里指船。此二句意为，因为爱燕子，船轻轻擦过水草，像飞一样和燕子同行，当停下桨的时候，就学渔翁一样在船上一个人饮酒。

〔3〕长潭：为剡溪之一支流，今名澄潭，当地语音"澄"与"长"（cháng）同，澄潭江在今新昌县的西南部。明万历《新昌县志·卷

三·山川志》载："长潭溪在十都县西南三十二里。发源自东阳，过长潭入剡。"南宋嘉泰《会稽志·卷十·潭》亦载："在（新昌）县西南。其源西南自东阳北出夹溪，过穿岩。另一源南自天台出墓门溪，东转韩峰，径西与穿岩水合，流入于潭。又西北流入剡西门。唐方干'波涛漫撼长潭月'谓此。"此二句意为，波涛恣意摇曳长潭里的月亮的倒影，杨柳被一岸的清风牵动吹斜（此句倒装反向而推）。

〔4〕乘槎：乘坐竹、木筏。用"浮海通天"的传说。《博物志》卷十："旧说云，天河与海通。近世有人居海渚者，年年八月有浮槎，去来不失期。人有奇志，立飞阁于槎上，多赍粮，乘槎而去。"乘槎成为成仙之象征。这里以"乘槎"为喻，赞美剡溪风光优美，好似直达天境。仙源：真正神仙的策源地。此指剡溪。剡溪有四源，长乐江、澄潭江是其中两源，而较大者为东溪，今名新昌江，它发源于天台山华顶峰北坡，经石桥、沃洲，合诸流而经新昌、嵊州、上虞入东海。星东：喻山之高。星，指牵牛星。越州上应牵牛之宿，剡中在越州东南。此二句意为，比拟古人乘竹筏游天河的样子应该也可以吧，只怕这胜景真的直通着天上。意谓我将乘竹筏去沃洲，上华顶，此去只恐"高高入云霓，还期那可寻"（南朝宋·谢灵运《登临海峤初发强中作与从弟惠连见羊何共和之》）了。也就是说方干从镜湖入剡溪，泛剡溪西源长乐江（戴湾）、澄潭江（长潭月）后，又乘竹筏泛游今新昌江而达沃洲。

【存异】

1. 诗题：清道光《嵊县志·卷十三·艺文·山川》作"入剡作"。

2. 诗句：(1)"戴湾冲濑片帆通"中的"戴""片"：

①"戴"字：有作"截"的，如清道光《嵊县志·卷十三·艺文·山川》、民国《嵊县志·卷二十八·艺文志·诗》等；有作"戴"的，如清乾隆《嵊县志·卷十五·艺文地理》、浙江省地方志编纂委员会编著《宋元浙江方志集成》第14册6386页、邹志方著《浙东唐诗之路》201页、竺岳兵著《唐诗之路唐诗总集》400页，均作"戴"，本书从后者。

②"片"字，清康熙《嵊县志·卷第二·山川志》作"银"。

(2)"高枕微吟到剡中"中的"高"，清乾隆《嵊县志·卷十五·艺文地理》作"敬"。

（3）"停桡独饮学渔翁"中的"饮"，清乾隆《嵊县志·卷十五·艺文地理》作"卧"。

（4）"仙源直恐接星东"中的"直"，清乾隆《嵊县志·卷十五·艺文地理》作"只"。

【赏析】

诗人从曹娥江上溯，过剡溪口，入剡中路，直抵长潭。沉浸于雅情雅趣之中。不仅如此，诗人游兴尚浓，意欲继续上行，学传说中的古人，探求仙源，直犯牛宿。诗人饱览剡中美景之后，简直飘然欲仙了。其"波涛漫撼长潭月，杨柳斜牵一岸风"二句，写剡中夜景，虽为寻常之风月潭柳，但一经组合，宛如立体画图，将幽静之山乡，表现得极富生机。（据邹志方著《浙东唐诗之路》）

此诗佳句迭出。颔联"掠草并飞怜燕子，停桡独饮学渔翁"列入《全唐诗佳句类典》，成为咏"燕"佳句。颈联"波涛漫撼长潭月，杨柳斜牵一岸风"，《全唐诗佳句精编》评："上句说波涛摇月，且漫不经意，表明波浪不大。下句不说风吹杨柳，反说杨柳牵风，别出心裁。'撼''牵'二字，赋予波涛和杨柳以动作，写活了景物。"《全唐诗大辞典》则列入"唐诗名句"称："腹联。浙东山水自古称绝佳。波涛轻摇长潭水，月影荡漾而不碎；杨柳轻飘，摆动一岸清风。观察细致，以动写静，活泼生动。"

游岳林寺[1]

投闲犹自喜，古刹剡东寻[2]。
祇树随僧老，龙溪绕岸深[3]。
楼高春色晚，天近日光阴。
共笑家声旧，何时解盍簪[4]。

【出处】

《全唐诗补编·续拾》卷三十三，中册，第1188页。

【注释】

〔1〕此诗《全唐诗》失收。岳林寺：《明一统志》卷四十六："岳林寺在奉化县东北三里，梁大同中建。"在今浙江省宁波市奉化区锦屏街道大桥东北，始建南朝梁大同二年（536），原名"崇福院"，位于

奉化龙溪（今县江）西。唐会昌年间（841—846）遭毁。唐大中二年（848），闲旷禅师迁建龙溪东，改称岳林寺，唐相李绅书额。

〔2〕投闲：是指置身于清闲境地。古刹：年代久远的寺庙。刹，《岳林寺志》作"策"。剡东：剡县之东。此指新昌县。万历《新昌县志》卷一："旧志及《一统志》《会稽志》俱载，新昌割剡东鄙为县。"新昌县东与宁波奉化区接壤。

〔3〕祇树：祇树林的省称。又称祇林，即祇园。原为古印度侨萨罗国祇陀太子的园林，即祇恒精舍所在地。后泛指寺院。《艺文类聚·相公寺碑》："鹿苑岂殊，祇林何远。"祇，恭敬。

〔4〕"何时"句：见光绪三十四年（1908）刊张美翊纂《奉化县志》卷四及《明州岳林寺志》卷五。解，能够。盍簪，指朋友相聚。

陆龟蒙（一首）

陆龟蒙（？—881）：字鲁望，自号江湖散人、天随子。吴郡（今江苏苏州）人，元方七世孙。举进士不第。曾任湖州、苏州刺史的幕僚，后隐居松江甫里，经营茶园，人称甫里先生。善文工诗，诗以写景咏物为多，但也有反映现实之作。风格有铺张奇崛的一面，也有清新流利的一面。与皮日休齐名，世称"皮陆"。著有《笠泽丛书》《甫里集》。《全唐诗》存诗十四卷。

陆龟蒙随父在浙东生活多年，曾至天台山，写有很多浙东诗，对"浙东唐诗之路"的形成起了殊为重要的作用。特别是他与皮日休一起唱和《四明九题》，使四明山声名大振。陆龟蒙作有多首及剡诗。如《奉和袭美二游诗·任诗》："揭来任公子，摆落名利役……秋笼支遁鹤，夜榻戴颙客……即此自怡神，何劳谢公屐。"《送宣武从事越中按狱》诗："客鸿吴岛尽，残雪剡汀消。"《寒夜同袭美访北禅院寂上人》诗："月楼风殿静沉沉，披拂霜华访道林。"《山僧二首》诗之二："一夏不离苍岛上，秋来频话石城南。"

送宣武从事越中按狱[1]

晓看呈使范，知欲赦星轺[2]。
水国难驱传，山城便倚桡[3]。
秉筹先独立，持法称高标[4]。
旌旆临危堞，金丝发丽谯[5]。
别愁当翠巘，冤望隔风潮[6]。
木落孤帆迥，江寒叠鼓飘[7]。

客鸿吴岛尽，残雪剡汀消[8]。

坐想休秦狱，春应到柳条[9]。

【出处】

《全唐诗》卷六二三。

【注释】

〔1〕宣武从事：宣武军节度使，治汴州（今河南开封）。按狱：查验刑狱。

〔2〕使范：使者所持的符信。敕：备。星轺：古代称帝王的使者叫星使，使者所乘的车叫星轺。

〔3〕驱传：驱驰驿车。倚桡：指停船。

〔4〕秉筹：指谋划。持法：执师。高标：高标准的简称。

〔5〕旌旆：旗帜。危堞：高城。亦指危城。金：金属乐器。丝：弦乐器。丽谯：壮美的高楼。

〔6〕巘：山峰。冤望：怨恨；心怀不满。风潮：风向与潮汐。

〔7〕木落：树叶凋落。孤帆：孤舟。迥：远。叠鼓：送行的鼓乐声。

〔8〕客鸿：鸿雁冬去春来，所以叫客鸿。吴岛：指濒临太湖的苏州一带。剡汀：指剡溪。汀，水边平地，小洲。

〔9〕秦狱：指苛狱。因为秦行苛刑峻法。

【存异】

诗句：（1）"山城便倚桡"中的"便"，《剡录·卷六·诗》作"使"。

（2）"坐想休秦狱"中的"狱"，《剡录·卷六·诗》作"岳"。

薛能（一首）

薛能（817—880）：字太拙，汾州（今山西汾阳）人。会昌六年（846）进士。官至工部尚书、徐州节度使，徙镇忠武。广明元年（880）被忠武军杀害。爱诗成癖，日赋一章。其诗多为歌咏山水、感怀寄赠之作。比较直率，稍欠含蓄。但一些咏物诗，立意新颖，诗意盎然，令人爱不释手。著有《薛许昌集》。《全唐诗》存诗四卷。

薛能曾游剡，时任京兆尹，乾符（874—879）初调任徐州感化军节度使，作有《送浙东王大夫》《水帘吟》等诗。其中《送浙东王大夫》述及浙东地理风俗、名产，还写到裘甫起义以后浙东的兵灾情况，这对当时浙江经历战争后的社会状况描绘颇为详细，可对唐代浙江历史进行补充。从中可知薛能咸通十三年（872）前，已到过浙东。

送浙东王大夫[1]

天爵擅忠贞，皇恩复宠荣[2]。
远源过晋史，甲族本缑笙[3]。
亚相兼尤美，周行历尽清[4]。
制除天近晓，衔谢草初生[5]。
宾客招闲地，戎装拥上京[6]。
九街鸣玉勒，一宅照红旌[7]。
细雨当离席，遥花显去程[8]。
佩刀畿甸色，歌吹馆桥声[9]。
骡裹从秦赐，舻艎到汴迎[10]。
步沙逢霁月，宿岸致严更[11]。

渤澥流东鄙，天台压属城[12]。
众谈称重镇，公意念疲甿[13]。
井邑曾多难，疮痍此未平[14]。
察应均赋敛，逃必复桑耕[15]。
隼重权兼帅，鼍雄设有兵[16]。
越台随厚俸，剡硾得尤名[17]。
夜蜡州中宴，春风部外行[18]。
香奁启凤诏，朱篆动龙坑[19]。
报后功何患，投虚论素精[20]。
征还真指掌，感激自关情[21]。
旧业怀昏作，征班负旦评[22]。
空余骚雅事，千古傲刘桢[23]。

【出处】

《全唐诗》卷五五九。

【注释】

〔1〕乾符（874—879）初，薛能由京兆尹调镇徐州，年已68岁的王大夫恰告老东归，便车马同行，至汴州（今河南开封）离别，薛能赠以此诗。王大夫：有两说。①王龟。《增订注释全唐诗》卷五五二作"王龟。咸通十四年（873）为越州刺史、御史大夫、浙东观察史。见《旧唐史》卷一六四《王播传》附《王龟传》。"陶敏《全唐诗人名考证》："《送浙东王大夫》。王大夫，王龟。《旧书》本传：'寻检校右散骑常侍、同州刺史。……（咸通）十四年，转越州刺史、御史大史、浙东团练观察使。'"周祖譔《中国文学家大辞典·唐五代卷》载："王龟（？—874），字大年，其先太原（今属山西）人，后迁居扬州（今属江苏）。王起子。……十三年十一月，迁浙东观察使，府于任。龟博知书传，与诗人姚合、赵嘏友善，两人均有赠诗。"南宋嘉泰《会稽志·卷十四·人物》"方干"条亦载："咸通中，太守王龟知其直……"②王忠信。金向银《唐诗中的浙东王大夫就是金庭王忠信》一文："王大夫是剡县金庭（今嵊州市金庭镇）人，谱名王忠信（807—889），王羲之十八世孙，与弟忠亮同榜进士，历任校书郎、黔中观察使、侍郎、右省谏议大夫，正四品。善诗文，又精书法、螭头。薛能、罗隐比作建安七子之刘桢。罗隐、方干是他的门生。史失

记，康熙《金庭王氏族谱》载其行曰：'忠信字季诚，元和二年（807）丁亥九月十八日生，龙纪元年（889）己酉十一月十九日卒，享年八十有三。自幼聪慧，过目辄成诵，凡经史诸子百家之书无不贯通，烨然有文名。太和间登进士，与弟季明同榜。补校书郎，迁谏议大夫、黔中观察使。配韩氏，子二：师、震。'"编者按：经比对，王龟与王忠信，姓名、字号、生卒、里籍、仕途，无一吻合，应不是同一个人。存此，有请方家做进一步的考证。

〔2〕天爵：天然的爵位。《孟子·告子上》："仁、义、忠、信，乐善不倦，此天爵也；公爵大夫，此人爵也。"

〔3〕缑笙：《列仙传·王子乔》："王子乔者，周灵王太子晋也。好吹笙作凤凰鸣，游伊洛之间。道人浮丘公接以上嵩高山。三十余年后，求之于山上。见桓良曰：'告我家，七月七日待我于缑氏山巅。至时，果乘白鹤驻山头。'"《新唐书·宰相世系表二中》："王氏出自姬姓。周灵王太子晋以直废为庶人，其子宗敬为司徒，时人号曰王家，因以为氏。"

〔4〕亚相：秦汉官制以御史大夫为丞相的副职，后因称御史大夫为亚相。

〔5〕制除：唐制，对三品以下、五品以上官员的任命称为"制除"。

〔6〕闲地：闲散的职位。《世说新语·捷悟》："还更作笺，自陈老病，不堪人间，欲乞闲地自养。宣武得笺大喜，即诏转公督五郡、会稽太守。"（人间，指世事，担任官职。转，调任。）戎装：军装。上京：古代对国都的统称。

〔7〕九街：泛指街市。街，一作"衢"。

〔8〕去程：去路。

〔9〕畿甸：后泛指京城地区。

〔10〕骙骦：本为良马名，后泛指骏马。《淮南子·齐俗》："夫骙骦、飞兔而驾之，则世莫乘车。"舻艎：大船名。这里指船。汴：汴水。

〔11〕严更：禁夜行之更鼓。

〔12〕渤澥：指渤海。东鄙：指新昌县。见方干《游岳林寺》诗注〔2〕。天台：指天台山。压：临近。属城：本义属县；所管辖的县邑。此指天台山丹霞地貌。

〔13〕重镇：军事上占重要战略位置的城镇，也泛指在其他某方面占重要地位的城镇。公意：心意。疲甿：指疲氓。怜悯困乏的百姓。甿，同"氓"。古指农村居民。

〔14〕"井邑"二句：指咸通元年（860）浙东裘甫起义，攻占剡县立罗平国，后为王式所平。详见附录1"裘甫起义"条。井邑，城镇；乡村。语本《周礼·地官·小司徒》："九夫为井，四井为邑。"难，灾难。疮痍，创伤，比喻遭受灾祸后凋敝的景象。平，恢复。

〔15〕察：体察。均赋敛：减少税收。逃：逃亡。必：必须使用。复：再。

〔16〕隼：指刺史。古刺史用绘隼的旌旗。兼师：兼管军队。鼍雄：军队。鼍，指扬子鳄，皮可蒙鼓。

〔17〕厚俸：丰厚的俸禄。剡硾：原注"纸名"。此处泛指剡纸。硾，谓捶捣剡藤造纸。详见附录1"剡纸"条。尤名：极好名声。

〔18〕蜡：一作"猎"。

〔19〕动：一作"进"。

〔20〕素精：犹元精。《南齐书·乐志》："百川若镜，天地爽且明。云冲气举，盛德在素精。"

〔21〕关：一作"开"。

〔22〕旦评：月旦评之省，品评人物的意思。《后汉书·许劭传》："劭与靖俱有高名，好共核论乡党人物，每月辄更其品题，故汝南俗有'月旦评'焉。"

〔23〕刘桢：字公干，有诗才，是建安七子之一。见《三国志·魏书·王粲传》附《刘桢传》。这里借刘桢衬托自己的诗才。

【存异】

诗句："越台随厚俸，剡硾得尤名"中的"台随""尤"，《剡录·卷七·纸·剡硾》作"毫逐""佳"。

【赏析】

"越台随厚俸，剡硾得尤名。"说明越州的制笔业、剡纸在唐代已颇为有名。薛能另有一首赞美新昌水帘洞的《水帘吟》："万滴相随万响兼，路尘天产尽旁沾。源从颢气何因绝，派助前溪岂觉添。豪客每来清夏葛，愁人才见认秋檐。嘉名已极终难称，别是风流不是帘。"（见《全唐诗》卷五六〇）诗中颢气，指洁白清鲜之气。诗极尽形容之

能事,将水帘之奇秀逼真地展现在读者面前。据诗可知,薛能游历过剡中。

金向银先生有专文鉴赏本诗:"诗前半部讲述水陆兼行的程途,后半部寄托回乡后的期望。第二联'晋史',指东晋会稽内史王羲之,来会稽后侨居剡县金庭,经营庄园。'缑笙'即王子晋,又名王子乔,号白云先生,周灵王的太子,让位于弟,从浮丘公学道,缑山升仙,主治金庭洞天,爱吹笙,凤凰之音,中国王氏创姓祖,王羲之是他三十四代孙。金庭白云洞是王子晋的栖神处,王羲之择居金庭,有皈依先祖辟谷求仙的梦想。此联点题,浙东王大夫是王羲之后裔,浙东剡县人。第三至十联,叙述长安至徐州的行程。谏议大夫属皇帝侍从机构门下省,有时受命拟诏或代行丞相,称'亚相'。如罗隐《投浙东王大夫二十韵》诗'直曾批凤诏',方干《献王大夫二首》诗'甲副急征来凤诏'即此意。谏院分左右二院,督查朝政得失,检察官吏法纪,以左右谏议大夫为首长,正四品。'周行历尽清',此句周、清二字或许刊印有误,因两人同行,一路尽情,故以'同行历尽情'较合理。'制除'即挂冠退休。'天近晓''草初生'点明从长安(今陕西西安)出发时间。这次归程由僖宗皇帝御赐车马、官船,享受副相待遇,州县祖帐,荣耀备至。第七、八联,'遥花'应为瑶花,意思是出城时,人们挥舞鲜花,夹道欢送。'畿甸'应为畿田,意思是一路官兵护卫,乐队吹奏不绝。从长安(今陕西西安)至汴水(今河南荥阳),车马陆行。从荥阳改乘官船,循狼汤渠,至汴州都会开封市,又东渡通济渠,至徐州。薛能在徐州宴别,王大夫乘官船入泗水,渡江浙运河,过镜湖,溯曹娥江归剡。第十三联'井邑曾多难,疮痍此未平',指咸通元年(860),剡人裘甫起义,战胜浙东唐军,占领剡(今嵊州市、新昌县)、唐兴(今天台县)、宁海、奉化、象山等县,众达数万,以剡为大本营,改元'罗平',铸印'天平',自称'天下都知兵马使',历时半年。懿宗命王式率军进剿,恶战历月,义军败,裘甫被俘,押赴长安斩首,事遂平。这是一起震惊朝野的大事,《资治通鉴》详载其事。有个金庭人名裴饶,和罗隐有通家之好,战乱时逃到他那里避难,送还时作《江亭别裴饶》诗曰:'衰鬓别来光景里,故乡归去乱罹中。乾坤垫裂三分在,井邑摧残一半空。'描述了剡县遭受战祸的惨象。此联指明了王大夫的故乡是剡县。第十六联夹了一个注,提到剡硾纸。东晋南朝时期，剡以藤纸闻名全国。剡硾纸制工精良，尤以冬天生产的敲冰纸最优。王羲之的金庭庄园生产剡硾纸，他给许迈的书札中写道：'还便行，当至剡槌上。'（《晋书·谢安传》卷三）王羲之到会稽后，书法更上一层楼，称'末年书'，或与剡藤纸有关。'越台随厚俸，剡硾得尤名'，前句意不明，不如《剡录》'越毫逐厚俸'更得当，意思是王羲之用越毫、剡硾写的字，人们争相竞购，价钱越来越高，名声也就越来越大了。末联称赞王大夫有诗名，比作建安七子中的刘桢。这和罗隐《寄右省王谏议》诗中'看却〔校〕原作却看金庭芝术老，又驱车入七人班'可相互印证。"[1]

晚唐

---

[1] 金向银《唐诗中的浙东王大夫就是金庭王忠信》：《人文嵊州·唐诗之路专辑》，2018年，第4期，第23页。

许棠（一首）

　　许棠（822—？）：字文化，宣州泾县（今安徽泾县）人。年五十，咸通十二年（871）进士，授泾县尉，后任虔州从事。乾符六年（879）前后，任江宁丞。不久归居。棠苦吟，有诗名，为"咸通十哲"（又称"芳林十哲"）之一。诗多为五律、七言，以《过洞庭湖》最为著名，时人常以此诗题扇，时号"许洞庭"。与张乔、张蠙、周繇号为"九华四俊"。与郑谷、李频、薛能、林宽等人友善，有诗唱和。著有《许棠集》。《全唐诗》存诗二卷。

　　许棠《赠天台僧》诗云："赤城霞外寺，不忘旧登年。"从"不忘旧年"句，可知诗人此前已游天台山的赤城、国清寺。诗又云："重游空有梦，再隐定无缘。"知许棠初游，在咸通十二年（871）登进士第前。写《送省玄上人归江东》诗时，许棠年已50岁（据《登科记考》卷二三）。

送省玄上人归江东[1]

释律周儒礼，严持用戒身[2]。
安禅思剡石，留偈别都人[3]。
雨合吴江黑，潮移海路新[4]。
瓶盂自此去，应不更还秦[5]。

【出处】

《全唐诗》卷六〇四。

【注释】

〔1〕省玄上人：事迹不详。上人，对僧人的敬称。江东：自汉至

唐称自安徽芜湖以下的长江下游南岸地区为江东。唐开元二十一年（733）设江南东道，简称江东道，治苏州，为唐十五道之一。见《文献通考·三五·舆地》。东，《校编全唐诗》："《唐音统签》作南。"

〔2〕释律：佛教的戒律。周：合。儒礼：儒家之礼。"严持"句：指严持戒律。

〔3〕安禅：安住于坐禅之意。剡石：剡溪一带出产的石头。安禅石，禅僧坐禅的石床。明万历《绍兴府志》卷六载："安禅石，在（嵊）县北三十里，天竺寺前。又有破石，平破为两片。"今尚在。偈：佛经中的颂词。梵语偈佗的简称。用三言、四言、五言、六言、七言以至多言为句，四句合为一偈。

〔4〕吴江：指吴淞江。太湖最大的支流。自湖东北流经吴江、昆山、上海等地，汇合黄浦江入海。

〔5〕瓶盂：僧人随身携带的汲水器和食具。

【赏析】

安禅石在今嵊州市仙岩镇石门山天竺寺。相传晚唐时期，御史中丞叶庆开居上虞县（今绍兴市上虞区）南堡村，中年无子。唐大中六年（852），迁居剡县石门山，岗顶有巨石，色白鸡蛋，遂徙家于此。建西明院，请法师做佛事，坐石上诵经，一年后果得一子，取名山。山又生三子，家大发，遂名此石为安禅石。西明院后改名天竺寺，叶庆开为今剡东叶氏一世祖。（金向银撰）

罗隐（三首）

罗隐（833—910）：字昭谏，自号江东生，新城（今浙江杭州富阳）人。本名横，少有诗名，因好议论时政，讥刺公卿，十举进士不第，遂改名为隐。后在吴越王钱镠处做钱塘令、节度判官，后梁开平二年（908），授吴越国给事中，次年迁盐铁发运使，不久病卒。罗隐因长期受打击，接近下层人民，故诗中对晚唐的黑暗政治多有讽刺批判，对人民疾苦多有同情。尤工七律。语言通俗流畅，风格俊爽明朗，在晚唐自树一帜。诗与罗虬、罗邺齐名，称"江东三罗"。《全唐诗》存诗十一卷。今人辑有《罗隐集》。

罗隐与剡中有缘。据《新昌文史·第7辑·新昌大佛寺》："世传罗隐出语成谶。名其为'罗隐秀才'。罗隐在新昌一带所留传说颇多。"一是石城的回音壁，又名罗隐的秀才岩。据说罗隐游览到此，岩石坍下，罗隐被闭石窟中，呼之可听到回声云。清代新昌人俞潜鉴《沃洲散人漫吟·沃城竹枝词》中"半途儿童快先上，欲到前呼罗秀才"，即指其地。不过20世纪70年代在其旁采石后，至今天已听不到回声了。二是罗隐留有一首写大佛寺的诗，即《赵能卿话剡之胜景》："会稽诗客赵能卿，往岁相逢话石城。"据竺岳兵著《唐诗之路唐代诗人行迹考》：从裘甫起义（859—860）失败到王沨任越州刺史（867—870）期间，罗隐在浙东，历时十年左右。罗隐足迹遍及浙东，南达苍岭，东至邓鄩县，在镜湖、稽山、禹祠、兰渚等地写有诗文，今嵊州市的金庭、逵溪，今新昌县的大佛寺、沃洲以及天台县的石桥、华顶，都是他多次流连忘返之地。1994年版《新昌县志·第五章·传说轶闻》载有《罗隐"圣旨口"》一文可参阅。罗隐也到过嵊县。清道光《嵊县志·卷一·山川》载："罗隐山在县东五十里游谢乡。唐罗隐常往来于此。"

送裴饶归会稽[1]

金庭路指剡川隈,珍重良朋自此来[2]。
两鬓不堪悲岁月,一卮犹得话尘埃[3]。
家通曩分心空在,世逼横流眼未开[4]。
笑杀山阴雪中客,等闲乘兴又须回[5]。

【出处】

《全唐诗》卷六六三。

【注释】

〔1〕裴饶:罗隐从剡县金庭来的朋友,事迹不详。会稽:唐郡名,即越州,治所在今浙江绍兴,辖剡县。

〔2〕金庭:《道经》所载王子晋乘鹤登仙处。天台山北门第二十七洞天。在越州剡县东,名曰金庭崇妙天,见《云笈七签》。《初学记》卷八:"《道书》曰:天台山,其上八重,视之如一,中有金庭不死之乡。"陶弘景《真诰》卷一四:"金庭有不死之乡,在桐柏之中。"隈:《说文》:"隈,水曲也。"良朋:《诗经·小雅·常棣》:"脊令在原,兄弟急难。每有良朋,况也永叹。"

〔3〕一卮:等于说一壶。卮,古代盛酒器,指饮酒。

〔4〕家通曩分:指自己与裴饶两家奕世通好,结有夙缘。曩分,即言旧日情分。曩,过去,以前。横流:水不按原道而泛滥,比喻社会动乱。咸通元年(860),剡人裘甫起义,占领剡县等地,裴饶逃新城。罗隐送裴饶至江亭,作《江亭别裴饶》诗:"行杯且待怨歌终,多病怜君事事同。衰鬓别来光景里,故乡归去乱罹中。乾坤垫裂三分在,井邑摧残一半空。日晚长亭问西使,不堪车马尚萍蓬。"记述了裘甫战乱给剡县造成的灾难。

〔5〕"笑杀"二句:用王子猷雪夜访戴逵典故。乘兴,趁着有兴致。裘甫乱平定,送裴饶回金庭。

【存异】

诗句:(1)"金庭路指剡川隈"中的"剡川",清乾隆《嵊县志·卷十五·艺文祠祀》作"剡山"。

(2)"笑杀山阴雪中客"中的"杀",清道光《嵊县志·卷十三·艺文·山川》作"煞";"客",清道光《嵊县志·卷十三·艺文·山川》、清同治《嵊县志·卷二十四·文翰志·诗》、民国《嵊县志·卷二十八·艺文志·诗》作"椊"。

(3)"等闲乘兴又须回"中的"须",清同治《嵊县志·卷二十四·文翰志·诗》一作"空"。

【赏析】

清康熙《嵊县志·卷二·山川志》载:"罗隐山在县东五十里游谢乡,唐罗隐所往来。"说的是嵊州东北五十里游谢乡有座罗隐山,相传罗隐常常往来于此,当地人就把他的名字作为山名。由此可知大家对罗隐其人其诗的喜爱。罗隐本来名横,曾十次参加科举考试,一直没有考中,于是就更名为"隐"。罗隐除有《寄剡县主簿》诗外,他还有一首《送裴饶归会稽》,也流露出自己在科举场中的蹭蹬的心情。除了为自己岁月蹉跎而悲哀之外,又加上了一层因局势动荡而想逃世的心情。他笑王子猷到门不入,有希望与裴饶保持联系,互通信息之意。①

寄剡县主簿[1]

金庭养真地,珠篆勾稽官[2]。
境胜堪长往,时危喜暂安[3]。
洞连沧海阔,山拥赤城寒[4]。
他日抛尘土,因君拟炼丹[5]。

【出处】

《全唐诗》卷六六五。

【注释】

[1] 主簿:《旧唐书·职官志》:"诸县有主簿一人,从九品上。"为郡县佐吏,典领文书,办理公务。

[2] 养真:《真诰》卷十一:"越有桐柏之金庭,养真之福地,升仙之灵墟也。"珠篆:饰以珠翠之笔。篆,代言笔也。勾稽:《旧唐

---

① 据林世堂著、吴宏富汇编《剡溪诗话(汇编本)》第103—105页相关综合编写。

书·职官志》："御史台，主簿一人，掌印及受事发辰，勾检稽失。"又，"太常寺，主簿二人，掌印，勾检稽失，省署抄目。"勾稽，即勾检稽失之省文。主簿一官，中央政府有之，诸县亦有之，所掌之事略同，故云。勾，原作"会"，误，今据李之亮《罗隐诗集笺注》改。

〔3〕境胜：指胜境，风景优美的地方。长往：指避世隐居。潘岳《西征赋》："悟山潜之逸士，卓长往而不反。""时危"句：唐末藩镇割据，战乱不止，民不聊生，难得有短暂的安宁。一些士人在时局动荡不安的情况下，会寻找剡中、天台山一带作为避难所。时危，时局动荡。喜，适于，适合。

〔4〕洞：道家传播教义的场所，所谓洞天福地之洞。沧海：大海。唐·李白《行路难》诗："长风破浪会有时，直挂云帆济沧海。""山拥"句：剡中与赤城相连，故云。赤城，《云笈七签》卷二十七："赤城山洞周回三百里，名曰上清玉平之洞天，在台州唐兴县属玄洲仙伯治之。"按：唐兴县（今天台县前身）在剡县东南，二县虽属二州，然互比邻。

〔5〕"他日"二句：化用孙绰《游天台山赋》"方解缨络，永托兹岭"之意。道家都要采药炼丹，此为修道成仙之所必需物品。几乎每个建立过道场的地方都有葛洪炼丹处之传说或者遗迹，就是因为这一缘故。尘土，指尘世。唐·沈亚之《送文颖上人游天台》诗："莫说人间事，崎岖尘土中。"因，依，顺着。炼丹，古代道士将汞、铅、丹砂等矿石药物置于炉火中烧炼成丹。传说服之可治病强身且长生不老。此二句意为，有朝一日离开尘世隐居深山，跟着你们这儿的道士一起去炼仙丹。

【存异】

1. 诗题：《剡录·卷一·县纪年》作"寄剡溪主簿"。

2. 诗句："珠篆勾稽官"中的"珠、勾"，清道光《嵊县志·卷十三·艺文·职官》作"朱、会"；清同治《嵊县志·卷二十四·文翰志·诗》、民国《嵊县志·卷二十八·艺文志·诗》作"末"。清乾隆《嵊县志·卷十八·艺文官师》作"珠""勾"，是。

【赏析】

屡屡落第，使罗隐深感在社会上难以抬头，于是与世隔绝的深山老林就成了他最理想的避难地。诗人不仅在《寄剡县主簿》中这么说，

而且也是这样做的。此诗写得壮阔而富有气势。新昌学者林世堂先生点评此诗:"罗隐有《寄剡县主簿》五律一首,虽是寄人之作,却能写出剡中特色。唐代裴通《金庭观晋右军书楼墨池记》说:'越中山水奇丽,剡为最;剡中山水奇丽,金庭洞天为最。'金庭山在剡县东七十里,道家所谓丹霞赤城第二十七洞天。诗中提到'养真地''炼丹'都是根据这一传说。全诗主要还是倾吐自己在科举场中的蹭蹬,所以要'抛尘土',来金庭山学道士炼丹了。罗隐没有专写剡中景物的诗,正如他在《下第作》诗中所说:'年年模样一般般,何似东归把钓竿。'(《全唐诗》卷六六四)他不是以春风得意者的心情来看奇丽的剡中山水,正是出于这种心情。"[1]

赵能卿话剡之胜景[1]

会稽诗客赵能卿,往岁相逢话石城[2]。
正恨故人无上寿,喜闻良宰有高情[3]。
山朝绝巘层层笋,水接飞流步步清[4]。
两火一刀雁乱后,会须乘兴雪中行[5]。

【出处】

文渊阁《四库全书·剡录·卷六·诗》。

【注释】

〔1〕此诗《全唐诗》卷六五五作《往年进士赵能卿尝话金庭胜事见示叙》。赵能卿:会稽(今浙江绍兴)人。工诗。曾举进士,落第而归。与许棠、郑谷、罗隐友善,许棠等皆有诗赠送。金庭胜事,泛指剡中胜景。此处指王羲之卜居剡之金庭。《新剡琅玡王氏宗谱》载有路应撰《唐越州剡县鼓山王右军祠堂碑文》以及升平四年(360)王右军《鼓山题辞》,记载了王羲之的剡东之行。碑文载曰:"右军隐剡东,创金庭道院于功岭(罕岭)。"罕岭即王一作黄罕岭,在新昌县东七十里。

〔2〕石城:新昌的别称。此处指石城寺,即今新昌大佛寺,位于新昌县南明街道的石城山。明万历《新昌县志·卷三·山川志》载:

---

[1] 林世堂著、吴宏富汇编《剡溪诗话(汇编本)》,北京:现代出版社,2018年版,第103—104页。

"石城山在南明之前，鬼岩攒簇，石壁千仞，古藤络其上，花时如锦城。"

〔3〕上寿：高寿。良宰：对郡县等地方官吏的美称。此处指赵能卿。

〔4〕绝巘：山势高峻、险要。《全唐诗》作"佐命"，古代帝王建立王朝，自谓承天受命，因称辅佐之臣为佐命。此句意为群山朝着主峰，层层围拱，犹如群臣辅翼天子。飞流：瀑布。

〔5〕两火一刀："剡"的隐语，指剡县。详见附录1"剡县"条。瞿乱：遭逢变乱。指裘甫起义。会须：应当。乘兴：指王子猷夜雪访戴逵典故。

【存异】

1. 诗题：（1）《剡录》卷一《县纪年》作"剡景诗"。

（2）清道光《嵊县志·卷十三·艺文·山川》、同治《嵊县志·卷二十四·文翰志·诗》作"往年进士赵能卿尝话金庭胜事"。

2. 诗句：（1）"会稽诗客赵能卿"中的"赵"，明万历《新昌县志·卷三·山川志》、清康熙《新昌县志·卷十八·山川艺文》、民国《新昌县志·卷十六·古迹》作"谢"。

（2）"喜闻良宰有高情"中的"良"，明万历《新昌县志·卷三·山川志》、清康熙《新昌县志·卷十八·山川艺文》、民国《新昌县志·卷十六·古迹》作"廊"。

（3）"山朝绝巘层层耸"中的"绝巘"，清道光《嵊县志·卷十三·艺文·山川》作"佐命"。

（4）"水接飞流步步清"中的"流"，民国《新昌县志·卷十六·古迹》作"沙"。

（5）"两火一刀瞿乱后"中的"瞿"，明万历《新昌县志·卷三·山川志》、清康熙《新昌县志·卷十八·山川艺文》、民国《新昌县志·卷十六·古迹》作"离"。

（6）"会须乘兴雪中行"中的"雪"，《剡录·卷六·诗》、明万历《新昌县志·卷三·山川志》作"月"。

【赏析】

据张贻玖著《毛泽东读诗：记录和解读毛泽东的读诗批注》附录《毛泽东评点、圈阅过的中国古典诗词目录》可知，罗隐是毛泽东主席

喜欢的诗人之一，曾读过罗隐 90 余首诗，本诗便是其中的一首。

　　林世堂著、吴宏富汇编《新昌诗话（增订本）》第 71 页鉴赏本诗：

　　第二句中的"话石城"，说明地点就在石城，石城"千仞壁立，嵯峨怪石，环布如城"，可以作为剡中胜景的代表。五、六句则是对石城胜景作了具体的描绘，明万历《新昌县志·卷三·山川志》说"步自石牛镇而入，鬼岩攒簇，石壁千仞；古藤络其上，花时如锦城"和"山朝绝巘全唐诗作佐命层层耸"，正可互相参看。

　　第七句中的"两火一刀"，是根据文献记载而来。南宋高似孙《剡录》引唐朝武周时梁载言《十道志》说："谶曰'两火一刀可以逃'，自汉以来，扰乱不少，故剡称福地。""谶"，指将来会应验的预兆、预言。这种说法最早来自道书，是借此吸引乱世避难者。"两火一刀"合起来就是"剡"字，借此说明剡溪是神仙指定的避难福地。

趙能卿話剡之勝景

羅隱

會稽詩客趙能卿　往歲相逢話石城
正恨故人無上壽　喜聞郎宰有高情
山朝佐命層層聳　水接飛流步步清
兩火一刀羅亂後　會須乘興月中行

文淵閣《四庫全書·剡錄·卷六·詩》書影

皮日休（一首）

皮日休（834？—883？）：字袭美、逸少，襄阳（今湖北襄阳）人。自号间气布衣、鹿门子，又号醉民、醉士、醉吟先生。性傲诞，隐居于襄阳鹿门山。咸通八年（867）以榜花及进士第，历任著作郎、太常博士等职。为诗继承白居易新乐府传统，深刻反映当时黑暗腐朽的社会现实，其文崇韩愈，风格刚健质朴。与陆龟蒙相交甚厚，常有诗文赠和，世称"皮陆"。著有《皮子文薮》《松陵集》。《全唐诗》存诗九卷。

皮日休入浙东至少有两次，第一次在咸通十一年（870）之后；第二次在黄巢起义时期，这次他移家会稽，他的后人皮光业、皮子良等，都成了会稽人，而他自己也成了会稽皮氏始祖。皮日休作有多首及剡诗。如《二游诗·徐诗》："宣毫利若风，剡纸光与月。"《公斋四咏·鹤屏》："未许子晋乘，难教道林放。"《临顿为吴中偏胜之地陆鲁望居之不出郛郭旷若郊墅余每相访欸然惜去因成五言十首奉题屋壁》诗之二："支遁今无骨，谁为世外交。"《重玄寺元达年逾八十好种名药凡所植者多至自天台四明包山句曲丛翠纷糅各可指名余奇而访之因题二章》诗之二："支公谩道怜神骏，不及今朝种一麻。"《夜看樱桃花》："刘阮不知人独立，满衣清露到明香。"

二游诗·徐诗[1]（节录）

唯写坟籍多，必云清俸绝[2]。
宣毫利若风，剡纸光与月[3]。

【出处】

《全唐诗》卷六〇九。

【注释】

〔1〕此诗陆龟蒙有和作《奉和袭美二游诗·徐诗》，诗见《增订注释全唐诗》卷六一一（《全唐诗》卷六一七）。徐：指徐修矩。据任继愈《中国藏书楼·中国藏书楼发展史》载："徐修矩，苏州吴县人，曾历任恩王府参军等职，晚唐中国第一藏书大家，拥有图书数万卷。据记载，徐氏之书多用当时极为名贵的宣笔、剡纸抄写，并以翠钿为轴。"

〔2〕坟籍：犹坟典，泛指古代典籍。这里用以表现徐修矩曾雇人抄录了大量古籍。清俸：旧称官吏的薪金。《西厢记诸宫调》卷三："恁时节，奉还一年清俸。"

〔3〕宣毫：指宣州（治今安徽宣城）生产的毛笔。剡纸：浙江剡县产的纸。详见附录1"剡纸"条。

【存异】

1. 作者：《剡录·卷七·纸·剡纸》作"陆龟蒙"诗，误，实为"皮日休"诗。

2. 诗句："剡纸光与月"中的"与"，《剡录·卷七·纸·剡纸》作"如"。

【赏析】

此诗是一首长诗，本书节录其中的七至十句。诗前有序："吴之士有恩王府参军徐修矩者，守世书万卷，优游自适。余假其书数千卷，未一年，悉偿夙志，酣饫经史，或日晏忘饮食。次有前泾县尉任晦者，其居有深林曲沼，危亭幽砌，余并次以见之，或退公之暇，必造以息焉。林泉隐事，恣用研咏。大凡游于二君宅，无浃旬之间，因作诗以留赠，名之曰二游（目之曰二游），兼寄陆鲁望。"说明诗人与藏书大家徐修矩私交甚笃，本诗就是赞扬徐的人品与藏书的。

《剡录·卷七·纸·剡纸》引用了其中的诗句："宣毫利若风，剡纸光如[校]全唐诗作与月。""宣毫剡纸"并称，其应用及声名，不可谓不广大。剡纸的主要特色是薄、韧、白、滑，因而也被称为"玉叶纸"。唐·舒元舆《悲剡溪古藤文》："泊东雒西雍，历见书文者，皆以剡纸相夸。"诗中所言"剡纸光与月"，说明纸的平整光滑，技术的精妙。诗句夸赞剡溪纸像月亮一样光亮。剡纸的品格，诗人多以雪月比拟，可见其光洁、明莹和润泽。这种藤纸质量好，很受文人的喜爱。

吴融（一首）

吴融（850—903）：字子华，越州山阴(一作会稽)（今浙江绍兴）人。南宋嘉泰《会稽志·卷十四·人物》载："有名大中时，赐号文简先生。融学自力，富辞调。龙纪（889）进士。韦昭度讨蜀，表掌书记，累迁御史。历翰林学士、中书舍人。昭宗反正，御南阙，群臣称贺，融最先至。于时左右叹骇。帝有指授，叠十许稿，融跪作诏，少选而成，语当意译，帝咨赏良厚。进户部侍郎。凤翔劫迁，不得从，去客阌乡。召还，迁承旨，卒。"工于诗文，与韩偓、贯休、尚颜等交往唱和。诗多流连光景、酬答艳情之作，也有感怀时事者。受温庭筠、李商隐影响，在艳丽中时含凄清之气。著有《唐英诗歌》。《全唐诗》存诗四卷。

1994年版《新昌县志》第591页载："吴氏：始祖吴融，原籍山阴，唐龙纪（889）进士，曾任户部侍郎等职，解职后居山阴，后游剡东（今新昌境），卜居叠石（今小将、结溪一带），其子分居刘门坞。现吴姓11200余人，分布小将、结溪、方泉、桃源、新民、镜岭等地。"另据吴寿兰主编《东阳吴氏文化志》第362页载：天复元年（901），昭宗反正御南关，群臣称贺，融最先至，跪草诏当上，详明精当，进官户部侍郎。同年十一月，宦官迫昭宗迁凤翔，纵兵焚惊，京师大乱。融知时之不可为，遂致仕归里，舍山阴府第为府学，访胜徙居越州剡东叠石，是为新昌县吴氏始祖，终翰林承旨。融工于诗赋，著作有《唐英集》，编入《全唐诗》四卷。诗中提到的剡溪、沃州……均为新昌叠石邻近的地名，表现了吴融晚年隐居叠石的情景。吴融作有多首及剡诗。如《山居喜友人相访》《寄贯休上人》等。

山居喜友人相访[1]

秋雨空山夜，非君不此来[2]。
高于剡溪雪，一棹到门回[3]。

【出处】

《全唐诗》卷六八六。

【注释】

〔1〕山居：隐居山林。

〔2〕空山：少人的山林。唐·韦应物《寄全椒山中道士》诗："落叶满空山，何处寻行迹。"此句意为，秋天夜里，我居住在一座人迹罕至的空山里。"非君"句谓：不是你这样超乎世俗、非常重视友谊的人，是不会到这里来看望我的。不此来，不来此。这是为了押韵而倒置。

〔3〕"高于"二句：用王子猷雪夜访戴典。剡溪雪：谓造访故友路中的景致。这里活用"访戴"典，借以衬托对友人雨中来访的喜悦心情。此二句意为，你比晋时王徽之雪夜乘着一只小船泛剡溪、去访戴逵之情还要云高情重，因为王徽之到了戴家门前，便兴尽而返。然而，你是与我相见、谈笑、对饮，并留宿的呀！

【赏析】

此诗描写山居喜友人相访，意趣真实，情真意切，两人把酒言欢的形象跃然纸上。

吴融生于唐宣宗大中四年（850），卒于唐昭宗天复三年（903），享年五十四岁。他生当晚唐后期，一个较前期更为混乱、矛盾、黑暗的时代，他死后三年，曾经盛极一时的大唐帝国也就走入历史了，因此，吴融可以说是整个大唐帝国走向灭亡的见证者之一。

吴融另作有《寄贯休上人》诗："别来如梦亦如云，八字微言不复闻。世上浮沉应念我，笔端飞动只降君。几同江步吟秋霁，更忆山房语夜分。见拟沃洲寻旧约，且教丹顶许为邻。"（《全唐诗》卷六八四）诗中，八字微言，指雪山偈的后半偈"生灭灭已，寂灭为乐"八字。传说释迦牟尼前世在雪山修行，为听此八字而舍身。见《涅槃经·圣行品》。此泛指佛教的微言大义。降，佩服。夜分，夜半。这里用"沃洲"喻指贯休上人栖隐之地，暗将贯休上人比作晋代高僧支遁。

吴融尚有《山居书怀》诗："傍岩倚树结檐楹，百物萧疏景更清。

滩响忽高何处雨,松阴自转此山晴。见多邻犬遥相认,来惯幽禽近不惊。争取便夸馈胜事,九衢尘里免劳生。"此诗《全唐诗》失收。新昌县政协文史委编《新昌乡村文化研究——百姓寻根录》第194页据新昌《南明吴氏宗谱》收录。晚唐诗人吴融偕其长子吴濬避乱隐居新昌小石佛。该书主编、新昌县文化名家陈百刚先生评曰:"此诗鲜活地描绘了当时的生态环境友好和谐。真是佳句。"

崔道融（一首）

崔道融（？—907？）：自号东瓯散人。荆州（今湖北江陵）人。早年遍游今陕西、湖北、河南、江西、浙江、福建等地。昭宗时，出为永嘉（今浙江温州）令，后召为右补阙，未就而卒。与司空图、方干、柳韬（瑢）、黄滔等为诗友。工绝句，语言朴素，意语妙甚，为晚唐之冠。著有《东浮集》。《全唐诗》存诗一卷。

崔道融有《献浙东柳大夫》诗。柳大夫即柳韬（瑢）（《唐刺史考》卷一四二），柳韬（瑢）乾符六年至广明元年（879—880）为越州刺史。崔又与当时名诗人方干有交往，时方干寓居镜湖。崔道融作有诗《谢朱常侍寄贶蜀茶剡纸二首》，诗中的剡纸可能是书写用的，与蜀茶一起作为礼物，都是人们的喜爱之物。

谢朱常侍寄贶蜀茶剡纸二首（其二）[1]

百幅轻明雪未融，薛家凡纸漫深红[2]。
不应点染闲言语，留记将军盖世功[3]。

【出处】

《全唐诗》卷七一四。

【注释】

〔1〕朱常侍：崔道融朋友，事迹不详。常侍，官名，汉时始置，为加官，可常侍皇帝左右。贶：赐、赠。蜀茶：指四川的蒙顶茶，是唐代很名贵的茶叶。剡纸：产于剡县之纸，唐时颇负盛名。见《唐国史补》卷下。

〔2〕轻明：轻而透明洁白的剡纸。雪未融：形容剡纸的洁白。此

句是谓薛涛给元稹寄去百余幅"薛涛笺"事。薛家凡纸：指薛涛笺，其色深红。见《资暇集》卷下。

〔3〕不应：不该。点染：文章信笔随意写成。宋·陆游《掩门》诗四首之三："点染聊成家，呻吟仅似诗。"闲言语：犹闲话。此指自己的诗文，谦辞。将军：指朱常侍。朱氏当为节度使而兼常侍衔者。

【赏析】

"薛涛笺"又名"浣花笺"，因薛涛居于浣花溪上所致，此笺不仅设计精美，而且其笺纸的内在质地亦颇讲究。北宋景涣在《牧竖闲谈》中说："元（稹）公赴京，薛涛（自东川）归。"浣花之人多造十色彩笺，于是薛涛别模新样小幅松花纸，多用题诗，因寄献元公百余幅。元于松花纸上寄赠一篇诗。元稹与薛涛交情非同一般，薛涛自然会告诉他自制小幅花笺的事，还会讲到她为何喜欢种菖蒲。她一次就给元稹寄去百余幅"薛涛笺"，可以想见，其他文人们收到元稹用"薛涛笺"所书写的诗，怎会不传开此事？[①]

真正的"薛涛笺"究竟何等模样，今人已难知晓。当年，用"薛涛笺"书写诗文，是文人的时尚。以现代的说法，薛涛是当年"引领时尚"的女明星。薛涛的诗，广为传颂的不多，但"薛涛笺"却一直流传至今。有人在一副对联中列数古人绝艺："少陵诗，摩诘画，左传文，马迁笔，薛涛笺，右军帖，南华经，相如赋，屈子离骚，收古今绝艺，置我山窗。"[②] 薛涛的名字，赫然与屈原、杜甫、王维、司马迁、王羲之等人并列，这也是这位女诗人的荣耀了。

[①] 陈云发著《历史误读的红颜》，哈尔滨：北方文艺出版社，1987年版，第92页。

[②] 中国作协创研部编《2013年中国随笔精选》，武汉：长江文艺出版社，2014年版，第369页。

齐己（七首）

齐己（864—943？）：唐诗僧。俗姓胡，名得生，湖南长沙（原作益阳，据吴在庆《唐五代丛史考》改）人。7岁即为小诗。后入都，遍游关中诸胜，所至题咏，诗名日著。出家大沩山同庆寺，复栖衡岳东林。后欲入蜀，经江陵，南平王高季兴留为管内僧正，居之龙兴寺，自号衡岳沙门。与诗僧皎然、贯休并称为"唐三高僧"。其诗多五言，风格清润，语言简淡，多与佛教相关，时人呼为"诗囊"。著有《白莲集》等。《全唐诗》存诗十卷800多首。以《全唐诗》所录存数量言，齐己位居全唐诗人第五，次于白居易、杜甫、李白、刘禹锡之后。

齐己情结浙东、沃洲。因仰慕支遁向往剡东，唐末兵乱，齐己由江西道林来剡中隐居。齐己七岁（871）后十年间在浙东，时处"黄巢起义"时期来到剡中，寻访支遁高僧、戴逵、王子猷等名士的行踪。诗人常以"沃洲主""沃洲客"自称，说明在沃洲的时间不会比在江西道林寺短。齐己除作有本书注析的7首"剡"字诗外，还另作有多首咏新昌沃洲、南岩、刘门山、东岬山、支遁的诗。

荆渚病中因思匡庐遂成三百字寄梁先辈[1]（节录）

江月青眸冷，秋风白发疏[2]。
新题忆剡磴，旧约怀匡庐[3]。
长往期非晚，半生闲有余[4]。
依刘未是咏，访戴宁忘诸[5]。

【出处】
《全唐诗》卷八三九。

【注释】

〔1〕荆渚：今湖北荆州市江陵。匡庐：指江西的庐山。相传殷周之际有匡俗兄弟七人结庐于此，故称。梁先辈：梁震，初名霭，邛州依政（今四川邛崃）人。唐末进士，流寓京师。后梁开平元年（907）归蜀，过江陵，为荆南节度使高季兴所留。除宾客，不受辟，自号荆台隐士。

〔2〕江月：江中的月影。青眸：《诗·卫风·硕人》："美目眸兮。"眸，黑色。因以"青眸"借指美女。此处借指美丽景色。此二句意为，江月映照，青眸平添冷意；秋风吹拂，白发更加萧疏。

〔3〕新题：诗文的新题目。旧约：从前的约言。

〔4〕长往：指避世隐居。期：知，料想。

〔5〕依刘：亦称依刘表。三国时王粲曾依荆州刘表。后因以代指投靠权贵。这里以"依刘"为喻，表示无意依投幕府。访戴：指王子猷雪夜访戴典故。这里以"访戴"为喻，自谓并未忘怀对梁先辈的访问。此二句意为，己既断绝投靠权贵之念，亦无访友之心。

【赏析】

此诗虽然是写回忆庐山卜居生活，但仍有剡纸的记载。诗可以兴，此之谓也。剡中历史文化甚至物产都仍然是晚唐诗人齐己笔下的题材，而且还因此提高了诗的品位。

寄敬亭清越[1]

敬亭山色古，庙与寺松连。
住此修行过，春风四十年。
鼎尝天柱茗，诗硾剡溪笺[2]。
冥目应思着，终南北阙前[3]。

【出处】

《全唐诗》卷八四〇。

【注释】

〔1〕敬亭：山名，在今安徽宣城北。清越：盖为敬亭山僧。

〔2〕鼎：古代烹煮用的器物，一般是三足两耳。尝：辨别滋味。天柱：指越州会稽县东南一十五里的宛委山，《十道志》云亦名天柱

山，参顾况《剡纸歌》诗注〔3〕。茗：茶芽。碓：此处引申为锤炼。剡溪笺：用剡纸做的笺。笺，小幅华贵的纸张，古时用以题咏或写书信。

〔3〕冥目：闭上眼睛。终南：山名，在唐都长安南，又称南山。北阙：古代宫殿北面的门楼，此指唐都长安。

【赏析】

齐己毕竟是僧人，对佛门之人之事较为关心。闰年春天过了，山寺的花才开，却还有人来寺赏花，寺中僧人十分欢喜，以好茶相待。僧清越，在山色古朴的敬亭修行了四十春秋，他"鼎尝天柱茗，诗碓剡溪笺"，以茶鼎煎佳茗——天柱茶品饮，用著名的剡溪笺题诗，当是一位富有的上层僧人。齐己用诗生动地描绘了当时佛家弟子的饮茶生活。

夏日寓居寄友人

北游兵阻复南还，因寄荆州病掩关〔1〕。
日月坐销江上寺，清凉魂断剡中山〔2〕。
披缁影迹堪藏拙，出世身心合向闲〔3〕。
多谢扶风大君子，相思时到寂寥间〔4〕。

【出处】

《全唐诗》卷八四四。

【注释】

〔1〕病：作动词用，担忧；忧虑。掩关：关闭；关门。

〔2〕坐销：犹"坐夏"。佛教语，僧人于夏季三个月中安居不出，坐禅静修，称"坐夏"。剡中山：泛指剡县诸山。此二句意为，夏季在剡中诸山的寺庙静修，极其凉爽。

〔3〕披缁：缁衣覆于肩上。比喻出家当僧尼。缁衣，用黑布做的衣服。影迹：痕迹；踪影。藏拙：隐藏短处，不以其示人。常用作自谦之辞。唐·罗隐《自贻》诗："纵无显效亦藏拙，若有所成甘守株。"

〔4〕扶风：县名，今属陕西宝鸡市。大君子：称德高望重者。相思：彼此想念。多指男女恋爱相思慕。唐·王维《相思》诗："劝君

多采撷,此物最相思。"寂寥:寂静;无人陪伴的,独自一人的。

江上夏日

无处清阴似剡溪,火云奇崛倚空齐[1]。
千山冷叠湖光外,一扇凉摇楚色西[2]。
碧树影疏风易断,绿芜平远日难低[3]。
故园旧寺临湘水,斑竹烟深越鸟啼[4]。

【出处】

《全唐诗》卷八四五。

【注释】

〔1〕清阴:清凉的树荫。晋·陶潜《归鸟》诗之一:"顾俦相鸣,景庇清阴。"奇崛:奇特挺拔。

〔2〕湖光:日光映照在湖面上所产生的光影。楚色:楚地的景色。楚地,指的是古楚国所辖之地,后来引申为湖南、湖北附近区域。

〔3〕碧树:绿色的树木。绿芜:遍地茂盛的乱草。常用来形容荒凉的景象。唐·崔颢《维扬送友还苏州》诗:"长安南下几程途,得到邗沟吊绿芜。"

〔4〕故园旧寺:指道林寺。齐己住过道林寺,道林寺位于湘江西岸岳麓山下,濒临湘江。斑竹:又名湘妃竹,竹身有紫色或灰褐色的斑纹。古代神话谓舜南巡不返,葬于苍梧,舜妃娥皇、女英思帝不已,泪下沾竹,竹悉成斑,故名。可用于制作笔杆、拐杖及饰物。越鸟:意指南方的鸟,越指南方百越。此处指思乡和怀念亲人。

【赏析】

颔联"千山冷叠湖光外,一扇凉摇楚色西"入选《全唐诗佳句类典》,成为"咏夏"佳句。《中华诗词曲对仗大辞典》评点此联:"七律颔联。冷、凉,同体对。外、西,方位对。"

渚宫西城池上居

城东移锡住城西,绿绕春波引杖藜[1]。
翡翠满身衣有异,鹭鸶通体格非低[2]。

风摇柳眼开烟小,暖逼兰芽出土齐[3]。
犹有幽深不相似,剡溪乘棹入耶溪[4]。

【出处】

《全唐诗》卷八四六。

【注释】

〔1〕移锡:指僧人移换寺庙。春波:春水的波澜。指春水。杖藜:谓拄着手杖行走。藜,野生植物,茎坚韧,可为杖。

〔2〕翡翠:鸟名。衣有异:指翡翠鸟羽毛色彩艳丽。鹭鸶:又叫"鸬鹚"。水鸟名。格非低:指鹭鸶格调高雅不俗。

〔3〕柳眼:早春初生柳叶细如睡眼初展,故称。逼:侵袭。兰芽:兰的嫩芽。

〔4〕幽深:(山水、树林、宫室、景物等)幽静而深远。乘棹:乘船。耶溪:指若耶溪。剡溪、若耶溪,两地皆越中山水佳胜。

【赏析】

后梁龙德元年(921),齐己被南平王高季兴聘为管内僧正,为最高僧务长官。高对齐己十分礼遇,别筑新居,不久齐己由城东龙门寺移住城西湖边龙兴寺。西湖其地虽春波荡漾,绿草如茵,兰芽满地,岸柳依依,一群群水鸟盘旋上下,一派春意盎然景象,但也不过是江南春色中的寻常景物,并无十分引人注目的形态美。而结尾"剡溪乘棹入耶溪"句是传神之笔,它把人们由西湖带到了剡溪、若耶溪的秀美自然景色中去。剡溪、若耶溪是有名风景区,山水佳绝历来为人称道。南朝梁吴均在《与宋元思书》中写这一带"奇山异水,天下独绝。水皆缥碧,千丈见底;游鱼细石,直视无碍。急湍一作流甚箭,猛浪若奔。夹岸高山,皆生寒树,负势竞上,互相轩邈"。若耶溪又是越国美女西施浣纱之地,西施之美与自然景物之美融合为一。诗人通过这一典故,让人产生联想,使荆渚西湖这一普通寻常景物的自然美与诗意美跃然纸上,突出了西湖的神韵。[1]

此诗五、六句"风摇柳眼开烟小,暖逼兰芽出土齐",入选《全唐诗佳句类典》,成为"咏柳树"佳句。

---

[1] 周介民《齐己山水诗的艺术特征》:《湖南城市学院学报》,2010年,第6期,第50页。

谢人自钟陵寄纸笔[1]

故人犹忆苦吟劳，所惠何殊金错刀[2]。
霜雪剪裁新剡砸，锋铓管束本宣毫[3]。
知君倒箧情何厚，借我临池价斗高[4]。
词客分张看欲尽，不堪来处隔秋涛[5]。

【出处】

《全唐诗》卷八四六。

【注释】

〔1〕钟陵：指今江西省南昌市进贤县。据《今县释名》："唐废钟陵入南昌，宋改置进贤镇，寻升镇为县。有栖贤山，唐抚州刺史戴叔伦携家居此因名。"

〔2〕故人：旧交，老朋友。苦吟：反复吟咏，苦心推敲。言作诗极为认真。金错刀：亦称"错刀"，古代钱币名，系王莽铸于西汉末居摄二年。刀上刻有"一刀平五千"字，其中"一刀"两字系用黄金镶嵌而成。两枚可兑黄金一斤。这里比喻所赠礼物之珍贵。

〔3〕锋铓：指笔尖。宣毫：宣州（今安徽宣城）造笔所用的深紫色兔毫。亦作宣州笔的代称。

〔4〕倒箧：倾箱。临池：指练习书法。

〔5〕词客：作词人，泛指文人墨客。分张：分散，散发。

【赏析】

从这首诗中，我们可以窥见，在唐代，剡溪的纸、宣城的笔是相当著名而宝贵的，是友人间相互赠送的珍贵礼品。这对于我们研究纸、笔的演变、发展历史有一定的参考价值，即"剡纸"由后来的"宣纸"所替代，"宣毫"由后来的"湖笔"所替代的现象至少是在唐代以后。

默坐[1]

灯引飞蛾拂焰迷，露淋栖鹤压枝低[2]。
冥心坐满蒲团稳，梦到天台过剡溪[3]。

【出处】

《全唐诗》卷八四七。

【注释】

〔1〕默坐：无言静坐。唐·刘得仁《秋夜寄友人》诗二首之二："默坐看山久，闲行值寺过。"

〔2〕飞蛾：灯蛾具趋光性，喜飞至灯下，故俗称为"飞蛾"。拂焰迷：指飞蛾因迷而扑灯焰。焰火光。栖鹤：栖息的鹤。舒州潜山景色奇绝，南朝梁宝志禅师与白鹤道人争欲居住，梁武帝命两人比法，以物志地，先得者居住。道人以鹤为记，宝志以锡杖为记。结果锡杖先着山麓，于是鹤飞它处。因以"栖鹤"指道人的止息。

〔3〕冥心：静默的心，入定的心。指泯灭俗念，使心境宁静。满：《校编全唐诗》校："《绝句》、丛刊本、四库本均作'睡'。"蒲团：用蒲草编成的圆坐垫，乃修行人坐禅及跪拜时所用之物。天台：指天台山。

【赏析】

中国古代诗歌对蛾有大量的描写……"灯引飞蛾拂焰迷，露淋栖鹤压枝低"一句，也揭示了蛾类夜晚扑火的习性。

李洞（一首）

李洞（819？—893？）：字才江，京兆（今陕西西安）人。唐宗室远支。慕贾岛诗，铸贾岛铜像而顶戴之，事之如神，日诵"贾岛佛"千遍，又集贾岛之警句五十联，为《诗句图》，自为之序。乾符至大顺（874—891）间屡试不第，游蜀而卒。其诗多师法贾岛，以奇峭、琢字炼句见长。时人但诮其僻涩，而不能贵其奇峭，唯吴融称之。著有《李洞诗》。《全唐诗》存诗三卷。

李洞游浙东约在年轻时，作有《送友罢举赴边职》诗。李洞曾欲弃官与栖白归隐浙东，终老沃洲、石桥，惜未实现。李洞诗可能作于随吴融游历剡东遁山时。尚有咏天姥、沃洲、兴善寺的诗。如《赠宋校书》《赠入内供奉僧》《赠兴善彻公上人》等。

送友罢举赴边职[1]

出剡篇章入洛文，无人细读叹俱焚[2]。
莫辞秉笏随红旆，便好携家住白云[3]。
过水象浮蛮境见，隔江猿叫汉州闻[4]。
高谈阔略陈从事，盟誓边庭壮我军[5]。

【出处】
《全唐诗》卷七二三。

【注释】
〔1〕罢举：停止参加科举考试。赴边职：到边地军府任职。
〔2〕出剡篇章：指优美的诗歌。南朝宋诗人谢灵运家居会稽始宁县，剡溪过其境，故称。入洛文：陆机、陆云的文章。细读：仔细地

读。俱焚：都烧，付诸一炬。此二句谓友人落榜。

〔3〕秉笏：手拿笏板。指在朝为官。红旆：红旗，军旗。白云：指隐居生活。南北朝·陶弘景《诏问山中何所有赋诗以答》诗："山中何所有，岭上多白云。只可自怡悦，不堪持赠君。"

〔4〕江：一作"关"。汉州：治所在今四川广汉。

〔5〕从事：职官名。汉刺史佐吏，如别驾、治中等皆称为"从事史"，通称为"州从事"，历代因其制，宋废。"高谈"句意谓慷慨激昂发表履新演说。盟誓：结盟立约；指盟约。壮：加强，使壮大，使雄壮。边庭：防守边境的官署。

李昌邺（一首）

李昌邺（生卒年不详）：唐末进士。会昌二年（842）过三乡驿，见若耶溪女子所题自伤身世之诗，乃和诗题壁。事迹散见《云溪友议》卷中、《唐诗纪事》卷六七。《全唐诗》仅存其和作一首。

会昌二年（842），有若耶溪女子（李弄玉）题诗于三乡驿以自伤身世，李昌邺过此，题诗以和之。诗中以剡溪借指若耶溪或越地。

和三乡诗[1]

红粉萧娘手自题，分明幽怨发云闺[2]。
不应更学文君去，泣向残花归剡溪[3]。

【出处】

《全唐诗》卷七二六。

【注释】

〔1〕《题三乡诗（并序）》系若耶溪女子作。若耶溪女子，越州（今浙江绍兴）人，武宗会昌二年（842）途经三乡驿站，故地重游，感慨万千，遂作此诗。有文士感其意，和诗十篇。诗抒繁华尽逝、燕笑不再的谢世之慨，情思悲郁，哀婉动人。李昌邺《和三乡诗》是其中的一首。

〔2〕红粉：妇女化妆用的胭脂和粉，旧时借指年轻妇女，美女。萧娘：唐人以萧娘为女子的泛称，泛指歌妓或所恋女性。此指三乡驿题诗之若耶溪女子。幽怨：郁结于心的愁恨；隐藏在心中的怨恨（多指女子的与爱情有关的）。云闺：闺房的美称。

〔3〕"不应"句：谓不再改适他人。用文君新寡而奔相如事。文君，

即卓文君，汉代富商卓王孙之女，司马相如过其家，以琴心挑之，文君爱慕心切，夜奔相如。残花：将谢的花；未落尽的花。此指寡妇。剡溪：与若耶溪同在越州，借指若耶溪或越地。

【赏析】

若耶溪有个女子于会昌二年（842）二月二十九日在三乡驿壁上题写了一首诗，为《题三乡诗（并序）》，隐下姓名，只在序后写下了"二九子，为父后；玉无瑕，弁无首；荆山石，往往有题"几句话。诗如下：

昔逐良人西入关，良人身殁妾空还。

谢娘卫女不相待，为雨为云归此山。

这首诗并序概括了该女子的悲惨遭遇，抒发了失去丈夫、失去幸福、飘零无依的悲伤之情。诗写得不算很好，但女子的遭遇却打动了无数过往行人，于是有十人写了和诗，同名《和三乡诗》，另有贾驰的诗《复睹三乡题处留赠》，事隔十年左右。十首诗作者分别是陆贞洞、刘谷、王祝、王涤、韦冰、李昌邺、王硕、李缟、张绮、高衢，这十人离女子题诗最近的是刘谷，隔了一二十年，其中有六人是唐末人，隔了六十多年。其中王硕的诗说"无名无姓越水滨，芳词空怨路旁人"，竟然对女子题诗的序都没有读懂。原来此女叫李弄玉（"二九"即十八，合为"木"字，"子"在父后，合之为"李"；"玉"无点为"王"，"弁"无首即"廾"，合之为"弄"；"荆山石，往往有"，荆山有"玉"）！

因此，王开洋在其所著的《唐诗万象》一书中云："李昌邺的和诗大意是说看了这首红粉佳人亲手题的诗，分明感到一股幽怨之情发自闺中，发自佳人内心。你失去了丈夫就要认命，不要学寡妇卓文君同司马相如私奔，还是回到老家安度余生吧。看来此人思想陈腐，没有一点唐人的开放意识，更没有一点同情心和人情味。"[1]

---

[1] 王开洋著《唐诗万象·唐朝风情面面观》，天津：百花文艺出版社，2010年版，第10页。

李观象（一首）

李观象（生卒年不详）：桂林临桂（今广西壮族自治区桂林市）人。初为刘言掌书记，后事周行逢为节度副使。行逢命子保权事以师礼。行逢卒，劝保权归宋。《十国春秋》卷七五有传。《全唐诗补编·续拾》存其诗一首。

李观象是广西人，一直在湖南讨生活，没有到过剡中，但他所作的《纸帐诗》，却无意间记录了以古藤为原料的造纸技术在唐已风行一时。剡纸由于白、韧，除具有书写用途外，还可用来制帐、制被，具有史料价值。

纸帐诗[1]

清悬四面剡溪霜，高卧梅花月半床[2]。
花瓮有天春不老，瑶台无夜月生香[3]。
觉来虚白神光发，睡去清闲好梦长[4]。
一枕总无尘土气，何妨留我白云乡[5]。

【出处】
《全唐诗补编·续拾》卷四十九，下册，第1486页。

【注释】
〔1〕此诗《全唐诗》失收。纸帐：用剡纸制成的帐子。
〔2〕剡溪霜：代指剡纸。高卧：高枕而安适无忧地躺卧。梅花：梅花帐。下句"花瓮"亦指此帐。
〔3〕春不老：谓春色永驻。亦指人的青春常在。瑶台：仙人居住的地方。唐·李白《清平调》诗三首之一："若非群玉山头见，会向瑶

台月下逢。"

〔4〕虚白：语本《庄子·人间世》："虚室生白，吉祥止止。"谓心中纯净无欲。比喻心中恬静空明。南朝陈·江总《借刘太常说文》诗："幽居服药饵，山宇生虚白。"神光：神采。清闲：清静悠闲。

〔5〕尘土：尘世。唐·沈亚之《送文颖上人游天台》诗："莫说人间事，崎岖尘土中。"何妨：为什么不。白云乡：指隐居之地。

【赏析】

东晋南渡后，百工南移，剡县剡溪沿岸成为造纸中心，以当地古藤为原料造纸，故称剡溪藤纸，是越地名纸。到了唐代，因"薄、韧、白、滑"等特点，风行一时。唐人李林甫《唐六典》及唐人李肇《翰林志》均载唐代朝廷、官府文书用青、白、黄色藤纸，各有不同用途。陆羽的《茶经》提到藤纸包茶。剡纸由于白、韧，还可用来制帐、制被。李观象所作的《纸帐诗》，写得清新脱俗，很有白体诗的风格。

诗人没有到过剡中。因为"李观象是广西人，一直在湖南讨生活，处在乱世中还算是很有头脑的人物。周行逢崛起，他就跟着周行逢干。但是周行逢此人非常严酷，手下稍微犯点错就要被杀头，李观象担心自己早晚也会挨上一刀，因此就严格要求自己，虽然已经做到周氏政权的高官了，但还是想方设法地表明自己的廉洁，对自己进行精心包装。人家都喜欢穿金戴银，特别是在军阀混战中起来的暴发户，更是喜欢炫富，但是李观象不这样干，他反而煞费苦心地搞了一套纸做的帐子和被子，作为自己的基本生活用品。实际上'纸帐''纸被'虽然造价可能比绫罗绸缎低，但是成本问题恐怕不是重点，重点是使用者可以用这一套行头来表达自己的高尚情操。因此李观象专门写了这首《纸帐诗》。李观象的包装果然有作用，虽然史书上说他人品一般，嫉贤妒能，而且特别喜欢剽窃人家的诗歌作品，但周行逢非常信任他，湖南军政大事都交给李观象处理，临死前也命李观象做'顾命大臣'，好好辅佐周保权"。[1]

---

[1] 李强著《红日初生碧海涛：大宋开国往事》，上海：上海书店出版社，2017年版，第175—176页。

李咸用（一首）

李咸用（生卒年不详）：郡望陇西（今甘肃临洮），袁州（今江西宜春）人。873年前后在世。习儒，久不登第，咸通十三年（872）任宣州刺史李璋属下推官。唐末避居庐山等地。一生钟情吟诗，以律诗见长，善写征人凄苦之情，宋人杨万里颇推重之。与释修睦、来鹏等交善唱和。著有《披沙集》《文献通考》。《全唐诗》存诗三卷。

李咸用因唐末乱离，仕途不遂，寓居庐山等地。据《雪十二韵》诗可知其曾游剡中。此外，李咸用还作有《望仰山忆玄泰上人》诗："晴岚凝片碧，知在此中禅。"（诗题的"仰山"，即新昌岬山。）《同玄昶上人观山榴》诗："病随支遁偶行行，正见榴花独满庭。"

雪十二韵（节录）

念物希周穆，含毫愧惠连[1]。
吟阑余兴逸，还忆剡溪船[2]。

【出处】

《全唐诗》卷六四五。

【注释】

〔1〕"念物"句：指"周穆念物"典故。周穆，指周穆王。《穆天子传》卷五载，周穆王乘八骏远游，登昆仑山，并会见西王母，路遇大雪，冻伤人，周穆王作《黄竹》诗以哀悯之。后因以为咏雪之典。作者咏雪，因而联想起雪中作诗三章以哀民的周穆王。含毫：含笔于口中。比喻构思为文或作画。惠连：指谢惠连，南朝宋文学家，作有《雪赋》。

〔2〕阑：夜晚。余兴：不尽的兴致。这里说自己赏雪心情很好，写完诗后还想学习一下王子猷雪中访戴的韵事，以尽余兴。"还忆"句：用王子猷雪夜访戴典故。剡溪船，指隐居逸游，造访故友。

【赏析】

雪是冬天的精灵，雪的世界是一幅美丽的图画。这首诗通过咏雪引入"子猷访戴"典故，指出雪的世界透露出的无穷韵味，记述了作者赏雪赋诗忆友的景象。

王棨（一首）

王棨（生卒年不详）：字辅文，一作辅之，福州福唐（今福建福清）人。咸通三年（862）进士。唐懿宗咸通末（873）前后在世。杜宣猷镇山南，请为团练巡官。此后入调天理寺司直，再除太常寺博士，迁水部郎中。黄巢乱后，不知所终。长于律赋，风格清婉，寓意奇巧。19年间曾三次应宏词科试，连捷，为七闽之冠。著有《麟角集》。《全唐诗》未收其诗，《全唐诗补编·补逸》卷十三录其诗二十一首。《全唐文》有文两卷。

王棨有《省题诗二十一首·山明松雪》诗，按诗句"披衣凝望久，无限剡溪情"，其当曾至剡溪。

省题诗二十一首·山明松雪[1]

高树当轩晓，长松带雪明[2]。
景疑残月在，林似野云横[3]。
密叶缘多亚，修条被压倾。
曙空连嶂白，寒气到檐清。
影杂青牛重，光迷皓鹤惊[4]。
披衣凝望久，无限剡溪情[5]。

【出处】
《全唐诗补编·补逸》卷十三，上册，第240页。

【注释】
〔1〕此诗《全唐诗》失收。胡朴安、胡怀琛著《唐代文学》载："唐代举行科举，以诗赋取士。如王棨《麟角集》所载，都是律赋及省

试诗。其《山明松雪》……。又《全唐诗》中亦此种应试诗。"

〔2〕轩：古代车子前高后低叫"轩"，前低后高叫"轾"。引申为高大。

〔3〕残月：清晨出现的弯月；残缺不圆的弯月。

〔4〕青牛：神话传说中的树精。《太平御览·卷九〇〇·兽部·牛引嵩高记》："山有大松，或千岁，其精变为青牛。"皓鹤：白鹤。

〔5〕凝望：注目远望。剡溪情：指朋友相思或相访。亦用以咏雪。

陈端（一首）

陈端（839—929）：字朝祎，南朝陈宣帝之后，父陈勃，江州（今江西九江）人。唐懿宗时任尚书，后为节度使。因镇压黄巢起义有功，封威烈将军。随后又加封讨虏大将军，端国公。同光二年（924）辞官隐居长沙雾阳乡。诗人方干有《初归镜中寄陈端公》诗，见《全唐诗》卷六五一。

陈端以剡笺赠人，又以天姥、金庭之自然景色形容剡笺之光洁，此剡笺当是陈端从剡地带去的。

以剡笺赠陈待诏[1]

云母光笼玉杵温，得来原自剡溪渍[2]。
清含天姥岭头雪，润带金庭谷口云[3]。
九万未充王内史，百番聊赠杜参军[4]。
从知醉里纵横墨，不到羊欣练白裙[5]。

【出处】

《全唐诗补编·续拾》卷五十四，下册，第1582—1583页（注引清同治《嵊县志·卷二十四》（校）原作二十八·文翰志·诗》）。

【注释】

〔1〕此诗《全唐诗》失收。剡笺：用剡溪藤造的笺纸，唐代有名。待诏：原为待皇帝之命以言事之意，并非正式官名。汉代常令文学之士待诏于金马门，称之为金马门待诏。唐代有翰林待诏。

〔2〕云母：矿石名。古人以为此石为云之根，故名。可制成片，薄者透光，可为镜屏；亦可入药。玉杵：玉制的舂杵。此指纸的美称。

濆：水边；岸边。此二句意为，剡笺色泽温润如云母，产自剡溪边。

〔3〕"清含"二句：意为剡笺白如天姥岭头之雪，润滑如金庭谷口之云。

〔4〕九万：指"九万抟扶"，典出《庄子·逍遥游》："鹏之徙于南冥也，水击三千里，抟扶摇而上者九万里。"后用以喻胸怀远大。亦省作"九万"。唐·杜甫《赠崔十三评事公辅》诗："骞腾坐可致，九万起于斯。"王内史：指王羲之，曾拜天台山白云先生为师学习书法，今华顶还有王羲之墨池。百番：指纸的数量虽不少，但还是不能满足需要。杜参军：晋杜预，曾参相府军事。一说杜甫，玄宗奔蜀，甫追随唐肃宗，任左拾遗。官军收复长安后，因疏救房琯，被贬为华州司功参军，不久入蜀。

〔5〕羊欣：南朝宋时泰山郡南城县人。王献之之甥。著名书法家。书学献之，尤工隶书，兼善医术。练白裙：指白练裙。《宋书·卷六十二·羊欣传》："羊欣字敬元，泰山南城人也。曾祖忱，晋徐州刺史。祖权，黄门郎。父不疑，桂阳太守。欣少靖默，无竞于人，美言笑，善容止。泛览经籍，尤长隶书。不疑初为乌程令，欣时年十二，时王献之为吴兴太守，甚知爱之。献之尝夏月入县，欣著新绢裙昼寝，献之书裙数幅而去。欣本工书，因此弥善。"白裙，为白色裙服。在唐代常常是朝廷礼服的一部分。见《新唐书·车服志》。此联赞美陈待诏潇洒飘逸、才华横溢，赠之剡笺是物有所归。

【存异】

诗句：(1)"清含天姥岭头雪"中的"含"，清道光《嵊县志·卷十三·艺文·物产》、清同治《嵊县志·卷二十四·文翰志·诗》、民国《嵊县志·卷二十八·艺文志·诗》作"涵"；"岭"，清道光《嵊县志·卷十三·艺文·物产》、清同治《嵊县志·卷二十四·文翰志·诗》作"岑"。

(2)"不到羊欣练白裙"中的"练白裙"，清道光《嵊县志·卷十三·艺文·物产》、清同治《嵊县志·卷二十四·文翰志·诗》、民国《嵊县志·卷二十八·艺文志·诗》作"白练裙"。

【赏析】

全诗用云母、天姥雪、金庭云来形容剡笺的纸质，用王右军、杜参军、羊欣来形容陈待诏的才气，最后点出是物赠对了人，很感欣慰。

周贺（一首）

周贺（生卒年不详）：字南卿，一作南乡、南云，东洛（四川广元）人，一说洛阳（今属河南）人。早年居庐山为僧，法名清塞。后客居润州（今江苏镇江）三年，又曾隐居嵩山少室山。大和末年（834、835），姚合任杭州刺史，爱其诗，命还俗，改名贺。然其开成中作《赠厉玄侍御》诗，仍自称"乡僧"。诗工近体，长于炼字，格调清雅。张为《诗人主客图》列其与无可为"清奇雅正主"李益下"入室十人"第二位。与贾岛、无可、齐名。与姚合、贾岛、方干、朱庆馀等友善，有诗唱和。著有《清塞诗》。《全唐诗》存诗一卷。

周贺游浙东，约在宝历二年（826）之后。

京口赠崔固[1] 一作无可诗

积雨晴时近，西风叶满泉[2]。
相逢嵩岳客，共听楚城蝉[3]。
宿馆横秋岛，归帆涨远田[4]。
别君还寂寞，不似剡中年[5]。

【出处】

《全唐诗》卷五〇三作周贺诗，《全唐诗》卷八一四作无可诗。

【注释】

〔1〕《校编全唐诗》考："本篇又见《全唐诗》卷五〇三周贺集，题为《京口赠崔固》。江本无可集未收此诗，四部丛刊本周贺集有载。《英华》卷二八八亦作周贺诗。当为周贺诗。"京口：唐时为润州治所，即今江苏镇江。赠：无可诗作"别"。

〔2〕积雨：久雨。唐·王维《积雨辋川庄作》诗："积雨空林烟火迟，蒸藜炊黍饷东菑。"

〔3〕嵩岳：嵩山。楚城：指古楚国都城，泛指楚地城邑。

〔4〕涨：无可诗作"张"。

〔5〕君：一作"多"。寂寞：冷清孤单。剡中：此指剡溪一带，以山水秀丽著称。详见附录1"剡中"条。

【存异】

1. 作者：《剡录·卷六·诗》将本诗列在戎昱名下，误。

2. 诗句："西风叶满泉"中的"泉"，《剡录·卷六·诗》作"船"。

【汇评】

五代·王定保《唐摭言》卷一〇：诗格清雅，与贾长江、无可上人齐名。

明·钟惺、明·谭元春《唐诗归》：钟云：贺诗清奥，有异气，有孤响。

栖白（一首）

栖白（生卒年不详）：唐诗僧。越中（今浙江）人。早年结识姚合、贾岛、无可。唐大中年间（847—859）曾住长安荐福寺，以诗为内供奉，赐紫袈裟，历三朝。时与李频、李洞、许棠、曹松、齐己、罗邺、李昌府等诗人皆有来往赠答。工诗，尚苦吟，多作近体。时人张乔谓其"篇章名不朽"。著有《栖白集》。《全唐诗》存诗十六首。

《全唐诗》卷八二三云："栖白，越中僧。"栖白曾栖隐于今浙江新昌东南部之沃洲，其《怀竺法深》诗末二句"共是忘机者，何当卧沃洲"可证。竺法深又名竺道潜，为东晋高僧，居岬山水帘飞瀑右侧，故栖白诗云"何当卧沃洲"。从《寄独孤处士》诗"剡山""太白""雪中禅"等词语可知，诗人常往来剡中。

寄独孤处士[1]

林下别多年，相逢事渺然[2]。
扁舟浙水上，轻策剡山前[3]。
坐石吟杉月，眠云忆岛仙[4]。
何期归太白，伴我雪中禅[5]。

【出处】

《全唐诗补编·续拾》卷三十，中册，第1118页（注引南宋高似孙《剡录·卷四·古奇迹》）。

【注释】

〔1〕此诗《全唐诗》失收。独孤处士：事迹不详。
〔2〕林下：田野。引申指退隐或退隐之处。唐·灵彻《东林寺酬

韦丹刺史》诗："相逢尽道休官好,林下何曾见一人。"相逢:相遇。唐·杜甫《长沙送李十一衔》诗:"与子避地西康州,洞庭相逢十二秋。"渺然:悠远。唐·赵嘏《江楼感旧》诗:"独上江楼思渺然,月光如水水如天。"

〔3〕扁舟:小船。浙水:指浙江之水,此应指剡溪流入的曹娥江。

〔4〕杉月:杉树间透过的月光。为月夜美景。眠云:比喻山居。山中多云,故云。唐·刘禹锡《西山兰若试茶歌》诗:"欲知花乳清泠味,须是眠云跂石人。"

〔5〕太白:指太白山,在剡县西六十里。详见附录1"太白山"条。雪中禅:用王子猷雪夜访戴逵事。此二句意为,不知什么时候,可乘兴去剡县看看那些僧人朋友。

【存异】

诗句:(1)"轻策剡山前"中的"剡山",清乾隆《嵊县志·卷十五·艺文地理》、清道光《嵊县志·卷十四·艺文·隐逸》作"剡溪"。

(2)"坐石吟杉月"中的"坐石",清乾隆《嵊县志·卷十五·艺文地理》、清道光《嵊县志·卷十四·艺文·隐逸》、清同治《嵊县志·卷二十四·文翰志·诗》作"携屐";"杉",清乾隆《嵊县志·卷十五·艺文地理》、清道光《嵊县志·卷十四·艺文·隐逸》作"松"。

(3)"何期归太白",清乾隆《嵊县志·卷十五·艺文地理》、清道光《嵊县志·卷十四·艺文·隐逸》作"岩花红与白"。

贯休（三首）

贯休（832—913）：与诗僧齐己、皎然并称为"唐三高僧"。俗姓姜，字德隐，一字德远，婺州兰溪（今浙江兰溪）人。7岁出家，20岁受戒，漫游江东、西，习经读书。工诗擅画。在吴越为钱镠所重。天复年间（901—904）入蜀，又为蜀主王建礼遇，呼为"得得来和尚"，赐号禅月大师，为其建龙华禅院。后梁乾化二年（913）十二月卒于蜀。与李频、吴融、韦庄、罗隐、齐己等多有交往唱酬。以诗闻名，作品能反映当时社会现象。曾自编其诗为《西岳集》，吴融作序。卒后其弟子昙域集其诗文为《禅月集》（一名《宝月集》）。《全唐诗》存诗十二卷。

僧人贯休足迹遍及浙东，以隐士身份出现在越州镜湖。每遇佳景，总是用剡中风光作比拟。如《泊秋江》诗："岸如洞庭山似剡。"《送僧归剡山》诗："远逃为乱处，寺与石城连。木落归山路，人初刈剡田。"说明他在剡中盘桓了一段时间。贯休把支道林仰为绳准，以致人们把他当作是支的转世僧（《到蜀》诗："谩期王谢来相访，不是支公出世才。"）他多次约人寻踪支公，共游沃洲、石城。并作了多首诗，如《秋居寄王相公三首》《题简禅师院》《送道士归天台》等。

泊秋江

岸如洞庭山似剡，船漾清溪凉胜簟[1]。
月白风高不得眠，枯苇丛边钓师魇[2]。

【出处】
《全唐诗》卷八二七。

【注释】

〔1〕洞庭：据唐朝李思密的解释，是神仙"洞之庭"的意思。剡：指剡县。《剡录》卷三："剡多名山。"清溪：清澈干净的溪水。簟：竹席。

〔2〕月白风高：指月白风清。月白，月色皎洁。唐·杜牧《猿》诗："月白烟青水暗流，孤猿衔恨叫中秋。"枯苇：枯槁的芦苇。魇：梦中发出的惊叫声。

送僧归剡山[1]

远逃为乱处，寺与石城连[2]。
木落归山路，人初刈剡田[3]。
荒林猴咬栗，战地鬼多年[4]。
好去楞伽子，精修莫偶然[5]。

【出处】

《全唐诗》卷八三三。

【注释】

〔1〕剡山：此处指新昌县石城山，山上有石城寺。

〔2〕远逃：因战乱而逃离剡县石城寺。为乱处：因为身处战乱。拟指咸通初裘甫起义。"寺与句"："僧"为剡县石城寺僧。石城，即石城寺，今新昌大佛寺。

〔3〕木落：叶落。山路：山中小路。人初：年轻时。说明"僧"尚年轻，故有末句关爱之词。刈（yì）：割（草或谷类）。剡田：剡地之田。

〔4〕咬：用牙齿嚼或夹住。"战地"句：指浙东一带于唐朝中后期爆发的几次农民起义。战争中生灵涂炭，故有"鬼多年"之说。战地，作战的地区；战场。

〔5〕楞伽子：对禅师的敬称。楞伽，为佛教山名。精修：摆脱粗野、庸俗、无教养，使成为讲究的、雅致的、有教养的。偶然：谓不经意；不认真。

【赏析】

唐末社会动乱终于波及向称世外桃源的剡中，前往剡中漫游的诗人足音渐渐稀少了。长期隐于浙东的诗僧贯休深有感触，赋诗一首记述了这一情景。诗中提到了石城寺，但已是一片萧瑟景象，从一个侧面反映出唐末剡中在战乱中的衰颓情况。

尽管寂寞的剡中依然那么美丽，但毕竟是多了些萧瑟，少了些温和。热闹了数百年的剡中终于冷寂了下来。

寄庐山大愿和尚[1]

石上桂成丛，师庵在桂中[2]。
皆云习凿齿，未可扣真风[3]。
雪洗香炉碧，霞藏瀑布红[4]。
何时甘露偈，一寄剡山东[5]。

【出处】

《全唐诗》卷八三四。

【注释】

〔1〕大愿和尚：唐诗僧，事迹不详。

〔2〕桂：常绿小乔木或灌木，叶椭圆形，开白色或暗黄色小花，有特殊的香气，供观赏，亦可做香料，通称"木犀"。庵：圆形草屋（文人的书斋亦多称"庵"，如"老学庵"）。

〔3〕习凿齿：字彦威（？—384？），襄阳（今属湖北）人。晋史学家、诗人、名士。与高僧道安友。《晋书》有传。扣：相符，符合。真风：淳朴的风俗。亦指淳朴的风范。

〔4〕雪洗：积雪融化冲刷。香炉：峰名，在庐山，其下有大瀑布。

〔5〕甘露偈：指宣示佛法、体悟真如之偈。甘露，佛教语，梵语意译。喻佛法、涅槃等。偈，梵语"颂"，即佛经中的唱词。剡山东：此指作者游剡中时的居住地方，很有可能在新昌地域。据《送僧归剡山》诗，拟指石城寺。

【赏析】

此诗记录了大愿和尚的山居生活，诗中折射出浓浓的禅情，反映了诗人对他的仰慕之情。

诸葛觉（一残句）

诸葛觉（生卒年不详）：越州（今浙江绍兴）人。曾为僧，法名淡然，即韩愈《嘲鼾睡》诗中之澹师。元和七年（812），淡然从洛阳归越中，孟郊为之送别，有《送淡公》诗。淡公有禅风，情性冲融。早年隐居山林。曾与韩愈、孟郊、贾岛、李益、韦执中等交往酬唱。约元和十一年（816），听韩愈规劝还俗。韩愈有《送诸葛觉往随州读书》诗相赠。约卒于大中以后。《全唐诗》卷七八九仅录其诗二句。淡然与谬独一、贯休两位至交。淡然为越州僧时，曾至剡中访友，对剡溪风光影响深刻，才会吟出"思牵吴岫起，吟索剡云开"的诗句。

残句[1]

思牵吴岫起，吟索剡云开[2]。

【出处】

《全唐诗补编·续拾》卷三十三，中册，第1178页。

【注释】

[1] 贯休《禅月集·卷十·怀诸葛珏二首》其一"谬独哭不错"句后自注云："诸葛云：'思牵吴岫起，吟索剡云开。'"注中的诸葛，即诸葛珏，亦即诸葛觉。

[2] 吴岫：犹吴山。吴地的山。

【存异】

作者：竺岳兵先生的《唐诗之路唐诗总集》将此残句列在"谬独一"名下，不知何据。谬独一，生卒年不详，唐诗人。唐末处士，号兰陵子，常州（今属江苏）人。与淡然、贯休为友。《全唐诗》无谬独

一诗。贯休有《怀谬独一》诗:"常忆兰陵子,瑰奇皴渴才。思还如我苦,时不为伊来。岳霞猱掷雪,湖月浪翻杯。未闻沾寸禄,此事亦堪哀。"诸葛觉(即淡然)卒,作诗哭之。贯休《禅月集》卷十引其诗二句。

　　周祖譔《中国文学家大辞典·唐五代卷》指出:诸葛觉中的"觉,一作珏,误"。

李建勋（一首）

李建勋（873？—952）：字致尧，广陵（今江苏扬州）人，一说陇西人。赵王李德诚子。少好学，能属文，尤工诗。他博综经史，酷好诗作，早年居金陵时与孙鲂、沈彬等人结为诗社，相互评论诗品。其诗初犹浮靡，晚造平淡。保大七年（949）以司徒致仕，归隐钟山，自号钟山公。保大十年（952）卒，赠太保，谥曰"靖"。著有《钟山集》。《全唐诗》存诗一卷。

李建勋作有《早春寄怀》诗："欲向东溪醉，狂眠一放歌。""东溪"，即剡溪上游（今称新昌江）。南宋嘉泰《会稽志·卷十·水》"新昌县"条云："东溪，在县东一里，其源东南来自天台石桥瀑布水，支派入县南流西。"据此知李建勋早年曾游剡中。

怀赠操禅师

尝忆曹溪子，龛居面碧嵩[1]。
杉松新夏后，雨雹夜禅中[2]。
道匪因经悟，心能向物空[3]。
秋来得音信，又在剡山东[4]。

【出处】
《全唐诗》卷七三九。

【注释】
〔1〕曹溪子：指禅宗六祖慧能大师。龛居：指修行的禅房。龛，供奉神位、佛像的阁子。碧嵩：指中岳嵩山。南朝梁普通元年（520）或大通元年（527）菩提达摩到广州，武帝迎至建康（今南京）。因与

武帝言谈不契，同年北上北魏嵩山少林寺，面壁而坐，默然不语，长达九年，世称"壁观"。见《中国佛教文化简明辞典》。此句用典，形容操法师的禅修生活。

〔2〕杉松：杉树与松树。夜禅：夜间打坐参禅。

〔3〕"道匪"二句：祥宗主张不立文字，直指人心，见性成佛，故云。匪，非，不是。

〔4〕音信：消息。剡山东：李建勋有《早春寄怀》诗："欲向东溪醉。"东溪即今新昌江，在新昌虎队岭。明万历《新昌县志·卷三·山川志》载："虎队岭在县东五里。"故此处剡山东，即新昌虎队岭。

【赏析】

五代十国诗家最著者，多有唐遗士。"皆晚唐一派也"（钟秀《观我生斋诗话》卷三）。李建勋曾为南唐宰相，也是当时著名诗人，在中国历史尤其是文学史上有一定地位和影响。陆游《南唐书》列传卷六云李建勋"少好学，能属文，尤工诗"。他博综经史，酷好诗作，并与僧、俗文人相互作诗酬答以相唱和，本诗即为一例。

徐夤（二首）

徐夤（生卒年不详）：字昭梦，莆田（今属福建）人。乾宁元年（894）进士，授秘书省正字。后归闽，因与王审知政见不合，遂归隐延寿溪。工诗善赋，与罗隐、司空图、黄滔等唱酬。其诗全为近体，以七律见长，文名远播，诗文喜欢堆砌辞藻，时人号为"锦绣堆"。著有《探龙》《钓矶》二集，《全唐诗》存诗四卷。

徐夤曾到浙东，有诗为证。《和尚书咏泉山瀑布十二韵》诗："赤城未到诗先寄，庐阜曾游梦已遥。"《画松》诗："天台道士频来见，说似株株倚赤城。"《苔》诗："石桥羽客遗前迹，陈阁才人没旧容。"更有其所作的《纸帐》诗："几笑文园四壁空，避寒深入剡藤中。"《夜》诗："剡川雪满子猷去，汉殿月生王母来。"两首"剡"字诗，可证其曾游历剡中。惜竺岳兵先生未将徐夤列入"悠游浙东唐诗之路唐代诗人名单"。

纸帐[1]

几笑文园四壁空，避寒深入剡藤中[2]。
误悬谢守澄江练，自宿嫦娥白兔宫[3]。
几叠玉山开洞壑，半岩春雾结房栊[4]。
针罗截锦饶君侈，争及蒙茸暖避风[5]。

【出处】
《全唐诗》卷七一〇。

【注释】
[1] 纸帐：以剡藤纸制成的帐子。作者另有《纸被》诗："一床明

月盖归梦,数尺白云笼冷眠。"

〔2〕"几笑"句:讥笑司马相如家中四壁空空,一无所有。几笑,即讥笑。文园,即汉代文学家司马相如,曾为文园令。此处泛指书生。四壁空,形容家境贫寒,一无所有。"避寒"句:为了避寒,就躲进剡溪纸制的帐子之中。剡藤:剡溪产的藤,乃造纸的原料。此指剡纸。剡藤中,即纸帐中。

〔3〕谢守:指谢朓,曾任宣城太守,故称。澄江练:南北朝·谢朓《晚登三山还望京邑》诗:"余霞散成绮,澄江静如练。"此句是把纸帐比拟为澄江的白练。白兔宫:本指月宫,诗中指纸帐中。因纸帐白,故喻置身明月之中。

〔4〕玉山:白玉的山,形容纸帐。《穆天子传》谓之群玉之山,传说是西王母所居之地。见《山海经·西山经》。开洞壑:撩开纸帐,故比为开洞壑。春雾:形容纸帐如烟似雾。房栊:房屋。栊,窗棂木,窗,亦借指房舍。

〔5〕针罗截锦:指富贵人家。针罗,织罗。截锦,裁锦。饶君侈:让你心情奢侈。饶,任凭。争及:怎及。蒙茸:蓬松貌。此二句意为,任凭别人去挂织锦罗帐,怎么抵得上这纸帐温暖避风。

【赏析】

纸帐自然不是富贵人家的东西,寒酸得很,简陋得很,可是在诗人笔下,却显得如此神气。是谢朓的澄江练,是嫦娥的白兔宫;加上"玉山""春雾",更是高雅。可说为纸帐生色不少。此诗运用典故,颇为灵活,衬托比拟,贴切自然。也可见作者高明的技巧。

首联开门见山,直接点出:可笑书生家徒四壁,为了避寒就躲进纸帐之中。接着颔、颈联转到描写纸帐。形容纸帐好似倒悬的谢守所云的澄江练,又好比嫦娥居住的白兔官;它既像白玉山中开的洞壑,又像是在春雾中架起的房屋。尾联却引以自慰:任凭别人去挂织锦罗帐吧,怎么抵得上这纸帐温暖避风呢。

夜

日坠虞渊烛影开,沉沉烟雾压浮埃[1]。
剡川雪满子猷去,汉殿月生王母来[2]。

檐挂蛛丝应渐织，风吹萤火不成灰[3]。
愁人莫道何时旦，自有钟鸣漏滴催[4]。

【出处】

《全唐诗》卷七一〇。

【注释】

〔1〕虞渊：神话中日落的地方。烛影：灯烛的光亮。灯烛之光映出的人、物的影子。烟雾：自然界的水汽凝聚而成的云雾。唐·王勃《寒夜怀友杂体》诗二首之一："北山烟雾始茫茫，南津霜月正苍苍。"浮埃：附着在物体表面上的尘土。

〔2〕"剡川"句：用王子猷雪夜访戴逵事。此谓访友乘兴而往。"汉殿"句：《汉武帝内传》载：汉武帝好道求仙，元封元年（110）七月七日深夜，西王母乘紫云之车，驾九色斑龙，降临承华殿。

〔3〕檐：房顶伸出墙壁的部分。

〔4〕何时旦：魏晋·无名氏《饭牛歌》诗有"长夜漫漫何时旦"之句。旦，天明。钟鸣：晨钟。漏：漏壶，刻漏，古代计时器。

【赏析】

徐夤后梁时回闽中，为闽王王审知的掌书记，后归隐延寿溪。之前，他曾游历剡中，熟知剡纸由来。所以在闽期间游汀州时，见汀州人不但用棉纸做成纸帐，还做成被子，质地轻软又暖和如棉，故作《纸帐》《纸被》二诗。其《纸被》诗云："文采鸳鸯罢合欢，细柔轻缀好鱼笺。一床明月盖归梦，数尺白云笼冷眠。披对劲风温胜酒，拥听寒雨暖于绵。赤眉豪客见皆笑，却问儒生直几钱。"（《全唐诗》卷七一〇）徐夤成为"最早吟纸被诗者"。[1]从这两首诗可以看出，唐时剡县的剡纸制作技术流传广泛，能够生产出质量十分精美的纸张。从《纸帐》诗可知，其所见的纸张真是十分洁白。唐代汀州用剡藤等树皮造棉纸。棉纸可用以写契约，做油纸伞，亦可制成蚊帐。《汀州府志·货之属》载："纸帐出长汀县。"这两首咏物诗，想象丰富，比喻生动，辞藻富丽，有晚唐诗风；同时也曲折反映了儒生的贫困状态。

---

[1] 曾阅编《晋江古今诗词选》，福州：海峡文艺出版社，1998年版，第244页。

附录

1.诗中相关专用名词及典故

一、名胜古迹

【浙东】

浙东,为浙江东道的简称。指唐朝江南道浙东观察使辖区,以唐李吉甫《元和郡县图志》为依据,管辖越州(治今绍兴)、婺州(治今金华)、衢州、处州(治今丽水)、温州、台州(治今临海)和明州(治今宁波)七州,观察使治所在越州,管辖陆地面积占今浙江全省的百分之七十三。"浙东"境内以丘陵地貌为主,自然地理上属于东南丘陵的一部分,素以山水风光著称。竺岳兵主编《唐诗之路唐诗总集·总条》指出:"唐诗中的'浙东',往往指浦阳江以东、括苍山以北至东海这一范围。"郁贤皓在《唐代诗人与剡中风光》一文则提醒:"唐诗中经常提到的越中,多指浙东地区,因为唐代前期越州设都督府,后期设浙东观察使,它管辖越、明、婺、台、温、括(处)、衢七州。而当时的越州,在天宝前辖会稽、山阴、诸暨、余姚、剡、永兴(萧山)六县。"

【越中】

一个历史概念,由于历史上行政区划和政权建置的原因,其所指范围有广狭两义:广义的越中是指古代越国的范围,大致包括今浙江省境;狭义的越中指的是隋朝以来所置的越州之境。后者范围在唐朝开元二十六年(738)以前主要是指越州,开元二十六年分越州东境鄮县置明州以后,其辖区范围包括今天的浙江省绍兴、宁波、舟山和杭州市萧山区。又由于越中名山胜景如天姥山等紧邻天台山,越中名水剡溪发源于天台山，故越中又每连及台州之域。越中山水奇秀，物产丰富，自古以来扬名于四海。

唐诗中，"越中"一词经常出现。大体说来，越中的概念与越州相同。

【越州】

越州建置于隋代，不久罢州复会稽郡。唐高祖武德四年（621），再定名越州。玄宗天宝元年（742），一度恢复会稽郡，至肃宗乾元元年（758），三定为越州。此后，整个唐代沿袭不变。其所辖区为萧山、山阴、会稽、上虞、余姚、剡县、诸暨等七县。因此，唐诗中的越中，往往指上述七县；或者说，上述七县中的某个县或某个县的某一地，都可以称越中。相当于越中的尚有两个概念：一是会稽，要区别的是有时专指天宝元年至乾元元年的会稽郡，更多的是泛指。二是越国，因越中所占面积大致在古越国境内，故借以指代。唐时称越州时，其浙东观察使府所在今浙江绍兴。

【会稽】

会稽，即今绍兴市。秦始皇二十五年（前222），降百越之君，置会稽。东汉顺帝永建四年（129），析浙江以东十四县为会稽郡。隋开皇九年（589）废郡置越州，唐因之。天宝元年至至德二载（742—757）复改越州为会稽郡。

南朝梁·刘孝标注南朝宋·刘义庆《世说新语》时，引《会稽郡记》曰："会稽境特多名山水，峰崿隆峻，吐纳云雾，松栝枫柏，擢干疏条，潭壑镜彻，清流泻注。王子敬见之曰：'山水之美，使人应接不暇。'"

【镜湖】

镜湖位于唐代越州会稽、山阴两县。今名鉴湖。《舆地志》："山阴南湖，萦带郊郭，白水翠岩，互相映发，若镜若图。故王逸少曰：'山阴路上行，如在镜中游。'"（据《初学记》卷八引）镜湖之得名始此。南宋嘉泰《会稽志·卷十·水》载："镜湖在（会稽）县东二里，古南湖也。一名长湖，又名大湖。"东汉永和五年（140），太守马臻于会稽、山阴两县界，筑塘蓄水、堤塘周回三百十里，溉田九千余顷，以水平如镜名镜湖。唐开元中，诏赐秘书监贺知章镜湖剡溪一曲，即此。

编者按：鉴湖，在唐朝只称镜湖、南湖或东湖，到宋朝才因为避

宋太祖赵匡胤祖父赵敬之讳而改称鉴湖。宋·吴曾《能改斋漫录》卷九：" 会稽鉴湖，今避庙讳，本谓镜湖耳。"杜丙杰《校正〈会稽掇英总集〉札记》："按北宋时，避翼祖嫌名，故改镜湖曰鉴湖。"

【若耶溪】

南宋嘉泰《会稽志·卷十·水》载："若耶溪在（会稽）县南二十五里。溪北流，与镜湖合。"《方舆胜览·卷六·浙东路·绍兴府》："若耶溪在会稽县东南，北流二十五里与镜湖合。"《太平寰宇记》："若耶溪在越州会稽县东南二十八里（今浙江绍兴东南若耶山下）。"《一统志》："若耶溪在绍兴府城南二十五里，西施采莲于此。"《水经注·浙江水》："若邪溪水至清，照众山倒影。"又名五云溪。相传西施曾浣纱于此。南宋嘉泰《会稽志·卷十·水》载："唐徐季海尝游溪，因叹曰：'曾子不居胜母之间，吾岂游若耶之溪？'遂改为五云溪。"按，改名五云，因若耶溪上通云门，晋王子敬曾见五色祥云。徐浩，唐代宗时为侍郎，会稽县公。他游若耶溪，仿曾子因里名"胜母"而回车的故事，把"若耶"（古代与"爷"字通）溪改名为五云溪。

【曹娥江】

南宋嘉泰《会稽志·卷十·水》载："曹娥江在（会稽）县东南七十里。源出上虞县，经县界四十里，北入海。"

曹娥江自南而北，贯穿今绍兴市上虞区全境。在唐代，江左为上虞县，江右属会稽县。

专指：只限于剡溪口至曹娥庙前一段。清光绪《上虞县志校续》卷二引《名胜志》曰："自剡县来，东折而北，至曹娥庙前，名曹娥江。又北至龙山下，名舜江，又西北入于海。"

泛指：不但《名胜志》所曰曹娥江、舜江均包括在内，甚至连剡溪亦包括在内。齐召南《水道提纲》据郦道元《水经注·浙江水》曰："曹娥江即古剡溪，源出天台及东阳，经新昌西北，为二溪。至嵊县南而西，西港来会，曰剡溪。稍东折，东北经浦口，有溪自东南来会。又北流，经清风岭、崿浦、三界，至蒿坝东南，为曹娥江，又名上虞江。北稍西，经梁湖及百官镇西。又东北会夏盖湖水，至沥海所西，入于海。"后者所持，实为北魏·郦道元《水经注·浙江水》观点，只是郦道元称"浦阳江"，齐召南称"剡溪"罢了。此就小而言之。就全江言，源出磐安县大寒尖西南齐公岭，北流纵贯新昌县西部，至嵊州

314

市剡湖街道附近汇集长乐江、新昌江、黄泽江后，始称曹娥江。向北入绍兴市上虞区至百官镇，沿途有隐潭溪、小舜江、下管溪汇入，再折西北进入宁绍平原，最后在绍兴县和绍兴市上虞区边境入钱塘江，全长192公里，流域积5922平方公里。

有唐一代，则认为曹娥江上承剡溪，剡溪口以下直到杭州湾为曹娥江。萧颖士在《越江秋曙》诗中，从下游写到上游，相当明确："扁舟东路远，晓月下江溃。……延首剡溪近，咏言怀数君。"

曹娥江历来名目较多，因为传说"舜避丹朱于此，故以名县""舜与诸侯会事讫，因相娱乐，故曰上虞"（《水经注》卷四十转引《晋太康三年地记》），因此称舜江、上虞江。因为此江为越中四大江（另三条为诸暨淀江、山阴钱清江、余姚菁江）之最大一条，又称越江。因为上游自浦阳而来，又称浦阳江。而之所以称为曹娥江（简称曹江或娥江），是因为江边出了一位孝女曹娥。范晔《后汉书·卷八十四·列女传》第七十四载："孝女曹娥者，会稽上虞人也。父盱，能弦歌，为巫祝。汉安二年（143）五月五日，于县江溯涛婆娑迎神，溺死，不得尸骸。娥年十四，乃沿江号哭，昼夜不绝声，旬有七日，遂投江而死。至元嘉元年（151），县长度尚改葬于江南道傍，为立碑焉。"

曹娥江所汇聚的溪流，除上游剡溪外，有小舜江、下管溪、荫潭溪等，所汇流的湖泊有皂李湖、西溪湖、小越湖、白马湖等。浙东运河横贯上虞区东西，全仗曹娥江连接，因此在唐代，曹娥江为越中交通枢纽。从山阴会稽前往上虞、余姚、剡县，一般由三个入口：一是近海口之杜浦渡，二是百官城（亦有渡）对岸之曹娥渡，三是小舜江口之小江渡。溯江而上，唐人常到之处为称心寺、百官城、曹娥庙、东山、小江驿等，并均留有诗作。

【始宁墅】

南朝宋著名诗人谢灵运在其父祖并葬的始宁县所建的庄园。本属始宁县，隋开皇九年（589）撤县后，划归剡县。《剡录·卷三·先贤传·人士》载：（谢灵运）父祖并葬始宁，有宅墅，修营旧业，傍山带江，尽幽居之美。《宋书·谢灵运传》亦载：晋谢灵运父祖葬于始宁县，有故宅别墅，傍山带江，环境幽美。其址在唐越州始宁县的南山一带，剡县北乡境内，今嵊州市三界镇南的嵊浦、车骑山一带。谢灵运有《过始宁墅》诗。后以"始宁墅"作咏别墅或士人归隐之典。

据谢灵运《山居赋》所叙,通过对始宁墅地理位置的实地考察,始宁墅东临㬰石溪,南界里东江,西接剡溪,北至三界镇,面积达30多平方公里,在今三界镇和仙岩镇的范围内。此地古称剡溪口,故唐张籍诗云:"春云剡溪口","谢家曾住处"。李白诗云:"湖月照我影,送我至剡溪""谢公宿处今尚在"。皎然则称为"嵊顶谢公山"。谢公山即今车骑山,乡人为纪念车骑将军谢玄而命名,故其地古名康乐乡。①

【剡溪】

(1)名称由来

剡溪在剡县(今嵊州市、新昌县),自古与绍兴鉴湖并称为越中胜景。南宋《剡录·卷二·山水志》载:"剡,以溪有声。"剡为秦置县,《大清一统志》:"秦置,属会稽郡,自汉至唐均因之。"宋嘉定八年(1215)时任嵊县令的鄞人史安之所作《剡录·序》称:"剡在汉为县,在唐为嵊州,未几复为县。本朝宣和间,以剡为两火一刀不利于邑,故更今名。邑旧有乡四十,后分十有三别为新昌县。今所存才二十七乡耳!"宋宣和三年(1121),因剡"两火一刀",有兵灾之象,县名由"剡"改名为"嵊"。嵊者,顺也,冀其远离兵火,安邦宁邑。

①唐地理总志、编成于元和八年(813)的李吉甫《元和郡县图志·卷二六·越州剡县》:"剡溪出(剡)县西南,北流入上虞为江。"

②北宋地理总志、撰于太宗太平兴国(976—983)的《太平寰宇记·九六·剡县》:"剡溪,在县南一百五十步……即王子猷雪夜访戴逵之所也。"(按:《太平寰宇记》中载剡溪之源为二处,这是不完全的。)

③编成于宋嘉泰元年(1201)的《会稽志》说:"剡溪,在(嵊)县南一百五十步。""东北流入上虞县界,以达於江。""东溪,在(新昌)县东一里,其源东南来自天台石桥瀑布水。……出嵊县为剡溪。"

④宋嘉定八年(1215)《剡录·卷二·山水志》载:"剡以溪有声,清川北注,下与江接。其水合山流为溪,殆如顾恺之所谓'万壑争流'者。其源有四:一自天台山北流,会于新昌,入于溪;一自婺之武义,西南流经东阳,复东流与北流之水会于南门,入于溪;其一导鄞之奉

---

①据《嵊州文史资料第28期》,第66页,童剑超《嵊州:"浙东唐诗之路"核心区风景名胜与人文典故》。

化，由沙溪西南转北，至杜潭入于溪，一自台之宁海，历三坑，西绕三十六渡，与杜潭会，出浦口，入于溪。合四流为一，入于江。"

⑤《明史·地理志》载：嵊"南有剡溪，源出天台诸山，下流为曹娥江"。

⑥民国《嵊县志》载：剡溪"其源有四：一自东阳之玉山折而出，合太白山众壑北注，与青阳岗五龙山诸派合流，经邑治南入于溪；一自台婺界道新昌之彩烟山下，汇长潭东注上碧入于溪；一自天台山北流，会新昌溪至拱北山，西与上碧溪合而东注入于溪；一自奉化界道新昌之柘濂，与四明山众壑合注于青石桥，绕黄泽折而东出浦口入于溪"。现嵊州城南一段剡溪已改道南徙一百多公尺，旧溪筑成"剡湖"。

综上所述，自秦汉至唐，剡溪在会稽之剡县；五代、宋代，在新昌与嵊两县境内，即曹娥江上游。而剡溪四源，除东阳之水外，三源均流经新昌。

剡溪本名"了溪"，为纪念大禹治水毕功于处而命名。了溪，清康熙《嵊县志·卷二·山川志》载："了溪在县北二十里游谢乡，一名禹溪。旧经云：'禹凿了溪，人方宅土。'"传说禹到会稽，劈开峰岭相连的崿山和嵊山，将剡中盆地的水排入大海，使之成为一片沃野。禹治水任务完了后，舜将帝位禅让给他，成为夏朝的开国皇帝，故这条溪名为"了溪"。在了溪两岸，今有了山、禹山、禹粮岭、禹溪村、甑山等纪念大禹的地名，并将了溪口名为成功峤，即今嵊浦至清风大桥间的悬崖峭壁。

（2）范围划分

①广义的剡溪：是指曹娥江的上游，在剡县境内，泛称剡溪。即今浙江曹娥江上游嵊州市、新昌县各支流。其有四源：澄潭江、长乐江、新昌江和黄泽江。剡溪始于澄潭江与长乐江合流处，终于嵊州市三界镇与绍兴市上虞区交界处，四源汇合成溪，由南向北流入曹娥江至钱塘江入东海。1986年修订的《嵊县水利志》记载："剡溪又名剡江、剡川，历史悠久，早自秦汉置剡县时，就'山有剡山，水有剡溪'之称，历代县志都有记载。剡溪和曹娥江为一条连贯河流，自城关至三界段，1949年后，曾称曹娥江或曹娥江上游，1981年地名普查时正名'剡溪'。"

②狭义的剡溪：《剡录》以崿浦至嵊城一段为剡溪。《嵊县地名

志》以三界至嵊城为剡溪。2018 年 11 月 24 日《人民日报》第 8 版载：剡溪仅指"从屠家埠至崿浦间全长 18.7 公里，河道蜿蜒曲折，风光独特"。

（3）剡溪别称

剡溪别称较多。《古今图书集成·卷二九四·方舆汇编·山川典·剡溪部汇考》载："王子猷访戴而溪名乃显，故一时名流为山水胜游者必入剡。有爱而移者、有未及游而忆之者，或称剡江、剡川、剡汀，或称嵊水，或称戴湾、戴家溪、戴逵湾云。"

又名"剡水"。唐·李白《寻阳送弟昌峒鄱阳司马作》诗："寻阳非剡水，忽见子猷船。"

又名"剡江"。唐·朱放《剡溪舟行》诗："月在沃洲山上，人归剡县江（一作溪）边。"按：剡江，"剡县江边"的省称。

又名"剡汀"。唐·陆龟蒙《送宣武从事越中按狱》诗："客鸿吴岛尽，残雪剡汀消。"

又名"剡曲"。曲，指江水回曲的地方。剡溪之曲为剡曲。民国《新昌县志·卷一·衙署·学士史大成新建谯楼记》载："新昌斗立万山中，下临剡曲，上接台云。"宋·刘克庄《和陈生投赠》诗之一："乍可破琴栖剡曲，谁能抱瑟立齐门。"

又名"剡川"。唐·赵嘏《送张又新除温州》诗："地与剡川分水石，境将蓬岛共烟霞。"剡溪环绕今嵊州城西、南、东，向北流约 20 公里到崿浦，崿浦又称剡溪口，意思是剡溪到此为止，由此以北，溪流放宽成川，叫剡川，即今曹娥江。按：唐代及唐以前，它不叫曹娥江，叫剡川。在唐诗中，没有"曹娥江"一词，只有"曹娥"一词，所以《水经注疏》载："历唐五代作志乘者，而无曹娥、钱清之名。"

又名"子猷溪"。唐·戴叔伦《泛舟》诗："飘飘信流去，误过子猷溪。"

又名"戴溪""逵溪"。晋朝王徽之雪夜访戴逵于此，故名。清乾隆《嵊县志·卷二·地理山川》载："逵溪在县西二十里，广利湖水注流，折环峨峤山麓，晋戴安道所居，故名。"又说："戴溪在县西三十里桃源乡，溯溪入，有戴逵故宅。"清康熙《嵊县志·卷二·桥渡志》载："招隐桥在县西北一十四里，跨逵溪，上下流两桥，皆戴逵遗雅。"

又名"戴家溪"。唐·李端《云阳观寄袁稠》诗："戴家溪北住，雪后去相寻。"

又名"戴湾"。唐·方干《路入剡中作》诗:"戴湾冲濑片帆风,高枕微吟到剡中。"

又名"戴逵滩"。宋·齐唐诗:"春树深藏崿浦笛,夜猿孤响戴逵滩。"(《剡录》卷二)

又名"嵊水"。宋·林概《剡郊野思》诗:"溪连嵊水兴何尽,路接仙源人自迷。"

（4）剡溪风光

①南宋《剡录·卷二·山水志》引《会稽郡记》曰:"会稽境特多名山水,潭壑镜澈,清流泻注,惟剡溪有之。王子敬云:'从山阴道上行,山川自相映发,使人应接不暇。若秋冬之际尤难为怀。'子敬所云岂惟山阴,特剡溪尤过耳！"

②明万历《绍兴府志》载:"自晋王子猷访戴而溪名乃显,故一时名流为山水胜游者必入剡,有爱而移家者,有未及游而忆之者。或称剡江、剡川、剡汀,或称嵊水,或称戴湾、戴家溪、戴逵滩云。"(《古今图书集成》方舆汇编《山川典·剡溪部》汇考第二百九十四卷)

③1996年版《绍兴市志》卷五:"剡溪,又名剡江、剡川,位于曹娥江上游,溪流蜿蜒曲折,风光旖旎,浅而为滩,深而为渊,沿岸名胜古迹甚多,最著名的有:谢灵运游弋的古始宁县治(今嵊州市三界镇)。"

④2007年版《嵊县志(修订本)》第512页:"溪流澄澈,水净沙明,夹岸青山,草木葱茏。上游有诸多山溪涧流,其势或奔或汇,或急或缓,浅而为滩,深而为潭,一路溪声山色,松涛竹音,美不胜赏,素有'越地山水剡为最'之誉。"

编者按:奉化也有"剡溪"。甬江上游的奉化也有一条"剡溪"。它最早出现在元延祐七年(1320)编成的《四明志·卷七·溪》:"剡溪,在州西七十里。导自陆照,左溪会,同流于公棠,逾泉溪,会于三江口,入北渡,达于海。"(《宋元浙江方志集成》,第9册,第4157页)元至正二年(1342)的《四明续志》沿袭了与延祐《四明志》的说法。修成于清乾隆年间的《明史·卷四四·地理志》"奉化(府南)"条称"北有奉化江,亦曰北渡江;又谓之剡溪"。就是说,奉化江也可以叫剡溪。其后,清《奉化县志》也采此说。那就是说,自元代开始,

319

把地处奉化的一条溪，也叫成了"剡溪"。《奉化市志》："剡江，发源于与余姚市交界的秀尖山，分四段：源头至班溪乡公棠村，长 38 千米，称西晦溪；公棠村至萧王庙镇，长 16 千米，称剡溪；萧王庙镇至方桥镇三江口，称剡江；方桥镇三江口至宁波市中心三江口称奉化江。"这里说得很明白，奉化市的剡溪只是奉化江中长 16 千米的一个河段，和嵊州的剡溪同名，这是历史的客观存在。这条溪在唐代叫什么呢？《元和郡县图志》《太平寰宇记》没有记载。宋宝庆三年（1227）《四明志·奉化县志》只说："镇亭水，县东南三里。"然而，余姚籍大学者黄宗羲却把这条溪叫"剡源溪"。他在撰成于明崇祯壬午（1642）年的《四明山志》中写道："剡源九曲，奉化之西六十里有山，夹溪而出蓊然深茂者，剡源山也。谓之剡源者，以其近之剡县，名之也。剡源之溪以曲数凡九。"书中列为剡源九曲者，即六诏、跸驻、两湖、白坑、三石邨、茅渚、班溪、高岙、公棠。近代大学者王国维考订古代史料时，也写道，奉化县有剡源溪，"在（明）州西七十里"。元代文学家戴表元的故里就在剡源九曲之第四曲白坑，他号"剡源先生"，其著作也称《剡源戴先生文集》或《剡源集》。清代奉化人曾编纂过一本《剡源乡志》，书中称剡源为奉化设县之始的一个乡，其地域在今奉化市的跸驻、白坑、三石一带。由此可见，地处今奉化市的"剡溪"，本称"剡源溪"，并非称唐宋时期即闻名遐迩的"剡溪"。

奉化江干流"剡江"，发源于奉化与余姚交界之秀尖山，长 70 公里，自西向东流。源头称西晦溪，上游称剡溪，萧王庙镇以下始称剡江，与东江汇合后称奉化江。剡江旧以剡源为源头，剡源发源于新昌县老庵基山，新昌古属剡县，故名。剡江水源丰富，两岸风景优美，有剡源九曲、溪口风景区诸景，为旅游胜地。1985 年在西晦溪建成库容 1.5 亿立方米亭下水库，水库渠道沟通县江、东江。剡江自萧王庙镇以下常年通航。

为什么古剡之剡溪不再，而奉化之溪能得名为"剡"呢？理由大致有三：一是新嵊之民饱经兵乱之苦，闻"剡"色变，不愿再以"剡"为荣了。而在奉化，剡源为县中一乡，乡中有剡源溪，简溪名为"剡溪"，顺理成章。二是此溪之源在于剡境，本就叫剡源溪，既然新嵊弃"剡"而不用，奉拣而用之，何乐而不为？三是奉化八乡之一的剡源乡，或为古剡之地，以"剡"名溪，不忘故地，何可非议？由此，剡溪"别居"矣。

当然，地处今天奉化市的"剡溪"，在唐宋时期称"剡源溪"，并非称"剡溪"。唐代的"剡溪"也非仅限于现今嵊州市境内的河道。剡溪是浙江八大水系之一——曹娥江的主流澄潭江和支流新昌江、黄泽江、长乐江的通称。从不同的历史时期看，地处古剡的"剡溪"和地处奉化的"剡溪"均叫"剡溪"，而且地处奉化的"剡源溪"，其著名度不低于古剡的"剡溪"。

【剡县】

古县名，置于秦。《大清一统志》："秦置，属会稽郡，自汉至唐均因之。"五代后晋·刘昫《旧唐书·地理志》："江南东道越州剡，汉县，属会稽郡。"《九域志》："剡县在越州会稽郡东南一百八十里。"地域包括今嵊州市、新昌县全部。故治在今嵊州市西南，自晋代以降高士多隐居于此。

三国吴时，剡县属扬州会稽郡。西晋、东晋至南朝、隋朝，剡县属会稽郡，为越中重地。唐武德四年（621）置嵊州，武德八年（625）复剡县属越州。五代吴越国时，剡县属越州东府。后梁开平二年、吴越天宝元年（908），吴越王钱镠"因都城钱塘去温州之道路悠远，剡东南人物稍繁，且无馆驿"，乃析剡县东南部十三乡置新昌县，隶会稽郡。因十三乡中有一乡名"新昌"，县名就沿用了此乡名，寓有新建、昌隆、昌盛之意。明成化《新昌县志》卷二载："剡东鄙，新昌本剡县之东鄙，秦汉至唐属剡，事具剡志。"明万历《新昌县志》卷一《建置志》载："新昌盖剡之东境，梁开平间，析其十三乡为县，以其创建也，因名新云县。"裘甫起义后，剡县易名赡县（咸通三年〔875〕的墓碑中已有"赡县"之名），后于北宋徽宗宣和三年（1121）越帅刘韐（一作刘述古）上书请改剡县为嵊县，因县境四山环合，东有四明，南有天姥，西有太白，北有崀山，而"乘"古代作四字解，"嵊"者四山也。因此，古之剡县，即今之新昌、嵊州。

唐代新昌未析出，所以剡县范围较大。因地多名山，墨客骚人多来剡县旅游，从而成为"浙东唐诗之路"的核心区和精华地。

唐·李吉甫撰《元和郡县图志·卷二十六·越州剡县》："汉旧县。隋末陷于李子通。武德中以县为嵊州，六年废州，县依旧。"

宋·欧阳忞撰《舆地广记·卷二十二·两浙路·望·剡县》载：

汉属会稽郡。东汉、晋、隋皆因之。唐武德四年平李子通，置嵊州，六年州废来属。有天姥山。"

宋·乐史撰《太平寰宇记·卷九六·越州剡县》："县境有桐柏、太白、天姥诸山，林木葱茏，千岩竞秀。记引后《吴录》云：'剡县有天姥山。传云登者闻天姥歌谣之乡响。'谢灵运诗云：'暝投剡山中，明登天姥岑。高高入云霓，还期那可寻。'"即此也。

（元）脱脱等撰《宋史·卷八·地理志》载："绍兴府：嵊，望，旧剡县，宣和八年改。"

明万历《新昌县志·卷三·山川志》载："新于今望邑也，初属剡，天姥、沃洲诸胜古今美谈。凡佳山水尽入焉。"

清康熙《新昌县志·卷四·山川志》载："新初属剡，天姥、沃洲诸名胜古今侈谈。凡佳山水尽入焉。"

【剡中】

指唐朝越州剡县境内，又称剡川，指剡溪流经之地，其地域包括今之嵊州市、新昌县一带，浙中名山水，风景绝佳。《广博物志》卷五："剡中多名山，可以避灾也。故汉晋以来，多隐逸之士，沃洲、天姥是其处。"

《会稽掇英总集·卷四·剡中》引："《道经》云：'两火一刀，可以逃。'言多名山，可以避灾也。故汉晋以来，多隐逸之士，沃洲、天姥，皆其处也。"

郁贤皓《唐代诗人与剡中风光》："所谓'剡中'，主要指出剡县为中心的剡溪诸上源。"[1]

陈新宇《"剡中"析》："唐诗人咏及剡地除泛称剡溪外多称剡中。唐代剡中指的是石城山至沃洲一带，今均在新昌县境内。"剡中是与名山连在一起的，石城、天姥、沃洲、东岇、南岩等名山胜水荟萃于此。（《新昌政协简讯》，1991年6月，第四版）

【剡东】

地域名称，泛指以剡溪及其支流新昌江为界，其东称剡东，也包括嵊东在内。专指时为新昌。

---

[1] 《唐代文学研究（第六辑）》，第713页。

【剡山】

1. 泛称：具指剡溪流域诸山，即沿剡溪之石城、沃洲、天姥诸名山，泛称剡山。或谓剡县诸山，即今新昌县、嵊州市一带的山。

2. 专指：南宋嘉泰《会稽志·卷九·山》："剡山在（嵊）县北一里，县治处其坳，山下园囿亭馆。白乐天《沃洲记》云：东南山水越为首，剡为面。其山巅屹起小峰，号白塔，俗传秦始皇东游，使人斫其山以泄气。今土坑深千余丈，号剡坑。山北有戴颙墓。"南宋高似孙《剡录·卷二·山水志》："剡山为越面，县治府宅其阳。北出一峰，曰星子峰，比他山称峻竦。冈陇迢递，与星婺脉络。其下曰剡坑，清湍潺潺，行竹树阴，坑左右多果卉。"南宋嘉泰《会稽志》卷九和《剡录》卷二所述县治，指宋代而言，唐代剡县县治不在剡山。南宋嘉泰《会稽志》卷一载："故剡城在嵊县西十五里。唐武德四年（621）置嵊州及剡城县，八年废。"正因为唐时县治不在剡山，而所处地理位置又极具优越——离县治不远，剡溪流经其旁，凭借剡溪，上溯可往石城山、沃洲山、天姥山，顺流过剡溪口，直通上虞、山阴、会稽各县，因此，剡山常是唐人隐居之地，又常是诗人聚会之地。

清康熙《嵊县志》卷一："县治在剡山南鹿胎山之麓。"卷二《山川志》："剡山在县治后，介群山中，南当平陆奏群流而物峙。旧云：秦始皇东巡，见王气，命工凿之，故名有峰曰星子峰，峰上冠以亭曰星峰亭，有坑曰剡坑。"

1981年版《中外地名大辞典》第2674页："剡山在浙江省嵊县西北。北峰名星子，四山迤逦，孤岑独出，稍下名白塔，支陇延袤十数里。俗传秦始皇东游，使人凿此山泄王气，今山南剡坑是也。其南二里谓之鹿胎山，县治跨其麓，宋朱子登眺其上，题曰'溪山第一'。"

【剡坑】

在嵊州市剡山星子峰南400米。秦始皇东巡会稽时，疑此地有王气，派人凿坑千丈，以泄王气，因名剡坑。剡坑遗址至今犹存，坑两边人工削凿痕迹还依稀可辨。沿坑底至岭顶，桃梅丛生，竹木掩映。剡坑岭顶，有寺翼然。此即宋朝著名诗僧仲皎所建的"倚吟阁"，又有"闲闲庵""星峰庵"之称，当地百姓叫"剡坑庵"。

【剡茗】

又称"剡山茗""剡溪茗""剡茶"等。指剡溪流域产的茶。剡县有

着得天独厚的自然环境，剡溪流贯县境，四山环抱，山峦起伏，云雾缭绕，雨量充沛，气候适宜。优越的自然条件和生态环境是孕育出优异茶叶品种的理想地区。古代"越州茶"为全国之冠，而"越州茶"主要产地当是剡县，唐时誉为"剡茶"或"剡溪茗"。《剡录》卷十载："会稽茶，以日铸名天下……然则世之烹日铸者，多剡茶也。剡清流碧湍，与山脉络，茶胡不奇！山中巨井，清甘深洁，宜茶。剡茶声，唐已著。"当时茶品有瀑岭仙茶、五龙茶、真如茶、紫岩茶，鹿苑茶等多种。宋代张淏《会稽续志》载："剡茶，自唐已著名矣。"

【剡纸】

历史上一种名贵纸品，出现于晋代。晋时，剡县一带长有一种茎干不能直立、匍匐于地面或攀附于它物的野藤，当地人以藤皮为造纸原料，并利用清澈的溪水造纸；所造纸张匀细光滑、洁白如玉，名著当时，影响后世，享有"剡纸光如玉"的美誉。西晋·张华《博物志》载："剡溪古藤甚多，可造纸，故即名纸为剡藤。"唐·舒元舆《悲剡溪古藤》曰："剡溪上绵四五百里，多古藤。……溪中多纸工，刀斧斩伐无时，擘剥皮肌，以给其业。……纸工嗜利，晓夜斩藤，以鬻之。"南宋王十朋注："唐舒元舆作《吊剡溪藤文》，言今之错为文者，皆夭阏剡藤者也。剡藤可作纸。"南宋嘉泰《会稽志》卷一七记有："古之剡藤名天下，今剡中楮纸浸有佳者，亦不在徽、池之下。"

剡藤，今学名叫小构树（即榖，又叫楮，也叫构树或谷树）一类的灌木，早年多用楮树皮造纸。《名医别录》载："楮，即今构树也。南人呼谷纸，亦为楮纸。武陵（今湖南常德）作谷皮纸，甚坚好尔。"由于楮皮纸的品质高于麻纸，为大众所喜爱，故以楮代纸而言之。所以，唐、宋代的文人墨客常把纸称为"楮先生"。

（1）发展历程

藤纸的兴衰过程大体可分为3个阶段，即发展时期、全盛时期和衰落时期。

两晋南北朝时期为藤纸的发展时期。藤纸产生于何时？史书无明确记载。《嘉庆重修一统志》卷二九六说："剡之藤纸，得名最旧。"剡溪古藤甚多，可造纸，故即名纸为剡藤。可知两晋时已有藤纸了。大概是在以往用树皮造纸的基础上，于魏晋时期新开发创制的一种纸。

到东晋时，藤纸已成为一种质地优良的纸，受到官府的重视，被确认为理想的书写材料。隋人虞世南（558—638）《北堂书抄》卷一〇四和唐人徐坚《初学记》卷二十一，均引东晋经学家范宁（339—401）的话说："土纸不可作文书，皆令用藤角纸。"

这里所说的"土纸"，不能简单地理解为后世所说的草纸，可理解为是一种工艺较落后、质地较粗糙的纸。有人曾认为这种"土纸"就是唐代诗人元稹"麦纸侵红点，兰灯焰碧高"诗句中"麦纸"那样的苹纸。此说不妥，麦纸即"麦文纸"。元稹在"麦纸侵红点"一句下自注："书诏皆用麦文纸。"由此可见，用作"书诏"的"麦文纸"，一定是制作精良带有麦文的良纸。因此说，麦纸绝非草纸。而"藤角纸"就是藤纸。范文澜在《中国通史简编》中也说："藤角纸即藤纸。"

藤虽然分布于南方各地，但从史料上看，两晋南北朝时期，藤纸的中心产地在浙江剡溪。剡溪一带四五百里依山傍水之处，生长着许多古藤。把藤砍下，去叶，于水中浸泡10天左右，然后取出用木棒敲击，使皮与骨相分离，将皮进一步加工制浆，再行抄造。

除剡溪之外，由拳产藤纸。由拳，古县名。秦置，治所在今浙江嘉兴南。"由拳"之名有其来历。《水经·沔水注》："由拳县，秦时长水县也……秦始皇恶其势王，令囚徒十余万人掘污其土，表以恶名，改曰囚卷，亦曰由拳也。"《元和郡县图志》卷二十七说："余杭县由拳山，晋隐士郭文举所居，旁有由拳村，出好藤纸。"由拳藤纸产生的确切时间已无从查考。当代有的学者认为，从"由拳"这个名称来看，可知此种纸张"当为晋至六朝间之产物"。

到唐代，藤纸便进入它的全盛时期，由晚唐至宋，藤纸日趋衰落。（据王菊花主编《中国古代造纸工程技术史》，第121—122页）

（2）规格品种

古文献中提及剡藤纸的品种和名称有剡藤、剡纸、剡硾、玉叶纸、玉版纸、玉溪纸、澄心堂纸、敲冰纸、月面松纹纸、粉云罗笺等十余种。剡藤纸以薄、轻、韧、细、白，莹润光泽，坚滑而不凝笔，质地精良著称。

《浙江通志·物产》卷一百四载："剡藤纸名擅天下，式凡五：藤用木椎椎治，坚滑光白者曰硾笺，莹润如玉者曰玉版笺，用南唐澄心纸样者曰澄心堂笺，用蜀人鱼子笺法者曰粉云罗笺。造用冬水佳，敲冰为之，曰敲冰纸，今莫有传其术者。"《王十朋全集》第830页《会稽

风俗赋》中说"冰敲嵊水"。此句后有注：张伯玉诗："敲冰呈巧手。"注云：越俗呼敲冰纸为巧手。宝庆《会稽续志·卷四·鸟兽草木》载："敲冰纸：剡所出也。张伯玉《蓬莱阁》诗：'敲冰成好手，织素竞交鸳。'注：越俗呼敲冰纸。《新安志》：纸，敲冰为之，益佳。剡之极西，水深洁，山又多藤楮，故亦以敲冰时为佳，盖冬水也。"

剡纸精品叫"剡硾"，一种经过锤打之优质藤纸。薛能《送浙东王大夫》诗："越台随厚俸，剡硾得尤名。"剡硾，原注"纸名"。因"剡纸"在制作过程中需要硾重敲，硾，通"捶"，捣。捣为剡纸加工过程的一道手续。谓用木椎捣制，坚滑光白不凝笔，又名曰硾笺。（张秀铫《剡藤纸刍议》：《中国造纸》，1988年，第6期，第62页）经煮硾或涂蜡的纸为熟纸。书写时不会走墨晕染。《唐书·百官志一》："秘书省，有熟纸匠十人。"此处泛指剡纸。硾，谓捶捣剡藤造纸。《剡录·卷七·纸·剡硾》载："'越毫逐厚俸，剡硾得佳名。'注曰：'近相传，以捣熟纸名硾。'《鸡林志》曰：'高丽纸治之紧滑不凝笔，光白可爱，号白硾纸。'"明万历《绍兴府志·卷十一·物产志》载："剡硾，出嵊。用木椎捣治，坚滑不凝笔，光白可爱。有藤、竹两种。"

（3）多种用途

晋中叶，剡藤纸被官方定为文书专用纸。东晋范宁曾令属官："土纸不可以作文书，皆令用藤角纸"（唐·徐坚《初学记·卷二一·文部·纸第七》）的规定。范文澜在《中国通史简编》中说："藤角纸即藤纸。"唐·李肇《国史补》称："纸之妙者，越之剡藤。""纸则有越之剡藤、苔笺。"他又在《翰林志》卷一中谈到官方对书写文书所用的藤纸有明确的规定："凡赐与征召，宣索处分，曰诏，用白藤纸。凡太清宫、道观荐告词文，用青藤纸、朱字，谓之青词。敕旨、论事敕及敕牒用黄藤纸。"文士们以用藤纸而引为荣耀。

因其白和韧的特点，剡纸不但是书写上品，还可用来制帐、制被，五代时有李观象《纸帐诗》："清悬四面剡溪霜，高卧梅花半月床。"

编者按："剡溪古藤甚多，可造纸，故即名纸为剡藤。"此句不少书刊上经常引用，说是"西晋·张华《博物志》"上所载，但遍查《博物志》原书却无此句。其实属佚文。见范宁校证《博物志校证》附录二，第226页，中华书局，1980年版。

据业内人士介绍，早期的《辞海》版本中曾经有过此句，但新版

《辞海》中已作删除。现查《辞海》第六版缩印本，第1628页的"剡"字，与"剡纸"相关的条目有两条。一是"剡牍"："旧时公文多用剡溪纸誊写，因称公牍为剡牍。楼钥《通添差教授王太傅启》：'知客授侯邦，尤得抠衣之便。抚躬甚喜，剡牍先之。'"二是"剡溪"："古水名。……溪水制纸甚佳，古代以产藤纸、竹纸著名。"《辞源》第三版，第486页收有的"剡纸"条载："纸名。唐文粹三三下舒元舆悲剡溪古藤文：'洎东雒西雍，历见书文者，皆以剡纸相夸。'"

【禹余粮】

药石名，色黄，可入药。新昌《东岇志略》载："东岇山多圆石，曰禹余粮，大小不侔，石内含砂如馅，随人意劈开，呼麻类麻，呼菽类菽，传大禹治水时余粮所化，医方收为药石。"据嵊州文史学者金向银先生介绍：新昌东岇山水帘尖禹余粮，石质，无内核，地质学名结核。如《辞海》（第六版缩印本）第2323页所载："禹余粮，亦称'禹粮石'。氢氧化物类矿物褐铁矿矿石（$2Fe_2O_3 \cdot 3H_2O$）。性微寒、味甘涩，功能涩肠、止血、止带，主治久泻、久痢、便血、崩漏带下等。主要成分为氧化铁，并含铝、镁、钾、钠及磷酸根等。"嵊州剡湖街道禹溪村南了山禹粮岭盛产禹余粮，状如鸡蛋，大小不等，外壳薄而坚硬，成分为二氧化铁，内核为黄泥或黄泥硅藻土混合泥，摇之作响，乡民奉为神物。（明）李时珍著《本草纲目·第十卷·石部·太一余粮〈本经〉上品》载："张司空云：'会稽有地名蓼，出余粮。土人掘之，以物请买，所请有数，依数必得。此犹有神，岂非太一乎？'"禹溪本名了溪村，张华以了为"蓼"。《剡录·卷四·古奇迹》载："禹余粮岭，在了山，山下为了溪，王铚序言：'禹治水止于此，山中产药，称禹余粮，盖余食所化。近有甑山，谓尝炊于此。'"宝庆《会稽续志·鸟兽草木》载："禹余粮，会稽及嵊县了溪有之。《博物志》曰：'禹治水，弃余食于江，为禹余粮。'顾况诗云：'宛委山里禹余粮，石中黄子黄金屑。'"

【天姥山】

编者按：竺岳兵主编《唐诗之路唐诗总集》"天姥岑"篇指出："唐诗里只有天姥或天姥岑，而没有天姥山。"

唐·李吉甫《元和郡县图志·卷二十六·江南道越州剡县》载："天姥山，在县南八十里。"《太平寰宇记》引西晋张勃的后《吴录》云：

"剡县有天姥山,传云：登者闻天姥歌谣之响。"南朝宋·谢灵运《登临海峤初发强中作与从弟惠连可见羊何共和之》诗"暝投剡中宿,明登天姥岑",即此也。(据《元和郡县图志》注释：当时记载的剡县是沿用自汉代,隋朝末沦陷于李子通,武德〔618—626年,唐朝开国皇帝李渊的第一个年号〕中期以剡县为嵊州,六年废州,保留剡县。天姥山就在剡县南八十里,即今新昌县城东南部。)

天姥山在天台山西北。唐·徐灵府《天台山记》："自天台山西北有一峰,孤秀迥拔,与天台相对,曰天姥峰,下临剡县路,仰望宛在天表。旧属临海郡,今隶会稽。"

北宋地理学家宋欧阳忞《舆地广纪·卷二十二·大都督越州·剡县》条也记载："望,剡县,汉属会稽郡,东汉晋隋皆因之,唐武德四年平李子通,置嵊州,六年州废来属,有天姥山。"[1]又新昌条记载："紧,新昌县,本剡县地,五代时置新昌县,属越州,有沃洲水。"[2]

南宋嘉泰《会稽志·卷九·山·新昌县》载："天姥山在县东南五十里。东接天台华顶峰,西北联沃洲山。上有枫千余丈。《寰宇记》云：'登此山者,或闻天姥歌谣之响。'《道藏经》云：'沃洲、天姥,福地也。'谢灵运诗云：'暝投剡中宿,明登天姥岑。'李白诗云：'辞君向天姥,拂石卧秋霜。'又《梦游天姥歌》云：'天姥连天向天横,势拔五岳连（掩）赤城。天台四万五（八）千丈,对此欲倒西（东）南倾。'杜少陵《壮游》云：'剡溪蕴秀异,欲罢不能忘。归帆拂天姥,中岁贡旧乡。'时少陵将辞剡西入长安也。或云,自剡至天姥山八十里,归帆拂之,非也。诗人之辞,要当以意逆志,大概言此山之高而已。"

---

[1] 剡县自西汉到晋代至隋朝都属于会稽郡,唐武德四年（621年）平定起义军李子通后设嵊州,后废州,当地有天姥山。

[2] 紧邻的新昌县,本也属于剡县,五代才单独置县,属于越州（今绍兴）,当地有沃洲水域。可见,剡县一直以来都是现在的新昌、嵊州一带,属于今绍兴,当地有天姥山和沃洲水,与现新昌县天姥山、沃洲湖的地理位置契合一致,也契合白居易《沃洲山禅院记》中"沃洲山在剡县南三十里,禅院在沃洲山之阳,天姥岑之阴""东南山水,越为首,剡为面,沃洲、天姥为眉目"的记载。

明成化《新昌县志·卷三·山川》载："天姥山在县东五十里，高三千五百丈，围六十里。其脉自括苍山，盘亘数百里，至关岭入县界，层峰叠嶂，千态万状，其最高者名拨云尖，次为大尖、细尖，其高为莲花峰，北为芭蕉山，道家称为第十六福地，石壁上有题字，高不可识，又有枫树高十余丈。唐李白有梦游天姥吟。"

明万历《新昌县志·卷三·山川志》、清康熙《新昌县志·卷四·山川志》均有同样的记载，并进一步明确："天姥山在十八九都，县东五十里。"①

民国《新昌县志·卷二·山川》亦载："天姥山，县东五十里，高三千五百丈，围六十里，南为莲花峰，北为芭蕉山，道家称为第十六福地。山状如髽女，因名。"（编者按：《新昌史志》2017年第1期《天姥山历史文化专辑》指出："这是到目前为止仍然可以沿用的对天姥山方位高度的准确记载，虽然不是最早之记载，但应该说是最准确的记录。"）

【沃洲山】

沃洲山，在新昌县城东南12公里处。沃洲为岫山与天姥山间小平原中一个小沙洲，剡溪一源来自天台山石梁桥下水，流经岫山、天姥间分为二股，稍下又合而为一。

沃洲之名最早见于梁会稽僧慧皎撰的《高僧传》，书中卷四义解目有《晋剡东仰山竺法潜》及《晋剡沃洲山支遁》两人传记。沃洲的开发首自高僧竺潜归隐仰山及支遁向竺潜买沃洲山小岭建寺。仰山即今东岫山。

南宋嘉泰《会稽志·卷九·山》"新昌县"条载："沃洲山在县东三十二里。晋白道猷、法深、支遁皆居之。戴、许、王、谢十八人与

---

① 现新昌天姥山下横板桥村有天姥寺遗址，现天姥寺残碑收藏在村文化礼堂内。寺旁雷劈树已经不在，现存八九十年代所拍照片为证。这非常符合清代诗人袁枚亲眼所见：《立夏日过天姥寺》云："正是清和节，刚来天姥峰。青莲曾入梦，老衲又鸣钟。覆水竹千挺，迎人云万重。路旁雷劈树，正统四年封。"

之游，号为胜会，亦白莲社之比也。唐白乐天《山院记》[①]云：'东南山水，剡为面，沃洲、天姥为眉目。'唐韦应物、权德舆送灵澈归沃洲，有诗序传焉。山有灵澈杖锡泉[②]。西南养马坡、放鹤峰，皆因支道林得名。吴虎臣《漫录》云：沃洲、天姥，号山水奇绝处。自异僧白道猷来自西天竺，赋诗云：'连峰数十里，修林带平津。茅茨隐不见，鸡鸣知有人。'晋、宋之世，隐逸为多。《寰宇记》以沃洲山属嵊县，今从正之。"

明万历《新昌县志·卷三·山川志》载："唐白乐天记曰沃洲山在剡县南三十里。""山高五百余丈，围十里，与天姥（山）对峙，有鹅鼻峰、放鹤峰、养马坡，皆以支遁得名。"

民国《新昌县志·卷十六·古迹》载："沃洲山，新昌县东三十五里，高百余丈，周十里，北通四明山，下绕大溪，与天姥对峙，道家以为第十五福地，有放鹤峰、养马坡，相传支遁放鹤养马处。唐懿宗初，裘甫作乱，据此为寨，王式遣兵拔沃洲寨即此。"

如今因建长诏水库（又称沃洲湖），山下景点已淹没，唯山尚存。

【刘门山】

南宋嘉泰《会稽志·卷九·山》"新昌县"条载："刘门山在县东南三十里。传云：刘晨、阮肇自剡采药至此。山有刘阮祠、山亭、采药径。山下居民多刘姓者。"

明万历《新昌县志·卷三·山川志》载："刘门山在十八九都，县东三十五里。山下有采药径、刘阮庙，沿溪而上有阮公坛。"

民国《新昌县志·卷十六·古迹》称："桃源洞在刘门山中，即上所云刘晨、阮肇遇仙于此。"三个本书卷十四《仙》，记有刘晨、阮肇入天台遇仙女的经过。

编者按：刘门山，山名，亦是村名，相传汉时剡人刘晨、阮兆入天台山采药遇仙处。汉代至隋朝，今绍兴至临海诸山均泛称"天台山"，从诸多史料和历史遗迹来看，刘阮遇仙处就是现新昌天姥山北支

[①] 唐白乐天《山院记》：即唐·白居易《沃洲山禅院记》，云："东南山水，越为首，剡为面，沃洲、天姥为眉目。"。

[②] 杖锡泉：南宋嘉泰《会稽志·卷十一·泉》"新昌县"条载："杖锡泉在县东沃洲山下，唐僧灵澈之故迹。"

刘门山，当地至今还有刘阮庙、遇仙亭、迎仙桥、惆怅溪等古迹。刘阮遇仙的故事也与天姥山的"仙人天姥唱歌"的仙缘一致。

【南岩】

南岩，在新昌县七星街道，县西二十里。世传任公子钓鱼之所，有钓台。南宋嘉泰《会稽志·卷九·山》"新昌县"条载："在县西南二十里。世传任公子钓鱼之所。《庄子》：任公子以五十犗为饵，蹲于会稽，投竿东海，经年而得巨鱼。唐齐颐《题南岩》云：'南岩寺，本沧海，任公钓台今尚在。'岩侧有任公钓车，石棺、蜕骨存焉。人掘其地，有螺蚌壳，云：岩下乃海门也。"明万历《绍兴府志》卷九载："新昌任公子钓台，在南岩山半壁矶石也。"

明万历《新昌县志·卷三·山川志》载："南岩山在五六都，县西十五里。山岩陡险，皆沙石积成，如筑墙状，以物触之，纷纷而落，时或有崩坠者。世传大禹治水，东注积沙成岩，是为海门，岩石间或有螺壳，半壁有钓矶，俗传任公故迹，崖上有巨棺，中有巨骨，方腊寇入山从绝顶垂绠下窥之，见所蜕骨甚大，微红，其岩有滴水岩、乳香岩、大师岩。"

新昌古代是濒海的。民国《新昌县志·卷一·城·明尚书吕光洵原记》载："……新昌盖剡之东境，梁开平间析其十三乡为县，以其创建也，因名新云县……县所治地濒海，西带剡江，内有崇冈峭壁绝壑丛林之险……"

【南明山（石城山）】

南明山，一名石城山，在今新昌县南明街道。南宋嘉泰《会稽志·卷九·山》"新昌县"条载："南明山在县南五里（校）明万历《新昌县志·卷三·山川志》作'二里'，一名石城，一名隐岳。初，晋僧昙光栖迹于此，自号隐岩。支道林昔葬此山下。齐僧护夜宿，闻笙磬仙乐之声。梁天监中，建安王始造弥勒石佛像，刘勰撰碑，其文存焉。有钱镠所造三层阁。宝相寺、白云庄、白莲庵、齐颐井、白鹇坞、石缝梅，皆胜迹也。支道林葬处今泯。案：《世说》：戴逵过林法师墓曰：'德音未远，拱木已积'。注云：永和元年，支遁终于剡之石山，因葬焉。今不知何所。王珣诗序云：予以宁康三年，命驾之剡，石城山即法师之丘也。高坟郁为荒野，丘陇化为宿莽，遗迹未灭，而其人已远，感想平昔，触物悽怀。其为时贤所怀如此。《僧史》云道林葬余姚坞山，未详，今两

存之。"

编者按：石城为天台山西门，以东均是天台山脉。南明的名称，是五代时吴越王钱镠重建弥勒大殿后才有的。宋代以后，两个名称并用。在南面的叫"石城"，在北面的叫"南明"。

【石城寺】

石城寺，即今新昌大佛寺，是汉族地区142所重点寺院之一，全国重点文物保护单位，浙江古老的寺院之一，距今已有1600多年历史。其初名为"隐岳寺"，创建于东晋永和初年（345—356）。后与附近元化、栖光两寺合并，更名"石城寺"。唐代改称"瑞祥阁"，宋时名曰"宝相寺"，明初谓之"毗卢阁"，近代遂称"大佛寺"。

大佛寺在新昌县南明街道的石城山麓。这里有群山环抱，奇岩突兀，又有陡壁峡谷，曲径流泉。大佛寺景区内，有建寺留下的"镇龙碑""试斧石""千佛洞""放生池""五彩石"等胜迹。这座"石城古刹"山门楹联有言："晋宋开山，天台门户；齐梁造像，越国敦煌。"

【江南第一大佛】

又称"弥勒石窟造像""僧祐造剡溪大石像"，镌造于南朝齐永明年间（486—516），经僧护、僧淑、僧祐三代僧人历时30年雕凿而成，世称"三生圣迹"，距今已有1500多年，为现存世界上最为古老的石窟大佛之一，百尺金身，静坐石窟，壮丽殊特，闻名遐迩，誉称"江南第一大佛"。

1994年版《新昌县志》第546页载："今佛像结跏趺坐，作禅定印。佛座高2米，身高13.74米，头部高4.8米，顶有螺髻，耳长2.8米，鼻长1.48米，左眼长1.085米，右眼长1.117米，左眉长1.34米，右眉长1.43米，两膝相距10.6米。造像年代及规模与云冈、龙门相埒。佛像面容，秀骨清相，婉雅俊逸。额部宽广，鼻梁高隆，通于额际。眉眼细长，方颐薄唇，两耳垂肩。表情沉静、慈祥、智睿、超脱。瑞像鸿姿。壮丽殊特，四八之相，罔勿毕具。"

【东岇山】

南宋嘉泰《会稽志·卷九·山》"新昌县"条载："东岇山在县东四十里。晋僧法深、支遁皆隐居此。《世说》：支道林好鹤，往剡东岇山，有人遗其双鹤，养成翮，便使飞去。又尝就深公买岇山，深公曰：'未闻巢由买山而隐'。"东岇山在《高僧传》中称仰山。

【金庭】

《名山洞天记》曰:"二十七曰金庭,周回三百里,名金庭崇妙之天,在剡县。"唐·裴通《金庭观晋右军书楼墨池记》曰:"剡中山水奇丽者,金庭洞天为之最。其洞在县之东南。循山趾右去,凡七十里,得小香炉峰,其峰即洞天北门也。谷抱山斗,云重烟峦,回互万变,清和一气。花光照夜而常昼,水色含空而无底。此地何事,尝闻异香,有时值人,从古不死,真天下绝境也。"

【天台山】

唐·欧阳询《艺文类聚》卷七:"《名山略记》曰:'天台山在剡县,即是众圣所降,葛仙公山也。'"《文选》孙绰《游天台山赋》题下注引支遁《天台山铭序》:"剡县东南有天台山。"古代神话有汉刘晨、阮肇入天台山采药遇仙的故事,故天台山被人们视为仙山。唐诗中的天台,即为天台山,非今天台县。天台山绵延宁海、东阳、新昌、奉化等县。为江浙一带风景胜地,山上多佛寺道观。天台山为道教七十二福地之一,见《云笈七签》卷二七《洞天福地》。新昌石城为天台山西门,以东均是天台山脉。

天台县以有始丰溪得名。天台县之名,数有更易:汉称始平,晋改始丰,唐名唐兴,后梁、后唐曰新兴与台兴,北宋建隆元年(960)年定名天台,至今。

"天台"一词最早见于《山海经·大荒南经》:"大荒中,名曰天台,海水入焉。"这说明,天台山绝非是普通山脉,而是早有记载的名山。南朝·陶弘景《真诰》对天台山有详细描述:"高万八千丈,周八百里,山有八重,四面如一,当牛女之分,以其上应台宿,光辅紫宸,故名天台,亦曰桐柏。"他还在其《登真隐决》中云:"大小台处五县中央。五县谓余姚、句章、临海、天台、剡县。大小台乃桐柏山,六里,乃至二石桥。先得小者,复行百余里,更得大者,在最高处,采药人仿佛见之。石屏红梁与画相似,又见玉堂金阙,望桥边有莲花状,大如车轮,其花恍惚不可熟见。大小台者以石桥之大小为名。"天台山脉"周八百里",而且"大小台处五县中央"。五县谓"余姚、句章、临海、天台、剡县"。天台山非天台一县所有,而是众多县市均有份。陶弘景的这个说法最为权威,后世许多著作均作引用。文中"石桥",据南宋嘉泰《会稽志》卷十一《桥梁》"新昌县"条载:"石桥在

县东七十里。旧经引剡江东经石桥,广八丈,高四丈,下有石井,迳七尺。桥上方石长七尺,广二丈二尺。桥端有盘石,可坐二十八人。溪两傍悉高山,山有石壁二十余丈,溪水攻撞,礚响外发,声闻数里。《舆地志》云:剡东百里有石桥。里人传云,旧路自石笱入天姥。今石笱桥下一大井,与《水经》颇合,疑今石桥即昔之石笱桥也。"

南宋·王应麟《十道山川考》:"天台山在台州天台县北十里,高万八千丈,周旋八百里,其山八重,四面如一。"这里的"万八千丈",形容天台山很高,是一种夸张的说法,并非实数。一作"四万八千丈"。南朝宋·刘敬叔《异苑》:"会稽天台山,虽非遐远,自非卒生忘形,不能跻也。"历来诗人歌咏者颇多。如唐·李白《琼台》诗:"龙楼凤阙不肯住,飞腾直欲天台去。"唐·高骈《访隐者不遇》诗:"落花流水认天台,半醉闲吟独自来。"

【太白山】

太白山为唐人寻访之处,一名大白山。清乾隆《嵊县志·卷二·地理山川》载:"太白山在县西七十里剡源乡,为县治西障,与东四明山相望。"在今嵊州西面,离县城七十里的剡源乡,即《水经注》中的白石山。太白山整体跨嵊州、诸暨、东阳三县市,在嵊州部分叫西白山,亦称小白山。大体说来,太白山主峰九头岗,为嵊州与绍兴、诸暨的界山。羊角山尖,为嵊州与东阳界山。

南朝宋·孔晔《会稽记》:"剡县西七十里白石山上有瀑布,水岩间有蜜房,采蜜者以葛藤连结然后至。刘守时,褚伯玉尝隐于此,在东白山立啸猿亭、疏山轩,西白山有二禅师道场、齐云阁。"

南朝陈·夏侯曾先《会稽地志》云:"峻极于天,岩崔嵬,赵广信炼丹登仙之处,上有白猿赤玃。"

南宋《剡录·卷二·山水志》载:"剡山之奇深重复,皆聚乎西。其西曰太白山、小白山,峻极崔嵬,吐云含景,赵广信所仙也。"

南宋嘉泰《会稽志》卷九载:"大白山,在(诸暨)县东九十里。一名太白峰,连跨三邑,其在剡曰西白,在东阳曰北白。"又曰:"在(剡)县西六十里。《旧经》云:此山峻极崔嵬,吐云含景,与小白山接,乃赵广信炼九华丹登仙之处。有白猿、赤玃,又有鸟似鸡,文彩五色,长数尺,口吐绿绶,号吐绶鸟;双石笋各长五六丈,对立如阙。瀑泉飞下,号瀑布岭,土人亦称西白山。"宝庆《会稽续志》卷四亦载："剡太白山有鸡，五色，吐绿绶，号吐绶鸟。"

【四明山】

天台山为越中名山，自晋以来就是隐居胜地。唐代诗人陆龟蒙和皮日休唱和的《四明九题》，使四明山声名大振。

浙东的四明山脉，跨宁波、绍兴两市，绵延在鄞州、奉化、余姚、上虞、嵊州五市县区，全长120余公里。四明山主峰在嵊州市境，支峰别阜很多。《清一统志》："由鄞县小溪而上为东四明，由余姚而上为西四明，由奉化、雪窦而上则谓之四明山。"《唐六典》："江南道名山曰四明山，凡二百八十峰，四面形胜，各有区分。其岩洞冈岭之属，随地易名者以数百计。"

【葛仙翁丹井】

南宋嘉泰《会稽志》卷十一引《道书》："阳明洞天，一云极玄太玄之天，山巅有飞来石，其下葛仙翁丹井。"按，阳明洞天在绍兴市东南十五里宛委山，葛仙翁指晋葛玄，曾隐居宛委山，好神仙导养之法。

清乾隆《嵊县志·卷十五·艺文地理》："葛洪丹井泉，张灿诗：'忆昔仙翁入紫庐，山中遗井已荒芜。丹砂九转人谁识，知道如今有更无。'"清同治《嵊县志·卷十七·人物志·仙释》载："葛洪，字稚川，元从孙也。性寡欲，无所爱玩，或寻书考义，辄不远数千里即崎岖涉险，期于必得，尤好神仙道养法，悉得元炼丹秘术亦入剡。今太白山有仙翁井，皇觉寺有钓台，石梯上钓车痕，其遗迹也。"

编者按：葛洪丹井，即葛洪炼丹之灶。葛洪炼丹遗迹在全国有多处，天台山传为葛洪之叔葛玄（即俗所谓葛仙翁）曾来修道炼丹，非葛洪炼丹处。然民国传说于葛洪葛玄并不分别，故诗人之创作亦常以知名度高者取代知名度低者，并不拘泥于史实。

二、名士高僧

【葛洪】

葛洪（约284—341）：东晋道教理论家、医学家，炼丹术家，文学理论家。字稚川，自号抱朴子。丹阳句容（今属江苏）人。葛玄从孙。自幼好神仙导养之法。先后从郑隐、鲍玄学炼丹术和道术。后闻交趾（唐尧时代指五岭以南的地方）出丹砂，求为勾漏令。携子侄至

广州，止于罗浮山炼丹。

南宋《剡录·卷三·先贤传·仙道》载："葛洪，字稚川，仙翁（葛玄，字孝先）从孙，好神仙导养。仙翁以丹授弟子郑君，稚川就郑君得之，咸和初，选散骑常侍，辞。以交趾出丹砂，求为勾漏令，炼丹罗浮山，卒年八十一，颜如玉，体柔软，举尸入棺，但遗空衣。上虞兰芎山，稚川所栖也。剡有仙翁丹井、石梯、钩鱼台，稚川亦至焉。"

南宋嘉泰《会稽志·卷十五·神仙》载有"葛洪"条目指出："今会稽有仙公遗迹至多，稚川盖亦尝至焉。"

清康熙《嵊县志·卷二·山川志》载："葛洪丹井泉在太白山，味如霜雪，下通海眼，上有石覆之。高似孙品泉第一。"

【赵广信】

南宋《剡录·卷三·先贤传·仙道》载："赵广信，阳城人。魏末，入剡小白山，受李法成服炁法，又受师左君，守玄中之道，内见五藏彻视法。七八十年卖药人间，作九华丹。或曰'白日登天。'山中有赵广信丹井。"清康熙《嵊县志·卷二·山川志》载："赵广信丹井泉在太白山，水甚清美，四时不竭。"

【竺潜】

竺潜（285—374）：一名竺道潜，字法深，俗姓王，琅琊（今山东青岛）人。东晋高僧，世称深公。晋丞相王敦之弟。永嘉初，避乱过江，中宗、肃祖升遐。王、庾又薨（340），乃隐迹剡山，遂其初志，隐东岇三十余年（340—374）。创般若学本无异宗，应是岇山最早开山者。南宋《剡录·卷三·先贤传·高僧》载："竺潜，字法深，隐剡山。学议渊博，名声早著，宏道法师也。晋哀帝两使礼致之，既至，简文尤师敬。刘惔嘲之曰：'道人亦游朱门乎？'潜曰：'君自见朱门，贫道以为蓬户耳。'还山，支遁求买沃州小岭。潜公曰：'欲来当给，不闻巢、由买山隐也！'遁得深公之言，惭恧而已。"晋哀帝时（362—365），简文为相，曾入京，后乃启还剡之岇山。晋宁康二年（374），卒于山馆，春秋八十有九。

编者按：文中沃州小岭，指东岇山。旧经曰：东岇山在新昌县东四十里。南宋嘉泰《会稽志·卷十五·高僧》、明万历《新昌县志·卷十三·杂传志·仙释》等均有载，文字上略有不同。

【王羲之】

王羲之（303—361，又作303—379，307—365，312—379）：字逸少，号澹斋，东晋时期著名书法家，有"书圣"之称。琅琊（今属山东临沂）人，后迁会稽山阴（今浙江绍兴），晚年隐居剡县金庭。

南宋《剡录·卷三·先贤传·人士》载："王羲之，字逸少，司徒导从子也。家世贫约，恬畅乐道，未尝以风尘经怀。祖正，尚书郎。父旷，淮南太守。元帝之过江也，旷创其议。羲之有英誉，风骨清举。高爽有风气，不类常流。朝廷公卿皆奇其才器，为右军将军、会稽内史。初渡浙江，便有终焉之志。时孙兴公与支道林共载往逸少，因论庄子《逍遥游》作数千言，才藻新奇，逸少披襟留连不能已。慕会稽佳山水名，遂居焉。剡金庭观，称右军故宅，有书楼、墨池。"（编者按：文中的"右军将军"，据专家考证，应为"右将军"。）

王羲之归隐剡县金庭后，于晋升平四年（360），"托迹炼丹鼓山，创紫芝庵，置山市田。其孙相国尚之居剡，立祠于山之麓，以奉祀事。"（唐平阳路应撰《唐越州剡县鼓山王右军祠堂记》）鼓山，在今新昌城西五里，晋时为剡之东鄙。脉自鸡峰，降于平衍，岿然突起，顶平如鼓，故名。

【支遁】

支遁（314—366）：东晋高僧。本姓关，字道林，陈留（今河南开封）人，一说河东林虑（今河南林州）人。尝隐支硎山，别称"支硎"，世称"支公"或"林公"。是当时佛教般若学"六家七宗"之一"即色宗"的代表人物。世代信佛，自幼读经，25岁出家，以好谈玄理闻名当世。曾在洛阳白马寺宣讲《大乘般若学》。南渡后入剡，优游于新昌岬山沃洲。晚移石城，立栖光寺。太和元年圆寂于石城。曾与谢安、王羲之、许询等名流交游谈玄，也在剡溪一带游览。

民国《新昌县志·卷十四·寓贤》："支遁，字道林，称支公、林公，又称竺法师、竺道人，往剡东岬山，入沃洲建精舍，晚移石城山栖光寺。"卷十六《古迹》又载："东岬山，县东四十里，一名望远尖。晋僧法深、支遁皆隐居此。支道林好鹤，住剡东岬山，又尝就公买岬山，深公曰'未闻曹由买山而隐'，在三十三都。""石城山，县南五里，即南明山，一名隐岳。支道林昔葬此山下。""县南五里"，应是"二

里"。后用来泛指高僧。

南宋嘉泰《会稽志·卷十五·高僧》载:"支遁,字道林。入剡中。谢安守吴兴,以书抵遁曰:'山县闲静,计不减剡,幸副积想。'王羲之在会稽,闻遁名,见之,乃定交。遁还剡,路由稽山,羲之诣遁,延住灵嘉寺。入沃洲岭,建精舍。晚移石城山栖光寺。至山阴讲《维摩》,许询为都讲,宾主之辨,相寻无穷。《世说》又载:诸人士及林法师并在会稽西寺讲,王苟子在焉。许掾便往西寺,与王论理,共决优劣。有遗马者,受之。有讥之者,遁曰:'吾爱其神骏。'有饷鹤者,曰:'冲天之物,宁当为耳目之玩?'遂放之。《世说》云:支公好鹤,住剡东岇山,山去会稽二百里。尝经余姚坞,曰:'谢安石相从至此,未尝不移旬,今触情是愁耳。'殁葬坞中。"

据陈新宇《支遁隐剡时间考辨》:"支遁自建元末(344)来剡,至哀帝即位(361)应诏出都,17年间基本在沃洲。其间虽一度去京或吴县,返回时过会稽讲过经,时间也不长。因而史称他'沃洲僧'。哀帝时遁应诏往去京住了三年,于兴宁二年(364)辞朝东还,却未再去沃洲,而在石城栖光寺住下。二年后卒于山中。支遁25岁出家,53岁圆寂,为僧28年,先后在剡东达19年。"(《新昌政协简讯》,1995年3月18日,第三版)明万历《绍兴府志》卷二十载:"新昌支遁墓,在南明山。"

【王徽之】

王徽之(?—388):东晋文学家,字子猷,琅琊临沂(今属山东)人,王羲之第三子,王献之兄。

南宋《剡录·卷三·先贤传·人士》载:"王徽之,字子猷,羲之子,性卓荦不羁。为大司马桓温参军,温曰:'卿在府久,比当相料理。'初不答,以手版拄颊,云:'西山朝来,致有爽气。'尝居山阴,夜雪初霁,月色清朗,四望皓然,独酌酒,咏左思《招隐诗》,忽忆戴逵。逵时在剡。便夜乘小舟访之,经宿方至,造门不前而返。人问其故,徽之曰:'本乘兴而行,兴尽而返,何必见安道耶?'子敬与子猷书道:'伯兄萧索寡会,遇酒则酣畅忘返,乃自可矜。'"

南宋嘉泰《会稽志·卷十四·人物》有补充:"羲之第三子……又为车骑桓冲骑兵参军……后为黄门侍郎,弃官东归。"

清同治《嵊县志·卷三·桥渡》载:"子猷桥在艇湖山麓。晋王子猷返棹于此，旧有桥。"

【戴逵】

戴逵（326？—396）：东晋文学家、雕塑家、画家。字安道，谯郡铚县（今安徽宿州）人，后迁居会稽剡县。少博学，好谈论。善属文，能鼓琴，工书画。永和初与子勃、戴颙同隐于剡山，卒葬于剡。

南宋《剡录·卷三·先贤传·人士》载："戴逵，字安道，谯国人，居剡。祖硕，父绥，并有名位。逵有清操，性高洁，不乐当世，以琴书自娱。善图画，巧丹青，为文绮藻，常以礼度自处，深以放达为非。年十余岁，在瓦官寺画。王长史见之曰：'此童非徒能画，亦终当致名。恨吾老，不见其盛时耳！'孝武时，以散骑侍郎、国子博士累召，辞父疾不就。郡县敦逼不已，乃逃于吴。会稽内史谢幼度虑其远遁不返，上疏请绝其召命，帝许之。逵还剡。召之复不至。"南宋嘉泰《会稽志·卷十四·人物》"隐遁"条亦载。

南宋嘉泰《会稽志·卷十三·古第宅》"戴安道宅"条载："戴公旧居剡中，郗超每闻欲高尚隐退者，辄为办百万资，并为造立居宇。在剡为戴起宅，甚精整。戴始往旧居，与所新书曰：'近至剡，如官舍。'事见《世说》。"

清康熙《嵊县志·卷三·景迹志》载："戴安道宅在剡源乡，有戴溪后徙桃源乡，乡有戴村，村多戴姓，其遗氏也。又孝节乡有别业，遗址今其地称逵溪。"

【戴颙】

戴颙（378—441）：南朝宋文学家。字仲若，谯郡铚县（今安徽宿州西南）人。戴逵次子。随父兄隐居会稽剡县，宋时累征不就，精音律，善雕塑。

南宋《剡录·卷三·先贤传·人士》载："戴颙，字仲若，安道之也。剡多名山，故世居剡下。与兄并受琴于父。父没，所传之声不忍复奏，各造新弄，兄制五部，颙制十五部。颙又制长弄一部，并传于世。桐庐县又多名山，复共游之，因留居止。兄卒，颙以桐庐僻远，难养疾，出居吴下。吴下士人共为筑室，聚石引水，植林开涧，乃述庄周大旨《逍遥论》，释《礼记·中庸篇》。元嘉中，召不就。止京口黄鹄山北竹林精舍。宋文帝每欲见之，尝谓黄门侍郎张敷曰：'吾东巡之日，当宴戴公山下也。'卒年六十四。出沈约《宋书》。"南宋嘉泰

《会稽志·卷六·冢墓》载:"戴颙墓,在剡县北一里。王僧达《吴郡记》:'颙死,葬剡山。今石表犹存。'故王龟龄(王十朋)诗云:'千年戴颙墓,三字道旁碑'也。"

【许询】

东晋诗人。字玄度,高阳(治今河北蠡县)人。少有高尚之志。修黄、老之术。寓居会稽(今浙江绍兴),与谢安、王羲之、支遁游处,渔弋山水,言咏属文。长于五言诗,以文义冠世。他善析玄理,是当时清谈家的领袖之一,隐居深山,而"每致四方诸侯之遗"(《世说新语·栖逸篇》)。与孙绰并为东晋玄言诗的代表人物。后迁剡之金庭,筑知己墅与王羲之为邻,卒葬于剡。

南宋《剡录·卷三·先贤传·人士》载:"许询,字玄度,高阳人。有才藻,善属文,与孙兴公皆一时名流。俱有负俗之谈,卒不降志。能清言,于时人,皆钦慕仰爱之。刘尹曰:'清风朗月,辄思玄度。'父旻,晋元帝渡江,迁会稽内史,因居焉。询隐居不仕。召为朝议郎,不就。筑室永兴县,萧然自致,乃号其岫曰萧然山。入剡山,莫知所止,或以为升仙。"后以"玄度"称有文采的人,亦指与僧侣交往的文士。

清康熙《嵊县志·卷三·景迹志》载:"许玄度宅在孝嘉乡。晋许玄度爱剡山水,自萧山徙居此。"

唐朝时,许询后裔仍居金庭,有许家庙、许家坂,后移居金庭北10公里的东林。今嵊州市、新昌县两地许氏多为其后裔。

【谢灵运】

谢灵运(385—433):南朝宋诗人。陈郡阳夏(今河南太康)人,移籍会稽(今浙江绍兴)。谢玄孙。幼时尝寄养于道馆,《诗品》卷上载:"钱塘杜明师夜梦东南有人来入其馆,是夕,即谢灵运生于会稽。旬日,而谢玄亡。其家以子孙难得,送灵运于杜治养之。十五方还都,故名'客儿'。"族人以"阿客""客儿"名之,世称"谢客"。袭封康乐公,又称"谢康乐"。谢灵运为我国山水诗的开创者,描摹山水逼真细致,境界优美,佳句迭出。"文章真性柴桑酒,山水清音康乐辞"(清·姚莹《论诗绝句》),代表了后人对他的景慕。

南宋《剡录·卷三·先贤传·人士》载:"谢灵运,陈郡阳夏人,移籍会稽。幼聪慧,善属文;举笔立成。文章之盛,独绝当时。袭封康乐。迁秘书丞。出为临海太守，及经山阴防御。郡有名山水，灵运素所爱好，遂肆意游遨。父祖并葬始宁，有宅墅，修营旧业，傍山带江，尽幽居之美。尝入剡，有诗曰：'旦发清溪阴，暝投剡中宿。'"

南宋嘉泰《会稽志·卷十四·人物》有补充："少好学，博览群书，文章之美，与颜延之为江左第一。从叔混特加爱……性豪侈，车服鲜丽，世共宗之，咸称谢康乐也……遂肆意游遨，遍历诸县，所至辄为歌诗以致其意……与隐士王弘之、孔淳之等放荡为娱，有终焉之志。每一首诗至都下，贵贱莫不竞写，宿昔间士庶皆遍。又作《山居赋》并自注，以言其事。文帝征为秘监，不起。命光禄大夫范泰敦奖，乃出。使撰晋书，粗立条例，书竟不就。灵运诗书皆兼独绝，每文竟手自写之，文帝称为二宝云。"

清康熙《嵊县志》卷三《景迹志》载："谢灵运山居在石门山。当时以嶀山为南山，东山为北山、北海。（明）冯惟讷曰：'灵运幽居居之。'"清乾隆《嵊县志》卷二《地理山川》载："石门山在县西北二十五里崇仁乡，山有石门洞。"

清同治《嵊县志》卷三《桥渡》载："谢灵桥在县东五里，以谢灵运得名。明成化间，知县许岳英重修。"又："谢公桥在县西一里，以灵运得名。"

三、人文典故

【刘阮遇仙】

早在晋代，干宝《搜神记·天台二女》就记述了刘阮采药遇仙故事的雏形，至今已达1600多年。南朝宋刘义庆的《幽明录》，更以笔记小说的形式，形象记述了从汉永平五年（62）剡县刘晨阮肇入天台山，到晋太元八年（383）返回始末。有人物形象品性感情，有生动曲折故事，鲁迅先生的《古小说钩沉》予以辑录。

〔典源〕《四库全书·子部·太平广记》卷六十一：

天台二女

刘晨、阮肇入天台取榖皮，远不得返。经十三日，饥。遥望山上有桃树，子实熟。遂跻险援葛至其下，啖数枚，饥止体充。欲下山，以杯取水。见芜青叶流下，其鲜新，复有

一杯流下，有胡麻焉。乃相谓曰："此近人家矣。"遂渡山，出一大溪。溪边有二女子，色甚美，见二人持杯，便笑曰："刘、阮二郎捉向杯来。"刘、阮惊。二女遂欣然如旧相识曰："来何晚耶？"因邀还家。南、东二壁各有绛罗帐，帐角悬铃，上有金银交错。各有数侍婢使令。其馔有胡麻饭、山羊脯、牛肉，甚美。食毕，行酒。俄有群女持桃子，笑曰："贺汝婿来。"酒酣作乐。夜后各就一帐宿，婉态殊艳。过十日，求还，苦留半年。气候草木是春时，百鸟啼鸣，更怀乡，归思甚苦。女遂相送，指示还路。既还，乡邑零落，已十世矣。①

〔注评〕本文描述刘、阮二人误入仙境与仙女结合的故事。仙境美妙无比；人们吃穿不愁，有"数侍婢使令"，且又豪华富丽，整日饮酒作乐，尽抒文人雅兴。然而，仙境再神奇美妙，凡夫俗子更不免怀乡归思，这一点又使所记平添了几分人情味。这也是古代人们理想生活的折光，具有一定的审美价值。

〔释义〕后以此典形容男女间相爱情事；或以"刘郎""阮郎"指女子的心上人；或以"仙源""胡麻饭"等指遇仙、仙家生活。

【买山而隐 / 沃洲】

〔典源〕南朝宋·刘义庆《世说新语·排调》：

支道林因人就深公买印（按，应为）山，深公答曰："未闻巢、由买山而隐。"②

又，南朝梁·慧皎《四朝高僧传·高僧传·卷四·竺潜深》：

支遁遣使求买仰山之侧沃洲小岭，欲为幽栖之处。（竺道）潜答云："欲来辄给，岂闻巢、由买山而隐。"③

又，南朝梁·慧皎《四朝高僧传·高僧传·卷四·支道林》：

俄又投迹剡山，于沃洲小岭立寺行道，僧众百余，常随

---

① 晋·干宝撰、汪绍楹校注《搜神记》，第249—250页，《搜神记佚文》第27条，北京：中华书局，1979年版。
② 《世说新语》：朱碧莲、沈海波译注，北京：中华书局，2011年版，第794页。
③ 《四朝高僧传》：南朝梁·慧皎撰，北京：中国书店出版社，2018年版，第58页。

禀学。①

〔今译〕支遁（字道林）托人向深公（竺道潜，一名法深）请求买下剡县岬山（在今新昌沃洲）旁的小岭，作为幽居之处。深公（竺道潜）回答说："想来就给，没听说巢父、许由（传说为尧舜时的两位隐士）买山才隐居的。"

〔释义〕《高僧传》称岬山为仰山，在今浙江新昌沃洲山。晋时，高僧支遁曾在沃洲山立寺行道。传说立寺之前，曾表示买下沃洲山隐居。后世以"买山而隐"典故形容归隐山林，"沃洲"代指出家人隐栖的山林，并用作咏高僧的典故。

【子猷访戴】

〔典源〕南朝宋·刘义庆《世说新语·任诞》：

王子猷居山阴，夜大雪，眠觉，开室命酌酒，四望皎然。因起彷徨。咏左思《招隐诗》，忽忆戴安道。时戴在剡，即便夜乘小船就之。经宿方至，造门不前而返。人问其故，王曰："吾本乘兴而行，兴尽而返，何必见戴！"②

〔释义〕此典赞颂了两位高人逸士纯真深厚的友谊，后人用来形容思友、访友；或写洒脱任诞，随兴会所至，趁一时高兴；亦用来描写与子猷访戴相关的情趣及雪夜景色。

嵊州市区北有艇湖山，是东晋艺术家、诗人戴逵的隐居地。旧时山下溪侧的子猷桥，为王子猷访戴停艇处（回棹处）。

四、历史事件

【袁晁起义】

唐宝应元年（762）八月，临海人袁晁，因不满唐王朝强征暴敛，在天台境内发动起义。不久便占领临海城。"民疲于赋敛者多归之"（《资治通鉴》卷二二二），义军有1万多人，兵分3路：东取明州（宁波），南下黄岩取永嘉，西北取越州（绍兴）剡县（嵊县、新昌）。十月底攻

---

① 《四朝高僧传》：南朝梁·慧皎撰，北京：中国书店出版社，2018年版，第59页。

② 《世说新语》：朱碧莲、沈海波译注，北京：中华书局，2011年版，第751页。

下越州后，以一支义军攻杭州（未克）。晁亲率主力取婺州（金华）、衢州。至此，江东十州均为义军所得。队伍发展到20余万人。十二月，袁晁在临海改年号为"宝胜"。此后，转战于江淮一带，仅两个多月，即攻陷苏、赣、浙、皖境内十五州，积众四五十万。形成北起皖北、苏南、南至温州、处州，东起大海，西至江西上饶、南昌的江南农民大起义。广德元年（763），代宗即位，急令江南各道合力围攻。义军失利。处州、睦州（建德）、明州、越州相继为唐军占领。唐军从四面八方把义军压缩包围于台州。四月，袁晁从剡县退守天台途中，于关岭石垒寨被李光弼部将袁傪和王栖曜所擒，次年就义于长安。[1]

明万历《新昌县志》卷十三《杂传志·灾异》载："唐袁晁作乱，于台往来剡邑。"

清康熙《嵊县志》卷三《灾祥志》载："唐宝应元年（762），台贼袁晁为乱，往来剡邑，李光弼遣将张伯义平之。"清同治《嵊县志》卷十《留绩》载："张伯仪，魏州（今河北大名）人。以战功隶李光弼军。浙贼袁晁反，使伯仪讨平之，功第一，擢睦州刺史，后为江陵节度使，除右龙武统军，卒赠扬州大都督。"

编者按：本书收录有刘长卿《和袁郎中破贼后军行过剡中山水谨上太尉》、李光弼《和袁郎中破贼后经剡中山水上太尉》、皇甫冉《和袁郎中破贼后经剡中山水》。诗中所述，为唐广德元年（763），唐政府军镇压袁晁农民起义的事。三首诗里分别有"剡路除荆棘，王师罢鼓鼙""破竹清闽岭，看花入剡溪"和"旌旗迥剡岭，士马濯耶溪"等诗句。意思是说，唐朝的政府军在剡路打了胜仗，使地方得到了安宁，大部队浩浩荡荡地沿着鲜花盛开的剡溪前进，胜利的旗帜在剡岭飘扬。三首诗题所说的"袁郎中"就是袁傪，"太尉"就是李光弼，时任唐军都元帅，军中地位与名将郭子仪相等。此次，唐军镇压袁晁起义，分东西两路，合围歼之。朝廷委任的统帅是李光弼，西路军将领张伯仪，东路军指挥就是郎中袁傪。袁晁在关岭被俘，应该是东路袁傪所部。《新唐书·韩说传》说："晁本鞭吏，擒贼有功负，聚众以反。"《新唐书·李光弼传》说：袁晁"建元宝胜，以建丑为正月"。而五代后晋·刘昫《旧唐书·王栖曜传》则说：袁晁"积众二十万，尽有浙

---

[1] 据1995年版《天台县志》第518—519页。

江之地。御史中丞袁傪再讨。奏王栖曜与李长为偏将，连日十余战。生擒晃。收复郡县十六"。而《国史补》说：这次平乱"擒伪公卿数十人，州县大具桎梏，谓必生致阙下。袁傪曰：此恶百姓，何足烦人？乃笞臀逐之"。此战事，在新旧《唐书·代宗本纪》《新唐书·张伯仪传》《新唐书·柏良器传》均有记述。袁晁起义时间虽短，却具一定规模，并建立了政权，这对剡中的影响一定是不小的。众所周知，刘长卿曾经长期住剡中，皇甫冉也在剡中待过。[1]

【裘甫起义】

唐宣宗大中十三年（859）十二月，剡县人裘甫（？—860），一作仇甫，率领农民百余人起义，攻克象山，浙东观察使郑祗德率兵镇压，唐军屡次战败，浙东震动。懿宗咸通元年（860）正月，攻下剡县，开府库，募壮士，济贫民，起义军扩大到几千人。二月间，在剡西三溪设伏，浙东唐军几被全歼，声势大振，附近农民纷纷加入，队伍发展到3万人，分为32队。甫自称"天下都知兵马使"，改元"罗平"，铸印"天平"。接着攻打衢州、婺州（今金华）、台州，破唐兴（今天台）、上虞、余姚、慈溪、奉化、宁海等县城。四月，朝廷派王式率重兵镇压，连下上虞、奉化、象山诸县及新昌、沃洲、唐兴等寨，义军接战均不得胜。起义军副使刘暀劝甫取越州，凭越固守，伺机进取浙西，然后过长江，占领石头城，以攻为守。甫犹豫不能决。六月，在剡被围，3天之内，激战83次，城中妇女也编为女军，参加作战。最后，甫率起义军突围，不幸被俘，被送至京师，就义于长安。

---

[1] 摘自唐佳文《唐诗透露的剡东战事》：《今日新昌》，2017年2月27日。

2."剡"字唐诗诗人简况及作品数量统计

序号	时期	姓名	生卒年	诗人简况	剡字诗
1	初唐（618—712）	*宋之问	656？—712	上元二年（675）进士。与沈佺期齐名，并称"沈宋"。时号"方外十友"之一。	1首
2		武后宫人	不详	剡四人士妻，配入掖廷。	1首
3	盛唐（713—765）	*孟浩然	689—740	诗星。与王维齐名，世称"王孟"。	1首
4		*李颀	690—751	开元二十三年（735）进士。人称"李东川""李新乡"。	1首
5		*丘为	694—789？	天宝二年（743）进士。唐代享寿最高的一位诗人，享年九十六。	1首
6		*高适	700？—765	盛唐边塞诗派的代表人物。与岑参齐名，合称"高岑"。世称"高常侍"。	1首
7		*李白	701—762	诗仙。唐代三大诗人之一。世称"李谪仙""李翰林"。	12首
8		*崔颢	704？—754	开元十一年（723）进士。与王维并称"才名之士"。世称"崔世勋"。	1首
9		*杜甫	712—770	诗圣。唐代三大诗人之一。与李白齐名，号称"李杜"。世称"杜拾遗""杜工部"。	2首

续表

序号	时期	姓名	生卒年	诗人简况	刻字诗
10	盛唐（713—765）	萧颖士	717—759	唐文学家。开元二十三年（735）进士。诗文与李华齐名，合称"萧李"。人称"萧夫子"。	2首
11		丁仙芝	不详	开元十三年（725）进士。	1首
12		陆羽	733—804	唐学者、文学家。著有《茶经》，尊为"茶仙""茶圣""茶神"。	1首
13		张怀瓘	不详	唐书法评论家。	1首
14		梁锽	不详	擅五言律诗，与李颀、钱起交厚。	2首
15		拾得	不详	唐诗僧。与寒山合称"寒山拾得"。	1首
16	中唐（766—835）	*刘长卿	709—789？	开元二十一年（733）进士。人称"五言长城"。世称"刘随州"。	6首
17		*皇甫冉	718—771	天宝十五载（756）进士第一。与弟皇甫曾合称"二皇甫"。	5首
18		*皎然	720—796？	唐诗僧。与齐己、贯休并称"唐三高僧"。	11首
19		*钱起	722—780	天宝十载（751）进士第一。"大历十才子"之冠。人称"钱考功"。	2首
20		秦系	725？—805？	避安史之乱隐居剡中二十余年。	1首
21		*顾况	727—815	至德二载（757）进士。	2首
22		*戴叔伦	732—789	贞元十六年（800）进士。	5首
23		*李端	743？—782？	"大历十才子"之一。	2首
24		章八元	743—829	大历六年（771）进士。人称"章才子"。	1首
25		戎昱	744—800？	进士（登第时间不明）。诗与杜甫相接。	1首

续表

序号	时期	姓名	生卒年	诗人简况	刻字诗
26	中唐（766—835）	*孟郊	751—814	贞元十二年（796）进士。人称"诗奴"。与贾岛并称"郊寒岛瘦"。	1首
27		李嘉祐	？—782？	天宝七载（748）进士。与钱起、郎士元、刘长卿齐名，合称"钱郎刘李"。	3首
28		*张继	？—779？	天宝十二载（753）进士。	1首
29		严维	？—781？	至德二载（757）进士。	1首
30		杨凌	？—790？	大历十一年（776）进士。与兄杨凭、杨凝齐名，时号"三杨"。	1首
31		崔峒	不详	大历二年（767）进士。"大历十才子"之一。	1首
32		*韩翃	不详	天宝十三载（754）进士。"大历十才子"之一。	1首
33		杨巨源	755—832？	贞元五年（789）进士。	2首
34		武元衡	758—815	建中四年（783）进士。《诗人主客图》列其为"瑰奇美丽主"。	2首
35		*张籍	766？—830？	贞元十五年（799）进士。世称"张水部""张司业"。绰号"穷瞎张太祝"。	2首
36		李冶	？—784	即李季兰。与薛涛、鱼玄机、刘采春被人称为"唐代四大女诗人"。	1首
37		朱放	？—788？	隐居剡中，与皇甫冉、皎然、刘长卿为山中良友。	2首
38		崔子向	不详	名中，以字行。有诗名，好佛。	1首
39		薛涛	770？—832	人称"女校书"。与李冶、鱼玄机、刘采春被人称为"唐代四大女诗人"。	1首
40		*白居易	772—846	唐代三大诗人之一。自称"诗魔"。世称"诗王""白傅""白文公"。贞元十六年（800）进士。	3首

续表

序号	时期	姓名	生卒年	诗人简况	剡字诗
41	中唐（766—835）	*刘禹锡	772—842	贞元九年（793）进士。世称"诗豪""刘宾客""刘尚书"。与白居易齐名，并称"刘白"。	2首
42		韦处厚	773—828	元和元年（806）进士。藏校书万卷。	1首
43		*元稹	779—831	与白居易齐名，并称"元白"。	1首
44		*贾岛	779—843	人称"诗囚""贾长江"。与孟郊并称"郊岛"。	2首
45		施肩吾	780—861	元和十五年（820）进士。	1首
46		姚合	782？—846？	元和十一年（816）进士。世称"姚武功""姚秘监"。诗体号"武功体"。	1首
47		李德裕	787—849	元和十一年（816）进士。"姚武功""姚秘监"。	2首
48		*薛逢	806？—？	会昌元年（841）进士。	1首
49	晚唐（836—907）	许浑	800—858？	太和六年（841）进士。有"许浑千首湿"之评。	7首
50		*温庭筠	801？—866	人称"温八叉"。与李商隐齐名，时称"温李"。与李商隐、段成式共创"三十六体"。	2首
51		项斯	802？—847？	会昌四年（844）进士。	1首
52		*马戴	803？—879？	会昌四年（844）进士。	1首
53		赵嘏	806—852	会昌四年（844）进士。人称"赵倚楼"。世称"赵渭南"。	4首
54		李群玉	808？—860？	喜吟诗，得唐宣宗赏识。与杜牧、方干等为诗友，遍游剡中名胜。	1首
55		方干	809—888	诗名卓著，有状元之称。人称"缺唇先生""玄英先生"。	4首

续表

序号	时期	姓名	生卒年	诗人简况	剡字诗
56	晚唐（836—907）	陆龟蒙	？—881	与皮日休齐名，世称"皮陆"。	1首
57		薛能	817—880	会昌六年（846）进士。	1首
58		许棠	822—？	咸通十二年（871）进士。时号"许洞庭"。"咸通十哲"之一。	1首
59		罗隐	833—910	与罗虬、罗邺齐名，称"江东三罗"。	3首
60		皮日休	834？—883？	咸通八年（867）进士。与陆龟蒙齐名，世称"皮陆"。	1首
61		吴融	850—903	龙纪（889）进士。新昌吴氏始祖。	1首
62		崔道融	？—907？	与当时名诗人方干交往。	1首
63		齐己	864—943？	唐诗僧，人称"诗囊"。与皎然、贯休并称"唐三高僧"。	7首
64		李洞	819？—893？	慕贾岛诗，铸贾岛铜像而顶戴之。	1首
65		李昌邺	不详	唐末进士。过三乡驿，有和诗题壁。	1首
66		李观象	不详	以剡纸作"纸帐"以示廉洁自保。	1首
67		李咸用	不详	钟情吟诗，以律诗见长，曾游剡中。	1首
68		王棨	不详	咸通三年（862）进士。曾游剡。	1首
69		陈端	不详	以剡笺赠人，并以天姥、金庭等自然景色形容剡笺之光洁。	1首
70		周贺	不详	自称"乡僧"。与贾岛、无可齐名。《唐才子传》称其为"八位诗僧"之一。	1首
71		栖白	不详	诗苦吟，与贾岛、无可、齐己等为友。	1首

续表

序号	时期	姓名	生卒年	诗人简况	剡字诗
72	晚唐 (836—907)	贯休	832—913	唐诗僧。与皎然、齐己并称"唐三高僧"。	3首
73		诸葛觉	不详	曾为僧,法名淡然,曾游剡。	1残句
74		李建勋	873?—952	工诗,曾游剡。	1首
75		徐夤	不详	乾宁元年(894)进士。喜堆砌辞藻,人号"锦绣堆"。	2首

【说明】

①据表可知,"剡"字唐诗冠军李白,12首;亚军皎然,11首;许浑、齐己并列季军,均有7首。

②诗人归属初唐、盛唐、中唐、晚唐:采纳《唐诗鉴赏辞典》(上海辞书出版社2004年版)附录《唐诗书目》中的划分。

③生卒年:以《辞海》《辞源》为主,再辅以钱仲联等主编《中国文学大辞典》、浙江省人物志编纂委员会编《浙江省人物志》等其他版本进行补充。

④作者姓名前加＊号者,为清·孙洙选编《唐诗三百首》收录诗人。

⑤作品计数原则:唐代诗人间同一首署名互见的情形,实属多见。对此,本书在统计诗人个人作品数量时只计入一人。

3.《剡录》等历代县志唐诗题录

诗人	诗题	所在县志及卷数	有无剡字
丁仙芝	《剡溪馆闻笛》	《剡录》卷六《诗》 清康熙《嵊县志》卷二《山川志》 清道光《嵊县志》卷十三《艺文·山川》 清同治《嵊县志》卷二十四《文翰志·诗》 民国《嵊县志》卷二十八《艺文志·诗》	有
马戴	《寄剡中友人》	清道光《嵊县志》卷十三《艺文·山川》 清同治《嵊县志》卷二十四《文翰志·诗》 民国《嵊县志》卷二十八《艺文志·诗》 1994年版《新昌县志·诗文选辑》	有
王维	《宿道一上方院》	《剡录》卷六《诗》 清道光《嵊县志》卷十四《艺文·仙释》 清同治《嵊县志》卷二十四《文翰志·诗》 民国《嵊县志》卷二十八《艺文志·诗》	无
王维	《长生草》	《剡录》卷十《草木禽鱼诂》	无
王维	《戏赠张五弟諲三首》其三	《剡录》卷十《草木禽鱼诂》	无
无可	《送清澈游太白山》	《剡录》卷六《诗》 清道光《嵊县志》卷十三《艺文·山川》 清同治《嵊县志》卷二十四《文翰志·诗》 民国《嵊县志》卷二十八《艺文志·诗》	无
无名氏	《枣》	《剡录》卷十《草木禽鱼诂》	无
韦应物	《陪王郎中寻孔征君》（嵊县志中作《访秦系》）	《剡录》卷六《诗》 清道光《嵊县志》卷十四《艺文·寓贤》 清同治《嵊县志》卷二十四《文翰志·诗》 民国《嵊县志》卷二十八《艺文志·诗》	无
韦应物	《送张侍御秘书江左觐省》	《剡录》卷十《草木禽鱼诂》	无

续表

诗人	诗题	所在县志及卷数	有无刻字
方干	《送剡县陈永秩满归越》	《剡录》卷一《县纪年》 清乾隆《嵊县志》卷十八《艺文官师》 清道光《嵊县志》卷十四《艺文·职官》 清同治《嵊县志》卷二十四《文翰志·诗》 民国《嵊县志》卷二十八《艺文志·诗》	有
	《和剡县陈明府登县楼》	《剡录》卷一《县纪年》 清乾隆《嵊县志》卷十六《艺文建置》 清道光《嵊县志》卷十三《艺文·署解》 清同治《嵊县志》卷二十四《文翰志·诗》 民国《嵊县志》卷二十八《艺文志·诗》	有
	《路入剡中作》	《剡录》卷二《山水志》、卷六《诗》 清康熙《嵊县志》卷第二《山川志》 清乾隆《嵊县志》卷十五《艺文地理》 清道光《嵊县志》卷十三《艺文·山川》 清同治《嵊县志》卷二十四《文翰志·诗》 民国《嵊县志》卷二十八《艺文志·诗》 1994年版《新昌县志·诗文选辑》 2007年版《嵊县志·历代诗文选》	有
	《题碧溪山禅老一作赠鹤隐寺僧》	《剡录》卷十《草木禽鱼诂》	无
	《山中言事》	《剡录》卷十《草木禽鱼诂》	无
元稹	《送王十一郎游剡中》	清康熙《嵊县志》卷十二《人物志·仙释》 清道光《嵊县志》卷十三《艺文·山川》 清同治《嵊县志》卷二十四《文翰志·诗》 民国《嵊县志》卷二十八《艺文志·诗》	有
	《刘阮妻二首》	明万历《新昌县志》卷三《山川志》 清康熙《新昌县志》卷十八《山川艺文》 清康熙《嵊县志》卷十二《人物志·仙释》 民国《新昌县志》卷十六《古迹》 1994年版《新昌县志·诗文选辑》	无
	《解秋十首》其七	《剡录》卷九《草木禽鱼诂》	无
	《春分投简阳明洞天作》	《剡录》卷十《草木禽鱼诂》	无
孔德绍	《南隐游泉山》	《剡录》卷九《草木禽鱼诂》	无

续表

诗人	诗题	所在县志及卷数	有无剡字
白居易	《赠江州李十使君员外十二韵》	《剡录》卷六《诗》	有
	《有木诗八首》其七、八	《剡录》卷九《草木禽鱼诂》	无
	《梦仙》	《剡录》卷十《草木禽鱼诂》	无
	《采地黄者》	《剡录》卷十《草木禽鱼诂》	无
	《寓意诗五首》其五	《剡录》卷十《草木禽鱼诂》	无
	《山鹧鸪》	《剡录》卷十《草木禽鱼诂》	无
	《放鱼》	《剡录》卷十《草木禽鱼诂》	无
丘为	《送阎校书之越》	《剡录》卷六《诗》 清同治《嵊县志》卷二十四《文翰志·诗》 民国《嵊县志》卷二十八《艺文志·诗》	有
	《竹下残雪》	《剡录》卷六《诗》	无
皮日休	《二游诗·徐诗》	《剡录》卷七《纸·剡纸》	有
	《奉和鲁望四明山九题》其一石窗	《剡录》卷二《山水志》	无
	《虎丘寺西小溪闲泛三绝》其一	《剡录》卷九《草木禽鱼诂》	无
	《鲁望春日多寻野景日休抱疾杜门因有是寄》	《剡录》卷九《草木禽鱼诂》	无
	《寒日书斋即事三首》其二	《剡录》卷十《草木禽鱼诂》	无
	《江南道中怀茅山广文南阳博士三首》其一	《剡录》卷十《草木禽鱼诂》	无
卢象	《题沃洲精舍》（一作《寄云门亮师》）	《剡录》卷三《先贤传》	无

续表

诗人	诗题	所在县志及卷数	有无剡字
卢纶	《题兴善寺后池》	清康熙《新昌县志》卷十八《山川艺文》 1994年版《新昌县志·诗文选辑》	无
	《竹里馆》	《剡录》卷十《草木禽鱼诂》	无
	《过楼观李尊师》（一作《过李尊师院》）	《剡录》卷三《先贤传》	无
刘长卿	《送张扈司直归越中》（一作《送张继司直适越》）	《剡录》卷六《诗》 清同治《嵊县志》卷二十四《文翰志·诗》	有
	《题曲阿三昧王佛殿前孤石》	《剡录》卷六《诗》 清康熙《嵊县志》卷二《山川志》 清道光《嵊县志》卷十三《艺文·山川》 清同治《嵊县志》卷二十四《文翰志·诗》	有
	《贾侍郎自会稽使回篇什盈卷兼蒙见寄一首与余有挂冠之期因书数事率成十韵》	《剡录》卷二《山水志》、卷六《诗》、卷十《草木禽鱼诂》	有
	《和袁郎中破贼后军行过剡中山水谨上太尉》	清道光《嵊县志》卷十三《艺文·山川》 清同治《嵊县志》卷二十四《文翰志·诗》	有
	《送荀八过山阴旧县兼寄剡中诸官》	《剡录》卷一《县纪年》、卷九《草木禽鱼诂上》 清乾隆《嵊县志》卷十八《艺文官师》 清道光《嵊县志》卷十四《艺文·职官》 清同治《嵊县志》卷二十四《文翰志·诗》 民国《嵊县志》卷二十八《艺文志·诗》	有
	《赠微上人》	清道光《嵊县志》卷十四《艺文·仙释》	有
	《酬张夏雪夜赴州访别途中苦寒作》（嵊县志作《雪夜话别》）	《剡录》卷六《诗》	无
	《题四窗》（原作《四明山》）	清道光《嵊县志》卷十三《艺文·山川》 清同治《嵊县志》卷二十四《文翰志·诗》	无

续表

诗人	诗题	所在县志及卷数	有无剡字
刘长卿	《过隐空和尚故居》	1994年版《新昌县志·诗文选辑》	无
	《送灵澈上人还越中》	1994年版《新昌县志·诗文选辑》	无
	《送方外上人》	1994年版《新昌县志·诗文选辑》	无
	《初到碧涧招明契上人》	《剡录》卷三《先贤传》	无
刘禹锡	《牛相公见示新什谨依本韵次用以抒下情》	《剡录》卷七《纸·剡滕》	有
	《吐绶鸟词》	《剡录》卷十《草木禽鱼诂》	无
刘商	《送人之江东》	《剡录》卷六《诗》	无
朱放	《剡溪行却寄新别者》	《剡录》卷六《诗》 清康熙《嵊县志》卷二《山川志》 清乾隆《嵊县志》卷十五《艺文地理》 清道光《嵊县志》卷十三《艺文·山川》 清同治《嵊县志》卷二十四《文翰志·诗》 民国《嵊县志》卷二十八《艺文志·诗》	有
	《剡溪舟行》（一作《剡山夜行》）	《剡录》卷二《山水志》、卷六《诗》、卷九《草木禽鱼诂》、《剡录》卷十《草木禽鱼诂》 清乾隆《嵊县志》卷十五《艺文地理》 清道光《嵊县志》卷十三《艺文·山川》 清同治《嵊县志》卷二十四《文翰志·诗》 民国《嵊县志》卷二十八《艺文志·诗》 民国《新昌县志》卷十四《寓贤》 1994年版《新昌县志·诗文选辑》 2007年版《嵊县志·历代诗文选》	有
戎昱	《成都送严十五之江东》	《剡录》卷二《山水志》、卷六《诗》 清道光《嵊县志》卷十三《艺文·山川》 清同治《嵊县志》卷二十四《文翰志·诗》	有
项斯	《寄剡溪友》（一作《寄剡中友诗》）	《剡录》卷四《古奇迹》	有

续表

诗人	诗题	所在县志及卷数	有无剡字
许浑	《泛五云溪》	《剡录》卷六《诗》	有
	《广陵送剡县薛明府赴任》	《剡录》卷一《县纪年》 清乾隆《嵊县志》卷十八《艺文官师》 清道光《嵊县志》卷十四《艺文·职官》 清同治《嵊县志》卷二十四《文翰志·诗》	有
	《早发天台中岩寺度关岭次天姥岑》	1994年版《新昌县志·诗文选辑》	无
	《与张道士同访李隐君不遇》	《剡录》卷九《草木禽鱼诂》	无
许敬宗	《奉和秋暮言志应制》	《剡录》卷十《草木禽鱼诂》	无
齐顗	《宿南岩寺感兴》	民国《新昌县志》卷十六《古迹》	无
羊士谔	《忆江南旧游二首》其一	《剡录》卷十《草木禽鱼诂》	无
权德舆	《相思树》	《剡录》卷九《草木禽鱼诂》	无
陈端	《以剡笺赠陈待诏》	清道光《嵊县志》卷十三《艺文·物产》 清同治《嵊县志》卷二十四《文翰志·诗》 民国《嵊县志》卷二十八《艺文志·诗》	有
陈陶	《旅次铜山途中先寄温州韩使君》	《剡录》卷十《草木禽鱼诂》	无
陈允初等八人	《征镜湖故事》	《剡录》卷六《诗》	无
李適	《答宋十一崖口五渡见赠》	《剡录》卷十《草木禽鱼诂》	无
李白	《秋下荆门》	《剡录》卷六《诗》、卷十《草木禽鱼诂》 清康熙《嵊县志》卷二《山川志》 清乾隆《嵊县志》卷十五《艺文地理》 清道光《嵊县志》卷十三《艺文·山川》 清同治《嵊县志》卷二十四《文翰志·诗》 民国《嵊县志》卷二十八《艺文志·诗》 1994年版《新昌县志·诗文选辑》 2007年版《嵊县志·历代诗文选》	有

续表

诗人	诗题	所在县志及卷数	有无剡字
李白	《别储邕之剡中》	《剡录》卷二《山水志》、卷六《诗》 明万历《新昌县志》卷三《山川志》 清康熙《嵊县志》卷二《山川志》 清乾隆《嵊县志》卷十五《艺文地理》 清道光《嵊县志》卷十三《艺文·山川》 清同治《嵊县志》卷二十四《文翰志·诗》 民国《新昌县志》卷十六《古迹》 民国《嵊县志》卷二十八《艺文志·诗》 1994年版《新昌县志·诗文选辑》 2007年版《嵊县志·历代诗文选》	有
	《秋山寄卫尉张卿及王征君》	《剡录》卷六《诗》、卷九《草木禽鱼诂》 清康熙《嵊县志》卷二《山川志》 清道光《嵊县志》卷十三《艺文·山川》 清同治《嵊县志》卷二十四《文翰志·诗》1994年版《新昌县志·诗文选辑》	有
	《叙旧赠江阳宰陆调》	《剡录》卷六《诗》	有
	《梦游天姥吟留别》	《剡录》卷四《古奇迹》、卷六《诗》、卷十《草木禽鱼诂》 明成化《新昌县志》卷三《山川》 明万历《新昌县志》卷三《山川志》 清康熙《嵊县志》卷三《景迹志》 清同治《嵊县志》卷二十四《文翰志·诗》 民国《新昌县志》卷十六《古迹》 民国《嵊县志》卷二十八《艺文志·诗》 1994年版《新昌县志·诗文选辑》	有
	《东鲁门泛舟二首》	《剡录》卷六《诗》	有
	《淮海对雪赠傅霭》	《剡录》卷四《古奇迹》、卷六《诗》	有
	《送王屋山人魏万还王屋》	《剡录》卷六《诗》	有
	《赠王判官时余归隐居庐山屏风叠》	《剡录》卷六《诗》	有

续表

诗人	诗题	所在县志及卷数	有无刻字
李白	《经乱后将避地剡中留赠崔宣城》	《剡录》卷一《县纪年》、卷六《诗》、卷十《草木禽鱼诂》 清康熙《嵊县志》卷第二《山川志》 清乾隆《嵊县志》卷十五《艺文地理》 清道光《嵊县志》卷十三《艺文·山川》 清同治《嵊县志》卷二十四《文翰志·诗》 民国《嵊县志》卷二十八《艺文志·诗》	有
	《寄韦南陵冰余江上乘兴访之遇寻颜尚书笑有此赠》	《剡录》卷六《诗》	无
	《石城寺》	明成化《新昌县志》卷三《山川》 明万历《新昌县志》卷三《山川志》 清康熙《新昌县志》卷十八《山川艺文》	无
	《送内寻庐山女道士李腾空二首》其一	《剡录》卷九《草木禽鱼诂》	无
	《忆东山二首》其一	《剡录》卷九《草木禽鱼诂》	无
	《赠黄山胡公求白鹇》	《剡录》卷十《草木禽鱼诂》	无
	《对雪奉饯任城六父秩满归京》	《剡录》卷十《草木禽鱼诂》	无
李冶	《送阎二十六赴剡县》	清道光《嵊县志》卷十三《艺文·山川》	有
李德裕	《比闻龙门敬善寺有红桂树》	《剡录》卷九《草木禽鱼诂》 清乾隆《嵊县志》卷十五《艺文地理》	有
李端	《云阳观寄袁稠》	《剡录》卷二《山水志》、卷四《古奇迹》、卷六《诗》 清康熙《嵊县志》卷三《景迹志》 清道光《嵊县志》卷十三《艺文·山川》 清同治《嵊县志》卷二十四《文翰志·诗》 民国《嵊县志》卷二十八《艺文志·诗》	有
	《冬夜寄韩弇》	《剡录》卷二《山水志》、卷六《诗》	有
	《送少微人上》	《剡录》卷六《诗》	无
	《晚次巴陵》（《剡录》作《斑竹》）	《剡录》卷九《草木禽鱼诂》	无

续表

诗人	诗题	所在县志及卷数	有无剡字
李嘉祐	《送严维归越州》	《剡录》卷六《诗》 清道光《嵊县志》卷十三《艺文·山川》 清同治《嵊县志》卷二十四《文翰志·诗》	有
	《送越州辛法曹之任》	《剡录》卷四《古奇迹》、卷六《诗》 清康熙《嵊县志》卷三《景迹志》 清乾隆《嵊县志》卷十五《艺文地理》 清道光《嵊县志》卷十四《艺文·古迹》、《艺文·职官》 清同治《嵊县志》卷二十四《文翰志·诗》	有
	《和袁郎中破贼后经剡县山水上太尉》	清道光《嵊县志》卷十三《艺文·山川》 清同治《嵊县志》卷二十四《文翰志·诗》	有
	《暮春宜阳郡斋愁坐忽柱刘七侍御新诗因以酬答》	《剡录》卷九《草木禽鱼诂》	无
	《常州韦郎中泛舟见饯》	《剡录》卷十《草木禽鱼诂》	无
李益	《罢秩后入华山采茯苓逢道者》	《剡录》卷十《草木禽鱼诂》	无
李绅	《新楼诗二十首·其七·龙宫寺》	明成化《新昌县志》卷三《山川》 明万历《新昌县志》卷三《山川志》 清康熙《新昌县志》卷十八《山川艺文》 清道光《嵊县志》卷十四《艺文·寺观》 民国《新昌县志》卷十六《古迹》 民国《嵊县志》卷二十八《艺文志·诗》	无
李贺	《出城》	《剡录》卷九《草木禽鱼诂》	无
	《难忘曲》	《剡录》卷九《草木禽鱼诂》	无
	《答宋十一崖口五渡见赠》	《剡录》卷十《草木禽鱼诂》	无
李群玉	《登蒲涧寺后二岩三首》其一	《剡录》卷四《古奇迹》	无
宋之问	《宿云门寺》	《剡录》卷六《诗》	有

续表

诗人	诗题	所在县志及卷数	有无剡字
严维	《剡中赠张卿侍御》	《剡录》卷六《诗》 清道光《嵊县志》卷十三《艺文·山川》 清同治《嵊县志》卷二十四《文翰志·诗》 民国《嵊县志》卷二十八《艺文志·诗》	有
杜荀鹤	《闽中秋思》	《剡录》卷九《草木禽鱼诂》	无
杜甫	《壮游》（节选）	《剡录》卷一《县纪年》、卷二《山水志》、卷六《诗》 清康熙《嵊县志》卷第二《山川志》 清乾隆《嵊县志》卷十五《艺文地理》 清道光《嵊县志》卷十三《艺文·山川》 清同治《嵊县志》卷二十四《文翰志·诗》 民国《新昌县志》卷十六《古迹》 民国《嵊县志》卷二十八《艺文志·诗》 1994年版《新昌县志·诗文选辑》 2007年版《嵊县志·历代诗文选》	有
	《江头五咏其二栀子》	《剡录》卷九《草木禽鱼诂》	无
	《雨晴一作霁》	《剡录》卷十《草木禽鱼诂》	无
	《路逢襄阳杨少府入城戏呈杨员外绾》	《剡录》卷十《草木禽鱼诂》	无
	《麂》	《剡录》卷十《草木禽鱼诂》	无
	《过津口》	《剡录》卷十《草木禽鱼诂》	无
张南史	《西陵怀灵一上人兼朱放》	民国《嵊县志》卷二十八《艺文志·诗》 清同治《嵊县志》卷二十四《文翰志·诗》	无
张九龄	《南阳道中作》	《剡录》卷十《草木禽鱼诂》	无
张继	《剡县法台寺灌顶坛诗》	《剡录》卷八《物外记》 清康熙《嵊县志》卷三《景迹志》 清乾隆《嵊县志》卷十五《艺文地理》 清道光《嵊县志》卷十四《艺文·古迹》	有
张籍	《剡溪逢茅山道士》	清道光《嵊县志》卷十四《艺文·隐逸》 清同治《嵊县志》卷二十四《文翰志·诗》 民国《嵊县志》卷二十八《艺文志·诗》	有

附录

361

续表

诗人	诗题	所在县志及卷数	有无剡字
张籍	《送越客》	《剡录》卷四《古奇迹》、卷六《诗》、卷十《草木禽鱼沾》 清道光《嵊县志》卷十三《艺文·山川》 清同治《嵊县志》卷二十四《文翰志·诗》 民国《嵊县志》卷二十八《艺文志·诗》	有
	《送闽僧》（一作《送僧归漳州》）	《剡录》卷十《草木禽鱼沾》	无
	《送吴炼师归王屋》	《剡录》卷十《草木禽鱼沾》	无
	《送徐一作阴先生归蜀》	《剡录》卷十《草木禽鱼沾》	无
	《山禽》	《剡录》卷十《草木禽鱼沾》	无
	《送萧炼师入四明山》	民国《嵊县志》卷二十八《艺文志·诗》	无
张祜	《题招隐寺》	《剡录》卷六《诗》 清道光《嵊县志》卷十四《艺文·寺观》 清同治《嵊县志》卷二十四《文翰志·诗》 民国《嵊县志》卷二十八《艺文志·诗》	无
	《江南杂题三十首》其十三	《剡录》卷十《草木禽鱼沾》	无
	《江西道中作三首》其三	《剡录》卷十《草木禽鱼沾》	无
张说	《题金庭观》	《剡录》卷八《物外记》 清乾隆《嵊县志》卷十五《艺文祠祀》 清道光《嵊县志》卷十四《艺文·寺观》	无
	《过怀王墓》		
陆龟蒙	《送宣武从事越中按狱》	《剡录》卷二《山水志》、卷六《诗》	有
	《四明山诗·石窗》	清康熙《嵊县志》卷二《山川志》	无
	《奉和袭美夏景无事因怀章来二上人次韵》其二	《剡录》卷三《先贤传》	无
	《伤越》	《剡录》卷四《古奇迹》	无

362

续表

诗人	诗题	所在县志及卷数	有无剡字
陆龟蒙	《和袭美虎丘寺西小溪闲泛三绝》其一	《剡录》卷九《草木禽鱼诂》	无
陆羽	《赴剡溪暮发曹江》	清道光《嵊县志》卷十三《艺文·山川》 清同治《嵊县志》卷二十四《文翰志·诗》 民国《嵊县志》卷二十八《艺文志·诗》 2007年版《嵊县志·历代诗文选》	有
灵澈	《天姥岑望天台山》	1994年版《新昌县志·诗文选辑》	无
杨凌	《剡溪看花》	清道光《嵊县志》卷十三《艺文·山川》 清同治《嵊县志》卷二十四《文翰志·诗》 民国《嵊县志》卷二十八《艺文志·诗》	有
杨巨源	《送定法师归蜀法师即红楼院供奉广宣上人兄弟》	《剡录》卷六《诗》	有
吴融	《海棠二首》其一	《剡录》卷九《草木禽鱼诂》	无
孟浩然	《腊月八日于剡县石城寺礼拜》	明万历《新昌县志》卷三《山川志》 清康熙《新昌县志》卷十八《山川艺文》 民国《新昌县志》卷十六《古迹》 1994年版《新昌县志·诗文选辑》	有
孟浩然	《宿立公房》	1994年版《新昌县志·诗文选辑》	无
孟浩然	《过吴张二子檀溪别业》	《剡录》卷六《诗》	无
孟浩然	《寻白鹤岩张子容隐居》	《剡录》卷九《草木禽鱼诂》	无
孟郊	《送淡公》（十二首·其二）	《剡录》卷六《诗》 清道光《嵊县志》卷十四《艺文·仙释》 民国《嵊县志》卷二十八《艺文志·诗》	有
孟郊	《送萧炼师入四明》	《剡录》卷六《诗》 清康熙《嵊县志》卷二《山川志》 清道光《嵊县志》卷十三《艺文·山川》 清同治《嵊县志》卷二十四《文翰志·诗》 民国《嵊县志》卷二十八《艺文志·诗》	无

续表

诗人	诗题	所在县志及卷数	有无剡字
罗隐	《送辩光大师师以草书应制》	《剡录》卷六《诗》	有
	《寄剡县主簿》	《剡录》卷一《县纪年》 清乾隆《嵊县志》卷十八《艺文官师》 清道光《嵊县志》卷十四《艺文·职官》 清同治《嵊县志》卷二十四《文翰志·诗》 民国《嵊县志》卷二十八《艺文志·诗》	有
	《送裴饶归会稽》	《剡录》卷四《古奇迹》、卷六《诗》、卷八《物外记》 清乾隆《嵊县志》卷十五《艺文祠祀》 清道光《嵊县志》卷十三《艺文·山川》 清同治《嵊县志》卷二十四《文翰志·诗》 民国《嵊县志》卷二十八《艺文志·诗》	无
	《赵能卿话剡之胜景》（一作《往年进士赵能卿尝话金庭胜事见示叙》）	明万历《新昌县志》卷三《山川志》 清康熙《新昌县志》卷十八《山川艺文》 清道光《嵊县志》卷十三《艺文·山川》 清同治《嵊县志》卷二十四《文翰志·诗》 民国《嵊县志》卷二十八《艺文志·诗》 民国《新昌县志》卷十六《古迹》 1994年版《新昌县志》	有
罗邺	《题水帘洞》	1994年版《新昌县志·诗文选辑》	无
欧阳詹	《晨装行》	《剡录》卷十《草木禽鱼诂》	无
武元衡	《西陵怀灵一上人兼寄朱放》（实为张南史诗）	清同治《嵊县志》卷二十四《文翰志·诗》	无
祖咏	句	《剡录》卷九十《草木禽鱼诂》	无
姚合	句	《剡录》卷十《草木禽鱼诂》	无
赵嘏	《送剡客》（一作薛逢诗）	《剡录》卷六《诗》 清康熙《嵊县志》卷二《山川志》 清乾隆《嵊县志》卷十五《艺文地理》 清道光《嵊县志》卷十三《艺文·山川》 清同治《嵊县志》卷二十四《文翰志·诗》	有
	《送张又新除温州》	《剡录》卷六《诗》	有

续表

诗人	诗题	所在县志及卷数	有无剡字
赵嘏	《早发剡中石城寺》	《剡录》卷八《物外记》 清道光《嵊县志》卷十三《艺文·山川》 清同治《嵊县志》卷二十四《文翰·诗》 民国《嵊县志》卷二十八《艺文志·诗》 民国《新昌县志》卷十六《古迹》 1994年版《新昌县志·诗文选辑》	有
	《发剡山》（一作《早发剡中》）	《剡录》卷一《县纪年》 清康熙《嵊县志》卷第二《山川志》 清乾隆《嵊县志》卷十五《艺文地理》 清道光《嵊县志》卷十三《艺文·山川》 清同治《嵊县志》卷二十四《文翰志·诗》 民国《嵊县志》卷二十八《艺文志·诗》 1994年版《新昌县志·诗文选辑》	有
皇甫冉	《送王绪剡中》	《剡录》卷四《古奇迹》、卷六《诗》 清康熙《嵊县志》卷三《景迹志》 清乾隆《嵊县志》卷十五《艺文地理》 清道光《嵊县志》卷十四《艺文·隐逸》 清同治《嵊县志》卷二十四《文翰志·诗》 民国《嵊县志》卷二十八《艺文志·诗》	有
	《和袁郎中破贼后经剡中山水》	《剡录》卷六《诗》、卷十《草木禽鱼诂》 清道光《嵊县志》卷十三《艺文·山川》 清同治《嵊县志》卷二十四《文翰志·诗》	有
	《润州南郭留别》（一作《朱方南郭留别皇甫冉》）	《剡录》卷六《诗》	有
	《送王翁信还剡中旧居》	《剡录》卷四《古奇迹》 清康熙《嵊县志》卷三《景迹志》 清乾隆《嵊县志》卷十五《艺文地理》 清道光《嵊县志》卷十四《艺文·古迹》 清同治《嵊县志》卷二十四《文翰志·诗》 民国《嵊县志》卷二十八《艺文志·诗》	有
	《赴无锡别灵一上人》	《剡录》卷三《先贤传》	无
皇甫曾	《送孔征君诗即孔淳之》	《剡录》卷六《诗》	无

续表

诗人	诗题	所在县志及卷数	有无剡字
柳宗元	《再至界围岩水帘遂宿岩下》	《剡录》卷十《草木禽鱼诂》	无
修睦	《映山红》	《剡录》卷九十《草木禽鱼诂》	无
施肩吾	《晚春送王秀才游剡川》	清道光《嵊县志》卷十三《艺文·山川》 清同治《嵊县志》卷二十四《文翰志·诗》 民国《嵊县志》卷二十八《艺文志·诗》	有
	《同诸隐者夜登四明山》	清道光《嵊县志》卷十三《艺文·山川》	无
项斯	《寄剡溪友》（一作《寄剡中友》诗）	《剡录》卷四《古奇迹》、卷六《诗》、卷十《草木禽鱼诂》 清康熙《嵊县志》卷第二《山川志》 清道光《嵊县志》卷十三《艺文·山川》 清同治《嵊县志》卷二十四《文翰志·诗》 民国《嵊县志》卷二十八《艺文志·诗》	有
	《赠太白山隐者》	民国《嵊县志》卷二十八《艺文志·诗》 清道光《嵊县志》卷十四《艺文·隐逸》 清同治《嵊县志》卷二十四《文翰志·诗》	无
钱起	《山斋读书寄时校书杜叟》	《剡录》卷六《诗》	有
	《赋得池上双丁香树》	《剡录》卷九《草木禽鱼诂》	无
	《蓝田溪杂咏二十二首·其十七·衔鱼翠鸟》	《剡录》卷十《草木禽鱼诂》	无
钱镠	《隐岳洞》	1994年版《新昌县志·诗文选辑》	无
贾岛	《忆吴处士》	《剡录》卷二《山水志》、卷四《古奇迹》、卷六《诗》 清康熙《嵊县志》卷三《景迹志》 清乾隆《嵊县志》卷十五《艺文地理》 清道光《嵊县志》卷十四《艺文·隐逸》 清同治《嵊县志》卷二十四《文翰志·诗》	有
	《送僧归太白》	清同治《嵊县志》卷二十四《文翰志·诗》	无
	《咏怀》	《剡录》卷十《草木禽鱼诂》	无
	《送朱兵曹迥越》	《剡录》卷十《草木禽鱼诂》	无

续表

诗人	诗题	所在县志及卷数	有无剡字
顾况	《剡纸歌》	《剡录》卷七《纸》、卷十《草木禽鱼诂》 清道光《嵊县志》卷十三《艺文·物产》 清同治《嵊县志》卷二十四《文翰志·诗》 民国《嵊县志》卷二十八《艺文志·诗》 2007年版《嵊县志·历代诗文选》	有
	《山中》	清康熙《嵊县志》卷二《山川志》	无
	《从剡溪至赤城》	清道光《嵊县志》卷十三《艺文·山川》 清同治《嵊县志》卷二十四《文翰志·诗》 民国《嵊县志》卷二十八《艺文志·诗》	有
耿沣	《登沃州山》	民国《新昌县志》卷十六《古迹》 1994年版《新昌县志·诗文选辑》	无
栖白	《寄独孤处士》	清乾隆《嵊县志》卷十五《艺文地理》 清道光《嵊县志》卷十四《艺文·隐逸》 清同治《嵊县志》卷二十四《文翰志·诗》 民国《嵊县志》卷二十八《艺文志·诗》	有
	《怀竺法深》	《剡录》卷三《先贤传》	无
秦系	《剡中有献》（一作《献薛仆射》）	《剡录》卷四《古奇迹》、《剡录》卷十《草木禽鱼诂》 清道光《嵊县志》卷十四《艺文·寓贤》 清同治《嵊县志》卷二十四《文翰志·诗》	有
梁锽	《省试方进恒春草》	《剡录》卷十《草木禽鱼诂》 清道光《嵊县志》卷十三《艺文·物产》 清同治《嵊县志》卷二十四《文翰志·诗》	有
崔子向	《送惟详律师自越之义兴》	《剡录》卷六《诗》	有
崔颢	《舟行入剡》	《剡录》卷六《诗》、《剡录》卷十《草木禽鱼诂》 清康熙《嵊县志》卷二《山川志》 清乾隆《嵊县志》卷十五《艺文地理》 清道光《嵊县志》卷十三《艺文·山川》 清同治《嵊县志》卷二十四《文翰志·诗》 民国《嵊县志》卷二十八《艺文志·诗》 2007年版《嵊县志·历代诗文选》	有
崔峒	《润州送师弟自江夏往台州》	《剡录》卷六《诗》	有

续表

诗人	诗题	所在县志及卷数	有无剡字
皎然	《哭觉上人时绊剡中》	《剡录》卷三《先贤传》	有
	《饮茶歌诮崔石使君》	《剡录》卷十《草木禽鱼诂》	有
	《送禀上人游越》（一作《送僧之剡溪》）	清康熙《嵊县志》卷二《山川志》 清乾隆《嵊县志》卷十五《艺文地理》 清道光《嵊县志》卷十三《艺文·山川》 清同治《嵊县志》卷二十四《文翰志·诗》民国《嵊县志》卷二十八《艺文志·诗》	有
	《题湖上草堂》	《剡录》卷六《诗》 清道光《嵊县志》卷十四《艺文·古迹》 清同治《嵊县志》卷二十四《文翰志·诗》	有
	《题湖上兰若示清惠上人》	《剡录》卷六《诗》	无
章八元	《归桐庐旧居寄严长史》	《剡录》卷四《古奇迹》、卷六《诗》 清同治《嵊县志》卷二十四《文翰志·诗》	有
曹唐	《刘阮洞中遇仙子》（"拟刘阮遇仙子"）	清道光《嵊县志》卷十四《艺文·仙释》 清乾隆《嵊县志》卷十八《艺文人物》 清同治《嵊县志》卷二十四《文翰志·诗》 1994年版《新昌县志·诗文选辑》	无
	《刘晨阮肇游天台》（"拟刘阮入天台"）	明成化《新昌县志》卷三《山川》 清康熙《嵊县志》卷十二《人物志·仙释》 清乾隆《嵊县志》卷十八《艺文人物》 清道光《嵊县志》卷十四《艺文·仙释》 清同治《嵊县志》卷二十四《文翰志·诗》 民国《新昌县志》卷十六《古迹》 1994年版《新昌县志·诗文选辑》	无
	《仙子洞中有怀刘阮》（"拟仙子思刘阮"）	清康熙《嵊县志》卷十二《人物志·仙释》 清乾隆《嵊县志》卷十八《艺文人物》 清道光《嵊县志》卷十四《艺文·仙释》 清同治《嵊县志》卷二十四《文翰志·诗》 民国《新昌县志》卷十六《古迹》 1994年版《新昌县志·诗文选辑》	无

续表

诗人	诗题	所在县志及卷数	有无剜字
曹唐	《仙子送刘阮出洞》（"拟仙子送刘阮"）	清康熙《嵊县志》卷十二《人物志·仙释》 清乾隆《嵊县志》卷十八《艺文人物》 清道光《嵊县志》卷十四《艺文·仙释》	无
	《刘阮再到天台不复见仙子》（"拟刘再到天台不见仙子"）	清同治《嵊县志》卷二十四《文翰志·诗》 民国《新昌县志》卷十六《古迹》 清康熙《嵊县志》卷十二《人物志·仙释》 清乾隆《嵊县志》卷十八《艺文人物》 清道光《嵊县志》卷十四《艺文·仙释》 清同治《嵊县志》卷二十四《文翰志·诗》 民国《新昌县志》卷十六《古迹》	无
	《小游仙诗九十八首》（选二）（其二十三、九十八）	清同治《嵊县志》卷二十四《文翰志·诗》	无
	《送羽人王锡归罗浮》	《剡录》卷三《先贤传》	无
温庭筠	《宿一公精舍》	《剡录》卷六《诗》 清道光《嵊县志》卷十四《艺文·仙释》 清同治《嵊县志》卷二十四《文翰志·诗》 民国《嵊县志》卷二十八《艺文志·诗》 1994年版《新昌县志·诗文选辑》	有
	《秘书省有贺监知章草题诗笔力遒健风尚高远拂尘寻玩因有此作》	《剡录》卷十《草木禽鱼诂》	有
	《寄清凉寺僧》	《剡录》卷六《诗》	无
	《游东峰宗密精庐》	《剡录》卷六《诗》 清同治《嵊县志》卷二十四《文翰志·诗》 民国《嵊县志》卷二十八《艺文志·诗》	无
	《宿秦生山斋》（《宿秦公绪山居》）	《剡录》卷四《古奇迹》 清同治《嵊县志》卷二十四《文翰志·诗》 民国《嵊县志》卷二十八《艺文志·诗》	无
	《莲峰歌》（一作《东峰歌》）	《剡录》卷十《草木禽鱼诂》	无
	《晚归曲》	《剡录》卷十《草木禽鱼诂》	无

续表

诗人	诗题	所在县志及卷数	有无剡字
喻凫	《玄都观李尊师》	《剡录》卷九《草木禽鱼诂》	无
韩愈	《秋雨联句》	《剡录》卷十《草木禽鱼诂》	无
韩偓	《信笔》	《剡录》卷九《草木禽鱼诂》	无
	《翠碧鸟》	《剡录》卷十《草木禽鱼诂》	无
释小白	《宿金庭观》	《剡录》卷八《物外记》 清乾隆《嵊县志》卷十五《艺文地理》 清道光《嵊县志》卷十四《艺文·寺观》	无
裴通	《王右军宅》	《剡录》卷四《古奇迹》 清乾隆《嵊县志》卷十五《艺文地理》 清道光《嵊县志》卷十四《艺文·古迹》 清同治《嵊县志》卷二十四《文翰志·诗》 民国《嵊县志》卷二十八《艺文志·诗》	无
薛逢	《题独孤处士村居》	清乾隆《嵊县志》卷十五《艺文地理》 清道光《嵊县志》卷十四《艺文·古迹》 清同治《嵊县志》卷二十四《文翰志·诗》	无
薛能	《送浙东王大夫》	《剡录》卷七《纸·剡硾》	有
魏征	《宿沃洲寺》唐时沃洲属剡	清同治《嵊县志》卷二十四《文翰志·诗》 民国《嵊县志》卷二十八《艺文志·诗》 1994年版《新昌县志·诗文选辑》	无
戴叔伦	《奉酬秦征君系春日抚州西亭野望兼寄徐少府》（一作韦应物诗）	《剡录》卷二《山水志》、卷四《古奇迹》、卷六《诗》 清道光《嵊县志》卷十四《艺文·寓贤》 清同治《嵊县志》卷二十四《文翰志·诗》 民国《嵊县志》卷二十八《艺文志·诗》	有
	《早行寄朱山人放》	《剡录》卷二《山水志》、卷六《诗》 清康熙《嵊县志》卷三《景迹志》 清乾隆《嵊县志》卷十五《艺文地理》 清道光《嵊县志》卷十四《艺文·寓贤》 清同治《嵊县志》卷二十四《文翰志·诗》 民国《嵊县志》卷二十八《艺文志·诗》	有
	《剡溪舟行》（《全唐诗》作《泛舟》）	清乾隆《嵊县志》卷十五《艺文地理》 清道光《嵊县志》卷十三《艺文·山川》 清同治《嵊县志》卷二十四《文翰志·诗》 民国《嵊县志》卷二十八《艺文志·诗》	有

续表

诗人	诗题	所在县志及卷数	有无剡字
戴叔伦	《陪王郎中寻孔征君》（嵊县志作《寄秦系》）	《剡录》卷六《诗》	无
	《题秦隐君丽句亭》	《剡录》卷六《诗》 清乾隆《嵊县志》卷二《地理古迹》	无

【备注】

①据抽样翻检，对新昌、嵊州两地出版的南宋高似孙《剡录》、明成化《新昌县志》、明万历《新昌县志》、清康熙《新昌县志》、清乾隆《嵊县志》、清道光《嵊县志》、清同治《嵊县志》、民国《嵊县志》、民国《新昌县志》、1994年版《新昌县志》、2007年版《嵊县志（修订本）》等11种县志中收录的唐诗进行初步统计，11种县志共收录唐诗230首。

②其中有2人2首系宋人作，误作唐人收录，未计在内。一是华镇（1051—?），字安仁，号云溪居士，会稽（今浙江绍兴）人。宋神宗元丰二年（1079）进士。二是姚祐，武进（今属江苏）人。宋神宗元丰八年（1085）进士。

4. "剡"字入诗溯源

经查考，唐朝之前的历代诗歌中，存世的"剡"字诗，只有一残句、一首诗。

最早将"剡"字写入诗中的是东晋文学家殷仲文，作有《入剡诗》："野人虽云隔，超悟必有此。"存世只有此一残句。

最早将"剡中"引入诗中的是南朝宋山水诗鼻祖谢灵运，作有《登临海峤初发疆中作与从弟惠连可见羊何共和之》诗："暝投剡中宿，明登天姥岑。"全诗流传一千五百余年，传诵不衰。

一、殷仲文

殷仲文（？—407）：东晋文学家。字仲文，陈郡长平（今河南西华东北）人。少有才藻，美容貌。始任骠骑参军，后为征虏长史，左迁新安太守。桓玄姐夫，桓玄举兵篡夺帝位，参与其事。曾任咨议参军、侍中，领左卫将军。桓玄失败后，复投靠刘裕，历任镇军长史、尚书、东阳太守等职，后因谋反而被杀。其诗开始改变东晋玄言诗的风尚，但正如《南齐书·文学传论》所说："仲文玄气，犹不尽除。"原有集七卷，已佚。今存诗《南州桓公九井作》及文《自解表》，均载《文选》。《晋书》有传。

入剡诗（残句）
野人虽云隔，超悟必有此[1]。

【出处】
《昭明文选·卷六十·齐竟陵文宣王行状》李善注引。

【转载】

逯钦立《先秦汉魏晋南北朝诗》晋诗卷十四等有载。

【注释】

〔1〕"野人"句:清·梁章钜撰,穆克宏点校《文选旁证》(下册)载:"《六臣》本'隔'作'隐'。胡公《考异》曰:'野人'当作'人野'。"

【赏析】

殷仲文是大司马桓温的女婿。因从兄殷仲堪之荐,为会稽王司马道子骠骑参军,甚受赏接。仲文为桓玄姐夫,晋安帝司马德宗元兴元年(402),桓玄举兵攻入京师,仲文弃郡投之,为咨议参军,迁侍中、领左卫将军,参与废立之事。佐立有功,厚纳贿赂,奢侈无度。元兴三年(404),刘裕攻杀桓玄,安帝复位,仲文改投刘裕,为镇军长史,转尚书,旋迁东阳太守,因未达执掌朝政之望,意常不平。晋安帝义熙三年(407),因阴结永嘉太守骆球等图谋不轨,以谋反罪被刘裕所杀,年约40岁。殷仲文善属文,为世所重。

南朝梁·钟嵘著《诗品》列谢混于中品,列殷仲文于下品。《诗品》卷下"晋东阳太守殷仲文"条评云:

晋宋之际,殆无诗乎?义熙中,以谢益寿(混)、殷仲文为华绮之冠,殷不竞矣。

〔译文〕晋宋之间,几乎没有好诗吧?东晋义熙年间,以谢混、殷仲文的诗最为华美绮丽。殷仲文的诗不如谢混。

文中,"东阳"为郡名,治所在长山(今浙江金华)。"殆无诗乎",钟嵘认为,东晋以后,由于玄言诗流行,"建安风力尽矣",直到东晋末年这种状况仍无好转。到南朝宋谢灵运,诗歌才真正出现转机,所以说晋宋之际几乎无诗。殆,几乎,大概。"义熙"为东晋安帝司马德宗年号(405—418)。"以谢益寿",指谢、殷在"理过其辞、淡乎寡味"的玄言诗盛行之时,写出富有文采的作品,一时称善。谢灵运曾说:"若殷仲文读书半袁豹,则才不减班固。"沈约在《宋书·谢灵运传论》中则说:"仲文始革孙、许之风。"说明殷仲文虽读书不如袁豹,但才华不亚于班固,其诗作多有模山范水之句。但是,由于历史条件所限,殷、谢诗仍有玄言气味,不够成熟,故《南齐书·文学传论》中说:"仲文玄气,犹不尽除;谢混清新,得名未盛。"(用萧华荣注)

又说明他是从玄言诗到山水诗的过渡性人物，是改变玄言诗风的重要作家。谢益寿：谢混的小字，东晋作家，已见中品。华绮：华美绮丽。竞：强。

二、谢灵运

谢灵运（385—433）：南朝宋著名诗人。祖籍陈郡阳夏（今河南太康），生于始宁（今嵊州、上虞交界）。东晋名将谢玄之孙。晋时袭封康乐公，故又称"谢谢康乐"。入宋，曾任永嘉太守、临川内史等职。与同族后辈另一位著名诗人谢朓分别被称为"大谢"及"小谢"。他的诗大都描写山水名胜，刻画自然景物非常细致，开文学史上山水诗一派。著有《谢康乐集》。

> 登临海峤初发强中作与从弟惠连可见羊何共和之[1]
> 杪秋寻远山，山远行不近[2]。
> 与子别山阿，含酸赴修畛[3]。
> 中流袂就判，欲去情不忍[4]。
> 顾望脰未悁，汀曲舟已隐[5]。
> 隐汀绝望舟，鹜棹逐惊流[6]。
> 欲抑一生欢，并奔千里游[7]。
> 日落当栖薄，系缆临江楼[8]。
> 岂惟夕情敛，忆尔共淹留[9]。
> 淹留昔时欢，复增今日叹[10]。
> 兹情已分虑，况乃协悲端[11]。
> 秋泉鸣北涧，哀猿响南峦[12]。
> 戚戚新别心，凄凄久念攒[13]。
> 攒念攻别心，旦发清溪阴[14]。
> 暝投剡中宿，明登天姥岑[15]。
> 高高入云霓，还期那可寻[16]。
> 傥遇浮丘公，长绝子徽音[17]。

【出处】

晋·陶渊明著《陶渊明全集（附谢灵运集）》，第103页。

【注释】

〔1〕此诗作于元嘉二年（425）九月，谢灵运第一次东归始宁时。临海峤：谢灵运研究专家顾绍柏著《谢灵运集校注》认为，临海峤即天姥山。因当时新昌属剡，隶于会稽郡，天台称始丰，隶临海郡。以临海峤代替天姥山说得通。泛指临海郡之山。临海郡为会稽（今绍兴）郡南岭，辖临海、章安、始丰、永宁、宁海五县，南接永嘉郡。峤，尖而高的山。强中：清同治《嵊县志》卷一："强口溪在县北二十五里游谢乡，水自仙岩入剡溪。……又名强中。"在今嵊州市仙岩镇强口，原名强中，传谢灵运最后一次离始宁时，天虽冷，强饮一口强中水，方依恋而去，村民为纪念他，改名强口，乡名康乐，奉为乡主，立谢仙君庙祭祀。惠连：指谢惠连（407—433），南朝宋文学家。祖籍陈郡阳夏（今河南太康）人。谢方明之子，谢灵运族弟。他10岁能作文，深得谢灵运的赏识，见其新文，常感慨"张华重生，不能易也"。羊何：指羊璿之与何长瑜，谢灵运诗友。羊璿之，字曜瑶，泰山人。生年不详，卒于宋孝武帝大明三年（459）。初为临川内史。后为竟陵王诞所遇。诞败，璿之亦坐诛。何长瑜，东海人。为临川王义庆王国侍郎。历平西记室参军，除曾城令。元嘉二十年（443），庐陵王绍镇寻阳，请为南中郎行参军，行至板桥，溺死。有集八卷。

〔2〕杪秋：杪，本义是树的末梢，引申为年月季节的末尾。杪秋即暮秋，秋季的最后一个月，农历九月。远山：临海峤，从强中过剡县，至临海郡始丰（今天台县）界，相距100多里，是一次远游，故曰"行不远"。近：跟前。此二句意为，暮秋有远山之行，路途迢遥难以接近。

〔3〕子：你，古时对男子的美称，此指谢惠连。山阿：山谷、山湾。含酸：忍受心酸之离苦。修畛：远路。畛，田间分界的小路。此二句意为，与你告别山湾处，奔赴大路心悲酸。

〔4〕"中流"句：言舟行至中流，朋友就离别了。与前句"山阿"在岸上，是分别时的运作过程。袂，衣袖。判，分别。从岸上携手而别，到船上拂袖而别，表现了分别时恋恋不舍的形象化过程。中流，河中，此指船上。情：心情。《毛诗》："彷徨不忍去"。此二句谓，挥手江中就此别，人将离去情难忍。

〔5〕顾望：回头看。指船开走后依然伸颈相望。脰，头颈。悁：疲倦。未悁，即不知疲倦。汀：水边平地。汀曲，即河滩拐弯处。隐：

375

没。此二句意为，回头凝望颈不倦，江水湾处舟忆隐。

〔6〕绝望：望不到。骛棹：水上疾驰的舟船。骛，急，快。棹，划桨，此代船。逐：追逐。惊流：逆水冲波而行。此二句意为，船隐江中帆影断，飞船追逐江急流。

〔7〕抑：止，尽。有享尽的意思。并：共同。李善注引《列子》："公孙朝曰：'欲尽一生之欢，穷当年之乐。'"以上二句说，心想与从弟惠连一生共同欢乐，永不分离，一起千里远游，相伴而行。以想象中的尽乐同游，写眼前的别苦与孤独。

〔8〕栖薄：停泊。栖，栖息，止息。薄，同"泊"。缆：拴船的绳索。临江楼：谢灵运始宁墅居处。南朝宋·谢灵运《游名山志》："从临江楼步路南上二里余，左望湖中，右傍长江也。"此二句说，不只由于天晚而离愁郁结于心，想到与你曾经逗留临江楼，更增悲愁之绪。

〔9〕岂惟：岂止。情敛：情虑聚集于心。敛，聚。尔：你，指谢惠连。淹留：长期逗留。此二句意为，岂止夕阳逗离情，更忆与你共停留。

〔10〕欢：指往日与惠连来此淹留之欢。复增：更增。叹：悲叹。晋·潘岳《哀永逝文》："意旧欢兮增新悲。"此二句意为，昔时留此同欢欣，今日忆起增悲愁。

〔11〕兹情：此情。指离愁别恨。分虑：分外忧虑。协：合，契合。悲端：指秋天。秋日万物肃杀，令人心悲，故谓之悲端。此二句意为，离情郁结分外苦，更兼秋景愈凄寒。

〔12〕北涧：北面流水的山谷。南峦：南面的山峦。峦，山形长狭者。此二句意为，秋泉淙淙响北谷，哀猿啼叫鸣南山。

〔13〕戚戚：悲伤的样子。新别：刚刚离别。凄凄：悲伤的样子。久念：旧时的怀念。攒：聚在一起。此二句意为，初别愁绪心内酸，回忆旧情愁更添。

〔14〕攒念：攒聚于心的旧念。别心：离别忧愁的心绪。旦：早晨。清溪：清澈的河水，指强口溪。阴：溪水的南岸。强口涧源头有谢岩村，谢灵运南居石壁精舍所在地。涧汇入剡溪处有康乐船埠。"旦发清溪阴"，指于处入舟去临海与从弟惠连告别。此二句意为，忆旧触动离别心，明朝出发清溪岸。

〔15〕《昭明文选》句后原注："《楚辞》：'夕投宿于石城。'《汉书》：

'会稽有剡县。'《吴录》:'《地理志》曰:会稽有天姥岑。'善《注》:'剡,植琰切。''刘履曰:剡,古县名,属会稽郡,即今嵊县也。天姥,剡中山名,在今新昌县。寻,复践也。徽音,谓德音也。此言将由剡中以至临海,而诸山高绝,还期莫寻。倘遇神仙接引而去,则将永绝子之徽音矣。'"暝:天色晚暮时。剡中:剡县界内。剡为始宁南邻,秦置,含今嵊州市、新昌县境,县治在今嵊州城,其南与临海郡始丰(天台县)界,始宁入临海的必由之路。据新昌县旧志载,剡中宿处在今新昌县南明街道,原称城关镇,旧有康乐坊,即旧城中心百货商场附近。时新昌未立县,属剡,新昌县城名石城。从强口至新昌县城水道60里,逆水十多小时,暮宿于此与行程合。又新昌城在天姥山北麓,与下句"明登天姥岑"地理相合。天姥岑:指天姥山。南宋嘉泰《会稽志·卷九·山》"新昌县"条载:"天姥山在县东南五十里,东接天台华顶峰,西北联沃洲山,上有枫千余丈。《寰宇记》云:'登此山者,或闻天姥歌谣之响。'"岑,本义是小而高的山。此二句意为,夜晚投宿剡中地,黎明攀登天姥山。

〔16〕云霓:云霄,形容天姥山高。霓,副虹,雨后天空中与虹同时出现的彩色圆弧。唐·房玄龄等《晋书·羊祜传》:"高山寻云霓,深谷肆无景。"还期:指旧路。晋·潘岳《在怀县作》:"感此还期淹,叹彼年往驶。"此二句意为,高入云霄,归返旧路无处寻。

〔17〕傥:倘若。浮丘公:传说中的古仙人,曾接王子乔(周灵王的太子)上嵩山并导之成仙。李善注引《列仙传》:"王子乔好吹笙,道人浮丘公接以上嵩山。"长绝:永远断绝。徽音:德音。此喻音信,嘉讯。徽,美好。此二句意为,若遇仙人浮丘公,从此再也听不到你的音讯了。

【存异】

诗题:《剡录》卷六作"登临海峤初发强中作"。

【赏析】

全诗三十二句,八句一章,凡四章。

第一章,写远游别弟,两情依依之状。

第二章,写惊流泛棹,日落栖泊,但离思无时或去,往事都来心头。

第三章,承上新愁别恨。忆昔本为消愁,但结果旧日共游之欢乐

反而映现出今日独行的悲苦，旧欢转成新愁，不禁叹息频频。这种无可排遣的愁怀本已使人劳心焦思，更何况又逢这启人悲怨的深秋。耳畔只听得，秋泉活活，哀猿嗷嗷，悲愁断肠的秋声，弥漫在夹江两岸。闻此，戚戚新别之心，更引动了旧事万千，都来心头。

第四章，力图从悲苦中振起，拟想舟至剡中登游寻仙的情景以自遣。诗人不堪新愁旧悲转相交煎的心情，就计算起行程，明日从鬼谷子修行的清溪出发，傍晚就可到达浙东名胜剡中，而后日清晨就可攀登"势拔五岳掩赤城"的天姥山了。一旦在高出尘嚣的云霓中徜徉，归期就将不复计虑。也许此游有幸遇到接引汉代王子乔到嵩山为仙的古仙人浮丘公吧，那么就更听不到堂弟的音信了。

全诗在远游成仙的遐想中结束，又仍含蕴着对从弟的怀恋，正与开头远行惜别首尾呼应。复杂的情思，是喜还是悲，是喜为主还是悲为要，恐怕诗人自己也难以说清，而读者则不妨见仁见智，去慢慢品赏。

丁福林编选《谢灵运鲍照集》第86—87页：

本诗为诗人谢灵运为他的堂弟谢惠连所作。诗题所涉及的除了谢惠连以外，还有何长瑜和羊璿之二人。谢惠连是谢灵运的堂弟，也是宋初的著名诗人之一。这一年诗人45岁，谢惠连23岁，二人虽然年龄相差较大，但志趣相投，感情相当深厚。元嘉初，谢惠连离开家乡北上京都，诗人一直送到郊外，久久不忍离去。诗人《登池上楼》中传颂千古的名句"池塘生春草，园柳变鸣禽"二句，相传即是诗人梦中遇见谢惠连所得。何、羊二人则是诗人在始宁以"文章赏会，共为山泽之游"的"四友"中的二人，也是当时比较著名的诗人。此诗题的大意是，将登临海郡的尖山，由强中出发而作此诗赠堂弟惠连，惠连如见到羊璿之与何长瑜，可请二人一起作诗以和之。

全诗共为四章，虽然较长，但其间以顶真格的手法相衔接，因而整诗前后一气贯穿，联系紧密。诗开头即交代时间，并以"寻远山"照应题目的"登临海峤"。"山远行不近"，看似平淡，且又与"寻远山"有重复之嫌。但细细体会，则可发现这可谓似笨实佳之妙句。自己为寻幽探奇之心所驱动，临海峤自然不能不去，而由于行程颇远，与情深意笃的族弟分别又不能不使他倍感惆怅。所以这一句正体现了诗人当时的这种复杂矛盾的心理，同时也是下文与族弟分别时"含酸赴修畛"的抒情基础。船至中流"袂就判"的执手依依，船行后又回望族弟，以及不觉颈项酸痛的回望时间之长久，则是"含酸"的具体说明。兄弟情深，溢于言表。

第二章又出奇思，先以"绝望舟"一句转而替对方着想，照应前一章末的"顾望"，是兄弟情深的继续深化。又以"骛棹"一句回写船只的前行，并暗示自己的心潮起伏。"日落"二句也颇具深意，日落之时本该停舟歇息，可舟却未停，直到临江楼下方才解缆停泊。又不免令人颇费思量。"岂惟"二句一问一答，揭开谜底，原来临江楼是与族弟曾经共同停留过的地方，故地重游，自别有一番回味。前一章所表现的兄弟深情，又得到更进一步的加深。

第三章承接上章，写昔日兄弟共游时欢乐融合的回忆反而增加了现今别离后的伤感。又用山泉悲鸣、猿猴哀号的秋日凄景作为烘托，将自己积聚心头而无法消解的忧愁伤感之情抒写到极致。"况乃协悲端"一句大有深意，秋天是肃杀的季节，摧残万物，古人就有"悲哉秋之为气也"的说法，初秋是秋的开始，也是悲的开始。这种凄惨肃杀的季节正当自己与族弟的离别，这伤感的情绪又如何能够消解呢？

末章转而想象出发后登临天姥山的情景，"还期那可寻"与结句的"长绝子徽音"，与首章相呼应，将与从弟的惜别伤感之情在远游的遐想中如丝如缕般延伸开去，颇有余音绕梁，不绝于耳的艺术效果。

此诗在章法结构与写作手法上都受到曹植《赠白马王彪》的影响，但却并非刻意模仿，而在吸取曹植诗营养的同时，于写景抒情的布局安排等方面又注入了新的变化。这也是诗人追求自我人生价值的体现，即使对于自己心仪的前辈大诗人，他也不愿亦步亦趋，而是要力求创新，有所突破。

【汇评】

明·钟惺、明·谭元春《古诗归》：（钟惺）"杪秋寻远山，山远行不近"：郑重委曲。"中流袂就判，欲去(校)原作来情不忍。顾望脰未悁(校)原作悄，汀曲舟已隐"：写别情幽细。（谭元春）"与子别山阿，含酸赴修畛"：真。"中流袂就判，欲去情不忍。顾望脰未悁(校)原作悄，汀曲舟已隐"：是舟中离境。（陆时雍）"顾望脰未悁(校)原作悯，汀曲舟已隐""岂惟夕情敛，忆尔共淹留"：含情极妙。

5. "剡中""剡县""剡溪"首入唐诗考析

唐时越州剡县（即今新昌县、嵊州市），又称剡中。李白、杜甫、白居易等450余位唐代诗人踏歌而来，游历剡中这一集山水嘉美、六朝风韵、佛教圣地、道教福地于一炉的形胜之地。他们沿剡溪或顺流而下，或逆水而上，或壮游，或隐游，或宦游，或避乱游，或考察游，在这条"浙东唐诗之路"上徜徉歇息，寄情山水，写下了逾1500首吟诵剡情剡缘剡韵的咏剡诗章。

目前，浙江省正在如火如荼地开展大花园建设，浙东唐诗之路是其中的重要组成部分。为了融入大花园建设洪流，献上一瓣书香，以尽一点绵薄之力，笔者完成了《剡中唐诗名篇集评》一书的编著。据笔者统计，包括《全唐诗》中存诗数量居前五位的诗人（白居易、杜甫、李白、刘禹锡、齐己）在内的80位诗人，共创作了153首（句）带"剡"字的吟剡诗。这80位诗人中，有51位诗人之诗见之于《唐诗鉴赏辞典》，可见他们都是真正的名家。唐朝，慕仰剡地山水、求贤访古、涵吸剡溪文化思想之风盛行。当时从水路乘舟是入剡的主要交通方式，也比较方便，很多文人贤士访越，其目的多为访剡。在唐代，剡溪名气很大，剡中、剡县因剡溪闻名，在唐诗中出现得也相当频繁。据笔者统计，"剡溪"出现58次，"剡中"出现25次，"剡县"出现10次，这充分彰显了"剡"在唐代诗人心目中占有崇高的地位。唐代三大诗人"诗仙"李白、"诗圣"杜甫、"诗王"白居易，与剡中山水更是情深意密。李白四入浙江，三入剡中，是剡中山水的知音，即使身在他处，凡遇有佳山水，总以剡中风光作比拟，将剡溪风物作为天下美景的代名词和参照物；仅他一人吟剡诗就多达12首，为吟剡诗数量之冠。他不仅首次将"剡溪"写入唐诗，"虽然剡溪兴，不异山阴时"

（《秋山寄卫尉张卿及王征君》），还留下了著名的"湖月照我影，送我至剡溪"（《梦游天姥吟留别》）的千古绝唱，为世代所传诵。

"唐代诗人游吴越，最向往和醉心的地方确是剡中"，对此种情形，曾数次到剡中（今新昌县、嵊州市）进行实地考察的中国唐代文学学会副会长、中国李白研究会会长、国家古籍整理出版规划小组成员、南京师范大学教授郁贤皓在其撰写的《唐代诗人与剡中风光》一文中道出了原委："在唐代诗人的心目中，东南部的山水是中国最优美的风景，而东南的美景以越为首，在越中的山水中尤以剡中为最。白居易的《沃洲山禅院记》开头一段话就是这样说的：'东南山水，越为首，剡为面，沃洲、天姥为眉目。'……所谓'剡中'，主要指以剡县为中心的剡溪诸上源。"

弱水三千，只取一瓢。限于篇幅，本文只能简略地介绍一下三位诗人是如何将剡中、剡县和剡溪首次写入唐诗的始末：

一、初唐宋之问是将"剡中"引入诗歌领域的第一人

剡中山川秀丽。《广博物志》卷五："剡中多名山，可以避灾也。故汉、晋以来多隐逸之士，沃洲、天姥是其处。"（《浙江通志·卷十五·山川七》）新昌学者陈新宇《"剡中"析》指出："唐诗人咏及剡地除泛称剡溪外多称剡中。唐代剡中指的是石城山至沃洲一带，今均在新昌县境内。"

初唐指高祖武德元年（618）至玄宗先天元年（712）时期，约一百年。

据查考，初唐吟剡诗现存两首，一首为宋之问的《宿云门寺》，另一首为武后宫人《离别难》。但诗虽仅两首，却也说明剡溪风光已"小荷才露尖尖角"，名声显现了。

宿云门寺
宋之问

云门若邪里，泛鹢路才通。
羲缘绿筱岸，遂得青莲宫。
天香众壑满，夜梵前山空。

> 漾漾潭际月，飀飀杉上风。
> 兹焉多嘉遁，数子今莫同。
> 凤归慨处士，鹿化闻仙公。
> 樵路郑州北，举井阿岩东。
> 永夜岂云寐，曙华忽葱茏。
> 谷鸟啭尚涩，源桃惊未红。
> 再来期春暮，当造林端穷。
> 庶几踪谢客，开山投剡中。

此诗见《全唐诗》第五十一卷。

作者宋之问（约656—约712）：初唐诗人。一名少连，字延清，高宗上元二年（675）进士，官至考功员外郎，中宗时选为修文馆学士。又因受贿贬越州长史。睿宗时曾被流放至钦州（今广西钦州附近），后赐死。宋是武后时的宫廷诗人，诗与沈佺期齐名，并称"沈宋"。其诗格律精细，属对工整，文辞华美，对唐代律诗的形成有较大的影响。著有《宋之问集》。《全唐诗》存其诗三卷。

竺岳兵先生在他的《唐诗之路唐代诗人行迹考》中说：景龙三年秋至景龙四年（709—710），宋之问为越州长史。在越州前后生活不到两年，但多次前往剡中游历。

此诗作于景龙四年（710）春越州长史任上。云门寺在浙江绍兴市南云门山（又名东门）上，是唐代有名的隐居之地。

"庶几踪谢客，开山投剡中"，道出了"剡中"这一名称的来由，谢灵运一名客儿，这里说的是谢灵运自始宁南山伐木开道至临海，开通了天姥山道的故事。说明作者是一心想沿着谢灵运的足迹游遍浙东，其时是那样地优游闲雅，满足了他对自然山水的精神需求。追随着谢灵运的足迹，后代无数文人墨客为浙东山水之胜所吸引，谢灵运也成为每一个好游之士心中的偶像；大凡他游赏过的地方，后人在进行诗文或游记创作时总是不由自主地追慕其流风余韵。

郁贤皓在《唐代诗人与剡中风光》一文中指出：初唐诗人宋之问，景龙三年（709）冬被贬为越州长史，他在遍游越州名胜古迹后，在《宿云门寺》一诗中说："再来期春暮，当造林端穷。庶几踪谢客，开山投剡中。"他还想沿着谢灵运的足迹，到剡中游览。据《新唐书·宋之问传》，他确曾"穷历剡溪山，置酒赋诗，流布京师，人人传讽"，可惜这些诗现在都已失传。

诗中写云门寺在若耶溪环绕的地方，要乘船才能到达，然后攀缘着嫩绿的小竹上行，来到青莲宫。夜静人去之后，群山众壑仍缭绕着祭神的香烟，自己独对空山焚香礼拜；潭上的月色映照着漾漾的水波，风吹杉林，发出飕飕的声音。投身在这古寺之中，不免有遗世登仙之感，尚未入眠天已破晓，曙光照着青翠的草木，山谷中鸟儿的叫声尚不像盛春那样流啭圆润，水边的桃花也尚未开放。因此打算晚春还要再来。那时一定要走到山林的尽头，赏遍这里的美景。而且"我"非常思慕那率先进入剡中的大诗人谢灵运，打算追踪他的足迹去游览剡中。诗中的谢客即中国山水诗派的开山祖师谢灵运，南朝宋人，他的诗曾得益于剡溪风景，曾游弋剡中并于古始宁县建立别墅，即著名的始宁别墅，今为剡中一名胜。他曾游剡溪天姥山（今浙江新昌县境东南部），有"暝投剡中宿，明登天姥岑。高高入云霓，还期那可寻"之句。宋之问的山水诗受到谢灵运的影响，他要追踪谢的足迹，去剡中游赏山水、乘兴赋诗的心愿跃然纸上。

二、盛唐孟浩然是将"剡县"写入唐诗的第一人

剡县置于秦汉。《大清一统志》："秦置，属会稽郡，自汉至唐均因之。"《九域志》："剡县在越州会稽郡东南一百八十里。"唐代新昌未析出，所以剡县范围较大。因地多名山，墨客骚人多来剡县旅游，从而成为"浙东唐诗之路"的精华地段和核心区。

盛唐指玄宗开元元年（713）至代宗永泰元年（765）期间，约五十年。

盛唐是唐代诗歌的极度繁荣时期。这一时期出现了山水田园和边塞两大诗歌流派。以王维、孟浩然等人为代表的是山水田园诗派，他们上承陶渊明、谢灵运而别开生面，其中孟浩然的诗歌冲淡旷远，王维的诗"诗中有画，画中有诗"；以高适、李颀、崔颢等人为代表的是边塞诗派，他们的诗风慷慨悲壮，昂扬奋发，洋溢盛唐时代精神。唐代诗坛最璀璨的明星无疑是李白与杜甫组成的"双子星座"，两人的诗歌分别代表了唐诗浪漫主义和现实主义的高峰。李白的诗歌豪放飘逸，瑰丽奇特，无愧"诗仙"美誉。杜甫诗歌众体兼备、沉郁顿挫，后人

尊为"诗圣"。杜诗抒发了伤时悯乱、忧国忧民之心，记录了唐王朝由盛转衰过程中一系列重大事件，史称其诗为"诗史"。

盛唐时期的13位诗人，留下了27首吟剡诗。山水田园诗派代表孟浩然，最早游览石城，留下了《腊月八日于剡县石城寺礼拜》，成为将"剡县"写入唐诗的第一人。

腊月八日于剡县石城寺礼拜

孟浩然

石壁开金像，香山倚铁围。
下生弥勒见，回向一心归。
竹柏禅庭古，楼台世界稀。
夕岚增气色，余照发光辉。
讲席邀谈柄，泉堂施浴衣。
愿承功德水，从此濯尘机。

此诗见《全唐诗》卷一六〇。

作者孟浩然（689—740），唐诗人，本名浩，字浩然，号孟山人，襄州襄阳（今属湖北）人，世称孟襄阳或孟山人。其诗清淡雅致，长于写景，最擅长五言古诗，其田园诗写得质朴真淳，富有生活气息；山水诗写得气象雄浑、境界广阔，开盛唐山水田园诗派之先，对当时和后世的影响很大。著有《孟浩然集》。《全唐诗》存其诗二卷。

孟浩然是较早到剡中山水游历的盛唐诗人。据专家考证，孟浩然一生曾三游越中，留下"何处青山是越中？"（《渡浙江问舟中人》）的诗句：首次在开元十三年（725）春至十五年五月，始发地为襄阳；第二次为开元十九年（731）秋，此即著名的"自洛之越"；第三次系开元二十三年（735）春，因赴山阴少府崔国辅之约而至。

民国《新昌县志》卷十四《寓贤》载："孟浩然自洛至越，留越中有两年余。腊月八日有至剡县城寺礼拜一诗，是必至此岁月淹久者。"据竺岳兵著《唐诗之路唐代诗人行迹考》：孟浩然从开元十七年八月至开元二十年的春天，在浙东有两年半的时间。

开元十九年（731），42岁的孟浩然为排遣进士落第的失意苦闷，离开洛阳，漫游江淮、吴越、湘、赣等地，淹留越中两年余，游览剡中山水，留下不少诗篇。同年年底，孟浩然由剡溪顺流赴越州，就在这次行程中，他来到剡中石城，并于十二月八日佛成道之日礼拜了石城寺大佛，写下了《腊月八日于剡县石城寺礼拜》一诗。

唐诗研究专家郁贤皓在《唐代诗人与剡中风光》一文中指出：孟浩然是畅游了整个越中的，越州、剡中、天台、永嘉，都留下了他的诗篇。他在剡中游览石城寺（即今新昌大佛寺），写下了《腊月八日剡县石城寺礼拜》一诗，这是唐诗中最详细描写石城寺的一首诗。全诗气象庄严肃穆，充满了诗人对这江南第一大佛的礼敬之情。

农历十二月初八，俗称"腊八日"，为释迦牟尼佛的生日。孟浩然是诗写他在游剡县石城寺时，适逢"腊月八日"释迦牟尼佛的生日，而石城寺又供有一尊"高百尺"的弥勒佛像（见刘勰《剡县石城寺弥勒石像碑铭》），且当地人大都有向弥勒佛"礼拜"的习惯，故而孟浩然不仅加入了这一"礼拜"活动的行列，而且还写下了这首著名的佛教诗以纪之。

石城寺在剡县石城山，即今新昌县城内石城山上的大佛寺。新昌大佛寺是汉族地区142所重点寺院之一，全国重点文物保护单位。这座"石城古刹"山门楹联有言："晋宋开山，天台门户；齐梁造像，越国敦煌。"

孟浩然一生隐居襄阳，但在开元年间也曾特地专程赴浙东游览。本诗主要描写了石城寺幽寂的环境，以及石城寺礼拜浴佛的盛况。石城寺在唐代是很有名气的。早在南朝齐梁之际，就已经开凿弥勒佛像了。晋时高僧昙光也曾在此栖迹潜修。后支道林高僧圆寂后，也安葬于石城山上，可见是块景物嘉美的风水宝地。石城寺环境优美，"秀环名川，龙刹交峙；霞朝雾夕，鸿钟合响。由兹仁寿之域，遂入庄严之境，当天下之甲者久矣。会稽新昌县南明山宝相寺者，剡溪在东，石城夹右，宝势中起，琼峦四合。因其地之绝世，遂得人之非常。"（宋·钱惟演《宋天圣五年重修宝相寺碑铭》）青竹古柏，楼台参差，晚拣霭雾，夕照清晖，使这座禅院更是古朴幽深，肃穆庄严。诗中描述的浴佛盛典，有若当年弥勒降生，令人向往，想要借助八德功水，洗濯自己身上的尘襟，洗涤自己的俗心，引导自己入禅，共沾清芳。

三、盛唐李白是将"剡溪"写入唐诗的第一人

剡溪是指曹娥江的上游，在剡县境内，泛称剡溪，即今浙江曹娥江上游嵊州市、新昌县各支流。其有四源：澄潭江、长乐江、新昌江和黄泽江。剡溪始于新昌江与澄潭江合流处，终于嵊州市三界镇与绍兴市上虞区交界处，四源汇合成溪，由南向北流入曹娥江至钱塘江入东海。

秋山寄卫尉张卿及王征君
李白

何以折相赠，白花青桂枝。
月华若夜雪，见此令人思。
虽然剡溪兴，不异山阴时。
明发怀二子，空吟招隐诗。

此诗见《全唐诗》卷一七二。

李白（701—762）：唐代三大诗人之一。字太白，号青莲居士，人称"李谪仙"。与杜甫齐名，号称"李杜"。李白是中国古代伟大的浪漫主义诗人，诗想象丰富奇特，风格雄浑奔放，色彩绚丽，语言清新自然，被誉为"诗仙"。现存诗一千余首，有《李太白集》传世。《全唐诗》编为二十五卷。

在唐朝最著名的几位诗人中，李白不但比孟浩然、杜甫等人来得更早，而且次数之多，也是他们不可企及的。竺岳兵在《李白四入浙江、三入剡中、二上天台、一上四明》一文指出："李白第一次来浙东，在开元十四年（726）'东涉溟海'时。李白第二次入剡中，是在天宝六载（747），即李白47岁时。著名的《梦游天姥吟留别》就作于临行前。李白第三次来浙东是在天宝十二载（753）秋。其路线是由东鲁经梁园、曹南到宣城，再由宣城入新安江，顺流经杭州到会稽。李白对剡中山水，甚为仰慕，及至晚年，尚有终老剡中之意。"

《秋山寄卫尉张卿及王征君》作于开元二十一年（733），在长安求仕不成而准备离开长安时作。

据专家考证，李白三至五次到过剡中，不只是梦游，而是亲历其境的。"虽然"二句：用的是晋王徽之（字子猷）夜访戴逵的典故，表明彼此相交之深；同时说明李白对剡溪的秀色很感兴趣。虽用访戴事，然亦别有用意。意谓："我"虽然有王子猷剡溪之兴，在夜雪中开室酌酒，咏左思《招隐诗》，忽忆戴安道，即便乘舟访之；但"我"也像王子猷一样，终于不前而返，因"我""本乘兴而来，兴尽而返，何必见戴？"其他俱是虚应故事，要害只在"何必见戴"一语，意即在别去时不欲见张卿也。李白用事多自出心裁，不独此诗为然。这里仍然用王子猷访戴的故事，取由剡溪景物所激发的怀念友人的情感。但王子猷访戴是在雪夜，现在明月皎洁，本来和"剡溪兴"是对不上号的，诗人发挥想象，创造出"月华若夜雪"这样的句子，以此为中介，自然和"剡溪兴"挂上了钩。这不是单纯的技巧问题，而是剡溪及与之相应的故事，确实给诗人留下深刻的印象。

　　本诗的"剡溪兴"也是由皎洁的月光而引起。其中既包含着对友人的思念，也包含着对光明境界的热烈向往。剡中就是这样一个光明的境界。看来，不论走到哪里，诗人一旦想起剡中，心中便一派光明；一旦置身于皎洁的境界，便想起了剡中。

6.悠游"浙东唐诗之路"的唐代诗人名单

丁仙芝、于良史、于武陵、于季友、于濆、大义、大宗、万齐融、小白、小静、义存、义褒、卫中行、马湘、马戴、丰干、王贞白、王轩、王龟、王纲、王昌龄、王易简、王承邺、王枳、王勃、王硕、王涯、王绩、王维、王琚、王储、王榮、王翰、王薯、王霞卿、天然、元孚、元晦、元稹、元德昭、无可、无作、韦处厚、韦庄、韦应物、韦瓘、牛丛、毛涣、文秀、文益、文鉴、方干、孔绍安、孔德绍、孔颢、幻梦、本先、卢士衡、卢邺、卢纶、卢象、卢携、卢澈、叶法善、叶简、丘丹、丘为、白居易、令狐挺、令参、包融、冯宿、永安、司马承祯、皮日休、皮光业、邢允中、权德舆、师静、师鼐、吕岩、吕渭、朱千乘、朱少端、朱可名、朱庆馀、朱放、朱泽、朱湾、延寿、延沼、任翻、行满、全济时、庄南杰、刘太真、刘长卿、刘全白、刘谷、刘言史、刘沧、刘采春、刘昭禹、刘禹锡、刘眘虚、刘得仁、刘商、刘题、齐己、齐光义、齐安和尚、齐抗、齐推、齐瀚、齐颢、羊士谔、江为、许兰、许浑、许棠、许鼎、许景先、许碏、孙郃、孙諴、孙逖、牟融、严维、杜光庭、杜甫、杜牧、杜荀鹤、杜奕、杜倚、杜鸿渐、李中、李白、李主簿、李吉甫、李百药、李达、李华、李伉、李讷、李津、李岑、李罕、李直方、李昌邺、李昇、李治、李宗闵、李建勋、李绅、李咸用、李郢、李适、李洞、李顾、李涉、李益、李邕、李商隐、李清、李萼、李敬方、李频、李廓、李群玉、李缟、李嘉祐、李端、李德裕、李褒、李毅、李翰、李翱、李夔、杨巨源、杨汉公、杨知至、杨於陵、杨埙、杨凌、杨衡、来济、吴商浩、吴越僧、吴颢、吴筠、吴兢、吴融、秀登、余鼎、汪仲阳、沈仲昌、沈佺期、沈询、怀玉、宋之问、良价、灵一、灵照、灵澈、灵

388

默、张子容、张为、张令问、张乔、张志和、张佐、张汯、张叔政、张南史、张洎、张祜、张继、张谓、张锡、张嘉贞、张蠙、张籍、陆亘、陆羽、陆龟蒙、陆质、陈长官、陈允初、陈光、陈羽、陈陶、陈谏、陈端、陈寡言、邵昇、武元衡、武后宫人、若耶溪女子、范氏子、范的、范绛、范淹、范澄、林无隐、林元籍、林晕、林嵩、欧阳炯、昙靖、罗让、罗邺、罗虬、罗珦、罗隐、周元范、周朴、周匡物、周颂、周镛、庞蕴、郑壬、郑谷、郑昉、郑绍、郑虔、郑殷彝、郑巢、郑概、郑薰、法进、法宣、法振、法常、宗亮、空海、郎士元、房从心、房琯、房孺复、孟光、孟郊、孟浩然、孟简、贯休、契此、封彦卿、项斯、赵居贞、赵湘、赵嘏、拾得、胡幽贞、胡曾、南粵、柳泌、柳浑、思托、钟谟、重机、段怀然、段格、皇甫冉、皇甫曾、独孤及、施肩吾、姚合、姚崇、姚鹄、贺知章、贺凯、贺朝、骆宾王、秦系、秦瑀、袁邕、耿沣、栖白、贾全、贾岛、贾肃、贾拿、贾餗、顾云、顾非熊、顾况、晓荣、圆观、钱元瓘、钱弘佐、钱昱、钱起、贯休、钱俶、钱惟治、钱熙、钱镠、徐灵府、徐放、徐铉、徐浩、徐锴、徐凝、徐嶷、翁洮、高适、高骈、高铢、高智周、高湘、郭密之、唐彦谦、诸葛觉、陶谷、陶翰、黄夷简、黄巢、黄滔、乾康、萧幼和、萧颖士、萧翼、萧辟、曹松、曹唐、虚中、常建、崔子向、崔元范、崔玄亮、崔词、崔国辅、崔泌、崔峒、崔涂、崔道融、崔薯、崔颢、皎然、庾驿、康珽、康造、章八元、章孝标、章碣、阎济美、清江、清观、清塞（周贺）、鸿渐、梁锽、屠瓌智、辩光、越中狂生、越溪杨女、蒋宗简、韩翃、韩偓、韩湘、韩愈、韩滉、韩察、朝衡、遇臻、景云、喻凫、喻坦之、智寂、储光羲、舒元舆、道怤、温庭筠、寒山、谢自然、谢良辅、谢良弼、虞世南、路单、路黄中、鲍防、鲍溶、新罗僧、窦弘馀、窦巩、窦怀贞、窦庠、褚朝阳、綦毋潜、蔡隐丘、裴光庭、裴晃、裴通、裴谟、廖融、熊皎、樊珣、德圆、德韶、滕迈、澄观、薛戎、薛苹、薛莹、薛逢、薛能、薛据、樵夫、赞宁、辨才、戴叔伦、魏徵、魏璞、魏颢。

【说明】

①本名单据竺岳兵著《唐诗之路唐代诗人行迹考》第278—363页《资料索引》整理，共计461人。

②加方框者为"剡"字唐诗诗人。经对比上述名单，本书80位

"剡"字唐诗的诗人有75位上榜,但张怀瓘、戎昱、薛涛、李观象、徐夤等5位诗人没有列入名单。经查,这5位诗人中有4位属"神游"(爱而未到,写有与"唐诗之路"有关诗文的,谓之"神游")剡中,1位属"失收"。属"神游"的有:张怀瓘未查到其到过剡中,仅在诗中提及唐时名纸——"剡纸"。戎昱在成都送友人到长江下洲地区旅游,则"心系征帆上,随君到剡溪"。远在四川的薛涛,在酬答吴随君的和诗中,发挥想象,以剡中风光为背景底色写友人别墅的特色风光。李观象是广西人,一直在湖南讨生活,应该没有到过剡中,他所作的《纸帐诗》只是用来包装自己的"廉洁"而已。徐夤则是"名单"失收之诗人。据考,徐夤曾到浙东,有诗为证。《和尚书咏泉山瀑布十二韵》诗:"赤城未到诗先寄,庐阜曾游梦已遥。"《画松》诗:"天台道士频来见,说似株株倚赤城。"《苔》诗:"石桥羽客遗前迹,陈阁才人没旧容。"更有其所作的《纸帐》诗:"几笑文园四壁空,避寒深入剡藤中。"《夜》诗:"剡川雪满子猷去,汉殿月生王母来。"两首"剡"字诗,可证其曾游历剡中。

综上所述,悠游"浙东唐诗之路"的唐代诗人至少为462人。

主要征引书目

[1] 明弘治《嵊志》弘治十一年（1498）林为闽纂，明弘治十二年（1499）林世瑞修．上海图书馆仅存木刻残本卷二至卷六复制本．

[2] 明万历《嵊县志》万历十六年（1588），知县万民纪倡修，成于知县林岳伟，县人周汝登主纂．清康熙九年（1670）重刻本复制本．

[3] 清康熙《嵊县志》康熙十年（1671），知县张逢欢修，县人袁尚衷主纂．北京图书馆藏本复制本．

[4] 清康熙重修《嵊县志》康熙二十三年（1684），知县陈继平修，县人姜君献纂．美国斯坦福大学藏本复制本．

[5] 清乾隆《嵊县志》乾隆七年（1742），知县李以琰修，会稽田实矩编纂．北京图书馆藏本复制本．

[6]《唐代文学》（万有文库第一集一千种，王云五主编）：胡朴安、胡怀琛．上海：商务印书馆，民国十八年（1929）．

[7] 民国《嵊县志》牛荫麐、丁谦等民国廿三年（1934）重修印本（中国社会科学院研究院藏书复印本）．

[8] 刘长卿．刘随州集 [M]．北京：商务印书馆，1937．

[9] 李肇，等．唐国史补因话录 [M]．上海：上海古籍出版社，1957．

[10] 刘煦，等．旧唐书 [M]．北京，中华书局，1975．

[11] 周勋初．高适年谱 [M]．上海：上海古籍出版社，1980．

[12] 温庭筠．温飞卿诗集笺注 [M]．曾益，等笺注．上海：上海古籍出版社，1980．

[13] 黄雨．历代名人入粤诗选 [M]．广州：广东人民出版社，1980．

[14] 范宁校．博物志校证 [M]．北京：中华书局，1980．

[15] 沈祖棻．唐人七绝诗浅释 [M]．上海：上海古籍出版社，1981．

[16] 郭锡良, 等. 古代汉语 [M]. 王力, 等校订. 北京: 北京出版社, 1981.

[17] 万竟君. 唐诗小集: 崔颢诗注 [M]. 上海: 上海古籍出版社, 1982.

[18] 臧维熙. 戎昱诗注 [M]. 上海: 上海古籍出版社, 1982.

[19] 吴海林, 李延沛. 中国历史人物辞典 [M]. 哈尔滨: 黑龙江人民出版社, 1983.

[20] 陈贻焮. 孟浩然诗选 [M]. 北京: 人民文学出版社, 1983.

[21] 悔堂老人. 越中杂识 [M]. 杭州: 浙江人民出版社, 1983.

[22] 周梓美. 嵊县地名志 [M]. 浙江省嵊县基本建设委员会1983年编印.

[23] 詹锳. 李白诗文系年 [M]. 北京: 人民文学出版社, 1984.

[24] 常振国, 绛云. 历代诗话论作家 [M]. 长沙: 湖南人民出版社, 1984.

[25] 孙钦善. 高适集校注 [M]. 上海: 上海古籍出版社, 1984.

[26] 傅璇琮. 李德裕年谱 [M]. 济南: 齐鲁书社, 1984.

[27] 金圣叹. 金圣叹选批唐诗 [M]. 杭州: 浙江古籍出版社, 1985.

[28] 刘逸生. 唐人咏物诗评注 [M]. 广州: 中山大学出版社, 1985.

[29] 于石, 王光汉, 徐成志. 常用典故辞典 [M]. 等. 上海: 上海辞书出版社, 1985.

[30] 谭优学. 唐诗小集: 赵嘏诗注 [M]. 上海: 上海古籍出版社, 1985.

[31] 《剡录》嘉定七年 (1214), 县令史安之修, 高似孙纂. 浙江省嵊县县志编纂委员会办公室, 1985年重版.

[32] 蒋祖怡. 罗隐诗选 [M]. 杭州: 浙江古籍出版社, 1987.

[33] 郁贤皓. 唐刺史考 [M]. 南京: 江苏古籍出版社, 1987.

[34] 李长路. 全唐绝句选释 [M]. 北京: 北京出版社, 1987.

[35] 叶伯泉, 赤叶, 丽雪赋. 中国历代咏雪诗词选析 [M]. 哈尔滨: 北方文艺出版.1987.

[36] 蔡守湘, 陶梅生, 熊礼汇, 等. 历代山水名胜诗选 [M]. 兰州: 甘肃教育出版社, 1987.

[37] 章左声, 章霖. 无锡诗词 [M]. 上海: 上海古籍出版社, 1987.

[38] 孔寿山.唐朝题画诗注[M].成都：四川美术出版社，1988.

[39] 裴斐.李白诗歌赏析集[M].成都：巴蜀书社，1988.

[40] 范之麟，吴庚舜.全唐诗典故辞典[M].武汉：湖北辞书出版社，1989.

[41] 潘天宁，谢钧祥.全唐诗佳句精编[M].郑州：中州古籍出版社，1989.

[42] 陆伟然，范震威.唐代应试诗注释[M].哈尔滨：黑龙江人民出版社，1989.

[43] 关滢，朱炯远，张家鹏等.唐诗宋词分类描写辞典[M].沈阳：辽宁人民出版社，1989.

[44] 佟培基.孟浩然诗集笺注[M].上海：上海古籍出版社，1989.

[45] 吴汝煜.刘禹锡选集[M].济南：齐鲁书社，1989.

[46] 全国首届古籍注释改革研讨会，靳极苍.古籍注释改革研究文集[M].太原：山西人民出版社，1989.

[47] 唐子畏，等.古代咏物诗浅析[M].长沙：湖南教育出版社，1989.

[48] 李冬生.张籍集注[M].合肥：黄山书社，1989.

[49] 霍松林，尚永亮.李白诗歌鉴赏[M].上海：上海教育出版社，1989.

[50] 嵊县志编纂委员会.嵊县志[M].杭州：浙江人民出版社，1989.

[51] 邱树森.中国历代人名辞典[M].增订本.南昌：江西教育出版社，1989.

[52] 骆祥发.骆宾王诗评注[M].北京：北京出版社，1989.

[53]（清）王闿运.唐诗选[M].上海：上海古籍出版社，1989.

[54] 郁贤皓.李白选集[M].上海：上海古籍出版社，1990.

[55] 陆尊梧，李志江.历代典故辞典[M].北京：作家出版社，1990.

[56] 傅璇琮.唐才子传校笺[M].北京：中华书局，1990.

[57] 吕济深，潘表球.剡中山水诗选[M].杭州：浙江摄影出版社，1990.

[58] 沈立东历代后妃诗词集注[M].北京：中国妇女出版社，1990.

[59] 王洪，田军.唐诗百科大辞典[M].北京：光明日报出版社，1990.

[60] 申屠丹荣. 富春江名胜诗集 [M]. 杭州：浙江人民出版社，1990.

[61] 柳宗元，张籍. 柳宗元集张籍集（中华文学百家经典第 17 卷）[M]. 伊犁：伊犁人民出版社，1990.

[62] 新昌县文化局，新昌文化志编写组. 新昌文化志 [Z].1991.

[63] 霍松林. 万首唐人绝句校注集评 [M]. 太原：山西人民出版社，1991.

[64] 郑光仪. 中国历代才女诗歌鉴赏辞典 [M]. 北京：中国工人出版社，1991.

[65] 马大品. 历代赠别诗选 [M]. 北京：书目文献出版社，1991.

[66] 王洪. 唐诗精华分卷 [M]. 北京：朝华出版社，1991.

[67] 王启兴，张金海. 唐代艺术诗选 [M]. 郑州：中州古籍出版社，1991.

[68] 钱学烈. 寒山子诗校注 [M]. 广州：广东高等教育出版社，1991.

[69] 宋协周，郭荣光. 中华古典诗词辞典 [M]. 济南：山东文艺出版社，1991.

[70] 邓安生，孙佩君. 孟浩然诗选译 [M]. 成都：巴蜀书社，1991.

[71] 陈尚群. 全唐诗补编 [M]. 北京：中华书局，1992.

[72] 蒋寅. 大历诗风 [M]. 上海：上海古籍出版社，1992.

[73] 沈立乐，葛汝桐. 历代妇女诗词鉴赏辞典 [M]. 北京：中国妇女出版社，1992.

[74] 龚旭东. 唐宋爱情诗词三百首精品 [M]. 武汉：长江文艺出版社，1992.

[75] 海帆，罗韬. 历代后妃诗 [M]. 广州：花城出版社，1992.

[76] 王定璋. 钱起诗集校注 [M]. 杭州：浙江古籍出版社，1992.

[77] 鲍思陶，邱玉华，周广璜. 中国名胜诗联精鉴 [M]. 济南：山东友谊书社，1992.

[78] 李谊注. 禅家寒山诗注（附拾得诗）[M]. 中国台北：正中书局，1992.

[79] 樵客. 洛阳古代山水诗选 [M]. 郑州：中州古籍出版社，1992.

[80] 余嘉锡. 世说新语笺疏（修订本）[M]. 周祖谟，余淑宜，周士琦，整理. 上海：上海古籍出版社，1993.

[81] 张明叶. 中国古代妇女文学简史 [M]. 沈阳：辽宁教育出版社，

1993.

[82] 霍松林. 历代绝句精华鉴赏辞典 [M]. 西安：陕西人民出版社，1993.

[83] 吴湛莹. 唐代名媛诗译析 [M]. 哈尔滨：黑龙江人民出版社，1993.

[84] 陈元生，高金波. 历代长江诗选 [M]. 武汉：长江文艺出版社，1993.

[85] 马大品，程方平，沈望舒. 中国佛道诗歌总汇 [M]. 北京：中国书店，1993.

[86] 袁间琨. 全唐诗广选新注集评 [M]. 沈阳：辽宁人民出版社，1994.

[87] 王启兴，张虹. 顾况诗注 [M]. 上海：上海古籍出版社，1994.

[88] 李立朴. 许浑研究 [M]. 贵阳：贵州人民出版社，1994.

[89] 罗韬. 张九龄诗文选 [M]. 广州：广东人民出版社，1994.

[90] 新昌县志编纂委员会. 新昌县志 [M]. 上海，上海书店出版社，1994.

[91] 郁贤皓. 李白大辞典 [M]. 南宁：广西教育出版社，1995.

[92] 陈伯海. 唐诗汇评 [M]. 杭州：浙江教育出版社，1995.

[93] 于朝贵. 中国历代禅诗选 [M]. 重庆：西南师范大学出版社，1995.

[94] 祖騋编. 禅林金句 [M]. 成都：巴蜀书社，1995.

[95] 缪钺，张志烈. 唐诗精华 [M]. 成都：巴蜀书社，1995.

[96] 绍兴市志编委会. 绍兴市志 [M]. 杭州：浙江人民出版社，1995.

[97] 绍兴市文联. 绍兴百景图赞 [M]. 天津：百花文艺出版社，1995.

[98] 陈百刚. 六朝剡东文化 [M]. 上海：上海书店出版社，1995.

[99] 中国唐代文学学会，西北大学中文系. 唐代文学研究（第六辑）[M]. 桂林：广西师范大学出版社，1996.

[100] 陶敏. 全唐诗人名考证 [M]. 西安：陕西人民教育出版社，1996.

[101] 佟培基. 全唐诗重出误收考 [M]. 西安：陕西人民教育出版社，1996.

[102] 储仲君. 刘长卿诗编年笺注 [M]. 北京：中华书局，1996.

[103] 壮子.历代六言诗精品百首[M].长春：北方妇女出版社，1996.

[104] 廖仲安，李华，李景华.唐诗一万首[M].北京：北京燕山出版社，1996.

[105] 吴海林.中国历史人物辞典[M].哈尔滨：黑龙江人民出版社，1996.

[106] 袁宾.禅诗二百首[M].南昌：江西人民出版社，1996.

[107] 曹唐.唐诗小集：曹唐诗注[M].陈继明，注.上海：上海古籍出版社，1996.

[108] 詹福瑞，刘崇德，葛景春，等.李白诗全译[M].太原：河北人民出版社，1997.

[109] 林德宝，李俊.详注全唐诗[M].大连：大连出版社，1997.

[110] 袁闾琨.全唐诗广选新注集评[M].沈阳：辽宁人民出版社，1997.

[111] 谭邦和.媛诗九美（中国古代女诗人诗选）[M].武汉：武汉测绘科技大学出版社，1997.

[112] 新昌县政协文史委.新昌文史·第7辑·新昌大佛寺[Z].新昌：新昌县政协文史委，1997.

[113] 陈桥驿.陈桥驿方志论集[M].杭州：杭州大学出版社.1997.

[114] 嵊州市政协，嵊州市党史办，嵊州市文联，等.嵊州史话（嵊州文史资料第十辑）[Z].1997.

[115] 陶渊明.陶渊明全集（附谢灵运集）[M].上海：上海古籍出版社，1998.

[116] 曾阅.晋江古今诗词选[M].福州：海峡文艺出版社，1998.

[117] 罗时进.丁卯集笺证[M].南昌：江西人民出版社，1998.

[118] 王朝谦，林惠君.巴蜀古诗选解[M].成都：四川大学出版社，1998.

[119] 陈百刚，潘表惠.新昌乡村文化研究[M].北京：民主与建设出版社，1998.

[120] 王景科.中国二十四节气诗词鉴赏[M].济南：山东友谊出版社，1998.

[121] 上海古籍出版社.唐五代诗鉴赏[M].上海：上海古籍出版社，

1998.

[122] 王士菁. 杜诗今注 [M]. 成都：巴蜀书社，1999.

[123] 杨福生. 唐代律诗赏析 [M]. 合肥：安徽文艺出版社，1999.

[124] 袁行霈. 中国文学史 [M]. 北京：高等教育出版社，1999.

[125] 任继愈. 中国文化大典 [M]. 太原：山西教育出版社，1999.

[126] 张忠纲. 全唐诗大辞典 [M]. 北京：语文出版社，2000.

[127] 范凤驰. 新选唐诗精华 [M]. 北京：中国文联出版社，2000.

[128] 钱仲联，傅璇琮，王运熙，等. 中国文学大辞典 [M]. 上海：上海辞书出版社，2000.

[129] 钱文辉. 唐代山水田园诗传 [M]. 长春：吉林人民出版社，2000.

[130] 安旗. 新版李白全集编年注释 [M]. 成都：巴蜀书社，2000.

[131] 张明非. 唐贤三昧集译注 [M]. 上海：上海古籍出版社，2000.

[132] 钱牧斋，何义门. 唐诗鼓吹评注 [M]. 韩成开，贺严，孙微，点校. 石家庄：河北大学出版社，2000.

[133] 尚永亮，李乃龙浪漫情怀与诗化人生：唐代文人的精神风貌 [M]. 北京：文津出版社，2000.

[134] 陈百刚. 大佛寺志 [Z]. 新昌：新昌大佛寺，2001.

[135] 临安市钱镠研究会. 吴越书（《钱镠研究》特辑）[Z]. 临安：临安市钱镠研究会，2001.

[136] 王启兴. 校编全唐诗 [M]. 武汉：湖北人民出版社，2001.

[137] 罗竹风. 汉语大词典 [M]. 上海：上海辞书出版社，2001.

[138] 湖州陆羽茶文化研究会. 茶苑撷英：陆羽茶文化研究论文选编 [M]. 西安：陕西人民教育出版社，2001.

[139] 李之亮. 罗隐诗集笺注 [M]. 长沙：岳麓书社，2001.

[140] 王光军，刘阳. 中华史书精典系列：二十五史·宋书 [M]. 乌鲁木齐：新疆青少年出版社，2001.

[141] 佟玉斌，佟舟. 诗书画印典故辞典 [M]. 北京：长征出版社，2001.

[142] 北京师联教育科学研究所. 古诗观止·唐五代词观止 [M]. 北京：人民武警出版社，2002.

[143] 武承权. 李白疑案新论 [M]. 西安：陕西人民出版社，2002.

[144] 李寿松，李翼云. 全杜诗新释 [M]. 北京：中国书店，2002.

[145] 孙建军，陈彦田.《全唐诗》选注 [M]. 北京：线装书局，2002.

[146] 郝世峰. 孟郊诗集笺注 [M]. 石家庄：河北教育出版社，2002.

[147] 姜剑云. 审美的游离：论唐代怪奇诗派 [M]. 北京：东方出版社，2002.

[148] 新昌县政协文史委. 新昌唐诗三百首 [Z]. 新昌：新昌县政协文史委，2003.

[149] 竺岳兵. 唐诗之路唐诗总集 [M]. 北京：中国文史出版社，2003.

[150] 竺岳兵. 唐诗之路综论 [M]. 北京：中国文史出版社，2003.

[151] 韩兆琦. 唐诗选注集评 [M]. 北京：商务印书馆，2003.

[152] 陈增杰. 唐人律诗笺注集评 [M]. 杭州：浙江古籍出版社，2003.

[153] 丁成泉. 中国山水田园诗集成·第1卷·东晋南北朝·隋唐 [M]. 武汉：湖北教育出版社，2003.

[154] 蒋述卓. 禅诗三百首赏析 [M]. 桂林：广西师范大学出版社，2003.

[155] 竺岳兵. 唐诗之路唐代诗人行迹考 [M]. 北京：中国文史出版社，2004.

[156] 张步云. 唐诗品评 [M]. 上海：上海大学出版社，2004.

[157] 萧涤非，程千帆，马茂元，等. 唐诗鉴赏辞典 [M]. 上海：上海辞书出版社，2004.

[158] 胡正武. 唐诗之路唐诗选 [M]. 北京：中国文史出版社，2004.

[159] 夏日新. 长江流域的岁时节令 [M]. 武汉：湖北教育出版社，2004.

[160] 赵应铎. 中国典故大辞典 [M]. 上海：汉语大词典出版社，2005.

[161] 李淼译. 禅诗三百首译析 [M]. 长春：吉林文史出版社，2005.

[162] 姜子夫. 寒山拾得诗 [M]. 北京：大众文艺出版社，2005.

[163] 郭彦全. 全唐诗名句赏析 [M]. 北京：中国计划出版社，2005.

[164] 袁忠. 中国古典建筑的意象化生存 [M]. 武汉：湖北教育出版

社，2005.

[165] 浙江省人物志编纂委员会.浙江省人物志 [M].杭州：浙江人民出版社，2005.

[166] 彭国忠.唐代试律诗 [M].韩立平，王婧之，独孤婵觉，注评.合肥：黄山书社，2006.

[167] 毛水清.唐代乐人考述 [M].北京：东方出版社，2006.

[168] 汪艳菊.中国古典诗词精品赏读 [M].北京：五洲传播出版社，2006.

[169] 陆永峰.禅月集校注 [M].成都：巴蜀书社，2006.

[170] 梁申威.禅诗奇趣 [M].太原：山西人民出版社，2006.

[171] 徐光大.项斯诗注 [M].杭州：浙江古籍出版社，2006.

[172] 元稹著；孙安邦，蓓蕾，解评.元稹集 [M].太原：山西古籍出版社，2006.

[173] 施丁，周用宜.唐诗书画新编 [M].北京：团结出版社，2006.

[174] 邹志方.《会稽掇英总集》点校 [M].北京：人民出版社，2006.

[175] 王菊华.中国古代造纸工程技术史 [M].太原：山西教育出版社，2006.

[176] 新昌县地名志编撰委员会.新昌县地名志 [M].哈尔滨：哈尔滨地图出版社，2007.

[177] 傅建祥.解读新昌旅游——中国县城旅游经济发展成功模式探讨 [M].北京：中国旅游出版社，2007.

[178] 嵊县志编纂委员会.嵊县志（修订本）[M].北京：方志出版社，2007.

[179] 夏春燕.嵊州市非物质文化遗产大观 [M].杭州：西泠印社出版社，2007.

[180] 蒋寅.大历诗人研究 [M].北京：北京大学出版社，2007.

[181] 隋秀玲.李颀集校注 [M].郑州：河南人民出版社，2007.

[182] 何树瀛.李白考谜 [M].郑州：中州古籍出版社，2007.

[183] 赵传仁，鲍延毅，葛增福.中国书名释义大辞典 [M].济南：山东友谊出版社，2007.

[184] 薛亚军.江东才俊——罗隐传 [M].杭州：浙江人民出版社，

2007.

[185] 何方形.唐诗审美艺术论[M].杭州：浙江大学出版社，2007.

[186] 尹占华.张祜诗集校注[M].成都：巴蜀书社，2007.

[187] 王景富.世界五千年冰雪文化大观[M].哈尔滨：黑龙江人民出版社，2007.

[188] 竺岳兵，俞晓军.唐诗之路唐诗选注[M].香港：中国国学出版社，2008.

[189] 竺岳兵.梦回天姥：浙东唐诗之路[M].香港：中国文化艺术出版社，2008.

[190] 刘玉刚.中华字海[M].上海：上海古籍出版社，2008.

[191] 乔亿著；雷恩海，笺注.大历诗略笺释辑评[M].天津，天津古籍出版社，2008.

[192] 陈顺智.诗学散论[M].上海：上海古籍出版社，2008.

[193] 于欣力，傅泊寒.中国茶诗研究[M].昆明：云南大学出版社，2008.

[194] 陈华文，等.浙江民俗史[M].杭州：杭州出版社，2008.

[195] 徐国兆，等.历代咏剡诗选[M].杭州：浙江古籍出版社，2008.

[196] 蔡景仙.山水田园诗词鉴赏[M].呼和浩特：内蒙古人民出版社，2008.

[197] 孙琴安.二十四桥明月夜：唐诗经典解读[M].上海：上海百家出版社，2009.

[198] 金午江，金向银.谢灵运山居赋诗文考释[M].北京：中国文史出版社，2009.

[199] 丁福林.谢灵运鲍照集[M].南京：凤凰出版社，2009.

[200] 张忠刚.杜甫大辞典[M].济南：山东教育出版社，2009.

[201] 嵊州市旅游局，浙江省旅游协会组.走读嵊州[M].杭州：浙江科学技术出版社，2009.

[202] 王辉斌.唐代文学探论[M].合肥：黄山书社，2009.

[203] 丁子予，汪楠.中国历代诗词名句鉴赏大辞典[M].北京：中国华侨出版社，2009.

[204] 王定璋.入蜀诗人撷英：四杰，杜甫，陆游及其他[M].成都：

巴蜀书社，2009.

[205] 董乡哲.薛涛诗歌意释[M].西安：三秦出版社，2009.

[206] 留白.剡溪：李太白与王子猷[M].// 留白.有刺的书囊.北京：中国青年出版社，2010.

[207] 夏征农，陈至立.辞海：第六版缩印本[M].上海：上海辞书出版社，[2010.

[208] 蒋寅校.戴叔论诗集校注[M].上海：上海古籍出版社，2010.

[209] 王开洋.唐诗万象：唐朝风情面面观[M].天津：百花文艺出版社，2010.

[210] 董乡哲."温庭筠"诗集译意[M].西安：三秦出版社，2010.

[211] 金向银，金午江.王羲之金庭岁月[M].北京：方志出版社，2010.

[212] 青禾.人一生要读的古典诗词最全集[M].北京：中国华侨出版社，2011.

[213] 周相录.元稹年谱新编[M].上海：上海古籍出版社，2011.

[214] 朱碧莲，沈海波.世说新语（中华经典名著全本全注全译丛书）[M].北京：中华书局，2011.

[215] 施宿，张淏.（南宋）会稽二志点校[M].李能成，点校.合肥：安徽文艺出版社，2012.

[216] 萧良干.万历《绍兴府志》点校本[M].张元忭，孙矿，纂.李能成，点校.宁波：宁波出版社，2012.

[217] 管士光.唐诗精选[M].郑州：大象出版社，2012.

[218] 梁天瑞.吴越书[M].钱济鄂，校注.上海：上海辞书出版社，2012.

[219] 赵子廉.桐柏仙域志[M].北京：中央编译出版社，2012.

[220] 李晓润.无诗不成唐[M].杭州：浙江大学出版社，2012.

[221] 陈云发.历史误读的红颜[M].香港：文汇出版社，2012.

[222] 赵应锋.中国典故大辞典[M].上海：上海辞书出版社，2012.

[223] 吴寿兰.东阳吴氏文化志[M].上海：上海交通大学出版社，2012.

[224] 李定广.罗隐年谱[M].上海：上海古籍出版社，2012.

[225] 袁晓薇.王维诗歌接受史研究[M].合肥：安徽大学出版社，

2012.

[226] 明道.中华句典大全集[M].北京：中国华侨出版社，2012.

[227] 李俊标.王维诗选[M].郑州：中州古籍出版社，2012.

[228] 竞鸿，陆力.全唐诗佳句类典[M].长春：吉林文史出版社，2013.

[229] 赵志强.唐代文学时空研究[M].杭州：浙江工商大学出版社，2013.

[230] 陈新宇.新昌文史资料荟萃（1984—2003年）[M].香港：中国文化艺术出版社，2013.

[231] 白衣萧郎.人间何处问多情[M].北京：九州出版社，2013.

[232] 郁贤皓.李白选集（中国古典文学名家选集）[M].上海：上海古籍出版社，2013.

[233] 戴文进.戴叔伦诗文集笺注[M].南京：南京师范大学出版社，2013.

[234] 柯宝成.孟浩然全集[M].武汉：崇文书局，2013.

[235] 王定璋.学海问津：文史沉思录[M].成都：巴蜀书社，2013.

[236] 李斌城，韩金科.中华茶史（唐代卷）[M].西安：陕西师范大学出版社，2013.

[237] 彭万隆，肖瑞峰.西湖文学史（唐宋卷）[M].杭州：浙江大学出版社，2013.

[238] 乐承耀.宁波农业史[M].宁波：宁波出版社，2013.

[239] 萧振士.中国佛教文化简明辞典[M].北京：世界图书出版公司北京公司，2013.

[240] 炎继明.中国古典诗歌与中医药文化[M].西安：西安交通大学出版社，2013.

[241] 孙洙著；李星，李淼，译评.唐诗三百首（轻松读国学）[M].长春：吉林文史出版社，2014.

[242] 周勋初，傅璇宗，郁贤皓，等.全唐五代诗[M].西安：陕西人民出版社，2014.

[243] 管士光.李白诗集新注[M].上海：上海三联书店，2014.

[244] 吕来好.古代送别诗词三百首[M].北京：中国国际广播出版社，2014.

[245] 黄木生，屠莲芳，李晓梅.简明中国茶艺[M].武汉：湖北科学技术出版社，2014.

[246] 中国作协创研部.2013年中国随笔精选[M].武汉：长江文艺出版社，2014.

[247] 田景秀.给爱一个说法[M].西安：太白文艺出版社，2014.

[248] 应克荣.细腻风光我独知：中唐女诗人薛涛研究[M].合肥：黄山书社，2014.

[249] 田琯著；吕光洵，潘晟，等总裁.明万历《新昌县志》十三卷[Z].新昌：新昌县地方志编纂委员会办公室，2014.

[250] 蔡润田.纵横且说宋之问[M].太原：三晋出版社，2014.

[251] 傅东华著；马卉彦，校订.王维诗[M].武汉：崇文书局，2014.

[252] 郑广瑾.毛泽东书艺[M].郑州：河南人民出版社，2014.

[253] 陈伯海.唐诗汇评（增订本）[M].上海：上海古籍出版社，2015.

[254] 王开洋.唐诗百科：唐人的风流时尚[M].太原：三晋出版社，2015.

[255] 邹德金.名家注评全唐诗[M].天津：天津古籍出版社，2015.

[256] 魏红霞.学习改变未来——唐诗三百首[M].北京：北京教育出版社，2015.

[257] 何九盈，王宁，董琨.辞源（第三版）[M].北京：商务印书馆，2015.

[258] 胡迎建.鄱阳湖历代诗词集注评[M].南昌：江西人民出版社，2015.

[259] 龚斌.齐梁文化研究丛书：南兰陵萧氏文化史稿[M].上海：上海古籍出版社，2015.

[260] 何金铠.中华诗词曲对仗大辞典[M].西安：陕西人民出版社，2015.

[261] 江旭.唐诗全解[M].沈阳：万卷出版公司，2015.

[262] 王淑玲.孟浩然诗选[M].郑州：中州古籍出版社，2015.

[263] 谢思炜.杜甫集校注[M].上海：上海古籍出版社，2016.

[264] 曾祥波.杜诗考释[M].上海：上海古籍出版社，2016.

[265] 卢忠仁.诗情禅意——诗与禅之关系研究[M].广州：花城出

版社，2016.

[266] 金圣叹著；戴敦邦,插画.金圣叹选批唐诗六百首[M].北京：北京联合出版公司，2016.

[267] 廖伦建,廖咏絮.古代诗歌创新解读探珠[M].北京：光明日报出版社，2016.

[268] 武庆新.芙蓉空老蜀江花：品读薛涛诗歌背后的人生故事[M].北京：北京工业大学出版社，2016.

[269] 焦杰.唐代女性与宗教[M].西安：陕西人民教育出版社，2016.

[270] 大梁如姬.情不知所起,一往而深——古典诗词中的情爱百态[M].郑州：河南文艺出版社，2016.

[271] 项楚.中国俗文化研究（第十二辑）[M].成都：四川大学出版，2016.

[272] 王振军,俞阅.中国古代文学精品导读[M].北京：中国广播电视出版社，2016.

[273] 施树禄.全唐诗赏析[M].北京：中国言实出版社，2016.

[274] 谢永芳.元稹诗全集（汇校汇注汇评）[M].武汉：崇文书局，2016.

[275] 杨大中.唐宋绝句五百首[M].沈阳：东北大学出版社，2016.

[276] 胡淼.唐诗的博物学解读[M].上海：上海书店出版社，2016.

[277] 石继航.唐朝入仕生存指南[M].广州：广东人民出版社，2016.

[278] 浙江省地方志编纂委员会.宋元浙江方志集成[M].杭州：杭州出版社，2017.

[279]《天一阁历代方志汇刊》第440—441册（万历《新昌县志》十三卷）：明万历七年（1579）刻本,（明）田琯修,（明）吕光洵纂,天一阁博物馆编,北京：国家图书馆出版社，2017.

[280]《天一阁历代方志汇刊》第441—442册（康熙《新昌县志》十八卷）：清康熙十年（1671）刻本,清刘作梁修,清吕曾栴纂,天一阁博物馆.北京：国家图书馆出版社，2017.

[281]《天一阁历代方志汇刊》第443—445册（民国《新昌县志》二十卷沃洲诗存一卷文存一卷）：民国八年（1919）铅印本,金城修,

陈畬纂，天一阁博物馆编，北京：国家图书馆出版社，2017.

[282]《天一阁历代方志汇刊》第447册（明成化《嵊志》存卷一至五）：成化十年（1474）明抄本，知县许岳英修，县人钱悌主纂，天一阁博物馆编，北京：国家图书馆出版社，2017.

[283]《天一阁历代方志汇刊》第447—450册（清道光《嵊县志》十四卷）：道光八年（1828）刻本，（清）李式圃修，（清）朱渌等纂，天一阁博物馆编，北京：国家图书馆出版社，2017.

[284]《天一阁历代方志汇刊》第450—454册（清同治《嵊县志》二十六卷）：同治九年（1870）刻本，（清）严思忠、陈仲麟修，（清）蔡以瑺等纂，天一阁博物馆编，北京：国家图书馆出版社，2017.

[285] 林世堂.林世堂文集[M].北京：现代出版社，2017.

[286] 唐樟荣.新昌诗话[M].北京：光明日报出版社，2017.

[287] 王振军，俞阅.中国古代文学精品导读[M].北京：中国广播影视出版社，2017.

[288] 中共新昌县委宣传部.天姥山唐诗三百首[Z].新昌：中共新昌县委宣传部.2018.

[289] 林世堂.剡溪诗话（汇编本）[M].吴宏富，汇编.北京：现代出版社，2018.

[290]《"浙东唐诗之路"剡溪智库文集》编委会.诗路嵊州[M].嵊州：《"浙东唐诗之路"剡溪智库文集》编委会，2018.

[291]《"浙东唐诗之路"剡溪智库文集》编委会.《咏剡唐诗选》[M].嵊州：《"浙东唐诗之路"剡溪智库文集》编委会，2018.

[292] 新昌县南明街道诗路文化创意工作室.新昌寺庙志[M].北京：方志出版社，2018.

[293] 安祖朝.天台山唐诗总集[M].杭州：浙江古籍出版社，2018.

[294] 霍松林.霍松林历代好诗诠评[M].西安：陕西师范大学出版社，2018.

[295]（南朝梁）慧皎.四朝高僧传[M].北京：中国书店出版社，2018.

[296] 胡正武.浙东唐诗之路论集[M].杭州：浙江工商大学出版社，2019.

[297] 李招红.新编唐诗三百首（诗路文化诵读本）[Z].新昌县文化

广电旅游局，2019.

[298] 郑竹圣.嵊州市地名志 [M].北京：中国商务出版社，2019.

[299] 邹志方.浙东唐诗之路 [M].杭州：浙江古籍出版社，2019.

[300] 徐跃龙.新昌茶经 [M].北京：中国农业科学技术出版社，2019.

[301] 林世堂著；吴宏富，编.新昌诗话（增订本）[M].北京：民族出版社，2019.

[302] 唐樟荣.新昌史话 [M].北京：民族出版社，2019.

[303] 张华著；郑晓峰，译注.博物志（中华经典名著全本全注全译丛书）[M].北京：中华书局，2019.

[304] 嵊州市图书馆.剡录（普及读本）[Z].嵊州：嵊州市图书馆编，2019.

[305] 嵊州政协文化文史和学习委员会.嵊州文史资料（第二十八辑）[Z].嵊州：嵊州政协文化文史和学习委员会，2019.

后记

一

东南美景越为首，越中山水剡为最。

剡溪自古与绍兴鉴湖并称为越中胜景，遐迩闻名。剡溪流经的区域为剡中，指唐时越州剡县一带，即今新昌县、嵊州市，是"浙江唐诗之路"的精华地和核心区。

剡中的名山秀水，吸引过唐代诸多的著名诗人。李白、杜甫、白居易等450多位唐代诗人踏歌而来，沿剡溪或顺流而下，或逆水而上，或壮游，或隐游，或宦游，或避乱游，或考察游，在"浙东唐诗之路"上徜徉歇息，寄情山水，写下了1500余首名篇佳作。

唐代是我国古代文学史上辉煌灿烂的时期。众多杰出诗人以他们的优秀诗作竖起了光辉的里程碑，在世界文学史上也占据重要地位。唐代诗词歌赋反映了当时社会生活的方方面面。通过对它们的研究，可更好地了解唐代政治经济、文化、科学诸领域，补史书之不足。正如国学大师陈寅恪创制的"诗史互证"——将历史和文学打成一片互相发现的治学方法。"诗中有人，有景，有时，有事"，"以史证诗"，"以诗证史"，以诗词补证历史、疑史纠误，是一种重要的学史手段。诗歌作为历史的一种特殊的表现形式，它以生动精练的语言、具体感人的形象、耐人深思的议论，融诗、史于一体，义理深邃、寓意深远。

全唐诗犹如一座富矿，如何结合本地实际，挖掘乡土历史文献，让唐诗"活"起来？

2004年12月14日，习近平总书记在浙江工作期间到嵊州视察时

曾做出"要做好剡溪文化文章"的重要指示。如今，剡中大地积极落实习总书记的讲话精神，掀起了"浙东唐诗之路"建设热潮，如火如荼，如日中天。尤其是2018年以来，浙江省委、省政府全面推进大花园建设，积极打造浙东唐诗之路、钱塘江诗路、瓯江山水诗路和大运河诗路，成为我省重点打造的文化高地、文明高地，是大花园建设的重要组成部分，是文化浙江建设的重要内容。新昌这座充满了诗韵的浙东小城，用最饱满的热情，致力于"浙东唐诗之路"精华地打造与大花园建设精妙融合，并在《浙江日报》刊文宣告："李白《梦游天姥吟留别》，把天姥山、赤城山、天台山刻在了中国文化史上，我们要敬畏大山、保护大山，让'座座青山如画屏'。新昌县作为唐诗之路的策源地和浙东唐诗之路的精华地段，县委、县政府高度重视，积极行动，扎实推进研究、规划、保护、利用和宣传五大工程，力争建成浙东唐诗之路文化研究的新高地、浙东唐诗之路文旅融合的样板地、浙东唐诗之路的精华地。"[①]2019年，浙江省人民政府印发《浙江省诗路文化带发展规划的通知》（浙政发〔2019〕22号），将浙江省诗路文化带发展规划纳入政府工作重点。提出"以诗串文""以路串带"，绘就浙东唐诗之路、大运河诗路、钱塘江诗路、瓯江山水诗路"四条诗路"，作为浙江"十四五"时期着力推进的重点工程之一，打响"诗画浙江"金名片。2020年10月，浙江省政府正式启动浙东唐诗之路建设，合力打造诗路文化带，围绕"诗画、山水、佛道、名人"四大主题，全面展示"诗画浙江"的文化窗口建设。新昌县被列入全省第二批大花园典型示范建设单位。建设的集结号吹响，新昌大花园建设步入崭新的发展阶段。

常言道：一滴水可以折射出太阳的光辉，窥一斑而见"全豹"。从一个"剡"字，观照出唐代诗人恋上"浙东唐诗之路"的剡缘剡情剡韵！

著名历史学家、国学大师陈寅恪先生说过，"学术研究要凭材料说话，有一分材料说一分话。"浙江大学束景南教授也提出"学术研究要

[①] 徐跃龙、孙艺秋《共建大花园，共享美生活——新昌倾力建设天姥山国家风景名胜区，积极打造浙东唐诗之路精华地》：《浙江日报》，2018年10月25日，第12版。

'求是、求真、求实'，历史原来面貌怎样，就应该怎么写"。①

根据前辈指引的方向，编者对《全唐诗》中所有带"剡"字的唐诗，进行了地毯式搜集，不留遗珠。现已查明，以《全唐诗》所录存数量而言，位居全唐诗人的前五位诗人即"诗王"白居易、"诗圣"杜甫、"诗仙"李白、"诗豪"刘禹锡、"诗囊"齐己，均游历过剡中，并留下了数量不菲的著名及剡诗篇，使剡溪美景名扬四海，永垂史册，传诵不衰。与此同时，对其他游历剡中这一集山水嘉美、六朝风韵、佛教圣地、道教福地于一炉的形胜之地，留下带有"剡"字唐诗，吟诵剡情剡缘剡韵的诗人，也进行一一查证，为读者揭晓千年谜底：共有75位唐代诗人创作了150首（含一残句）的"剡"字唐诗，诸多名家名作呈现出特定时代剡溪流域的风物和人文，较为全面地描绘出一幅人杰地灵、山清水秀、物产丰富的剡中全景图。

二

其实，本书的编著是2017年春搜集整理编校恩师林世堂先生连载于台北同乡会《嵊讯》《剡溪诗话》的副产品。当时除被其丰富的诗材，如数家珍地讲述深深吸引外，居然发现老师在书中向我们学生布置的一道作业："唐·白居易《沃州山禅院记》说：'东南山水，越为首，剡为面，沃洲、天姥为眉目。'以今天嵊县（州）为中心的剡溪一带，以其独具的自然景观吸引着人们，几乎与政治重心南移的同时，许多文人学士和方外高僧，就来这一带游止、憩息，从谢灵运、帛道猷开始，留下了许多传诵后世的诗篇。如果有人继《楚辞》之后，把这些诗歌结集编为新《越风》，当是很可观的。"②

出于长期从事信息研究的职业本能告诉自己，这是一条"有效信息"，要好好利用"开发"。

---

① 宋浩《束景南是谁：查阅两万多种古籍，把王阳明弟子的很多说法推翻了！这位75岁的浙大教授用陈寅恪的治学方法》：《钱江晚报》，2019年10月27日，第8版。
② 林世堂著，吴宏富汇编《剡溪诗话（汇编本）》，北京：现代出版社，2018年版，第6页。

当汇编完毕林世堂著《剡溪诗话》书稿时，本人对"剡"字诗逐渐产生了浓厚的兴趣，可谓情有独钟，于是萌生了一个梦想——将历代诗人写的带有"剡"字的诗搜集起来，汇编成册，形成"历代剡字诗集评"：《剡字唐诗集评》《剡字宋诗集评》《剡字元诗集评》《剡字明诗集评》《剡字清诗集评》。（由于唐朝之前的历代诗歌中，存世的"剡"字诗只有一残句、一首诗，无法单独成书，所以列在本书后作附录，内容见《"剡"字入诗溯源》）这样，虽然学生不才，限于学识和时间，编不了"新《越风》"，但汇编《历代剡字诗集评》系列，也可以给老师一个交代。当然，一开始时，搜寻原诗是为了校对书稿，找出连载在《嵊讯》上的种种排校失误和错别字，进行校雠之用。到书稿完成编校，居然累积了一大摞资料，于是想起老师在"前言"中的那一段话，本人就将从各书报刊"艰难"搜集而来的"剡"字诗作，以时代为经，作者为纬，分门别类，然后，查阅三百余种参考书籍，进行注释和评点的定向搜集，精选精编而成《剡字唐诗集评》，虽不能圆满完成老师布置的"作业"，但也可以算作献给老师的一份纪念礼物吧。更重要的是，为来剡中旅游的四方来客，提供一本参考手册，一卷在手，一边游览风光，一边吟赏唐诗，想必会游兴倍增。这样的旅游，文化内涵丰富，是一种十分高雅的精神享受。

好事往往多磨，好酒历久弥香。

作为一个剡中人，当我2017年汇编林世堂著20万字的《剡溪诗话》，2018年编著拙作40万字的《南宋大贤王十朋剡中诗文集》，2019年增订林世堂著28万字的《新昌诗话》，2020年编著23万字的《宋人吟唱王十朋》，2021年编著拙作20万字的《吟剡词萃》等一系列作品期间，一直不忘打磨《剡字唐诗集评》，碰到相关的典故和注释，不断进行吸纳和补充。

在编撰过程中，本人先后撰写了《千年唐诗 吟剡情缘——"剡中""剡县""剡溪"首入唐诗考析》《"子猷访戴"典故在"剡"字唐诗中的运用汇析》两篇长文，相继在《今日嵊州》《企业家日报》《青藤》《人文嵊州》《新昌社科》等报刊发布，今日头条、浙江新闻等客户端纷纷转发，引发读者的浓厚兴趣。

本书自2017年春节开始搜集，至2021年5月，经过四个寒暑的努力，一点一滴，八方采纳，至2020年春节集腋成裘而成雏形。之后利用零星时间，进行反复编校，数易其稿，终于在2021年五一节假期进行了全面的精简和调整，完成定稿。

三

所谓"集评"，指的是收集文章或诗词的注释、评价的一个汇总。因此，本书在编著中广泛参阅了有关唐诗的研究著作和唐诗的选注本，并吸收其研究成果。为行文方便起见，并未一一注明出处。特此说明，并向有关著者、编者致以谢忱。

集腋成裘、聚沙成塔易，但分门别类、严格筛选难。当三百余种参考资料信息汇总在一本书的时候，不是简单的对号入座、照单全收，其难点就在于全书的统稿，不仅对习见的名胜古迹、人文典故要集中梳理、处置，还要对各类材料进行一一甄别。为了做好这方面工作，在借助"读秀学术搜索"工具外，我还购置陈贻焮总编的《增订注释全唐诗》（全五册），陈尚君辑校的《全唐诗补编》（上中下），陈伯海主编的《唐诗汇评》1996年版三卷本和《唐诗汇评（增订本）》2015年版六卷本，孙建军等主编的《〈全唐诗〉选注》十卷本，袁闾琨主编《全唐诗广选新注集评》（十卷本）以及《博物志》《唐国史补》《全唐诗大辞典》《唐诗百科大辞典》《全唐诗重出误收考》《唐诗鉴赏辞典》《全唐诗赏析》《李白诗歌赏析集》《霍松林唐诗鉴赏读本》《浙东唐诗之路》等专业工具书和名家鉴赏书籍，同时恶补历代县志中的人文地理知识，一边学习，一边编校，对书稿"咬文嚼字"。重点对以下几个方面进行把关：

（一）**甄别注释错误**

由于不熟悉剡中的地理常识，导致谬误的。如拾得的《诗》："天姥峡关岭，通同次海津。"《增订注释全唐诗》原注"峡关：盖指天姥、沃洲间隘口"是错误的。该注混淆了天姥山与关岭是两处地名，生生将"关岭"断开，生造一个"峡关"出来。又如丁成泉辑注《中国山水田园诗集成·第1卷·东晋南北朝·隋唐》868页，对赵嘏《早发剡中石城寺》诗中的"剡中石城寺"条作注："浙江乐清县南雁荡山明王峰下有石城，两壁峭立，中豁为谷，谷中砌有石路，称石城街，有居民，寺当石城中。"不知何据？当误。此处石城寺诗题中已明确指出

在剡中（唐时越州剡县），即今浙江新昌大佛寺。不可能在别处，因为唐朝无第二个剡县（剡中）。再如罗隐《赵能卿话剡之胜景》："会稽诗客赵能卿，往岁相逢话石城"中的"石城"，《增订注释全唐诗》卷六四九注："县名。汉称石城，隋改称秋浦，唐仍之，属池州。故城在今安徽贵池县西南。"这是不妥的。另，李之亮《罗隐诗集笺注》第17页所注"石城，今江苏省南京市……"同样是错误的。诗人已在标题中明确指出是"剡之胜景"，故剡之石城，当在新昌，而非别处。

（二）校正引文引诗

本书连类而及的诗总计近500首，不仅数量多，而且诗中引用的典故也数不胜数，出典引文多，都需一一校勘。同时，包括历代县志在内的各类书籍中存在着的种种错漏也需要纠正。一是错附作者，如《剡录》卷六将白居易的《赠江州李十使君员外十二韵》诗列在"丁仙芝"名下，《剡录》卷七将皮日休的《二游诗·徐诗》，作者列为"陆龟蒙"。二是篡改诗题。如李白的《淮海对雪赠傅霭》，《剡录》卷四改题作"雪诗"。刘长卿的《题曲阿三昧王佛殿前孤石》诗，清道光《嵊县志》卷十三《艺文·山川》、清同治《嵊县志》卷二十四《文翰志·诗》作"葛岘山孤石"。这里要说明的是，嵊州是有孤石山，清康熙《嵊县志》卷二《山川志》："孤石，在葛岘山。"清道光《嵊县志》卷一《山川》载："葛岘山在县西北二十里游谢乡，上有孤石，高僧竺法崇居焉。"但此诗是刘长卿避难曲阿期间所作，故不可能分身到嵊州。诗人见孤石，想起了"旧游剡中"葛岘山时的情景，也是有可能的。但把诗题改为"葛岘山孤石"是篡题了，显然是不妥的。从本书附录3中可知，篡改诗题已成常态。如将韦应物《陪王郎中寻孔征君》改题为"访秦系"，将刘长卿《酬张夏雪夜赴州访别途中苦寒作》改题为"雪夜话别"，李端《晚次巴陵》改题为"斑竹"等，由于诗题的改变，致使与《全唐诗》的对校难度加大。三是版本不同，引诗存在的字句不同、字序颠倒、同音字互换等现象，更是频频出现，由于数量繁多，在此恕不赘述，详见各诗篇"存异"栏目以及"赏析"文中下标标注。在编校过程中发现，《剡录》上收录的唐诗与现行的《全唐诗》，无论是诗题还是诗句，特别是个别字句，有较大差异，因此在引用时一定要注明出处。

（三）考证史料事实

一是考证时间。如赵嘏的《早发剡中石城寺》诗。《新昌文史资料·第7辑·新昌大佛寺》将此诗系于"宣宗大中年间"的一个秋天，即公元847—859年，这是不妥的。因为此诗是赵嘏入元稹任越州刺史幕府期间即长庆三年（823）至大和三年（829），公干路过剡中石城寺（今新昌大佛寺）所作。《唐刺史考》卷一四二云："《旧书》本传：'乃出（元）稹为同州刺史，……在郡二年，改授越州刺史兼御史大夫、浙东观察使。……凡在越八年。'"二是考证人物。在作者小传中，有将背景人物搞错的。如晚唐诗僧齐己，《增订注释全唐诗》原小传介绍"后欲入蜀，经江陵，高从诲留为僧正"，后经考证多种资料得知，齐己于921年入蜀，时南平王为高季兴，非长子高从诲。因高季兴于929年1月25日才去世，高从诲即位在此之后。

诸如此类，不一一举例说明。

四

本书的出版，得到了新、嵊两地文史专家竺岳兵、陈百刚、金向银、唐佳文、童剑超、徐跃龙、唐樟荣等的大力支持，在此向他们表示由衷的感谢：

"浙东唐诗之路"的发现者、首倡者竺岳兵先生，编者与先生仅有一面之缘。那是2018年5月31日，编者冒雨前往唐诗之路研究中心，给中心捐赠《林世堂文集》《剡溪诗话》等书，受到竺先生、李招红和俞晓军的热情接待，最后中心还赠送了《唐诗之路综论》《唐诗之路唐代诗人行迹考》《唐诗之路唐诗总集》等"唐诗之路系列丛书"。之后，李招红和俞晓军又相继提供了"悠游'浙东唐诗之路'的唐代诗人名单"电子文档和"中国唐代文学学会唐诗之路研究会成立大会暨第一次学术研讨会论文集"等相关资料，为本书的编著提供了强有力的参考资料。

新昌县文化名家、摄影大量吕立春先生提供了珍贵的大佛照片。

新昌县文化名家、文史界前辈陈百刚先生，耄耋之年，仍审读书稿，为本书作序，作出中肯评价，奖掖后学。

嵊州市文史学者、政协退休干部金向银先生，耄耋之年，在百忙

中仔细校阅了书稿，连标点符号也不放过，除对不妥之处进行订正外，还在剡中文史、地理常识上进行补充，甚至在文学方面进行润色，使本书增色不少。

绍兴文理学院越文化研究院校外兼职研究员、新昌县文化名家、白云书院院长徐跃龙先生，对本书中的有关新昌文史地理信息提出了指导性修改意见。

绍兴文理学院越文化研究院校外兼职研究员、新昌县原史志办主任唐樟荣先生为本书作序《唐诗之路上熠熠生辉的璧玉》。

绍兴文理学院越文化研究院校外兼职研究员、嵊州市政协文史专员童剑超先生，对书稿进行认真地研读，对个别不当之处进行了纠正。

浙江省中学语文特级教师——新昌中学正高级教师董汀丰老师对书稿进行了二次审读，并对其中的错漏进行了斧正。在2020年9月16日再次审校后读罢有感，赋诗一首：

剡溪莹澈水流长，两岸山林古韵香。
俊彦吴君多雅意，琼珠淘洗又生光。

此外，浙江图书馆、新昌县图书馆、嵊州市图书馆等提供资料查阅、复印方便，潘灵曙先生对书中相关的佛教条目注释进行校读等，在此一并表示感谢！

五

清末大学者梁启超曾经说过一句话："善抄书者可以成创作。"[1] 说是清朝学者阮元的学生编写《经籍纂诂》，把历代经籍的注解汇集起来，功夫全在于辛勤搜集。就是这样一部抄起来的书，却成为研究古籍训诂不可少的参考书。本书不敢奢望达到这样的成就，但也希望能为新、嵊的地域文化研究和浙东唐诗之路建设提供一些参考，足矣。

本人是文史界的一员新兵，剡中地域文化的学习者，虽勤问前辈、勤查书，竭尽全力完成编校工作，但由于学力所限，时间仓促，舛误和不足在所难免，并且仅限所见文献，犹有遗珠，敬请广大读者谅解。

---

[1] 转引自曹之著《中国古籍编撰史》，武汉：武汉大学出版社，1999年版，第93页。

"睹乔木而思故家，考文献而爱旧邦。"[1] 我国近代著名出版家张元济先生的名言道出了一个常住西子湖畔新昌人的心声。2022年6月，由唐诗之路研究会卢盛江会长编撰的《浙东唐诗之路唐诗全编》由中华书局出版，以全域眼光覆盖诗路全线，而本书则从小处着手，从一个"剡"字，观照出唐代诗人恋上"浙东唐诗之路"的剡缘、剡情、剡韵，旨在挖掘乡土历史文献，汲古惠今，为优游"浙东唐诗之路"，献上一瓣书香。

吴宏富
2022年8月于杭州

---

[1] 张元济《印行四部丛刊启》，《四部丛刊初续三编总目·卷首》，上海：上海书店，1986年版。